U0840764

她们自己的文学

Elaine
Showalter

British
Women Novelists
from Brontë to Lessing

A Literature of Their Own

CNS 湖南文艺出版社
HUNAN LITERATURE AND ART PUBLISHING HOUSE

[美] 伊莱恩·肖瓦尔特______著　韩敏中______译

目　录

中文版序言 1

序言　这二十年：重返《她们自己的文学》 5

第一章　女性传统 001

第二章　女性小说家与写作意志 037

第三章　双重批评标准和女性小说 077

第四章　女性小说的女主人公：夏洛特·勃朗特和乔治·艾略特 105

第五章　女性小说的男主人公：女性笔下的男性 143

第六章　颠覆女性小说：惊悚小说和女性抗议 165

第七章　女权主义小说家 197

第八章　女作家和选举权运动 233

第九章　女性美学 259

第十章　弗吉尼亚·伍尔夫：遁入双性同体论 284

第十一章　女性美学之后：当代女小说家 323
第十二章　大笑的美杜莎 347

注释 365
索引 408
译后记 441

中文版序言

自从20世纪70年代初我着手写作《她们自己的文学》以来，对妇女写作与女性文学史的研究已发生翻天覆地的变化。所有这些变化——尤其是对女性文学的关注，在计算机处理、编目分类和文学研究方面的巨大发展，以及文学学术的全球化——都影响着我的记忆：虽然从历史的角度看，我初为女性主义批评者的时代过去不算很久，但是那个时代已经显得越来越奇异、遥远和陌生。

首先，做妇女作家的研究，即便是研究那些受到好评的维多利亚小说家，也被视为有点女子气，不是文学学者所应从事的严肃工作。同时，许多19世纪英国女作家的作品在那个时期很难获得。一些重要的收藏散见于美国各地，如加利福尼亚大学洛杉矶校区、伊利诺伊大学、哈佛大学和普林斯顿大学，要得到这些藏品并花足够的时间去探索，那是花销非常昂贵的事。除了勃朗特姐妹和乔治·艾略特，其他人鲜有平装本作品，于是我开始在旧书店、教堂和慈善义卖会以及拍卖品目录册等处搜寻女人写的小说。那时几乎没有女性小说的可靠版本，只有极少量维多利亚女作家的传记和屈指可数的那么几部女作家的书信集。那时也根本没有专门研究妇女或她们的文学的学术期刊，在专业的文学期刊上几乎看不到对她们作品的批评。我既然试图确定一种女性文学传统的范围并勾勒出其样貌，就需要尽自己最大的努力多多阅读女小说家，多多阅读其小说作品。

1973年到1974年，我花了一年时间在伦敦为我的书做研究，不仅阅读小说本身，还读了大量的杂志、日记、手稿、私人存档，以及有关争取妇女选举权的人士等妇女团体的社会文献。当然，在没有计算机、数字化和因特网的时代，学者必须四处旅行、搜寻，直至找到原始资料，还需花费很长时间对材料进行条分缕析，并做大量的笔记。我在大英图书馆那间著名的圆形阅览室里做研究工作，在过去的日子里，从卡尔·马克思到弗吉尼亚·伍尔夫等几代伟大的学者和作家都曾在那里从事研究。我也在伦敦图书馆做研究，那是托马斯·卡莱尔在1841年创建的一所极佳的私人图书馆，使用过该图书馆的人中就有狄更斯和萨克雷。

文学学者通常都会奔这些规范的图书馆而去，但我还在妇女收藏资料馆里度过了许多时光。坐落在维多利亚车站附近的一所老宅里的福西特图书馆，那时仍然是福西特学会——20世纪初参加争取选举权运动的妇女的会社——的总部所在地。她们每月碰头一次，听一个讲座，并计划要搞的活动，例如每年向她们的创始人米莉森特·加勒特·福西特（Millicent Garrett Fawcett）的塑像献上一个花圈。福西特图书馆堆满了杂乱无章、不分编目却又令人惊叹称奇的文献和书籍，它们拥塞在一个个小房间的架子上或零散地摆放着；然而那里也是年轻的女性主义史学学者和文学学者的非正式俱乐部。你只要在来访者登记册上签上名字，就必定会在用茶和吃点心的时候遇到一些别的研究者，大家交换信息，互通有无。在伦敦的另一头，在肯辛顿宫的地下室里则收藏着“一战”前参加绝食抗议并被捕入狱的选举权女斗士的有关文件和各种有历史纪念价值的物品；我在那里也度过了许多时日，阅读她们的日记、信件、故事和小说。

1974年的冬季，英国各地都有产业工人罢工，全国性的停电事故频频发生，这就使得20世纪70年代初期的伦敦更平添了一层维多利亚时代的气氛。一个星期中总有好几次，我们会凑在烛光下读书，没有暖气。英国人管那个时期叫“不满的冬季”，但我正有滋有味地奔跑于英国各家地方图书馆之间，四下追寻着那些被遗忘的女小说家的书信和日记，由此成为某位作家逝世以来打开一盒信件或读到从未有人触碰过的日记的第一人，我乐在其中。

“萨拉·格兰德”（Sarah Grand）就是这些作家中的一个。她的私人文件由她的一位忠实的陪伴者遗赠给了巴斯（Bath）市立图书馆，自此从未被打开过。在20世纪70年代我重新发现格兰德的时候，她已完全湮没无闻，可现在她被视为19世纪80年代和90年代重要的女权主义理论家和有创新精神的小说家。中国读者可能有兴趣知道，她嫁给了一位军医，1871—1878年间跟随他四处旅行，曾在斯里兰卡、新加坡、日本和中国等地生活过。在她的第一部小说《艾迪阿拉》（*Ideala*，1888）中，那位有自传色彩的女主人公在伦敦的一次茶话会上告诉英国女人，她去过远东。“‘哦，很怪异吧，中国的生活？’有人问道。‘看起来是不一样，’她说，‘但感觉和我们的生活很像。’”

如今大英图书馆已经搬出大英博物馆，在圣潘克拉斯国际终点站附近拥有了自己具有最先进设备和技术的大楼，而那间老阅览室里的图书和目录早已撤走，再次成为一个展览空间。伦敦图书馆则彻底翻新并扩大了。甚至争取选举权的团体的文献资料、刊物和书信等也被堂堂正正地收藏在伦敦东面一座崭新的楼里。所有这些图书馆都已经数字化，在网上即可调阅使用。21 世纪的学生不再需要为阅读维多利亚女作家的作品而跑到剑桥、洛杉矶或伦敦去，他们很容易得到多得数不清的版本和在线文本，而后者只要有计算机的地方都可以读到。在有限的时空中为特定的读者所写的书，现在很轻易地就能在世界各地读到。

在写作《她们自己的文学》时，我用一个美国人的眼光在审视一个并非属于我自己的英国文学传统，然而我渐渐感到我对这些女作家的亲近感更胜于自己的姐妹。我努力地找出女性进入文学市场、改变市场并被市场所改变的过程；尽管我密切关注的是 150 年间英国的一群作家，然而上述过程似乎已为许多地方（我不曾造访过的地方）的女性作品评论者和读者所熟悉。这部书由聪慧、细致、热忱的韩敏中教授译成中文，我感到很幸运。我希望中国读者和学者也能从这一文学中认出自己的面孔和故事，虽然这并非他们自己的文学，但它是不会让人有陌生感的。

伊莱恩·肖瓦尔特

2011 年 9 月

序言　这二十年：重返《她们自己的文学》 xi

1965 年，在我为论维多利亚女作家的博士论文开始做研究的时候，还不存在女性主义批评。弗吉尼亚・伍尔夫的信件和日记还分散在各处，没有发表。学者们仍然用“太太”（Mrs.）称呼伊丽莎白・盖斯凯尔（Elizabeth Gaskell），仍称弗朗西丝・伯尼（Frances Burney）为“范妮”（Fanny）。没有人编辑妇女研究学刊或编制妇女作品目录。在我就读的加利福尼亚大学戴维斯校区，“理论”在明媚的大地上甚至还没投下影子；新批评、F. R. 利维斯（F. R. Leavis）、诺思罗普・弗莱（Northrop Frye）以及含混七型（seven ambiguities）标志着我批评能力的边界。我选择这个论文题目部分出于对我就读的布琳・摩尔学院挥之不去的愤怒：那里要求英文本科生读所有末流的浪漫时期男诗人和伊丽莎白时期的男剧作家，却几乎不读女作家；选题的另一个原因是我对维多利亚女作家情有独钟。

20 世纪 60 年代中期，女性在学术界就业的机会似乎极为有限，这反而让我有了一种看似自相矛盾的获释感，觉得我可以去写自己喜欢的书，而不是去讨论那些最有可能让我得到工作的书。在戴维斯校区，我的论文指导老师格温德琳・尼达姆（Gwendolyn Needham）对我的设想有同感，在学术上对我要求苛严，但我的论文《双重标准：1845—1880 年间维多利亚期刊上的女作家批评》成了一个混合体，是用过时的、捉襟见肘的批评语汇评论女作家的一次尝试。这篇论文的大部分是从1966年起我作为教员妻子在普林斯顿大学逗留期间完成的。普林斯顿不聘用女性，但那里的维多利亚小说藏书极为丰富，所有的维多利亚杂xii 志仍可开架阅读，尽管那时《韦尔斯利维多利亚期刊索引》[①]只出了第一卷，但是它帮助我确认了匿名评论人的身份。

到1970年我获得博士学位时，美国的气氛已发生了变化，我也成了妇女解放运动的积极分子。1968年夏天我在巴黎度过，住在由法国、英国和美国的学生和教师共同租用的一所房子里。那时正值引发政治转变的“五月事变”之后，我参与了现代语文学会（Modern Language Association）的反战抗议活动。我已开始为《激进女性主义》(*Radical Feminism*）撰稿，并在编辑一部名为“女性的解放与文学”的选集。女性主义使我工作中的问题和我的生活呈现出新的意义，于是我开始构想比学位论文大胆得多的批评项目，想象着一种能为女性写作史作出贡献的文学批评，如同诺思罗普·弗莱为加拿大文学所做的，甚至像佩瑞·米勒（Perry Miller）和F. O. 马西森（F. O. Matthiessen）为美国文学所

① 《韦尔斯利维多利亚期刊索引》(共五卷）由沃尔特·霍顿（Walter Houghton）主编，多伦多大学出版社出版，主要解决了作者索引的问题。维多利亚时期期刊业的高度发达和匿名评论制度或用笔名发表的习惯使确认作者身份变得极为重要，该索引全面搜索了1824—1900年间出版的45种主要期刊，鉴定了每篇文章的作者身份，并有撰稿人目录和笔名索引等，是研究维多利亚文学、文化、历史、社会、政治、思想等不可少的大型参考书。现在已经可以通过数据库在网上查阅使用。——本书脚注皆为译者注

做的一样。

道格拉斯学院是罗格斯大学的女子学院，我在那里从兼职教师晋升为助理教授，并开始讲授女作家课程。在罗格斯大学的理查德·波里尔（Richard Poirier）和弗雷德里克·梅因（Frederick Main）的支持下，我得到了英文系的研究基金，去英国做一年研究，以博士论文为基础写一部书，将叙述的下限拉到我写作的时段。在英国，我来回于一个个寒气逼人的市立图书馆，寻找女作家的馆藏档案；我频频得到报偿，成为第一个读到某份令人心痛的日记或打开一盒信件的学者。我用姓名首字母默念着维多利亚女作家，CB，GE，EG，EBB 等[①]，她们成了我最亲密的同伴，对于我来说她们比我的亲姐妹还真实。在伦敦博物馆的“妇女社会政治联盟”收藏及福西特图书馆的妇女运动收藏中，我发现了“藏书世界中的处女地，供学者探索的新天地”。[1] xiii

我给自己布置的任务是填补奥斯丁与莱辛之间的空白，我要阅读能找到的英国女性写的所有小说，并尽力去理解她们之间有着怎样的关联。如果说有女性文学传统存在的话，我确信它产生于模仿、文学程式、文学市场和批评接受，而非来自女性在生物学或心理学意义上的联系。我的理论架构来自文学的社会学和人种志。我考察了一些文学亚文化，如非裔美国人、加拿大人及印裔英国人书写的作品：我尝试着把女性写作界定为一种亚文化的

① 这段中提到的作家首字母组合应分别指夏洛特·勃朗特、乔治·艾略特、伊丽莎白·盖斯凯尔和伊丽莎白·巴雷特·勃朗宁。

产物，它在与占优势的主流文化的关系中演变。我论述说，女性小说的演进“朝着无所不包的女性写实主义（female realism）的方向走去，那是对家庭和社群中的妇女的日常生活及价值观所做的广阔而有社会见地的探索”。[2]但是成熟的女性文学就不再是亚文化的组成部分，而是能进入“不带性别痕迹地参与到文学主流中去”[3]的状态。在论证被当作终极目标的“一间自己的屋子”即葬身之地时，我等于在“女性写作”这个术语出现之前就采取了反对“女性写作”理论的姿态①。我在第十一章中说，“假如一间自己的屋子成为目的，女性就此退出政治世界，与‘男性的’权力、逻辑和暴力脱钩，那么这间屋子就是一座坟墓，就像克拉丽莎·戴洛维的顶层卧室。然而，如果与女性传统和女性文化的联系成为一个中心点，如果女性从她们的独立性中汲取力量，在世界上发挥作用”[4]，那么女性文学就可以采取任何形式，谈论任何题目。

xiv 我的研究提出了许多我不知该如何解决的问题，但我感到自己的书一定会有读者。我读到了作家们的希望，她们愿自己全部的奋斗和失败能使后来者的境遇有所不同，这一点也让我坚持写下去。她们给了我底气，让我相信即便自己不是诺思罗普·弗莱

---

① 肖瓦尔特使用了法文 avant la lettre（先于某词存在）和 écriture féminine（女性写作）表明自己不赞同由法国女性主义批评开始的有关女性和语言的理论立场。她在《荒原中的女性主义批评》(“Feminist Criticism in the Wilderness”）中详尽地表达了有关意思。参见伊莱恩·肖瓦尔特，《荒原中的女权主义批评》，韩敏中译，收入王逢振等编《最新西方文论选》，漓江出版社，1991 年，第 255—282 页，尤见第 266—270 页。

的妹妹——不是那种能把什么问题都搞得一清二楚的女性主义大批评家——但只要我保持信念，相信在我之后的批评家一定会懂得更多、做得更好，从而得到勇气如实写出自己的想法，并愿意说出自己的奋斗和差错，那就足够了。

我把手稿交给普林斯顿大学出版社，他们作了一些重大删节后接受了——弗吉尼亚·伍尔夫那一章有一半一命呜呼。出版社的“标题审查委员会”把我写作时使用的标题“英国小说中的女性文学传统”改为“她们自己的文学”；这一提法出自约翰·斯图尔特·穆勒（John Stuart Mill），我在本书的第一页第三句中引用了他的话：“假如妇女住在和男人很不同的国度，从来没有读过男人写的任何作品，那么她们将会拥有自己的文学。”[5]

我喜欢这个标题，因为摘引自穆勒《论女性的从属地位》中的这句话本来就是我的出发点：它提出了有关国民性、亚文化、文学影响和文学自主性等我试图进行理论阐述的问题。再者，使用“她们的”一词，而非“我们的”，也凸显了作为美国人的我同我所讨论的英国女性之间的文化距离。“她们自己的”或“我们自己的”这一短语在最近20年的女性主义学术书籍和通俗读物的标题中确实颇为风行，然而几乎所有评论过这本书的人都无视我对穆勒的引用。他们阐释说，标题出自弗吉尼亚·伍尔夫，有些评论人认为我对伍尔夫不够尊重。托丽尔·莫伊（Toril Moi）觉察到擅取和拒斥后面的隐匿动机：“例如，像伊莱恩·肖瓦尔 xv
特这样著名的女性主义论者采取拿过弗吉尼亚·伍尔夫的标题但加以更改的方式，表明自己微妙地脱离了伍尔夫的轨道。在肖瓦尔特的笔下，《一间自己的屋子》变成了《她们自己的文学》，仿佛她需要表示，她与书中怀着爱心所发掘出来的女作家传统之间存在着有疑问的距离。”[6]珍妮特·托德（Janet Todd）指出：“《她们自己的文学》在许多人心目中本来就慢待了伍尔夫的原作《一间自己的屋子》；在书中，弗吉尼亚·伍尔夫更遭到痛批，被指斥将女性心理自我中令人不安的、黑暗的方面投射到男性身上，从而回避了女性特性这个问题。”[7]只有澳大利亚批评家 K. K. 鲁思文（K. K. Ruthven）在对写一本只关于女作家的书这种“分离主义的”做法表示异议时强调了穆勒，他争论说，这是因为“男人和女人生活在同一国家内，相互阅读对方的作品已成习惯”。[8]

有鲁思文这样的男性批评家评论这本书就已经是进步了。毫无疑问，女作家和女批评家想必的确习惯于读男性的作品；然而，直至晚近，男作家和男批评家并无读女性作品的习惯。男性对《她们自己的文学》的接受一般来说是尊重的，可在女性批评家那里它既被仿效又遭辱骂。一方面，这本书帮助创建了女性主义文学史和女作家批评（gynocriticism）的新领域，被译为多种文字，并对世界各地类似的努力产生影响。一篇谈女性摇滚乐演化的文章就引用了我的话。[9]另一方面，在女性主义阐释的圆周上，我几乎受到来自所有点位的攻击，被指为一位分离主义的、追名
xvi 逐利的、纯理论的、反理论的、种族主义的、恐同的、政治正确的、传统的以及非经典论的评论家。在过去的 20 年中，我期待着女性写作方面新的批评研究会指出我是怎样“失败”的；1997 年，在多伦多的现代语文学会的书展上，我拿起一本新书的校

样，那上面添油加醋地说我已“声名狼藉地败退了”。

尽管如此，因失败而声名狼藉总胜于根本不受关注。我很早就决定，不要针对抨击为《她们自己的文学》进行申辩，而是要试着对它放手，让女性主义批评中的思想论辩顺其自然地发展。我继续研究女作家和女性主义批评理论，也转而研究了其他话题。我一直饶有兴趣地关注着批评和抨击的周期性动向：我甚至有幸活得够长，接受了一些人亲自或以印刷文字形式表示的歉意。

最重要的是，我受益于两个十年中女性文学史和女性主义批评方面令人眩目、富有成效的批评革命，拓宽了理解，加深了知识，磨砺了思想。《她们自己的文学》是在聚焦于重新发现的第一波女性主义文学批评浪潮中问世的。20 世纪 70 年代早期，我发现写出几代女作家之间的连续性十分重要，我还特意突出了女批评家。但是，对女性文学谱系的强调在一定程度上是意在说服的修辞姿态，因为女性写作从来至少是双性的；正如我在《荒原中的女性主义批评》中所写的那样，女性写作是一种双声话语，受到主导性的男性文学传统和失声的女性文学传统的双重影响。[10]

到了 20 世纪 70 年代末，在桑德拉·吉尔伯特（Sandra Gilbert）和苏珊·古芭（Susan Gubar）对女作家的权威性研究《阁楼上的疯女人》（*The Madwoman in the Attic*, 1979）中，两位作者提出一个强有力的理论，即女性文学史是女作家与父权传统之 xvii
间的对话。她们自己的理论是对哈罗德·布鲁姆（Harold Bloom）的“影响焦虑”论的修正，将两性之间的战争呈现为语言和文学的角力，由此产生了新的文类和形式。此外，吉尔伯特和古芭还给 19 世纪的女作家绘制出一幅布满焦虑的地形图，似乎也在无意识中描述了当代女性主义批评家的精神动力：对男性前辈的情感疏离、对女性听众的迫切需要、对父系权威的畏惧，以及关于理论创建和想象自主性的内化冲突。在其批评论著三部曲《无主之地》(*No Man's Land*) 中，吉尔伯特和古芭进入了 20 世纪，描述了女艺术家在杰出女性前辈的榜样下如何既受到激励，也感到气馁，以及她们如何“怀着竞争和焦虑的复杂感情”[11] 作出了应对。

在 20 世纪 90 年代，女性写作批评必须尽可能充分地考虑到整个文学影响力之网，文本无一不织入其内；而我有关女性文学影响之链的假定性模型需要被理解为一种特定的历史策略，而非绝对信条。新世纪到来的前夕就像盘点存货的理想时机；《她们自己的文学》新修订版在望，也给了我机会，让我反思发生了哪些事情，以及如果现在来写这部书我会希望做怎样的改动。

理　论

20 世纪 80 年代，当欧洲的种种理论模式开始统领文学批评时，对《她们自己的文学》进行女性主义批评的人指向了我在理论上的“天真”，以及我那固执的美国实用主义。有的批评人则
xviii 从我的著述中识别出了我本人无疑并没有意识到的理论内容。帕特里夏·沃（Patricia Waugh）注意到：“在伊莱恩·肖瓦尔特等

人的女性主义文学史……的背后隐现出自我心理学家的理论，埃里克森、皮亚杰和科尔伯格的种种认知发展模型。”[12] 盖尔·格林（Gayle Greene）和科佩利亚·卡恩（Coppelia Kahn）论述说：“就像在许多英美女性主义批评中一样，隐含在肖瓦尔特的论点中的是这样的预设，即文本以及语言自身是映照出先在的客观现实的透明介质，而不是铭刻了意识形态并真正构成现实的符号示意系统。”[13]

最重磅的抨击来自托丽尔·莫伊，来自其《性 / 文本政治》（*Sexual/Textual Politics*，1985）。甚至在她的书出版前，我就听传言说书中会对我的作品进行酷评，我还收到莫伊本人的信，她向我保证她的严苛评论是出自姐妹般的敬重（这是女性主义学界叫人“做好思想准备”的惯用表达法）。确实，《性 / 文本政治》从第一页起就以我的书和桑德拉·吉尔伯特、苏珊·古芭及其他人的书为例，阐述“英美”女性主义批评的种种不足不当之处。

莫伊的核心争议是我的“理论框架从未得到明确说明”。在她看来，我隐含的理论就是“文本应该反映作家的经验，越是让读者感到经验的真实可信，文本就越有价值”。她坚持说，“隐含其中”的我的立场就是“强烈地赞同那种通常被称作批判现实主义或资产阶级现实主义的写作形式”。实际上，她宣称“在她的文学批评中可以发现一种强烈的不加质疑的信念，相信的不是无产阶级人道主义的价值观，而是自由主义一个人主义类型的传 xix
统资产阶级人道主义价值”。我拘囿于“隐秘的卢卡奇式”现实主义、“对总体性视野的需求”和对“传统美学范畴”[14] 的依赖，故无法正确评价偏离中心的现代主义作品及女性主义对它们的运用。

莫伊在其第四章“女性书写及书写女性”中用两页的篇幅再次讨论《她们自己的文学》，她重申了自己的观点：这部书的缺陷在于“未阐明有关文学和现实之间、女性主义政治和文学评价之间的关系的理论预设”。对比之下，她坚信，总体上说，法国女性主义的后结构主义理论，尤其是朱莉娅·克里斯特娃（Julia Kristeva）的后结构理论，才是最高深、最远大的女性主义文学分析形式。它拒绝生物学和本质主义的解释，解构了“男性气质和女性气质的对立”。[15]

莫伊对女性主义文学批评的分析产生了很大的影响；在英国，许多学生根本不读我的书，直接从作为权威大学读本的《性/文本政治》中形成了对《她们自己的文学》的见解。毫无疑问，我没有读过或甚至没听说过西克苏（Helene Cixous）、伊里加雷（Luce Irigaray）和克里斯特娃，1974年我写完书的时候，美国几乎没人知道她们。由伊莱恩·马克斯（Elaine Marks）和伊莎贝尔·德·库迪伏朗（Isabelle de Courtivron）合编的、向美国学者介绍法国女性主义著作的《法国新女性主义》（*New French Feminisms*）直到1980年才出版。然而，作为一位文学史学者，我仍然觉得从她们的著述中找不到多少有用的东西。更值得注意的是，莫伊本人因沉浸在法国批评和马克思主义批评中，反而未能觉察出《她们自己的文学》真正的理论预设，这些预设来自一种极为不同的对文学、现实、性别身份和经典系统的研究进路。在莫伊看来，最重要的理论问题是哲学上的问题："什么是阐释？阅读意味着什么？什么是文本？"[16] 但是我的理论问题是 xx 有关历史和文化的问题。主导性的文化和失声的文化之间存在怎样的关系？失声的文化有没有自己的历史和文学，抑或必须按照主导性文化的年代学、标准和价值来衡量？少数派的文学批评能否通过广泛而仔细地阅读自己的文学文本发展出自己的方法和理论？文学亚文化是如何演进和变化的？能为这些问题提供答案的学科不是哲学和语言学，而是文化人类学和社会历史学。

假如我今天动笔来写《她们自己的文学》，我肯定会在文学亚文化以及围绕后殖民研究出现的理论方面建立更广泛的比较研究基础。我也会为作为一种文学程式的"写实主义"做更强烈的理论辩护。正如乔治·莱文（George Levine）在《写实主义想象》中所证明的那样，维多利亚时期的叙事写实主义远非对"经验"过分简单化的、模仿式的复制，无论那"经验"是男性还是女性的。它是一种非常成熟的再现方法，有自己的理论支撑。[17] 再说，反写实主义的文学程式也并非在本质上具有激进或颠覆性的成分。今天是先锋派，明天会成为广告。法国女性主义理论尽管在思想界很时尚，却仍然没有解决好女性写作和文学史的问题，其中很多为首的人物转而从事其他题目的研究了。

与此同时，女作家批评（gynocriticism）——这是 1979 年我对女性写作研究的命名——却得以发展，提出了对女性文学史的连贯叙述。女性写作在与文学主流的关系中走过了服从、抗议和

自主这三个阶段，它们由不断复现的形象、隐喻、主题和情节联系起来，而这些形象的来源是女性的社会经验和文学经验，以及
xxi 对男女前辈作品的阅读。正如苏珊·沃尔夫森（Susan Wolfson）对女性主义批评和英国文学所做的出色概述中所注意到的：“到20世纪80年代初，情况已经很清楚，女性主义文学批评和对女作家的关注已经取得体制上的合法性。这些成就在80年代得到进一步巩固，其成功显见于从初级中学到研究生院的英文课程中……课堂所用的文学选集……因而也得以发展。”沃尔夫森在结语中说：“20世纪90年代正在形成女性作品越来越容易获得的局面，这是由于早已绝版的女性作品有了许多新的选集和重印本，也是由于在线文本和女性作品版本结合起来，（在别的网站之外）可以通过弗吉尼亚大学电子文本中心、布朗大学女作家工程和宾夕法尼亚大学英文系主页在互联网上获取。”[18]

文学史和典则

我设想《她们自己的文学》应是一部挑战传统经典系统的书：它远远超出少数几个被接受的女作家，而把眼光投向所有次要的、被遗忘的人物，她们以其写作生涯和作品塑造了一个传统。我写道：“我们只有在对她们全体——不只是弗吉尼亚·伍尔夫，还有米莉森特·格罗根（Millicent Grogan）——进行考量的前提下，才有可能开始在一部新的文学史中记载新的选择。”[19]我想破除某些女作家被认可为“伟大”这一过程的神秘性，揭示

女性作品得以构思、出版、传播和评论的客观物质背景和环境。然而，一些批评家反对我的取舍，还有些人对居然可以写文学史 xxii
这个想法提出异议。

有几位学者争论说，小说方面的女性文学传统之肇始大大早于19世纪40年代，说我忽略了18世纪的小说家。玛丽莲·巴特勒（Marilyn Butler）辩称：“肖瓦尔特推定只有1800年以后出生的作家才谈得上连续的女性传统。她相信在那之前的女作家并不认为自己是职业人士，因此（尽管以上和以下陈述之间的联系并不清楚）无法与其他女作家发生关联。此处很难知道肖瓦尔特在使用职业人士一词时究竟怎么想的……女作家从来就有网络，虽说并非所有女作家都是个中人，奥斯丁本人就不是。”[20]玛格丽特·J. 埃泽尔（Margaret J. Ezell）指责我的“进化”模式，说它“部分地导致把先前的女作家归入女性传统最早的阶段，在进化阶梯上的等级实在不高”。[21]珍妮特·托德抗议说：“18世纪分明有大批职业小说家，而肖瓦尔特居然可以宣称1800年以前的女人不认为自己是职业作家……从其专注于维多利亚时期和家庭写实主义，以及忽视美学判断和语言方面的问题来看，《她们自己的文学》显著地带有早期女性主义批评讨论妇女的特征……其疏漏歪曲了对女性过去的理解，并纵容了以不成熟的泛论充当特定的断代史的倾向。”[22]

事实上，我为这本书所做的最初研究集中在18世纪和早年 xxiii
的作家；此后我读了巴特勒、埃泽尔、托德、露丝·佩里（Ruth Perry）、莫伊拉·弗格森（Moira Ferguson）、克劳迪娅·约翰逊（Claudia Johnson）、南希·阿姆斯特朗（Nancy Armstrong）、简·斯潘塞（Jane Spencer）、玛格丽特·杜迪（Margaret Doody）、卡萝尔·巴里什（Carol Barish）、苏珊·沃尔夫森、埃丝特·肖尔（Esther Schor），收获巨大。我还从我的丈夫英格利希·肖瓦尔特（English Showalter）那里学到了许多东西，他一直在编18世纪法国女小说家德·格拉菲尼夫人（Madame de Graffigny）的70卷信件手稿，所花的时间几乎和我们的婚姻一样长。但我仍然认为，在19世纪以前，正如露丝·佩里在其出色的玛丽·阿斯泰尔传记中所说，“没有女人规划以写作为业；那时没有女文人这样的概念”。[23] 而且，在英国和欧洲的女作家中出现男性笔名——从瑞典的“厄恩斯特·阿尔格仁”（维多利亚·贝内迪克特森），到法国的“乔治·桑”以及西班牙的“费尔南多·卡巴莱罗”（塞西莉亚·博尔）——是一种文学新意识的清晰历史标记，其基础是性别身份。我选择从19世纪40年代开始，正是为了强调职业精神、市场运营和团体意识，而不是无视或者鄙视18世纪女小说家。凯瑟琳·蒂洛森（Kathleen Tillotson）的力作《19世纪40年代的小说》（*Novels of the 1840s*，1956）也影响了我的选择，她的研究清楚地勾画出这十年中小说在形式和销售方面发生的重大变化。

杰弗里·哈特曼（Geoffrey Hartman）在其很有影响的著作《荒原中的批评》（*Criticism in the Wilderness*，1980）中论述说，每一种新的文学理论都基于特殊的文本环境或是从其中概括抽象出来。第一阶段的女性主义文学批评是在与维多利亚时期的男性家长式人物（穆勒、卡莱尔、阿诺德、马克思、弗洛伊德）的对话中发展起来的，在文本方面偏重维多利亚时期的女性小说。而且，维多利亚研究的学科间性、对女作家的接受度以及对女学者和女批评家的友善，使之从初始阶段起就是个很适宜女性主义存在的领域。我那一代许多年轻的女研究生受到维多利亚时期的吸 xxiv
引，因为那是女人被认可为经典作家的唯一文学分期。凯特·米利特（Kate Millett）的《性政治》(*Sexual Politics*, 1970）原本是在哥伦比亚大学做的维多利亚文学方面的博士论文；跨学科学刊《维多利亚研究》(*Victorian Studies*）的女性主义编辑玛莎·维奇努斯（Martha Vicinus）搞了一期论女性的特刊，并编了两卷文献研究论文集：《忍受并缄默》(*Suffer and Be Still*）和《扩展的领域》(*A Widening Sphere*)。18 世纪研究领域能接纳女性主义分析只是后来的事了。

到了 20 世纪 70 年代后期，女性主义批评争论着阶级和种族差异的问题。我关于黑人文学亚文化的发展是“女性主义学术可用的先例”这类提法冒犯了芭芭拉·史密斯（Barbara Smith），她在论文《黑人女性主义批评初探》中评论道：“像肖瓦尔特这样的批评家要利用黑人文学，这想法真令人寒心，是几乎不加掩饰的文化帝国主义的一例。”[24] 我在编写《新女性主义批评》(*The New Feminist Criticism*）时未加评论地收录了这篇文章，但是史密斯对我的跨学科研究的努力所做的回应，以及她对我在书中引用一位白人男学者写的有关非裔美国小说的文学史所感到的愤怒（“终极侮辱”)，也同样令我感到寒心。

晚至1994年，还有评论者完全不顾我的书写的是英国传统这个事实，随口评说《她们自己的文学》中“美国黑人女性的缺席”已经受到“诸多批评”，而我在处理美国黑人女性方面的“无能”使我的论述“从根本上就有缺陷”。[25]尽管如此，我倒想听听哪位能指名道姓说出我本来应写进书中的、19世纪和20世
xxv 纪初的英国黑人女小说家。当然，如今在非裔美国作品方面可资利用的理论资源丰富得多；我也在本书新增的一章中将女性写作史的下限拉到当下，讨论了在英国的当代黑人、加勒比地区族裔和亚裔女小说家的作品。

最后一点，对于20世纪70年代和80年代的一些批评家来说，我仍然过于拘泥经典系统，太心有不甘，无法完全抛却关于连贯的历史或传统或典籍的念头。按照鲁思文的说法，整个有关“文学史”和“文学传统”的观念都已死亡：这种观念“首先把一个叫‘文学’的人为范畴同其他文化现象区分开来，而马克思主义者会希望找到对这些现象共同的唯物论的解释。这种观念接着假定一些事例构成了一个连续的整体，文学史学者可以随意地将他们喜欢的三分法发展结构投射其上”。[26]他的脑子里想到的三分法结构主要指我的女性、女权、女人阶段论。

莫伊则更进一步，认为像我这样的书目的“不在于取缔所有的典籍，而在于创建一套不同的女性作品的经典系统”。[27]然而，正如莫伊本人在不同的语境中抨击另一位英美女性主义批评家时所宣称的那样，声言“取消”文学经典系统是空洞的、冠冕堂皇的修辞姿态：“反对权力并非以1968年后精致的自由意志论

姿态去废除之，而是把权力移交到另一个的手上。”[28]文学经典系统的建构并不是一场阴谋，而是取决于大的文化网络的进程。理查德·布罗德黑德（Richard Brodhead）和约翰·吉洛里（John Guillory）等批评家的工作已表明，经典系统的形成涉及重新吸纳被贬值的作家，这是批评革命的重要内容，而新的体系“只有借助某人或某团体利益的力量才会浮上水面。至于它们在文学大陆 xxvi
未来的地图上能否持续留在水面之上，这问题委实不关乎其固有价值（后者也从未成为过去能否留存下来的决定因素），而在于那些利益能否成功地体制化，并把旧的利益争取过来，一起努力使它们的利益成为值得记住的过去”。[29]

和一些粗枝大叶的读者所声称的相反，我并不是在提倡一部简单的辉格式文学史。但我仍然坚持英国女性写作在进步的想法或比喻，哪怕只是在表达的范围和自由度方面的进步。再者，我认为有必要对女性作品相对的成败作出评价；我不能同意像安·阿迪斯（Ann Ardis）那样的批评家的意见，她坚持说女性主义批评家为了“非经典价值理论”的利益应该把所有的“文学等级”模式当作父权制的东西加以拒绝。“当我被问到在所有的阅读中发现了什么伟大作品时，”阿迪斯在其对新女性作品的研究结尾说，“我通常的回答是反诘对我提问的人：你对审美价值的兴趣是否在掩饰对这些小说中的女性主义政治的焦虑？你强调这些文本的形式而非意识形态的愉悦是在卫护什么样的文化价值？”[30]

虽说这些反问句的用意显然是避免回答价值问题，并在不幸的对话者心中引起罪恶感和羞耻感，我却承认自己仍在不知羞耻地坚持异端。搞了 25 年女性主义批评，无论我们在公众面前多么激烈地反对等级观念，我都不认为女性主义者就此抹去了有关
xxvii 文学高下之分的一切意识。我详察了 20 世纪 70 年代早期至今英国女性小说的发展，依然相信女性作品无需辩护或特别对待，完全可以经受审美判断和文学质量方面最严格的检验。

新女性及其小说

1990 年，当即将来临的千禧年重新点燃了对 19 世纪 90 年代女性小说的兴趣时，《她们自己的文学》又遭受到新一代女性主义文学批评家的抨击。有人抱怨说，我太不看重 19 世纪 90 年代女小说家的艺术性，或说我低估了女性争取选举权的小说的价值。“在《她们自己的文学》中，”雪莉·彼得森（Shirley Peterson）在 1993 年如此写道，“伊莱恩·肖瓦尔特继续以贬抑女性政治写作的方式确认了权威审美标准的有效性。她为英国争取女权的运动喝彩，把运动看作用独特的政治方式唤醒女作家的历史和文学时期。她赞扬女作家们抛却维多利亚式矜持的勇气，接着却贬低其作品在文学上的重要性。”[31]

现在我能大力强调作为女性写作过渡时期的 19 世纪 90 年代了，这在很大程度上是因为有了这样一些研究著作：简·埃尔德里奇·米勒（Jane Eldridge Miller）的《叛逆女性：女权主义、现代主义和爱德华时代的小说》（*Rebel Women*, *Feminism*, *Modernism*,

and The Edwardian Novel, 1994），安·阿迪斯的《新女性、新小说》（*New Women, New Novels*, 1990），丽塔·费尔斯基（Rita Felski）的《现代性的性别身份》（*The Gender of Modernity*, 1995），以及玛格丽特·D. 斯特茨（Margaret D. Stetz）的著述，她主编了学刊《世纪交替时期的妇女》（*Turn-of-the-Century Women*）。现在也有了埃米·利维（Amy Levy）、萨拉·格兰德、乔治·埃杰顿（George Egerton）及其他 19 世纪 90 年代重要女作家作品的版本。然而，在我写作《她们自己的文学》时，这些女性大部分完全湮没无闻。1971 年，我去巴斯寻找萨拉·格兰德的资料；一个细 xxviii
雨霏霏的冬日，我在巴斯市图书馆内打开了自她去世后原封未动的一个个硬纸盒。我的书出版后，居住在巴斯的独立学者吉莉恩·克斯利（Gillian Kersley）决定写一部格兰德的长篇传记。那时妇女参政运动人士的书信文件和小说都存放在肯辛顿宫，而学者还没有对选举权运动的艺术做过分析。

19 世纪 90 年代在艺术上和政治上对女作家都是一个重要时期。英国妇女选举权论者埃米琳·佩西克-劳伦斯[1]与哈代和吉辛（Gissing）是同时代人，她回忆起年轻女性感到的欢乐时，和他们的阴郁形成鲜明对照："年轻时生活在那个时期，周围都是年轻的同志，真是一件美妙的事情，因为上个世纪的最后一个十年是扩张的有远见的时代……我们读书，讨论，争辩，做实验，我

---

① 埃米琳·佩西克-劳伦斯（Emmeline Pethick-Lawrence）是一位男爵夫人，20 世纪初曾因参与妇女社会政治联盟的活动六次被捕入狱，其中包括她反对的大规模砸橱窗的行动。

们感到所有的生活都在眼前，任凭我们的设想和愿望去改变，去塑造。”[32] 在小说领域，随着三卷本小说和租书图书馆系统的消亡，以及文学杂志和短篇小说的兴起，19 世纪 90 年代似乎为年轻人提供了莫大的机会。紧跟着三卷本形式的退市，有一种小说便难以为继了，用霍尔布鲁克·杰克逊（Holbrook Jackson）的话说，即“一种小说类型：租书图书馆喜欢的旧式情感小说，文雅浪漫的格调，生硬的圆满结尾……［那种小说］刻意营造出祥和安宁的绵绵情愫，许多人相信这就是所有优秀文学之所归和目标”。[33]

寒酸的三卷本走了，来的是纤细的一卷本，装帧考究，封皮用深浅各异的柠檬色和紫色系列，幽幽地透出禁忌和悖理的气息。1894 年 4 月创刊的《黄面志》（*The Yellow Book*）就是从家庭趣味转向艺术的缩影，“表现出跨越阶级、国家、性别身份、性
xxix 取向、学科和意识形态疆界的大规模联合与合作的态势”。[34] 该杂志发表了许多女诗人、艺术家和作家的作品，其中有两位还担任了杂志的副编辑。实际上，“新女性”这一用语的亮相就在 1894 年 5 月，它出现在萨拉·格兰德和“维达”（Ouida）在《北美评论》的意见交流中。

1894 年也是新女性创作奇迹迭出的一年。[35] 年内出版的小说中有罗达·布劳顿（Rhoda Broughton）的《生手》（*A Beginner*）；埃玛·弗朗西丝·布鲁克（Emma Frances Brooke）的《多余的女人》（*A Superfluous Woman*）；萨拉·珍妮特·邓肯（Sara Jeannette Duncan）的《时代的女儿》（*A Daughter of Today*）；丽塔（Rita）

的《无足轻重的丈夫》(*A Husband of No Importance*)；萨拉·格兰德的《多面人性》(*Our Manifold Nature*)；伊迪丝·约翰斯通(Edith Johnstone)的《照不到阳光的心》(*A Sunless Heart*)；莫娜·凯尔德(Mona Caird)的《达那俄斯的女儿们》(*The Daughters of Danaus*)，梅·克罗姆林(May Crommelin)的《风前的灰尘》(*Dust before the Wind*)：安妮·霍尔兹沃思(Annie Holdsworth)的《老姑娘乔安娜·特雷尔》(*Joanna Trail, Spinster*)；"约塔"(lota)的《黄紫菀》(*A Yellow Aster*)；埃拉·赫普沃思·迪克逊(Ella Hepworth Dixon)的《一个现代女人的故事》(*The Story of a Modern Woman*)；多萝西·莱顿(Dorothy Leighton)的《幻灭》(*Disillusion*)；弗洛伦丝·法尔(Florence Farr)的《跳舞的农牧神》(*The Dancing Faun*)；"约翰·斯特兰奇·温特"(亨丽埃塔·斯坦纳德)的《清白女子》(*A Blameless Woman*)；"乔治·帕斯顿"(埃米丽·西蒙兹)的《现代亚马孙女勇士》(*A Modern Amazon*)；乔治·埃杰顿的《纠纷》(*Discords*)；伊丽莎白·罗宾斯(Elizabeth Robins)的《乔治·曼德维尔的丈夫》(*George Mandeville's Husband*)，一部尖刻讽刺那些使用笔名的女性人物的作品。

然而，可惜的是新女性小说家的盛期稍纵即逝。到1895年，女性写作的烈焰就剩火星子和灰烬了，到处都在宣布新女性小说的死亡。此外，作家们本身也不顺，很多人初露头角后发表作品无几，甚至不发表；事实上所有的人都从一般文学史中消失了。

在《她们自己的文学》中，我基本上把新女性作家的消逝归咎于她们自身。我那时写道："回头看，好像所有的女权主义者只有一个故事可以讲述，讲完这个故事她们也就筋疲力尽了……xxx 她们以某种联合的意识和……对女性小说家'宝贵特质'的兴趣开始，却……结束在一个梦想上，以为从社会上抽身而去反而会找到更高的女性真谛。"[36] 但是此后我一直在尽力软化这一严厉的评判：在为萨拉·格兰德的《贝丝书》（*The Beth Book*，1981）、玛丽·乔姆利（Mary Cholmondely）的《红汤》（*Red Pottage*，1985）和奥利芙·施赖纳（Olive Schreiner）的《非洲农场的故事》（*Story of an African Farm*，1993）所写的序言中；在我写的《性的失序》（*Sexual Anarchy*，1990）中，尤其是在我编的 19 世纪 90 年代女性短篇小说选集《颓废艺术之女》（*Daughters of Decadence*，1995）中，我就是这样做的。19 世纪 90 年代的女性小说往往选择女艺术家、女作家或有思想有知识的女性作为主人公，探索她们这一代女权主义追求的极限。19 世纪 90 年代悲惨的女权主义知识女性主人公就像非裔美国小说中悲惨的黑白混血儿一样有重要意义。如果说新女性小说家因受到挫折而脱离了社会交往，那她们有充分的理由这样做，她们奋勇地反抗了当时的习俗规范。

我发现，尽管新女性小说心理上的峰回路转令人着迷，但从审美的角度看，这些英国小说却没有一部像凯特·肖班的《觉醒》（*The Awakening*，1899）或拉奇尔德①的《把戏》（*The Juggler*，

① 凯特·肖班（Kate Chopin）是美国作家，拉奇尔德（Rachilde）是法国作家，其真名为 Marguerite Eymery Vallette。

1900）那样令人满意。正如世纪末的许多英国女作家所意识到的，小说之于她们是个成问题的文类。在她们的手下，小说变得像说教、对话过多、片段式、矫揉造作。乔治·艾略特取得了大成就和大名声，后来者不免承受影响的焦虑；更何况维多利亚小说的情节对她们已不适用，可她们又没有完全改头换面，找到自己的情节。约翰·库西奇（John Kucich）论述说，新女性小说家遇到的困难是"调和在虚构小说内部讲述真实的种种含混，使之适应女权主义的需求，尤其是在早期现代主义美学正……离开维多利亚写实主义所属意的讲述真实的理想这样一个时刻。正是因为女作家无法成功地应对后维多利亚文学中有关真实的窘境，而不是因为缺乏才情或一脑门子的意识形态，她们才无可避免地自 xxxi
我放逐出经典传统，而此时的经典传统已经开始把诚实作为只能通过美学的稀释才能解决的一个问题来对待"。[37]

19 世纪 90 年代女性最好的作品是短篇小说而非长篇小说。女作家发现短篇小说的形式很适于表现那个年代强烈的女权主题：缪斯的叛逆、新女性语言的探索、对男性占用甚至是窃取女性故事的抗议。为了容纳女性创造力，新女性必须改造唯美主义和颓废文学。她们必须把女人的性和生育表现为积极的创造力量，而不是生物意义上的陷阱或艺术创造的对立项。她们也必须处理好唯美主义和艺术商品化之间的关系。

她们的短篇比长篇小说更好地描写出她们为寻找新词和新形式所做的努力。例如，在萨拉·格兰德的《无法定义：一首幻想曲》中，一个画家因作品变得了无生气、拘泥俗套而痛感丧失了创造力。“就在我强迫自己承认我的官能一定有点钝化了的时候，我渐渐被一种虽说不上是惊慌，但确是强烈的诧异感攫住了……我到底怎么了？是失去感受力了？”一个不速之客来到画室，打断了他的思绪，是个自信的年轻女子，表示愿意做模特。他一开始不觉得她有什么吸引人之处；她的“眼睛里不由自主地闪烁出一股傲气，它们并不朝上看，而是平视我的眼睛”。尽管如此，他还是画了她，而让他大吃一惊的是，画作竟熠熠生辉。他突然意识到这是谁了：“一个独立的女人，一个新生灵，一种灵感之
xxxii 源，从来没有男人在艺术或文学中想象过有这样的人。”但是他还没有画完，她就消失了。虽然他赶着马车走了一条又一条街，希望能找到她，可他再也没有见过她。故事的结尾料定，如果他自己不改变，不成长的话，她是绝对不会回来的。[38]

21 世纪

自 20 世纪 70 年代以来，当代女性写作的主题和形式的确变了，现在甚至有了一个叫橘子奖（the Orange Prize）的重要文学奖，专门授予用英语写作的女小说家。自《她们自己的文学》初版以来出现的作家中，至少有一个——安吉拉·卡特（Angela Carter）一定会列入任何女性文学的经典或传统；还有好几位——希拉里·曼特尔（Hillary Mantel）、米歇尔·罗伯茨（Michele Roberts）、乔安娜·特罗洛普（Joanna Trollope）、费伊·韦尔登（Fay Weldon）和珍妮特·温特森（Jeanette

Winterson）——值得受到严肃的批评关注。但是，除了一个重要修正之外，我仍然维持我在 1977 年所表达的关注。那时我警告说："假如一间自己的屋子成为目的，女性就此退出政治世界，与男性的权力、逻辑和暴力脱钩，那么这间屋子就是一座坟墓。"令人不安的是，甚至到了 1998 年，在女性小说中，自己的屋子作为发生慢性疲劳综合症、女性幻想或致瘫的焦虑情绪的处所，仍然是一个孤立的空间。但是，希望的迹象也出现了，"与女性传统和女性文化的联系"已经成为中心点，激励着女作家"从她们的独立性中汲取力量，在世界上发挥作用"。[39]

现在看似不同的是，70 年前弗吉尼亚·伍尔夫在《一间自己的屋子》结尾处阐明的那个目标——在贫困和落魄中努力，等待莎士比亚妹妹的降临——已经不再有意义或必要了。女性主义
批评和女性文学史所依靠的并非发现某个伟大的独一无二的天 xxxiii
才，而是确立女性作品作为艺术形式的连续性和合法性。再者，在文化全球化的时代，小说的国别疆界正在隐没和消失。西尔维娅·普拉斯（Sylvia Plath）算英国作家还是美国作家？托妮·莫里森（Toni Morrison）难道不会影响欧洲小说？仅仅过了 25 年，我在《她们自己的文学》这个标题中想暗示的国别和文化的差异已不再那么鲜明。然而，如果说性别身份的差异也可能即将成为文学史上的旧话，那是因为女性主义批评已成功实现了目标；参与了这一伟大的集体行动让我感到自豪和喜悦，没有任何理论的争论会模糊这一点。

第一章　女性传统 3

> 女性文学的出现有希望带来女性的人生观和女性经验，换言之，带来新的元素。无论人们想对社会作什么样的划分，男人和女人构造不同，因而有迥异的经验，这一点仍然是不争的事实……然而，迄今……妇女文学还没有发挥其功能，或可归因于一个很自然的，也是清晰可辨的弱点——它过分地成了一种模仿的文学。要像男人那样写作，这是女作家的目标，也成为她们难以摆脱的积习；而她们真正应该履行的职责是作为女人进行写作。
>
> ——乔治·亨利·刘易斯，《淑女小说家》，1852年

英国女作家从来都不愁没有读者，她们也从不缺乏学者和批评家的关注。然而我们从来没有把握，究竟是什么因素使她们可以被统称为女人，抑或她们是否共享了与女性特质关联的共同遗产。约翰·斯图尔特·穆勒在《论女性的从属地位》(1869)中写到女性的创造力，他论述说，妇女需要进行艰苦的斗争去战胜男性文学传统的影响，并创作出新颖的、本色的、独立的艺术。穆勒设想道，“假如妇女住在和男人很不同的国度，从来没有读过男人写的任何作品，那么她们将会拥有自己的文学”。他又推论说，反之，妇女将永远成为模仿者，而不是创造发明者。看似自

相矛盾的是，如若不是妇女在文学上已经获得了显著的地位，穆勒又从何提起这个问题？对他那个时代的（同样对我们中的）许多人而言，19 世纪似乎就是“女小说家的时代”。有了简·奥斯丁、夏洛特·勃朗特和乔治·艾略特这样璀璨的明星，女人有没
4 有写小说的才能这个问题至少是有了答案的。然而，仍然有个更大的问题：女人因习俗和教育的限制未能取得诗歌、历史、戏剧创作方面的卓越成绩，若她们把自己的文学才华成就定位于小说的话，那是否只是把另一种男性文类据为己有呢？乔治·亨利·刘易斯（George Henry Lewes）和穆勒总的来说都是妇女权利和维多利亚自由主义的代言人，他们感到女人就像生活在希腊影响中的罗马人一样，在男性文化帝国主义的笼罩之下黯然失色。穆勒写道：“如若女性文学注定会有不同于男性文学的集体品格的话，那么今天仍为时过早，尚需假以时日，容其能从确立模式的影响中解放出来，接受自身驱动力的指引。”[1]

在女人操笔写的书与刘易斯力图界定的“女性文学”之间存在着显著的差别；“女性文学”应自觉地共同专注于清晰地表达女性经验，并“在自身驱动力”的指引下进行自主的自我表达。写小说的女人从来都是有自我意识的，只是她们很少做出自我界定。女作家们深深地、持久地感受到各自的身份和经验，但她们又很少去思考这些经验能否超越个体和局部的限制，采用共同的艺术形式去揭示一种历史。在 1880 年至 1910 年的激进女权主义时代，英国和美国的女作家都在探索亚马孙乌托邦的主题，那是一个完全由女性居民构成、同男人的世界彻底隔绝的地方。然

而，即使在这些关于独立自主的女性社群的空想中，也不存在女性艺术的论说。种种女权主义的乌托邦都不是对于原初女人那种自由界说自己的本性和文化的构想，而只是从男人的世界遁入了一种与男性传统作对的文化。典型的女权主义乌托邦都是田园式的避难地，在那里，“堕落前”的夏娃们在贴近自然的花果园中耕作，消除了水污染，管理着模范托儿中心，但她们并不写书。

与穆勒的看法相反，而且直到前不久，在没有任何女权主义文学宣言的情况下，两个世纪以来大量的小说读者仍然朦胧地却又不断地得出女性文学有自成一体的声音的印象。欧内斯特·贝克（Ernest Baker）在《英国小说史》（*The History of the English Novel*）中单辟一章谈女小说家。他评论说：“女文学家的特殊性犹如种族或远祖传统的独特性一样，将她与那另一性别截然区分开来。随意选取一群女作家，无论我们在她们的才华、见解或个人脾性上看出多大的不同，这差异性均有明显属于女性气质的相似性与之匹敌，甚至相似很有可能压倒了差别。”[2] 贝克很明智地回避了对这些女性的“特殊性”进行分类；凡是致力于细说女性特殊之处的批评家大多很快就发现，与其说他们在阐述性别构造，不如说是在表达自己的文化偏见。1852 年，刘易斯认为他可以确认情感和观察力是女性的文学特征；1904 年，威廉姆·考特尼（William L. Courtney）发现“女性作者既羞涩又好教诲”；1965 年，伯纳德·贝尔贡齐（Bernard Bergonzi）解释说：“女小说家……乐于保持狭隘的关注。”[3] 写书的女性阅读别的女性写的书也面临着问题，她们很难阐明自己的潜能，按乔治·艾略特的说

6 法，就是那种发掘出“存在于男性的聪明才智及经验之外的宝贵特质”的能力。艾略特本人则试图将女性特质定位于母性情感。[4]

有关女小说家个人、心理之品质特征的陈述林林总总，但这些同样是印象式的、不可靠的。“淑女小说家”（lady novelist）本身就是多种刻板形象的集合词。对于J. M. 勒德洛（J. M. Ludlow）来说，她是墨水沾满半截手指、披着肮脏围巾、头发乱蓬蓬的女人；在W. S. 吉尔伯特（W. S. Gilbert）看来，她是那种一望便知、绝对不会认错的“奇特异类”。[5]对于20世纪的批评家而言，她不生孩子，这也就暗含着她是神经质的意思。“我们提醒自己，”卡洛琳·海尔布伦（Carolyn Heilbrun）如此说，“伟大的女作家大多不曾结婚，那些结了婚的作家则是在忠心耿耿的丈夫呵护下的平静领土上从事写作。她们中只有极少数人生育孩子。”[6]南希·米尔福德（Nancy Milford）则问道，究竟有没有女人“年轻时结了婚，生下孩子，却还在继续写作？……想想那些写了书的女人：不结婚的，结了婚无子女的，极少数只有一个孩子的，况且那个孩子还被当作了绊脚的石头”。[7]

有关女作家的讨论如此不准确、支离破碎、充斥着派性，是有很多原因的。首先，妇女文学史深受一种极端形式的伤害，约
7 翰·格罗斯（John Gross）称之为“残余的伟大传统论”[8]，它将范围非常广阔并多样化的英国女小说家队伍压缩精简为人数少而又少的“大作家”，然后从她们那里发展出了所有的理论。实际上，对女小说家来说，伟大这个概念最终落实到了四五个作家——简·奥斯丁、勃朗特姐妹、乔治·艾略特和弗吉尼亚·伍

尔夫——甚至就“女小说家”的理论研究而言，结果也无非是没完没了地把有关“不可或缺的简或乔治”[9]的洞识加以再生利用和重新组合。女小说家批评集中在这些幸运的少数人身上，却始终无视那些并不“伟大”的人，举凡作品选集、文学史、教科书和理论著述对她们一概略去不提。次要小说家是将一代代人联系起来的链条上的链环，没了她们的踪影，我们对女性写作中的连续性也就没有明晰的理解；对作家的人生同妇女在法律、经济、社会地位方面的变化这两者间的关系，我们也无法获得可靠的资讯。

其次，对于批评家来说，从理论上去思考女小说家和女性文学是一件很困难的事，因为他们总是会突出、放大由自己的文化所决定的对女性特质的固定看法，总是在女性的写作中看到生物创造力和艺术创造力之间永久的矛盾。维多利亚时代的人期望看到女性小说反映他们所崇尚的女性价值，尽管小说家本人显然已经成熟而超越了柔弱女性角色的束缚。夏洛特·勃朗特在给刘易斯的信中写道：“无论怎样，我不可能在写作时总想着我自己，总想着女性该怎样做才优雅妩媚；我不是按这样的条件，或怀着这样的想法才握笔写作的。”[10]即便我们不理会玛丽·埃尔曼（Mary Ellmann）所说的“阳具批评”和辛西娅·奥齐克（Cynthia 8
Ozick）所说的“卵巢文学理论”中的过分之处，当代的女作家批评多数仍然在因袭陈规、画地为牢。[11]现实情况是，一方面缺乏足够的信息，另一方面则存在大量的偏见，既然在这种腹背受敌的处境中颤颤巍巍地行驶如此艰难，那么，形式主义—结构主义批评家干脆只字不提性别认同问题，或者以不相干、太主观为由将这问题一笔勾销，也就不奇怪了。一旦发现对女作家很难进行明智的思考，学术批评就用除去其性征的方式获得过度代偿。

然而，自 20 世纪 60 年代以来，尤其是 1968 年前后妇女解放运动在英国和美国再度兴起以来，人们对于“每个时代的文学中都涌现出特别的女性自我意识”[12] 这样一种思想的热情重又点燃。建立一套更可靠的女作家批评词汇，写出更准确和系统的女作家文学史——这样的兴趣成为一种更为广泛的跨学科尝试的组成部分：从事心理学、社会学、社会史和艺术史研究的学者在努力重建妇女的政治、社会和文化经验。

当代女权主义运动所产生的研究成果使我们变得敏感起来，看到了文学史中性别意识的偏见或投射的问题；新的学识也开始向我们提供所需的知识信息，去理解女性文学传统的演化过程。其中最有意义的贡献是发掘出“丢失了”的女作家的作品，加以重新阐释，并把她们的人生和事业轨迹整理出来。

过去的调查研究因突出精英小团体而歪曲了真相，不仅因为这小部分人遮蔽了我们的注意力，例如使我们看不到存在于乔
9 治·艾略特和弗吉尼亚·伍尔夫之间绵延不绝的大量文学活动，还因为对小团体的专注把普通妇女的日常生活、切身经验、个人智谋和人生挣扎都挡在了我们的视线之外。如果想阐明在英国小说中“女性自我意识”得以表达的具体方式，我们就需要将女小说家置于同时代妇女的背景上，还需要把她和历史上别的作家联系起来。弗吉尼亚·伍尔夫是认识到这一需要的：

> 没有平凡的女人，就不会有非凡的女人。只有当我们懂得一般女人的生活状况——她有几个孩子，她有没有自己的钱，她有没有自己单独的房间，她养育子女的时候有没有帮手，她有没有用人，她是不是必须做一部分家务——只有当我们能够衡量普通女人所可能有的生活方式和人生经验的时候，我们才有可能解释非凡女人作为作家的成功或者失败。[13]

学者既已信服妇女经验之重要，也就开始发现女人的经验。有了新的认识框架，过去认为根本不存在的材料一下子清晰地跃然纸上。跨学科的维多利亚妇女研究在医学、心理学、经济学、政治学、劳工史和艺术等学科中开辟了新的研究领域。[14]有关“女性想象力”的问题已在一些理论学说中呈现出智性的分量，如卡伦·霍尼（Karen Horney）的女性心理学、埃里克·埃里克森
（Erik Erikson）对女性和内在空间的研究以及 R. D. 莱恩（R. D. 10
Laing）有关分裂自我的研究等。琳达·诺克林（Linda Nochlin）、莉丝·沃格尔（Lise Vogel）及海伦妮·罗伯茨（Helene Roberts）等艺术史学者的著述则催生了对女性图像和意象的研究。[15]

当数十位女作家的作品从 E. P. 汤普森（E. P. Thompson）称之为“后人的极度轻慢”[16]中被解救出来后，当人们把这些作品互相联系起来加以考量时，女性传统这块沉没的大陆就像消失的亚特兰蒂斯一样从英国文学的海洋中浮现出来。现在看得越来越清楚了：同穆勒所设想的情形相反，女人一直以来就有自己的文

学。用维乃塔·科尔比（Vineta Colby）的说法，女小说家“其实既不怪异，亦非不合常规”，然而她也不仅仅是“自己时代的记录者和代言人”。[17] 她置身于一种发轫于她的时代之前，并持续到我们时代的传统之中。

许多文学史学者已经开始重新阐释并修正对女作家的研究。埃伦·莫尔（Ellen Moers）把妇女文学看作一场国际性的运动，它“游离于主流之外，但几乎不可能从属于主流：它是一股湍急而强劲的潜流。这一‘运动’始于18世纪末，在多国发生，它除了生产出大部分粗糙的赚钱之作外，也创作出两个世纪中一些最伟大的文学作品”。[18] 在《女性的想象》中，帕特里夏·迈耶·斯帕克斯（Patricia Meyer Spacks）发现：“鉴于不难看到的历史原因，妇女关心的事物总是多少处在男人关注的外围，或至
11 少有一点点偏离。传统的女性思虑和角色与男性之间的不同造成了女性写作的差异。”[19] 其他很多批评家也正在取得一致的认识：当我们把女作家看作一个集合体的时候，我们就能看到想象的连续性，从一代代作家中发现某些循环出现的类型、主题、问题和形象。

本书力图描述英国小说领域内从勃朗特姐妹那一代至今的女性文学传统，并说明这一传统的发展与一切文学亚文化的发展具有怎样的相似性。妇女一般被视为“社会学意义上的变色龙”，所体现的是其男性亲属的阶级、生活方式和文化特征。然而，可以对此提出不同意见：妇女在大的社会框架之内构成了一种亚文化，她们通过深深影响个体的价值、习俗、经验和行为方式而联

结起来。如此宽泛地看待女性文学传统，把它同更大范围内的女性自我意识的演变过程、同任何一个少数群体在与主流社会的关系中找到自我表达方向的方式联系起来看，是十分重要的，因为我们无法展示有自觉意识的进步和积累的女性文学传统的模式。诚然，如埃伦·莫尔所写，“女人特别仔细地阅读同性作家的作品”[20]，从影响、借鉴、亲缘性等意义上看，传统是显而易见的。但是，这个传统也存在着许多空洞和缝隙，那是因为杰曼·格里尔（Germaine Greer）所说的“女性文学名望的昙花一现现象”；“自共和政体①以来，一小群女人在有生之年享有耀眼的文学盛名，到头来在后人的记载中竟消失得无影无踪，这种情形几乎从未间断过。”[21]于是，从某种意义上说，每一代女作家都发现自己并没有历史，被迫重新发现过去，一次又一次地锻造属于自己性 12
别的意识。考虑到这种持续不断的断裂，以及使女作家疏远集体认同感的自我憎恶情绪，那么要谈什么“运动”就不大可能了。

“女性的想象”这种观念也让我感到不安。所谓女性感受力会通过女人特有的形象和形式自我揭示出来的理论总是危险地重申着熟悉的刻板形象。它也暗示了一种永久性，即男女感知世界的方式之间存在着深刻的、根本性的、无可避免的差异。我倒是觉得，女性文学传统源于仍在发展变化中的女作家与社会之间的关系。而且，文学史学者也不能把“女性的想象”当作浪漫

① “共和政体”，原文是 the Interregnum，指英国 1649—1660 年自查理一世被处决至查理二世回国和斯图亚特王朝复辟这一王权中断、议会和军队统治的时期，即英伦三岛共和国（the Commonwealth of England）时期。

的或弗洛伊德式的抽象概念。“女性的想象”是一个在时间中发挥影响力的精密网络的产物，对它的分析必须要看它如何在语言中、在页面上固定下来的文辞安排中表达自己，而语言和文辞安排这一形式本身也受制于一个影响力和习俗的网络，其中包括市场运作。在这部研究英国小说的论著中，我想考察的并非天生的性别态度，而是在特定的地点和时段内女作家的自我意识转换为文学形式的方式，看看这种自我意识如何变化发展，又可能引向哪里。

正因如此，我所关注的是希望得到报酬和出版作品的职业作家，而不是日记和书信作者。这一侧重点要求很细致地掂量选出来加以讨论的小说家和小说。当我们从文学传统的纵览转向构成传统的个人时，一整套不同的却又互相关联的动机、内驱力和缘由便凸显出来。我需要问的是，为什么女人开始为挣钱而写作？她们如何做到在自己家里进行写作活动？她们职业上的自我
13 形象是怎样的？她们的作品是怎样被接受的？批评对她们产生了怎样的影响？她们身为女人的经验有哪些，这些经验又怎样反映在她们的书中？她们怎样理解女人的人生？她们同其他女人、同男人、同自己的读者有什么样的关系？女人地位的变化怎样影响她们的生活和事业？写作职业本身怎样改变了一心从事写作的女人？放眼文学中的亚文化群体，如黑人、犹太人、加拿大人、英裔印度人或甚至是美国人，我们可以看到他们都经历过三个主要阶段。首先，有一个很长的模仿阶段，模仿主导传统的流行模式，并把它的艺术标准和对社会角色的观点国际化。然后就是抗

议阶段，反对这样的标准和价值观，并提倡少数群体的权利和价值，其中就有获得自主权的要求。最后是自我发现的阶段，适度地摆脱了对于对抗的依赖，转向内心，寻求身份认同。[22] 对女作家来说，用以指称这三个阶段的恰当用语是：女性的、女权的、女人的（Feminine，Feminist，and Female）。这些显然不是在时间上可切分得一清二楚、对各个作家的归类有十足把握的严格范畴。三个阶段是部分重叠的：在女性特征的作品中有女权主义的因素，反之亦然。人们也会在一位小说家的写作生涯中发现三个阶段。尽管如此，指出文学价值发生变化的转捩点是有用的。本书中，我把出现男性笔名的 19 世纪 40 年代到 1880 年乔治·艾略特去世的这个时期定为“女性阶段”；把 1880—1920 年，或说争取妇女选举权的时期定为“女权阶段”；把 1920 年至今定为“女人阶段”，当然，1960 年左右进入了自我意识的新阶段。

如何理解女性亚文化十分重要，它不仅仅有辛西娅·奥齐克 14
所说的“监护性”（custodial）[23]——为从属群体规定的，旨在使之永久处于从属地位的一整套意见、偏见、趣味和价值——它还是一种强劲活跃的实际存在。对女性亚文化群的讨论大多来自描述杰克逊时期美国的史学家，但这些讨论同样适用于维多利亚英国早期的情况。按南希·科特（Nancy Cott）所说：“我们可以把妇女的集体意识看作因与主导文化的联系而造成奇特自我分裂的亚文化。尽管同主导文化的联结具有渗透性和约束性，但它们在亚文化内既引起虚弱，又激发力量，既形成迁就妥协，又成就了持久的价值。”[24] 在后工业化时代的英国和美国形成了所谓女性正当活动领域（the proper sphere of womanhood）的中产阶级意识形态，它规定女人就应该是完美的淑女，是家中的天使，心满意足地顺从男人，以内心纯洁和笃信宗教而见长，在家庭这个属于她的王国中，她就是女王。[25]许多观察者指出，维多利亚时代女性最初的职业活动是当社会改革者、护士、家庭教师，以及写小说；这些活动或是在家中进行，或是女性作为人类社会的教师、助手和母亲之类的角色之延伸。有两位历史学者在描述美国的情况时，看到一种亚文化如何从两性活动领域差异论中产生：

> 我们所说的“亚文化”简单说是指一个少数群体的“生
> 活习惯”……它自觉地有别于一个社会的主导性行动、期望
> 15 和价值。历史学者看到，女性教会团体、改革协会和慈善活
> 动等成为这个亚文化群在实际行为中的表现方式，而由女性写作的或为女性写作的大量丰富的作品则在观念层面上表达了这个亚文化的冲动。行为和思想两个方面都把养育孩子、宗教活动、教育、家庭生活、社交联谊及女性团体当作女性亚文化的组成部分。女性之间的友谊——这个阶段的女性间有着令人惊讶的亲密关系和深厚情谊——把她们真正地联结在一起。[26]

对英国妇女而言，女性亚文化首先来自女性共有的，并渐次变得愈加隐秘的、仪式化的身体经验。青春期、行经、初次性经验、怀孕、分娩，以及绝经，女性的整个性活动周期形成了一种

必须掩藏自己生活方式的习惯。虽然不可以公开谈论或承认上述事件，但是伴随着有关经历的是精致的仪式和秘传知识，是外在的风尚礼仪之规，还有女性之间休戚与共的强烈情感。[27]女作家的联合则有各种原因：身为女儿、妻子和母亲的角色，不信任想象、强调责任的内化了的福音教教义，法律和经济上对她们社会流动性的种种限制等。有时她们会围绕一种政治理想更加直接地团结起来。大体上看，这些都是隐含的文化的融通，而不是意识的能动联合。

然而从一开始，女小说家对相互存在的意识和对女读者群的意识就表现出某种隐蔽的团结，有时几乎等同于一场彬彬有礼的共谋。主张妇女联合的萨拉·埃利斯（Sarah Ellis）是第一代维多 16
利亚人中最保守的作家之一，她问道："对于一个背叛相互利益的奴隶社群，对于遭遇海难、到了举目无亲的海岸却在互相欺骗的一小群水手，对于居民不愿意认真诚挚地团结起来抵御共同敌人的无助的国度，我们应作何感想？"[28]埃利斯夫人对于少数群体经验对妇女的黏合力量感受十分强烈，乃至在她广为阅读的多种英国妇女专论的前言中含蓄地指出，她的女性读者会懂得她字里行间要说的话，并且不会泄露她们读出来的意思。另一位保守的小说家黛娜·马洛克·克雷克（Dinah Mulock Craik）写道："女人本性错综复杂，不是女人根本无法理解；任何一个真正有女性情怀的传记作家，即便她真的发现了女人的隐衷，也绝不会想到把这些公开发表出来。"[29]很少有英国女作家（像美国小说家范妮·弗恩等人所做的那样）公开提倡用小说来报复父权社会，但有许多人承认对读者怀有“母亲之情、姐妹之爱、团体精神”。[30]于是，一个牧师的女儿到缪迪（Mudie’s）的租书图书馆去租借另一个牧师的女儿所写的三卷本小说，就是参与了一次文化交流，对个人来说有特殊的意义。

说不好女人从何时起开始写小说。大约从1750年起，英国女性就一直在稳步地进军文学市场，其主要身份是小说家。早在1773年，《评论月刊》（*Monthly Review*）就注意到，“文学行当的
17 这一支系”看来“已差不多全部被女士们占领”。J. M. S. 汤普金斯（J. M. S. Tompkins）发现，18世纪的书信体小说大多是女人写的；密涅瓦出版社发表女人的小说比男人的多了一倍；伊恩·瓦特（Ian Watt）扼要地说，18世纪小说大半出自女人笔下。[31]与此同时，男人也可以模仿，甚至盗用女性经验。奥利弗·哥尔德斯密斯（Oliver Goldsmith）怀疑男人使用女性笔名在写感伤小说，而男人也确实写了有关儿童保育、接生、理家和烹饪方面的书。[32]

早期女作家同自己职业角色之间的关系颇为尴尬。18世纪的女小说家利用无助的柔弱性这样一种女性形象套路来赢得男性评论者的侠义的保护，也尽可能地弱化了自己非女性的争强好胜的一面。1791年，伊丽莎白·英奇博尔德（Elizabeth Inchbald）在《简单的故事》（*A Simple Story*）序言中谎称自己是可怜的病人，尽管“极度厌恶虚构故事带来的疲劳”，却还是写了一部小说。[33]在18世纪、19世纪之交，女人以匿名发表的方式回避了职业身份的问题。1810年，玛丽·布伦顿（Mary Brunton）在给友人的信中解释了她为何宁愿选择匿名发表，也不要为自己的小说

冠名：

> 就如你很了解的，我情愿悄无声息、不为人知地在世上
> 走一遭，也不愿意有（我绝对不认为是享受）名望，无论那
> 有多么光鲜；我不愿意被人指出来，让人注意到我，对我品头
> 论足，被人怀疑端着文艺腔，遭人躲避，就像我这性别中普通 18
> 点的人躲着女文人那样；遭人憎恨，就像另一性别中自命不凡
> 的人拒斥女文人那样！亲爱的，我还不如去做走索表演！[34]

这里，我们需要再次牢记小说这一形式和小说家这个职业角色之间的区别。许多女性小说（the feminine novel）中最为连贯的主题和形象——从哥特传奇中神秘的内在空间到家庭小说中责任与自我实现之间的权衡——都可以追溯到18世纪后期。19世纪的女小说家当然在一定程度上熟悉伯尼（Burney）、埃奇沃思（Edgeworth）、拉德克利夫（Radcliffe）和奥斯丁，以及数十位不那么知名的作家，如英奇博尔德和霍夫兰（Hofland）。但是，在19世纪40年代以前，女作家当中几乎看不到团体意识和自我意识，而那正是凯瑟琳·蒂洛森认为小说成为主导文学形式的年代。蒂洛森指出，尽管维多利亚中期的批评家恭敬地注意到奥斯丁（这种关注对维多利亚时代的女小说家起了某种负面作用），但是相对而言，奥斯丁对盖斯凯尔夫人、哈丽叶特·马蒂诺（Harriet Martineau）、勃朗特姐妹及一些小作家没有多少直接的影响。[35] 甚至乔治·艾略特受惠于奥斯丁一说也是被“伟大传

统”这个观念大大夸张了的。[36]由于围绕着玛丽·沃斯通克拉夫特（Mary Wollstonecraft）生活的种种流言蜚语，维多利亚时代的人也没有广泛阅读她的著述。

然而，比直接的文学影响更为重要的是社会生活领域与职业领域的区分，18世纪和19世纪的女性就生活在这种分裂的环境中。早期女作家拒绝谈论职业角色问题，或对此表露出否定的倾向。“我的生活是怎样的?”诗人利蒂希娅·兰登（Laetitia
19 Landon）喟叹道：“日复一日的苦工；难事接踵而至，压在我头上，摧垮了我的身体，每年我一场大病接着一场大病，体力大大透支；嫉妒，怨恨，苛刻无情——凡此种种都是一个文学事业成功的女人吞食的果实。”[37]这些女性在强调文学成就给她们带来的只有苦难时恐怕有些言不由衷，但她们确实没有认识到，自己所从事的职业不仅引发了心理冲突，也带来了责任，不仅有负担，同时也有机遇。再说，她们并不把写作看成是女性经验的一个方面，或者是女性经验的一种表达方式。

于是，我从1800年以后出生的妇女开始讨论女性小说家（feminine novelists）的境遇，她们在19世纪40年代开始发表小说，而那时从事小说创作正成为一种公认的职业。有许多迹象表明这一代人把以写作为职业的决心看成与女人之本分直接冲突的事情，其中的一个标志就是出现了男性笔名。男性笔名就像夏娃的无花果叶一样，象征着失去纯真。女人在努力参与文学—文化主流时必须扮演一定的角色，笔名因对这种角色模仿的极端理解成为历史转向的显著标记。

19世纪有三代女性小说家。第一代于1800—1820年间出生，包括所有可归属于维多利亚女作家黄金时代的女性：勃朗特姐妹、盖斯凯尔夫人、伊丽莎白·巴雷特·勃朗宁（Elizabeth Barrett Browning）、哈丽叶特·马蒂诺以及乔治·艾略特。这个群体的成员是社会学家称为“女性角色革新者”的一批人，与她们同时代的有弗洛伦丝·南丁格尔（Florence Nightingale）、玛丽·卡彭特（Mary Carpenter）、安吉拉·伯德特（Angela Burdett），以及其他先锋职业人士。她们在开辟新的天地，创造新的潜在价值。第二代出生于1820—1840年间，有夏洛特·扬 20
（Charlotte Yonge）、黛娜·马洛克·克雷克、玛格丽特·奥利芬特（Margaret Oliphant）和伊丽莎白·林恩·林顿（Elizabeth Lynn Linton）等人，这些女性追随伟人的脚步，巩固了成果，但在专心致志的程度和原创性方面却稍逊。第三代生于1840—1860年间，其中有惊悚小说作家和儿童读物作家。她们似乎对女人和职业作家的双重角色驾轻就熟，既享受文学上的成功，也获得了女性的满足。她们以公事公办、不按常规行事、干练、多产的姿态出现，不仅从事写作，也进入了编辑和出版的领地。

在第一代女作家进入写作生涯时，已经有了从文类上判断何谓“女性”（feminine）小说的认识。到了19世纪40年代时，女作家已采用各种各样的通俗文类写作，尤擅长于写上流生活、教育、宗教和社区；维乃塔·科尔比用“家庭写实主义”的标题涵盖了这些类型。用英格–斯蒂娜·尤班克（Inga-Stina Ewbank）的话来说，所有这些小说中的“核心关注……是女人在家庭和社会圈子内部如何对他人产生影响。正是在这样的关注中，19 世纪 40 年代典型的女小说家找到了自己正当的活动领域：使用小说来展示女人的正当活动领域（通过预设女性气质标准，而不是通过探索这标准所进行的展示）”。[38] 正如我将在第三章中说明的，那时文学批评中的双重标准已经显现，对于女人写的小说有了一套特殊的用语和规定。

这样的小说自有自己的位置，但即使像夏洛特·扬和黛娜·克雷克这样最保守、最虔诚的女小说家都意识到，所谓的“女性”小说也是软弱、无知、过分拘谨、精致、得体、多愁善感等的代名词，而女性小说家则被刻画为自负、追求出名、张扬自我的人。与此同时，维多利亚时代的评论家认定是女读者和女
21 作家把持了小说的内容，他们哀叹女性化的价值体系必然带来的琐屑小器和狭隘。菲茨詹姆斯·斯蒂芬（Fitzjames Stephen）写道：“除了适合年轻女子阅读的书以外不准写其他小说，这样做是否值当，当然是极其成问题的。”[39]

如是，维多利亚时期的女性小说家发现自己处于双重困境。她们因男性批评家的俯就恩赐而感到屈辱，强烈地表达了不想受特殊对待，而要做到真正优秀的愿望，然而她们又深感焦虑，怕这样一来自己就会不像女人了。这一心理挣扎部分来自一个实际情况，即女小说家与其说挑战了当时社会的价值标准，不如说在争取得到社会的奖赏。对于妇女，如同对于其他亚文化群体一样，文学成了成就的象征。

面对这一两难处境，女小说家渐渐形成了一些个人和艺术上

的对策。个人的应对措施包括不断地贬低自己的女人身份，自我贬抑有时表现为谦卑，有时表现为怯生生地寻求肯定，有时则是十足的自我憎恶。奥利芬特夫人在给约翰·布莱克伍德（John Blackwood）的信中表达了这样的疑问："在你那最具男子气概的男性杂志上，像我这样一个女子气的说故事的人是不是会让人生厌？"[40]小说家们公开宣称，并真诚地相信她们反对女权主义。她们在家中工作，宣扬谦恭顺从和自我牺牲，斥责女性的我行我素，就这样设法弥补自己非要写作的过错。

尽管如此，职业——写作的意愿——仍然需要真正超越女性的身份。维多利亚时期的妇女不习惯选择职业；当好女人，这本身就是天职。受福音教精神启迪形成的工作信条确实对她们有所影响，虽说那并不主要针对妇女。像男人一样，女人受到强烈的 22
驱策，要在"人生的操劳中承担自己的角色"。[41]但是对男人来说，工作信条既满足了个人利益也实现了公共利益。他们在追求自己的抱负的同时也达到了社会对他们的期望。

然而，对女人而言，工作意味着为他人操劳。在自我发展意义上的工作同完美女性的理念中固有的服从和压抑的要求发生了直接冲突。写作行为必然意味着以自我为中心，这使写作成为特别危险的事业；它要求投入情感之中，培植自我，而不是否定自我。汉娜·莫尔（Hannah More）和萨拉·埃利斯那些广为流传的论说文把抽象的"妇女使命"转化为具体的行动计划，让写作看似成为自私的、非女人分内的、不合基督精神的行为。埃利斯夫人认为，"我应该怎样做才能感到满足，得到倾慕，或者让生活变个花样?”——这不是“有正当情感的女人在醒来想到一日的工作时所应该问的问题”。她建议女人去探望病人，替出门的家人准备好早餐以让仆人有喘息之机，或者做些“对整个家庭都有利的事情”。她热情地问道：“谁能相信，经年累月、连续不断地这样想，这样做，对人的品格不会产生强大影响呢?”[42]当然有影响。我们首先注意到的是，像伊丽莎白·巴雷特、“夏洛特·伊丽莎白”(Charlotte Elizabeth)、伊丽莎白·M.休厄尔(Elizabeth M. Sewell)以及埃利斯夫人本人等女性作家都不得不克制内心深处对成为作家的负罪感。她们中有许多人发现需要求助某些外部的激励或意识形态来为自己的工作开释。在她们的小说中，女主人公想过完整、独立生活的志向挫败了，受到了惩罚，或者被婚姻替代了。

伊丽莎白·巴雷特·勃朗宁的《奥萝拉·利》(*Aurora Leigh*,
23 1857)是少数探讨女性角色冲突的自传体作品之一。奥萝拉想当艺术家；她一向所受的自我憎恶教育，她内化了的软弱、自恋之罪，她的追求者罗姆尼的温和嘲笑等，都使她的奋斗过程变得格外曲折。然而她公然违抗他，祈求神的至高权威助她拒绝他的求婚，不愿做他的伴侣：

> 你误读了这个问题，就像男人
> 看女人总是仅仅把她当作
> 男性的补缺。
> 你差不多忘记了

每个人，不论女人还是男人，

都独自面对有担当的行为和思想

……

我也有我的天职，——我有

天地赋予我的工作要做。

（第 2 卷，第 460—466 行）[①]

奥萝拉成了成功的诗人，但她最终嫁给了罗姆尼，她已经懂得，作为女人她无法克服以自我为中心的远大抱负所带来的负疚感。她与罗姆尼结婚之前，他因一桩事故而失明；这一点之所以是至关重要的，不只因为他失明后才获得了对残疾生活的切身体验，故而能同情她的境遇，还因为他此时需要她的帮助，是他让她能够做与女性相称的工作。奥萝拉告诉罗姆尼："没有什么完美的艺术家 / 会脱胎自不完美的女人。"（第 9 卷，第 648—649 行）她的意思不仅是爱情和母性达到完美，更是指自我牺牲的极致。这一矛盾直至今日对于英国小说家仍有重要意义，它是从夏洛特·勃朗特到佩内洛普·莫蒂默（Penelope Mortimer）的女小说家的重要主题。萨克雷等来自上层阶级的男小说家同样对小说家需要进行积极大胆的自我推销这一点深感不安。正如唐纳德·斯通（Donald Stone）所指出的：

① 肖瓦尔特并未注明引文出自哪个版本；事实上不同版本对行码的标注有差别。此处的引文出自第 2 卷，如果头 5 行是引用了第 460—464 行的话，那么它们和下面两行引文之间还隔了 16 行，即最后两行应为第 481—482 行。

> 24 萨克雷对蓓基·夏泼（Becky Sharp）的矛盾情感表明了他想压抑自己的文学才华或不把它当回事的程度。使蓓基（一时）获得社会成功的能量和使他成为创造性艺术家的能量是类似的。在简·奥斯丁或乔治·艾略特这样的女性大小说家笔下，蓓基的行为破坏道德和社会的含义会得到更清晰、更急切的界定。简·奥斯丁对莉迪亚·班尼特（Lydia Bennet）的剖析，乔治·艾略特对罗莎蒙德·文西（Rosamond Vincy）的贬损，就说明女作家怎样以及为什么充当了最热切、最细致地维护现状（就19世纪妇女而言）的人。她们的女主人公几乎不会关心现代意义上的自我实现；如果说她们的人生受到了太大的局限，那是因为她们的作者在自我张扬的行为中看到了极大的危险，还看到了比我行我素更为高尚的选择。[43]

乔治·艾略特在《罗慕拉》(*Romola*）中用一个问题陈述了两难处境：究竟在什么情况下“服从的义务结束了，而反抗的责任开了头”？[44]然而这是每个决心从事写作的维多利亚女性不可能不问自己的问题：上帝究竟想让她怎样度过自己的人生？在什么情况下服从父亲和丈夫的本分终止，而自我实现则成为至高无上的责任？女人必先解决自己人生中服从与反抗的命题，方可开始写作；但在她们的小说中，此命题以女主人公的道德危机形式浮现出来。女性小说中这种危机的表现形式完全是写实描写中的凡尘俗事——在盖斯凯尔夫人的《北方与南方》(*North and South*) 中，玛格丽特是否应该为保护兄弟而撒谎？在夏洛特·扬的《雏菊花环》(*The Daisy Chain*) 中，埃塞尔·梅是否应该放弃学习希腊文而去看护父亲？——其根源却很深厚，并与女小说家对史诗般的人生的意识紧密相关。女作家认识到自己的奋斗朴实无华，但同时她们也认出了自己的英雄理想。乔治·艾略特在《米德尔 25
马契》中写道："一个新德蕾莎不见得有机会改革修院的隐修生活，正如一位新安提戈涅再也不可能为埋葬哥哥豁出一切，洒尽豪情虔敬。她们的这些壮烈行为所据以存在的社会条件已一去不复返了。但我们这些无足轻重的人却在以我们的日常言行铺垫着许多多萝西娅的人生，其中有些人可能还得比本书中的多萝西娅做出悲痛得多的牺牲，也未可知。"[45]

维多利亚时期的年轻女性所接受的压抑、掩藏和自我审查的修炼对她们产生了很深的抑制作用，尤其是对于想写作的人来说。1860 年有位小说家这样评论道："女人想藏起自己的情感时比男人更会装假。习惯、道德训练和现代教育使然，她们不得不这样做。孩提时期的第一课就是教会她们压抑自己的情感，控制自己的念头。"[46] 英国淑女们可以说的话几乎是一种特殊语言。淑女的教养中必有的语言禁忌由于批评家的警惕而格外强化了。艾丽斯·詹姆斯 (Alice James) 哀叹道："所有浓烈提神的诅咒语都给提纯了，不让人说，这是多么巨大的损失。"[47] 维多利亚时期的读者用"粗俗"(coarseness) 这个词来指责妇女文学中不循规蹈矩的语言。它可以指《简·爱》中的用语"该死的"(damn)、

《呼啸山庄》中的方言、罗达·布劳顿的女主人公使用的俚语、《奥萝拉·利》中的口语体，或更泛泛地指一部作品的道德基调，如有位警觉的评家就在《亚当·比德》(*Adam Bede*) 中觉察到“危险的放纵感官享乐的倾向”。[48] 约翰·基布尔（John Keble）给
26 夏洛特·扬的小说作审查和删节，他极其小心翼翼，生怕“‘粗俗’的蛛丝马迹玷污了夏洛特作品的纯洁性。因此，他不允许《宁静的心》(*Heartease*) 中的西奥多拉说‘她真的有一颗心，尽管有些人认为那不过是一台泵血的机器’。他还把落日的‘圆环’改为‘天球’，把‘自以为了不起的蠢蛋’改为‘自负者’”。[49] 女人写出具有力度、机智风趣、原创性的用语遭遇抨击，然而平淡乏味的、粘滞的散文体却赢得赞扬。“她写出了英国淑女应该写的文字，”1849 年的《不列颠北方评论》(*North British Review*) 恭维安妮·马什（Anne Marsh）说，“她的书页绝对像一片片绿色的牧草。”[50] 女作家被迫变成了平坦单调的牧场，丧失了描写身体或身体经验的语言，不可写喜悦，亦不可写痛苦，看上去了无激情。

为何许多读者把表达的缺位混同于缺乏情感，是不难理解的。W. R. 格雷格（W. R. Greg）在《女小说家的虚假道德》中辩称，女人在性方面的单纯阻碍了她，使她根本写不出伟大的小说：

> 在那奇特的性爱知识中，许多最悲伤最深邃的真相都被她神秘而仁慈地遮盖起来了，只有付出极为骇人的代价才可获取真相，所以我们但愿它们一直被遮蔽才好。然而，必然

> 的结果就是，她在对付这门知识时处于十足的劣势，只凭着
> 一点片面的了解和对表象的领悟，费力不讨好。她在描写一
> 片领地，但她只知道人们常走的路和相对安全的大道，加上
> 离宽阔繁忙的主干道不远的那么几处可爱的景象、迷人的小
> 径、如画的迂回曲折。然而，那更加嶙峋、高耸的山脉，更
> 加崎岖不平的地带，更加幽晦的山谷，更加阴郁险恶的深 27
> 渊，她的足迹则从未到达；即使想入非非时，她都几乎不会
> 梦到这样的景象。[51]

约束性教育和适应性强化训练的后果就这样被当成了先天偏好的内在证明。许多以男性家长的姿态阻挡女性探访幽晦的山谷、更为阴郁的深渊、更加崎岖不平的地带的评论人，却又反过来责备女人剪除了男性文章的男人气，此举颇具反讽意味；如《展望评论》(*Prospective Review*)那样，他们发现“男人的文字有被打上标记的危险”，染上了“对于受过教育的女性自然而然的那种遣词造句上的细腻，甚至讲究到吹毛求疵的地步”。[52]1852 年，当 G. H. 刘易斯抱怨女性文学成了“过分模仿的文学”，并要求妇女表达“她们真正知道的、感觉到的和经受过的情形”[53]时，他寻求的恰是维多利亚社会断然不准做的事情。女性小说家已经被剥夺了做成这样的事情所需要的语言和思想意识，而且，对她们的这种剥夺显然还越过了维多利亚女王的统治期，延伸到了 20 世纪。弗吉尼亚 · 伍尔夫的细腻含蓄和语词上的考究就是这种女性化语言的延伸。

弗洛伦丝·南丁格尔认为尽力压抑这件事本身就让女性耗尽了创造的能量。“把苦难还给我们，”她在《卡桑德拉》（*Cassandra*，1852）中要求说，“因为没有什么能从乌有中生成。但是苦难中会产生解救的办法。有痛楚总强于瘫痪。”[54]有时，文雅和制约看来确实让女性作家在隐喻意义上瘫痪了，就像艾丽斯·詹姆斯身体瘫痪了一样，但是女性小说承受的压抑也迫使女性找到创新
28 的、隐蔽的方式去刻画内心生活；压抑最终产生了一种小说，它浓烈、紧凑、有象征性和深邃的意蕴。于是有了夏洛特·勃朗特在《简·爱》中对哥特模式不同寻常的颠覆[①]：那个锁在顶楼的疯妻象征着简·爱的个性中激情的、性欲的一面，即她所受的教育、她的宗教信仰和她的社会命令她必须严加监禁的第二自我。于是有了黛娜·克雷克的《奥利芙》（*Olive*，1850）中身残的艺术家女主人公，她认同拜伦，而她的残疾象征了她的女性特质。还有玛丽·布雷登（Mary Braddon）的惊悚小说中那些起杀心的娇妻们：金发杀手的行为为家中天使的真实情感作了讽刺性的注解。

女性小说中的许多怪诞想象涉及金钱、社会流动和权力。尽管女性小说作者惩罚了一意孤行的女主人公，她们却将功成名就的思想意识投射到男性人物身上，用这种方式处理了个人抱负的问题；他们的进取心、节俭、勤奋和坚毅就直接来自女作家的经

---

① 关于此处提到的“《简·爱》中对哥特模式不同寻常的颠覆”，作者对我解释说她认为勃朗特使用了象征模式，为作品赋予了哥特式小说本来不具备的心理意涵。

历。第四章中将要讨论的“女性笔下的男性”往往比女主人公更有效地成为排遣女作家个性中“脱离常规”成分的路径，因此扮演男性角色已超越了男性笔名而进入了想象的内容。

抗议小说则代表了女性经验向另一个群体的投射：女人感受到的痛苦和压迫转移到对工厂工人、童工、娼妓和奴隶的同情支持上。女性意识到，抗议小说把愤怒和挫折感转化成了女性的和基督教的表现形式，变得可以接受。在19世纪40年代和50年代的社会小说中，在19世纪60年代和70年代的问题小说中，女作家一直在向外推动她们活动领域的疆界，并表现出她们的职业不仅需要语言和思想的自由，而且需要在社会上自由地流动和行动。玛丽·布雷登、罗达·布劳顿和弗洛伦丝·马里亚特（Florence Marryat）等19世纪70年代的惊悚小说家利用新获得的
自由，写出了一种过渡性的文学，探索了女性对婚姻和所受的经 29
济压迫的实属极端的抗议，尽管这种抗议仍然不出女性小说传统的架构：必须让犯事的女主人公毁灭。

从简·奥斯丁到乔治·艾略特，妇女的小说尽管受到种种限制，却还是朝着无所不包的女性写实主义方向走去，那是对家庭和社群中的妇女的日常生活及价值观所做的广阔而有社会见地的探索。到1880年时，三卷本小说已有足够的灵活度来容纳许多过去不能见诸印刷文字的女性经验。但是，随着乔治·艾略特的辞世和新一代作家的出现，妇女的小说进入了“女权阶段”，同那个把维多利亚时代的刻板性别形象提升到宗教膜拜高度的男性社会直面相撞。女权主义者质疑对女性自我表达的多方限制，痛

斥自我牺牲的信条，抨击父权制宗教，并建构起女性受压迫的理论模型；然而她们对社会的愤怒和证明自己正当性的需要常常使她们脱离写实主义，变得过于简单化、情绪化、沉溺于空想。她们用小说作为载体，刻画遭遇不公正的女性人生，要求对社会政治制度进行改革，让妇女得到男性的特权，要求男人做到贞洁和忠诚。女性小说家曾在描写工厂生活的小说中用阶级斗争表现对社会不公正的深刻感受，而到了女权主义者的小说中，这种不公意识成了两性之间的全面战争。甚至她们的笔名都表现出女权主义的自豪感和对姐妹们负有的女性族长般的天职。一位有代表性的女权主义者自称为“萨拉·格兰德”。[①] 极端形式的女权主义文学提倡亚马孙乌托邦和争取选举权的妇女团体所奉行的两性隔绝论。

在女权主义者的生活中，女性亚文化群的联结特别坚固。女权主义者彼此间极为忠实，她们需要与其他女性结成紧密的、充
30 满情感的友谊，当然也需要女性听众怀着爱心的奉承。这一代主要由1860年到1880年之间出生的女性构成，人们发现心气相投、琴瑟和谐的女性组合起来写作的现象；甚至有伊迪丝·萨默维尔（Edith Somerville）和维奥莉特·马丁（Violet Martin）进了坟墓还继续合作的说法。[55] 尽管她们宣扬个人主义，但是对联合的需求却导致了数量惊人的俱乐部、行动机构和各种名目的主

---

① 英语中的普通女性名字“萨拉”（Sarah）在《旧约·创世记》中指希伯来始祖亚伯拉罕的妻子撒拉；“格兰德”（grand）有尊贵、威严、位高等意思。亦见本书第30页提到的格兰德对男性霸权刊物《族长》的戏仿。

张，最终出现了争取选举权运动中好斗的团体和几近可怖的集体精神。她们颂扬贞洁和母爱等女性价值，对之理想化，并相信必须强迫一个堕落的男性社会接受这些价值。

大多数女权主义作家在生活和著述中既表达了对性的意识，也表达了对性的憎恶。和女性小说家一样，她们把自己的许多经验都投射到男性人物身上，创造出像“海绿”这样的形象，白天是“女里女气”的花花公子，到了夜间就成了无畏的英雄，那是处于不安转折之中的一代人的半阴半阳（semi-androgynous）的象征。① 在某种程度上，这样的策略是她们写作的年代的特征。男小说家们也在写“有男子气的”、独立的女性，如唐纳德·斯通所说，她们“可以被当作男性的伪装，无论出于什么理由，那些男性都想急切地表明自己的标准，并按自己的直觉行事”。[56]

正如女权主义者本人往往显得神经质，角色分裂，不如上一代作家那么多产，又易受心身疾病的打击，她们的小说在形式上也有崩塌分解之势。19 世纪 90 年代，因市场销售状况的变化，
三卷本小说突然消失了，女性转而创作短篇小说和片段，她们称 31
之为“梦境”“基调”“幻想曲”。19 世纪、20 世纪之交出现了最

① “海绿”（the Scarlet Pimpernel）是匈牙利裔英国作家奥切女男爵（Baroness Orczy）的戏剧（1903 年）和小说作品（1905 年）的名称，词的本义是殷红色的叫海绿的植物，在作品中是法国革命时期把法国贵族秘密运出国境的一个营救组织的名称，也是伪装成英国爵士的主人公的代号，戏剧非常出名，至今仍有影视改编，有人译为《红花侠》《猩红色的繁笺花》等名。奥切写了几个续集，但都不如第一部成功。肖瓦尔特在本书第 208 页中提到了奥切。

为纯粹的女权主义文学，即作为争取妇女选举权宣传品的，由高效、经济实力雄厚的争取选举权的出版机构发行的小说、诗歌和戏剧。

女权主义作家并非重要的艺术家。然而，她们坚持探索和界说女性特质，拒斥自我牺牲，甚至直言不讳自己对男人的敌意，因此女权主义作家在女性传统中代表了一个重要阶段，是一种独立宣言。她们也的确写出了一些引人关注的、具有原创性的作品，为其他小说家展示了新的课题。萨拉·格兰德对女性心理强有力的研究著述、乔治·埃杰顿辛辣的短篇小说、奥利芙·施赖纳具有存在主义意味的社会主义作品等都是那时的畅销书，而且今日仍受到关注。女权主义者在为妓女和劳动妇女争取利益的政治运动，以及在争取选举权的运动中，坚持自己有使用男人的性词汇的权利，而且是强有力地公开使用性词汇的权利。女权主义者还挑战男性出版商的垄断，反抗男性权威机构专断独裁的权力。男人——约翰·查普曼（John Chapman）、约翰·布莱克伍德、亨利·布莱克特（Henry Blackett）、乔治·史密斯（George Smith）——出版过女性小说家的作品并对其内容施加了直接的巨大的影响。萨拉·格兰德描绘了她称为《族长》（*Patriarch*）的一家文学刊物，对男性批评霸权进行了戏仿；而在自己的杂志上撰稿的女权主义者则据理力争，驳斥男性文人的评判。19 世纪 60 年代的惊悚小说家已经开始保留自己的版权，她们以授权方式同印刷业者合作，并编辑自己的杂志。女权主义者继续扩大对印行渠道的这种经济控制。弗吉尼亚·伍尔夫在霍加斯出版社（the

Hogarth Press）发行自己的小说，她的独立自主权在很大程度上应归于女权主义者对女作家摆脱父权商业控制的坚持。

早期的女权主义分析显得幼稚，缺乏条理，但是到了 19 32
世纪、20 世纪之交，莫娜·凯尔德、伊丽莎白·罗宾斯和奥利芙·施赖纳等人写出了令人信服的著作，从理论上阐明女性与职业和生产，与阶级结构，以及与婚姻家庭之间的关系。[57] 罗宾斯及其他女作家争取选举权同盟（Women Writers Suffrage League）的成员努力发展妇女文学理论，在男性出版产业与妇女走向社会的要求，以及妇女小说中的女主人公、情节、程式和意象之间建立关联。最后，富于战斗性的争取选举权运动迫使女作家直面她们关于女性权利的信念，并在这个过程中重新审视了自我憎恶情绪和压抑行为。

1918 年，英国政府出于对第一次世界大战中女性爱国主义表现的感激之情，将选举权给予了英国妇女（或者至少是 30 岁以上、作为户主、作为户主之妻、居住在每年至少支付五英镑的房屋中，或作为大学毕业生的妇女）。[58] 颇具反讽意味的是，许多年轻的男作家、男诗人在战争中死去，这使女作家强烈地感到要将一个实质上一直排斥她们的民族文化传统传承下去。女性觉得有责任要继续下去，代替男人做事，但是她们缺乏信心，很是可怜。艾丽斯·梅内尔（Alice Meynell）的诗《女人们的父亲》就传达出幸存者的某些焦虑和愧疚之情：

我们的父亲在我们心中悸动，

我们是他男性活力的女儿。没有陨落，
他，没有衰弱，尽管他已变得如此不同，
尽管他身后没有男儿。

33 梅内尔在诗中要求她父亲的灵魂武装起她那“脆弱的头脑”，给她“赴死的勇气”，粉碎她天性中“小里小气的低劣者的本事”。

维多利亚时期的最后一代女作家出生于1880年至1900年间，她们的文学越过女权主义，进入了勇于探索自我的“女人阶段”，但仍携带着女性阶段的自我憎恶和女权阶段的撤离策略的双重遗产。女权主义作家在拒斥男人社会和男性文化时，越来越后撤到内在空间的分离主义文学中去。这种文学聚焦于心理而非社会，寻求躲避男性世界的严酷现实和不良行止。它最爱用的符号——封闭的秘密的房间——自《简·爱》以来一直是女作家小说中的强大意象；然而到了世纪末，房间渐渐同子宫和女人的心理矛盾画上了等号。在莫尔斯沃思夫人（Mrs. Molesworth）的《挂壁毯的房间》（*The Tapestry Room*，1879）和黛娜·克雷克的《跛足小王子》（*The Little Lame Prince*，1886）等儿童书籍中，女作家探索并扩展了关于密闭空间的奇想。1900年后，从弗朗西丝·霍奇森·伯内特（Frances Hodgson Burnett）的《秘密花园》（*A Secret Garden*，1911）到梅·辛克莱（May Sinclair）的《天堂树》（*The Tree of Heaven*，1917），数十部小说中的密室、阁楼的隐身处、选举权论者的陋室蜗居都代表着另外的世界，成了逃离男人和成熟的性的象征。

多萝西·理查森（Dorothy Richardson）、凯瑟琳·曼斯菲尔德（Katherine Mansfield）和弗吉尼亚·伍尔夫的小说创造了一种刻意的女性美学（female aesthetic），把自我牺牲这个女性行为规范转化为对叙述自我的扼杀，并把女权主义的文化分析运用于小说的字、词、句和语言结构。这一样式的现代主义是对阿诺德·本涅特（Arnold Bennett）和 H. G. 韦尔斯（H. G. Wells）等爱德华时代男性小说家的物质文化所做的明确回答。但是，像 D. H. 劳伦斯（D. H. Lawrence）一样，女性唯美者看到的世界也被性别神秘地、彻底地两极化了。对她们而言，女性的颖悟力具有神圣的品格，运用这一颖悟力成为一种圣洁、耗尽心力、从而最终也是自我毁灭的仪式，因为女人的感受性必然导致自毁性的脆弱。 34

看来似乎矛盾的是，这种文学在形式和理论意义上变得越像女人（female），它就越是远离对女性身体经验的探索。性的问题悬在唯美主义者的小说和故事之边缘，伪装起来，遮盖起来，遭到否认。双性同体论（androgyny）是布卢姆斯伯里文化圈（Bloomsbury Group）的性伦理，也是那个时期的重要概念；它提供了一条退路，可以不必正视肉体。女性唯美论因使用性象征而充满情欲，浸淫在性爱意蕴之中；尽管如此，它在内容上恰又奇特地出现无性特征。“一间自己的屋子”因对艺术自主性的坚持和隐含的脱离社会与性的态度，而再次成了一个大家喜用的形象。

1941 年弗吉尼亚·伍尔夫去世以后，英国妇女小说似乎在随波逐流。20 世纪 30 年代《细察》(*Scrutiny*) 的撰稿作家对布卢姆斯伯里文化圈和女性唯美主义，尤其是对弗吉尼亚 · 伍尔夫的苛刻批评已经指出了分离态度的种种问题。伍尔夫本人在《岁月》(*The Years*, 1937) 和《三个几尼》(*Three Guineas*, 1938) 等后期作品中曾尝试转向社会写实主义。然而，在 20 世纪 40 年代和 50 年代，女作家（其中有很多老一代的作家）仍在走保守路线，未受现代主义触动，也没有进行个人实验的意识。像罗丝 · 麦考利（Rose Macaulay）和艾薇 · 康普顿-伯内特（Ivy Compton-Burnett）这样的小说家的作品在主题和意识上与女性传统紧密相连，不过她们似乎代表了一种消极被动的而非积极主动的连续性。被动性是战后英国小说大局面中的一种表现。阿德里安 · 米切尔（Adrian Mitchell）把"1945 年以来英国艺术家的通病"描述为"一种强迫症：逼自己做小，创造完美的微型作品，而不冒大险"。[59]

35 20 世纪 60 年代，女人小说（the female novel）进入了生气勃勃的新阶段，它在最近十年中受到强劲的国际妇女运动的有力影响。当代妇女小说遵循 19 世纪写实主义的传统形式，但影响其创作的也有 20 世纪的弗洛伊德精神分析和马克思主义分析。在艾丽斯 · 默多克（Iris Murdock）、缪丽尔 · 斯帕克（Muriel Spark）和多丽丝 · 莱辛（Doris Lessing）以及比她们年轻的作家玛格丽特 · 德拉布尔（Margaret Drabble）、A. S. 拜厄特（A. S. Byatt）和贝丽尔 · 贝恩布里奇（Beryl Bainbridge）的小说中，我们开始看到妇女文学的复兴，它回应了刘易斯和穆勒对货真价实的女性文学的要求，写出了“女性的人生观和女性经验”。这些作家吸收了两个世纪以来的女性传统，做到了过去的特点长处与新的语言和经验尺度之间的融合。像女性小说家（feminine novelists）一样，她们关注艺术与爱、自我实现与责任之间的冲突。她们坚持自己有权使用先前只有男性才能用的词汇，有权描写原来属于禁区的女性经验。愤怒和性破天荒地被当成了写实人物的属性，不但如此，在默多克的《割下的头》(*The Seyered Head*)、莱辛的《金色笔记》(*The Golden Notebook*) 及 A. S. 拜厄特的《游戏》(*The Game*) 中，愤怒和性还被当作了女性创造力之源。像女权主义小说家（feminist novelists）一样，当代作家意识到自己在政治体系中的位置以及与其他妇女的联系。像女性唯美小说家一样，如今的女作家，尤其是莱辛和德拉布尔，认为自己在努力通过艺术想象把女性经验的碎片整合为一体，她们很关注对女作家自主性的界说。就在妇女运动呈现出凝聚力、女性主义批评家审视女性文学传统之际，当代女小说家将不得不正视黑人作家、少数族裔作家和马克思主义作家过去一直在面对的问题：究竟应献身于铸造女性的神话和史诗，还是应超越女性传统，不带性别痕迹地 36
参与到文学主流中去，而后者既可以被视为平等，也可以被视为同化。

妇女小说，无论是女性的、女权的，还是女人的，一直以来都不得不抵抗把妇女经验降至次等地位的文化历史势力。我在勾勒女性传统的轮廓时，越过了备受尊敬的著名小说家，而将目光投向长期湮没于文学史的许多妇女的生活与作品。我力图发现她们对自身及作品有怎样的感受，她们做出了什么样的选择和牺牲，她们同自己的职业和传统的关系又经历了什么样的变化。路易丝·伯尼考（Louise Bernikow）写道："通常所称的文学史其实是一份关于选择的记录。哪些作家在自己的时代过后仍能留存下来，哪些作家不能，这要看谁注意到了她们，并决定把这一关注记录下来。"[60]在我留意的作家中，假如有一些在我们看来像是德蕾莎和安提戈涅，挣扎在不可抗拒的天命感和压抑之中，那么更多的似乎只是像多萝西娅[①]那样的人，古板，常常犯错，渺小得无可救药。然而，我们只有在对她们全体——不只是弗吉尼亚·伍尔夫，还有米莉森特·格罗根——进行考量的前提下，才有可能开始在一部新的文学史中记载新的选择，才有可能开始理解为何女人会置偏见、负疚感和禁忌于不顾，开始了写作。

---

① 这几个人名参见第23页的《米德尔马契》引文。

第二章　女性小说家与写作意志 37

界定英国女小说家的亚文化这个任务因一个多世纪以来女作家显著的社会同质性而变得较有把握。社会出身的一致本来就合乎英国作家的一般状况，但是女作家的情形更加极端；与男性相比，她们更不可能出身于贫苦的劳动者家庭。女小说家中的压倒性多数是中上阶级、贵族和职业人士的女儿。于是，尽管议员的女儿和流动农工的女儿在文化观念方面有重要区别，这些分歧在考量女作家的时候却根本算不上什么；德伯家的苔丝（Tess Durbeyfield）又不写小说。不过，维多利亚时期刊物上的评论意见给人留下的印象，却是每个英国女人都扛起了笔。1859 年，W. R. 格雷格宣称："这一刻现有的年轻小说家和年轻女小说家的数量已经无法估算，也是过去任何时代所无法比拟的。确实，小说市场的供给已大多落入她们手中。"[1]

要回答女性是否真的大举进军 19 世纪的市场并控制了小说写作这个问题，我们首先必须承认，开列确凿无疑的名单和数字是根本做不到的事情。维多利亚时期发表的小说类书目超过
四万种，任何人只要看一眼出版商在一部维多利亚小说的书末所 38
做的广告，马上就会意识到有多少作品连同其作家一起消失了。例如，我手头有一本克雷克夫人的《高尚人生》（1866 年由赫斯特和布莱克特出版），书末的广告中，谁是 G. 格莱顿夫人（《英

国女人在意大利》的作者）？比阿特丽斯·惠特比（五部小说的作者）？谁是梅伯尔·哈特、E. 弗朗西丝·波因特、玛莎·沃克·弗利亚？她们统统滑落出文学史家的罗网了；19 世纪 70 年代在《英格兰妇女评论》（*Englishwoman's Review*）上逐月列出的女作家中有半数无不如此。[2]

这还是多少真正发表了一些文字的女性；假如甩下她们，企图去弄清那些完成了小说却无法使作品被接受的女人的情况，难度就非同寻常了。本特利（Bentley）和麦克米伦（Macmillan）这样的大出版公司中，审稿人的评估报告表明，被拒的稿件中出自女人之手的比例始终居高不下。约翰·默里（John Murray）不无快乐地回忆起约从 1869 年起开始围攻他的“女士作者们”，其中有求他别披露其真实姓名的“M. M.”，还有“罗丝·埃伦·K.”，后者倾诉说自己的回忆录“甚至过快地掩饰了我心灵的痛楚”。[3] 相对于每一部已出版的小说，大概就有六个不出声的湮没无闻的勃朗特。

人们的印象是 19 世纪的确有大量女性进入文学市场，且其中多为积极进取的小说家，维多利亚期刊批评大量提到女小说家人数激增，又进一步强化了这种印象。1853 年，《绅士杂志》（*Gentleman's Magazine*）对“女人写的小说不但数量大增，而且质量普遍有所改进”的情形感到惊讶：“只要清点一下近 20 年或 25
39 年中从事写作的主要女小说家就够让人吃惊的了。这个时期中我们至少每年得到三四部精彩的小说，更不必说还有前景看好的其他小说。”[4]

然而，19 世纪 40 年代女性入侵文学市场的感觉不过是幻觉，是企图用数量说明替代对本质现象的分析而已。理查德·奥尔蒂克（Richard Altick）对作者情况所做的最为广泛的社会学研究表明，事实上，1835—1870 年间女性在文学职业中所占的份额略小于其他时段。虽说奥尔蒂克的资料主要来自《剑桥英国文学目录》(*Cambridge Bibliography of English Literature*）的第一版，但是他从文学人群总体中抽取了相当数量的样本，他的研究成果应予以考虑。他发现，从 1800 年到 1935 年，女作家的人数稳定在男作家人数的 20% 左右，这是“女性受教育机会不足，以及对女性就业的偏见所致”。[5]

即便女性以空前人数进入了文学职业，她们仍永远是少数派。她们的存在受到关注恰逢小说写作成为切实可行的男性职业之时。对萨克雷和狄更斯以及对 G. H. 刘易斯这样的文人来说，写小说成了成功之路：刘易斯在 1847 年抱怨说，文学职业本应是“精练、密集、无以抗拒的马其顿方阵”，现在却正在遭遇“女人、儿童和训练拙劣的军队”的袭击。[6] 由于畏惧竞争，男性小说家过高地估计了挑战的程度。威尔基·柯林 40
斯（Wilkie Collins）满腹牢骚，说听人讲“每种完成的小说或诗歌中，至少有 9 种是女士写的……她们生生从男人的鼻子底下抢走了累积起来的素材”。[7] 自 1771 年以来诸如此类的抱怨不绝于耳，重要的是应认识到，男性观察者眼中从来只看到“女性主导”。男性竞争者的过度反应，被夸大的女作家能见度，19 世纪 40 年代几部小说势如破竹般的成功，小说中的女权主义主题与英国女权行动的接连出现，作家生平资讯之易得使小说家不再是冷冰冰黑漆漆的首字母组合，而成了鲜活的女主人公——所有这些都造成了维多利亚时代有关女作家数量巨大的错觉。

在很长的阶段内，男女小说家波动不定但各自有别地朝着相似的职业模式发展。19 世纪男作家和女作家的事业模式在三个方面表现出明显的差异：教育、维持生计的方式及初次发表作品的年龄。正如可以预料的那样，对先驱女作家而言，这些差异极具戏剧性，因为与她们同时代的男作家相比，她们显然处于劣势地位。奥尔蒂克研究所提供的最惊人的证据同样出现在雷蒙德·威廉斯（Raymond Williams）的一项研究中，该证据涉及男作家在教育方面所享有的特权。[8] 在威廉斯对 1780—1930 年期间 163 位重要男作家的研究中，以 50 年为一段，每段中都有超过半数的
41 男性上过牛津或剑桥，上其他大学的人数亦相当可观。奥尔蒂克则发现，在他所审视的稍短的时段内，文学男性中上过大学或其他中等教育之后的学校的人数比例从 1800—1835 年的 52.5% 上升到 1870—1900 年的 70.9%，并在 1900—1935 年期间进一步升至 72.3%。男作家还往往接受过文法学校（grammar schools）的教育，而且上文法学校的人中又有半数上的是某所著名的公学（public schools）。女作家的情况当然完全不同了。奥尔蒂克的报告说，在女性教育方面，能获得的不管什么资料都少得多。他研究过的女作家中，相对于在家中受教育者，大约有 20% 曾接受过一些正规教育，而这个数字在整个世纪中均保持不变。1870 年

后，少数妇女进一步接受了某种形式的高等教育。直到1900—1935年这个时段，才有一群受过大学教育的女性进入了文学职业，可即便那时，她们也只占女性组的38%。至于在家庭和中小学校里接受教育女性的百分比，几乎等于接受过大学教育男性的百分比。

女作家因性别而非阶级的原因而失学。对于维多利亚中产阶级少女来说，兄弟离家去上学便是痛苦的觉醒时分，她恍然认识到自己的低下地位；从乔治·艾略特的《弗洛斯河上的磨坊》（*The Mill on the Floss*，1860）到萨拉·格兰德的《贝丝书》（1897），英国小说中这样的场景反复出现。女性小说家有个突出的特点，就是嫉羡古典教育。这种情绪在凯瑟琳·克罗（Catherine Crowe）的《莉莉·道森冒险记》（*The Adventures of Lilly Dawson*，1852）中显而易见："确实，男人中很少有真正的修养；强有力的思想者不多，诚实的更是少而又少。但他们还是占了有利条件。他们的教育再坏，至少也比我们的好一点儿。每天六个小时读拉丁文和希腊文总好过每天六小时织毛线和刺绣。"[9]

古典文化教育是男女之间智力上的分界线。聪颖的女性怀着 42
感人的信念立志学习希腊语和拉丁语，以为这样的知识会令男性能力和智慧的世界向她们开放。到1880年左右的这个时期，女性小说反映出女人为达到男性教育机构的水准而付出的极大努力。有志向的女主人公寻求真理的第一个目标就是掌握古典语言文化，这在女性小说中已屡见不鲜。我们想起奥萝拉·利受到远房堂兄的奚落，因为她写的是"没有重音标记的女士的希腊文"；想起麦琪·塔利弗学习拉丁文；还有（《雏菊花环》[①]中的）埃塞尔·梅和（《米德尔马契》中的）多萝西娅·卡苏朋（Dorothea Casaubon）怎样艰难地学希腊文。对于多萝西娅来说，“这些男性知识领域好比是……立足之地，站到这里一切真理便可看得愈加真切”。[10]

女作家几乎都是自学成才者，如果她们敢于运用自己的知识，人们会要求她们达到男性学识的标准。没有什么事比在知识上装腔作势更让人感到可耻和丢脸，或让批评家呵斥起来如此欢天喜地。约翰·基布尔（John Keble）给夏洛特·扬提建议时问道：“女士们引用希腊文时，是不是最好别说她们听到父亲或兄弟说了什么？”[11]女作家假称她们的学识来自男性，这一做法往往使女性无知又无才的固化形象无止境地延续下去。再者，女人评判起自己的姐妹来和男人一样毫不手软。在《家里的聪明女人》（*The Clever Woman of the Family*, 1856）中，夏洛特·扬似乎津津乐道于揭露女主人公对希腊文圣约书和希伯来文圣约书的肤浅了解；乔治·艾略特虽说没有扬那么保守，却也在她那著名的评论文《女小说家的愚蠢小说》（“Silly Novels by Lady Novelists”）中用了相当的篇幅揭露同样的缺陷。期刊上的男性评论者采用一套
43 周到客气的修辞来讨论女性的学问，然而他们嘴上说自己很仁慈，其实逮着错误就兴致盎然、不怀好意地猛扑下来。

19世纪晚些时候，写实主义原则使细节的准确性成为对所有小说家的基本要求。肯尼斯·格雷厄姆（Kenneth Graham）在

① 《雏菊花环》是夏洛特·扬的作品。

《1865—1900 年间的英国小说批评》(*English Criticism of the Novel 1865—1900*) 中说，这一阶段的"评论家们一旦发现事实性的错误，总是变得无比尖刻。细部的逼真是强制性的要求，任何有违逼真性的地方都被视为作品的致命硬伤：评论文中充斥着找到些微不确之处时的得意洋洋之感"。[12] 我相信，在这种细节逼真性成为普遍律令之前很久，女性就已处于其重压之下，而且女小说家总是更加深受其苦。就这样，有抱负的女作家通常在面临巨大经济困难的条件下奋力自学。在知性方面的自我修炼是第一代女作家的传记中一个反复出现的主题。这个特定群体之所以表现出色，一个原因就是作为角色革新者的她们非同寻常地做到了把策动力和自我约束结合起来。我们熟悉那些最著名的实例：伊丽莎白·巴雷特 15 岁生大病，自此花 10 年时间修习了德文、西班牙文和希伯来文；乔治·艾略特在纽尼顿照料已是鳏夫的父亲时学习了德文、意大利文和拉丁文，并阅读了神学、历史、小说、诗歌和科学方面的作品。许久以后，艾略特仍表现出这一令人羡慕的能力，她把被迫与世隔绝的时期用于学习，而不是浪费在怀旧或自我怜悯上面。1855—1858 年，"在受到社会排斥的漫长阶段，在她仅因坦诚地公开了自己与刘易斯的结合就不被邀请参加家宴的那段时间里"，她阅读了希腊文的《伊利亚特》《奥德赛》《埃阿斯》《俄狄浦斯三部曲》《伊莱克特拉》《菲罗克忒忒斯》以及埃斯库罗斯的三部曲；她还阅读了拉丁文的贺拉斯、维吉尔、西塞罗、佩尔西乌斯、李维、塔西佗、普劳图斯、昆体良以及普林尼等人的作品。[13]

如此刻苦奋发的自我修养，其危险在于把学问做过了头，变

44 成学究。乔治·艾略特是认识到这种危险的，卡苏朋的形象可说明这一点；但是在《罗慕拉》这样的书中她会遏制不住地进行过度补偿；事实上，罗慕拉献身于保存父亲藏书的举动本身就是女性小说家崇拜男性学养的范例。其他的女性小说家也同样感到必须埋头研读，以防别人指斥她们无知。就拿伊丽莎·林恩·林顿来说，她从未摆脱过智识上受到剥夺的阴影。她根本无法理解，为何她父亲“以其个人而言，阅读如此广博，甚至很有学问，却竟然不在意给自己的子女以合乎出身和他本人名望的教育”。她试图自学拉丁文、希腊文和希伯来文，但收效甚微。当她终于有机会挣脱束缚，离开家的时候（她说服了父亲同意资助她在伦敦试着过一年），她直奔大英博物馆，对知识如饥似渴，贪得无厌：“我天天在大英博物馆读书，为我的大作收集材料，并步入了形形色色的奇特领域。”[14]

林顿的头两部小说《埃及人阿齐思》(*Azeth the Egyptian*，1847）和《阿米摩涅》(*Amymone*，1848）就是在高度研究的基础上写成的，也正因此萨拉·亨内尔（Sara Hennell）命名她为“西拿基立小姐”(Miss Sennacherib)。① 林顿初期作品中的学究气似乎满足了

① “阿米摩涅”意为唯一清白者，是希腊神话中达那俄斯的50个女儿中唯一未听父亲的话杀死丈夫的人；该小说的副标题是《伯里克利时代的传奇》(*A Romance of the Days of Pericles*)。“西拿基立”是入侵以色列南部犹大国的古亚述王，见《旧约·列王纪下》第18—19章。称林顿为西拿基立者当然怀了些许敌意，也指她学问大得吓人。林顿和尚未成为乔治·艾略特的玛丽安·埃文斯曾先后为查普曼的房客，萨拉·亨内尔是玛丽安的好友。

她公开证明自己智性资质的需要。直到很久以后女作家才开始懂
得古典语言文学课程和常规的课堂只提供非常有限的教育，她们
才充分意识到自己的努力有可能使她们优于男同胞们。1899 年，
弗洛伦丝·马里亚特告诉一位采访者，她已经“读了我所能找到
的一切东西……可以说我已经把自己培养出来了，很可能我以这
种方式获得的真才实学会比我去正规学堂按部就班所学到的还要
多”。[15] 尽管如此，男女教育的差别到 20 世纪初仍然让女性感到 45
愤愤不平，从《一间自己的屋子》中就可以看到这一点。

女性小说家已经把文学的从业标准内在化了，她们不仅努力提高自己的写作水准，而且试图把天分低一些和不够审慎的女性完全阻挡在行业之外。乔治·艾略特那气势凌厉的《女小说家的愚蠢小说》一文意在警告无能的女人别再企图动笔写小说；在文章的最后一句中，她提到拉封丹的寓言中那只自以为会吹笛的驴，可以说把意思点得再透彻不过。

> 凡是对妇女最终在文学中所占比重给出颇高估计的批评家，原则上均不会对文学妇女的作品过分宽容。对于不带偏见地、广泛浏览过女性文学的一切人而言，事情一定十分清楚：女性文学最严重的不足之处与其说是缺乏智性的力量，还不如说是不具备造就文学之卓越性不可或缺的道德品格——有忍耐力的勤勉、对于发表所具有的责任心，以及看重作家艺术的神圣性。[16]

勤勉、责任、艺术——看到乔治·艾略特提出这些标准一点都不奇怪。然而黛娜·马洛克·克雷克等才华上逊色得多的作家同样强烈主张，妇女必须严肃对待文学，妇女不可过高估价自己的才能，或把女性角色与职业角色混淆起来：

> 任一职业中，只要不是彻底为恶，那么最有害最危险的
> 莫过于平庸了……所以说，就让男人随心所欲好了——说真
> 的，他们的虚荣心和渴求成功之心往往超过我们十倍——不
> 46 过我要规劝女人，无论为了虚名还是作为生计，在她试图摆
> 弄艺术或文学之前，一定要在道德上和知识上用最尖锐的批
> 评检测标准对自己做一番审查和评价。[17]

如此高标准使得第一代女作家对自己的姐妹十分严厉，对自己更是苛刻。要证明自己能力的那种持续的压力（并非显在的，而是内化了的压力）使她们始终对批评极度敏感。尽管如此，她们在描述自己艺术上的自我约束时仍采用了纯属受虐性质的隐喻："又一次被击中，直截了当，狠准无比。"夏洛特·勃朗特如此告诉一位批评家；乔治·艾略特说起，她的写作如同"绝食，鞭挞自己"。[18] 她们对他人的任何疏忽和自我放纵的行为均无同情之心。"萨克雷先生"按勃朗特的说法是"闲适又怠惰，很少在意倾其所能全力做事"。[19] 随着年龄的增长，像奥利芬特夫人、林顿夫人和安妮·莫兹利（Anne Mozley）这样一向勤奋的报刊撰稿人对无拘束的年轻人中粗枝大叶和草率随意的作风越来越无法容

忍。在其全盛时期，大约从 1845 年至 1860 年，她们不愿意接受勃朗宁夫人在《奥萝拉·利》中所说的那种“相较而言的尊重，亦即绝对的轻蔑”，她们期待的是严格的不带偏见的批评，而不会降低自己的人格，以女性的种种不利条件为由去规避这样的批评。马洛克小姐认为，“仅以性别的缘故去索求体谅，这对任何女人来说都是最为可鄙的怯懦”。[20]

19 世纪女作家特有的巨大生产力可以追溯到她们对文学职业全身心的投入；和男作家相比，她们中较少有写作以外的维持生计的方式。奥尔蒂克的数据表明，尽管在整个 19 世纪中，职业作家，即以写作自立者的百分比在逐渐上升，但大部分男作家都有其他职业和收入来源。在许多情形中，男人本来受过其他职业 47
训练，只是他们在文学上的成功使其不必再去从业。19 世纪的中产阶级妇女除了写作却很少有其他的就业选择。除了教书以外，她们可能得到的最好出路就是做出版业中的事务工作了；许多人也给出版社当审稿人和技术编辑。此外，女作家很可能依靠自己的收入度日或者帮助维持家庭的生活，而不是像有人猜测的那样，花父亲和丈夫的钱来满足自己的欲望。

未婚女性日益受到写作维生的吸引。在《1770—1800 年间英国的通俗小说》(*The Popular Novel in England 1770—1800*) 一书中，J. M. S. 汤普金斯发现，到 1780 年为止，女作家中多数是已婚妇女。到了 1790 年，女作家名单上则出现了许多未婚者。我的研究显示，在 1800—1900 年间出生的女作家中有相当固定的比例——半数左右——是未婚的。在很多情况下，女人很晚才嫁人，要到她们已经建立了文学名声并能靠自己的书挣到很不错的市场价之后才成婚。已婚女作家，如玛格丽特·加迪（Margaret Gatty）、埃玛·马歇尔（Emma Marshall）、伊莎贝拉·班克斯（Isabella Banks）和露西·克利福德（Lucy Clifford）等人，则通常因丈夫破产、生病或死亡不得已而写作发表，就这样加倍扛起了养家重任。从那些有实力却又未能完全发挥潜能的急就小说中很容易觉察到财务窘迫的影响。奥利芬特夫人就是一个例子，她旷日持久地同破产的威胁搏斗。她不但是自己的孩子的唯一赡养人，还是侄子们的唯一赡养人，她的生活就是对一连串出版人尽着无穷的苦役，出卖自己尚未动手写的书的创意，写着自己根本不在意的书，为的只是仍能占住领先位置。大英博物馆中藏有多卷她给出版人的信件，信里她央求预支酬金，或提到一系列她正在加紧制造的游记、传记或课本。对弗吉尼亚·伍尔夫来说，这类情形可以解释她在艺术上的贫乏：“奥利芬特夫人出卖自己的
48 头脑，出卖她那令人钦佩的头脑，滥用自己的教养，奴役自己的思想自由，目的就是能赚到生活所需以及孩子的教育费。”[21] 女性小说家往往会将收入用于给儿子提供奢侈生活，好像这样做就弥补了自己接任养家人角色的罪过。加迪夫人把她的四个儿子分别送往伊顿（Eton）、温切斯特（Winchester）、马尔伯勒（Marlborough）和查特豪斯（Charterhouse）①，自己却从不添置衣服，也不为家里添置家具。[22]

---

① 加迪夫人的儿子就读的都是学费昂贵的英国著名公学（public schools）。

然而，生产粗制滥造作品的“炖锅”不仅一直沸腾着，而且始终满满当当。加迪夫人和奥利芬特夫人能够通过写作把自己的儿子们送到伊顿去读书，这件事本身具有重要意义：写作提供了不带性别歧视的独特挣钱机会。在一篇 1857 年发表的文章中，J. M. 凯（J. M. Kaye）提出，文学是“唯一的职业……让女人能整个参与进来，分享其荣耀和利润，而不是戒心十足地排斥她们。这里没有针对女人的不公正。道路是敞开的，竞赛是公平的。假如女人跑得更快，她就胜出了”。[23] 中产阶级妇女需要挣钱，这个观念被接受和认可经历了漫长的过程；然而从一开始，写作就提供了获取报酬的最佳机会，这也是毫无疑问的。家庭教师实际上是未经训练的中产阶级妇女唯一能得到的另一种工作，她每年只能挣 20—45 英镑外加食宿。

一个无名作者的一部哪怕中不溜儿的小说，其版权交易所得都可能相当于一个家庭教师的年收入。一部寻常的三卷本小说，版权可卖到 100 英镑。女人们发现，写出一部小说差不多需要一年的时间，但她们一旦出版了一部书，给报纸和杂志撰稿就能得到不菲的稿费。伊丽莎·林恩于 1849 年至 1851 年为《早间新闻》(*Morning Chronicle*) 工作，薪水是每周一个几尼。1851 年， 49
盖斯凯尔夫人摸了一圈底，《批评家》(*Critic*) 给她的出价是一篇专栏 7 先令。到 1901 年时，《泰晤士报》给作家已经出到一篇专栏 5 英镑；多数报纸和杂志当时一篇专栏的付费是一几尼。[24]

即便在较低的层次，按时间投入计算，写小说也比干钩编织品之类的活计能得到更好的经济回报。阿德琳·萨金特（Adeline

Sergeant）写了大约 75 部小说，从来没有一部成为畅销作品；她代表了一种典型的收入水平。萨金特平均一部书收入 100 镑，一年的产出可以多达 5 部。1902 年她处于最佳状态，共挣了 1500 英镑。[25] 当时出版制度的惯例是对适合租书图书馆的三卷本小说一次性买断版权。作者得到固定的款额，具体数字依作家的名声和出版社对销售的估计而有所变化。这项制度对女性作者有许多好处，她们只要每年写一定数量的小说，就能够挣到稳定的收入。如果与作者合作的是有名望的出版社，那么直接出售版权甚至不阻止作者得到畅销书的红利，而一部书畅销了，作者以后写的书就可卖得高价。关于这样的出版方式，罗亚尔·格特曼（Royal Gettmann）在对本特利出版公司文件的研究中给出了好几个例子：

> 1877 年 3 月 26 日［杰西·福瑟吉尔］以 40 镑售出《第一小提琴手》的版权。没多久，公司里有人看出了该小说的商业前景，5 月 30 日拟定了一份新的协议，把售价提到 200 镑。与福瑟吉尔小姐后来的书所签的合同表明，为购买她的版权所付的价格稳步上升且升幅可观——250 镑、
> 50 300 镑、500 镑以及 600 镑。[26]

然而，真实的情况是，版权交易使作者依赖出版人的善意，而且往往让女作者成了央告恳求的角色。版权制度使得哪怕很成功的作家都被绑缚在持续出产作品的磨盘上。争取自己权利的讨

价还价过程需要一定的坚韧性，在这方面黛娜·马洛克·克雷克提供了有力的案例。她的头三部小说——《奥吉尔维斯》(*The Ogilvies*)、《奥利芙》和《一家之长》(*The Head of the Family*)——以每部150英镑的价格卖给了查普曼和霍尔出版公司（Chapman & Hall)。当时还是马洛克小姐的克雷克因亟需用钱，对于自己的所得感恩戴德。但是,《一家之长》连出了六版，尽管爱德华·查普曼（Edward Chapman）允诺会给她的下一部书开更好的价格，她仍有点觉得自己受骗上当了。在给查普曼的一封谦卑的信中，她在讨价的同时微妙地拿自己的年轻和女性的柔弱说事儿：

> 您是否觉得在所有的利润中您可以在付给我的150镑之外再匀出一点给我呢？——我知道这并非合乎法律的权利——然而似乎也很难说这个要求不公平……
>
> 这个冬天我一直无法工作——可能日后数月内我也无法完成手头的炉边小说——因此，拿到我所能得到的一切对于我十分重要——年轻时我工作得太辛苦，我的脑袋已经疲惫不堪了——现在我可以得到一点收入的情况下，我没法写了。[27]

到1856年时，她已开始四处察看，谋求在另一家公司得到更有利的交易价。奥利芬特夫人把她介绍给赫斯特和布莱克特（Hurst & Blackett）出版公司的主管，后者决定出版她的《绅士约 51
翰·哈利法克斯》(*John Halifax, Gentleman*)。在马洛克小姐从该书获得实际利润之前，她就开始接触麦克米伦公司，谋求一份经常性的工作：

> 手头的书完成后，我一定要好好休个长假。我的身体因过劳而每况愈下——假如能得到任何机械的文学性工作，例如做“出版社的审稿人”之类的事情——并可以给我一笔固定的收入，使我在一两年内无须再写作的话——那对我真是莫大的幸事。[28]

麦克米伦公司是否回信不得而知，不过赫斯特和布莱克特公司对《绅士约翰·哈利法克斯》慷慨的出价在经济上给了马洛克所急需的喘息之机。此后，她有了足够的信心，同出版社打交道更加直率坚定。她同查普曼的通信变得强硬得多，完全没有了早年那种文雅的怯生生感。1858年10月，她愤怒地写信给查普曼，后者大概是乘着《绅士约翰·哈利法克斯》的成功，在广告中使用了她的名字。人们知道马洛克小姐是她那些小说的作者，但是她痛恨公开宣传，宁愿要谨慎的半匿名状态：“我看到你用‘马洛克的一家之长等’在给我的小说做广告。这情形让我十分反感，因为我从来就讨厌把我的名字放在我的书上，我仍然坚持那些不这样做的理由。”[29]

马洛克的作品获得了更大的成功，马洛克本人在议价时也变得更加固执己见，对于这个行业中的冲突和裁决也感到更为轻松自在。按奥利芬特夫人的说法，“马洛克小姐给自己讨要金钱时的顽强和生意归生意的态度令亨利·布莱克特难以招架。他一谈到与她的那些冲突，就一脸惊恐，极其严肃，一点也笑不出来”。[30] 马洛克于1865年同麦克米伦公司的合伙人之一乔治·利利·克雷克（George Lillie Craik）结婚，这时她发现关于合同谈判的烦 52
恼大多已结束了。克雷克夫妇双方均以生意上的精明著称，有一次克雷克夫人曾为她一则故事的版权索价2000英镑。

简言之，文学事业必然开发出了——或者是利用了——女人的经营技巧。出版商尽管不见得有性别歧视，但他们是要挣钱的，至于作者，只能指望她们照管好自己了。如果女人不愿让出版商盘剥，她们就必须会讨要自己的权利。从这个意义上说，维多利亚时期梦魇般的凶悍、爱争吵、浑身长刺的职业妇女有一定的事实依据。杰拉尔丁·朱斯伯里（Geraldine Jewsbury）在1850年给简·卡莱尔（Jane Carlyle）的一封信中就谈到了在两难处境中的挣扎：

> 当妇女成了活跃、强壮的人，有了自己的文学声望，走向了社会，有自己的营生需要照料的时候，她们确实染上了一些毛病，会利用别人，用令人吃惊的方式护着自己的利益！但是，她们又怎能不这样做呢？如果她们被扔进了社会，为了自己的身家性命她们就必须拼命游泳。[31]

在这些问题的困扰下，大多数女性小说家把入行的决定推迟到中年，然而男人则早早就担负了从业的责任。正如特罗洛普在其《自传》中所指出的那样，有志写作的女性在屡遭拒绝后仍能

53 继续争取发表，可男人总得在什么地方谋生。因此，遭到拒绝的年轻女子可能会被劝说“补她的袜子去”，可是“对有文学抱负的男人说的话就不那么温和了：‘你说你必须挣钱，你难道不觉得账房间的凳子更合适你吗？’”[32]大概那些不能很早成为得到认可的作家的男人都转而从事更赚钱的行当去了。尽管也有几个起步晚的男人（特罗洛普 32 岁，查尔斯·里德 37 岁），但是从整个 19 世纪看，男作家在 25 岁前后就开始了他们的写作生涯。大学提供的奖金，如纽迪盖特奖（the Newdigate Prize）等，都在鼓励早熟；从雪莱（Shelley）到吉卜林（Kipling）再到布卢姆斯伯里文化圈，许多男性在还是十几岁的少年时就已经发表了作品。

随着女性受教育机会的扩大，女性就业问题已不再那么有威胁性，这时女性的事业轨迹就靠近了男性的范式。第一代 19 世纪女作家往往较晚才开始小说家生涯：只有 55% 的人在 30 岁生日之前发表过作品。第三代女作家——惊悚小说家、编辑以及儿童读物作家——对自己的职业抱负有更强烈的意识：其中 73% 的人在 30 岁之前就出过一部书。19 世纪下半叶开始的 20 多年中有所倒退，然而到了最后一代，即弗吉尼亚·伍尔夫和艾薇·康普顿-伯内特那代人，58% 在 25 岁生日前就有过发表，而在 30 岁生日前发表过作品的人数已接近 75%。女性的文学从业样式中这种渐进的、不甚规则的变化有时被视为经济难关或婚姻焦虑的反映。然而，和男性相比，仅仅找出并且清晰认识到自己的人生应做什么事，这本身对于女性就是更困难也更耗时的过程。弥补

教育上的欠缺以及在核心家庭内部争取独立的隐蔽斗争都拉长了她们的学徒期。在文学上表现出早熟才华的许多女性从未写出书 54
来。从日记和书信到三卷本小说是意识上的飞跃，许多女性内心从未觉得强大或独立到可以做这一尝试的地步。

盖斯凯尔夫人在致友人托蒂·福克斯（Tottie Fox）的信中写道："如果努力的目标就是自我，那么这些奋斗并无神圣性可言，这一点毫无疑问——而且那样做造成了培育个性人生的部分危险；但我确实相信，我们都有某种指定要我们去做的工作，就是换个人做不到那么出色的那种工作……首要的是，我们必须找出我们被送到这个世界上来所要做的事情，对之做出阐述，还要让自己清楚地懂得所要做的事（这是很难的），然后在真正做事的时候忘却自己。"[33]

写书是自私的吗？在严格的福音教团体中，所有想象性的文学均是可疑的，儿童接受的教育是，讲故事会导致说假话和做越界的事。数量庞大的女作家本是牧师的女儿、姐妹或妻子，这说明女作家对上述论争会格外敏感。我们从传记中可以推断，许多女性始终无法战胜儿童时期的罪孽意识并从压抑中解脱出来，故她们无法尝试写作。埃德蒙·戈斯（Edmund Gosse）在《父与子》中描述了自己的母亲如何被迫放弃了好幻想的生活。戈斯夫人回忆说，小时候

> 我常常编故事，让自己和兄弟们觉得开心，就像我读过的那种故事。我觉着自己天生有不安分的头脑、充沛的想象

> 力，编故事很快成为我生活中最愉快的事……我不知道这里头有危害，直到有一天肖尔小姐［信奉加尔文教的家庭教师］发现了，狠狠教训了我，告诉我那样做是邪恶的。从那时起，我把编造任何种类的故事都看作一种罪过。[34]

经济上的窘迫有时会让女性放下有罪的重负，给自己的工作以正当的名分；或有时会把私底下写写东西的人推出来，进入印
55 刷出版行列。总要找到一种办法来释放女人的能量：医生或丈夫的建议（即得到男性权威的许可），明确的说教目的或是正义的事业，或者是处境困难，女人必须出去挣钱，等等。于是，在自传中一般都会有的一章——“我的第一部书”——已自成一体；母亲久病体弱、父亲破产、丈夫罹患结核、儿子误入歧途，所有这些由看似谦恭拘谨的女作者娓娓道出，在她们低垂的眼睛里，我们觉察到意志硬冷如钢的闪光。

在女作家的传记中可以发现令人印象至深的内心召唤（vocation）的迹象，这些女人曾经真诚地、撕心裂肺地做出努力，去克制自己的写作意愿。夏洛特·勃朗特是这群人中最著名的代表。1837年，她写信给当时的桂冠诗人罗伯特·骚塞（Robert Southey），想听听他对于她从事写作的意见。骚塞说的可不是让她失去勇气那么简单；他劝她丢弃成为诗人的所有梦想：“文学不可能是女人人生中的事，也不应成为女人的事。”这些话对她如同宣判死刑，但她还是试图抑制自己的想象力，掩藏起自己的文学天赋：

> 我小心翼翼地避免出现神不守舍和古怪反常的样子，那样会让住在一起的家里人起疑心，猜到我心之所系。我听从了父亲的忠告——从我孩提时起他就一直劝导我，也用您的信[①]里那种明智友善的口气——我不仅努力地专心服从女人应尽的各种责任，而且努力去感受对责任的浓厚兴趣。我不是一直能做到这样，因为有些时候，当我在教书或是做针线活时，我真情愿自己在读书或写作。但是我努力地克制自己，而父亲的赞许对于我贫乏的生活是充分的奖赏。[35]

只要周围有父亲或行父亲之责的人对顺从给予赞赏，女人 56
在克己之中尚可满足部分需要；从玛丽亚·埃奇沃思（Maria Edgeworth）到乔治·艾略特的数十部女性小说中可以看到这个倾向。人不一定要有勃朗特的天赋才能体会写作欲望与被爱的欲望之间的冲突。罗莎·努歇特·凯里（Rosa Nouchette Carey）是19世纪、20世纪之交颇受大众欢迎的感伤小说家，她和勃朗特或艾略特一样，拼命在负罪意识中挣扎着。年轻时“她有意地，但事后证明也是无果地尝试浇灭自己的写作渴望”，同时她“竭力做到更像其他女孩一些”。凯里的机会来了，她的兄弟去世了，她成了他四个孩子唯一的抚养者。这种情况下认可她的写作当然并非纯粹的好事：“责任绑住了我的双手……我无法如在别的情况

---

① 这是1837年3月16日勃朗特给骚塞回信的节选，“您的信”指骚塞对她第一封信的回信。

下一样尽自己所能充分投入文学工作。”然而，重要的是，责任让她的企图心得到提升：四个小小的孤儿使她有正当的理由从事写作。如罗莎·凯里认识到的，牺牲自己，为家庭付出，这不仅使从事写作受到宽宥，而且改变了这个职业自利的特性，使之成为“真正适合女人的女性职务”[36]——为他人操劳。

不过，要是那个养家活口的男人就是不死不垮，事情又会怎样呢？维多利亚中产阶级男性对挣钱养家的女人的抗拒反映出不少势利的阶级观念，以及迷信思想：他们惧怕女人会在真实世界中“丧失清新红润的光泽”，而后者只是性清白的委婉说法罢了。然而，具体到每个家庭，问题却会因人而异，同抽象理论关系不大。有些父亲、兄弟和丈夫会感受到家庭内女性竞争前景的威胁。举例来说，当夏洛特·扬在家人面前呈示自己的第一部小说时，她父亲严厉地告诉她，女士发表作品只为三种理由：爱听赞扬、爱金钱，或是有做好事的愿望。从情感上说，夏洛特完全不
57 可能顶撞她那么崇拜的父亲，他是“半岛战争和滑铁卢的士兵，对母亲和我来说，那是英雄中的英雄。在我整个人生中，他的首肯就是我的无上幸福，他生气我就无比痛苦”。[37]如果夏洛特愿意写教诲性的小说，并把挣到的钱赠送出去，那么扬先生是会不吝赞赏之词并克制住怒火的。她只要做好事而不取分文，就会很安全地尽着家庭内女性的依从角色的本分，就会一直依靠父亲。她把《雏菊花环》挣到的钱给了美拉尼西亚的传教士，在大斋节期间封笔，和约翰·基布尔一起祈求谦卑心，对父母的依恋滞留在青春期水平。即便如此，她也不可能完全噤声。她写出并发表了

小说，而且她对自己作品中不那么淑女的样貌保持着一种偷窥式的兴趣，秘密地阅读对她的评论，为销售和出版事宜写给麦克米伦的信详细、坚定、极端务实。[38]

女性发明了许多计策来对付家庭内部男性的敌意、嫉妒和抵抗。像扬那样精心计划的顺从，伴以对自身利益的暗中追求，算是一种方法。有些女性似乎采用了更为直接的奉承和收买的手段。盲人小说家艾丽斯·金（Alice King，1839—1894）是萨默塞特郡卡特库姆教区的牧师的女儿，她捐出自己第一部小说《守林人》(*Forest Keep*，1862）的收入，用于购买卡特库姆教堂的一扇彩色玻璃窗。琼·英奇洛（Jean Ingelow）把第一次挣到的钱用于在象牙上绘制父亲的肖像。朱莉安娜·尤因（Juliana Ewing）为丈夫买了一架钢琴。如果诸如此类的办法平息不了男士的火气，那么女人干脆秘密发表作品。女性角色模仿的高潮和最显著的标记就是男性笔名。使用男性笔名首先是一种博得批评家严肃对待的 58
手段，但也保护了女性，使其避开了亲人正当的愤怒。

我们有充足的理由可以设想，一个男性“人物”(persona）是许多女作家自幼幻想生活中的一个角色；她们可以用男性的名字表现自己个性中超越完美女性那逼仄理念的任何东西。勃朗特姐弟的安格里亚记事（the Angrian chronicles）中有十来个男性“分身”(alter egos)；夏洛特在儿时就用过好几个男性别名，其中有查尔斯·桑德、查尔斯·汤曾德和特里船长等。勃朗特姐妹和玛丽安·埃文斯的笔名家喻户晓，但她们激励了数十位模仿者的事就不那么广为人知了。下面所列只是一张不完全的名单：“霍姆·李”（哈丽叶特·帕尔，1828—1900），“恩尼斯·格雷厄姆”（玛丽·莫尔斯沃思，1839—1921），“F.G. 特拉福德”（夏洛特·里德尔，1832—1906），“艾伦·雷恩”（安妮·帕迪库姆，1836—1915），“卢卡斯·马利特”（玛丽·金斯利，1852—1931），“约翰·斯特兰奇·温特”（亨丽埃塔·斯坦纳德，1856—1911），“拉诺·福尔克纳”（玛丽·E. 霍克，1848—1908），“乔治·埃杰顿”（玛丽·查维莉塔·邓恩，1859—1945），“弗农·李”（维奥莉特·佩吉特，1856—1935），“克劳德·莱克”（玛蒂尔德·布林德，1851—1896），“罗斯·尼尔”（伊莎贝拉·哈伍德，1840—1888），“约翰·奥利弗·霍布斯”（珀尔·克雷吉，1867—1906），“马丁·罗斯”（维奥莉特·马丁，1862—1915），“劳伦斯·霍普”（阿德拉·尼科尔森，1865—1904）以及“迈克尔·费尔利斯”（玛格丽特·巴伯，1869—1901）。在这些别名中，小说家们得以用命名小说人物的方法重新为自己命名，往往用更加诗意、优雅、别致的男性名字取代普通英国姓氏的平庸感。总的来说，这些笔名有那么点贵族的气息。到 19 世纪晚期，女人使用“公爵夫人”“维达”“萨拉·格兰德”这样的女性笔名更加明确地表达对自我的浪漫幻想。维多利亚时期的最后一代作家中，使用笔名的做法渐渐止息，不过那个时期的女作家喜欢用性别不
59 明的名字，通常是本名与姓氏之间的中名或者是首字母，如斯托姆·詹姆森（Storm Jameson）、拉德克利夫·霍尔（Radclyffe Hall）、G. B. 斯特恩（G. B. Stern）、I. 康普顿-伯内特、V. 萨克维尔-韦斯特（V. Sackville-West）等。英国使用男性笔名比美国普

遍得多（美国女作家充分利用了田园牧歌式的笔名中的女性典型形象，如格雷丝·格林伍德、范妮·福里斯特、范妮·弗恩等），但在19世纪80年代，田纳西州的小说家玛丽·N.默非（Mary N. Murfee）用了“查尔斯·埃格伯特·克拉多克”（Charles Egbert Craddock）的名字，连她的出版商都蒙在鼓里达六年之久。

杰拉尔丁·朱斯伯里在1845年用笔名发表的理由既表现出对歧视的畏惧，也表露了怕招致痛苦、冒犯朋友或背叛情感的焦虑情绪。关于她的小说《佐伊》（*Zoë*），她这样写道：“我真不情愿把自己的名字钉在那东西上头。首要的原因是，书里头说了许多事情，我可不愿意因掌握了那些事，在我一些尊贵的朋友那里走动就好像有罪过似的。有几个朋友我是很喜欢的，伤了她们的心我会很难受；还有个理由，我对女人的小说一般都有偏见，极少有例外。”夏洛特·勃朗特在为妹妹的小说的1850年版的序中谈到，她和妹妹们“有个模糊的印象，人们很可能带着偏见看待女作者”。直至1880年，亨丽埃塔·斯坦纳德仍使用了“约翰·斯特兰奇·温特”这个名字发表《骑兵营内外的故事》（*Cavalry Life*）和《团队传奇》（*Regimental Legends*）[①]。她的出版人认

① 文中提到的斯坦纳德的两部军旅作品最早分别发表于1881年和1883年，她本来用了自己的名字，但出版方未接受；她出身军人世家，一生出了100部长篇小说、10部短篇小说集，发表无数篇文章，主编过杂志，担任过作家及女记者团体的主席，独自养活丈夫和三个孩子，后来还做化妆品生意。参见 Lorna Sage，Germaine Greer and Elaine Showalter，*The Cambridge Guide to Women's Writing in English*，p. 672。

为“作为男人的作品，这些书的出路会好些”。[39]

在报章杂志方面，19 世纪 30 年代时，匿名文章已经很普遍，因为编者觉得这一做法最有利于实现思想自由。19 世纪 40 年代，为《爱丁堡评论》(*Edinburgh Review*) 工作的哈丽叶特·马蒂诺用“男人的说话腔调”[40] 伪装了自己的性别，为《季度评论》(*Quarterly Review*) 撰稿的伊丽莎白·里格比 (Elizabeth Rigby) 亦然。为报刊撰文的女性最初感到，她们用匿名发表或以男性
60 面貌出现时，公众对她们更好些。1855 年，乔治·艾略特请求友人查尔斯·布雷 (Charles Bray) 不要把她为《威斯敏斯特》(*Westminster*) 撰文评论福音主义牧师卡明 (Gumming) 一事告诉任何人：“文章好像产生了强烈的效果，如果人们知道作者是个女人，这种影响力就会有所抵消。”[41] 到了 19 世纪 60 年代，一种逆反应出现了。作为领头反对报刊匿名发表制度的人士，弗雷德里克·莫里斯 (Frederick Maurice) 用意味深长的语言辩称，他希望看到的是“诚实的、男人气的文字”。[42]1865 年创刊、由刘易斯主编的《双周评论》(*Fortnightly Review*) 率先革新风格，刊登署名文章；安东尼·特罗洛普著文为这一做法辩护。在当时的情况下，特罗洛普不得不考虑到某些例外的情况①——乔治·艾略特在同一期上也发了文章——故而侠义地把女性排除在隐瞒身份即

---

① 特罗洛普是《双周评论》的创始人之一，他的成名小说 *The Warden* 中就有对匿名制度下不负责任的报人行径的辛辣揭露；“乔治·艾略特”是玛丽安·埃文斯的笔名，按说不用实名不合《双周评论》的规矩，但艾略特的真实身份已经公开，特罗洛普便宽容地认可了这些“特例”。

不诚实行为的约定条款之外："在讨论这个话题时，我们当然会想起一两个女性的笔名，它们保留下来了，尽管使用笔名的人已经取得了很高的文学地位。但女人生性如此，我们赞美其羞怯，甚至不为其软弱而感到失望。"[43] 仍然在使用笔名发表作品的女性人数之众可以从贝茜·帕克斯（Bessie R. Parkes）在《论妇女的工作》（*Essays on Women's Works*，1865）中所作的评论猜测出来："任何时候，假如真有编辑揭开其洞穴中可怖的秘密的话，他们也只能给公众一个猜想：有大批不署名的女作者；还有她们如恒河沙数般的卷卷手稿。"[44]

但是，对亨利·伍德夫人（Mrs. Henry Wood）而言，据说"没有什么家庭责任可以因文学劳作而受到忽视或搁置一旁"。和她一样，其他 19 世纪女作家也认为文学才能并不比女人通常的 61
应尽之责更为重要。[45] 尽家庭职分时的认真劲儿是女性小说家的一大特征。人们可以轻易地贬低这些妇女，说她们没有一心一意地投入艺术，而对艺术的专一不二据信是浪漫主义男性艺术家的特点；人们也很容易因她们受到压迫而可怜她们。然而屈尊或愤慨都没什么道理。一直到 1880 年左右，女性小说家都真诚地希望将自己的个人生活和职业生活的责任融合起来，使之协调一致。再者，她们都相信，这种对立面之间的谐和会使自己的艺术丰富起来，加深自己的理解。

在这些女性的经历中有个显著频繁出现的要素，那就是她们对父亲的认同和依赖，以及丧母或者同母亲的疏离。这可能部分地解释了为何早期女性小说家的孩子少于后几代人。在第一代中这种特点尤其鲜明：勃朗特姐妹、乔治·艾略特、杰拉尔丁·朱斯伯里、伊丽莎白·巴雷特·勃朗宁和伊丽莎白·盖斯凯尔都是童年丧母。伊丽莎白·林恩·林顿五岁时母亲去世；黛娜·马洛克十几岁时母亲去世。即使母亲活着，她也往往是一副冷漠、拒人于千里之外的样子。夏洛特·扬不无惆怅地回忆起母亲如何对她吹毛求疵，生恐宠坏了她："她十分害怕我变得虚荣。有一次我大着胆子问她我漂亮吗，得到的回答是所有的小动物，连小猪在内，都漂亮。"[46] 拘泥细节的伊丽莎白·休厄尔幼时纠缠在一个疑问中，备受折磨：她在生气时发的誓，是不是意味着她必须
62 杀死母亲呢？尽管像扬夫人那么严厉的母亲只是少数，但大多数中产阶级家庭中的母亲与在教育和社会流动方面占优势的父亲相比，显得心胸狭隘、因袭守旧。以下有关玛丽·柯尔律治（Mary Coleridge）家庭的描述从有才华的女儿的视角准确地反映出这类家庭的典型气氛：

> 妈妈在背景中移动，她周围静悄悄的，不像爸爸所在之处充满了欢笑。她要把让来客感到舒适的一应事物安排好，是阿瑟的热忱激励了这远近闻名的殷勤好客行为。她不像玛丽的父亲那样激发或鼓励其想象力。相反，她总想让那个对穿什么吃什么毫不在乎的女儿变得守规矩一点。但是玛丽深深地爱着她。[47]

女儿的不守陈规会增加她与母亲关系中的紧张气氛，并使她

更强烈地要求得到父亲的爱和关注。父亲往往对女儿的教育予以指导；他们把有趣的朋友带到家里来；他们议论时下的种种问题。许多文学史上留名的女性，其父亲或叔父舅父等就是职业作家：卡罗琳·诺顿（Caroline Norton），谢里丹（Sheridan）的孙女；萨拉·柯尔律治（Sara Coleridge），诗人柯尔律治的女儿；弗洛伦丝·马里亚特，小说家弗雷德里克·马里亚特（Frederick Marryat）的女儿；阿德莱德·普罗克特（Adelaide Proctor），诗人“巴里·康沃尔”（Barry Cornwall）的女儿；克里斯蒂娜·罗塞蒂（Christina Rossetti）；玛丽·金斯利（“卢卡斯·马利特”），查尔斯·金斯利（Charles Kingsley）的女儿；安妮·里奇（Annie Ritchie），萨克雷的女儿；罗达·布劳顿，惊悚小说家约瑟夫·勒法努（Joseph LeFanu）的外甥女；汉弗莱·沃德夫人（Mrs. Humphry Ward），马修·阿诺德（Matthew Arnold）的侄女；玛蒂尔德·布林德，革命记者卡尔·布林德（Karl Blind）的继女；一直到莱斯利·斯蒂芬（Leslie Stephen）的女儿弗吉尼亚·伍尔夫。有天赋的母亲有时也对女儿产生影响，但是女性一脉的遗传直到19世纪末才显现出来，这是因为女性职业作家相 63
对而言人数很少。直到1860—1880年间出生的一代才出现了相当数量的职业女性的女儿们，其中就有女权主义主编贝茜·帕克斯的女儿玛丽·贝洛克·朗兹（Marie Belloc Lowndes）、数学家乔治·布尔和女权主义哲学家玛丽·埃弗里斯特·布尔（Mary Everest Boole）的女儿埃塞尔·伏尼契（Ethel Voynich）以及受林恩·林顿夫人监护的比阿特丽斯·哈拉登（Beatrice Harraden）。

关于维多利亚女作家与她们父亲的关系，大多数现代讨论都强调其危害作用。温普尔街的巴雷特（Barrett）先生是这类叙述中的首恶，他和勃朗特牧师一起成了维多利亚父权那黑暗的、吞噬一切的爱之原型。（对这种爱有切身了解的）弗吉尼亚·伍尔夫称这一关系为“小儿固恋症”（infantile fixation），并在《三个几尼》的第三章中大加抨击：

> 既然社会对小儿固恋症的受害人［她指父亲们］加以保护，甚至为之辩解，那么这种尚未命名的疾病到处蔓延也就不奇怪了。但凡翻开一本传记，我们几乎总会发现那些熟悉的症状：父亲反对女儿的婚事，父亲反对女儿自食其力。她想结婚或想挣钱养活自己的愿望激起了他强烈的情绪；他为自己的强烈反应所找的理由每次都是老一套；淑女会自降身份；女儿会辱没了女人本分。

确实，父亲们往往无意识地打击了女儿寻求独立的努力，但是伍尔夫那夸张的说法无疑出自她本人的需要，她想赶走父亲的要求留下的挥之不去的阴影。还有一点也是真实的：很多女性之所以不结婚，是因为找不到能与父亲的魅力抗衡的男子。例如，查尔斯·金斯利的女儿玛丽在她那迷人的父亲死后守了两年，才嫁给了他的副牧师、一个比她大 13 岁的男人。这些当然只是极
64 端的情况，既然极端，也就并不只是 19 世纪才有的现象。如果说，有些女性因父亲的阻挠无法做到完全独立，那么很可能还有

些女性在接受父亲情感上的支持时也找到了自己能仿效并争取赶上的榜样。就连伊丽莎白·巴雷特·勃朗宁在《奥萝拉·利》中也将奥萝拉的天资追溯到她父亲利先生对她的鼓励。

在最近的一份全面研究中，朱迪丝·巴德威克（Judith Bardwick）把年轻女性中出现高度追求成就的动力与她们对父亲的认同联系起来："如果女儿拒绝接受母亲的角色，如果她从母亲那里得到的排斥摈弃多于支持，抑或父亲成了爱和支持的唯一来源，那么她就很可能认同父亲的角色活动。"[48] 巴德威克的理论基于对20世纪美国女性的研究，用它来套19世纪的英国女性显然有危险，但我以为这一理论有助于我们去理解，这些女性为什么并不是抱着同情心的现代评论家有时所暗示的那种艺术家：在自己的时代饱受悲惨压迫，尽管成功机会极小仍在苦苦挣扎。她们小时候的生活环境哪怕不幸，事实上也可能对她们从事艺术创作的职业产生了积极影响。

此外，我们应严肃考虑这种可能性：把尽孝的责任置于自我之上使女性获得了对爱的能力的自信，也使她们在小说中描写充满爱和同情的女性责任时获得了某种权威性和说服力。乔治·艾略特在服侍濒死的父亲期间写道："说来也怪，我感到这些日子将永远成为我一生中最幸福的时光。我所知道的唯一深沉强烈的爱现在得到了尽情表达。"[49] 把情感潜能发挥出来，这是女人能够并且确实显示出特长的一种经验方式。于是，能在复杂的情况下展示爱，能在与个人意愿有冲突时表现爱，这样的机会成就了真挚的、哪怕是说不清理还乱的满足感，这是女性亚文化所给予的 65

力量。

把婚姻、当母亲和写作生涯结合起来则从另一些方面对女性的从业方式造成了压力。出生于19世纪的女作家中约有50%结了婚，而在总人口中，结婚的比例是85%。在已婚女作家中，有子女的占65%，而这些家庭总的来说小了很多，低于维多利亚家庭六个孩子的标准。一方面，家庭规模的限制表明，女小说家对人在一生中能完成多少事心中有数。另一方面，我们也不能认定，有婚姻而无子女的女作家是自己选择不要孩子。奥利芙·施赖纳的女儿只活了几个小时；多萝西·理查森和凯瑟琳·曼斯菲尔德都怀过非婚生子但又都流产了，致使日后不孕；弗吉尼亚·伍尔夫则因医学原因被劝导不要生孩子。一些家庭很小很可能是因为健康方面的问题，而不是决定避孕的结果，如伊丽莎白·巴雷特·勃朗宁在生下儿子之前流产了四次。

萨拉·斯蒂克尼·埃利斯（Sarah Stickney Ellis，1810—1872）是贵格会（Quaker）农场主之女，她从1839年起发表了《英国妇女》《英国妻子》《英国母亲》等著名的系列作品。我们如果看看她的书，可能会得到这样的印象：妻子的职责如此繁复、如此沉重，乃至当了妻子就不可能再从事任何别的活动了。然而埃利斯夫人（她没有子女）在结婚两年后开始写作。大多数妇女认为不可接受并背离基督教精神的，是用文学职业去回避对家庭生活的责任。文学与家庭职责两者之间必须设法找到平衡。用盖斯凯尔夫人的话说："除了女人没有什么人能担起女儿、妻子或母亲那些不显眼的日常职责，而她是上帝安排到那个特别的位置上

去的人：女人的人生主业几乎不容她自己选择；她也不可能丢 66
下移交到她个人手中的家庭责任，去施展所赋予她的最绚丽的才能。”[50]

怀疑身为人妻又从事写作是否得体或能否做好的说法主要出自 1850 年前。那年 12 月，杰拉尔丁·朱斯伯里在给简·卡莱尔的信中写到，盖斯凯尔夫人的名气已经引起人们对她在曼彻斯特的丈夫的巨大同情。“这里的人开始有那么点为‘玛丽·巴顿’先生感到痛苦。前几日有个女士对我说：‘我觉得女作者真不应该结婚。’”[51]第一代单身女作家往往把婚姻生活理想化，同时却对那些把另一种日子过得不错的女人心存芥蒂。琼·英奇洛就是个代表人物：“考虑到她羞涩、不安、敏感的性情，她对所爱之人的深切关怀，她那几乎令人痛苦的、不惜付出一切去尽责的焦虑，当她断言‘我如结婚，就不会去写书’的时候，我们一下子就相信了她。”[52]狄更斯笔下的杰利比夫人（《荒凉山庄》，1853）及诸如此类漫画式的讽刺，使衣衫不整的职业女性这个典型形象传播开来。但总的来说，女性阶段的女作家标榜自己热爱家庭生活，也真心享受家庭生活。她们像哈丽叶特·马蒂诺在《自传》中所做的一样，炫耀自己会缝制衬衫或会做布丁，她们像乔治·艾略特一样，对龙须菜剪钳和次等毯子一一做详细记录；她们像黛娜·马洛克一样坚持说：“最好的管家，最灵巧的裁缝，
对自己和他人的事务管理最周到的经纪人，是女士，世人从图书 67
馆书目和展览会的目录上熟知了她们的名字。”[53]

一些婚姻中无疑有矛盾冲突。伊丽莎白·林恩·林顿，弗

洛伦丝·马里亚特，莫尔斯沃思夫人，安妮·贝赞特（Annie Besant）以及弗朗西丝·霍奇森·伯内特等人不是分居就是离婚了。但婚姻本身也往往使女性获得了解放。《米德尔马契》中的布鲁克斯先生说："现在她结婚了，就什么书都可以读了。"已婚妇女不仅在藏书室而且在家庭以外也可享有更宽广的活动领域，而不必畏惧流言。这份自由对军官和传教士的妻子来说尤其如此：她们必须跟随军团（或传教团）调动，但在所到之处都会发现令人兴奋的大量原始素材。身处这类环境的女性——弗洛拉·安妮·斯蒂尔（Flora Annie Steel）、范妮·彭尼（Fanny Penny）、艾丽斯·佩林（Alice Perrin）、克罗克夫人（Mrs. B. M. Croker）、莫德·戴弗（Maud Diver）和埃达·坎布里奇（Ada Cambridge）只是其中的几个——擅长于挑逗性地揭示带着异域风情的本土文化，在当时的殖民小说中她们的文字数量可观。[54]

然而，说到母亲，人们普遍认为母亲的责任是先于其他一切的。此时，老一辈无子女的女作家同样会夸张地设想做母亲需要付出的时间和精力，不过在这个问题上，她们几乎说出了大多数人的看法。精力充沛的女权主义改革者、从未结过婚的弗朗西丝·鲍尔·科布（Frances Power Cobbe）坚持认为，母亲们在孩子长大以前不应试图走出家门去工作："母亲要做的事情是如此
68 繁多，种种具体的要求需要她支出体力和脑力，道德的要求需要她付出情感和思想，乃至于我认为她不可能在满足所有这些需求后还能有很多余力去关心别的事，做别的工作。"[55]

直到 1893 年，我们才发现有人就事论事地讨论如何兼顾家

庭和事业。在《作为女性职业的新闻业》一文中，埃米莉·克劳福德（Emily Crawford）愉快地建议未来的报刊从业者请个好管家，并把孩子送到学校去。[56] 现代已经来临，却未能驱散维多利亚时代对母性的潜在态度（只不过词汇变了，过去说“道德”，现在用“心理”）。

只要查看维多利亚时期的批评，就会发现母性与写作不能兼容的突出观点。例如，乔治·亨利·刘易斯于1850年在对《雪莉》（*Shirley*）的评论文中写道：

> 我们必须时时想到，女性最庄严的职责就是，而且必定永远是，母爱：我们不仅将母爱视为女性显著的特征，及令其最有亲和感的魅力，而且视之为高贵的神圣的职责——它不仅是我们的天性所能达到的最优秀的情感和美德的丰富源泉，也是孕育最明智的慎思和最有益的观察习惯的源头，我们的天性因之得以提升并焕发光彩。但也因为所有这一切，我们认为无法否认的是，母亲的责任必定会从根本上妨碍一个人进行坚定而不间断的勤奋钻研，这是想在科学上取得傲人的杰出成就不可或缺的——它也会干扰一个人履行那些不容长期或经常性拖延的一切公务和职务……在她们生命力最旺盛的20年中——男人会在那些岁月里树立起声誉和财富的高楼或为之铺下坚实的基础——女人的大多数时间都沉浸 69
> 在做母亲的操劳、责任、欢乐和痛苦之中。而且，这20年中有很长的时期，她们通常身体十分虚弱，健康状况很不稳

定，以至于她们无法去从事艰苦费力的工作。撇开健康原因，她们的大部分时间、挂念、兴趣和忧虑都应该而且通常也是围绕着对孩子的照料和培养。然而，这么多事情怎么能和紧张、毫不懈怠的研读齐头并进呢？弥尔顿读书读得眼球凋萎，甚至连牛顿那么强健的头脑都因读书而曾一时变得纷扰不安。[57]

刘易斯的冠冕堂皇、夸大其词引错了方向；再说男士中极少有人因大力钻研学问致使眼珠干枯或搞乱了脑筋。要在论辩中胜出，这类文章典型的做法就是把一般女作家同弥尔顿，或更经常的是同莎士比亚进行比较，然后发现她处于劣势。尽管如此，代表开明男性观点的刘易斯在论证中颇具常识。生育确实损害健康，而且要花很多时间精力。偶尔也会看到像玛格丽特·亨格福德（Margaret Hungerford，1850—1897）那样的女小说家，她有 6 个孩子，写了 31 部小说，无疑在双重角色间疲于奔命，耗尽了自己的生命。

不过，在做母亲的利害这个问题上，女人的感觉和刘易斯所表达的感觉有所不同。他和其他男作家只看到母性和写作的利益冲突，但是女作家却看到一种均衡和谐生活的可能性：家庭职责丰富了艺术，而艺术则能保持家庭职责的自发性和意义。盖斯凯尔夫人在 1850 年给友人托蒂·福克斯的信中就试图解释她的这种感情：

> 我确信，有个隐蔽的艺术世界当庇护所有利于她们的健
> 康，在每日要操心的事情不断，像小人国人射出的小毒箭那 70
> 样把人搞得狼狈不堪的时候，她们可以躲到那里去。这个
> 庇护所如你所说防止她们变得病态；还领她们进入了亚瑟王
> 藏身的境域，以它的宁静抚慰了她们的心灵。我在写作时感
> 受到了，我看见别人在音乐中感受到了，你在绘画中感受到
> 了，所以把两者糅合在一起必定是好事（我指家里的责任和
> 个人的发展）……我一点也不怀疑，双方中任何一方耕耘好
> 了，都会让另一方健康茁壮。[58]

12 年后，她对一个有抱负的女作者建议说，推迟写作，等她的孩子长大点，这不失为好主意，但她强调当母亲的经历会给文学才能增添很多养分：

> 一个好的小说作家，如果她希望自己的书有内在的强度和生命力，那她本人必须过着积极的、富有感受之心的生活。到你 40 岁时，如果你有成为作者的天赋，那么你会比现在就动笔写出好上十倍的小说，就因为到那时你对于做妻子和母亲感兴趣的事情已经有了丰富得多的经验。[59]

这劝导是否有益可能见仁见智；显然，一个有企图心的男小说家是不会有人告诉他要用这样的方式去寻找积极的富有感受力的生活的。但盖斯凯尔夫人只不过在表达许多同时代人所赞同的

意见。尽管批评家认为写小说的母亲不大可能出现，但那些确实冒出来的母亲们得到了优先待遇，至少短期内如此。倒不是批评家真的对身为人母者和母亲的智慧有多少敬重，而是他们把母亲看作正常的女人；那些不结婚的、没孩子的人已经背上了某种性别恶名，需要改过。19 世纪早期，对不育的老处女小说家的抨击已经成为公共的幽默资源。哈丽叶特·马蒂诺成了讽刺诗无法抗
71 拒的靶子，如托马斯·穆尔（Thomas Moore）的这首《学究情歌》（“Blue Love Song”）：

来啊嫁给我吧，我们一起来写，
我的佼佼才女，从早写到夜。
庸人生儿育女，而我们典雅的心灵中，
繁衍的念头驱赶得了无影踪；
肥硕的十二开本书籍笑开颜，
你将徜徉于这一排排书之间，
而我呢，也不能太配不上你的产出，
我会每年孕育，娩出一部四开本的书。

盖斯凯尔夫人成了新派“慈母小说”的表率，就连她发表引起争议的《露丝》（*Ruth*, 1853）时，她本人无懈可击的可敬品格和为人的健全仍为她赢得了读者。J. M. 勒德洛利用他为《不列颠北方评论》写的评《露丝》一文暗示，只有结了婚有子女的女人才配写小说：

> 假如小说对着心说话，那么一个女人，她成熟，有着女性的全部尊严，有着为人妻为人母的全部丰富经验，来自这样一颗心的小说，难道不会最有效、最完美地直抵人心吗？还有什么比这更加自然的呢？毫无疑问，年轻的女士——甚至于年长的年轻女士——可以怀着对她眼中的神的敬畏写作，并成为伟大而有益的小说家；但是不知何故，人们无法不作这样的猜想：假如她有过在写作时不得不为丈夫和孩子们担着心的经历，那么她会发现怀着对神的敬畏写作要容易得多。

对于有很高文学才分的未婚女子，勒德洛用“温和的、怀着全部敬意的”口吻教育她们，“努力为你们的才能找到别的使用方式”。[60]

“见鬼，这是谁写的啊？”盖斯凯尔夫人在给凯瑟琳·温克沃 72
斯（Catherine Winkworth）的信中快活地写道，“它如此虔诚，让我开心得赌咒发誓起来。”[61] 未婚小说家则不大会感到愉快。多年后，玛丽·乔姆利在私人日记中对自己的写作意志做了分析，认为根源在于写作补偿了她所感到的孤独和痛苦：

> 我什么也不是，一个不显眼的默不作声的乡下姑娘，一个人们毫不在意的病人……然而，一股隐隐的让人透不过气来的激情之火似乎在我内里点燃……是要把一切可怕的障

碍，把我的病、我的丑、我的无能统统烧掉的文火……我被放在今天的位置上不是因为有才，而是因为我年轻时受到的压抑，我不幸的爱情，我不得不面对的艰难、忙碌、缺乏我所关心的任何智性事物的生活，以及每每因持续的病痛而受阻的人生。[62]

在她最好的小说《红汤》(1899)①中，乔姆利笔下的女主人公是个小说家，她的杰作手稿被她狂热的牧师哥哥认定为异端邪说而烧掉了。写作意志必然引发某种敌对的反应，当女性自己努力解决了顺从与反抗、女人本分与事业之间的矛盾冲突时，她们发现自己面对的，是既否定她们的女性气质也不认可她们的艺术的批评标准。

---

① 乔姆利的作品《红汤》，语出《旧约·创世记》，第 25 章第 29，30，34 节三次提到雅各煮汤（pottage），以扫要此汤，雅各趁机让以扫把长子名分卖给他；其中第 30 节提到“红汤”（red pottage），第 34 节提到“红豆汤”（pottage of lentiles）。

第三章　双重批评标准和女性小说 73

19世纪女作家对同时代的人来说首先是女人，其次才是作家。一个女小说家如果不用男性笔名伪装，必料定评论家会把注意力集中在她的女性身份上，并把她与当时的其他女作家归为一类，无论她们的题材和风格有多大的不同。个人的成就总会被放在相形见绌的刻板组合之中，这样的认识始终刺激着女性小说家。乔治·艾略特反对有人把她比作黛娜·马洛克；夏洛特·勃朗特推迟发表《维莱特》(*Villette*)，为的是可以不同盖斯凯尔夫人的《露丝》被放在一起评论。勃朗特尤其希望阻止男性文学权势把女作家变成争夺同一块小地盘的竞争者和对手。“妒忌是作家的本性”，她在给盖斯凯尔夫人的信中写道，但是“我们就是不听他们的；他们不可以把我们变成敌人”。[1]

我们往往忘记了，维多利亚时期的书评人如何一而再、再而三地把女性当成靶子，在批评文中对她们进行人身攻击。戈登·海特（Gordon S. Haight）在《乔治·艾略特批评百年》中所犯的一个错误可说明现代人这一普遍的盲点。海特引用E. S. 达拉斯（E. S. Dallas）评艾略特的话，后者说她作为散文作家没有什么“英国人”(Englishman）可以企及。达拉斯实际上用的词是“英国女人”(Englishwoman)。[2]对于海特来说，这样一种区分或许显得微不足道，但对于乔治·艾略特则不然。自19世纪初

74 以来，绅士派头的评论者就一直对女小说家抱着屈尊俯就的态度。例如，1834 年，《弗雷泽杂志》（*Fraser's*）的评论人幸灾乐祸却过于草率地认定了《拉克伦特城堡》（*Castle Rackrent*）和《在外地主》（*The Absentee*）的所谓真正作者：“对了，这正是我们预料之中的！埃奇沃思小姐根本没有写过这些埃奇沃思小说……所有这些，正如我们长期以来一直所怀疑的，都是她父亲的作品。”[3] 然而，批评中高度集中关注女作家正当领域的论调一直到 19 世纪 40 年代才出现。维多利亚时期的批评家用尽聪明才智，搜肠刮肚地寻找词汇来微妙地强调女性的特殊性，而避免使用“女作家”（woman writer）这个职业上中性的称呼。这些词汇有女作者（authoress）、女子的笔（female pen）、淑女小说家（lady novelist），甚至到了 1897 年，赫斯特和布莱克特出版纪念文集《维多利亚女王治下的女小说家》（*Women Novelists of Queen Victoria's Reign*）时，还在文绉绉地说，由“健在的深谙本行技艺的女性行家里手”（living mistresses of the craft）描述的“女士长篇小说家”（lady fictionists）。整个五六十年代，对女小说家的理论批评和具体批评数量激增。几乎没有一份报刊不发表文章谈女性文学，几乎没有一个批评家不对女性文学特有的和潜在的品质发表意见。

这很像 20 世纪 60 年代后期的情形，女人写的和写女人的文学市场有了很大的扩展。19 世纪 50—60 年代的形势表明，维多利亚时代的人正在应对一种看来具有革命性并在许多方面颇具威胁性的现象。这个时期女性写的有影响力的小说数量一直在上升，故男性报人被迫承认女性在小说创作方面正在胜出，不仅在英国如此，在欧洲和美国亦然。情况变得很明显了，简·奥斯丁和玛丽亚·埃奇沃思不是什么失常怪人，而是女性参与小说发展的先驱人物，这时再开什么跳舞的狗之类的玩笑似乎已不足以作 75
为回应了。

第二章中已经提到男性抵制的一种形式，那就是把女小说家视为从事某种入侵性阴谋的人，她们从男人那里抢夺市场，偷窃他们的题材，攫取了他们的年轻女读者，她们成了“主导”，不是因为她们能力出众，而是因为她们人数众多。直到 1851 年还有几个强悍的人仍在否认女人能写小说。考文垂·帕特莫尔（Coventry Patmore）不情愿地承认说：“女人具有纯属男性的写书能力，这样的情形当然有过，但这些确实显然是例外，而且必定是并应该永远会是例外，所以我们可以对她们忽略不计，而不会因此对我们信条的正当性产生丝毫影响。”[4] 有些批评家发现情况实在令人难堪，只好用不幸的意外来搪塞。1853 年，J. M. 勒德洛忧心忡忡地忠告读者：“我们不得不注意到这样一个事实，那就是在世界历史的这一特殊时刻，在好几个伟大的国家中，最好的小说恰好就是女人写的。”[5] 然而，到了 1855 年，甚至就在乔治·艾略特还未出现时，妇女小说的涌现竟已如此鲜明夺目，以至于大多数读者和评者都会同意玛格丽特·奥利芬特的看法，把这一现象同其他社会进步的征兆联系起来：“这是个有着那么多名目的时代——启蒙的时代，科学的时代，进步的时代；这样一个时代也确实无疑是女小说家的时代。”[6]

即便那些不赞成改变两性不同活动领域论的人也远非在鼓吹

让女性退出文学领地。女性在文学中地位的新问题显示出无穷的
76 魅力，维多利亚人倾其所有的宗教信仰之力以及对人性科学的兴趣来探讨这些问题。尽管大多数期刊，尤其是1847—1875年间的期刊，对男性和女性作品使用了双重批评标准，并对某些女性没有遵从固定类型的做法感到震惊和懊恼，但仍然有几位批评家在开始思考女性群体对小说艺术作出了什么样的贡献，其中著名的有G. H. 刘易斯、乔治·艾略特和R. H. 赫顿（R. H. Hutton）。

大多数否定性的批评都在企图证明这一预设：女人的小说看得出来就是不如男人的小说。维多利亚时代的人一想起女作家，就立即想到女性的身体及其被推定的病痛和不利条件。他们之所以这样想，首先因为在他们看来，生育这种生物意义上的创造与写作这一审美意义上的创造直接相抵牾。人们无拘束地借助生育的隐喻描述写作行为，这把大家的注意力引向两种可类比经验之间可能真正存在的冲突。杰拉尔德·马西（Gerald Massey）在1862年评勃朗宁夫人的文中写道：“女性最高贵最丰富的天性是否能在家庭生活和婚姻关系中绽放，而同时还能在艺术或文学上同样充分地开花结果，是很值得怀疑的。我们指的是，女性身上别的创造性劳动对之的需求如此强大，以至于（举例来说）其总体能量最终造就大音乐家的可能性变得很小。女人的天性使然，如果在生活中用全力做到了完美，那么势必在艺术上成了半个废人。母亲的情感最丰富的时候，不大可能在音符和分节线中得到充分表达，哪怕只是因为她必须全心投入别的音乐。”[7]

其次，人们深信不疑的是，女性身体本身就是低下的工具，

又小又弱，用杰拉尔丁·朱斯伯里的话说①，“容易崩溃，衰弱，失去力量……使她不适于从事长年不断的持续压力下的工作”。[8] 77
维多利亚时期的医生和人类学者支持这些古老的偏见，坚持认为几乎所有对头脑及其功能的分析都可证明女人的低下。他们断言，女人和“低等种族”类似，同男人相比，她们的脑子比较小，其效能比较差，神经系统发展不够复杂，很容易罹患某些疾病。女人使用脑力会使人体对血和磷酸盐的供应从生殖系统转移到脑部，引起痛经、“卵巢神经痛”、机体退化和不育。医生们推测说，“母性功能把女性生命能量的将近20%从潜在的脑活动转移过去”。[9]

于是，女性智力表现出众不仅意味着毁灭自我地效法男性才能，而且还意味着女性发展出男性体格特征。伊丽莎白·巴雷特在诗中这样称呼她的英雄乔治·桑（George Sand）：“你这头脑博大的女人，仁心宽厚的男人啊。”她是在一般意义上指向了这一普遍认同的联系。但是，这层意思往往被人更加居心不良地用来喻指乔治·艾略特的“大手”和“大眼睛”——这些表明她技艺精通的隐喻对于维多利亚时代的人却是一成不变地暗指大鼻

---

① 此处所引“liable to collapses，eclipses”等，并非朱斯伯里的语言，而是《朱斯伯里致简·卡莱尔的信》（*Selections from the Letters of Geraldine Endsor Jewsbury to Jane Welsh Carlyle*）的编者爱尔兰夫人（Mrs. Alexander Ireland）在她写的序言中的用语（见序言第xiii页，该书信集的信息详见本书第一章注30）。上下文是狄更斯非常看好朱斯伯里，1850年2月写信力邀她为他编的周刊《家常话》写稿，而序言作者爱尔兰夫人似乎在为朱斯伯里一时的软弱辩护，说她毕竟是女人，体力耐力不能和男人比，等等。肖瓦尔特的引文中，steady stream为steady strain之误。

子和大脚。[10] 这样的身体意象被乔治·库姆（George Combe）等维多利亚的颅相学者进一步普及化了，库姆相信人的创造才能可以由其头骨的形状揭示出来。颅相学家和江湖庸医五花八门的怪诞理论又因科学学者的专业意见而得以强化，如詹姆斯·麦格里戈·艾伦（James Macgrigor Allan）在 1869 年时对他的人类学者同道们武断地声明，“在智力劳动方面，男人已经胜过，现在胜
78 过而且将永远胜过女人，原因显而易见：他的身体运行并不周期性地打断他的思想和专注的努力”。[11] 思想超前的人士尽管否认这些认识，却也受到了影响。乔治·艾略特很想知道，女人缺乏原创力是不是可以归因于其脑构造：“伏打电堆①没有强大到足以产生具体形象的地步。”[12] 在《论女性的从属地位》中驳斥了脑重量论的穆勒认为还是有必要提一下，记载中最重的脑子属于一个女人。[13]

虽说女作家也常常相信，她们确实在智力体力先天不足的条件下劳作，但她们仍被迫去证明自己靠得住，在身体上也有耐久力。艾略特写道，女人必须要证明的，是自己有能力做到“准确思维，严格学习，以及持续的克己自制”。[14] 在女作家们赶截稿日、

---

① “伏打电堆”（a voltaic pile）是 1800 年意大利物理学家亚历山德罗·伏打（Alessandro Volta）发明的最早的电池组。艾略特原文的上下文都在探讨为何法国女性有智性能量，而英国女性吸收某些思想后无法再妊娠，为何其能量无法支撑自发的活动，为何她脑中魅影似的漂浮着思想、念头，却无法捕捉住它们并使之固定下来。需要注意的是艾略特使用了当时的人种学和生理学知识，她说法国和英德女性的区别首先来自高卢人和条顿人的生理区别，高卢人脑子小，性情活泛，而条顿人脑子大，性子不活跃；这个段落本身不涉及男性与女性不同的脑构造。

编辑杂志、应对分册出版和连载发表的艰巨压力时，她们更坦率地对仍在使用体弱多病等老一套理由的姐妹作家表示了愤怒。例如，当奥利芬特夫人在1877年评论哈丽叶特·马蒂诺的《自传》时，对于马蒂诺哀称过劳摧毁了她的健康、会把她早早送进坟墓的说辞，她无法掩饰自己的恼怒。奥利芬特评道："对这些耸人听闻的预言，许多'辛勤的文学工作者'会付之一笑。"[15] 同样，艾丽斯·帕特南·雅各比（Alice Putnam Jacobi）等女医生总是 79
同男医生争辩女性健康问题，并纠正他们一些出格的奇谈怪论。即便如此，有生理学依据的观点仍有相当势力，足以让弗吉尼亚·伍尔夫在1929年无视一个世纪的三卷本小说传统，提出女人身体虚弱就意味着，她们写的书应该比男人写的短一点。[16]

批评中对女性文学劣势的另一种解释是女人的经验阅历有限。男人生活中广袤的领域——学校、大学、俱乐部、运动、生意、政府、军队——对女人统统关门。研究也好，勤奋也好，都无法弥补因受排斥而无法得到的经验，而且就像《弗雷泽杂志》指出的，女作家处于下风："一般而论，男人的小说成品比女人的更为精美，同他的竞争对手相比，他的教育和经验赋予他更广阔的思考幅度，对人物刻画的选择更游刃有余，他通常把人物和事件组合得更有艺术性，英文表达也更为娴熟。"[17] 小说作为一种表现社会现实的形式、负载道德伦理思考的介质，显然要求其创作者成熟并具有社会流动性。此外，写小说还要求有完备的情感经历。既然维多利亚时代的人把女性界定为不能体会激情、愤怒、壮志或荣誉的天使般的人，那么他们就不相信女人能够比较充分地表现生活。E. S. 达拉斯宣称："缺乏人生经验，那是无论多么有想象力、有多大力度的同情心都无法补偿的。显然，由于缺乏人生经验，女性尝试小说写作是在极其不利的情形下备尝辛苦。"[18]

不被允许参与公共领域的女性被迫致力于情感培育，并过于看重浪漫爱情。小说中，情感涌入，填补了经验的空白；这种情感之浓烈，对人与人关系的迷醉，批评家认为很不现实，甚至难
80 以忍受。用《威斯敏斯特评论》(*Westminster Review*）的话来说，朱莉娅·卡瓦纳（Julia Kavanagh）所著《黛西·伯恩斯》(*Daisy Burns*）的主要毛病，和女人的其他小说一样，就是始终维持着情感的高调，搞得人疲惫不堪："人的体质使然，不可能永葆泪泉汩汩不止。深刻的激情，彻骨的悲痛，我们都有——它们能饶了谁呢？——但是这些并非我们生活的要务，更非我们生活的首要目标。"[19] 至于什么人的生活是这样过的，这个问题则被忽视了；评论人是从男性视点出发写文章的。哈丽叶特·马蒂诺、乔治·艾略特、奥利芬特夫人和弗洛伦丝·南丁格尔也就女性小说过于强调爱和激情这一点提出了批评，但是她们懂得，缺少教育机会、与外界隔绝以及生活的无聊等种种原因已经扭曲了女性的价值观，并把她们的创造能量引向浪漫的幻想和情感上的拿腔拿调。

简单的心理活动和天真的宗教乐观精神是一些女性阶段作品的特点，反映了这样一种女性亚文化：在教室与结婚之间最具戏剧性的外部事件就是在教堂中被接纳为基督教正式成员的坚

信礼；教会组织的慈善工作是家庭外的唯一活动；虔诚则是妇女与儿童的专务。评论人哀叹女性小说的不成熟，却也无法说出干脆不要这种东西，更不知这角色该如何扩展。查尔斯·狄更斯和威尔基·柯林斯在《家常话》(*Household Words*)上戏仿了夏洛特·扬在《雷德克利夫的继承人》(*Heir of Redclyffe*)中皮由兹式的宗教狂热，甚至盖伊去世的场景他们也认为“搞糟了，或者说变得荒唐，要么因为作家缺乏有关人性的阅历，要么囿于狭窄的思想，完全没有抽象能力”。[20]W. R. 格雷格尽管厌恶“女小说家的虚 81
假道德”、她们对自我牺牲正当性及神灵眷顾的深信不疑，却看不到怎样才能大大拓宽妇女的伦理视野：“如果作家是位年轻女士，那么全部的观察领域，整个的性格和行为的枝枝杈杈，她几乎必然无法得知。”[21]

从理论上说，女小说家可以写女性的身体经验，包括分娩和母性心理活动；可实际上她们即使在自己的领地里也面对着许多阻碍自我表达的因素。维多利亚时代的女性所受的教育是，这些经历秘而不宣，只能记录在非常私密的日记中（例如盖斯凯尔夫人记录她第一个孩子玛丽安娜的日记），或者私下里同一两个与她们有亲密关系的女性聊聊。她们绝对不可以同男人分享这些经验。有一位历史学者解释道：“自幼时起，女孩们……就受到教育，不可出风头，要谦虚；受到激励，要对自己的身体感到羞耻；受到规劝，要‘隐藏’行经和怀孕等身体状况。一个中产阶级单身女子若要品尝她兄弟们有权得到的知识，就不得不说谎。中产阶级已婚女子则一直接受指示：别总拿自己的烦琐小事去打扰丈夫，要默默地忍受病痛，要谨防任何有关不雅之事的知识传入‘纯真无知的’耳朵中去。”[22]女性所受的教育要她们（用当时很流行的园艺学比喻来说）把自己看成幽谷铃兰或紫罗兰，喜荫，避光；写小说则必须披露自己，故她们的矛盾心情不难理
82 解。[23]艺术与自我揭示之间的冲突，而非体质虚弱，很可能是造成如杰拉尔丁·朱斯伯里等小说家出现恶心、头痛等压力征兆的原因。朱斯伯里每写完一部小说都会病一场，她最终接受医生的指示，不再写小说。

维多利亚时代的批评家一致的意见是，如果女人非要写作，那她们就应该写小说。但这种看法也在贬低和抵制女性小说家的成就。有关女性写小说能力的种种意见即便不是赤裸裸的轻慢无礼，也总带着屈尊俯就的意味。对优秀的女小说家的反应中，最不刁难、最不苛刻的看法就是小说是工具，把女性的短处、喜好转换成了叙述的特长。女人一头陷在伤感浪漫的情绪之中；好吧，这些本来就是小说的主要成分。女人天生喜欢细琐小事；她们对社交场景具有敏锐的观察力；她们很享受搅和到他人私事中去的感觉。所有这些所谓女人的特点都被认为可以在小说中找到恰当的宣泄途径。“女人嘛，”E. S. 达拉斯写道，“在私人交谈和通俗叙述方面还是很有本事的，如把握得当，这也是了不起的天赋，虽说这种本事过于经常地蜕变为社交上令人讨厌的事。”[24]这种应对方式尤其引人注目，因为这意味着女人的作品就像鸟鸣一样自然而然，无须技艺，无须费力，因此也没法同更理智的男性雄辩匹敌。

有些批评家把女性对心理动机的兴趣看成多感、肤浅的表现，在他们眼中，小说就成了女人气的必然结晶。J. M. 勒德洛竭力为盖斯凯尔夫人及其姐妹作家辩解[①]，却又不显得缺乏绅士风度，也没有在女性智力的问题上作出任何让步；他的这番表演很 83
能说明问题：

> 好吧，假如我们认为小说是人类生活的图像，用了引发怜悯的形式，或者如有些人可能爱选用的词那样，用了引发同情的形式，也就是说，针对的是人的情感，而非人的品位、判断力或理智，那么，认为女人受到召唤，来掌握这片特殊的文学领域的观点，似乎就没有什么矛盾出格之处了。我们知道，所有人都知道，如果男人是人类的头脑，那么女人就是其心脏；只要教育跟上，使女人有了用书面文字表达感情的一般能力，那么当我们发现，在主要关乎情感的方面，她的文字比男人的文字更深入人心时，我们为什么要感到惊讶呢？[25]

勒德洛在小说的定义中剔除了他无法在女人作品中看到的所有品质，这样一来他就连自己对女性小说的反应都能欣然接受了，却不必修正自己所固守的刻板类型。他一心一意展示刻板类

① 《露丝》因描写受到诱奸、生下私生子的“失足女人”而引发争议，勒德洛的文章至少表面是为盖斯凯尔夫人辩护的，肖瓦尔特多次提到这篇评论，尤见本书第 74 页。

型和具体作品之间的严丝合缝，以至于轻巧地打发了“用书面文字表达情感”的问题，只把它当作识字人就会做的事情。女作家们却没有对这种批评提出抗议，如我们所看到的，她们反而贬低自己为写作付出的努力，企图使作品看上去像女性感情的自发流露，从而强化了诸如此类的批评。这一策略一方面在竭力贬低作品的职业和智性的层面，但另一方面也描述了自我表达的强大动力，尤其对于奥利芬特夫人这样的女性小说家来说，写作行为在一开始就是缪斯附身：“我写作，因为写作给我快乐，因为写作来得如此自然。”[26]

84 然而，女性亚文化意识体系中不仅有软弱之处，也有其强项。像勒德洛和达拉斯，甚至赫顿这样的男性可能把小说看作对女人起压抑作用、使冲动失去升华机制的形式，是泄导本来有可能转向经营、政治、宗教和革命行动的能量的安全、合适的渠道。但是，洛娜·塞奇（Lorna Sage）一语中的，她说女性小说家已开始非常严肃地对待自己教化心灵的角色，于是“在尊重男性知识和权力的同时，她们也在微妙地修正和破坏那个把她们排除在外的世界”。塞奇以盖斯凯尔夫人《北方与南方》中的玛格丽特·黑尔（Margaret Hale）为例，描述她如何不动声色地让工厂主桑顿（Thomton）先生认识到对家庭的责任、对家人的忠诚和个人温情等女性价值，于是他关于政治经济学、集体行动和暴力罢工的谈论都渐渐地淡出了。盖斯凯尔把政治的词语置换成“地方的、个人的词汇，就像她驯服桑顿先生并把他的野蛮能量转引向私生活一样”。[27] 对塞奇的评论，我还想增添一个事实：女性的胜利不仅是情感上的，也是经济上的。就像简·爱和雪莉·赫尔斯通一样，玛格丽特不仅驯服了桑顿，而且在他最后蒙羞的时刻，把自己得到的遗产赠予了他，让他得以偿清债务并保住自己的工厂。得到大笔钱财，又转送给一个男人作为他的事业，这是女性小说中女主人公的顶峰，是自我牺牲力量的极致。

对女小说家的贬抑中有一种持续时间很长的论调，那就是只有不快活的、受挫折的女人才写书。G. H. 刘易斯在 1852 年的文章中最早分析了女性文学的“补偿”性质：

> 如果她的处境中一些意外的事情让她感到孤单并了无生
> 气，或者因为她的感情遭遇挫折，把她挡在了发自整个身心
> 所向往的甜蜜家庭与母性领域之外，这时她转向文学，好比
> 转向了另一个领域……幸福的妻子和忙碌的母亲只有在甚至 85
> 比家庭情感还要强烈的某种遗传机体倾向的驱迫下才会进入
> 文学。[28]

1862 年，杰拉尔德·马西重复了刘易斯的观点：“在与所有家人的关系中感到幸福并把他们爱和生活的空间填得满满的女人，从道理上讲，不大会成为作家。”[29] 同样的意思、几乎同样的用词，到了 1892 年都仍然会冒出来；凯瑟琳·J. 汉密尔顿（Catherine J. Hamilton）为《女作家：作品与作风》（*Women Writers: Their Works and Ways*）所作的序就持同样的观点：“心灵充盈而满

足的幸福女人鲜有付诸言辞的需要。她们的人生丰满而完整，别无他求，只是日复一日安宁地应对平和的家中职责——居家女人肯定都会感到那是自己真正的天职所系。”

对这些暗指她们等而下之的言论，女性小说家就像对付其他的含沙射影一样，不是奋起反击，而是有力地证明给人看她们的家庭幸福。她们辛勤耕耘所拿出的作品，是自己女性角色的延伸，从事写作非但没有损害她们的女性气质，反而还在某种意义上为之增色。这一代人不会想要执业场所，或甚至“一间自己的屋子”；写作就在家里进行，这是最根本的，而且真正的女人需要承担众多繁杂的、随时会被打断的家务，写作只是其中之一罢了。盖斯凯尔夫人在自家餐厅里写作，厅的四扇门通向房子的四面八方；奥利芬特夫人怨艾却又不无炫耀地说她从没有过一间书房，只是在“那小小的第二间客厅”里写作，“家里所有（女眷）的日子都在那里度过”。[30] 林顿夫人在采访人上门时，会摆出绣花
86 软垫、炉火屏和座椅；沃尔福德（Walford）夫人会斟茶；奥利芬特夫人会穿上有饰边的黑色丝绸衣。克雷克夫人则谦和地描述女性小说家的位置：“我们可能……写出一架又一架的书——我们大脑的产儿游历四方，可能已为这个世界上的不少地方所熟悉，而我们自己却和天下幸福的‘普通女人’一样，静静地坐在自己的壁炉边上，过着简单而平和的日子。”[31]

这种诉诸根基、让职业归化家庭的办法，也是一种陷阱。女小说家本来可以抱起团来，强调写作使她们成为比普通女人更优秀，甚至更幸福的人。然而，她们却采取了防卫的姿态，承诺自

己坚守传统的角色。一旦把女性气质（womanliness）界定为某种需要证明的东西，那么它就需要一而再、再而三地加以证明了。女性作家的自我贬低引起了相反的结果，招致了轻视她们作品的屈尊俯就的态度，如乔治·史密斯在盖斯凯尔夫人的讣告中所用的口吻："把自己的家管好……比起她在所有作品中做到的更令她自豪得多。"[32]

甚至像刘易斯这样人情练达的评论者，虽明知要得到全面的人生知识不仅要写出男性经验，还需要写好女性经验，但是他也很难把对女性文学的构想同自己脑中固化的性别类型区分开来，在认识乔治·艾略特之前写的那篇标题颇有意思的文章《淑女小说家》中，刘易斯开篇就写女人"天性"能达到的"抽象高度"，而不是拿出女性成就的实际证据：

> 构成女性知识中很大一部分的家庭经验在小说中找到了
> 适当的表现形式；而小说究其最本质的东西，恰恰要求把我
> 们已归因于女性意识的灵敏情感放在显要地位。爱是小说的
> 主要成分，因为爱"构成了女人一生的故事"。感情的欢乐 87
> 和忧伤，家庭生活中的大事小情，都有其呈现在小说中的典
> 型形态。于是我们有所思想准备的是，我们会发现女人在细
> 节的精巧、悲悯和善感方面做得好些，而男人一般会在构造
> 情节和刻画性格方面做得比较好。[33]

显然，有所"准备"地发现叙述技巧上的这种两极分化会影

响人的批评判断。当刘易斯有点突如其来地转向具体作家时，他所能辨识的只有灵敏的感受和观察力的结合，那是他早已确立为女性特点的成分：举止温文尔雅，挚爱家庭，教养良好，这些意思都已包含在他的文章标题内。对刘易斯和其他维多利亚时期的批评家来说，出现了天才女性也不需要修正两性差别论；表面上的例外欣然被看作对真正女性身份的伪装，很有魅力却不大奏效。如是，简·奥斯丁的书首要的是“一个女人、一个英国女人、一位淑女写的小说”，乔治·桑徒劳地“选择了一副男人的面具；女人的容貌无处不清晰可见”；再说桑的哲学思想“不过是某个男人的映像，她只是采用了他的见解罢了”。[34] 当他写到夏洛特·勃朗特时，刘易斯一时为自己所定的类别困惑，但他提醒读者说，假如没有被《简·爱》的男性气势“蒙蔽了双眼”的话，就能看到那盖着女性印记的“杰出观察力”。[35]

理查德·霍尔特·赫顿（Richard Holt Hutton）于 1858 年发表在《不列颠北方评论》上的《〈约翰·哈利法克斯〉的女作者写的小说》，在界定女性文学理论方面要好得多。赫顿后来成了很有鉴别眼光的、可靠的乔治·艾略特评论家；他在上文中借评论黛娜·马洛克之机分析了“女性小说的主要特点，其有别于男性小说的长处与欠缺之处”。赫顿在文章开头时就具体作品进行
88 了批评，然后向外扩展，进行理论探讨。显然，如果他以奥斯丁或勃朗特，而不是马洛克作为主要示例，就会得出不同的观点；尽管如此，他的归纳法仍很有效，而且他谨慎地把概括性结论限定在狭小的范围内。赫顿意识到，选择有代表性的女作家会有种

种问题，他解释说，选择马洛克首先因为她并非天才，但是当作家能胜任，她可以更好地代表“大多数聪明女人在潜质中所有的，或切实拥有的才能”。[36]

赫顿同意刘易斯的观点，认为“女性能力在小说创作这个领域为自己找到了比其他任何文学分支合适得多的用武之地”，[37]但是他把女性对小说的偏好归因于她们缺乏智识上的训育和修炼，而不是女性心理对叙述写实的积极趋同[①]。他认为，女性用文献记录式的、事无巨细的大量描述替代了他最器重的哲理模式。如是，观察力不能视为女性固有的天赋，而是后天形成的补偿性技能。赫顿从理论上阐明男女之间在教育和智性思维过程方面的差异造成了叙述结构上对立的两极。在男性的小说中，某种哲理、某种总体理念，统摄着叙述的艺术构造。人物被置入这一宽广的智性框架中，如司各特（Walter Scott）笔下过去与现在对比之中的威弗利（Waverley），又如萨克雷讽刺小说中的蓓基（Becky）。然而，女性的小说则专注于人物本身。读者对人物的认同使那些小说有一种特别的浓烈度，但那只是短暂的，因为作品在思想上很有限。赫顿就是凭这些标准，把狄更斯界定为“女性化的”作家（a “feminine” writer），这是他文章中许多说法中的一例，表明他并不坚持使用严格的生物学意义上的性别语汇。

不过，“女性化的”对赫顿来说永远是个贬义词。他发现， 89

① 原著“but he attributed the predilection of women’s deficiencies in ... rather than to ...”中，“of”似为“to”之误。

即使在刻画性格这一女性特长方面，女人也处于十足的劣势地位，小说风尚的变化是其中的部分原因：

> 在很多方面，女性能力的天然限制令人赞叹地适应了一个世纪以来被推举为女性小说家之模板的小说标准。那时认为，只要呈现精致的性格素描，就像在通常的社会约束下所看到的那样，就足够了；而作为真实生活中更高尚戏剧之源泉的、更为深沉的激情和心灵的冲动，迄今则至多让它们漫散在叙述中，为小说微微染上一点必要的刺激色彩。[38]

换言之，当读者开始指望从小说中寻找更具雄心的写实主义、心理分析和对思想细微之处的把握时，女人就被保持优雅举止这种社会压力绑住了手脚。女人的专长是描摹表面，而艺术现在需要的是探索生命的源泉。

赫顿同刘易斯和穆勒一样，感到缺乏想象力是“女性天赋的主要缺陷”：“这天赋能观察，能组合，能描画，却不能托付自己做进一步的事情：它无法离开性格特征和表达风格的范畴，去游刃有余地想象和描绘那个作为性格特征来源的、虽不能轻易辨识却仍可察觉的世界。”[39] 赫顿认为，正因为女作家没有能力推测动机，把自己投射到笔下人物，尤其是男性人物那看不见的心灵世界中去，她们才不得已越来越多地使用自传体形式，以此给自己的书找到表面的统一性和想象真实的中心。虽说写出基于自身经验的生动的中心人物似乎是女人能力范围内的事，但把所有的关

注集中在这样一个人物的身上也破坏了小说在审美上的平衡感。 90

赫顿追溯这种想象的缺陷，认为根源在于文化环境而非天生倾向。女人处于不利地位，首先因为她们的直接经验非常有限，其次因为她们所受教育不足，尤其是在培养概括和推理能力的科学、经济学和哲学等男性学科方面："如果头脑一直被训练与物质规律、财富原理及思维法则并行不悖，并对之做出详尽的阐述，好像这一刻外部世界根本不存在一样，这样的头脑也有助于男人孕育人物性格。"[40] 另一方面，赫顿认为女人"有忍耐力的、柔韧的天赋"使她们能够写出性格的演变和缓慢的成长过程；正因为这种描摹成长的能力，像马洛克或夏洛特·扬这样的作家才能探讨道德和精神方面的问题，而不显得在进行说教。

乔治·艾略特登上舞台后，赫顿不得不对他的一些观点进行修正；其实，如果他真懂得了《简·爱》《维莱特》或《呼啸山庄》的话，他本可以更早地修正看法。但是，文学上的刻板思维去适应女性所取得的成就是个极其缓慢的过程。如果我们对维多利亚期刊评论的常用范畴做一番解析，就会发现女作家得到认可的是善感、精致、得体、观察入微、精通家事、严肃的道德色调以及对女性人物的了解；所缺乏的据认为是原创性、思维训练、抽象力、幽默感、自我控制力以及对男性人物的了解。男作家则具有大多令人满意的特点：力度、广度、独到、清晰、学识、抽象力、精明、阅历、幽默、对人性的知识以及开放的心态。

到 1875 年左右，双重标准一直广为接受，评家和读者在文 91
学检测游戏中也都会自动使用之。评论家面对一部匿名或用笔名发表的小说时，会把它分解成许多元素，分别贴上男性或女性的标签，并合计总数，依照男性元素还是女性元素占主导地位来确定作者的性别。作为一种批评工具，这一做法并不十分可靠；仅从基于机缘的概率考虑，猜测正确的百分比不过尔尔。男作家偶然被错认为女性。R. D. 布莱克莫尔（R. D. Blackmore）的第一部小说《克拉拉·沃恩》（*Clara Vaughan*，1864）使用了女性叙述者；深信自己发现了一个女作者的《星期六评论》（*Saturday Review*）趁机抨击了少女的无知："另一个往往让女小说家泄露自己作家身份之秘的特点，是她们无意中玩弄最简单的物理学原理、摆布法律最基本的规则或惯例的特有方式。"[41] 布莱克莫尔曾在伦敦做律师，执业五年。但就是这种令人尴尬的错误也无法说服评论家，性别双重标准需要修正。

《简·爱》出版于 1847 年，《亚当·比德》出版于 1859 年。两部小说都用笔名发表，而且每次评论人都对书中的品质感到困惑，无法简单化地用男性还是女性特点对之作出界定。当隐藏在笔名后的女性作者身份披露时，评论者都会感到沮丧。两个事件之间的主要区别是，夏洛特·勃朗特发现她的写实笔法竟给别人留下不合宜的印象时，感到震惊、失望、痛心；乔治·艾略特则因看到了发生在夏洛特·勃朗特身上的事，所以有所准备。

《简·爱》的早期评论者热衷于弄明白柯勒·贝尔（Currer
92 Bell）的性别。"英国整个读书界骚动不已，都想发现这位不熟悉的作者……书里提到的每个小小的事件都被翻过来覆过去地琢磨，为的是——假如可能的话——找到那道众说纷纭的性别难题的答案。”[42]小事情包括穿衣、家务细节和交谈。例如，哈丽叶特·马蒂诺根据第16章中格雷丝·普尔（Grace Poole）为罗切斯特床上的帐幔缀上套环的情节，确定这部书“只有一个女人或者室内装饰商才写得出来”。[43]抛开细节的旁证不说，书中表现的女性性意识和人欲激情也让读者感到不安和错愕。假如柯勒·贝尔是个女人，他们想象不出她会是什么样的女人。即使批评者承认这书才华横溢，但他们还是因其打破了常规而备受刺激。《基督教纪事》(*Christian Remembrancer*）宣称，“在女作者的记录中”，很难找到“一部比这更不像女性的书，无论从其优点还是缺点而论都如此”。用刘易斯的话说，“从魄力看，从未见有人写过比这更为男性化的书”。[44]其他人，如美国的E. P. 惠普尔（E. P. Whipple）等则“足够英勇无畏”，从作品“亵渎、粗野和俚俗”的语言中觉察到了“一位绅士的手笔”。[45]罗切斯特与简的关系，简承认自己对已婚雇主的深情，这些都没法让人接受。于是，从评论中可以不断看到“肉体的”(sensual)、“粗鄙的”(gross)、“兽欲的”(animal）这类用词。汤姆·温尼弗里思（Tom Winnifrith）写过全面研究《简·爱》接受情况的书，他得出的印象是，怀着最深敌意的评论出自女人之手。[46]

在勃朗特去世后声名达到顶峰时，盖斯凯尔夫人的《夏洛特·勃朗特传》发表了，该书使批评家相信勃朗特不可能犯有伤 93
风败俗的罪过，另外，对于她所了解的激情，传记还为他们提供了一些解释。《星期六评论》欣然为夏洛特免责，并把小说中与女性不相称的成熟归罪于她在布鲁塞尔所受的教育：

> 女人看她的小说时怀着心烦意乱的恐慌，那是未受过污染的心觉察到自己不具备的知识的迹象时必然会涌起的慌乱感。男人认出这些小说中的一些笔触十分真实，但是对何以至此却充满疑问，因为小说总体色调纯净，这就证明，所谓那些描写是堕落征兆的看法说不通……我们不能怀疑，勃朗特小姐获得的知识——对于不那么高尚、清白和虔诚的头脑可能很危险的那种教诲——来自她在外国学校居住的时期，她对外国人行为举止的观察，以及她对外国人思想的分析。[47]

《季度评论》则更留意故土，把目光投向了布兰韦尔（Branwell Brontë）的影响，说他“本人彻底堕落，在他能影响的范围内败坏了所有人的思想”。[48]包括夏洛特·扬在内的许多读者都感到布兰韦尔对姐妹们影响卑劣，但也发现这情形与他们心中男女性情殊异的观点十分吻合。

作为《威斯敏斯特评论》的编者及斯特劳斯和费尔巴哈的译者，乔治·艾略特早已开罪于保守阵营。作为刘易斯的情人，她把自己置于维多利亚体面社会的疆界之外。因此，正如她本人、刘易斯及出版人布莱克伍德都深深意识到的，和夏洛特·勃朗特相比，她若披露自己的身份会招致批评界更大的敌意。然而，刘易斯向布莱克伍德解释笔名的时候所援引的正是《简·爱》的例

子："当人们终于知道《简·爱》是女人写的书时，［批评的］调 94
子明显地变了。"[49]《亚当·比德》出版时，就像艾略特的第一部不那么成功的作品《教区生活场景》（*Scenes from Clerical Life*）出版时一样，人们狂热地探讨作者的性别。除了少数突出的例外，评论人大多相信乔治·艾略特是位牧师先生。《星期六评论》后来承认，"它［指《亚当·比德》］没有矫揉造作，故作优雅，而是讲出了朴素的真实，大家认为太好了，简直不可能是女人写的故事"。[50]

芭芭拉·博迪尚（Barbara Bodichon）和安妮·莫兹利属于猜出真相的人。博迪尚是激进的女权主义者，她为作者充满喜悦，认为这是女性的胜利："首先，一个女人居然写了一本明智而幽默的、应在萨克雷旁边占一席之地的书。其次，你啊你，他们朝你吐唾沫，可书竟然是你写的！"[51]为《本特利季度评论》（*Bentley's Quarterly Review*）写书评的安妮·莫兹利确信，尽管这部书在表达上措辞得体、有说服力、轻松自如，但它就是女人写的，因为写书的是局外人，是观察者："对女人本性的了解有女性特点，不仅细节上如此（这些倒是可以借助他人的目光的），而且整个情感质地是女性的……作家对所讨论的每个要点的立场都是女人的立场，就是说，作者站在观察的，而非积极参与的位置上。"她的评论接着引用其他女性文化方面的迹象作为证据，说明是一位女性写了这部书："对女人脾性的知识……观察的丰满和细致入微……对农场生活所有细枝末节的了解……对家政管理的……牢牢掌控。"最后，莫兹利洋洋得意地引用："都知道女

人最爱‘指引明确的道德’。”[52]莫兹利的分析感觉敏锐，观察入
95 微。然而《威斯敏斯特评论》那些聪明的猜测却并非如此：其主编约翰·查普曼从赫伯特·斯宾塞（Herbert Spencer）那里得知了作者身份的秘密，但1860年当笔名一事向公众公开时，他却在那里庆幸自己有先见之明。[53]

刘易斯希望使用笔名为作品赢得公平的评价。他给芭芭拉·博迪尚写道，“他们现在已不可能收回赞美之词”。但是他错了。至少有一份杂志重新回头审视。《雅典文学评论》（*Athenaeum*）的编者威廉·赫普沃思·迪克逊（William Hepworth Dixon，此人有时用笔名评论自己的书）给随笔栏目写了一则不怀好意的短评：“该是停止有关《亚当·比德》作者的这场喧闹的时候了。作家从任何意义上都不是‘了不起的不知名者’；故事虽局部不乏出彩之处，就像一个观察力敏锐和天然养成道德的聪明女人可能写出来的那样，但它在任何意义上都没有了不起的品质。”[54]随着《弗洛斯河上的磨坊》的问世，对乔治·艾略特的批评明显发生变化，跌价了：批评界把她置于“现代女小说家”之列，用对待女作家群体的标准对她进行评判。《星期六评论》“不好确定，如此大力强调女人的身体感觉是否十分合乎女性的矜持”。[55]《季度评论》则再次嘲弄了女性的无知：“女人中不常见的知识是有些影踪的（不过某些古典引语本来至少可以印得更准确些）。”[56]

96 极端不谙世故的勃朗特姐妹则和所有带着性别偏见的批评意见正面交锋。夏洛特屡屡受到她的出版商们的阻止，不可在书的

前言中抨击批评家；她还经常直接给书评人和杂志写信，提出抗议。她如此告诫《经济学人》(*Economist*）的批评者：“对你来说，我既不是男人也不是女人。我只作为作者出现在你面前。这是你有权用以评价我的唯一标准——也是我接受你评价的唯一理由。”[57] 安妮·勃朗特在她的《怀德菲尔庄园的房客》(*Wildfell Hall*）第二版的前言中大胆宣称文学上的平等权利：“如果这本书是好书，不论作者什么性别它还是好书，这样的话我就满足了。”乔治·艾略特在批评意见变成对她的人身攻击时，就再也不读对她书的评论了；所有的文章都由刘易斯审查。然而，我们仍看到了自我审查的痕迹：她在 1860 年后有个转向，开始写与自身经历不大相关的小说，并且在校样上仔细抹去可能产生双重理解的地方。

在女性小说家中，实际上只有乔治·艾略特独自在探索女性经验对小说结构和内容所产生的心理和道德影响。她发现当时的女性文学大多愚蠢可笑，模仿拼凑；可奇怪的是，“女人怎么就有胆子写，而出版社居然也有兴致出高价买下大量充斥女性小说的对生活和人物的虚假、羸弱的描写”。[58] 她认为有些文学作品很不真实，“荒唐地夸大了男性风格，就像一个蹩脚的女演员穿着男人服装在大摇大摆地走路”。[59] 在《女小说家的愚蠢小说》一文中，艾略特痛批了有关女性小说的幻象，什么女性价值的隐秘胜利、深奥知识的速成、天生的宗教权威，等等。她懂得，职业人士的行为习性和女人接受的教诲很是不同，但是她希望女性在文 97
学创作中，亦如她们做其他事情一样，能以“做苦差事的实干”

代替女性的胡思乱想和自我放纵。[60]不过，艾略特同样相信女作家有一种“宝贵的特性，与男性态度和男性经验完全不沾边”，是扎根在母性情感中的特性。[61]她认为，母亲的情感会以某种方式形成小说中“不同的形式和组合状态”。[62]

女性小说家确实认同维多利亚中产阶级妇女的文化价值，坚守传统的妇道。然而她们又不仅仅是碰巧写了书的普通女人；她们从一开始就是不同的人。刘易斯和马西说“幸福的妻子和忙碌的母亲”不当作家，这话说对了一半；他们有所不解的是，有强大的想象力驱动和成功需求的女人是不可能满足于家庭生活的。女作家即使因挣钱养家的需要才开始工作，也很快会发现自己因职业的磨炼和所得的回报而发生了变化。她们不再像“幸福的平凡女人”；她们变得更有条理，更讲实效，更固执己见，更富冒险精神，更灵活融通，并更好地管理着自己的生活。

身为维多利亚时代的女性，她们对自己身上发生的这些变化有些忧心忡忡。杰拉尔丁·朱斯伯里在给简·卡莱尔的信中以及在小说中都对女性职业化带来的心理转变表示了忧虑。小说中，她以夸张得滑稽的方式把自己的疑虑塞进了浪荡子和骗子的嘴里：“女人走出自己该待的地方，所做的事情就一钱不值，这损失又靠新增的什么好品德来补救呢？……丢失了清纯的
98 红润和魅力；挣回来的是干巴巴、凶巴巴、自以为是的面子，她管那个叫原则。她目中无人大摇大摆地走过人生，啥玩意儿也不是。”[63]

批评家也在问，女小说家是不是已如此远离寻常女人的生活范围，故已丧失了描写女人生活的能力。理查德·辛普森（Richard Simpson）在一篇评论乔治·艾略特的文章中指出了一些明显的问题：

> 虽说她本人应有能力描写妇女，原因很简单，她就是女人嘛，但她或许同女人的平常生活太脱节了，以至于对其方方面面的关系已无法准确鉴别。身为作者的直接能力和声望或许已掩盖并替代了女性居家生活的间接影响力和平静的快乐。赞美声和温情不那么容易搞到一起。成名使女作者孤立，也封闭了她的心灵；成名把她放到了一个高位，在那里她不可能获得女人通常的人际交往经验，于是她不经诱惑，想用抽象推理来填补经验的空缺。她灌输给我们的是她对女性天职的见解，描绘的是理应如此的情况，而非事情真实的模样。女人要起作用更多地是通过影响而非力量，是榜样而非推论，是缄默而非言说；女作者则是通过推理和言说掌握了直接力量。就这样站到了男人的位置上后，男人的理想变成了她的理想——权力的理想——这理想经由她女性的心与智表达出来，就意味着在这个世界的事情中，激情的地位至高无上。[64]

情形恰恰相反，女小说家完全可以令人信服地描写普通女人 99
的生活——那些没有权力，但靠潜移默化、榜样作用和缄默影响了周围人的人——因为她们自己就是从这样的人生中走出来的。正如辛普森等书评家不安地意识到的，她们写作不只是为了发展直接的个人的力量，也是为了改变女性读者的感知方式和追求。女性文学批评背后强大的功利主义动力——这本书对我们有何裨益？——部分是时代精神使然，但它同样也是寻找新式女主人公、新榜样和新人生的努力。

第四章　女性小说的女主人公：夏洛特·勃朗特和乔治·艾略特 100

从19世纪40年代开始进行文学创作的女性在寻找这样的主人公：她们既是职业上的榜样，也是虚构文学中的理想人物，她们能把力量和智慧同女性的温慈、与人交往的得体和持家的专长结合起来。与此同时，她们也把自己和小说中的女主人公视作为后来人提供榜样力量的革新者。杰拉尔丁·朱斯伯里对简·卡莱尔解释说：

> 我们是尚未被认知的女性气质发展的征象。迄今这种气质还没有现成的渠道任其流淌。但我们仍然寻找了，尝试了，发现现有衡量女性的尺度容不下我们——我们需要的是更好更健壮的东西……我们之后自有来者，她们将会更加靠近女人的人性境界中最完美的高度。我自视不过是女人本来就有的某些更高品格和潜能的一星半点表现，是其初级的理念。[1]

女性小说家为获得鼓励，也为得到心气相通的友谊，需要与别的女人结成亲密关系，但比起男小说家，她们与其他职业作家进行个人交往的可能性则小得多。她们只能利用正好到手的机

会：相互通信，相互找到对方，偶尔也会像黛娜·克雷克和伊丽
101 莎白·林恩·林顿那样，鼓励年轻些的女弟子。朱斯伯里有个写诗的姐姐，并从简·卡莱尔的热烈友谊中得到了更多姐妹般的支持。勃朗特姐妹相互激励。然而，这一代的大多数女性是依靠文学和租书图书馆才有了彼此相连的感觉；小说女主人公不得已成了姐妹和朋友的替代。埃伦·莫尔把这种有目的的阅读看成文学女性特有的职业特征之一：

> 男作家可以在大学或咖啡馆里研习写作技巧，聚合起运动或结成小圈子，找到前辈做指引或保护人，与同辈人合作或者开战。但是在19世纪的大部分时间里，女人被挡在大学之外，待在家中与世隔绝，旅行时必有陪护，交友极为受限。正常的文学人生她们是进不去的。既然享受不了正常的文学人生，她们就特别仔细地研读同性作家的作品，很依赖同写信给她们的女人之间那种轻松的，甚至是不讲礼数的亲密感。[2]

女性小说家学会了利用过去，从前辈的范例中汲取信心；但这并不意味着她们变成了崇敬的追随者。老一代女作家如汉娜·莫尔、玛丽亚·埃奇沃思，甚至简·奥斯丁均说教过多，不合一群有追求的小辈职业作家的胃口。女性小说家往往相信广为流传的有关老处女作家的刻板形象。例如，伊丽莎白·巴雷特就曾受到玛丽·拉塞尔·米特福德（Mary Russell Mitford）的警告：

所有的“文学女士都长得很丑。她写道，‘我一生中从未遇到一个不可以派稻草人用场的文学女，她可以拿来吓走飞近樱桃的鸟’”。于是，巴雷特在1838年去见戴克男爵夫人时，预料会见到“一个阳性的女人，她的天才会突出表现在古怪的行为举止和情绪上”：到头来她大为震惊，所见之人竟是“那么温柔，那么 102
有女人味，好像被人爱着她就很满足了”。[3]

简·奥斯丁是男评论家早先很喜欢的人，被当作一本正经的老大姐推荐给不守规矩的妹妹们和初学者。1848年时，G. H. 刘易斯就向夏洛特·勃朗特推荐了奥斯丁，但勃朗特拒不接受，觉得她太精致、太有限，是“一个仔细用篱笆围起来的、精耕细作的花园，有整洁的边沿花坛和娇嫩的花朵”。[4]勃朗特本人不愿意忍受修剪整枝，缩成小型景观。到1853年时，奥斯丁的名字已成为女性文学放不开手脚的代号了，《基督教纪事》上一位书评人的抗议就很说明问题：“‘奥斯丁小姐派的作家’成了大肆滥用的说法，现如今一班从来没有读过奥斯丁小姐作品的书评人——如此推想算对他们宽宏大量的了——只要见到有女作家写出枯燥乏味、没有跌宕起伏、充斥着四平八稳的交谈、关心中产阶级人物的故事，便拿起这顶帽子往人家头上扣。”[5]

比起温顺的简·奥斯丁的书，叛逆女性的作品更加振奋人心。人们热切地阅读乔治·桑的激情小说（19世纪40年代，她的12部作品有了英译本）。穿裤子、有情人的乔治·桑成了许多女性作家心目中的反文化（counter-culture）英雄。是乔治·桑的人生启示了女作家可以怎样成长。伊丽莎白·巴雷特有一首生涩的、却怀着赤诚的十四行诗，发表于1844年，却在整个世纪中不断被引用；诗中她称乔治·桑是天才与女性气质颤悠悠的合成体：

真正的天才啊，但是真正的女人！你是否
以男子汉的轻蔑否认你那女子的天性，
并挣脱俗不可耐的小玩意儿、小饰物
103 那都是被禁锢的弱女子才佩戴的？
啊，多么徒劳的否认！那反抗的呼喊
变成内心的啜泣，只因你那女性的声音无人理会——
而你那女人的长发，我的姐妹，未经修剪
带着痛苦的力量，凌乱地向后飘散
证明你男性的名字是假的：在世人
面前，你燃烧在诗人之火中，
透过熊熊火焰，我们看到你那女性的心
在跳动。跳得更纯一些吧，心呀，跳得更高，
直到上帝取消你的性别，在天堂的彼岸
那是无羁无绊的灵魂向往的地方！[①]

乔治·桑成为女中豪杰，并非因她超越了女性特征，而恰

---

① 本诗使用袁欣译文，见袁欣，《从〈致乔治·桑〉看勃朗宁夫人的诗歌追求》，《文艺研究》2008年第4期，第40页，译文有几处更动。

因她饱尝了女人那份翻江倒海的苦。十四行诗的标题《致乔治·桑：识别》（“To George Sand：A Recognition”）强调的是，女性作家需要回应显露在“诗人之火”中的那颗“女人心”。“被禁锢的弱女子”能识别藏在男人名字后面的姐妹。

所以说，女性作家是在寻找两种类型的女主人公。她们想要励志的职业榜样，但还需要浪漫的女主人公，能与她们分享激情和痛苦的姐妹，亦即啜泣着、挣扎着、反抗着的女性。维多利亚时代的人很难相信女人可以集这两种品格于一身。最简单的解决办法理应是在实际生活中寻找模范榜样，在文学中寻找英雄般的女主人公。但真做起来并不那么容易。评论家倾向于对女性文学传统进行极化处理，使之成为可称作奥斯丁和乔治·桑的两个支系，非此即彼地把她俩之后的女作家分别看作简或乔治的女儿们。

夏洛特·勃朗特不肯走奥斯丁的路线，而决心去写“那尽管隐藏着却跳得快而强劲，那让偾张的血从中涌过，那看不见的生
命之座”。[6]夏洛特·勃朗特选择了如火山般易爆的文学，它不 104
仅关乎心灵，也是写肉体的，是个充满性欲的，又往往超自然的世界。于是，勃朗特被视作“直接倾泻情感……无须提前周详计划”的浪漫、自发的艺术家。[7]乔治·艾略特则被视为勃朗特的对立面：作为作家和女人是奥斯丁的传人，精心考虑，有智识，有教养。在评论愚蠢女小说家的文章①中，艾略特界定了自己职

① 艾略特该文的标题（“女小说家的愚蠢小说”）经常被误读为“愚蠢女小说家的小说”。

业上的理想范式。“真正有修养的女人”

> 有了知识只会越加朴素，越不事张扬……她不会拿知识当垫脚的高台，洋洋自得地以为站在这里便可以对底下所有的人和事一览无余；但她会把知识当作一个观察点，由此可对自己形成正确的评价。她不会动不动就口喷诗句或引证西塞罗……她写书不是为了让哲学家困惑，或许正因为她能写出让哲学家感到愉悦的书。在谈话中，她是最不难缠的女人，因为她了解你，而又不想让你了解其实你根本不了解她。[8]

艾略特（在《书信集》中）对黛娜·马洛克、玛格丽特·奥利芬特和玛丽·布雷登等人不无微词，这个现象正好表明，有修养的女人虽从不和男人进行公开的竞争，却同其他女性之间颇有一番较量。

到了 1860 年，奥斯丁–乔治·桑这两个支系已经把勃朗特和艾略特纳入各自麾下，于是出了书的女人可以料到，自己不是被拿来同这一端比就是同那一端比。勃朗特和艾略特本人一成不变地被人用来同乔治·桑和奥斯丁做比较，只不过作品与作品之间略有些变化而已。一直到 19 世纪末才有批评家指出艾略特扎实
105 的智性发展；至于勃朗特，只是到了晚近才有人关注她小说中精心设计的结构和有控制的意象。《星期六评论》试图把乔治·艾略特的原创性简单化地说成是奥斯丁和勃朗特的混合物，那副自

鸣得意的派头很典型地表明，维多利亚人如何不遗余力地在一切意义上贬低女小说家：

> 我们可以认为自己十分庆幸，现在又有了一位毫不输给奥斯丁小姐和勃朗特小姐的女小说家；也巧得很，新作者的作品中有许多地方让我们想起了这两位有名的小说家，却并无任何模仿的痕迹。乔治·艾略特有着绘画艺术的细密和风格上的某种调皮狡黠的感觉，这些地方都十分像奥斯丁小姐；而她评论起来涉略广泛，喜好刻画强烈的、反复无常的情感，这些地方则表明她属于柯勒·贝尔那一代人。[9]

当夏洛特·勃朗特和乔治·艾略特对她们所处的时期越来越起到决定性的影响，并越来越代表用以衡量其他女小说家的范型时，她们也就成了女性奉承和怨恨的对象了。女性小说家无法回避同勃朗特和艾略特的竞争关系，而男小说家则可以避免，只要把她们放到女人的阵营就行了。林顿夫人写信给布莱克伍德[①]替自己的新小说辩护，信中她没法不把它比作《简·爱》和《亚当·比德》，咬定自己的书“比起这两本一点不差”（书被拒了）。[10]

---

① 奥利芬特在很长的时期中为《布莱克伍德杂志》撰写评论，故事，也在布莱克伍德父子公司（Willam Blackwood and Son）出版小说。苏格兰的《布莱克伍德杂志》从 1817 年创刊至 1980 年停业，一直是布氏家族经营；它与乔治·艾略特等许多大作家有密切关系。书中提到的 Blackwood，应指接任哥哥威廉作为杂志主编的约翰·布莱克伍德。

奥利芬特夫人也在布莱克伍德出版公司发表作品；20 年中，她不得不依据艾略特在写什么来商定自己的选题（例如，放弃写萨沃那洛拉传，免得太接近《罗慕拉》），还不得不听那些把《塞勒姆小教堂》（*Salem Chapel*）和《亚当·比德》拉扯在一起的恼人比
106 较。[11] 然而，是奥利芬特等人首先注意到《简·爱》改变了女性传统的方向："或许在她的时代没有别的作家给当代文学留下如此清晰的烙印，或引来那么多人追随她，走她那独特的小路。"[12] 奥利芬特自视不如勃朗特那么有激情，况且也不如她有女人味（这让她很自得）："我的人生阅历多得多，再者，我想，对生活的看法也宽厚得多。我学会了用更加男人的眼光来看待人世间的事情。"[13] 但无论怎么说，在这两个庞然大物的阴影下，要维持自尊心谈何容易。没那么成功的人常常在想，难道她们必须永远满足于蹒跚地走在勃朗特的独特小道上，或者在艾略特的地盘上搭建一所茅屋吗？

甚至就在盖斯凯尔的传记出炉前，简·卡莱尔和哈丽叶特·马蒂诺等同代人就已经对勃朗特产生了浓厚的好奇心。在《夏洛特·勃朗特传》中，盖斯凯尔助长了作为悲剧女主人公的小说家这个神话，而《简·爱》则早已为读者接受这一虚构做好了铺垫。勃朗特的传说迅速显现出狂热崇拜的精神特征，并兼有去哈渥兹朝圣和瞻仰三姐妹遗物之举。伊丽莎白·休厄尔等女小说家觉得传记是"深切，悲痛，引人入胜"[14] 的私人文献。美国亦如此，勃朗特传记成了数千名女性珍爱的书籍。[15] 对勃朗特姐妹的精神认同竟然发展到这样的地步，1872 年哈丽叶

特·比彻·斯托（Harriet Beecher Stowe）宣称曾设法在一场聊天式的降神会（seance）上与夏洛特畅谈了两个小时；她自豪地对乔治·艾略特推心置腹说，那是一种“神秘的勃朗特式的”闲聊，谈话中夏洛特对埃米莉进行了“极为惊人的分析”。[16]甚至到了19世纪90年代，写社交的小说家L. B. 沃尔福德还很乐意让
来访的记者看看从勃朗特牧师屋买来的茶具；如今伦敦的哈罗兹 107
（Harrods）百货公司仍有出色的勃朗特系列蛋糕和号称是勃朗特家酿的甜酒。

乔治·艾略特是个令人大大生畏的人物。女性小说家不由自主地会把自己同勃朗特和艾略特进行比较，但勃朗特在一切意义上都是姐妹情谊牢不可破的表率。艾略特则矜持，难以接近，难以理解。她在成熟期不和其他女作家密切来往，背离了女性亚文化中姐妹般联谊的原则。她甚至违背了最基本的体面准则，却不仅逃脱了惩罚，还把出走当成一种庇护。她赚钱多多，工作环境上好，有刘易斯当她的出版事务经纪人，有殷勤慷慨的出版商，到最后还有仰慕她的小丈夫。同时代的女性赞扬起她的书来毫不含糊，但她们感到自己进入不了，又很羡慕她的世界。她的十足优越让她们倍感沮丧。

然而，对艾略特传奇的批评正是女性小说家尝试界说自身的一种方式。奥利芬特夫人的《自传》是一次不寻常的内省实验，由克罗斯（Cross）写的艾略特传记所引发：“乔治·艾略特传诱惑了我，我很想开始写……我怀疑自己是不是有点儿妒忌她？我一直回避正式思考自己的思想有什么价值。在这个题目上我从未

有过什么见解。”[17] 伊丽莎·林恩·林顿在《我的文学生涯》中用尖酸刻薄的口吻回忆早先在约翰·查普曼家里遇见玛丽安·埃文斯的情形：她“像袋鼠那样端起双手双臂：衣着很蹩脚；整个一副未洗漱、未打理、凌乱不洁的容颜；还有……讲话的口气高高在上，压我一头，我那时没意识到她那无人质疑的领先地位让她有理由如此气壮。她自始至终都让我心里感到寒毛耸立”。林顿觉得自己率性自然，是那种有缺陷瑕疵也讨人喜爱的女人。但是
108 在这位小说家面前她相形见绌，很不自在：“她的‘乔治·艾略特’意识如此强烈——从头到脚，从里到外都透着一代伟大小说家和深刻思想家的自重感，以至于她在场时有点儿势不可挡，我们这些低等族类只剩下给碾压得平平的感觉了。”[18] 艾略特也吸引了怀着敬重之心的崇拜者；但是，尽管有玛丽·乔姆利这样的人——19 世纪 90 年代她在什罗普郡坐下写书时，会“以谦卑忠诚之心抬眼望着乔治·艾略特”[19]，大多数 19 世纪的女小说家却似乎发现她是个给人添堵、让人泄气的竞争者，是那个制造出她们永远无法企及的女艺术家形象的人，是那个“摆放在精神的温室中，受到精心呵护”的人，而她们呢，却要步履蹒跚地“穿越尘雾和黑暗，形影相吊，无人襄助”。[20] 她们在文学职业上低人一等的意识时不时会爆发，口出恶言；艾丽斯·詹姆斯断言：“她给我的印象就是……霉菌，或者什么毒瘤子。”[21]

《乔治·曼德维尔的丈夫》是 1894 年写成的、已被遗忘的小说；女小说家对乔治·艾略特反应背后的妒忌、憎恨和对成功的渴求等种种情感，都可以从该小说中看到端倪。作者伊丽

莎白·罗宾斯是住在英国的美国女演员，写过几部成功小说的
女权主义者，参与了易卜生作品的伦敦首演，后来成为妇女社
会政治联盟（Women's Social and Political Union）的妇女参政论
者的一名文宣大将。但是，她用笔名发表的《乔治·曼德维尔
的丈夫》却谴责伪装成知识分子的女小说家，是针对乔治·艾
略特的讽刺作品。“乔治·曼德维尔”只在名字上像乔治·艾略
特；她是个自命不凡的二流作家，为一群怪人和劣等文人的阿 109
谀奉承而牺牲了丈夫和女儿。丈夫复仇的方法，是把女儿培养
成维多利亚的家中天使。他坚持宁可让女儿“擦地板也不要写
书”，但是当他描述为女儿憧憬的那个满满当当的小巢时，“一股
突如其来的不寻常的情绪涌起……”他意识到“他应允要给她的
十来样女人的物件甚至满足不了这个还是孩子的女人的想象力”。
不过这种怀疑袭来的时刻很少；在整部书中，威尔布里厄姆
（Wilbraham）都在声讨职业妇女——他骂得最恶毒的是乔治·艾
略特。

当他的女儿提到乔治·艾略特来证明女人有能力时，威尔布里厄姆便以一串辱骂作答：

> 是啊，是啊，所有的女人都提乔治·艾略特，以为这种论调无可辩驳。好像举出一个女人的例子就够了（顺便说，这女人身上有四分之三是男人），于是所有女人的贫乏处境都不算什么了……她是个变态……读读她的信和日记吧。等你长大了，去研究她的生平——不是通常报道的那个生平，

> 而是她真正的生活：她是个可怜的背着重负的家伙，比起到处宣扬、把她当榜样当口实，怜悯对她合适得多。

女儿立即屈服了，并承认："乔治·艾略特长得真丑。她的相片把我吓坏了！"

了解这部小说在1894年的接受情况会很有趣。罗宾斯似乎移情于乔治·曼德维尔的雄心壮志，她暗示毁了女儿的是威尔布里厄姆那令人窒息的爱，而不是母亲的疏忽。但是对乔治·艾略特的抨击则充满了激越的信念。在作品的一处作者插话中，罗宾斯泛泛论起她生活时代女作家的人生经历：

110 > 谁非说这样的女人缺乏勇气和坚毅的力量呢：她一年到头拴在写字桌前，没完没了地铭记那没用的愚蠢的琐事，日复一日地在奉献的祭坛上留下青春和健康的碎片、希望的瓦砾、幻想的灰烬。日日坐下来，面对做乔治·艾略特的重任，直到最后站起身来的却还是个"一般般的女小说家"，这个中滋味，哪怕只是模模糊糊有所领会，也定然是有相当震撼力的心灵悲剧。[22]

艾略特的榜样无法回避，但更是无法模仿。罗宾斯本人在上述段落中的行文就在不自觉地模仿艾略特的风格，萧伯纳（George Bernard Shaw）就这样告诫过她。[23]艾略特那庄重、睿智、最终是女巫般超然脱俗的神秘性影响了下一代作家的散文文风和从业作风。即使艾略特风格早已过了气儿，汉弗莱·沃德夫人、玛丽·乔姆利和“约翰·奥利弗·霍布斯”（即珀尔·克雷吉）仍然继续扮演着艾略特的角色。艾略特文字中的严肃认真似有凛然的皇家风范，可这认真劲儿到了克雷吉夫人和沃德夫人那里一看就是夸夸其谈、荒谬可笑；（包括马克斯·比尔博姆［Max Beerbohm］在内的）一群不敬的评论家对此一本正经的严肃风格竭尽夸张歪曲之能事，让沃德得了个“汉普驼背大婶”（Ma-Hump）的绰号。

女性小说家对艾略特代表她们的最高演化阶段这一点心悦诚服，但是20世纪初的一种新的女性美学预见了把女作家从她的传奇中解放出来的可能。多萝西·理查森①干脆扔掉了艾略特这块样板，就因为她觉得艾略特“像个男人”在写作。[24]然而，大多数女权主义小说家则发现文学背后的艾略特其人比维多利亚人看到的更为复杂。克雷吉为大英百科全书写艾略特词条，她在艾略特著名的理性克制中看到的不是铁石心肠的漠然，而是一场
超乎凡人想象的挣扎。对克雷吉而言，艾略特道德上的伟大来自 111
“她承受精神痛苦的无尽能力以及对人之间同情扶持的需要”：这种道德力量如此自律，如此高尚，以至于小说中“全然没有装出来的病态痕迹”。[25]

恰如其分地说，在维多利亚和爱德华时期的强烈反抗阶段之后，1919年弗吉尼亚·伍尔夫的一篇散文对于恢复艾略特的应

① 第九章将会详细论述理查森和《朝圣之旅》系列作品。

有地位功不可没。这是抱着极大同情心的文章，伍尔夫承认艾略特的小说中所有的毛病，但在女主人公的身上发现了艾略特来之不易的成功，她战胜了缺乏自信的疑惑，并忠实地写出了女性的经验：

> 自古女人的意识中就充满痛楚和敏锐的感觉，在如此漫长的岁月中只是沉默着，现在这意识却好像在她们[艾略特的女主人公]身上满溢出来了，到处流淌，发出了声音，要求着什么——她们简直不知道要什么——要的恐怕是同生存的实情不相容的东西……对她本人也同样，仅有女人的重担和复杂性是不够的；她一定要到达女人受保护的疆域之外，亲手摘下奇异光鲜的艺术和知识之果。有几个女人能做到她那样呢，她紧紧抱住这些果实，却仍不愿放弃自己的遗传所得——不同的看法，不同的标准——也不愿接受不适当的奖赏。[26]

在这篇文章中，一位女批评家首次成功地将乔治·艾略特传奇的两个方面协调起来，把承受痛苦和敏锐的感受力同艺术和知识联系了起来。维多利亚时期的女作家在考虑乔治·艾略特的时候，感到自己多少遭受了唾弃。她们认为她拒绝和她们来往，因为她想避开亲密关系；还认为她看不起她们，因为她用严厉的标准评判她们。她们没法和她平起平坐，又找不到什么办法绕开
112 她。一直要到19世纪90年代的这代人引人注目地，甚至是大张

旗鼓地对女作家的角色进行重新界定之后，弗吉尼亚·伍尔夫才能用回溯的眼光，在乔治·艾略特身上看到了英雄本色，而不是竞争对手。

附着在勃朗特和艾略特各自生平中的传说在她们小说的女主人公身上却颠倒了过来。勃朗特的简·爱是自我实现的人物；艾略特的麦琪·塔利弗（Maggie Tulliver）则是克己隐忍的人物。《简·爱》和《弗洛斯河上的磨坊》合起来看，均饱满而有力地描述了维多利亚英国社会中女性的成长。两者都含有几处明显的女权主义段落，但它们是经典的女性小说，在不寻常的幅度内以写实的方式描绘了女人的身体和社会经验，而且通过意象和象征的累积效应暗示了未直接描写的经验。两部小说中，《简·爱》早发表 13 年，在实验性和原创性方面遥遥领先；勃朗特运用的结构、语言和女性象征的意义一直为男性导向的 20 世纪批评所曲解和低估，现在只刚刚开始得到充分的理解和赞赏。两部小说所涉及的，用 Q. D. 利维斯（Q. D. Leavis）的阐述来说，均为“感情强烈、不服管教的孩子如何在道德和感情上成长为女人”这样一个主题；[27] 尽管两书题材相同，但简·爱这个女主人公获得了女性小说家所能想象的完美健康的女性气质，而天生聪慧又可爱的麦琪·塔利弗却要压抑自己的怒火和创造力，渐渐形成一种神经质的、有自我毁灭倾向的个性。两部小说的形式也不同，勃朗特在表现女主人公的内心生活时随心所欲，几乎用了超现实主义的手法，而艾略特的叙事方法传统得多，显出自然主义倾向和对叙述的自觉；这些差异本身就表明，两位小说家在处理女性小说的释放与控制上的不同态度。

《简·爱》中，勃朗特试图全面刻画女性的属性，通过尺度超常的各种叙述策略来表现女主人公的思想意识。心理变化发
113 展和内心生活的戏剧表现在梦境、错乱的幻觉、灵视、超现实绘画和假面戏中；而女性身体的性欲体验则通过精细描绘的、有韵律地不断复现的房间和房子的意象得到空间性的表达。简·爱的成长更进一步地体现在由文学的、圣经的和神话的借喻样式所搭建起的构造之中。然而，勃朗特最深刻的创新是把维多利亚女性的心理构成裂化为精神和身体这两极，并分别用海伦·伯恩斯（Helen Burns）和伯莎·梅森（Bertha Mason）这两个人物外在化地表现了处于两极的心理成分。海伦和伯莎都在小说叙事的写实层面上起作用，呈现出自己同维多利亚性意识形态之间或隐含或明晰的关联；但她们还在故事的原型向度中发挥作用。勃朗特呈示给我们的简不是只有一张脸，而是有三张脸，她解决女主人公精神难题的方法是从实际和隐喻的意义上消灭处于两极的个性侧面，从而为中心意识获得强大活力和充分发育扫清了障碍，为精神和肉体的融合铺平了道路。于是，《简·爱》不但预示了，还切实构想了后来小说中的家中天使和肉体中恶魔之间的殊死搏斗，弗吉尼亚·伍尔夫、多丽丝·莱辛、缪丽尔·斯帕克及其他20世纪英国女小说家的作品中对此都有明确表现。

《简·爱》以盖茨海德庄园开始，简从逆来顺受、无性别特征的儿童期进入了躁动不安的青春期。虽说简其实只有10岁，但这一情感意义上的月经初潮通过精神层面上事变和细节的聚积

清晰地暗示出来。“我在成为女人以前是决不可能离开盖茨海德（Gateshead）的”，她这样对劳埃德先生说；[28] 于是，穿越了大门的简显然在第四章结束之前就进入了做女人的阶段。① 青春期的首要标志是她对里德一家突然的、从未有过的公然反抗，这张扬自我的行为招致严厉的惩罚和众人的排斥，但也为她赢得了脱离 114
里德家的自由。她的青春期也受到一种意识的渗透，一种对她的生命中许多“动物性”侧面的知觉：她的身体，它出现女人不应该有的需要和欲求；她的激烈情感，尤其是她的怒火。开始时她的意识并无分化，只是自认和里德家的孩子相比，她“体格上低人一等”，但是简很快变得能细微地辨识约翰·里德那“恶心而丑陋的”[29] 肉体虐待，以及她自己的热血和闪烁着幽光的眼睛。在小说开头著名的暴力场景中，约翰·里德对简的袭击以及简激昂的反击将反叛和自主的时刻与流血、与那带有浓密象征意味的红房间中的幽闭经历联系了起来。

这就好比说，里德一家惩罚简的那宗神秘的罪就是长大成人之罪。简因为发泄了怒火，表达了强烈的感情，被里德太太关进了红房间，而这红房间就是女性内在空间的范型：

> 红房间是一处空置的寝室，很难得有人在那里就寝……一张架在厚重的红褐色桃花心木支柱上、围着深红缎子帐幔

---

① 劳埃德是为里德家仆人看病的药师。简的舅母家住在名为盖茨海德的宅邸中，英文 Gateshead 是由“大门”和“头”或“首”两个词构成的合成词，表示简的成长起点，故文中有走出大门的说法。

> 的床，像圣龛一样醒目地站立在房间的中央：遮阳帘几乎完全放下来[①]的两扇大窗户，半掩在也是花缎窗幔的花饰边和悬垂的褶皱后……地毯是红色的；床脚跟前的桌上蒙着深红色的台布……房间冷飕飕的，因为难得生火；静悄悄的，因为远离幼儿室和厨房；肃穆阴郁的，因为大家都知道极少有人走进来。只有女仆在星期六来到这里，拂去一个星期来静静落在镜子和家具上的灰尘；里德太太本人也是隔许久才来上一次，查看衣橱内一个神秘抽屉中的物件，那里放着各种羊皮纸文书，她的首饰盒，还有她已故丈夫的一幅小肖像。[30]

红房间因有死亡和血腥的内涵，并因屋内有大量弗洛伊德学
115 说中的秘密隔间、衣橱、抽屉、珠宝盒等，而同成年女性的身体发生了强烈的关联；当然，里德太太是正值盛年的寡妇。简被仪式化地关押在此，以及后来她在盖茨海德受到孤立，不准与里德家其他成员同吃、同玩或交往的情节，就是一种青春少女的通过仪式（adolescent rite of passage），同爱斯基摩或南太平洋诸岛的

① 勃朗特去世前，这部小说出过四个版本，作者本人对第二版和第三版都有少量文字修改；后面还有许多版本，文字差异较大。译者手头没有肖瓦尔特所用版本，但核对了一些版本后，发现有个别文字和标点的差异，如另几个版本中遮阳帘都是（blinds）always drawn down，而非almost drawn down；在描写床和描写窗的文字段之间的标点应为分号而非逗号，引文末了“已故丈夫”后面也是分号而非句点，说明句子尚未完。

部落所举行的月经初潮仪式在人类学意义上有奇特的相似性。从少女期向女性成熟期的过渡突出了成年女人性征中致命的、肉欲的方面。那个被关起来受惩罚的“疯猫”、（约翰·里德称呼简所用的）“坏畜生”[31]后来在小说中将重新出现，成为兽性十足、疯狂、野兽般凶猛的伯莎·梅森；她那密闭的房间简直就是另一所房子顶楼的另一个红房间。

对“动物性”欲望和种种肉体现象的纠结心情、对女性性征的极端嫌恶，在小说文本中也通过隐匿地借用《格列佛游记》（*Gulliver's Travels*）的典故得以表达。《格列佛游记》曾是简最心爱的书之一，但是经历红房间后，它就成了预示不祥和凶兆的寓言了；格列佛似乎不再是精明的冒险家，而是“在最恐怖最危险的地区飘荡的最孤独的人”[32]，是像她一样在成人世界中流浪的人。简像格列佛一样从小人国的儿童室天地迁移出去，遭遇了大人国里专门恐吓威胁的布罗克赫斯特牧师（Reverend Brocklehurst）（“现在他的脸和我的脸几乎齐平了，那是张什么脸啊！多大的鼻子！是怎样的嘴巴啊！那么大那么突出的牙齿！”[33]），而且，对“万恶肉体”的那种日渐强烈的加尔文教意识终于引领她到达顶点，遭遇了伯莎，那个盘踞在污秽巢穴中的雌性人形兽（Yahoo）。

小说的前四章贯穿着一股浓烈的女性性幻想和情欲冲动的意味，促成了开头部分非同寻常、震撼人心的直观性。红房间一幕明白无误地仿效了维多利亚色情文学中的鞭打仪式。如同《珍 116
珠》（*The Pearl*）及其他维多利亚地下色情书籍中的笞刑场景一样，

舞台上是一个地处偏远的房间，内部装饰淫荡纵欲，正在不断挣扎的受害人被女仆拖了进来。简受到威胁，要把她绑起来①，可这威胁变成了十足的挑逗，因为绑带要用女仆的吊袜带："'你不老实坐着，就把你绑上，'贝茜说，'阿博特小姐，把你的吊袜带借给我；她一下子就会把我的给挣断的。'阿博特小姐转过身去，从结实的腿上褪下那条少不得的绑带。这通找捆绑绳的动作，个中所意味的耻上加耻，稍稍平复了我的激动情绪。"对肉体进行惩戒的威胁虽没有在红房间中真正实行，但这是把简和海伦·伯恩斯联结起来的母题，后者在洛伍德学校（Lowood School）顺从地接受了教师斯卡查德小姐的一顿毒鞭。后来我们了解到，在里德太太的房间里简的"脖子"曾挨过鞭子抽打。[34]

鞭打少女，制服其不守规矩的肉体和叛逆的精神，这对维多利亚人来说不仅是惯常的惩戒手段，而且是一种强大有力的性幻想。直到19世纪70年代，《英国妇女家庭杂志》(*Englishwoman's Domestic Magazine*）仍然在通信专栏中引导人们热烈地讨论这项程序的正确方法。对女人执行性纪律的，是代表男性的其他女人，在此留意到这一点很有意思。贝茜（简喜爱的女仆）和阿博特小姐代表里德太太行动，把简关进了红房间，而里德太太又是在为她儿子报仇。在洛伍德学校，和善的坦普尔小姐（Miss Temple）

---

① 女仆威胁要捆绑简的情节见第2章开头；第5—8章中有教师Miss Scatcherd惩罚海伦的多次描写。其中海伦被鞭打"脖子"的情节见第6章。第5章中她被当众罚站。第7、8章中，海伦被罚戴上耻辱臂章或者在脑门上贴满侮辱性的条子。同在里德太太房间里被抽打"脖子"见第21章，出现在简重返盖茨海德时对童年的回忆中。

让女生们挨饿，因为“她必须向布罗克赫斯特先生报告她所做的
一切事情”。[35]在桑菲尔德，格雷丝·普尔是罗切斯特雇来看管 117
伯莎的。因此说，女性小说的女主人公的成长环境中女人是不团结的，事实上女人互相之间进行监视和管制，代行父权制的绝对统治。这个世界中，女人之间偶尔也有姐妹情谊和善意，简最终在沼泽尽头小屋（Marsh End）与戴安娜和玛丽·里弗斯（Diana and Mary Rivers）在一起时找到了这种友情。但总的说来，这些女性即使有帮助别人的愿望，由于自身无助，缺乏能力，也很难做到互相帮助。

简被舅妈送到了洛伍德学校，如果说红房间是法庭，那么洛伍德就是教养所了。就像《米德尔马契》中卡苏朋的宅子洛伊克（Lowick）一样，洛伍德代表了性的削弱和压抑。在这所伪修女院中，简经历了长时间的、控制感官享受的训诫。这里有计划有步骤地让女学生“挨饿”（在约克郡方言中，starved这个词不只是“感到饥饿”的意思，还意味着“挨冻”），并剥夺一切感觉上的满足。穿着不舒适的褐色衣服，“连最漂亮的人看上去都样子怪怪的”，卷发统统剪掉，去除了女性气质的最后一点迹象；洛伍德的女孩们就这样接受贞洁教育，这是她们未来当穷教师和家庭教师时很需要的品质。布罗克赫斯特宣称他的使命“就是要把这些女孩对肉体的各种欲念压下去”。[36]

作为一所教育机构，洛伍德对其属下成员执行纪律的方式是在惩罚和断其性欲的同时试图摧毁其个性。强制性的统一着装抹去了小女孩和“大姑娘”、未进入青春期的女孩和年轻女子之间

的区别。布罗克赫斯特让“万恶的肉体”忍受饥渴的目的是造就强烈专注于精神生活的人，即被维多利亚人视作偶像的家中天使。正如亚历山大·韦尔什（Alexander Welsh）在《狄更斯的城市》（*The City of Dickens*）中发人深省地指出的，这样一种实质上无性的生命体其实已成为死亡天使（the Angel of Death），它在灵异世界中有神秘的调停能力，它与肉体的分离正是维多利亚人恐
118 惧心理的投射，凡是会让他们想到出生和死亡的任何与肉体有关的暗示都令他们感到恐怖。[37]

洛伍德学校的天使就是海伦·伯恩斯，她是完美的献祭，代表最大程度脱离了肉体形式的女性心灵。海伦是洛伍德制度的明证：她虔诚，聪慧好学，对物质环境毫不关心，甘心忍受对她身体的虐待，而且必然地罹患了消耗她身体的肺痨。她代表简个性中的一个极端，因为简同样受到精神和才智世界的吸引，她身上也有强烈的受虐倾向。海伦是可以充当圣约翰·里弗斯的完美新娘的人选；她是他的女性对应体。然而，尽管海伦“以其天使的容颜”鼓励简超越肉体和激情，但被罚站在教室的“耻辱台”上、充满叛逆情绪的简抗拒了精神体制化的强力，就像她日后还将抗拒对她身体的体制化，不同罗切斯特结婚。[38]最终，是海伦之死使简在洛伍德的经历达到了高潮。她死在简的怀抱中，而简则取得了某种胜利：洛伍德的苛政得到改良，它施加的各种折磨也减轻了。和伯莎·梅森一样，海伦被牺牲了，而简因此获得了更充分的自由。

女性的“动物性”在简寄居洛伍德的时期遭到了严厉的压

制，但是她18岁去桑菲尔德庄园当家庭教师的时候，这种动物性又再次冒头了。被禁闭在桑菲尔德的“三层楼”、本人也是“第三层故事”[①]的伯莎·梅森，就是肉体的化身，就是最无可救药、禽兽般具有威胁性的女性情欲的人形化。勃朗特对疯妻传说的处理很出彩，全面详尽，回声连连，含有丰富的历史、医学和 119
社会学的意蕴，并且承载着心理力量。

伯莎形象在民俗史和文学中的起源本身就是很有意思的事情。神秘的囚徒在哥特小说中有许多文学先例，特别是拉德克利夫夫人的《西西里传奇》(*Sicilian Romance*)；事实上，雷同境遇的不断重复已经到了看似原型的地步。对伯莎的另一些解释依据的是勃朗特曾接触过的有实录的事例。盖斯凯尔夫人在她的《夏洛特·勃朗特传》中提到过一个例子；Q.D. 利维斯提到过另一个。后者是约克郡的一则有关北利斯·霍尔农庄的传闻，据说里面关押着一个发疯的妻子。实际上，约克郡有好几处大宅都相传监禁着疯女人，如在科尔恩附近的威科勒宅邸，还有诺顿·康尼尔斯宅邸，其中有个房间就叫“疯女人屋”。[39]这些传说本身表达了一种文化态度：女性激情可能成为非常危险的势力，必须惩罚和加以羁束。小说中，伯莎被描写成“龌龊的日耳曼幽灵——吸血鬼”“一个魔鬼”“母夜叉”“西印度的罗马荡妇梅

① the third story是双关语，在美式英语中，表示楼层和故事的词都用story，而在英式拼写中，楼层一词则用storey。伯莎被关在宅子的三楼，也可以说是顶楼（但不是“阁楼”，小说中的attic是屋顶层，有点像个棚子，堆放工具杂物），这是众所周知的；所谓“第三层故事”，肖瓦尔特告诉译者，指简、罗切斯特、伯莎三个故事中的第三个。

萨利纳”“女巫”等。①每种名称都指一种传统中不正常女性的形象，在民间传说中能找到各自的历史渊源。吸吮男人血的吸血鬼（就像刺伤自家兄弟的伯莎所做的那样），还有夜访男人、骑在他们身上把他们赶到筋疲力尽地步的女巫，都是强烈畏惧女性的产物。H.R. 海斯（H.R. Hays）曲折地表明，在英国，“对女巫的基本指控，说她们是夜间出没的魔鬼及诱惑者，显然出自压抑的单身牧师的切身经验”，也就是说，出自其伴随着夜遗的色情梦。[40]

勃朗特本人在提到维多利亚精神病理论的最新发展时，把伯
120 莎的行为归结为“道德疯狂”。[41]18 世纪的人相信疯狂意味着理智错乱，而 1835 年由詹姆斯·考尔斯·普里查德（James Cowles Pritchard）提出的“道德错乱”概念却与之相反，认为疯狂是“在智力或领悟和推理能力没有显著的失调或缺陷，尤其是在没有任何错乱失常的幻觉或错觉的情况下，在人的天然感情、温情、爱好、性情、习惯、道德倾向及自然冲动等方面发生的病态倒错”。[42]那时认为女人比男人更容易发生这样的紊乱失常，甚至会通过遗传得病。性欲旺盛被当作女人道德错乱的首要症状，会受到严厉惩处，并被视为变态或病态表现。威廉·阿克顿医生（Dr. William Acton）是论《生殖器官的机能与失调》（1857）这部

① 有关伯莎的说法分别见第 25、26、27、36 章，出自简、罗切斯特和庄园前管家之口。最后一个词“女巫”（a witch）及相关用法（bewitched，witchery，witchcraft）在第 13、15、18、19、24、25、35 等章中都出现过，绝大多数情况都是罗切斯特对简的昵称，或明里责备其实赞赏的说法。

权威教科书的作者；他承认有时在离婚法庭看到的一些案子中，“女人的性欲如此强烈，甚至超过了男人的性欲”。阿克顿还承认“性亢奋到甚至沦为花痴（nymphomania）的情况的确存在，对于这一疯癫的形态，那些常造访精神病院的人一定十分熟悉；然而，除了这些可悲的例外，毫无疑问的是，在大多数情况下，女性的性感觉是处于暂停状态的”。[43]

伯莎攻击行为的周期性发作表明其疯病与月经周期有关联；维多利亚时期的许多医生都把经期理解为一种控制女性性事的机制。伯莎有“清醒的间歇，一连数日——甚至是好几个星期”，而她对简的袭击发生在月亮“血红，给阴云半遮着”的时分。[44]“在上帝无穷的智慧中，”一位伦敦医生在 1844 年这样写道，“对这每月排出的规定难道不会有这样的意图，即……通过 121
给子宫血管卸荷……控制住女人狂暴的性欲……从而防止那结果将会破坏最纯洁的……文明生活意趣的……滥交？”[45] 正如卡罗尔·史密斯-罗森堡（Carroll Smith-Rosenberg）所指出的，“抓狂并有破坏性的女人”的形象同性能力强大的女人的形象十分相似：“19 世纪的医生担心行经会使有些女人一时发疯；经期的女人可能变得狂暴，毁坏家具，不分青红皂白地攻击家里人和陌生人……那些易受月经过度影响的‘不幸女人’”，按照一位医生的建议，“为其自身及社会的利益，应该在她们整个行经的年月里被禁闭起来”。[46]

与天使般的海伦形成精确对照的伯莎身材高大，和罗切斯特的个头一样，肥胖，面色通红，力大无比。当简在三层楼的房间里见到她时，她几乎不算个人了：

> 在浓厚的阴影中，在房间的那一头，有个人形的躯体在来回奔跑。那是什么，是兽还是人，一眼看上去真说不好；它匍匐着，似乎四脚着地；它抢东西和吼叫的样子就像一头怪异的野兽；然而它穿着衣裳，一蓬乱得像鬃毛一样的黑灰相间的头发遮住了它的头部和脸庞。[47]

就像格列佛注视着人形兽一样，简几乎被推到精神崩溃的边缘，因为她在这头“穿着衣服的鬣狗”身上认出了自己的样子。罗切斯特的叙述让我们看得很明白：伯莎失去人性在很大程度上
122 是她受到关押的结果，而不是关她的原因。她被监禁十年以后，变成了一头笼中的野兽。与此相关的是，在英国精神病法（the lunacy laws）的既定条款下，罗切斯特占有了伯莎为他带来的，也是他为之娶她的那笔钱财，然而他不能申诉离婚，就连在宗教法庭也不可以。简从罗切斯特的叙述中认出了桑菲尔德的三楼与“蓝胡子城堡”中一条走廊的相似性；罗切斯特叙说自己怎样做了采花大盗，逐个地消费了伯莎、塞莉纳、贾辛塔、克拉拉等人的性爱；简不安地意识到他的笑容“就像一个苏丹会……恩赐给奴隶的笑意一样”[48]——所有这些都在表明，罗切斯特是摧毁他妻子精神的同谋。

疯狂很明确地同女性的性激情，同肉体，同简承认她对罗切斯特所怀有的火辣辣的情感有关联。企图说服简当他情妇的罗切

斯特辩称，简是个特例。“假如你疯了，”他问道，“你以为我会恨你吗？”“我的确这么想，先生。”简回答说；她当然是对的。[49]于是，在罗切斯特和简以任何方式成功地结合之前，伯莎死去、净化肉体、去除淫欲的玷污，成了必不可免的事。当他们最终结婚时，他们已经成为平等的人，这不仅因为罗切斯特在失去手和视力后，品尝到了无助的滋味并学会了怎样接受帮助，而且因为简消灭了自己心灵中黑色的激情，已经真正成为她“自己的主人”（own mistress）。[50]

可以感到，《简·爱》对维多利亚小说女主人公的影响是革命性的。按照期刊的说法，在简之后的女主人公都相貌平平，有反叛精神，有激情；很可能是个家庭教师，通常是自己故事的叙述者。简、麦琪·塔利弗、盖斯凯尔夫人的玛丽·巴顿和（《北方与南方》中的）玛格丽特·黑尔、奥利芬特夫人的马乔里班克斯小姐（Miss Marjoribanks），甚至扬小姐的埃塞尔·梅（见《雏菊花环》及其续篇）等人物同布尔沃-利顿（Bulwer-Lytton）、萨克雷和狄更斯所偏好的温柔可爱、低眉顺眼的女主人公相比，都更加知性，更具自我界说能力。有些评论者赞赏这种变化；如 123
《本特利季度评论》发现，布尔沃-利顿有关“女性美德的观念”到了1859年已显得很陈旧了，因为“令人仰慕的女小说家群已经……树立了相反的优秀典型……是能自立、说理、领导、教育和掌控局面的女人：是以很高的才能精心打造出来的女性人物，她们牢牢占据了男人的头脑”。[51]

还有很多人对简所展示的自我实现的劲头感到惊慌。1860

年4月，《旁观者》哀叹“面色苍白、聪明、伶牙俐齿的年轻女子”已经成为时尚；《星期六评论》装出一副听天由命的样子，“小说中备受夸赞的家庭教师们”已然占了优势，她们就像穷人一样会一直与他们同在的，因为文学已经“变成了女人的职业”。[52]甚至《威斯敏斯特评论》也巴不得“简·爱小姐的直系女儿们”早点结束统治：“这些女主人公家庭教师们，人们只能希望在英国多多益善，但愿租书图书馆里少些为妙。”[53]沃尔特·白哲特（Walter Bagehot）则以较为私人化的口吻提出反对意见，说女小说家出于对自己女主人公的妒忌，才把她们写得不招人待见：“现在街谈巷议最多的就是欺诈，而最令人气恼的圈套可能无过于把买小说的人当成了垫背的，他发现要读的故事只不过是丑女人的行止和感情罢了。”[54]

20世纪的女小说家常常改写简·爱的故事，写出了勃朗特无法预测的结局。琼·里斯（Jean Rhys）写的《藻海无边》(*Wide*
124 *Sargasso Sea*）中，勃朗特的故事从受压迫、遭背叛的伯莎·梅森的角度充满同情地重述了一遍。里斯强调伯莎的克里奥耳背景所蕴含的种族层面；于是伯莎代表了本土人、黑暗之心、他者。在多丽丝·莱辛的《四门城》(*Four-Gated City*, 1969）中，女主人公给一个有诱惑力的男人当管家，并爱上了他，但后来发现原来他也有个疯妻，就住在地下室。勃朗特的顶楼（attic）将头脑中的强烈欲望理性化了，而莱辛的地下室（basement）则接受了肉体的黑色神秘；顶楼和地下室之间的距离是衡量女性传统发展的一种尺度。更意味深长的是，小说结尾处，莱辛的女主人公释放了那位疯妻，两人一起离开并合租了一个寓所。我们能想象《简·爱》的结局是简和伯莎离开罗切斯特，而且两人一起出走吗？这样的结尾显然是不可思议的。诸如此类的可能性和解决办法都超出了女性小说的疆域。简和罗切斯特的婚姻基本上是两人平等的结合，但是女性小说中的男女能取得平等，靠的是互相顺应对方的局限，而不是允许各自有成长空间，比翼双飞。

乔治·艾略特佩服《简·爱》，不过她对简拒绝做罗切斯特情妇的处理提出了异议："一切自我牺牲都是值得肯定的，但是人都会愿意这牺牲有着高尚一点的事由，而不仅仅是为了那个把人的身与心拴死在一具腐烂尸体上的恶法。"[55]艾略特在勃朗特小说中不能理解的是自我牺牲和自我坚守之间的区别。简·爱从罗切斯特身边逃走忍受了很大的痛苦，但她这样做是出于自我保护的本能："我在乎我自己。越是孤单，越是没有朋友，越是没有生活来源，我就越是要尊重自己。"[56]对简·爱而言，行动起来是向独立跨出的一步；即使以逃亡开始，但行动最终会被引向
新的目标。对乔治·艾略特来说，她既相信"一切自我牺牲都 125
是值得肯定的"，那么克己隐忍本身就成了一种美德。《弗洛斯河上的磨坊》中，一位天资聪颖的年轻女性生活在狭隘、压抑的社会中，作品充满同情地剖析了她未得到满足的渴求；但小说却仍把承受痛苦提升到女性事业的高度。《简·爱》和《弗洛斯河上的磨坊》有许多相似之处，反映出女性小说家的主题和方法。埃伦·莫尔指出，麦琪和菲利普·韦克姆（Philip Wakem）

约会的红洼①是“真正性放纵的地势——女人私有的领域”[57]，这在艾略特那里是等同于红房间的场所，是性渴望和性恐惧混合在一起的青春期女性空间。像勃朗特一样，艾略特使用了民间传说提供的离经叛道女人的隐喻。麦琪很小的时候就对笛福所著《魔鬼的历史》(*History of the Devil*）中魔法巫术的故事极为着迷：“那个泡在水里的老妇人是个女巫——他们把她丢进水中看看她到底是不是女巫，假如她漂在水上，她就是。假如她沉下去了——就是给淹死了，你知道的——那她就是清白的，就不是女巫，只不过是个可怜的笨老太婆。但你要知道，她都已经淹死了，这对她有什么用呢?”[58]和简一样，麦琪可以选择天使般的纯真，或“女巫般的”自我生存本能，前者通向死亡，后者导致社会的唾弃。吉普赛女王是麦琪的另一个重要喻象，艾略特写实地描绘了这一幻想，又幽默地对其釜底抽薪。艾略特、勃朗特和其他维多利亚小说家从浪漫主义诗歌和绘画中提炼出来的吉普赛营地传说，代表对玩弄零和游戏的维多利亚社会规范的逃

---

① 小说中提到的 the Red Deeps 位于麦琪家路旁左侧、长约四分之一英里左右的小山包的背后，这个“山”充其量是一个堤岸的斜坡，坡的外侧就是弗洛斯河的支流里普尔河，斜坡高高低低，在近地平面的地方有一条岔路可以通到城的另一面，那是一个废弃了的采石场，有土石堆，有坑，还有洞，不管哪儿都长着荆棘和树，还有青草。正因这地方高低不平，到处坑坑洼洼，又被绿树覆盖，给少女麦琪提供了神秘而丰富的想象，再说麦琪和菲利普所谓的秘密约会也从这里开始，所以莫尔才把这里比作富有性内涵的女性内在空间。译者从网上找到关于 the Red Deeps 的几种译法，如“红坞”“红苑”“红河谷”等，这里译为“红洼”比较符合原名的字面意思，虽说它不能凸显这块地方实际上更复杂的地形。

离，但逃离也会失去文明提供的舒适乐趣，如茶啊，书啊，还有
吃的东西。麦琪同吉普赛世界的接触比简·爱的造反实验时间更
短，失望更深，羞辱更厉害，这很有教育意义。在麦琪身上的伯
莎，那狂暴的表达性欲的另一个自我，个性中如影随形的有犯罪
倾向的侧面，在小说中没有真正的角色可以扮演。这个伯莎无疑 126
只是麦琪的幼稚幻想，稍纵即逝，冒着傻气，很快就给压抑了
下去。

勃朗特把激情和压抑之间的冲突放在简·爱的内心，并用海伦和伯莎（以及圣约翰和罗切斯特）的对立关系来表现这一冲突；艾略特则主要用性别差异的方式表现激情和压抑的冲突，如麦琪和汤姆的差别。这部小说最初的标题（1860 年 1 月以前她一直称它为“麦琪妹妹”）以及小说第一部的标题（“男孩和女孩”）都突出了麦琪和汤姆的关系，并强调了作为性别角色调节的两个极端的女性激情和男性压抑的概念。维多利亚批评家理查德·辛普森这样评述艾略特：“激情和责任的对立在她的思想中显现为两性的区别；于是一个女人如果能够把属于男性的质地全部滤净，那她就尽剩下强烈的感情了，就像男人清除了所有女性的属性后，就会整个地变成坚硬的责任。”汤姆·塔利弗是接近纯男性的例子；而女性最纯粹的形状是“有着黑发和大大的黑眼睛……有一大堆渴望、热情和柔情的人”[59]，简言之，就是麦琪。

家庭在对子女的期望、教育和平常处理事情方式等方面的差异塑造了麦琪和汤姆，对此艾略特颇费了一番心思加以表现。汤姆的人生一点不比麦琪的顺利，但对于临到头上的惩罚，他接受

起来不觉得那么沉重，这是因为惩戒、纪律从根本上和他的个性一致。汤姆的心理特征——意志力、自制、自以为是、想象力极有限、爱支配和责备他人、专横独断者的所有人格特征——艾略特都视作是男性的，与地位和自大相关联。汤姆从来没有像在学校里读书时那么“敏感”，那么“像个女孩儿”，觉得自己特别
127 蠢。[60] 如果说艾略特指向了性别分化中一个有重大影响的层面的话，那就是自尊心的差别，这是依家庭和社会环境对人的赞许程度不同而形成的区别。汤姆很小的时候就学会不去怀疑自己，而麦琪一直到生命结束时都在自我疑惑，缺乏自信。她是否自尊自大竟可怜巴巴地取决于汤姆对她的爱，她愿意牺牲个人的任何合理要求，只为了不让汤姆对她不理不睬。[61]

和汤姆·塔利弗不同，斯蒂芬·格斯特（Stephen Guest）、露西·迪恩（Lucy Deane）、麦琪·塔利弗和菲利普·韦克姆对自己的性别身份都没有把握，这种不安全感是他们共有的情绪，也让他们走到了一起。菲利普因为残疾①，过着女孩子的生活，被挡在各类运动和剑术之外，最终被迫处于“完全静止”的状态，就像麦琪一样动弹不得。在女性小说中，把敏感的男人描写为残疾人是很平常的做法；《呼啸山庄》中的林顿·希斯克利夫（Linton Heathcliff）、黛娜·克雷克的《绅士约翰·哈利法克斯》中的菲

① 肖瓦尔特说菲利普是 a cripple，该词的第一义是瘸、跛、拐的意思，但也可泛指伤残和缺陷。菲利普是个驼背，汤姆心里一直蔑视地称他 hump，hunchback，这种“畸形”（deformity）是幼时的事故造成的。见《弗洛斯河上的磨坊》第 2 部，第 3、4 章。

尼亚斯·弗莱彻（Phineas Fletcher）、夏洛特·扬的《雷德克利夫的继承人》中的查理·埃德蒙斯通（Charlie Edmondstone），甚至如弗朗西丝·霍奇森·伯内特的《秘密花园》中的科林·克雷文（Colin Cravan）这类很后来的变体——所有这些形象无一不在暗示，凡是无奈一辈子定在女性角色中的男人都会显示出失意女人的个性特征。例如菲利普对麦琪的处境完全心领神会，故能洞透她对欲念的悲痛割合，但他也有一种“易动怒的敏感”，其中混杂着“神经痛的刺激”和“因对残疾畸形的意识而生的怨恨之心”。[62]

菲利普本人和麦琪一样面对许多进退两难的选择，所以他是唯一有资格为麦琪也为读者分析这些难题的人。麦琪无法疏导自己的激情活力，使之产生有益的结果，无法把她的骄傲、上进心
和聪明才智拧成一股实在的力量，就像汤姆所做的那样，因此她 128
必须找到某种策略去压制自己的本性，并获得汤姆的赞许。正如菲利普觉察到的，她的那些手段都在逃避现实，克己断念。在许多冲突中，麦琪都不能面对自己情感的真实，反而劝说自己相信是别人让她做某些事情的。在红洼同菲利普偷偷摸摸地约会时，她模糊地感到他缺乏异性的吸引力，也感到自己正在渐渐陷入一种滥用了的、压迫性的关系。然而她没有正视这些感觉，并承担根据真实情感采取行动的责任，反而由着这类秘密约会被发现，并被动地陪着汤姆去向菲利普摊牌。显然，汤姆尽管粗鲁，甚至有施虐的快感，但无疑他对菲利普说的是实情，而且他谴责菲利普利用妹妹的孤独占了便宜时，也替麦琪发泄了她的一些愤怒和

敌对的情绪。在这一幕过去之后，麦琪“感到她被迫与菲利普分手时，意识深处有那么点朦胧的轻松感”[63]，却又自欺欺人地相信，她感到释然是因为不必再隐瞒了。当麦琪后来真正受到一个男人的性吸引时，她却找不到词汇言说这种情感，故免不了把身体的兴奋感定义为“爱”，虽说显然是麦琪和斯蒂芬·格斯特两人暗合而私奔，她却不得不佯称是他绑架了自己，而她只是无助地随波漂流而去。甚至就在她从船上醒来，并决心不再顺从斯蒂芬的意愿的时候，她仍然无法果断地跨出一步，去营造自己的人生。

简·爱在处于大体上类似的困境时出走了，去开始一种自主的生活，而麦琪却被有违常理地引向毁灭所有重生机会的绝路：她不肯到另一个城镇去做事，身不由己地哀求汤姆的原谅，坚持留在压迫性的家庭和社区的人际网络中，无望地等待着大家认可
129 自己。痛苦和弃绝自我成了她人生经验的全部：“生命在她前面延伸，要做的只有悔过这一件事，就在她思量未来的命运时，她最渴望的，就是找到什么办法，能保证她不再继续跌倒。”[64]

“你没有真的听天由命，”菲利普·韦克姆告诫麦琪，“你只是在设法麻醉自己。”[65]简·爱任由痛苦的洪水劈头盖脸把自己浇个透；“‘我到了深水中，’她引用经文说，‘大水漫过我身。’”[66]麦琪却从来没有探察过自己痛苦的纵深处，而只是调动全部的能量去逃避，去麻痹自我。最终的那场洪水是致命的，仿佛因为心灵的需要被拦在堤坝内已经太久。

艾略特使用了鸦片的隐喻描述麦琪逃避责任的行为。她在给芭芭拉·博迪尚的一封信中表达了她本人的信条，那就是“不用

鸦片来对付，而用忍耐力，心明眼亮地经受所有的痛苦”——注意，不是抵制痛苦。[67] 然而麦琪的挣扎却是要“钝化自己的感情”，抑制自己的渴望，超越那如火山爆发般的勃朗特式的愤怒和憎恨，后者会“像熔岩流一样涌出，覆没她温存的感情和良心”。[68] 菲利普适切地用《梦游人》(*La Somnambula*) 中的咏叹调对她唱出心声[①]。

《弗洛斯河上的磨坊》中潜在的鸦片意象——艾略特在其他小说中对这意象使用得更加清晰明了——折射出维多利亚时期女性骚动的内心世界。医生的报告说许多女性因无望改变生活的单调和束缚而走到真的服用鸦片或鸦片制剂的地步。治头痛的药物、成药、安眠药水等都是许多女人使用上瘾的万应药，其中含有大量的酒精和鸦片的成分。1857 年时一位医生写道：“许多女人常常完全麻木不仁地过夜……生活中的苦恼屈辱本来就太折磨人；懊恼、失望以及痛苦回忆的袭击本来会太剧烈，得亏她 130
们服用了‘催眠糖浆’缓解了实际的或回忆中那戳心窝子的痛苦。”[69] 1871 年，另一位医生把女性依赖药物的原因同守住女性角色联系起来，有一段话很可以用来描述麦琪在圣奥格斯时的情

---

① 文中提到的唱歌情节见第 6 部，第 7 章，第 365 页，这首叫“啊，我为什么不恨他”的歌表示了菲利普对他、麦琪和格斯特之间的微妙关系的担忧。这页上使用了 La Sonnambula 的拼写，小说的编者海特有注释说明菲利普唱的歌出自 V. 贝利尼 1831 年的一部歌剧，而歌剧的“名字在手稿和所有的版本中都错误地拼写为 Somnambula”。菲利普的歌出自第三幕第一场，歌剧 1831 年 7 月（意大利文）、1833 年 5 月（英文）在伦敦的剧院中上演过。

况："通常是命中注定要过失意的日子，而且可能是身心均处于无为状态的日子；在较小较偏远的城镇里，并非不常见的是注定极端孤寂，被剥夺了任何有利于健康的社会消遣；于是，神经衰弱及其相伴的恶果接踵而至就不奇怪了——鸦片治疗不失为最安全、最宜人的审慎选择。"[70]

乔治·艾略特的同辈人弗洛伦丝·南丁格尔对维多利亚女性的自恋、消沉、成瘾和惰性作了诊断，认为这些是被压制的愤怒和缺乏实际社会工作的表现："一旦妇女真正接触了疾病，接触了贫困和大量的犯罪问题，实际生活的现实会怎样振奋她们的精神！现在她们就像终生依赖鸦片或小说度日的人一样，疲惫不堪——无法导致行动的感情把她们消耗殆尽。"[71]麦琪心目中的小说女主人公也统统都是失败者，是像司各特的明娜和丽贝卡[①]一样肤色黝黑、饱受痛苦的女人，她们毫无幸福结局可言。

让维多利亚人感到不安的倒不是麦琪·塔利弗的被动性，而是她缺乏道德上的稳定；他们不知道麦琪会给"数百个出生在父母脾性不合的家庭的聪明少女"做出什么榜样。[72]但是，艾略特
131 笔下的被动的、自我毁灭的女主人公的问题，和勃朗特式叛逆者的问题相比，似乎在女性文学中更加顽固。麦琪成了这样一类女主人公的先驱：她把被动和克己隐忍与身为女人等同起来；她发现，和生活在没有鸦片或幻想的世界里、拼命挣扎着活下去相

---

① Minna 和 Rebecca 分别是司各特的小说《海盗》(*The Pirate*)和《撒克逊劫后英雄传》(*Ivanhoe*)中的人物，长相、性格特征和麦琪相像；参见《弗洛斯河上的磨坊》第 5 部，第 1 章和第 4 章。

比，毁灭自己更容易、更自然，在某种神秘的意义上也提供了更大的满足。和麦琪一样，这类女主人公有受到启迪的时刻，对无法忍受的现实有所醒悟，但她很快就找到办法，重新回到睡眠状态；比起成长的痛苦，死亡甚至更加可取。凯特·肖班的《觉醒》（1899）和伊迪丝·华顿（Edith Wharton）的《欢乐之家》（1905）都写了为觉醒所进行的徒劳挣扎。肖班的埃德娜·庞蒂里埃（Edna Pontellier）想着，“还是醒过来的好，哪怕醒来受苦呢，总胜于一辈子受幻觉假象的欺骗”；但是她的情人抛弃她后，她便投水自杀了。[73] 华顿的莉莉·巴特（Lily Bart）在一间狭窄的房间里醒来，勇敢地迎着“冬日的光线”，但她同样无法适应做工的人生和成年人需要担当的责任。她从未学会去理解的感情和思绪向她涌来，最终她因服用过量的水合氯醛而致死，享受着“体内悸动的逐渐中止”。[74]

在玛格丽特·德拉布尔的《瀑布》（1969）中，20世纪的女主人公尽管有了一切有关内省的新式科学知识，却照样像麦琪·塔利弗一样备受自己感情的折磨，无法把握自己的生活。德拉布尔的小说使用了洪水、瀑布等维多利亚意象，对女性传统的连续性做了反讽性的评注：

> 这些小说女主人公们，她们真会缠人啊。麦琪·塔利弗和我一样有个表妹叫露西，而且像我一样爱上了表妹的男人。她跟着那个人顺着河漂流而下，放任自己，完全由水流来摆布，可到头来还是失去了他。她放手了。她高尚地挣回

了毁掉的名誉，而且，哈，我们还为此挺佩服她，在最后一
132 蹦中，所有那个超我都给拾掇起来了，证明她爱哥哥超过了爱那个男人。

她本来应该……唉，有什么是她本来不应该做的呢？自有了弗洛伊德，我们朦胧地猜到了自己的激情，希望被剥夺了，永远被抛进了那无情的潮流。最终是潮流将我们席卷而去；连同枯枝、嫩枝、枯叶、纸箱、烟头、果皮、花瓣、银色的鱼群。麦琪·塔利弗从来没同她的男人睡过觉。可以损害露西、损害自己、损害两个爱她的男人的事情她全都做了，然后呢，就像另一个时代的女人那样，她忍住了。现在这个时代该做什么？我们在第一章就淹死了。[75]

第五章　女性小说的男主人公：女性笔下的男性 133

女主人公只是故事的一半。夏洛特·勃朗特对朋友詹姆斯·泰勒（James Taylor）哀叹道："刻画男性性格时，我很费劲，处于很不利的地位；直觉和推测无法充分替代观察和经验的位置。写女人的时候，我对自己的领地有十足的把握——在另一种情形中，我就不大确信了。"[1] 如勃朗特所说，女性不得不靠想象去构造她们的男主人公，因为那么多男性经验的领域对她们都是漆黑一团。男批评家发现这些肖像作为男性的再现十分可笑，充满缺陷；它们在很大程度上只是女人自身某些层面的投射。《都柏林大学杂志》（*Dublin University Magazine*）声称"可以好好地给罗切斯特这个人物挑点刺……这证实了我们一向持有的意见：在刻画男人的性格和激越的感情方面，女人的笔不够格"。[2] 到了 19 世纪 50 年代，"女人的男人"（woman's man）在女性小说中已经像家庭教师一样成了耳熟能详的形象：他不是虔诚、无欲得难以置信，就是游手好闲、性欲过剩得难以置信。这一说法通常简单地作为批评缩略语，用于指称笨拙、软弱的或者是夸夸其谈的男主人公；只要有这样的形象出现，书评人就确信他们发现了女人的笔调。他们也往往是对的。例如《威斯敏斯特评论》在"埃里克·麦肯齐"（Erick Mackenzie）的笔名后面逮住了米莉森特·格罗根，那是1857年她发表《鲁耳垭口》(*The Roua Pass* ）的时候：“和书名页正相反……我们必须说出我们所相信的：作者是女性。
134 主要的男性人物无可否认都是女人笔下的男人；就是说，他们是女人心目中男人的样子，杂以某些鲜明的有男子气概的特征，后者或许是从观察而构想出来的，我们尚可接受。”[3]

女性小说家也急于公开承认自己在刻画男性形象方面的不足。林顿夫人认为“要一个女人去懂得男人天性中较为崇高的一面是做不到的”，因为“从主观上说，她在政治目标、对抽象真理的热爱、对人类进步的渴望等方面一无所知，而正是这些使男人走出了狭隘的家庭圈子，使他对官能感觉和感情生活相对比较冷淡”。于是乎女人写出来的男人都很荒谬，不足挂齿，一点不切实际，非天使即魔鬼：“他们是大好人，道德品德如此高尚，就连加拉哈爵士[①]本人都可以拜他们为师。要不然他们就是畜生，辅以方下巴、拱眉脊之类写滥了的相貌，所做的事情就是把野蛮人先将女人击昏过去再掳走的追求方式转化为现代生活中温和一些的动作。”[4]

这种有双重性的男主人公代表小说传统中的两种倾向，而女作家则把自己的道德、审美和心理问题带了进来，对这一传统进行了修正。有很多术语可以用于这些男主人公的传统：如光明和黑暗、保守和激进、古典和浪漫。当然，模范男主人公既非女性小说的基本要素，也非只属女性所有。他们可以回溯到

---

① 引文中提到的加拉哈爵士（Sir Galahad）是亚瑟圆桌骑士传奇中的圣洁骑士，品德最为高尚纯洁，最终是他找到了圣杯。

沃尔特·司各特爵士的小说中的被动英雄主人公，反映出伯克（Edmund Burke）有关君子、土地拥有者及国民的保守理想。[5]维多利亚作家经常把“天生君子”（nature’s gentleman）的品质投射 135
到宗教语境中，用小说表明基督教的自律和信仰如何能通向富足和成功。

然而对女小说家而言，描写男性显然引起了特殊的问题。早在1840年批评家就指出，简·奥斯丁很明智地回避了表现男人聚在一起的场景。女性小说家并不打算学样，走简·奥斯丁的路；例如夏洛特·勃朗特在《雪莉》一开始就挑衅性地写了一次男人的聚会。不过，她的这一章写的仍然是副牧师的茶话会，而不是军队营房里的喧闹。然而，被批评家当作无知的这类局限，其实通常是谨慎或自我审查的结果。夏洛特或许也会像妹妹安妮和埃米莉一样，写男人醉酒施暴的状态。但她从《呼啸山庄》和《怀德菲尔庄园的房客》那里学到的是，淑女们表现出对男人生活相当了解并没有什么好处。

玛格丽特·奥利芬特对友人伊莎贝拉·布莱克伍德承认说：“女人作品中的男人总是模糊的影子似的人，只有我们性别中的成员，无论好坏，我们才能充分清晰地展现出来。甚至乔治·艾略特写男人也很弱，所以我认识到我们大家做这方面的事情都处于劣势。有时我们所知不多，无法把轮廓线鲜明清晰地勾勒出来；有时我们了解得很充分，只是不敢以某种方式暴露我们的知识。结果就是，女人书中的男人总是成了一片洇开的调和色。同样，我猜想，缺乏解剖知识和精确度也妨碍女人成为大画家；即使进行了必要的学习，终究所得不如所失。”[6]夏洛特·扬也用处理实际事务的精明来权衡女性的文学名望和个人名誉之间的得失，如果女人想写实地描写男人，她们个人是冒着风险的。“确实，”她在 1892 年对一个很有抱负的小说家给予了这样的忠告，“女人笔下的好男人总是被
136 称作道学先生。但是对此就心满意足吧。假如你牺牲女人的天性，尝试着表现世俗观念中男性的孟浪劲儿，你只会牺牲你自己，玷污你的作品，除非那只是从外部捕捉到的无足轻重的寥寥数笔。”[7]

写出模范主人公并非因为无知，但这形象更非景仰男性的产物。在很大程度上，他是女性幻想的投射：假如她们是男人，她们会怎样做，怎样感受；在一个更具教诲性的层面上，是她们观点的投射：男人应该怎样做，怎样感受。评论维多利亚小说的人习惯性地把女人笔下的男主人公看成梦幻情人，对浪漫追求者的想入非非。批评家们十分愚钝，迟迟觉察不到女性小说中的许多意愿满足（wish-fulfillment）现象实出自女性的欲望：她们但愿自己是男人，能享受男性才有的更大的自由和活动范围。她们的男主人公与其说是她们的理想情人，不如说是她们所设想的自我。

模范男主人公是女性幻想的产物，后者与影响力和权威的关联大大甚于浪漫爱情。这些主人公中有很多人在资产阶级经济方面表现出极大的进取心。他们很成功；他们以其女性创造者所具有的专一不二的劲头实现了维多利亚的童话，即向社会更高阶层的移动。举例来说，1856 年黛娜·克雷克的畅销书《绅士约翰·哈利法克斯》的主人公约翰·哈利法克斯开始时一文不名，但他工作勤奋，征服了大火、骚乱和洪水（这些都是克雷克

夫人对男性所受性诱惑的充满敬畏的隐喻，在她的想象中此类诱惑是巨大的），娶了一位女继承人，置下了产业。在他生命行将结束之际，他有一所家族庄园、一个家族商行，还有机会竞选议员。其实叫他约翰牛（John Bull）或者迪克·惠廷顿（Dick Whittington）也蛮好。诸如受人尊敬、一切有保障、成绩卓著等父权制的硕果，女作家都享受不到，她们实践着同样彻底的升华，但是得到的回报却十分有限。

然而，女作家已经内化了社会的价值，而后者必然对她们所 137
追求的目标产生影响。就是在夏洛特·勃朗特的《男教师》(*The Professor*，1857）中，主人公克里姆斯沃思（Crimsworth）在寄居比利时期间同样一直受到一种渴望的纠缠，想重新回到曾经排斥他、让他吃了很多苦的托利派士绅阶层。克里姆斯沃思没有用移居国外追求浪漫理想来欺骗自己，也不佯称鄙视他暂时逃离的那个制度。他和妻子用十年时间辛勤工作，节衣缩食，为的是回到英国，置办产业，过隐退的生活。克里姆斯沃思还决定让儿子到伊顿公学去读书，他本人曾经在那里度过不幸的青春年月。小维克多·克里姆斯沃思将在一个全男性的社会圈子中学会控制自我。女人写作时认同的是男性社会的权力和特权，写男主人公使她们能设计出自己未能实现的理想和追求。甚至老到、得体的夏洛特·扬也有让她的传记者们大为震惊的烈性子；热爱军事，尤其最喜欢谈论半岛战争的军事战略，这并不仅仅是她性格中的怪癖。

维多利亚中期由托马斯·休斯（Thomas Hughes）等人所普及的男子汉刚毅精神的准则，在女性小说中几乎以同样的形式呈示出来。热爱运动、热爱动物、有承受痛苦的能力、将性欲升华为宗教虔诚、将性冲动导向有力的行动，这些都是模范主人公所共有的品质。但是在休斯的小说中，男子气概是通过同女性分离而造就的；在女性的小说中，则是由母亲、姐妹和妻子在引导男人怎么做男子汉。[8]显然，女小说家从实际出发，需要把她的主人公纳入女性的世界，如扬的《雷德克利夫的继承人》(1853)中，盖伊·莫维尔(Guy Morville)被埃德蒙·斯通太太“收养”，克雷克夫人的《高尚人生》(*A Noble Life*, 1866)中，全身残疾的小伯爵凯恩福斯(the crippled Lord Caimforth)被母亲般的女孩海伦“收养”。男作家很容
138 易进入学校和大学的社会，女作家则需要主人公与家庭在叙事中产生互相影响。很可能女作家让她们的模范主人公成为孤儿，就是为了给必不可免的收养的运作和悬念留下空间，在这样的家中也有可能描写某种程度的半乱伦性质的爱。

女性的想入非非和女性小说家实际处境之间不可避免的矛盾也会在小说中产生某些奇特的错综。模范主人公尽管通常显得可笑，却也难得令人生厌。同男性作品中的男子汉理想相比，他们的发展更加迂回曲折些。女人写的小说中，模范男主人公不准直接使用暴力和权力。他们对损害自己的坏蛋进行报复的手段并不是朝着其下颌猛击一拳，或者赢得选举；相反，他们用负罪的策略，间接地并且是让对方永劫不复地赢得了胜利：这也是他们来源于女性处境的又一征兆。盖伊·莫维尔是负疚的大师。尽管事态的强劲发展过程中，盖伊的一系列谦卑、克己和忍让的行为依然没能让他的敌人菲利普罢手，但是菲利普得了传染病后，盖伊

细心照料发烧的菲利普，自己也染上病并死去了。我们可以确信，菲利普日后所能期盼的，只有被罪恶的记忆完全摧毁、被往事纠缠不休的生活。当时并没有读者评论这部颇有影响的小说中盖伊彻头彻尾的愚蠢和鲁莽（他拽着怀孕的妻子来到热病肆虐的村子，并坚持亲自日夜守护菲利普，尽管他很富有，无论多少专业护理员他都雇得起）。但是在这种存心做出自我牺牲的行为中，影响力的动机是很清晰的，并很可能说明了盖伊的吸引力所在。这是小孩子脑子里所幻想的逃跑并让人感到难过的动机，也是维多利亚妇女受到鼓励以殉道方式获得影响的动机。这种自我牺牲是动情力量的终极来源，因为没有人能抗拒之。女作家以此为主题的好几部流行小说的情节把走向成功的浪漫故事与对负疚感的 139
娴熟操纵结合起来，表达出女作家立场的两个方面。

在伊莎贝拉·班克斯夫人的《曼彻斯特人》（*The Manchester Man*, 1875）中，品德高尚的杰贝兹·克莱格（Jabez Clegg）以不屈的受虐者姿态面对不可抗拒的施虐力量，最终战胜了不思悔改的恶棍。其中的寓意是，逆来顺受的人只要能坚持下去，那么世界就会是他们的。得到的回报是男性的——财富、地位、权力——但是策略是女性的。去嘲弄这种方式，从中既看到世俗的伪善，也看到女人的狡黠——这样做是很诱人的。但这样的结论是非常不公正的。作者真诚地相信美德就是会得到好报，这里没有任何言不由衷的情形；再说，作为辛辛苦苦以写作为生的女人，她们也不打算装样子，蔑视以金钱方式得到的报酬。情感策略与这些小说本质上保守和不持疑的性质是一致的。正如

G.M. 扬（G.M. Young）所指出的，“福音教派对责任和克己隐忍的信念就是女人的道德准绳”，而女性小说家“成长的环境决定了她们会本能地成为规范的守护者”。[9]

第二类“女性笔下的男性”，即野兽般的男人，是司各特的邪恶主人公以及拜伦的海盗（The Corsair）的旁系后裔，却是爱德华·费尔法克斯·罗切斯特的直系后代。当然是维多利亚时代的批评家给了罗切斯特这个父系家长的身份。1851 年，《不列颠北方评论》自信地说，克雷克夫人的主人公（指《奥利芙》和《奥吉尔维斯》中的人物）“打着罗切斯特先生的戳记”：1854 年和 1857 年，《威斯敏斯特评论》说，按《简·爱》的路子写的小说成了“时尚”，“风靡一时”；到了 1857 年，《雅典文学评论》干脆就直呼“柯勒·贝尔派”了。《简·爱》的影响是国际性的；它出版不到一年，有个美国书评人就仿效恐惧的口气写到，
140 “简·爱热”已经达到流行病的程度——年轻人传染了这病，开始像罗切斯特那样大摇大摆，赌咒发誓起来。[10]

女作家和男性一样认出了这一夸张风格的来源。卡罗琳·诺顿在她的《迷失与救赎》（*Lost and Saved*, 1863）中怀着敌意描述了这种野性的主人公：“自从简·爱爱上了罗切斯特先生，一个小说主人公族类冒了出来……他们的作风蛮横自私，相貌令人憎恶，然而他们就像乔治·桑的划桨奴隶一样，给写得那么讨人喜欢，所向披靡。”①

① 引文出自《迷失与救赎》第 1 卷第 4 章。划桨奴隶（galley slave）出现在乔治·桑的小说《莱莉亚》（*Lelia*，1834）中，代表比一般人高大、意志坚定的强者；桑还用这个形象比喻被追债人逼着不停划动笔杆的文人。

这些英雄好汉确实具有族类相似性，都没有传统意义上的英俊相貌，还往往丑陋至极；目光锐利；出口粗鲁，愤世嫉俗，做事莽撞冲动。他们的叛逆精神和力量强烈地刺激了女主人公，使她激动不已，同时也调动起她欲改造之的能量。如格罗根在《鲁耳垭口》中所说的，他们“嘲弄，讥刺，如撒旦般邪恶，如天使般纯洁”。[①] 和模范主人公不同的是，他们并不献身于事业。

《简·爱》出版之初，罗切斯特激起了从困惑不解到恐惧憎恶等各式各样的负面批评情绪。人们似乎有这样的共识：虽然罗切斯特或许可看作真实的，但不可能有正派的女子会爱上他。然而小说中他得到了一个大概应算正派的年轻女人的爱。于是便可确定此为女人的书，没有男人会如此糟践女性。这一本质上是对完美女性理念（the feminine ideal）的又一注脚的意见，居然盛行了 15 年。野蛮主人公的问题，这一形象多被当作女性所特有的理由，并非因为他作为男人不可信，而是因为对于维多利亚保守的男性头脑来说这样的人实在不可爱。批评偏见强烈地表现在一些抨击罗切斯特的吸引力的文字里，例如在高教会刊物《基督教纪事》上的这一篇：“他得到爱时已过中年，结婚时已瞎眼，烧 141
得伤痕累累……［在罗切斯特身上］你所见到的是没有任何男作家会赐给他伽拉忒亚的阿喀斯[②]，如果说有什么让人感兴趣的，那

---

① 引文出自《鲁耳垭口》第 1 卷第 1 章。

② 海仙伽拉忒亚爱上少年阿喀斯，但阿喀斯被追逐伽拉忒亚的独眼巨人杀死，成为河神。参见杨周翰译，奥维德《变形记》，人民文学出版社，1984 年，第 13 章第 187 页中的简述。

只是女性想象中幻觉的具体化。”[11]

19 世纪 40 年代出现在女性小说中的邪恶男主人公还有希斯克利夫（Heathcliff）。如果说罗切斯特让批评家震惊，那么希斯克利夫简直就引起了愤慨。美国批评家 E.P. 惠普尔畅所欲言地视之为“畸形的怪兽”。然而，《呼啸山庄》直到 19 世纪很晚才有许多人去读，因此当时影响甚小。杰拉尔丁·朱斯伯里的第一部小说《佐伊》发表于 1845 年，仅略早于《简·爱》的出版；其虐待狂式的主人公米拉博伯爵（Count Mirabeau）以具有超凡感召力、玩弄女性的法国革命英雄为底本写成。朱斯伯里小姐本人活生生地集中了维多利亚人想象中柯勒·贝尔的所有样子：根本不顾及传统，胆大妄为，特有主意，轻率孟浪，激情四射。她的男主人公即便在思想和心理上不那么深刻，也算得上独树一帜，充满魅力。他和罗切斯特一样好冲动、神秘；他彻底迷惑了佐伊，她心甘情愿地不计较他过往的放荡；他甚至还给她讲述如何为她的缘故抛弃了情妇。但是，和夏洛特·勃朗特的处理相比，朱斯伯里小姐让她的主人公往邪恶的路上走得远得多。米拉博要求佐伊抛弃自己的孩子们，他要拥有她全部的爱。崇拜他的佐伊虽然受到一时诱惑，但最终拒绝了这个要求，他旋即离开了她。

威廉·罗斯科（William C. Roscoe）1857 年写的论勃朗特姐妹一文坦言对夏洛特的男主人公的成功感到愤愤不平，尤其是克里姆斯沃思、罗切斯特和路易斯·穆尔（Louis Moore）：

> 勃朗特小姐是竭力维护女性特权的，然而世界上还没有

> 一个作家竟自始至终把女性表现得如此处于劣势地位。她们 142
> 一成不变地成了智力强大而且通常体格强健的男子的牺牲品；而他则用刻意的漠然和假装的无情一路引诱着她们，用各种巧妙的试探确认她们值得他爱，当他觉得时机已成熟，就会用土耳其大长官的派头把匍匐在地的她们扶起，依情况或得意洋洋将她们紧拥胸前，或让她们坐在他的膝上，屈尊而滔滔不绝地倒出一番激情洋溢的言辞。所有这些男人在情感上全都彻头彻尾、不加掩饰地自私，必须说我们十分妒忌他们，竟如此轻易地赢得了他们所追求的没有人生经验、心气平和的少女的心。高尚的男人不是这样向女人献殷勤的，而称得上女人的人也不是这样赢来的。[12]

乔治·艾略特笔下最接近粗野情人的要数费利克斯·霍尔特（Felix Holt），批评界对他的反应与对勃朗特主人公所表现出来的态度也颇为一致。1866 年一位评论者抱怨道："如果说女人的天性在同性别作家那里得到了真实刻画的话，那么傲慢的精神和某种阳性的粗鲁就是先于一切能确保爱情成功的重要品质。在日常情况下，一个明智的追求者会十分慎用呵斥和反驳，但是小说中，主人公的粗暴无礼却极少达不到所期待的效果。"[13] 另一个评论者认为埃丝特不会爱上费利克斯："她的品位一定会让她对他充满厌恶……他不是那种女人轻易会爱上的男人。"[14]

看来男性视这些主人公为骗取无助女主人公情感的专横暴
君，但这种理解同作者们的意图差之千里。至少有一位女性批评 143

者认可粗鲁情人的魅力。奥利芬特夫人本人往往刻画比较可靠的、乏味些的牧师主人公，但她敏锐地评述说，粗野之人以平等姿态对待女主人公，而不是把她当作必须为之遮风避雨、保护起来的易受伤害的脆弱傻瓜，如此他便使女主人公在精神上得到了满足。罗切斯特对待简、米拉博对待佐伊都表现出新一代人在宣称独立的迹象——“野性地宣告了‘女权’的新样貌”。[15]和司各特小说中的邪恶主人公一样，罗切斯特的后裔们代表的是其创造者自身所特有的激情和愤怒。由于小说创作惯例和对女性的规约，公开展示女主人公的情欲和权力欲几乎是不可能的，于是女性小说家就把自己的这些方面投射到男主人公身上。

女性笔下的男主人公还有一个同样具有叛逆和冒险精神的版本，那就是牧师，或用乔治·艾略特的说法：“神职性别”。除了乔治·艾略特（她在对愚蠢女小说家的评论中嘲弄了玄奥型小说和牧师小说）①，还有很多评论者注意到女性文学中牧师突然增多的现象，并试图用通常的诙谐风格对之作出解释。如1859年《星期六评论》所说，“英国教士是可以不费力地被树为英雄或天使的一种人。他是绅士，他会去天堂，他还会谈情说爱。尘世来

① “神职性别”的原文是clerical sex，出现在乔治·艾略特的第一部作品集《教区生活场景》中“阿莫斯·巴顿牧师的不幸遭遇”篇（“The Sad Fortunes of the Reverend Amos Barton”）的第三章；肖瓦尔特在括号中提到的艾略特的著名评论，其标题为“The Silly Novels of Lady Novelists”，她评论的愚蠢小说包括此处提到的oracular（如神谕般故作深奥玄虚的作品）及white-neck-cloth（牧师服饰，评论中特指低教会和福音教牧师）类型；参见*Essays of George Ellot*，ed. Thomas Pinney，New York，1963，pp. 310—317，317—320。

世的吸引力他都具备”。[16] 据说教士是一种中间性别，和通常的男
人比不是那么阳刚、汗毛充沛、富有进攻性，于是温柔的女性想
象力接受起来就容易得多。1860 年《威斯敏斯特评论》就含蓄地
点出这样的主人公很适合女性：“至少有许多强烈的情感牧师是 144
不允许表达的，但凡夫俗子则可以表现出来，而不会受到那么多
的谴责；这里主要指我们天性中比较生糙、粗陋的感情及其外部
形迹；结果呢，牧师的行事方式便不那么直率坦荡，又因为不那
么直截了当，就变得愈加微妙精致，最终更多地带上了女人处事
的特点，而不是多少具有粗糙能量的男性办事作风。”[17]

19 世纪中期大多由男作家写的宗教小说实出自牧师之手，他们看到了这一文类在宗教传道和道德劝说方面大有可为。按玛格丽特·梅森（Margaret Maison）的说法，牛津运动（the Oxford Movement）是 19 世纪 40 年代宗教小说激增的首要催化剂。就女作家的情况而言，选择牧师作为主人公的原因也远不止图方便或为规避更苛刻的艺术需求。宗教小说是女性参与男性独霸的神学争辩的基本工具。[18]

夏洛特·扬、费利西娅·斯基恩（Felicia Skene）和伊丽莎白·休厄尔同许多女人一样，很想从事神职，却只能以刻画虚构的牧师来泄导自己的巨大能量，她们通过假想的牧师之口才能传教。戴娜·克雷克为自己握笔写作开释的时候，用的是教士的修辞，甚至还把一部书称作《教堂外的布道》(*Sermons Outside the Church*)。她觉得当作者就是在执行一种神召，实现圣经意义上的“塔兰特”(talent)：“感受到召唤之庄重的作者不可能压制内心的

真实……他们必须在内心声音的驱使下径直走下去，而看到他们内心世界的他会引他们走对路。”[19]

145 英国圣公会小说家、《埃米·赫伯特》(*Amy Herbert*, 1844)的作者伊丽莎白·米欣·休厄尔还在育儿室时代就开始写布道文，并从祈祷和赞美诗中得到慰藉。但是从很幼小的时候起，注定要当牧师的哥哥们就劝阻她，不让她研读神学，给她起了“枯萎的贝蒂”这个绰号。受到嘲弄、奚落和责骂的她“总觉得自己是家里的害群之马，不过我确信，在我身为女孩的意识的压抑之下，自己仍渴望得到更好的东西，模糊地做着出人头地的梦”。[20]青春时代她去教主日学校，给教区做工，做着女子大学的白日梦，而在此期间她的兄弟们则到温彻斯特和牛津上学，被授予了圣职，并参与了牛津运动。

休厄尔的哥哥们压制了她进行独立思考的一切努力，但同时威廉（年龄最大的也是她最喜欢的哥哥）贡献了自己的名字，作为她匿名发表的书的“编者”，还为这些书给她筹到了5英镑。她对作者身份的情感必然是喜悦和羞愧参半的。她本人对女作家的矛盾态度因哥哥们的“保护”态度而有所加强。尽管如此，她的自传中还是流露出愤慨，足以表明她意识到他们对她生活的藐视和干扰。我们很难相信休厄尔下面所说不是反话：“哥哥（新学院①的院长）有一次对一位打听我情况的夫人说，‘我妹妹伊丽莎白没有任何出色之处’，而我也完全认可这样的意见。”[21]

---

① “新学院”（New College）成立于1379年，至今仍是牛津大学最大的学院之一。

一场家庭危机把休厄尔推入了发表的行列。她习惯于取笑女 146
作家，但父亲死后，为了养家，她多少带着愧意也成了女作家。她与哥哥的关系中那种极度缺乏自信的心态待到她坐下写作时便一扫而空。她的自传表明她是一个极端认真负责、深思熟虑的小说家，对于情节、人物和叙事技巧都有精深的理解；但她用自己的书戏剧性地表现了自己对神学和教育问题的见解。维多利亚时期的宗教小说迷通常给休厄尔小姐病态的多虑和顺从打高分；在他们的印象中，她那些无助、谦卑的女性人物的大部分时间都是跪着度过的。确实，休厄尔把自我克制和本分尽责视为女人的好教养：她们如果反抗，就别指望会得到赡养；她感到无效地耗散自己的精力毫无意义。然而她也看到女人没有理由放弃自己思想上的独立。她的教育理论意在培养自立精神、创造力和推理论证能力。

休厄尔在小说中始终如一地在撼动男性垄断真理和智慧的观念，尤其当它宣称自己在阐释上帝的意旨时。她的女主人公通常是老姑娘或寡妇——这是刻意为之，因为她希望降低婚姻的重要性。和任何牧师相比，她的女性人物一样有思想、虔诚、负责，但她们也更加现实。她们用欢快得多、亲切得多的宗教观抵制英国圣公会仪式的不近人情和冷淡，这是关心周围人日常所需的、注重实际的妇女的观点。一个提倡“站着进行礼拜仪式”的副牧师在休厄尔的日记中遭到谴责：“我倒是想把他变成身体不那么健壮的女人（这是女人通常的状况而非特例），看看他究竟
有多喜欢这传统。”[22] 在休厄尔的小说《家庭生活日志》（*Journal of* 147

Home Life, 1867）中，布拉德肖夫人嘲笑了一个牧师的庄重而阴郁的来世观点，并颂扬了自己那个安乐、舒适、暖洋洋的天堂：那是一个“我们大家都觉得惬意，从来不需要热水袋的地方”，而不是一座四面透风的教堂，让我们在那里永世聆听艰涩难懂的说教。

对于女作者装出对男性，尤其对牧师心怀敬畏的那套陈词滥调，休厄尔极不耐烦。她知道哥哥及其朋友们是怎样的，不那么好骗。因此，对于《考勒顿》(*Chollerton*）这个愚蠢的牧师故事她“不会着迷”；其女性作者避而不写故事主人公的情感，佯称她本人无法侵入“那座早年不允许女人的足迹亵渎的神圣殿堂”。休厄尔嗤之以鼻：“说真的，我的谦卑到不了那种深度。我以为我能想象出几分牧师的感觉，再说，把男人当男人的话，我绝不认为我到他们去的地方就是一种侵扰。进圣坛当然不一样了，不过那不是因为男女有别，而是神与人有别。”[23]

另一位未婚的英国圣公会小说家费利西娅·斯基恩受到一个富有个人魅力的牧师的影响，开始了早期创作；她在一些书中再现了此人。然而她最终叛逆了，警告其他女人不要忍受牧师的操控威权，而要找到自己的路、自己的语言。她本人转向了护理和社会工作，去探访监狱，帮助妓女，并写书谈监狱和妓女等问题，如《隐藏的深渊》(*Hidden Depths*, 1866)。女人们正是通过像奥利芬特夫人的《塞勒姆小教堂》(1863）和林顿夫人的《谁为吾主？》(*Under Which Lord?*, 1869）这样一些流行小说中的牧师主人公，找到了发表自己的意见、作自己的主的机会。

我们可能以为女作家刻画女性人物的特殊能力会受到赞扬，而这一点应抵消其阅历有限的不利条件。但情况恰恰不是这样的。E.P. 惠普尔在 1848 年时漫不经心地说，最佳、最高尚的女 148
性人物当然是男人塑造的，他又和善地补充说，女人也偶尔会填入一些真实可信的细节。《不列颠季度评论》则希望从“文学中所有最伟大的男性得到证明”，来挽回女人的形象。[24]

关于最有魅力的女主人公和对女性心理最深刻的洞察均出自男性的这一假定是从下述维多利亚信条自然而然推出的结果：女人是完整人性的不完整的、有缺陷的版本，而代表完整人性的是男人。男人能理解发展程度较低的造物的情感，但女人永远不可能向上延展其理解力。1850 年时，《展望评论》在分析一些疑似女性写的小说时，对这一区分直言不讳：

> 男人的同情和能力包含了女人的同情和能力，虽说他的许多情操和情感不那么精致和强烈，但它们仍是同质的——此外，一个女人的心迹在生活中习惯地袒露在男人面前，甚至在其最隐蔽的表现中亦如此。但是男人身上有许多东西与其说存在于具体情感之中，不如说存在于情感的运作方式之中；女人靠着同情善感是根本触摸不到这个部分的，想刻画的话就不得不走向其习性和机遇几乎完全没有让她准备好去承受的经验的后果。如果一部书中的女性肖像完整可靠，一个有生命力的性格通过它灵魂深处所有的秘密和稍纵即逝的

> 显现逐步展示出来，那么这部作品仍然可能是男人写的；可如果一个男人的性格被如此刻画出来，那么几乎可以下断语说作者一定不是女人。[25]

女性在刻画男性时，不得不假定男人和她们是一样的人。到
149 了 19 世纪末，女权主义小说家开始感到两性之间确实存在很大的差异。她们把维多利亚时期的权威批评意见颠倒了过来，最极端的团体开始相信男人缺乏精神生活，或至少缺乏像她们的内心世界那样丰富而有成效的生活。把旧的生物学的刻板形象扭转过来时，她们开始看到父权制文化和心理的荒芜和贫瘠，并在女性心灵深厚的同情中寻求精神和社会进化的希望。

在我看来，这种观点其实在女权主义者加以清晰的政治性表达前早已蛰伏在女性阶段的小说之中。乔治·艾略特刻画的汤姆·塔利弗的僵化情感就是突出的一例。早在 1863 年，理查德·辛普森就发过异议，说艾略特的世界中，女人“几乎把持了情感领域——独霸了种种激情，即生命的基本元素，那是一个涌动翻滚着的力量之源，其搏动仿佛是外力的作为，发乎本性，不确定，模糊，不由自主，然强大有力，如我们胸中神性的能量。也许她并不认为女人比男人更真实地拥有情感，而是觉得在女人这里，情感上面并没有重重压着男性理智过多的成果，上面没有顶着我们的逻辑本事，以及我们蜂窝状的头脑”。[26]维多利亚批评家在指责女性小说家歪曲了男性情感时，往往好像要说的是，男人没有情感，只有理智、逻辑和意志。辛普森所反对的艾略特作

品中的女性情感优越论是维多利亚社会性别分化的必然结果。女人被迫拿感情当事业，自然会高度注重直觉和内心生活，她们对女权主义者“埃利斯·埃塞尔默”（Ellis Ethelmer）称之为“寒冷凋萎的男人国”的那种有序的公共世界抱着蔑视的怜悯态度。[27]

反复出现在女性小说中的，是致盲、致残或致枯萎的母题，150
它看上去即便算不上阉割的意愿，也确实表现出十分敌视男性的态度。罗切斯特在桑菲尔德的大火中失明，手也失去了功能。另一场大火让罗姆尼失明，他是伊丽莎白·巴雷特·勃朗宁的《奥萝拉·利》的男主人公。勃朗特的《雪莉》中，染重病的罗伯特·穆尔（Robert Moore）受到一个身材魁梧的女人的照料，她把他降伏得像小孩一样乖乖听话。《弗罗斯河上的磨坊》中，汤姆·塔利弗在玩剑的时候几乎把自己搞残废。在奥利芙·施赖纳的畅销小说《非洲农场的故事》中，帅气傲慢的格雷戈里（Gregory）最后戴上母亲的帽子和围巾伪装自己，去当日间护士，服侍自己的心上人。

J.M.S. 汤普金斯在谈《奥萝拉·利》的福西特讲座中承认，“当一个女作家让自己的主人公失明，作为他承认女人一直以来都正确的前奏时”，她感到“有点尴尬”[28]，没有几个女人会没有同感。这看来是一个不加掩饰的复仇的象征，而人们情愿女人的进攻性不要如此直接地传达出来。然而，这些主人公的蒙羞却并非仅仅是惩罚。我在第四章中已说明，女性小说家以轻蔑的口吻写出长期残疾的男人的女性特征；虽然如此，作家们却相信，在依赖、挫败和无能的感觉方面——简言之就是对做女人——有些许经验的话，对于主人公多有助益。

1869年出版的一部有趣的小说清晰展示了通过象征性的角色颠倒实现情感教育的过程。弗洛伦丝·威尔福德（Florence Wilford）的《奈杰尔·巴特拉姆的理想》中，女主人公玛丽安·希拉德（Marian Hillard）显然是以夏洛特·勃朗特和乔治·艾略特为原型的小说家。她写了一部叫《马克的梦》(*Mark's Dream*）的匿名畅销书，谁也不相信它出自女人的笔端。人们在
151 她面前谈论着小说："是啊，你说对了，最后一场从头到尾紧紧绷着，让人难受。女人写书从来扛不住诱惑，会弄个宗教的结尾，让人舒坦，可这个作者，不管他是谁，对待艺术那叫认真，人家不来那个。"用写书赚的钱来维修一座教堂的玛丽安是一个不言不语的人，甚至没有人觉得她头脑好使，更不用说当她是天才了。她把艾略特谦逊的女性文化理念发挥到自我牺牲的极致。

颇有讽刺意味的是，奈杰尔·巴特拉姆恰恰因玛丽安的羞怯和不事张扬而爱上了她。他和刘易斯一样，是一个报人和评论家。他的理想女子应为人谦和，加上能欣赏他的那点聪明；至于女小说家，他对她们一概憎恶。根据玛丽安的一些暗示，他开始猜测写《马克的梦》的可能是个女人；他在一篇评论中痛批这个推定的女作者，说她是一个"奇特而悲哀地了解生活黑暗面的人，实在太懂得人心漆黑的秘密的人；她本人犯下罪孽，承受痛苦，作品来自其惨痛经历的深处"。[29] 这些指控很像唾骂柯勒·贝尔的恶言恶语，让玛丽安感到惊慌，也让她很受伤害；但她判断说，最好的办法就如隐瞒自己的作者身份一样压抑自己的才华，

在不告诉巴特拉姆实情的情况下嫁给他。

当然，婚礼后真相大白，巴特拉姆不准妻子再发表任何作品。她日渐憔悴，而他也被过度操劳和妒火折腾得半死不活，最后彻底崩溃。他病中，情节来了个十分有意思的逆转。身处无助的地位让巴特拉姆受到教育，尝到不得不依赖他人、放弃自己正常工作的滋味。他还懂得了，正如男人有软弱之时不是耻辱，女人强大也并不丢脸。玛丽安维系着家庭，直到他康复，后来他们成了文学上的合作伙伴。他提供想法，为文章搜集材料，她 152
负责执笔。他们之间相互依赖和尊重，虽没有完全到达比阿特丽斯·韦布和悉尼·韦布（Beatrice and Sidney Webb）的境界，但仍不失为维多利亚小说中少见的无拘束的平等婚姻景象。

我觉得这个例子给了我们怎样看待其他小说中的致残情节的线索。女作家所不接受的看法，是认为她们的情感只不过是崇高的男性激情的“精致”变体，因此可以像雕刻的杯子一样纳于男人的心灵之中。她们相信，女性情感补足并拯救了男性的缄默冷淡。当她们想象出作为自身延伸的女主人公，对之呵护有加，牵肠挂肚时，她们就遇到了真正的困难：勾勒出与之匹配的男性形象。爱上简、卡罗琳、奥萝拉和林德尔①的男人不是光聪明、有高尚理想和专一就行了；他们首先必须是完整的人。于是，罗切

① 卡罗琳是《雪莉》中的人物，罗伯特·穆尔的表妹，也是他的真爱。林德尔是《非洲农场的故事》中的反叛型女性，农场管理人格雷戈里深爱她，在她怀着别人的孩子到处流浪、终于重病不起时找到了她，并在得知她的护理人要离开时异装充当其护士，守着她走完了生命中最后的旅程。

斯特的失明、塔利弗的伤、穆尔的病、格雷戈里穿异性服饰的行为都是男主人公浸入女性经验的象征性表现。这些小说在此说的是，男人必须懂得无助的滋味、不情愿却又不得已寄人篱下的滋味。他们只有在这时才会明白，女人需要爱但讨厌做软弱的人。“女人笔下的男人”想得到救赎、重拾人性的话，就必须找到做女人的感觉。

第六章　颠覆女性小说：惊悚小说和女性抗议 153

没有男人胆敢写出并发表这样的书：没有男人能够写出对女人激情的如此描述……不！作者是女人，以其作品做着灵魂的敌人所做的事情，粉饰罪恶，让淫荡变得魅力四射，细致入微地恣意铺陈脱缰野马般的情欲，怂恿虚荣、奢靡、放任、自私的最恶劣的表现……是女人做了这一切，就这样滥用了她们的能力，把自己的才华当婊子役使，而她们本来可以成为自己这代人耀眼的光照。

——弗朗西斯·佩吉特，《卢克丽霞，或曰 19 世纪的女主人公》，1868 年

随着 19 世纪 60 年代惊悚小说及蔚为大观的畅销小说的到来，勃朗特、盖斯凯尔夫人和乔治·艾略特的黄金时代似乎陡然转入了黄铜时代。到了 1869 年，一个评论者留意到“女性小说力度相当明显的下降，表明本代才女已触及高水位线，落潮已然开始”。[1] 这里表达的情绪有点怀旧，是对那不再复返的明媚世界的渴望，它同样影响到人们对狄更斯 19 世纪 60 年代的悲观小说的接受，这情绪也是对一代人已经过去的确认。勃朗特姐妹中所剩的最后一个夏洛特 1855 年去世；盖斯凯尔夫人 1865 年去世。乔治·艾略特依然健在，依然出作品，但许多读者感到《弗罗斯

河上的磨坊》之后，她已过高峰期，再也无法企及早期作品那田园牧歌式的壮丽。

154 比老一代离去更值得注意的是代之而起的现象。19 世纪 60 年代，女性文学市场大大扩张，文学职业的商业潜力也在女编辑、出版商和印刷商的手中得到充分开发。文学生涯中的一切商品化、竞争性和自我推销的方面——19 世纪第一、二代女作家对之轻描淡写，甚至完全忽略——凸显在第三代女作家的事业轨迹中。惊悚小说家玛丽·E. 布雷登、“维达”、夏洛特·里德尔、阿米莉亚·B. 爱德华兹（Amelia B. Edwards）、弗洛伦丝·马里亚特、海伦·里夫斯（Helen Reeves）和罗达·布劳顿，儿童文学作家玛丽·莫尔斯沃思、朱莉安娜·尤因、弗朗西丝·霍奇森·伯内特等人进入文学职业的年龄早于前一代女性，她们从业时受干扰少一些，并更有可能已婚，拥有庞大的家庭。她们不但实现了艺术抱负，还把生意做得很红火；她们很享受出版业经营管理方面的事务，喜欢操控职业权力。惊悚作家在作品中尤其注重激情和坚定自信的行动，自视为夏洛特·勃朗特而非乔治·艾略特的女儿。布雷登在重读《雪莉》后形容勃朗特说，她是“女性在文学中能指认的唯一天才。乔治·艾略特可能很伟大，但她的作品风格缺少点激情，在我看来就像是教养极高的精巧头脑的产物，而不是……那种天才的炽热力量……在‘做它不可不做之事’”。[2]

19 世纪 60 年代，女性致力打破男性在出版业的垄断地位。19 世纪的进程中，英国出现过许多女性杂志，但其色调保守，主倡居家生活，反对妇女争取权益的运动，并通常由男性担任编辑和掌握所有权。[3]然而，新的女性出版社则由女人担任编辑并由女人掌控①，其方针既是女权主义的，也是行动主义的。1860年3月，埃米莉·费思富尔（Emily Faithfull）创建了维多利亚印刷社（Victoria Printing Press），培训并雇用女人从事印刷行业。正是这个印刷社出版了许多妇女办的报刊。费思富尔小姐本人办的《维多利亚杂志》（*The Victoria Magazine*，1863—1880）及其分支《妇女和工作》（*Women and Work*，1874）专门讨论妇女就业问题。1857年由芭芭拉·博迪尚和贝茜·帕克斯创办的《英格兰妇女评论》在1866年时加了个副标题"女性工作杂志"，开始了新的使命。莉迪亚·贝克尔（Lydia Becker）的《妇女选举权杂志》（*Women's Suffrage Journal*）和约瑟芬·巴特勒（Josephine Butler）的征战性杂志《盾牌》（*The Shield*）都是在1870年面市的。正如贝茜·帕克斯在1865年的《论妇女的工作》中所观察到的，报刊业把改变舆论的切实机会给了女人："随着出版业的增长，受过教育的妇女对世界事务的直接影响也在上升。她们在立法机构和教会中无声，却在有着上万读者的印刷品中发表着自己的 155

① 19世纪的杂志一般由一个人编，即一个editor，没有"编辑部"概念，不设"主编"等职务。例如查普曼拥有《威斯敏斯特评论》，他请玛丽安·埃文斯给他编杂志，虽然艾略特担任了几乎所有的工作，包括写书评，但她的名分只是"助理编辑"（assistant editor）。本段落提到的女作家编的杂志，指她们或自己拥有并编辑杂志，或受聘担任editor，其身份相当于现在所说的主编。亦可注意本段落提到的杂志名称均指向财富、权势、社会上层（如"贝尔格雷维亚"是伦敦著名的富人区，等于指中上流社会）。

意见。”[4]

这一代人的经营技巧和坚持不懈的劲头使她们成了令人生畏的竞争者；她们的大众名望连同她们的争胜好强把同时代许多
156 男性推到了对立面。在面临选择黛娜·克雷克还是玛丽·布雷登的小说这个问题时，亨利·詹姆斯（Henry James）倾向了前者“无趣、虔诚并相当多愁善感”的平庸和寻常，宁要克雷克谦卑的女性风格，也不要布雷登的自信。詹姆斯承认布雷登的小说“鲜亮、活泼、智巧、一点也不感情用事”，但是他发现这些特点聚集在一个女人身上并不令人愉快，“男性的机智，对社会无所不知……几乎变成令人厌恶的景象”。[5]惊悚小说家一旦开始挣钱，就把钱投资到自己的事业中，出版和编辑杂志，并保留书的版权；如伍德夫人编《商船队》(*Argosy*)、布雷登编《贝尔格雷维亚》(*Belgravia*)、夏洛特·里德尔编《圣詹姆斯杂志》(*St. James Magazine*)、弗洛伦丝·马里亚特编《伦敦社交界》(*London Society*)。与狄更斯及萨克雷在《家常话》和《康希尔》的位置一样，上述这些编者职位提供了发挥影响和能力的无数机会。

罗亚尔·格特曼在对本特利出版公司文件的研究中推测说，惊悚小说作家的畅销小说的异军突起反映了小说读者群的变化：

> 19世纪60年代亨利·伍德夫人等人的三卷本小说反映出租借图书人群的兴趣发生了转移——也可能是其成分发生了变化，例如俱乐部、船上和军营的男性生活由居家生活取而代之，幽默让位给了情感。或许很说明问题的是在接下

> 来的年月中，女作家的数量大大增加了。在 30 年代和 40 年代，本特利公司出的书中大约 20% 是女人写的，而到了 70 年代和 80 年代这比例翻了不止一倍。[6]

当然，出版商按照男性价值已经向女性价值转移的认识着 157
手下一步的事务，雇用女性审稿人（其中多数本身就是小说家）对收到的稿件做出判断。给本特利公司做过审稿工作的有杰拉尔丁·朱斯伯里、阿德琳·萨金特、明娜·费瑟斯通豪（Minna Featherstonehaugh）、格特鲁德·迈耶（Gertrude Mayer）、多尔切斯特夫人（Lady Dorchester）和戈弗雷夫人（Mrs. G.W. Godfrey）等人。19 世纪 40 年代女小说家的成功被视为女性的入侵；60 年代女作家的进展则往往被视为女性的垄断。查尔斯·里德抱怨他的书很难发行，因为小的租书图书馆抵制他："它们只进女人的小说。亨利·伍德夫人、维达、布雷登小姐——这些是它们的神明。"[7]

19 世纪 60 年代，新的通俗杂志进行小说连载，使之有了巨大的读者群。惊悚小说尤其成为一种经营手段。布雷登对布尔沃-利顿解释说，她已学会"在商言商地看待一切"，并给"租书图书馆及其主要惠顾者年轻女读者"写书。[8]这种交易几乎不给修改和仔细打磨的时间。为赶上截稿日，布雷登在两个星期内写出了《奥德利夫人的秘密》（*Lady Audley's Secret*）的最后一卷半。像亨利·曼塞尔（Henry Mansel）这样以严肃文化自居的评论人对惊悚小说的商业化性质感到震惊。1863 年曼塞尔写道："除了主宰供需的市场规律，无法想象有任何神圣的力量在注视这部作品的产生。”[9]

然而，尽管曼塞尔皱起眉头，尽管里德和乔治·吉辛这样的小说家为达到三卷本小说的苛刻条件疲于奔命，女作家却似乎在挑战面前变得精神抖擞。惊悚小说家似乎发现紧张和压力刺激了创作，写作这件事也能让她们逃避个人所面临的问题，带来愉快。弗洛伦丝·马里亚特的第一部小说《爱的冲突》(*Love's*
158 *Conflict*, 1865）是在“照料”她八个患猩红热的孩子的“间隙中”写出来的。[10]患病的伍德夫人在沙发上撑直了写作，就是这样一个相对沉静的人在一页页地填满空白时也有一种不依不饶、几乎是机械的冲劲儿，这一定让她所有的对手——除了地位最稳固的人——不寒而栗。她的儿子敬佩她，“她从不知不在写作情绪中是啥样，不光因为她总是在写，而且她也一直想写——不管她愿不愿意，有一种力量在催促她”。[11]吉辛算是对独立女性基本抱着同情态度的人，但就连他也似乎对女作家富有进取心的职业精神感到了本能的恐惧。玛丽·布雷登和她丈夫约翰·马克斯韦尔（John Maxwell）出现在《新寒士街》(*New Grub Street*, 1891）中，小说中的杰德伍德夫妇一个是堕落的出版商，一个是养活他的畅销小说家。另一个人物、编辑波士顿·赖特太太在海难中“失去”了一个丈夫，又在一场神秘的大火中“失去”了另一个丈夫。

女小说家的成功及其驾轻就熟的写作来自她们想传达的要旨与惊悚小说高度程式化的风格之间的巧妙契合；在这个文类中，

只要不加禁止的就是必须做的事情。正如凯瑟琳·蒂洛森所指出的，“惊悚小说最纯粹的类型就是包藏秘密的小说”。[12] 对维多利亚妇女来说，秘密只不过是一种生活方式。惊悚小说作家使犯罪和暴力带上了家庭、时髦和城郊的特征；但她们的秘密不仅仅是对谜团和罪行的解答；秘密是女人对自己作为女儿、妻子、母亲这些角色的厌恶。这些女小说家对女性读者有强大的吸引力：她 159
们颠覆女性阶段的小说传统以找到适合表现自己想象冲动的方式，大范围地表达了被压制的女性情感，激发并满足了抗议和逃逸的白日梦。莱斯利·菲德勒（Leslie Fiedler）提示说，小说生产的工艺及其巨量发行的潜能使畅销书成为体现群体无意识的艺术形式：“机器生产的小说商品因而像部落的人围着火所讲的故事一样，必定是梦幻文学、神话文学。这种小说的成功也取决于它呼应那些能感动预期读者所共享的梦想和神话的灵敏度。”[13] 女性惊悚小说家获得的巨大声望反映出她们用以清晰表达读者幻想的技能，而这些幻想也正是她们自身所热烈拥有的。

和上一代写家庭小说的作家一样，惊悚小说家也鼓励读者与她们结成特殊的、隐蔽的抱团关系。阅读惊悚小说的人群是——或说被广泛推定为——女性、中产阶级、有闲暇的人。19 世纪 60 年代本特利公司出版的小说“首先就是给成天无所事事的妇女私下消遣所用”，而不是像伊丽莎·沃伦（Eliza Warren）1863 年的畅销书《我如何靠一年两百镑治家》(*How I Managed My Household on £200 a Year*）那样，以终日辛劳的主妇为对象。[14] 在强加给她们的悠闲中度日的维多利亚妇女需要某种排遣方式去疏导她们无法通过工作宣泄的挫折感。1874 年时，夏洛特·杰克逊（Charlotte Jackson）给本特利公司的审阅报告中评述《米尔德丽德的荒唐事》(*Mildred's Folly*) 说：“这是个不大可能发生的故事，但我想许多人正因为过着十分平淡无奇的生活，所以喜欢无稽之谈，并从虚构小说不切实际的幻想中获得她们希望的刺激。”[15]

160 惊悚小说家颠倒家庭小说中的固化形象，戏仿同时代男性的写作程式，为读者提供了她们需要的一些刺激。和以前的做法相比，惊悚小说更直接地表达了女性的愤怒、挫折和性的能量。一种新的女主人公展示在读者面前，她能把对男人的敌视付诸暴戾的行动。感到震惊的奥利芬特夫人写道，小说的女主人公们是这样的女人，她们“在情欲迸发时嫁给了新郎；是这样的女人，她们祈求情人掳走她们，逃离可恨的丈夫和家；至少是这样的女人，她们送出并接受燃烧的吻和疯狂的拥抱，生活在纵情的梦中”。[16] 在很多惊悚小说中，丈夫的死亡是解除痛苦的好事，而女人通过生病、发疯、离婚、逃亡乃至最终通过谋杀的手段逃出家庭。

维多利亚时期的很多读者视惊悚小说为性挑衅。从《笨拙》(*Punch*) 的滑稽模仿“杂乱夫人的秘密”(Lady Disorderly's Secret)①，到《基督教纪事》对女主人公情欲“极度放纵”的耿耿于怀，报刊撰稿人都在斥责追求耸动效应的腐败倾向。1888 年，

---

① 《笨拙》画报的标题谐谑了《奥德利夫人的秘密》，Disorderly 和 Audley 音律相似，不仅有杂乱无章的意思，还可做风月赌博场所的联想。

乔治·布莱克（George Black）医生警告说，不慎阅读这样的小说会造成“加快月经来潮的倾向”。[17]在《卢克丽霞，或曰19世纪的女主人公》（1868）这部谐谑布雷登和伍德的书中，参加过牛津运动的弗朗西斯·佩吉特解释了他反对惊悚小说的理由；其用语之激烈不啻为怒不可遏，甩出来的是一连串字正腔圆的怒喝：

> 写这些书的人，是的，写出其中最龌龊的书的——散布
> 荒淫无度行为的作者，内中邪恶堪比恶棍的招供；将女人的 161
> 爱降格成狂野蛮横的畜生行径的作者，竟至于宣称这爱唾手可得，想过瘾只需付出在地狱永劫不复的代价——这些写书的人就是女人，有的是自己承认了，有的（匿名出版的）可凭书内的明证；其中最糟糕的，是未婚女人！[18]

惊悚小说家及其女性读者对于性倒是不怎么心事重重的，她们更在意的是挣脱婚姻家庭中沉闷和不公平的女性角色，声张自我，获得自主。她们全都深信男人不可能理解女人经验的细微之处，正如一位小说家在1866年所说：“我……私下里总在琢磨，大多女人心灵深处最幽暗的闪光……能否破入男人的脑海，他们自以为对我们小小的心智从阁楼到地窖都摸透了，这信心满满更让其头脑加倍受到蒙蔽。”[19]布雷登愤慨地抗议所谓她的书中充斥“潜藏肉欲毒药”的指控，并援引颅相学家的证词说事实上她缺乏“动物机能”。[20]布雷登的小说中很少有明显涉及感官的内容，她的书甚至可以进维多利亚时期的课堂，而《露丝》和《弗

罗斯河上的磨坊》却被排除在外。[21]女学生和她们的母亲从中获取的信息与通奸和重婚没有多大关系，却多涉及隐含的批判：一夫一妻制、婚姻市场，以及在才智女性行进道路上设置的障碍。例如，她们会同情布雷登笔下的人物的困境，同情“年轻人满怀
162 希望的追求，她有着皮特（Pitt）的心气”，却“坐在家中，用柏林绒线做着假玫瑰花，而她那傻弟弟却给扔到社会上，去奋力拼杀”。[22]

布雷登对女性主人公所在社会的批评显而易见。惊悚作家仍然是女性小说家（feminine novelists），在充分探索自己的想象世界时受到维多利亚社会习俗和僵硬概念的阻挡；但是同早年小说中充斥的克己断念和顺服的规矩相比，她们跨出了一大步，在自己的小说中刻意地修正、改写了女性小说的传统，挑战了马什夫人和夏洛特·扬的作品中快乐的老夫少妻婚姻，也挑战了乔治·艾略特的牺牲自我的受虐心理模式。

女性惊悚小说家也修改、挑战了男性惊悚作品的程式。威尔基·柯林斯受到广泛赞誉，被认为掌握了这一文类的诀窍，但是19世纪60年代他写的四部小说——《白衣女子》（*The Woman in White*, 1860），《无名氏》（*No Name*, 1862），《阿马戴尔》（*Armadale*, 1866）和《月亮宝石》（*The Moonstone*, 1868）——在对社会和两性的态度方面，相对比较传统。《白衣女子》开篇第一句话就宣告了柯林斯对维多利亚性别角色观的认可：“这是一个关于女人的耐心能忍受什么，而男人的果断能成就什么的故事。”小说中，美丽无助的女主人公受到残忍男人的迫害，她的哥特式

境遇提供了刺激点。劳拉·费尔利（Laura Fairlie）是个温柔的金发碧眼美人，她丈夫想毁掉她的清醒神智和真实身份，用假名将她幽禁在疯人院里。柯林斯还塑造了一个精干、聪明的女性，就是劳拉的同母异父姐姐玛丽安·哈尔库姆（Marian Halcombe），但他很小心地把玛丽安写得不像女人，相貌很丑——她是我所知道的唯一一个长胡子的维多利亚女主人公。玛丽安·哈尔库姆有“硕大坚毅的男性嘴巴和颌骨”“男性的身材”，她的本名暗示她有那么一点像乔治·艾略特，是个不正常的人物（柯林斯不喜欢女 163
小说家）。而且，在紧要关头玛丽安病了，只得靠更坚韧的男人去解开谜团。和狄更斯一样，柯林斯的小说照例必有温情和美的结局，有忍耐力的女人和有决断力的男人结婚了，验证这一婚姻成功的就是很快出现了男性后代。

女性的惊悚小说模式则完全不同。玛丽·E. 布雷登的《奥德利夫人的秘密》（1862）呈现出审慎控制的女性幻想，布雷登对之的理解和把握在细节上极为精确。犯重婚罪的女主人公抛弃了孩子，把第一个丈夫推入井中，考虑着毒死第二个丈夫，点火烧了她认识的别的男人下榻的旅馆。①奇怪的是，像迈克尔·萨德利尔（Michael Sadleir）这样对布雷登的作品有好感的批评人感到，在把握常规程式方面她的才能萎缩了，于是她“教会自己写出受挫的、本质上不合情理的惊悚作品”。[23]可布雷登的惊悚作品讲了

① 奥德利夫人企图烧死的人指罗伯特·奥德利，他是奥德利夫人前一个丈夫乔治·塔尔博伊斯的挚友，现任丈夫迈克尔·奥德利爵士的侄子；罗伯特相当于侦探，故事通过他调查朋友乔治失踪及其妻子下落的过程展开。

出色的、尽管也是令人惊恐的道理；而且她以清醒的头脑前后一致地追随着这个情理，坚持“靠想象力写作的人有权从以往所有作家获得故事来源的领域中去取材——从悲剧性的、犯罪的、超乎寻常的人生境遇中取材”。[24]

布雷登本人的生活充满了异乎寻常的情况。父亲无法保住工作，还在外面寻花问柳，母亲离开了她从未爱过的丈夫，这时玛丽·伊丽莎白只有 4 岁。家里永远缺钱，1857 年布雷登为养活自己和母亲做了演员。1860 年她离开舞台开始写作时遇到了期刊出版商约翰·马克斯韦尔。马克斯韦尔的妻子住在爱尔兰一所精神病院里，直到她 1874 年过世，两人方能成婚，此前布雷登一直
164 与马克斯韦尔同居，充当他五个孩子的继母，又和他生了六个孩子，甚至用自己的写作所得为他偿付生意上的债务。[25]

乔治·艾略特因自己激进的生活方式，被迫在公众面前采取了极端保守的姿态；布雷登则不同，她拒绝维护自己根本不相信的理想。她尤其讽刺了写女性的软弱、温情、对悲剧激情抱不切实的浪漫信念等感伤小说的准则。从前的作品中的男女主人公常常会激怒她，“[范妮·伯尼的小说]中那个老是磕磕碰碰陷进麻烦里去的倒霉蛋卡米拉”[26] 让她觉得特别恼人。在给柯林斯和布尔沃–利顿的信中，布雷登机智地挡开了他们对她如何“改进”和“深化”创作的建言：

> 我一定努力按照您那美好的信中所提出的原则写一部好一点的书——但在宽阔的思想王国中，我离您还差着

> 十万八千里，只觉着要靠近是不可能的了……我已经开始对动不动就使用最深沉的感情这一点发出疑问，我想一个人这样做的时候，一定是早就远远超出感受深沉感情的能力了。就是这种感觉，我想，或不如说是对任何强烈情感缺乏感受力的感觉，造成了语气的轻率浮躁，让您听了很不受用．觉得伤害了艺术的尊严。我的主人公们遭罪的时候，我总忍不住蔑视他们，因为我脑子里一直记得自己白白耗费掉的痛楚。[27]

《奥德利夫人的秘密》尽管有不少仓促草率之处，却是被大大低估的作品。它不仅实质上是女性惊悚作品的宣言，也别出心裁地颠倒了维多利亚时期的多情善感和家庭伦理小说的惯例，理应与威尔基·柯林斯和查尔斯·里德的作品等量齐观。总的来
说，在布雷登的小说中，女人接过了拜伦式主人公的特性。犯重 165
婚罪的不再是罗切斯特，而是那个拘谨端庄的小小的家庭教师。读者的反应使这部小说成了出版史上最耀眼的成功之一，第一年就出了八版，在布雷登的有生之年从未断版过。

《奥德利夫人的秘密》的闪光之处在于布雷登让家庭写实小说中娇弱、金发碧眼白肤的天使成为将犯谋杀罪的人①：不是伯莎·梅森，而是罗莎蒙德·奥利弗（Rosamond Oliver）；不是麦

① 罗莎蒙德·奥利弗是《简·爱》中圣约翰真爱的女继承人，露西·迪恩是《弗罗斯河上的磨坊》中麦琪的表妹，哈尔库姆如前所述是劳拉的同母异父姐姐，具有男性体征；罗莎蒙德、露西和《白衣女子》中受害的劳拉·费尔利一样，都是传统家庭小说模式中绝对不可能成为谋杀者的人。

琪·塔利弗，而是露西·迪恩；不是玛丽安·哈尔库姆，而是劳拉·费尔利。[28]危险的女人不再是叛逆者或女学究，而是“娇小的少女”；经年累月灌输给她们的女性角色标杆几乎如发展第二性征似的教会她们保守秘密和欺骗。她看上去那么天真无辜，所以才特别危险。家庭教师露西·格雷厄姆（Lucy Graham，奥德利夫人的别名之一）是人人心目中的理想：

> 她所到之处欢乐和光辉似无不随行。在穷人的茅舍里，她白皙的脸庞像一缕阳光般地闪烁……人人都爱她，羡慕她，赞美她。那个男孩给她打开横在路上、带五根栏杆的大门后，飞奔回家，告诉母亲她有多漂亮，她为这么点小事谢谢他时嗓音有多美妙。教堂司事（他引她到外科医生的座位）、牧师（他看到，自己读朴素的布道文时她抬起一双柔和的碧眼望着他的脸）、火车站的侍者（他有时给她带来一封信或一个包裹却从不期盼得到酬谢）、她的雇主、雇主的客人、她的学生、仆人——所有的人，无论尊卑，都众口一致地断言，露西·格雷厄姆是最最和蔼可亲的年轻女子。[29]

166 布雷登的恶棍在威尔基·柯林斯那里是受害人，而布雷登对《白衣女子》的写作程式的讽刺还延伸至许多其他的细节中。在整部小说中，布雷登都在表明，一个有决断力的女人能够解放自己，而作者所积极采用的正是那些几乎毁掉柯林斯的被动的女主人公的办法。[30]布雷登的女主人公尽管白净，却远非无能之辈。

她那上流社会的丈夫跑到澳大利亚的金矿去碰运气，她遭到遗弃后，把孩子留给年迈的父亲，和一个罹患肺痨的女子交换了身份，伪造了自己的死亡，使用假名，成了一名家庭教师。年老的迈克尔·奥德利爵士向她求婚，她一口答应了，希望从此以后不必再忍受“寄人篱下、含辛茹苦、饱受屈辱”的日子。第一个丈夫回来并向她挑衅时，她冲动之下把他推入井中。奥德利夫人的其他罪行与掩盖这桩谋杀有关，但这个丈夫到头来仍活着，她没有真正犯下杀人罪。她坦白自己有母系遗传的精神错乱症，最终在欧洲大陆的一所私立精神病院中度过余生。[31]

奥德利夫人的秘密究竟是什么？我以为这是全书最具颠覆性的地方。一连串的秘密相继披露出来：首先，她有双重身份；其次，她犯有重婚罪；其三，她企图杀人；其四，她杀人未遂；最后一点，她疯了。但是，她真是疯子吗？奥德利家人咨询医生时，他起初拒绝做出他们希望得到的诊断：

> 她做的所有事情都不能证明她发疯了。她从家里逃走， 167
> 因为家庭不让她觉得快乐，她离开是希望找到更好的家庭。这里不存在什么疯狂。她犯了重婚罪，因为她靠这个获得了财富和地位。那也不是疯狂。她发现自己身处危境，却没有变得绝望。她使用了聪明的手段，去完成一个需要冷静沉着地贯彻的阴谋。那也不算疯狂。[32]

正如菲莉丝·切斯勒（Phyllis Chesler）最近所证明的，疯狂可以用作偏离女性角色的标签；而且，就像我们在《简·爱》中已经看到的，维多利亚时代的人推演出一种精神错乱的理论，说女人特别容易发生错乱。[33]奥德利夫人缺乏女人味的坚决同劳拉·费尔利那种任人摆布的被动性形成如此反差，故最终注定被描述为疯狂，这样做不仅省却了布雷登必须处死一个自己有诸多认同感的可爱女主人公这件讨厌的事情，也免除了女性读者因体认一个冷血杀手带来的负罪感。布雷登用她的解释挑唆着读者；她说，奥德利夫人的精神错乱是隐性的、间断性发作的，只在她精神特别紧张的时刻才显现出来，如生孩子以后，丈夫抛弃她以及丈夫回来要把她从幸福富足的生活中拽出来的时候。所有的女读者肯定都意识到，奥德利夫人真正的秘密就是她神志清醒，而且，她具有代表性。

布雷登通过故事中的侦探罗伯特·奥德利的长篇独白为这样的解读提供了有说服力的证据。他的滔滔宏论表面上在声讨远古
168 以来女人的邪恶，实际上则是很容易识破的女权主义恐吓：被关在家庭里、不准有合法职业的女人会把她们的挫败感转为对家庭的攻击：

> 她们是赛米勒米斯、克里奥帕特拉、贞德、伊丽莎白女王、叶卡捷琳娜二世。她们沉湎于战争，热衷于谋杀，恣意喧闹，好铤而走险。如果没法搅得周天寒彻，把着地球玩，她们就会小题大做，在家里掀起战云和烦恼，在茶杯中翻起社会风暴……把她们叫作柔弱的性别真是骇人的嘲弄。她们

> 是强悍的性别，是更嘈杂、更百折不挠的、顶顶自作主张的性别。她们想要自由发表意见，要各种各样的职业，是吧？这些统统给她们好了。让她们去当律师、医生、传教士、教师、士兵、立法者，做所有她们喜欢做的事情，只是让她们别再聒噪——如果她们做得到的话。[34]

《奥德利夫人的秘密》中家庭谋杀的威胁并非孤立现象。评论人对惊悚小说的不满之一是它们为那些对毒物学有兴趣的学生提供了“下毒所用的最有效的验方”，从而使谋杀“对于能力最低下的人也变得轻而易举”。[35]E.E. 凯利特（E.E. Kellet）在其自传《我记忆中》回想说，人们曾怀疑家庭谋杀比能够证实的案例普遍得多：

> 人们表现出来的并不总是他们感觉到的，家庭有时会变成牢房，而有一种凶险的方法可以从中逃出来……有个医生曾对我说，他相信伦敦没有一个执业 20 年的医生没有重大理由认为他行医时有妻子毒死了丈夫，丈夫毒死了妻子。但是在绝大多数案例中，医生没法说出自己的怀疑。[36]

中产阶级妇女对暴力罪行的着迷在很长的时间里被当作一种 169
无法解释，却又很有趣的女性的自相矛盾之处。1864 年，二流小说家伊丽莎·斯蒂芬森（Eliza Stephenson）注意到，“名门出身、有地位的女人，在优雅环境中长大的女人，为自己精致含蓄的情感而自豪的女人，看到手指划破了就晕过去，听到有人说一窝小猫淹死了就歇斯底里大叫起来的女人——就是这样的女人可以一连坐上几个钟头，听人事无巨细地讲一桩冷血谋杀案”。[37]

在朱莉安娜·尤因对维多利亚少女时代的那部经典叙述《从6岁到16岁》中有一个滑稽的场景：约克郡有身份的淑女绅士们在一起探讨，他们温婉可爱、正值青少年期的女儿们究竟会残忍到什么地步，而《女帽商和女外衣商》(对《英格兰女性家庭杂志》的戏称）已经公开说出了十几岁女孩的残忍：

> 在兰贝斯那个鞋匠的女儿因毒死她小弟弟而受到审判之后，也出现了惊人的通信……所有信件都写了十几岁女孩子所做的一切可怕的事情……但最吓人的信来自“一个研习人性者”，它最后说每一个15岁的女孩子心底里都是个谋杀犯。[38]

19世纪60年代的康斯坦丝·肯特（Constance Kent）案是这类揣测的一个来源，在这个案子中，一个威尔特郡体面家庭出身的16岁少女被指控并最终承认割断了3岁大的同父异母弟弟的咽喉。医生、报刊撰稿人以及“研究人性者”都指出这是显著的女性犯罪：“这是一桩放荡的谋杀，不是男人下的手，因为这里面有一种我们以为再堕落的男人也不可能要的残忍伎俩；可那是
170 女人的报复行为——病态，残酷，诡诈。”[39]

中产阶级女杀手的审判引起了女性追随者的热情和同情。

（1857 年在爱丁堡）审判马德琳·史密斯（Madeleine Smith）时，在场的庭审记录员对女性观看案情的狂热大为震惊，她们天天在法庭外排队等着听血淋淋的色情的细节。玛丽·S. 哈特曼（Mary S. Hartman）描述了中产阶级女性和本阶级女凶犯之间“声援认同”的一贯方式：

> 当时的报刊一直在抱怨“有体统”的女性对案件“很不得体”的兴趣；但是对于这种兴趣的解释看来不是异常行为造成的病态亢奋，而在于未曾清晰言述的欲望有了替代性了却的机会。早些时候，对女性反应的报道限于描述她们观看审判的行为，包括审判室里同情的表情，去探视被指控人并送礼送花的尝试，显示出对那些女人辩护律师的普遍热情。然而，到后来，同情和认同的表现发出了声音。女人们写信给法官和报纸，签署请愿书，组成辩护团体，公开抨击法庭和社会搞双重标准等。被控犯有杀人罪的女人看来似乎把许多这样的女人在最隐秘的思想活动中都不大敢想的事情付诸了行动。许多“有头有脸”的妇女深受审判的吸引，对她们说来，这个经历与其说像在观看一场畸人展，不如说是在照一面哈哈镜。[40]

布雷登在其漫长而成功的写作生涯中始终吸引着无处泄导的 171
女性能量，她总是打乱后又重组同样的元素，女性的远大抱负先被引向婚姻，然后又引向犯罪的骗局。例如《把握时机》(*Taken*

at the Flood）[①] 的情节重复了《奥德利夫人的秘密》：野心勃勃，自我修炼的西尔维娅为逃避没完没了地使唤她的父亲而嫁给了一个富有的老头，随即发现婚姻不过是另一种形式的枷锁和奴役。和奥德利夫人一样，她也企图杀死丈夫。布雷登对女性不满情绪的描写影响了包括乔治·艾略特在内的很多当时的小说家。《米德尔马契》中的劳尔夫人，那个因丈夫占有欲太强而杀了他的女演员，就是一个直接来自惊悚小说的人物。在艾略特的《丹尼尔·德龙达》（*Daniel Deronda*）中，格温德琳（Gwendolen）也差一点就谋杀了丈夫格兰考特（Grandcourt）。

和大多数惊悚小说家相比，亨利·伍德夫人是老一代作家。她的小说比布雷登的多情善感，但写起女性的挫折感来同样身手不凡。她本人嫁给了一个情趣杳然的商人。她儿子写道，父亲“没有一丁点儿想象的火星子……读一本小说对他来说十分费力”。伍德夫人得了一场显然是心身失调引起的病，病程拖延了很长时间后，她开始写小说。写作是一种解脱，使她从病中恢复过来，并以愉快的情绪对待生活中的种种压力。像布雷登一样，她十分清楚自己想说什么：“一旦设计好了，就绝不更改情节和枝节；故事在写下来的过程中不再生发出新的看点和可能性。这样做是不可以的；作者牢牢把握着素材——有确定的目的。”[41]

伍德的《东林恩庄园》（*East Lynne*，1862）是另一部畅销书；

① 出处为莎士比亚的《尤利乌斯·恺撒》第四幕第三场；20 世纪作家阿加莎·克里斯蒂有一部同名小说，译名有《涨潮时节》《遗产风云》等。

和《奥德利夫人的秘密》一样，它也成了英美通俗舞台上的一出 172
情节剧。女主人公伊莎贝尔·卡莱尔夫人（Lady Isabel Carlyle）在男性亲人的胁迫下嫁给了一个她不爱的男人。她的丈夫和迈克尔·奥德利爵士及亨利·伍德差不多，富裕，善良，宽容，有一副好脾气；但正如伍德夫人所暗示的，纵然心善，缺乏激情仍是缺憾。伊莎贝尔夫人憔悴下去，在西林恩庄园的藏书室读小说，痛苦地生养了两个孩子，成了个病人。伍德采用道德的、审慎的语气，但是她明显地同情这位妻子的情感，虽说后者既没有受骗上当，也不曾受到虐待，只是得不到性满足，烦闷得要死而已：

> 年轻的小姐，当那个即将成为你的夫君和主子的人信誓旦旦地对你说他将永远是现在这个热情似火的恋人时，愿意的话你就相信他好了，只是当失望袭来时别责备他……男人的构造如此，他是会变的，那正是他的天性……他的表现一定会镇定下来，习惯于风平浪静，而对于你来说，假如你是个苛刻的性格，这态度看来就像漠不关心或冷淡，但你把它忍受下来就做对了，因为现在这态度已经永远不会是另外的样子了。[42]

伊莎贝尔夫人在情欲冲动之下——这种性激情看来那么有悖常情，是因为伍德夫人说明情况时支支吾吾，大有保留——抛却丈夫和孩子，跟着一个卑劣的勾引者私奔了。伍德夫人为这桩屈服于冲动情感的行为准备了可怕的惩罚。伊莎贝尔夫人遭到情人的遗弃，在一次火车失事中失去了非婚生的孩子，还在这次灾难中毁了容，变得面目全非。她伪装成另一人回到家里，当上了自己孩子的家庭教师。她丈夫获准离婚，并与她的死对头结了婚。甚至在儿子濒临死亡，她在他床前恸哭时，她都不可以披露自己的身份。然而，作为一种威慑力量，对她惩罚之巨显得很有必要，因为逃走的诱惑如此巨大。伍德夫人甚至插进来，发表了一段直截了当的警告：

> 173 小姐——为妻者——为母者！假如你曾经受到诱惑，想抛弃你的家庭，你总会醒过来的！无论你的婚姻生活会经受什么样的磨难，哪怕这些痛苦在你被压垮的精神面前会放大到没有女人能够承受的地步，也要下决心承受之；跪下来祷告，祈求让自己能承受下去。[43]

伍德夫人的教诲的急迫性暗示出她感到自己说话的对象是一大批怀着孤注一掷的心情的听众。当女人发现几乎不可能取得离婚，在婚姻之外又没有什么维持生计的办法时，关于纯粹逃生的幻想就产生了巨大的吸引力。于是，如圭尼维娅·格里斯特（Guinevere Griest）在其有关缪迪租书图书馆的研究著作中所说，在惊悚小说中“逃跑十分普遍，虽说对于情节并非绝对必要”。[44]

罗达·布劳顿的《出来如花》(*Cometh Up as a Flower*, 1867）①

---

① 书名可能出自《旧约·约伯记》第14章第2节：“人为妇人所生，日子短少，多有患难；出来如花（comes forth like a flower），又被割下，飞去如影，不能存留”。

中的女主人公读了《东林恩庄园》，决定不从丈夫身边逃走，却
死于体面的肺病；她对上帝感激不尽：“这位砸碎一切枷锁的伟
大工匠正在敲掉我的桎梏。”[45]布劳顿的惊悚笔法和前辈作家的
一样，也败在了顺从道德俗套的需要上，然而和她们敢于做的
相比，她描绘了一幅更加完整的家庭内部紧张局面的图像。像莫
蒂默·柯林斯（Mortimer Collins）这样的男性竞争者抱怨说，新
宠女主人公是个“傻丫头……不是出来如花就是把丈夫推到井里
去”[46]，但是布劳顿笔下的耐尔·莱斯特兰奇（Nell Le Strange）
机智，精力充沛，率真得令人振奋。[47]她是众多维多利亚女主 174
人公中的一位，在失去母亲的家中当家作主；但是和埃塞尔·梅
或埃丝特·萨默森①不同的是，她直言不讳自己因占有父亲的爱
和关注所感到的愉快，以及对妹妹多莉的强烈嫉妒。她有时觉察
到自己正在“思量着，万一多莉死了的话，我会不会挤出一点
哭声，装出一点有分寸的悲伤样子”。[48]耐尔谈起激情也毫无保
留：“在林中邂逅一个帅气的近卫兵时，她感受到‘无限的、疯
狂的、如痴如醉的’幸福。[49]”只是他已经结婚了，而耐尔为了
挽救自己的家庭，也不得不应下一桩有利可图的婚姻，嫁给富有
却又老又丑的休爵士。她对于包办婚姻及其日日夜夜需面对的
可耻买卖关系的叙述，意味着对女性在家庭中地位的真正激进
的分析，预示了将于两年后问世的穆勒的论述，《论女性的从属

① 埃塞尔·梅是夏洛特·扬的《雏菊花环》中的人物，埃丝特·萨默森是狄更斯的《荒凉山庄》中的人物。

地位》：

> 他用胳膊围住我的腰，用他那鬃毛似的胡子在我的双眼、双颊和额头上来回地刷着，只要他觉得喜欢他就这样做——我难道不是他的财产吗？只要他愿意，他难道没权利把我的脸亲个底朝天，随心所欲地搂住我，抱住我，把我拽来拽去的？难道他没有把我买下来吗？为了那一对上好的保证永不褪色的蓝眼睛，为了同样的精致红唇，为了几多磅一流的洁白肉体，他还不是压根不还价，出手大方，当场掏了腰包？那好，要是不让他试试这些买卖做得值不值，他还不得屈死！[50]

耐尔以厌恶、蔑视自我的方式苦苦抗争着，她只巴望丈夫把
注意力转到厨子身上去。和仆人对比之下，她的命运似乎更加无
175 望：“休爵士的其他佣人如果不喜欢自己的位置，或厌倦了，可
以打声招呼，然后离开；可我呢，不管我多厌烦自己的处境，都
永远无法提出告示，永远无法离开。我一生都绑定在这儿了。”
而且，少女时代的她在感伤小说和宗教的培育下，希望结婚典
礼会神奇地使她再也不受其他男人的吸引，可事情却完全不是这
样，她不得不把自己看作一个“很坏、很邪恶的女人”。[51]

奥利芬特夫人在愤慨地评论布劳顿小说时表明了她的感受：“这样写作对女人来说真是羞耻；对于读这些书并当真的女人，把书中安在女人身上的暧昧谈吐和耽于肉欲的倾向当作对她们自

身及行为举止的真实表现，这真是羞耻。”[52] 然而，19 世纪 60 年代和 70 年代如洪水般涌起、走红一时的女性惊悚作品表明，读者确实从敢说敢言的女主人公身上认出了自己。小说中火辣辣的率真表述比我们料想的更加经久；有许多书至今仍让人惊诧，让人发笑。

1875 年海伦·马瑟斯（Helen Mathers）[①] 的畅销书《穿过黑麦田》（*Comin' Thro' the Rye*）就是一个有趣的例子。第一卷《播种时节》（*Seed Time*）有作者本人童年的影子：一个虐待狂父亲，所有子女——尤其是被他当作“白人奴隶”的女儿们——都痛恨他，畏惧他。这部偷偷写成、匿名发表的小说不顾一切禁忌地描写了维多利亚父亲对女儿们的无情役使：“他要能随心所欲的话，一定会让所有的女儿在纯真无瑕的茎上不断枯萎下去：当她们变成惨兮兮、瘦骨嶙峋的老处女时，又会反过来嘲讽她们，说她们竟然没有本事让一个男人娶她们中的一个。”[53]

虽说海伦·马瑟斯相信逃离父亲的唯一办法就是结婚，但是在一系列不可能误解的影射中，她暗示了男性性欲有彻底的毁灭性。她的女主人公耐尔（就像马瑟斯本人一样）是 12 个孩子中 176
的一个；在这个巨大家庭的身后是温和的筋疲力尽的母亲，她显然是父亲淫欲的牺牲品。父亲被刻画为易怒、动不动脾气就炸的雄性：“我们都把老爹看作一枚炸弹，或一座火山，或一把上膛

① 海伦·马瑟斯是埃伦·B. 马修斯的笔名，即本书第 166 页提到的海伦·里夫斯，里夫斯是她的夫姓。

的枪，说不定什么时候就爆发，一准把靠近他的一切都炸得粉碎。”[54]其他男人即使没有父亲那么强悍，也同样令人厌恶。孩子们暗中偷看求欢的仆人，他们面色涨红，笨手笨脚，粗俗不堪；那个油光锃亮的牧师，“一对肥胖的手合抱着，在热辣辣的太阳下像条海豹似的一闪一闪”，是个伪君子加傻瓜。[55]听到他说婴儿因原罪而啼哭时，连12岁的耐尔都觉得自己比他强：她见过那么多婴儿，别以为她不懂。耐尔在乡下长大，四周不断有动物和人在生养繁殖，她发现性是件可笑又荒唐的事情。她不懂“人们怎么能喜欢结婚”，也不懂“把父亲发明出来有什么用”。[56]很自然的，耐尔所追求的就是进入她哥哥的世界，她人生的最高点就是被送到实行进步的教育法的寄宿学校，穿着灯笼裤学习打板球。丢掉了自己讨厌的女服后，耐尔第一次觉得，不论从她现在取得的敏捷灵活度，还是从丢掉的端庄谨慎来说，她都已经在世上和男性平起平坐了：“长袍、衬裙、带硬衬的裙、缎带、饰结、斗篷、宽边帽、无边帽、手套、绑带、钩子、扣眼、纽扣，还有数不清的物件，这些林林总总做成女孩装束的东西擦得我那么疼，让我那么恼火！”[57]

不幸的是，马瑟斯没能在三卷书中维持这种自信的预期。耐尔爱上了一个神秘的陌生人，他死了。马瑟斯基于自己的经历创
177 作了少女时期的耐尔后，既无法抛弃也无法相信三卷本小说的感伤传统。她对这个两难问题的处理也许是在她处境中的小说家唯一可用的办法：给女主人公编造一段浪漫恋情，但让它有不幸的结果。耐尔留在了地狱的边缘；我们无权预测她今后的生活中会

做什么，但至少她不会受婚姻的约束。

19世纪60年代尚健在的老一代女小说家对惊悚小说家确实感到震惊，但也夹杂着一丝妒忌。她们学会了至少在作品中隐藏并压抑抗议之声，现在看到比她们年轻的女人居然那么轻快地就坦率说出自己的想法，实在是愤懑难平。女性小说家已经内化了上流社会女性的行为规范，随着年龄的增长，她们愈加紧紧抓住过时的理想不放手。甚至在写《佐伊》的时代如此大胆的杰拉尔丁·朱斯伯里也变成了家庭生活的守护人。在1858年至1880年担任本特利出版公司审稿人期间，她对新小说做过非常严苛的评判。“假如我是个男人，在读这部手稿，”1872年时她如此写下对戈弗雷夫人的《多莉》(*Dolly*)的看法，“我会询问：‘英国的这些年轻女人是不是在努力做合格的交际花啊？’羞耻和矜持的意识一旦全都崩溃，那就一路大道通地狱了。”[58]朱斯伯里同罗达·布劳顿的战斗尤其激烈。她竭力劝说本特利不出布劳顿的书，书面市后她在《雅典文学评论》上写了尖刻的评论。布劳顿在《生手》(1894)中把她写成格里姆斯顿小姐，讽刺她“举着印第安战斧”给《门廊》(*The Porch*)作评论，但典型的是，任凭朱斯伯里张牙舞爪，布劳顿不为所动。“《雅典文学评论》骂得那么温和令我感到吃惊，”1870年时她给一位友人的信中写道，“我确信我没认出老朱斯伯里那支饱蘸酸醋和胆汁的笔。”[59]

林恩·林顿夫人在她的《星期六评论》的“当代女性”系列评论(“The Girl of the Period”, 1869)中严厉斥责了惊悚小说家及其女主人公。在后来的小说如《家中忤逆》(*The Rebel of the*

178 *Family*, 1880）中，她用漫画手法把叛逆的女性写成厌恶男性者和女同性恋者。西山女权社（West Hill Society for Women's Rights）的女社长贝尔·布朗特（Bell Blount）同另一个女人、她的“小妻子”住在一起，她宣布“世界绝不可能重生，除非女人翻身做主，男人归到他们该待的地方，做我们的奴隶，做世界的劳工”。[60] 林顿的女主人公拒不接受女权的说辞，结了婚：“爱似乎比所有这些拼死的对抗好得多！——女性的顺从也比一切自我中心的独立要美妙得多！”[61]

还有一些女小说家在公开抗议年轻一代的纵欲和自我本位的同时，也试图打破自己一向遵守的制约，更加诚实地描绘女性的情感。在其两部后期小说《林道尔斯伯爵家的女人们》(*The Ladies Lindores*, 1883）和《卡尔伯爵小姐》(*Lady Car*, 1889）中，玛格丽特·奥利芬特讲述了卡罗琳·林道尔斯伯爵小姐[①]那野心勃勃的父亲如何强迫她嫁给了富有但粗野的地主帕特·托兰斯（Pat Torrance）。

卡尔小姐虽然处境可怜，但她本人是地道的被动女性，唯命是从，毫不抗争。奥利芬特夫人刻画了女主人公的悲苦，甚至写

---

① 卡罗琳的父亲是伯爵家的三儿子，本无资格继承爵位和家产，只因当伯爵的大哥的子嗣陆续死去，本人也亡故，下一个继承人二哥也在印度阵亡，所以爵位落到了他的头上。原先对卡罗琳的称呼是 Miss，但她父亲有了伯爵衔后，对她就使用了称呼公爵、侯爵、伯爵大女儿的尊称 Lady，Lady 加上本名即某某贵族小姐的意思，卡罗琳的第一个丈夫是平民，所以人们对她仍称伯爵小姐；书中常用 Caroline 的昵称 Carry，或者 Car，所以续集中的 Lady Car 仍然是指卡罗琳这位伯爵小姐；她的第二个丈夫也是平民。

了她受性侵害及厌恶性的意识，可就是没有赋予她改变现状的意志力。在一个直白得不寻常的段落中，卡尔小姐向母亲坦露，丈夫的死亡（醉酒摔落）让她多少年来第一次有了欣喜若狂的感觉：

> 我就像个疯子……疯了——太高兴了……只要想到我永远不需要再遭受那一切——想到他永远不会再到这里来了——我自由了——我独自一人了……永远无法独处：世界上从来没有一个角落，在那里——别的人无权进来，不比你自己有权进来，我真不知道是怎么忍过来的。[62]

就像在罗达·布劳顿的小说中一样，丈夫的死不是悲剧而是 179
解放。奥利芬特夫人也使用了房间的隐喻来表现女性肉体和思想的完整性。但是卡尔小姐怎样打发她的自由和独居的生活呢？独善其身，始终独立，不依赖他人，教育孩子不要重蹈覆辙？全都不是。事实上，她发现自由和受役使一样，也是不可忍受的命运。在续集中，我们看到她再婚了，这回是为“爱”而结婚，却同样不幸。她所爱的丈夫的性行为也让她厌恶；她和前夫托兰斯所生的孩子和她的期待相差甚远。奥利芬特夫人和女主人公的认同感让小说读者感到很不舒服，好像被强拉着去参加她那自哀自怜的狂欢似的。例如，作者大写特写卡尔小姐同第一次婚姻生下的孩子之间的疏离感，他们好像是一个粗糙族类的生灵。最后一点同情都被无情地榨干了，用于感受母亲的孤独和幻灭。奥利芬特夫人从未想到过，应该责备的根本不是命运和遗传。她似乎全盘接受了一种思想，即当母亲的幸福是一种权利，但卡尔小姐的这个权利被骗走了；至于卡尔小姐以为做母亲可以补偿她个性的软弱，这种期待本身是否错了，作者则不予考虑。卡尔小姐如此羸弱，如此缺乏热情，如此迷恋自我，乃至她对孩子们的排斥看来恰好令人不快地证明了懦弱之辈企图通过问罪对他人进行操控的行径。

奥利芬特夫人从来不去面对把女性自我实现的分量全部押在丈夫和孩子身上这种社会神话的危险。她本人对儿子提出了根本达不到的要求，然后终身为他们的“不争气”感到痛苦。在小说中至少可以在一味承受痛苦之外找到别的选择，如受苦者制定计划，努力成事，又如宽恕折磨者的罪责。守旧的维多利亚道德家可能会开出好好尽责的良药；20 世纪的女权主义者会坚持离婚。
180 但是在 19 世纪和 20 世纪还有第三种可能的做法，那就是不再让女主人公从别人身上寻找自己的幸福，而开始力争通过自己的才能和成就产生幸福感。卡尔小姐事实上就是个寄生虫，如果她吸吮的只是苦水而非欢乐，那她只好怪自己。

如乔治·艾略特所说，摆脱愚蠢的办法就是摆脱自己虚假的期望。但是，就在惊悚小说家记录下她们的幻灭、挫折、愤怒，甚至残忍的情感时，她们仍然不能下决心着手对女性角色进行根本性的探索。19 世纪 60 年代和 70 年代的小说尽管孕育了早期的怒火，却普遍流产了。愤怒内在化了，或投射出去了，却从未得到正视和理解，或做过点什么。一次又一次地，女主人公们到达了自我发现的边缘，然而又退下阵来。就连女性的惊险读物（thrillers）对女性意识的探索也很有限：它们暗示了女性的敌意和渴望，但回避对之作出分析。奥德利夫人和伊莎贝尔夫人都不仅抛弃了丈夫，还抛弃了子女，但是布雷登和伍德都小心翼翼，不去正面抨击母性崇拜。伊莎贝尔夫人是易卜生的娜拉的前身，但她是个没有思想的娜拉，只是从一个玩偶之家来到另一个玩偶之家；奥德利夫人倒是搬出了玩偶之家，却进了疯人院。

迈克尔·萨德利尔认为三卷本小说的缺陷主要应由提出苛严要求的市场负责。但无论外部压力有多大，这一代女作家都已经深深内化了女性的矛盾冲突。在三卷本小说的结构中，她们反复地上演着自己的无能：不能正视自己的情感，不能接受自身需要的实质。典型的情况是，女性惊悚小说的第一卷分析女性和男性权威的冲突，写得扣人心弦，冷嘲热讽。到第二卷时罪就登场了。第三卷中我们看到女主人公受到惩罚，表示忏悔，她的能量已全部耗尽。女作家生怕被说成病态、不正常、缺少女性气质，畏惧情绪阻碍了她们摸索并找到情节结构所蕴含的意义。正是家庭小说传统本身阻挡了女主人公的发展。人们普遍公认的是，写 181
到小说女主人公成婚，书也就结束了，所谓“我的第三卷”[①]已成了女性人生这一阶段的忸怩的委婉说法了。[63]

① 萨克雷的《纽克姆一家》中，用尽手腕攀附上流社会的麦肯齐太太对叙述人、作家潘登尼斯说，“你们写书……写到第三卷就停下来的绅士其实心里很明白，真正的故事往往此后才开始。我的第三卷（my third volume）在我16岁时就结束了，我嫁给了我可怜的丈夫。”

1880年乔治·艾略特辞世，在某种意义上女小说家似群龙无首，虽说她的榜样、她的传说此后多年仍然沉重地影响着她们。但是，随着她的逝去，女性美学（feminine aesthetic）气数已尽。女小说家需要一种超越自我牺牲的道德规范，一种超越逃跑和报复的设计规划。1880年后，三卷本小说呈颓势，这有助于她们打破某些形式上的桎梏；19世纪80年代女权主义思想意识的上升赋予了她们重要的角色，而且给她们灌输了自我保存的新思想，即超越家庭谋杀的幻想，而进行政治组织。女权主义小说家的始祖萨拉·格兰德写道："我看到这个世界并没有因为多少世纪以来女人的自我牺牲而有一丝一毫的好转……因此我想是时候了，我们要有更有效的计划。"[64]

随着女性阶段的结束和其中一员大将的离去，一种丰饶醇厚的感觉丧失了：小说家和读者之间的亲密关系和共享见解消失了。女权主义的思想意识一时间将注意力从女性经验转移到对女性和母性的狂热崇拜和赞美中去。女小说家对男性社会、男性文化进行正面撞击，并反叛女性的传统，那是必然的，也是必须的。但不幸的是，这种反叛发生在惊悚文学正在女性家庭写实主义中开辟真正激进的、实验性的路子的当口。惊悚小说家高昂的情绪和喜剧性的丰沛很快就淹没在女权主义预示未来的颂歌声中。

第七章　女权主义小说家 182

看到婴儿注定要受苦，
看到少女做了淫欲的奴隶，
看到饥饿的母亲出卖灵与肉换回硬面包皮。
于是她站起来——怀着内里的憧憬，
鼓起她全部向善的力量；
与受苦姐妹不分你我
共享圆满的女性理想。

——《新女性》，1895 年

19 世纪 80 年代和 90 年代，女作家在明确表述及推行女权主义思想意识方面起了核心作用。她们和哈代、吉辛等同时代的男作家很不同，后者相信艺术家将无可避免地毁于新时代廉价的商业精神，而女作家则为女性才能在新时代将更有用武之地的前景感到振奋。19 世纪 90 年代三卷本小说突然销声匿迹，这使对此形式从来难以适应的女作家得以实验创作篇幅短的小说，如“梦境”“寓言”“幻想曲”“基调”。女性阶段的小说家间接地表达了女性的文化价值，却公开声言其反女权主义的立场；女权主义小说家倒是有强烈的归属女作家姐妹团体的意识，这亲缘关系传达的不仅是特权，更是责任和义务。玛丽·哈维斯（Mary Haweis）在

1894 年的女作家餐会上的致辞巧妙将女权主义的要求同经营的要求联系了起来："我们作为女作家的首要责任是帮助其他妇女的事业，而同时保持日报和月刊的价值。"[1] 奥利芙·施赖纳则更加
183 富有情感地计划写作小说《人与人之间》(*From Man to Man*)，用以表示对受苦姐妹的同情和支持："我感到只要有一个孤单的挣扎中的女人读了它，从中得到力量和安慰，那么我就不会觉得自己白活了。"[2] 19 世纪以来第一次，女作家成为天意选定的女人的祭司，她们的信条就是传播影响。她们的使命说来如宇宙般宏大，可同时又不过是女人天生倾向和才能的延伸。如哈维斯夫人所说："世界的重生就在女人手中——在女作家手中。让我们继续发挥我们火舌 ① 般的口才——它被圣灵充盈，献给全然神圣的事业——在行进中去清洗、修补、美化放在我们面前的这部世界历史的书页。"[3] 如此家常的形象由哈维斯说出来显得再自然不

① 这段话的核心意象"火舌"来自基督教传统中对圣灵降临节的想象，降临发生在复活节后第七周的星期日（第 50 日，故亦称五旬节）。《新约·使徒行传》第 2 章第 1—4 节写道："五旬节到了，门徒都聚集在一处。忽然从天上有声响下来，好像一阵大风吹过，充满了他们所坐的屋子，又有舌头如火焰显现出来，分开落在他们各人头上。他们就都被圣灵充满，按着圣灵所赐的口才，说起别国的话来。"从经文中可看出，火舌首先是火焰燃烧时如舌状分叉的视觉形象，但它很快转为其本未有的喻义：口头表述、说话、语言；这里更是指语言才能，本来不能说外邦话的使徒突然张口就说出了各国语言。更需注意的一点是，风、火舌都是"圣灵"的显现，上帝如自己曾预言的，在将"我的灵浇灌"世人；使徒能说别国语言，不是他们自己的才能，而是因圣灵降临他们身上、他们被圣灵附体而获得的能力。了解了火舌的《圣经》背景，再看哈维斯的话就比较清楚了。她是在女作家的餐会上致辞，她代表有语言才能因而也有影响力的女作家对世界，但尤其对女人发言，哈维斯用神圣化了的火舌点明自己 / 女作家与受圣灵驱使改造世界的使徒之间的类比关系。

过，她最成功的书是《持家的技艺》(*The Art of Housekeeping*)。现在女性要开始在宏大规模上运用她们的技艺，对社会做一番收拾整理、修补矫正、擦洗净化的工作：与此同时，她们要做哈维斯所说的“记录天使”，用细致的怀着爱心的思虑揭示出社会的罪恶。在女权主义者手中，克雷克夫人和乔治·艾略特那谨慎尽责的传统染上了救世的狂热。凯瑟琳·布拉德利（双人写作小组“迈克尔·菲尔德”中的一个）在 1884 年的一封信中坦陈：“我们认定自己在生活和文学上都有责任去展现，去尽最大可能昭示女性高标准的社会应有的样貌之美。”[4]

女人可以施加神圣的影响——这幅骑士式的景象一直是维 184
多利亚女性理想中的一个重要概念。罗斯金（John Ruskin）的文章《女王的花园》(见《芝麻与百合花》，1864 年）对此做了最充分的阐述；它将国家救赎的希望投射到女性的精神纯洁上，她们没有被贪婪的商业社会的权力驱动所毁灭。罗斯金勾勒出一个女性角色的补偿性的理论，对女性既是奉承也是麻醉剂。特别是，他强调“女人的确切位置”，其形体的和心理的活动范围，就是“家”。用他那富有性意涵的修辞来说，男人在外面的世界里打拼操劳，“受了伤害”，“变得坚硬”，在家的女人完整无损——家是“和平之乡；是庇护所，不仅遮挡住伤害，也避开了所有的恐怖、怀疑和分裂”——完好的女人自身是安全可靠的，给受到威胁的男人提供了安全的避风港。罗斯金的意思很清楚，“家”并不是一个有围墙屋顶的具体场所，而是女性心灵的神秘投射，是女人仅通过其女性质地所生成的那个存在：“一个真正的妻子无论走到哪里，这个家总是在她四周。她的头上可能只有星星，夜间寒草中的萤火虫可能是她脚边唯一的火光，但家就在她所在的地方。”

可能会有这样的预测：到了19世纪80年代，这种女性影响理论应已被丢弃。然而，女权主义者仅仅给它挪了个位置，换上了行动主义的调性，让严格的女性理想成了女性亚文化的政治基础。这个时候，女人已丢掉了被动性，也不再理会作为女性理想的基础的、非竞争性的男女活动领域有别论。她们把自己所学到的许多东西添加到老的女性影响理论上：运动组织、合法策略、宣传、追求自我名利的事业路线、超凡魅力、政治对抗，等等。她们同时代的男作家如吉辛、穆尔和哈代在设想一种新女性形象，通过她实现他们自身对性自由的幻想［如格兰特·艾伦（Grant Allen）1895年的畅销小说《女人之所为》[①]那样的女主人公，她出名得让女权主义者十分厌恶］；可是19世纪80和90
185 年代的女权主义作家要求的是男人控制住自己的情欲，而不是为她们自己争取放纵的许可。[5]她们对女性影响力的观念十分认真，打算用它作为真正的力量来源。她们所描述的新女性虽不像艾伦

① 《女人之所为》的女主人公受过良好教育，因执着于理念，说服所爱的律师同居而不结婚，并逃避舆论去意大利生活；在女儿出生前，爱人得传染病死亡；没有合法婚姻，她无法继承他的财产，后来她作为单亲母亲在英国抚养女儿，可女儿却对母亲的非婚状态感到羞耻，最后女主人公为女儿前途考虑自杀身亡，该书激起巨大反响，同年（1895年）就有两本应和戏仿的小说出版，《女人之不为》(*The Woman Who Didn't*）和《女人之不欲》(*The Woman Who Wouldn't*)，表达对婚姻等问题的不同看法。

的那么耸人听闻，但更重实效，也可能更具威胁性。我们可以理解为什么在那个时代的很多人（包括弗洛伊德）看来，女权主义者在寻求实施完美女性理想的空洞期许时，等于把牙齿安在了阴道里。[①]

社会达尔文主义提供了执行女性影响力的模型，进化论也吸 186
引了许多女权主义者。1888 年玛蒂尔德·布林德（乔治·艾略特的第一个传记作者）给达尔文学说写了一部诗体史诗，《人类的攀升》(*The Ascent of Man*)。也是这个时候，奥利芙·施赖纳在同哈夫洛克·埃利斯（Havelock Ellis）[②]谈论，说她“打算运用进化论来阐明两性问题”。[6]“攀升”是女性的社会进化理论中的关键词。埃米·布利（Amy Bulley）用那个时代典型的女权主义风格概括了 1890 年的稳健立场：

> 作为社会因子，作为进化的、人类发展的引擎，女性全方位地进入生活是如此巨大、如此富有意蕴的变化，乃至于对那些理解其意义的人来说，这一观念无可抗拒。它最终的结果无法预见；很清楚的只有这一点，即从今以后更全面更完善的女性进化必定和社会的发展紧紧联系在一起。[7]

---

① 阴道里的牙齿有个拉丁文的专门说法：Vagina dentata（阴齿），该词往往被错误地说成是弗洛伊德的发明；虽然与弗洛伊德所说的男性阉割恐惧有关，但类似的神话传说据说遍及世界各地各民族。

② 哈夫洛克·埃利斯和施赖纳曾有短暂的恋情，后成为终身好友。

女性开始相信，她们既然在精神上领先，便有道德权利担任领导者。英国仿佛在大声呼唤女性愿意提供的那种道德领袖。对于受到保护、对性很无知的淑女来说，反传染病法运动（1864—
187 1884）中所披露的事件给她们留下了创伤性的经验。[8]运动的最高潮阶段适逢《论女性的从属地位》发表。1869 年 12 月 31 日《每日新闻》(*Daily News*）发表宣言，要求取缔传染病法，签名的有包括弗洛伦丝·南丁格尔和哈丽叶特·马蒂诺在内的 124 位著名女性。从此，有名望的女性遇到了不断升级的一连串骇人的故事，全都讲述着男人的残忍、淫荡、败坏。不只是兽性的军人从政府对妓院的监管中得到了好处。警察和医生对被控卖淫的女人作强行检查时，也成了代表国家行动的人。在女人宁死也不愿作骨盆检查的年代，把妓女关进去作检查和治疗的性病医院（Lock Hospital）传出了令人毛骨悚然的侵害、侮辱的故事，触发了女性最黑暗的幻想。1875 年，疑为卖淫实际清白无辜的珀西夫人（Mrs. Percy）自杀身亡，该事件强化了天下男人结成联盟来迫害女人的观点。

同男性恶习开战的女改革家往往狂热地坚持说，男人的性冲动正在造成宇宙的退化和衰落。针对男人粗俗、“污秽的习惯”，她们提出女性的性动力升华为母性的理想模式，这样也就去除了所有不怎么能承受的联想。现在很容易嘲笑这一切，但我们必须记住当时的世人是怎么指望她们的。让她们感到惊恐的远不止反传染病法运动所披露的。《现代巴比伦的处女贡品》(“The Maiden Tribute of Modern Babylon”）——W.T. 斯特德（W.T. Stead）

的这一写伦敦雏妓业的惊悚系列发表在《蓓尔美尔报》(*Pall Mall* 188
Gazette)上，列数男人对处女、鞭打、强奸的嗜好，让女人大长见识。1885年发生、却始终未破案的开膛手杰克连环凶杀案更是助长了女性的妄想多疑。开膛手杀死妓女后，切下她们的生殖器官，铺陈给警察看（有一次甚至宣布自己把器官吃掉了）；经常有暗示说杀人犯是个医生，或梅毒患者，或两者皆是，他向妓女报复，因为她们传播了疾病。

特别重要的是，我们必须了解，性病恐惧是影响人们对性的态度的强大因素。[9]对女人来说，关键还不在于梅毒造成了可怕的令人厌恶的破相（那时的医学书籍上对此描绘得生动细致），此病最糟糕的地方是有遗传性这个事实。患梅毒的父亲带着可怕的、无法抹去的污点，正如伦敦人在易卜生的《群鬼》(*Ghosts*，1891)中所看到的那样。医学专家证实说，(那时无法治愈的)梅毒几乎总是会传染给无辜的妻子和儿女。正是对于未来数代人受到威胁的这种意识促使妇女去打一场正义的战争，去改变和提高男人的性道德。她们要把母亲的爱洒向世界，而罗斯金用遮蔽危险的家或花园的形象浓缩的母性本能成了她们的强大堡垒。

尽管像莫娜·凯尔德那样的一些女权主义作家希望男人和女人共同解放他们自身，但持极端观点的人把女性体现的利他主义
美德阐释为一种垄断权，看不到同男人打交道会带来什么好处。189
“总之，亲爱的C先生，”弗农·李对一位相识说，“女人的爱从根本上属于母性，以至于去列举可能偏离这种基本品格的表现会

变得太沉闷乏味；然而男人的爱却明显地、一成不变地是三位一体（triune）的：那就是攫取、占有和兽性！”[10] 比阿特丽斯·韦布和前辈弗洛伦丝·南丁格尔一样，把做母亲看作一种生物意义上的陷阱，排去了女人的政治和智性能量。1887 年时她在日记中写道：“天性坚强的女人需要保持独身；这样女人的特殊力量——母性的情感——就可以被推向社会工作。”[11]

女权主义文学有相当部分表现出对男人性欲的反应，其不分对象、连续不断、有害健康的强力甚至让最有激情的女性感到格格不入。我们一定会想起，维多利亚人相信妻子不能拒绝丈夫的求爱，他享受夫妻生活的权利是无条件的。在对维多利亚男人的性能力的一处很有意思的评论中，乔治·埃杰顿写道：“婚姻对许多女人成了合法卖淫，每夜的堕落，架在她们脖子上、让她们老下去的可恶轭具，不是因爱，而是因责任受孕的生儿育女的纯粹工具。”[12] 这里最关键的词是“每夜”。男人性要求的定期性和经常性同女人周期性的冲动相比显得野兽般粗鲁。这使得本来应该是美妙的交融成了日常的苦工。作家们表达的性挫折也引出了其他类型的女权主义理论。例如，玛丽·斯托普斯（Marie Stopes）解释了“女人欲望循环出现的周期”的“基本节奏”，她确定这种现象两周出现一次；[13] 弗朗西丝·斯威尼（Frances
190 Swiney）还有更匪夷所思的通晓神智的处方：性交每过几年进行一次便足够。[14]

女权主义者毫不畏惧神的审判或弗洛伊德式的评价，她们公开写出自己对性的态度，挑明了其前辈、惊悚作家隐含的性抗议。她们的坦率令人吃惊。弗洛拉·安妮·斯蒂尔在恰切地取名为《极乐花园》（*The Garden of Felicity*, 1929）的自传的首页上就将自己终身的性冷淡说成是父亲的影响："我的出生和我哥哥的出生间隔了差不多三年……我常常好奇地想知道，父亲在此间自愿停止夫妻活动是否同我生来不喜欢肉体方面的生活有什么联系。"当然，怪罪遗传有点怪异（她是11个孩子中的老二），但她的陈述是一种提示，不喜欢肉体方面的生活正是维多利亚天使的可贵品质，就连女权主义者和叛逆者在承认这点时都不无自豪。凯瑟琳·卡芬（Kathleen Caffyn，笔名"约塔"）的"问题小说"《黄紫菀》（1894）毫不含糊地写了一个性冷淡的妻子，但在母性中看到了她的拯救。

很明显，维多利亚后期的女权主义充满了矛盾和冲突。这是一群把母性本能当作思想体系的基础的女性。但她们中间有许多人厌恶性，畏惧生育。哈维斯夫人在日记中承认，第一个孩子出生时，她并没有像自己所预期的那样心中涌起做母亲的狂喜："甚至——我相信这点——哪怕这可怜的尖叫的小家伙死了，我想我过了一两天也就会不大难过了。"[15] 当然，如琳达·戈 191
登（Linda Gordon）对美国女权主义计划生育思想的研究中所指出的，女权主义人士对性的敌视和恐惧"源自她们是女人这个事实，而非因为她们是女权主义者"。[16] 维多利亚淑女们本应厌恶性事。由于男人的无知，怀孕期、性病和分娩的危险，缺乏表达自己性需求的任何途径等，节欲就成了对很多女权主义者观察到的性两难问题的唯一理性回答。安妮·贝赞特的避孕指南《人口法则》(*The Law of Population*)反映了对同一些问题更为务实的解决途径。

对母亲和母爱的崇拜和对性交、分娩等实际过程的强烈反感结合在一起，引出了一些奇特的幻想。英国的弗洛伦丝·迪克西夫人（Lady Florence Dixie）和“埃利斯·埃塞尔默”，美国的夏洛特·珀金斯·吉尔曼（Charlotte Perkins Gilman）等女权主义作家构想出女人统治的世界、女权主义革命以及单性生殖。在迪克西的《格洛丽亚纳：或1900年的革命》中，格洛丽亚纳（Gloriana）伪装成男孩赫克托·莱斯特兰奇（Hector L'Estrange）——“出色的击球手、投球手、划桨手……天下书考不倒他”——从伊顿公学一路读到牛津，再进入议会，她在议会脱去伪装，开始通过一系列平等权利立法。[17] 埃塞尔默的《自由了的女人》(*Woman Free*，1893）是用五步抑扬格英雄对偶句写成的长诗，庆贺月经周期即将结束。埃塞尔默争辩说，行经的起源如拉马克①所说是史前发生的强暴，她相信“自由了的女人”将会挣脱“这恶心的习惯”，这时

> 她的身体不再为流失而委靡，
> 将为头脑输送更新鲜的活力；
> 她将在不为人知的思想王国遨游，
> 是她枷锁下的生命几多岁月来的寻求。[18]

① 拉马克（Jean-Baptiste Lamarck，1744—1829），法国博物学家，进化论者。

吉尔曼在《她之乡》(*Herland*) 和《移山》(*Moving the Mountain*) 192
中想象着亚马孙乌托邦，那里的女人在母性精英领导的社会中自发地繁殖后代。

在要求女性从月经周期中解放出来这个方面，埃塞尔默比杰曼·格里尔早了一步，但是从政治上和技术上说，埃塞尔默的幻想十分幼稚，因而最终仍令人沮丧。希拉·罗博特姆（Sheila Rowbotham）写道："受统治的人能讲故事，能幻想，能创造乌托邦，但是她们不能设计出到达那里的手段。她们无法利用地图，策划路线，并推测胜算的把握。"[19] 玛丽·柯尔律治的诗歌《白种女人》("The White Women", 1900) 中"从来没有在轭具下弯下脖子"的亚马孙人是对往昔的黄金时代的幻想，而不是未来的榜样。

女权主义者想挣脱生物意义上的女性特征的迫切要求也表现为想做男人的愿望。玛丽·柯尔律治的传记作者说："没有一个如此女性化的人会更强烈地渴望做个男人。她在幻想中一次又一次地扮演着男性，在她的小说中，着力从内心刻画的总是年轻男子的形象，而少数几个女性仅仅是从男人视角的几笔素描。"[20] 奥利芙·施赖纳笔下的一位女主人公沉思着，"能做个男人该有多好"。一批冒险家小说和神秘小说玩味着分裂人格的概念——不是让斯蒂文森（Stevenson）和王尔德（Wilde）着迷的善与恶的分裂，而是男性意志力和女性被动性的分裂，它反映了女权主义的内心冲突。在埃塞尔·伏尼契的《牛虻》(*The Gadfly*, 1896) 和奥切女男爵的《海绿》(1905)[①]中，悉尼·卡尔登（Sydney Carton）[②]式的形象复活了——白天是有气无力的花花公子，夜间成了英气逼
193 人的革命者。女小说家的革命能量全部投射到男性人物身上，从其伪装显得女里女气这点来说，这些男性人物是两性合一体。和他们的创造者一样，男主人公靠隐瞒自己的真正力量和目的生存下来，“被当作”了软弱无能、一无所长的人。

女权主义者觉得她们身体受到压迫，受到性剥削，这种意识使她们和妓女产生认同感；妓女的形象一向引起女小说家的同情，不论表达得多隐晦。盖斯凯尔夫人和黛娜·克雷克曾为妓女辩护；妇女通过反传染病法运动为妓女仗义执言和请愿。反传染病法运动的一个重要结果是，它给了女性一个借口去使用先前一些只有男人才能用的涉及性的词汇。当铲子这件工具在挖她姐妹们的坟墓时，一位女士怎么能拒绝把铲子称作铲子[③]？巴特勒夫人给一位质疑女人旁听传染病法辩论是否得体的议员写信说：“在法案的基底部分就存在着错误的有害的观念，认为女人（指女士们）‘同这个问题无关’，不应该打听，更不用说瞎掺和了……仅仅因为当男人觉得我们在场很不自在时，我们就躲在一边不作为，使苦难、不公、暴行降临到女人头上，这是我无法忘记的。”[21]

不过，女权主义者还是热衷于联盟结社的人，她们把精力

① 参见本书第 29 页脚注。

② 卡尔登是狄更斯的小说《双城记》中的人物。

③ 把铲子叫铲子，英谚，意为直言不讳，有一说一。

消耗在许许多多的事业上。1895 年，一份女权主义刊物《光束》（*Shafts*）就刊登了下列妇女会社的会议通告：素食主义协会、反活体解剖同盟、反随地吐痰联合会、通灵社、反烟草社团、反麻醉剂联合会、反关鸟入笼协会。她们很清楚自己反对什么，但是自己赞成什么，就十分模糊了。女权主义作家参与其中的那类争论，按叶芝（Yeats）的说法是引出了一堆废话，而不是诗。就这样，这个阶段的作家——奥利芙·施赖纳、萨拉·格兰德、克雷 194
吉夫人（“约翰·奥利弗·霍布斯”）、比阿特丽斯·哈拉登、埃塞尔·伏尼契、玛丽·柯尔律治，梅尼·缪里尔·道伊（Menie Muriel Dowie）和乔治·埃杰顿等在后代就颇受冷遇。

有许多迹象表明，女权主义作家受到新的角色冲突的困扰。她们的生平显示患心身失调症和压力引起的疾病的情况增多了，这是造成她们文学生产力下降的病痛。[22] 在女性阶段的小说家那里，体弱多病常被用作逃避女性角色的策略，或说取得权力的手腕（乔治·艾略特让罗莎蒙德·文西威胁父亲时是认识到这一点的：“你总不希望我得肺痨，就像阿拉贝拉·霍利一样把自己耗干了吧？”），但是在女权主义者这里，持续的病痛似乎回避了工作。甚至在摆脱了三卷本小说的压力后，这个时期的女作家仍发现完成作品或写一部以上的书很困难。这一代人中，女性自杀的倾向第一次变得引人注目；自杀的女性包括埃莉诺·马克思（Eleanor Marx）、夏洛特·缪（Charlotte Mew）、阿德拉·尼科尔森和埃米·利维。

混乱的渴望、梦想和女性特有的幽闭恐惧等女权主义美学因 195

素在奥利芙·施赖纳的生平和作品中体现得最有启示意义。一个自由思想者，骨髓深处却打着传教士父母的加尔文教派标记；一个达尔文、穆勒和斯宾塞（Spencer）的信徒，却漂浮在多情善感的大海上；一个专一不二的作家，却无法写完一本书；一个女权主义者，却讨厌自己是个女人：充满母性，却从未成为一个母亲——她生活中的一切都似非而是。从她的矛盾心理、她的自欺欺人、她由心因造成的身体病痛症状中，我们能读出过渡时期这一代人的苦恼信息。幽闭恐惧症——被拘禁在一个异常小的空间，影响了舒适感和成长——是施赖纳的中心意象。带有强制性的内在空间的女人特质是一种避风港，她会周期性地隐退其中，又时不时地挣扎着从那里逃出来。

希拉·罗博特姆令人信服地描述了施赖纳的女权主义：那是“一种与其他女人的神秘联系，她与她们只能在共同的疼痛经验中才能沟通”。[23]这一联系维系得最好的是其他女人离她远远的时候。施赖纳尽管愿意奉献，却不喜欢和女人为伴。热情的关系很快就让她腻烦，或变得让她很吃不消。对卡菲尔（Kaffir）妇女，对伦敦的妓女和工厂女工，对争取妇女选举权的激进女士，她都怀着真诚的同情；尽管如此，她却无法忍受日日面对她们的问题所带来的压力。有时她觉得女人的（包括她本人的）肉体让她窒息，我们在她1888年给哈夫洛克·埃利斯的那封歇斯底里的信中看到了这一点：“哦，做女人太可怕了。这些女人在夺我的命……请务必让他们把我埋在没有女人的地方。我其实不是个真正的女人，虽说看上去像个女人。”[24]然而，施赖纳却又在她所有的书中使用了有力的女性象征。林德尔在《非洲农场的故事》(1883)中戴着一个戒指，她要把戒指送给第一个告诉她愿意做女人的男人。我们不需要依靠弗洛伊德来阐释其中的意思：施赖纳在《妇女与劳动》中自己做了解释：“正如女人的子宫颈口——人类婴儿出生时刻其头部所穿越的地方——形成一个环，永远确定了人的脑袋在出生时的大小一样（这个尺寸只有当女人的子宫颈口在漫长岁月中自身渐扩大的情形下，才有可能增大）……女人的智性容量、身体能量和情感深度也正好形成了一个无法超越的圈子，确定了人类一代又一代进行表达的极限。”[25]没有男人会自愿戴上女性之环：自愿孕育孩子并经历疼痛。 196

在施赖纳的小说中，最典型的女性角色通常与奇形怪状的肥胖相关，如怀孕或浮肿。在《非洲农场的故事》中，埃姆（Em）这个不活跃的、驯服的农场女孩“长成了早熟的16岁小老妇人，胖得可笑”。[26]桑妮婶婶这个布尔妇人体重有250磅，胖得跪不下来：她睡觉时梦到羊腿，鼻子呼哧呼哧地直喷气。①她可算得上是臃肿肉感版的女人，霍屯督人的性爱之神（Hottentot Venus），共吞食了三个丈夫，最后一个是她那年纪19岁、得白化病的外甥：“今天早上我没告诉过你吗，我梦见了大畜生，跟一只羊似的，眼睛红红的，我把它宰了？”她这样得意扬扬地问女佣人。“白羊毛不就是他的头发，红眼睛不就是他那对眊眼，而我宰了

① 桑妮是埃姆的后妈；布尔人是荷兰裔南非人；她梦见羊腿一段情节指她做噩梦，梦见了当天晚饭吃的羊腿（the sheep's trotters），有一个卡在喉咙里，所以她肥胖的躯体在床上翻来翻去，喷着鼻息。

他不就是结婚的意思吗？”[27]施赖纳小说中的女人降格到只有性的功能了，看上去巨大怪异，臃肿不堪，具有毁灭性。她们是《妇女与劳动》中描写的寄生物，其好的天性因长期不用已经萎缩了。《人与人之间》中，天真的宝贝儿伯蒂（Baby Bertie）被
197 人勾引又遭遇背叛，后来成了犹太富翁的俘虏；他把她关在烧得过热的房间里，虽然她不怎么吃东西，却变得越来越胖。她那双纤小的脚终于无法支撑过于沉重的躯体，她实际上已经动弹不了了。为缓和一点她的绝望情绪，犹太人给她买了三只小猫，她扮演了奇特的母亲角色，给它们绣小衣裳，把它们放到小摇篮里睡觉。施赖纳的小说世界萦绕着在禁锢中变得巨大而畸形的女性之质，成了充满伯莎·梅森们的世界。

施赖纳用一种神经质的强迫症代替了惊悚小说家那持续得令人难忘的生产力。她尽管一直在疯狂地工作，却不是一个多产的或有自我约束力的作家。她的手稿不是神秘地不见了就是给丢弃了；多年中，稿子如月有盈亏圆缺似的变长了，又变短了，它们用碎裂的片段、没完没了的修改、深情的再斟酌、拉长的部分、一块块的补缀等拼凑而成。《非洲农场的故事》获得很大成功后，许多出版商都热切地要她的作品；但是和汉弗莱·沃德夫人的情形不同——她在公众需要的刺激下竟至于得了书写痉挛（writer's cramp）而瘫倒——施赖纳却出现了作家心理阻滞症（writer's block）。欧内斯特·里斯（Emest Rhys）请她为玛丽·沃斯通克拉夫特新版的《为女权辩护》（*Vindication of the Rights of Woman*）写序言，但就连这项很适宜她的任务也证明是无法完成的。一连数

年施赖纳只发表了“梦境”，那些用世纪末特别令人反胃的风格写成的感伤寓言（写过一些此类寓言的奥斯卡·王尔德在他编的杂志上给施赖纳发过几篇）。任何写作只要超过6页就会引发她的焦虑。

惊悚小说家考虑的是什么样的故事会取悦人，什么东西会有好销路，她们有条不紊地写书，把膝盖（沃德夫人声称）塞在桌子下面，每天一坐就是多少个钟头。施赖纳则强调被缪斯女神捕获时那种抓狂的冲动的迸发。她所描绘的写作是一种有点儿心醉神迷的恍惚状态，此时无意识便会显露出来。她写的每个字都饱蘸着热烈的情感，独处时青春年少般的痴狂达到天下唯我的地步。搭置构架、设计情节等都不是她所能承受的苦差；她最大的 198
喜悦是记录下灵光一闪的瞬间，或慷慨激昂的长篇辩论。

施赖纳的通信中，文艺家那种很自然的不愿面对批评的感觉变成了女人对于自我曝光并遭到唾弃的病态畏惧：“想到数以十万计的人会读我的作品确实对我产生影响，让我有烧灼感，不是因为我想教育读者，而是因为我居然把自己的作品给他们看，这本身就够可怕的了，而那个把书扔给他们、任其糟践的念头更是对之双倍的玷污……没有什么会诱使我把曾有过的最好的故事和梦境写出来，因为我根本不能容忍任何人读到它们。”[28] 如果说她最好的作品是没有写出来的作品，那么我们可以推论，她其次好的作品就是看不懂的作品。在施赖纳身上我们看到了一种乖戾的失败意愿，它给自己的合理化解释是文艺家的优越，以及自我保护的需要。

然而，施赖纳对女性传统作出了重要贡献。她使用的女性象征，她对女权主义理论的执着，她那些刺目的身体寓言——争取妇女选举权的斗士关在霍洛韦监狱时相互诵读这些寓言——都是在试图捕捉并表达对新女性特质的紧张却又间接的感知和理解。她迫切的、有时很絮叨的叙述语声也把我们带进女性经验的现实。那柔软、沉重、延续不断的声音，就是原味的女性腔调，是隐秘的声音异口同声时的音调，是发自我们骨子里的声响，让人不快，惹人恼怒，却立即可辨认出来。受到施赖纳影响的其他女性——弗吉尼亚·伍尔夫、多萝西·理查森和多丽丝·莱辛——对这个叙述声音用得好得多，但施赖纳是第一个找到这声音的人。它就是女人日常生活的韵律，一种阵发性的、烦躁不安的、贝克特（Beckett）式的无始亦无终的独白。

施赖纳同时代的男性没能理解她书中的这种特质，当然乔治·梅瑞狄斯（George Meredith）作为审稿人向查普曼和霍尔公
199 司推荐出版《非洲农场的故事》。其他男小说家很自然地往往看到施赖纳的作品缺乏他们自己所拥有的特色。H. 赖德·哈格德（H. Rider Haggard）和安德鲁·兰（Andrew Lang）不明白她为什么选择写些蠢事，“人们不去猎鹿，找钻石，或搜寻德兰士瓦的古文化遗迹，却总是在应付宗教问题，要不然就爱上了暴发户、离经叛道者”。[29] 乔治·穆尔（George Moore）发现书里有太多他无甚兴趣的沙岗、鸵鸟和女人，“但就是没有艺术；换言之没有我所理解的艺术——运用有节奏感的措辞顺序加以描绘的有节奏感的事件序列”。[30]

施赖纳使用笔名“拉尔夫·艾恩”（Ralph Iron），给书中两个主要人物分别起名为沃尔多和埃姆，就是在对她最喜爱的哲学家拉尔夫·沃尔多·爱默生（Ralph Waldo Emerson）表示敬意，并且表明她用了反讽的语调。她想让《非洲农场的故事》表现自己对生活的洞识；她曾经考虑过用“海市蜃楼：一系列的夭折”（*Mirage: A Series of Abortions*）作为标题。这部书写的是在一个无意义的宇宙中人如何通过体认女性悲苦而实现道德救赎。书的情节十分散漫，但是沃尔多这个受迫害的孤儿爱上儿时的同伴林德尔这个中心情境，让许多读者想起了《呼啸山庄》。

施赖纳的林德尔是英国小说中第一个十分严肃的女权主义女主人公，而且至今仍是少数未受到其创作者恩惠的女主人公之一。通过林德尔的多段独白，施赖纳分析了性别角色调节、自恋、寄生现象和挫折感之间的联系。麦琪·塔利弗和多萝西娅·卡苏朋等维多利亚女主人公的悲剧成了施赖纳强有力分析的源头：

> 我们被诅咒了，沃尔多，天生就受到诅咒，从我们的妈妈把我们带到世上，到裹尸布覆盖住我们的时刻……他们开始造就我们，让我们走上那被咒的结局……那时我们还是穿 200
> 着短袜和鞋的小不点儿。我们的小脚勾起垫在身子下，坐在窗台上，看着男孩们，他们玩得那么开心。我们要去。这时一只爱护的手搭在我们身上，“孩子，你不能去，”他们说，“你的小脸会晒黑的，你漂亮的白裙子会弄脏的。”我们觉

> 得那一定是为我们好，话说得多亲切啊；但我们听不懂；我们还是跪着，充满渴望地把小脸颊紧紧贴在窗格玻璃上。后来，我们去穿蓝珠子，做成一串项链戴在脖子上；我们去站在镜子面前。我们看到我们不可以毁坏的脸蛋肤色，还有白罩衣，我们开始注视自己不寻常的眼睛。然后那咒语就开始对我们起作用了。我们长成女人时它也完成了自己的工作，我们不再用渴望的眼神看着外面更健康的生活；我们心满意足。我们天衣无缝地适应自己的圈子，就像中国女人的小脚踩进她的鞋正合适，不大不小，好似两者都是上帝所造——尽管他对此一无所知。在我们中有些人身上，锻造赋形的事情已经彻底完成。那些我们不要用的部件已经萎缩，甚至已经凋落消失；但是在另一些人身上，这些部分削弱了却留下了，而我们并不因此少得到怜悯。我们绑着绷带，但我们的肢体没按着绑缚的样子生长；我们知道我们给压缩了，身体摩擦着绷带。
>
> 但有什么用呢？年轻的时候有一点儿辛酸，一点儿渴望，无效地找一小会儿工作，热情地略微争取发挥能力的机会——然后就是随大流了。女人必须随自己的军团行进。到头来她不是被踩碎就是随团走；她是聪明人的话就会走。[31]

林德尔短暂的反叛没有成功。她离开农场，试图不靠情人独立谋生，但她的私生子只活了两个小时，她也坚忍地跟着他进了
201 坟墓。和《弗洛斯河上的磨坊》一样，小说以林德尔两个恋人的

沉思结束，实质上他们也在凭吊她的墓。格雷戈里娶了林德尔的表妹埃姆（就像斯蒂芬·格斯特娶了露西·迪恩），他因护理临终的林德尔这段经历而得到净化。沃尔多则和菲利普·韦克姆一样成了知识分子，死时满足地沉浸在超验主义中。在施赖纳描述的世界中，男性通过女性的苦难得到拯救，而女性则在教育男性的过程中凋零。

从1875年起直至她去世，施赖纳一直在写作和改写一部很长的小说，她去世后，该书在1926年以“人与人之间”（From Man to Man）为题出版。[①] 它“将和所有其他写出来的书完全不同，”她在1887年时写信告诉哈夫洛克·埃利斯说，“是好是坏我不好说。我从来不去构想；是故事引导着我，不是我引导着故事，我猜更像是它会结果了我，而不是我让它有个终结。”[32] 尽管这部书确实十分古怪，在情节和情感上极端夸张，耸人听闻，但是书中有一些出色的段落，并且它以杰出的能力搅动了一代女性的心理。尽管标题字面上是“从男人到男人”，这部书却是写姐妹感情和母性的；施赖纳将它题献给“我的小妹妹埃莉，她在我9岁时死去，死时才18个月大。也献给我唯一的女儿，生于4月30日，卒于5月1日。她没有活到明白自己是女人的年龄”。

书的中心人物是两姐妹，丽贝卡（Rebekah）和宝贝儿伯蒂。伯蒂受到家庭教师的诱奸，后来在流言蜚语和恶意中伤的逼迫下

① 这部并未最后完成的小说，从故事来看，有女人“经一个男人之手到另一个男人之手”的意思，下文中肖瓦尔特讨论了标题，届时将直译为“从男人到男人”。

离开南非，去了英国，在那里无助的她沦入罪恶的生活。丽贝卡结了婚，生了孩子，但越来越感到寄人篱下，没着没落。她终于发现丈夫不忠，同他分居了，并在抚养自己孩子的同时抚养了他的黑白混血私生子。按照故事的大纲，丽贝卡最终在开普敦的一所妓院中找到了患梅毒临死的妹妹，并体贴地照料她。这两个人
202 物表现了奥利芙·施赖纳本人个性中的不同侧面，但丽贝卡是个特别令人信服的类型，这样的女人与其说是掉入陷阱，不如说是自我监禁。从丽贝卡培育自己的女性感受力和思想的轨迹，从她受到挫折时退缩、脱离生活经验的行为，我们能看到世纪之交时女艺术家的危机。施赖纳与弗吉尼亚·伍尔夫有许多贴近之处，《人与人之间》在语言和象征手段上都预示了两年后发表的《一间自己的屋子》。[33]

私密的房间是小说最有力也最令人不安的象征。丽贝卡在孩子们房间的一隅给自己留下一块小地方：

> 房间很小，就是在孩子们的卧室一头切出一块地方，打了一个隔断。从前她把这里当作自己的书房，晚上孩子如需要她，她总能听见他们叫。它比壁橱大不了多少，但里面有一扇窗，还有一扇向外开的小门，窗和门都面临假山庭园和一段树篱，别的就看不见了。窗子近旁有一扇小门，是她安在那里的，这样她就可以随时跑出去在花园里干一会儿活。[34]

她在这里存放她收藏的化石、科学书籍（包括达尔文的书）、

一帧圣母像；夜里她隐退到这里做针线活，沉思默想，在日记里写上几笔。房间就是她的女性本质的具象化，这一点明白无误，又催人泪下；它与孩子和自然相连，与进化史相关，简直就是“看得见风景的子宫”。在她狂热潦草地涂写没有人会读的东西时，丽贝卡就像是单人牢房里的囚犯：“地板上褐色的地毯上有一条绒毛已经磨损、围绕着书桌的印迹，如人行小径一样。这是她兜圈子走路的地方，因为房间小，不够从一头到另一头来来回 203
回地走动。”[35] 我们想起了盖斯凯尔夫人的叙述：在哈沃斯牧师宅里，勃朗特姐妹就围着客厅的桌子兜圈子；还想起了夏洛特·珀金斯·吉尔曼的《黄墙纸》(*The Yellow Wallpaper*, 1891)，那是一个女人在静养治疗的过程中发疯的恐怖故事。这些受禁锢的女人出现了笼中兽的强迫症行为方式。

丽贝卡只好将就着用这间屋子；她尽量把它收拾得赏心悦目，并不准她丈夫进来。但她没有欺骗自己：房间专属于她，只因它不得不当作避难所，而不是因为里面藏着有价值的东西。她思绪纷飞的时候，会想象一下“和人生观大体相同的一群男女同处一室必定会是怎样的情景”。[36] 她捋出了一种女权主义哲学，从母爱中推导出“生命，生长和进化”：尽管如此，她还是忍不住想成为男人：

> 能做个男人该有多好。她想象自己就是个男人，想着想着觉得自己的身体强壮起来，变得结实，有了男人的体魄。她感到巨大的自由展现在她面前，没有地方对她封闭，长长

> 的锁链击碎了，所有的职业她都可以从事，没有法律说这个和这个是女人做的事。你是女人……哦，做个男人，能照顾并保卫所有比你弱小的生灵，这是多美的事情啊。[37]

作为一个如此敏感地意识到女性所受压迫的人，施赖纳实在太缺乏野心了，这是很悲哀的。小说尽管什么都说了做了，却还是压抑，充满幽闭恐惧。女主人公只被赐予了极为狭小的发展余地，对她们的处理令人不安地缺乏冒险精神，甚至胆怯。林德尔分娩后死去；伯蒂的命运比死亡还惨；丽贝卡退却，做白日梦，杂乱无章地培育出一种片段式的散漫的艺术。和施赖纳一样，她们太轻易地、过早地认输了。南非小说家丹·雅各布森（Dan
204 Jacobson）在为《非洲农场的故事》所作的序中深表惋惜地写道，人们有“几乎无法抗拒的意识，出色的才华看来是用蓄意得有悖常理的方式浪费了，阻滞了”。[38]

然而，正如雅各布森充分认识到的，施赖纳的努力中有一种“近乎英雄的气概”，她要创造的艺术来自“一个从未被赋予过任何自己的声音的社会”。[39] 施赖纳的第一部书《昂狄恩》(*Undine*）写了幻想的英国，背景多拷贝自简·奥斯丁的小说。《非洲农场的故事》则直面了南非的孤丘和仙人掌构成的单调的现实。雅各布森提示说，殖民地作家的真正问题不仅仅是他周遭生活中那“迄今尚未被描述过、尚未得到过赞扬的、沉默无言的品质”，[40] 而且还在于它被宗主国文学显见的丰富和色彩比了下去。作为南非人，作为女人，施赖纳是在双重殖民主义中进行创作。她试图记录下来的、从未受到过赞美的风景既指南非贫瘠的干旱台地，也是新女性在幽闭恐惧中的内心地貌。她内心挣扎的真实性——其毫无雕琢的生糙感、其人格的凸现——感动了读者，尤其是女性读者，唤醒了她们内心最深处的自我；因为这些特点，施赖纳对其他女作家显得十分重要。多丽丝·莱辛回忆说《非洲农场的故事》是她读到的反映她本人所“熟悉并能看到”的环境的第一部书，而且它最终也成为“一种努力，一种饥渴，对于成长和理解力的热烈向往，这本是人类最深沉的欲望”。[41]

萨拉·格兰德和施赖纳一样，也来自沉默的文化；纯粹是意志力使然，她成了小说家。[42]1890 年前后，她脱离了与年纪比她大得多的男人之间的不幸婚姻，抛下了在爱尔兰和英格兰北部备 205
受剥夺的童年记忆，在伦敦为自己创造了全新的角色。弗朗西丝·克拉克·麦克福尔（Frances Clarke McFall）被舍弃了，而女性族长①，美丽的女先知“萨拉·格兰德”诞生了。她的自我形象、她选择扮演的角色，同一位柯勒·贝尔或乔治·艾略特使人联想到的形象大不相同。格兰德自视为伟大的教师和有天才的女人。

格兰德最成功的小说《双子星座》（*The Heavenly Twins*，1893）在第一周就售出两万本。[43]时髦、自信、有惊人原创性的《双子星座》是一部强有力的女权主义小说，涉及性别角色调节、性病和妇女的独立自主权。书名中的双子指两个难以管教的孩子安杰莉卡（Angelica）和迪亚弗洛（Diavolo），他们在智力、意志和勇

---

① 参见本书第 28 页脚注。

气方面完全相当。当时的读者把他们看成淘气的“莽撞家伙”或“捣蛋鬼”，就像那时在文学中很时髦的顽童；但是格兰德则想通过他们表明，将性别角色区分为“天使般的”（angelic）女性和
206 “魔鬼般的”（devilish）男性是错误的。[44]小说从他们5岁时写到青春期，细致地描述了他们渐渐分离的人生道路。孩童时代，他们俩基本上是男女不分的，但年龄的增长带来了社会制约而形成的差异。虽说安杰莉卡是“两人中年长、个子较高、较结实、更调皮捣蛋的一个，是所有探险行动的组织者和指挥者”，[45]但是迪亚弗洛才是获得教育和自我发展机会的人，他终于独自去了桑赫斯特（Sandhurst）皇家陆军军官大学，把姐姐甩在了身后。安杰莉卡曾伪装弟弟到处走动，经过这段奇特的小插曲后，她早早就安顿下来，专注于家庭生活；她有了个父亲般的、溺爱她的丈夫，这是好的方面；另外她还模糊糊地希望有朝一日以某种方式为这个世界做有益的事。

小说的另一半追随同一城镇两位年轻新娘的命运：伊迪丝（Edith）和埃瓦德妮（Evadne）分别代表旧女性和新女性。伊迪丝沉湎于宗教和女性的神秘性；埃瓦德妮自学了科学和医学，并研读约翰·斯图尔特·穆勒的著作。

英国皇家海军军舰“憎恨”号（H.M.S. Abomination）的军官追求伊迪丝，那是她的命。莫斯利·门蒂思爵士（Sir Mosley Menteith）是一个浪荡子、梅毒病人。他是进化上的返祖现象，双眼“小小的，挤在一起，贼溜溜的”，头部“如猿一般往后倾斜”。[46]当然，过于天真、圣洁的伊迪丝是不了解性病症状的，就

算她梦到一个脸很像是“亲爱的主”的人走到她跟前，递给她一个浑身长疮的残废婴儿，她也不明白。[47]她不顾埃瓦德妮的警告，嫁给了门蒂思，不久真相显现，无可逃遁了：她的孩子有病，她本人的脑子退化趋势已无法逆转。“一种可怕的精神错乱的阴 207
影”[48]笼罩着她的日子，她在极度的痛苦中死去。

另一方面，埃瓦德妮则自学了解剖学、生理学、病理学、疾病预防和治疗学。当迪亚弗洛用削笔刀扎伤自己的大腿时，她镇静地给他绑上了止血带。当她发现丈夫乔治·科洪少校（Major George Colquhoun）生活不检点，有过情妇时，便拒绝与他完婚。格兰德颠覆了有关女性贞洁、男性情欲的小说传统，她的方法是拿这传统绝对当真。有一个场景重写了《简·爱》和《丹尼尔·德龙达》中的女性传统。埃瓦德妮对丈夫解释道①，她的贞洁标准如此之高，不容她接受他：“你知道的，我的口味已经调教得如此精致，我要求在我生命盛宴中做主菜的那道菜必须是绝对的美味。我的胃纳不佳，需要美食诱惑才行，而那样一个丈夫，一个道德上的麻风病人——”[49]

这段话是双面刃：首先，它是女权主义对男性恶习的明显谴责；其次，它暗示注重“天使般”女性的结果是造就了一群性冷淡的处女。埃瓦德妮的故事实际上一点没有英雄色彩；她同意和丈夫一起过柏拉图式的超越肉体关系的生活，以避免造成丑闻。

---

① 这段话是埃瓦德妮对姨妈奥顿·贝格（Orton Beg）夫人的解释，出现在第 14 章，埃瓦德妮在婚礼仪式后更衣时收到了告知她少校过去情况的信，她只身前往证实，并作出不与丈夫同居的决定。

丈夫很快找到其他的泄欲方法，她则因性的失望和做母亲的愿望受阻而患病。她选择了无性的婚姻生活，至少是部分地发泄了对激情的恐惧情绪（她还选择了答应丈夫的要求，不去积极参加妇女运动）。压抑和躲避终于让她崩溃。埃瓦德妮是一个清晰的例子，她就是弗洛伦丝·南丁格尔在《卡桑德拉》中所描述的妇女：一心麻痹自己，而不是设法解救痛苦。埃瓦德妮因丈夫的死而“得救”，但她利用得到的自由再次结婚。

208 在后来的小说《贝丝书》中，格兰德利用自己的生活经历描述了女艺术家的创造心路。开头几章写了贝丝在爱尔兰的童年，那是一个充满情欲和暴力的环境。她父亲是个酗酒的海军上校，对她时而宠爱有加，时而辱骂虐待；母亲因父亲的多次不忠长期抑郁；爱尔兰保姆来自充斥着乱伦和私生子的龌龊社区。贝丝的童年记忆总是同死亡和腐朽联系在一起：腐臭的肉、长蛆的干酪、绞死的男人、淹死的男人、挖出来的尸体。格兰德表明，贝丝小时候见证的性含混、肉体堕落的世界既让她着迷也让她厌恶。

成年的贝丝和一个医生订立了一桩灾难性的婚约。他在性病医院给妓女治病，从事活体解剖，花她的钱，还把情妇带回家来住。她几乎好像选择了再次经历童年时代噩梦般的世界。但贝丝比埃瓦德妮走得远，她最终完全挣脱了婚姻观念的束缚，但是解放这件事是通过女权主义的幻想实现的。贝丝拼命地在房子里寻找私密的空间，终于发现一个必须爬着进去的秘密房间；它很像家人中唯一爱她的那个姨妈的房间。在这个秘密空间里，贝丝难以置信地学会了自我约束，成为作家：

> 在那些脑中空空、思想散漫的日子里，她的头脑中荒草
> 肆虐，懒洋洋的梦充填着她的幻想。而现在她总在动脑，她
> 的头脑稳稳地越来越有控制，思想能力也渐渐增强，她不再
> 为家里的麻烦发怒和担忧，不再期盼丈夫以任何方式给她快
> 乐，不再为受到轻蔑、得不到关心而感到悲伤（她在斯莱恩
> 生活的第一年中，这些事情曾如此深深地伤害了她，让她感
> 到困惑）。她一步步学会了把握住自己的心灵，保持有尊严
> 的沉默，只要沉默是最好的方式；她这样做的时候感到内心
> 里有什么东西将会带她脱离现在这一切，最终让她进入另一 209
> 个天地，和蒙神恩被拣选的在一起——通过她更深层的禀赋
> 感受到这一点给了她很大的慰藉，尽管她现在还无法把思绪
> 明确地表达出来。[50]

我们看到了贝丝需要独处和隐秘的理由；在教育程度和经济状况方面，她处于不利地位，而丈夫嘲笑她的写作尝试。但无论如何，秘密的房间是一个引起幽闭恐惧的形象，而且显然与萨拉·格兰德对自己文学意图的构想有关。在秘密的房间里，没有了男人侵扰之虞，贝丝计划写作，“为女人写，不为男人。我不想写让男人有兴致的东西。让他们自己找乐子去吧，他们本来也没想别的事情。男人凭着玩别出心裁的智巧，玩艺术和风格来互相取乐，可女人却在埋头解决生活的大问题，而且还在竭尽全力

让生活变得美好”。[51] 这位家庭主妇的白日梦走得更远了。贝丝在文学上获得的最大成功就是匿名出版了她的书，并且还得到了一家有影响的刊物《族长》的好评。甚至惯于在浮皮潦草的小事上耗费时间的男性权势都不得不承认她技艺高超。

格兰德本人倒运和走运一样快。一直是坚定的妇女参政论者的格兰德在丈夫去世（1898 年）后成为争取妇女选举权运动的积极分子。她的名字经常出现在对运动的报道中，先是女作家争取选举权同盟的成员，后来是妇女争取选举权协会全国联合会滕布里奇—韦尔斯分会的主席。她声称自己在美国巡回演讲之旅中，24 小时内受到 24 次采访。但是选举权运动的结束也意味着她作为小说家和高度关注对象的时代已经过去。1920 年，她搬到巴斯居住，晚年生活单调，缺乏新意，徒劳无益，尽管她曾位
210 居女市长（荣誉职位），并受到一位年轻女性的崇拜——格拉迪丝·辛格斯-比格（Gladys Singers-Bigger）为保存对萨拉·格兰德的记忆几乎搭进了自己的一辈子。[52] 她唯一的儿子阿奇博尔德（Archibald）疏远她；文学计划都未能打响，令人沮丧。虽说她非常认真细致地关注巴斯市民生活中的礼仪活动，但这些形式终究虚夸而土气，就像我们在忠实的格拉迪丝写的那首哀婉的小小打油诗中所看到的那样。诗歌纪念的是节日分糕饼活动：

在穷人的簇拥下女市长朝前走动，
赠与每位小小来宾
一袋子糕饼，为之增色的是她的笑容——

纸袋紧贴她的胸襟。[53]

格兰德踏上文学之旅时，可不是为了做个地方上的女施主，去给菊花展揭幕，出席德国地铁官员举办的宴会。

在“乔治·埃杰顿”（本名玛丽·查维莉塔·邓恩）的生平和作品中也能发现许多同样的意愿实现和不连贯的叛逆情绪。不如施赖纳出名，但如今比萨拉·格兰德知名的埃杰顿是19世纪90年代又一个未能充分开发艺术家潜力、声名鹊起后便陨落的“新锐”女作家。她认为自己的艺术和“作为女人的生活”相比“不那么重要”，故而在艺术上投入精力较少。[54]她最大的成功是 211
两卷短篇小说集：《基调》（*Keynotes*，1893）和《纠纷》（*Discords*，1894），它们锐利地观察到女性经验和幻灭的碎片。两卷均由约翰·莱恩（John Lane）出版；作为情人和出版商，他对女人的强烈喜爱为他赢得了“穿裙子的莱恩”这个绰号。《基调》开辟并命名了莱恩在19世纪90年代出版的、由比尔兹利（Beardsley）担纲设计的走俏系列。《基调》引起很大的震惊，就连《笨拙》也来对它进行一把滑稽模仿：由“波治娅·斯马杰顿”（Borgia Smudgiton）创作的《雌—调》（“She-notes”）出现在1894年。事实上，《雌—调》恰恰是乔治·埃杰顿想写的东西。她这样描述自己第一部书的缘起：

我意识到在文学的一切方面男人都比女人所能希望仿效的做得更好。只剩下一小块情节可以讲讲，那就是有关

> 她的未知领域，是她所了解的自己，而不是男人喜欢想象的她——总之，就是披露自己，就像男人在作品中揭示自己一样……除非是雌雄同体者，否则人只能通过自己性别的眼光去看待生活，去触碰个体的生理功能对人的种种限制。我出来得太早了。但即使我不知道如今流行的弗洛伊德和精神分析的专业术语，我也确实懂得一些决定我们的行为和反应的机制，如情结和抑制、压抑和下意识冲动等。我把这些写进了我的故事。我认识到，大体上说女人始终未被驯服，依然如故，只是在适宜自己目的的情况下让自己适应男人的期望，虽说压抑仍在微妙地改变着她。我会用自己所看到的情境和冲突，完全不会顾及男人有什么意见，我会用自己造的钥匙打开闭锁的门。[55]

212 这段话写于 1932 年，我们可以猜测埃杰顿得益于后见之明。然而，这些故事确实表现了她的女权主义反叛，也显示出斯堪的纳维亚现实主义作家对她的影响，她和他们通常被说成是同一类作家。颇具反讽意味的是，她交给《太阳周刊》(*Weekly Sun*）专栏作家 T.P. 吉尔（T. P. Gill）的第一批故事被自动认定为是男人写的，笔名并未受到质疑。吉尔写信给"乔治·埃杰顿"，暗示故事的刺激性稍强了些，有可能会引导人去嫖妓，或更糟，即手淫：

> 例如，就说说一个还在上学的年轻人（这样的读者和左

> 拉门徒中的老妇人一样众多）读到关于丰满浑圆的肢体等特别色情的描写会有什么结果吧。这会让他激动起来，他会跑出去找女人，如果不这样做，那就是损害自己的健康（可能更败坏自己的道德）。[56]

埃杰顿并没有什么清晰的女权主义政治要论证，但她意识到人类关系中存在着被压抑下去的性对抗，而女人只好将其投射到种种破坏性的行为中去，因为她们不敢面对它真正的根源。《基调》中有几个相对乐观的故事略微触及了这种看法；埃杰顿让极为激烈地表达对抗性的语言从处于叙述边缘的次要人物嘴里说出来。在《白精灵的符咒》中，女主人公的管家在诉说自己的愿望，她想“要个孩子，太太，但不要丈夫或者那丢脸的事；啊呸，恶心的男人！”女主人公并没有这样的感觉，但她用谨慎而含糊的语言评论了这种情绪的普遍性：“你知道吗，我想在一部分女人中间，那不算什么了不得的感觉……好像有些女人生来就有一种东西深扎根在内心最隐秘处，那是一种对男人的郁积的憎恨，对，有时还是身体上的厌恶，这同白人对黑人的种族憎恨是 213
同一类的感觉。”[57]

在《纠纷》中，这类情感已挪至故事中心，变得至关重要。埃杰顿感兴趣的是探索女性受压制的愤恨、厌恶、怒火会造成什么后果：她们处于情感上和经济上都依附男人的境地，这使她们不可能正视真正的敌人；每个故事中，女人都把愤恨投射到比较好控制的对手身上。放在一起看，这些故事提供了对压迫心理学的详尽观察，短小带刺的故事标题尽显娴熟的技巧和控制。《沉下去》（“Gone Under”）是一个女人的悲惨故事：她的恋人设法让接生婆弄死了他们的私生子，女主人公把绝望和仇恨的情绪压到心底，自杀了；题目不仅提示了死亡和屈服，也点出了压抑的过程。《婚姻生活》（“Wedlock”）是一则惊悚故事，一个女人杀了她的三个继子女，就因为妒忌心重的丈夫硬让她和她的亲生孩子骨肉分离。同样，女主人公不去攻击男人，而是对弱小下手，间接地报了仇。即便在没那么多暴力的故事中，女主人公也以其他女人为仇恨对象，不肯同男人正面碰撞。《处女地》（“Virgin Soil”）写母女冲突，温德尔·哈里斯（Wendell Harris）正确地描述说那是一眼就可以识别的宣传品：对女性缺乏性教育的抗议。女儿回家指责母亲毁了她的生活。选定的丈夫是个爱调情的好色之徒；这位女儿和罗达·布劳顿笔下的耐尔·莱斯特兰奇①一样，只有在丈夫追逐厨子的时候才能避开他的索取（她把这些片刻的安宁看作“婚姻沙漠中的可爱绿洲”）。[58] 说这对夫妇性生活不和谐是大大低估了实际情况：“我厌恶他，他的嘴唇、呼气、手的触碰
214 都让我哆嗦……他一碰就让我整个身体感到恶心。”[59] 然而，她最终斥责的是母亲。故事中对情感的生动描写清晰地凸现出来，但是表面文章掩盖不了情境的虚假。为什么不是丈夫和妻子的冲突？母亲从前又能做什么？事情好像是，我们应该相信女儿在懂得了生活的真相后，就不愿意再同一个肉体上让她厌恶的人发生任何联系

① 关于布劳顿笔下的耐尔，参看本书第 187—188 页。

了。然而，她真正抱屈的不是自己曾经的无知而是男人的粗野，是他把婚姻变成了“合法卖淫、每夜的堕落、可恶的轭具”。[60]

这段话清楚地表明，斗争不是发生在母亲和女儿之间，而在丈夫和妻子之间。埃杰顿规避要害冲突的做法最终让读者觉得消沉。人们反复感受到才华荒废、能力无法真正得到延伸的氛围。埃杰顿虽然意识到她作为作家有自己的偏好，却没有把偏向看作问题；无论出于傲慢还是自我保护的迟钝，她拒不接受所有来自外部的批评。和奥利芙·施赖纳的情况相仿，她停止成长似乎是乖张的刻意选择。她后来披露说，故事中有 6 则是 10 天内写出来的；只要故事“成群拥来，把自己要说的都说了”[61]，她便很乐意听从缪斯的指点。从一开始 T.P. 吉尔就告诫她，艺术不只是对个人经验的拟写：“奥利芙·施赖纳从《非洲农场》以来从来没写过一本值得一读的书。她把所有的情感和经历都放到那里去了。其余的都是废话。大多数人只有一个故事好讲。创造性艺术家可不仅仅是喊出自己的心声而已。”[62] 但她不予理睬；或许她是情不自禁。1932 年她回忆往事的口气自满自得，令人不快：“我无法把自己太当真。我是不让步的，不善推销自己……写长篇不是我的事。我还犯了个错误，我让出版人知道，对我而言他不过 215
是个商人，是作者及其读者大众之间的掮客。”[63] 可她的侄子告诉我们，事实上她很谦卑，渴望讨好她的出版商、评论人和读者。到头来她谁都没能讨好。

回头看，好像所有的女权主义者只有一个故事可以讲述，讲完这个故事她们也就筋疲力尽了。她们代表女性传统中的一个转掠点，向内转了。她们以某种联合的意识和使命意识、对女性未来的真正关怀、对女性小说家“宝贵特质”的兴趣开始，却像萨拉·格兰德一样，结束在一个梦想上，以为从社会上抽身而去反而会找到更高的女性真谛。她们有了探索自己经验的自由，却又拒绝这种自由，或至少是企图否定之。象征她们职业精神和独立自主的私密房间是虚幻的避难所，同她们的女性防卫意识紧密相连。

在《洛丽塔》(*Lolita*）中，纳博科夫（Vladimir Nabokov）讲了一个故事：植物园里有只猴子得到了一副画架和颜料，这家伙的第一幅画就画了它笼子上的铁条。很可惜的是，女权主义者在作品中表现自己世界的疆域时，也把自己有限的视野拔高为神圣的远见。

第八章　女作家和选举权运动 216

19 世纪 90 年代热情奔放、广泛流传的女权主义抗议文学在争取妇女选举权人士的手中成了政治。运动的理论起源可以追溯到玛丽·沃斯通克拉夫特的《为女权辩护》(1792)，在英国正式的运动组织于 1865 年在曼彻斯特成立。过去大多数维多利亚女小说家游离于妇女选举权运动之外；采取公开的反女权策略，部分是因为女作家不愿承担如此大规模战斗的额外负担，但也部分地出于她们的优越感和与众不同的意识。哈丽叶特·泰勒(Harriet Taylor)在早年的《妇女的选举权》(1851)一文中就抨击女小说家装出一副满足自己命运的样子，“急切地想得到”男人的“宽恕和容忍”：“文学妇女群体，尤其是英国的文学妇女，在表示她们蔑视对平等或公民权的渴求，并宣告对社会指派给她们的地位感到称心如意时，做得那么招摇过市。”[1] 夏洛特·勃朗特和盖斯凯尔夫人对泰勒的影射感到不快，前者认为不去苦思冥想那些无法纠正的弊端是明智的态度，后者相信妇女应为其他人而不是为自己抗争。乔治·艾略特和伊丽莎白·巴雷特·勃朗宁理论上赞同女权主义，但认为维多利亚妇女还没有准备好接受政治平等带来的责任。勃朗宁相信，“从总体上考虑，男人和女人在智力上是不平等的”。[2] 女作家中，夏洛特·扬、伊丽莎白·林顿、黛娜·克雷克、克里斯蒂娜·罗塞蒂和玛格丽特·奥利芬特激烈

217 地反对奥利芬特所谓的“妇女选举权的疯狂主张”。[3]

也有一开始就支持争选举权主张的女作家。1866年，一份要求得到选举权的请愿书有1500名妇女签名；约翰·斯图尔特·穆勒代表她们向议会下议院提交了请愿书。该请愿书的发起人是芭芭拉·博迪尚、杰茜·布歇雷特（Jessie Boucherett）、罗莎蒙德·希尔（Rosamond Hill）和伊丽莎白·加雷特（Elizabeth Garrett）；参加签名的女作家中包括阿米莉亚·爱德华兹、玛蒂尔达·贝瑟姆–爱德华兹（Matilda Bethem-Edwards）、哈丽叶特·马蒂诺、安妮·基尔里（Annie Keary）和安娜·斯旺尼克（Anna Swanwick）。当时最卓越的女性的名字——乔治·艾略特和弗洛伦丝·南丁格尔——因不在名单上而格外引人注意。两人都拒绝参加请愿，艾略特的理由是女人更艰巨的命运是应该成为“女人更崇高的服从天命的基础以及男人革新洗面的温慈的基础”[4]，南丁格尔认为，“和没有选举权相比，有些罪恶对女人的压制要沉重得多”。[5]

1889年，许多著名的女性和著名男性的妻子因对偏激的女权主义感到恐慌，签署并在《十九世纪》（*Nineteenth Century*）上发表了《反女性选举权的呼吁书》（“An Appeal Against Female Suffrage”）。莱斯利·斯蒂芬夫人、沃尔特·白哲特夫人、马修·阿诺德夫人、汉弗莱·沃德夫人、克里斯蒂娜·罗塞蒂、伊丽莎白·林顿和比阿特丽丝·波特加入进来，声称解放已经进行到头。后来，已成为比阿特丽丝·韦布的比阿特丽丝·波特撤出；她对先前动机的解释可能也代表其他女性的情况：“都说女性性别本身就引起种种局限，而我本人从未经受过限制，这个事实从根本上影响了我的反女权立场。”[6]

约从1905年至1914年，争取选举权运动中出现了新的富于 218
战斗精神的倾向；在它所创造的气氛中，诸如经受苦难的崇高性，尚有其他问题存在，或上层女性的阶级特权等已不足以为借口。女作家无法继续忽视争端或保持中立。在颇具魅力的潘克赫斯特母女（the Pankhursts）的领导下，争取选举权运动成为女性意识的必然构成部分。处于争端两方的女性写下了从政治小册子到小说的巨量文字。这些成果中相对而言只有很少部分可以认定为虚构文学，但是历史地看，其重要性却非同小可；它提供了女权主义者的矛盾的利他主义和战后女性美学（female aesthetic）中的自足理论之间的联结。

1908年，伊丽莎白·罗宾斯成为女作家争取选举权同盟的主席。好斗的选举权运动人士在罗宾斯身上找到了最多才多艺、精力充沛的社会改革斗士。同奥利芙·施赖纳和萨拉·格兰德一样，罗宾斯有耀眼的个性，吸引了众多追随者，其中不仅是女人，还有男人。[7]她用C.E.雷蒙德（C.E. Raimond）的笔名写了好几部小说，其中包括《乔治·曼德维尔的丈夫》（1894）；小说《磁性的北方》（*The Magnetic North*，1894）成为畅销书。罗宾斯的戏剧《给妇女选举权》（*Votes for Women*，1907，她后来改写为小说）是争取选举权运动中最有影响力的文学宣传品。

女作家争取选举权同盟出自西塞莉·汉密尔顿（Cicely Hamilton）和贝茜·哈顿（Bessie Hatton）这两位年轻记者的构

想。她们在1908年创建同盟时，把它作为妇女争取选举权协会全国联合会的附属团体，目标是获得“议会按给予或可能给予男性权利的同等条件赋予妇女的选举权”。在这个事业中，女作家的才华特别有用武之地。其他附属团体也为活动的目标各尽其
219 能；例如女演员同盟（the actresses' league）的人来到妇女社会政治联盟的领导人躲避警察的藏身之处，给她们乔装打扮。[8]女作家争取选举权同盟的计划书陈述说：

> 同盟的方法是适合作家的方法——用笔来写……加入同盟的条件是发表或制作过一部书、一篇文章、一则故事、一首诗，或一出戏剧并且作者收到了报酬，加上每年认缴2先令6便士……鼓励女作家加入同盟。一个作家团体为一项共同的事业奋斗不可能不对舆论产生影响。[9]

同盟要求成员经常给报纸写信，给争取选举权的期刊写文章，并创作散文、故事和戏剧，把对选举权的要求演绎出来。总的来说，她们并不进行激烈的对抗，不过，作为潘克赫斯特们亲密顾问的伊丽莎白·罗宾斯和比阿特丽丝·哈拉登经常参与策划以及出席募捐会。另一位热情的会员维奥莉特·亨特（Violet Hunt）回忆起和梅·辛克莱一起在肯辛顿大街卖宣传册，劳而无功地拉亨利·詹姆斯在选举权请愿书上签名。维奥莉特·亨特和大多数女作家一样，一点不热衷于参加大型游行抗议，那会引向蹲监狱、绝食及恐怖的强制进食。潘克赫斯特同意她不参加，

理由是她要养活生病的母亲——后者是女作家家中的常见人物："所以我的鼻子还是原来的形状，没有在马的侧腹上撞扁——伊夫琳·夏普（Evelyn Sharp）小姐非说骑警队出动驱散我们的时候马的侧腹就是最最安全的地方了。"[10]

不过，女作家仍然是运动中的显著成分。在1910年6月 220
的大游行中，在"抄写员的横幅"（the "scrivener's banner"）后面，有100多个女作家和奥利芙·施赖纳、萨拉·格兰德、格特鲁德·沃登（Gertrude Warden）、艾丽斯·梅内尔、梅·辛克莱、弗洛拉·安妮·斯蒂尔、伊斯雷尔·赞格威尔夫人（Mrs. Israel Zangwill）、哈夫洛克·埃利斯夫人、伊夫琳·夏普等人一起行进。有好多年，她们和男性争取选举权同盟（Men's Suffrage League）及费边社（Fabian Society）内的作家一起稳稳地维持了对选举权和妇女从属地位问题的评论潮流。出版物有炽热的小说，如G. 科尔莫（G. Colmore）的《选举权斗士萨莉》（*Suffragette Sally*, 1911）、夏洛特·德斯帕德（Charlotte Despard）和梅布尔·柯林斯（Mabel Collins）合著的《被剥夺了法定权利：一部谈论妇女选举权问题的小说》（*Outlawed: A Novel on the Woman Suffrage Question*, 1908）；有短篇小说，如伊夫琳·夏普的《叛逆女性》（"Rebel Women", 1910）；有诗集，如伊丽莎白·吉布森（Elizabeth Gibson）的《来自荒原》（*From the Wilderness*, 1910）。以选举权问题为主题的戏剧不只在地方和伦敦的协会会议上，而且还在伦敦西区受到欢迎。西塞莉·汉密尔顿写了好几出这样的戏；她写妇女大罢工撂家务事的喜剧《选举权是怎样赢来的》

（*How the Vote Was Won*）于1909年4月13日在皇家剧院初次登场；《伟大女性的壮观队列》（*A Pageant of Great Women*）是一部由埃伦·特里（Ellen Terry）主演的女艺术家、统治者、圣徒和勇士的简史，于1909年11月在斯卡拉剧场首演。比阿特丽丝·哈拉登的讽刺短剧《杰拉尔丁夫人的演讲》（*Lady Geraldine's Speech*）和贝茜·哈顿更富感情色彩的《日出之前》（*Before Sunrise*）也是女作家争取选举权同盟的著名剧目，两者均使用了年轻女子被迫嫁给患梅毒的老浪荡鬼这个常见的女权主义主题。

在选举权主题的全部戏剧中，伊丽莎白·罗宾斯的《给妇女选举权》（后来写成小说，标题改为《皈依者》）激发的评论最多。戏剧和小说的情节相同，都夸张耸动，但是非常迷人。罗宾斯以铺陈得详尽而写实的争取选举权的激进活动为背景，表现了女斗士维达·利弗林（Vida Levering）和她先前的情人、现在的议员杰弗里·斯通之间的斗争。女主人公过去曾被迫堕胎，因为情人
221 不敢面对娶她的问题。他爱上了一个出身更高贵的年轻女性，这时他那有魅力的能言善道的前恋人出现，逼着他支持给予妇女选举权的议会议案，威胁说不然会说服他饶有兴趣的未婚妻加入妇女运动。这些并不是妇女社会政治联盟的目的和策略，但是罗宾斯把争取选举权的斗争再现为两个人之间的性别战，却是表达了许多同时代人潜在的焦虑和情感。塞缪尔·海因斯（Samuel Hynes）是极少数写过伊丽莎白·罗宾斯的学者之一；他说《给妇女选举权》用的“不是辩论的口气，而是怀恨的、深有感触的、私下里的吵嘴腔调，就像走到离婚边缘的夫妻在争执。谈到

受苦女人的问题时，所举出的是通常的事例——被糟蹋的女仆、皮卡迪利大街的妓女、流浪的女人、饥饿的操劳的母亲——把她们请出来为的是可以把她们的痛苦归到一个原因：男人的性邪恶。性别战争已经打响，这个剧是来自火线的急件，派性强烈，斗志昂扬”。[11]

该剧和小说还清晰可靠地讲述了做选举权斗士的感觉。几乎从一开始就涉足一场场运动的罗宾斯用这项事业中的纪事制成一件特别的作品。1906 年 11 月，她陪同克丽丝特贝尔·潘克赫斯特（Christabel Pankhurst）和玛丽·高索普（Mary Gawthorpe）去赫德斯菲尔德参加补缺选举，如她对社会主义派选举权人士汉娜·米切尔（Hannah Mitchell）所说，“去感受一下现场气氛”。[12]米切尔夫人后来在小说中认出了自己同罗宾斯谈话的点点滴滴。此时罗宾斯已经完成剧本草稿，那是 1906 年秋她“在白热化状况下”拼命赶写出来的；但是，就像她写信告诉米莉森特·福西特的那样，剧本看起来太好争辩，太偏激，还不宜演出：“与其拼命拍打他们的门，把自己搞得筋疲力尽，我不如着手把这稿子 222
改成一本书，我会尽快做好。让人接受那个没什么麻烦，不管它是多烫手的火把！”[13]

结果证明剧院经理们比她猜想的更愿意冒引起争论的风险，于是 1907 年 4 月，这出由 C. 奥布里·史密斯和埃德蒙·格温主演的戏在宫廷剧院上演了。评论家特别赞赏占据了几乎整个第二幕的特拉法尔加广场的选举集会。《晨邮报》（*Morning Post*）称之为“写实主义的奇迹。把特拉法尔加广场举行的集会统统算上都不如它能推进女人的选举权事业”。[14] 小说于 1907 年 10 月出版。这是罗宾斯“在强烈道德信念的压力下”[15] 所写的第一部作品，显出舞台戏似的夸张做作，艺术性不够。然而，《皈依者》仍不失为对选举权运动文学有价值的贡献，尤其体现在它愿意正视性对抗的幽灵这一点上；这部小说应该和 H.G. 韦尔斯的《安·韦罗妮卡》(*Ann Veronica*) 放在一起读。罗宾斯反复暗示，对待争取选举权女斗士的方式有粗暴的性虐待意味：这本应是明摆着的事实，但在当时的历史叙述中却被压抑下去了。在选举权运动后来的年月中，通过在鼻子或喉咙里插管子实施强制性进食成了对待在狱中进行绝食抗议的选举权斗士的常用措施；就像传染病法规定在性病医院进行的强制性检查一样，这整个搏斗染上了强奸的色彩。

玛丽·利（Mary Leigh）在 1909 年对她的律师描述了自己所经受的折磨：“那种感觉真是无比痛苦……我被女看守们摁住，不得不躺在床上，一个医生站在一把椅子上，手臂伸直托着漏斗
223 这端，让它高于我躺的平面，另外一个医生站在后面，把管子一端强插进我的鼻孔。”[16] 这种做法尽管让大多数市民觉得反感，却也让虐待狂浮想联翩。有一则选举权运动的叙述提到酒吧里的传闻，说关在牢中的选举权女斗士被强迫从直肠灌食。[17]

罗宾斯的小说设法营造了一种充满两性间的紧张关系和焦虑情绪的氛围，虽说作品本身完全没有直截了当地明示这一点。书中有一些地方模糊地影射选举权斗士受到了警察的性羞辱：“他们用不光彩的粗暴来惩罚我们——用那种正派女人最无法容忍的

方式。”[18]在自己人中间，女人们决定谁自愿去承受这侮辱的问题：“年纪大些的女人懂得她们应该挽救年轻些的女人，免得她们去面对如此不堪的事情。这就是我们怎么选出了一些当妻子和母亲的人。”[19]罗宾斯本人使用了“性的对抗”（sex-antagonism）这个说法；她看到选举权运动反映了男性和女性之间深刻的敌意，它典型地表达在性交问题上。正因为她们能够承认性对抗的存在，选举权运动人士才有了行动的自由；其他女性则仍殚精竭虑地否定她们有敌对和厌恶的情绪。当一位贵族遗孀声明她为运动中的两性对立感到悲哀时，一位选举权斗士回答说：“你那么难为情，在这个地方你都不敢说。”[20]

虽然罗宾斯的主要目标是政治性的，但她对女性文学的新方 224
向也颇感兴趣。和埃杰顿一样，她也希望探索女性心理这个未知领域（terra incognita），既是为了这个领域自身的缘故，也是为了打击男性自以为懂得人性的自满情绪。1907 年，罗宾斯在女作家争取选举权同盟的一次演讲中提到了男人的自鸣得意：“假如我是个男人，想了解我生活的这个世界，我几乎认为这会给我带来一丝不安——半个世界长期沉默的分量有多重。”[21]

罗宾斯进一步推断，争取选举权运动需要刻画女性心理的新文学来提高中产阶级女性对人生的觉悟。为什么过去没有出现这一现象呢？在《女人的秘密》中，罗宾斯把女作家同必须生产出市场所需产品的从属性劳工阶级成员联系起来：

> 我们要记住，无论人数多寡，女人开始为公开出版而写

> 作只是昨天的事情。但是，新入行者拿起笔来的时候，对自己的任务有过什么设想？宣布她自己的或其他女性的真实思想和感情？远非如此。她的任务，正如她很自然地，甚至必然想到的那样，就是尽可能地模仿男人的方法，但最重要的是模仿男人的观点。
>
> ……她的脑中可能闪过一种认识：她可以进入一个储藏着巨大财富但还没被翻动过的仓房，但是有种种令人信服的道理让她对领悟到的知识秘而不宣。本着多少年来形成的、已化为本能的谨慎态度，她满足于重复老的寓言，给男人统治的世界呈上木偶，使它们看上去尽可能地像那些从一开始就让男人觉得那么赏心悦目的玩偶。
>
> 225 和普遍的印象相反，在出版物中说出她之所想是女小说家或报人绝不可能做的事情，虽然她们通常颇为冒进，什么都敢一试。在印刷形式中更甚于在其他地方（除非她不计后果），她必须露出最可能让兄弟们感到愉快的神情。她的出版商不是女人。[22]

西塞莉·汉密尔顿在她那很有蛊惑力的女权主义论战文《婚姻交易》(*Marriage as a Trade*）中表示，女性的心理调节和经验都非常特别，从表面看是模仿，但她只要拿起笔写作，实际就是在反叛她所接受的教育：“凡是在文学或艺术上取得了哪怕一点小小成就的女人其实都抛弃了——不管有意还是无意——培养她长大的传统，都背离了青春时期让她当作范式来赞美的因袭观念，即依顺。”汉密尔顿还做了理论探索，认为女作家是从经济视角看待“浪漫爱情”的，所以她们写的爱情故事并非轻浮的奇想，而是关系到女性生存的叙述：“对她来说，一个恋爱中的女人不仅仅是受到情感摆布的女人，还是正着手为自己创立一份事业，或说获取一种谋生手段的人。因此，她对爱情故事的兴趣同男人的相比，要复杂得多，她使故事获得的价值也属于完全不同的性质。”[23]汉密尔顿的想法已经很接近后来的女性主义批评，但是她停下了这方面的努力，把女性文学扯到了选举权这个具体目标上。

这段时间，反女性选举权同盟（Anti-Suffrage League），简称“安蒂丝”（Antis），也在忙于宣告自己对世界的观感；她们那边也有作家。确实，如珍妮特·考特尼（Janet Courtney）后来懊恼地承认的，“安蒂丝”不可避免地吸引了“所有最女性化的和淑女般的无能之辈”[24]，结果是，和争选举权的人相比，她们的宣传品传播不畅，写得也不那么有说服力。有些女作家，如“约翰·奥利弗·霍布斯”（克雷吉夫人），学着乔治·艾略特的庄严 226
缄默，仍然自视不可与一般低下女人相提并论：“我对普通女人的名誉或她的智力都没有信心。真正卓越的女人得到了男人的培养和熏陶，仇恨男人的人我是不信任的，甚而厌恶——她总是把两性最糟糕的特性集于一身。伟大的女圣徒，伟大的女王……女作家——艾略特、桑、勃朗特、勃朗宁夫人、克里斯蒂娜·罗塞蒂——她们都得到男人的训育；她们都喜欢男人，心目中把男人大大地排在女人之前。”[25]以刻画荡妇（femmes fatales）为业的玛丽·科雷里（Marie Corelli）则看到，同选举权相比，优雅、美、机关算尽、诱惑等才更真实，是更经久的魅力源泉。在1906年为“安蒂丝”写的小册子《女人，还是——选举权斗士？》（“Woman，or-Suffragette?”）中，她给出了自己那阴森恐怖版的女性行动主义：“聪明的女人坐在家里，像草场蜘蛛似的展开一张玫瑰红和金色的漂亮大网，上面闪烁着钻石般晶莹的露珠。苍蝇——或者男人——成群地摸进来，而她只用一根毛发般的细丝便随心地让他们统统成了她的囚徒。”黄金、钻石、丝，这些装饰性的形象几乎不去掩藏处于中央的雌性蜘蛛这个令人不快的暗喻。事实上，玛丽·科雷里对于女性主宰抱着深厚的新女性式的信念，她想象两性之间的适当关系应是女神与崇拜者的关系。1905年，她宣称“女人要成功前进必须学会的重头功课，就是不要拷贝男性，而是要小心翼翼、千方百计地保存好她与他之间美丽的相异之处（beautiful Unlikeness），所以，在她坚持并取得智力上与男人的平等地位的过程中，她将渐渐到达优势地位，可以证明她才是更优秀更高尚的创造物”。[26]

227 人们可以合情合理地争辩说，“安蒂丝”和选举权人士相比，对女性气质在进化上的优势抱着更加浪漫的幻想，并且，尽管有政治分歧，还是参与了女权主义的智性传统。克雷吉夫人说下面这段感受的时候，人们不得不问，她蔑视厌男者究竟有多少诚意：“感觉不到英国差不多所有阶级里男性的低劣是不可能的。看着法定假日的人群，我就油然而生此感。看上去漂漂亮亮的、有教养的姑娘和粗俗、一副病容、有气无力的男人在一起。哪怕男人健壮点，那粗糙倒是也可忍受。可他们如此愚笨无聊。”[27]

一直从事妇女高等教育和社会改革工作的汉弗莱·沃德夫人对于新运动看似自私自利的个人主义感到震惊；1908年，她成为反女性选举权同盟的第一任主席。她继承了盖斯凯尔夫人的传统，“感到受过教育的女性有责任帮助比她们不幸的妇女儿童，为提高她们的社会地位而鞠躬尽瘁，并以此尽到她们对社群的义务。但是为自己争‘权利’的喧闹却是另一回事；它本身丑陋，而且照她看来，很可能会导向结果十分可疑的性别大战”。[28]沃德持有的自我牺牲式的“女性”立场对盖斯凯尔那一代女小说家很相宜，但到了20世纪就显得捉襟见肘了。沃德比伊丽莎白·罗宾斯大16岁，正如她坚持用夫姓写作所表明的、她最强烈的归属感来自妻子和母亲的角色。女权斗士所要求的、由选举权所象征的个人权利使她感到害怕：

> 到处有女人——至少有许多女人——不分青红皂白地把
> 矛头对准了古老的联系、古老的束缚、温情、劳役，要求
> “实现自我”，为个性和个人意志争取权利；反叛母性和终身
> 婚姻；吵着要放宽离婚条件，斥责自己的父亲、兄弟和丈 228
> 夫，说他们不是暴君就是蠢货；抛弃了原先的支柱和面纱；
> 显然是下定决心，要知道一切，不管那有多么丑恶，还要说
> 出一切，不管那多么令人震惊。[29]

沃德本人是个非常有气派的女人，“把公众人物演绎到完美

的地步；那本来就是她骨子里的东西”。[30] 别的女作家对她的自命不凡和傲气反应强烈。1887 年，爱尔兰小说家梅 · 哈特利（May Hartley）气愤地写信给麦克米伦，抱怨沃德夫人对她一本书的评论：“按向我提供消息的人所说，她抱着优越感听任妒忌心和怨恨左右她对其他女作家的评判。”同一批消息人还告诉哈特利夫人，因沃德夫人一向对女作家不公平，《泰晤士报》的书评人名单上她的名字已被剔除。[31] 无论这传言是否真实，沃德夫人都是个难相处的有威胁性的人物，她谨慎地控制着自己的热心和女性同情心。

然而，沃德吸收了很多女权主义的态度和成见。她对女性的关怀甚至在反选举权的小说《迪莉娅 · 布兰奇弗劳尔》(*Delia Blanchflower*, 1914）中都清晰可辨。她的一个男性观察者思索着他对女性的“深刻怜悯”：他同情她们的“悲痛和沉重的责任、她们身体的羸弱、她们在生活中的逆来顺受”。沃德则对逆来顺受毫无好感。她本人是不知疲倦的公仆；她和弗洛伦丝 · 南丁格尔、黛娜 · 克雷克等老一代女性有着共同的愿望，希望看到女性能向外释放母性的能量；她相信利他主义的姐妹团体能产生仁慈的效果。她痛苦地意识到并亲身感受到女性教育的欠缺，婚后头
229 几年她专注于募捐，为在牛津建一所女子学院尽力。[①] 这些都是一位“女性的”(feminine）女作家所从事的、可接受的“女权主义”(feminist）活动。

---

① 沃德夫人参与建立的牛津大学第一所女子学院于 1879 年成立，1894 年更名为萨默维尔学院（Somerville College）。

更值得注意的是，她书中描写的女性之间的关系——“女人对女人温柔的、互敬互爱的友情”——反映了女性亚文化中强烈的团结精神。维乃塔·科尔比坚持认为，这些“现代读者会一下子就贴上同性恋标签”的亲密友情，在沃德那里是当作“正大光明①地宣泄人物心中激情的方式……不仅得体，甚至还富有诗意，提升精神”。[32]把女性的友谊看作不正当或不自然当然很愚蠢，但这些情谊也不只为“装点门面”。沃德最强烈的感情就是由此得到表达的。女人之间结成牢固的联系，相互忠诚、心领神会、宽厚待人、爱人，这是她对女性受压迫的问题的回答。对于公然带有性意涵的诋毁，沃德也会奋起做出激烈的回应。1913年，阿尔姆罗思·赖特医生（Dr. Almroth Wright）在《泰晤士报》发表了一封招来臭名的信，宣称争取选举权人士表现出的好战是一种与绝经期相关的疾病，接着又扯开去谈论女人“非常生理时期”经常存在的危险。（62岁的）沃德和所有的选举权斗士一样怒不可遏。在回击中，她“代表我自己，而且我毫不怀疑也代表在选举权争端中和我一起感受着的数千男女”，否认她们“同信中所示激烈的不体面的狂热行为有任何关联”。[33]

沃德和选举权斗士，尤其是潘克赫斯特夫人都有一种意识，即女人因可怕而神圣的分娩之痛联系在一起。这一共享的经验抹去了阶级区分，把所有女人都降到了肉体这个最低的共同点。潘

① 科尔比用的词是decorous，相应的名词应为decorum，正派、得体、端庄、有礼的意思；和表示装饰装潢的decorate，decorative（后者即肖瓦尔特用的“装点门面”）等词的来源隔着一层。

克赫斯特因早期在曼彻斯特做出生死亡登记工作的经历而变得激进起来；沃德三次怀孕和分娩的痛苦深深激发了她，也让她忐忑不安。克拉拉·达夫（Clara Duff）在第一个孩子出生后对沃德
230 坦白说："我被自己经历的恐怖搅得心烦意乱，我都没法在大街上看到快要生孩子的女人。我常回家大哭！汉弗莱·沃德夫人眼里充满了泪水，她握住我的手说，'啊，亲爱的，你有那样的感觉？我也是这样的，我还觉得自己病态，心想别人根本不会懂得的'。"[34]

沃德并没有像女权主义者那样面对政治和性别格局中女性受苦的源头和原因，而选择了把感情引导到女性的社会服务网络中去，如慈善机构和为贫民区提供教育和娱乐的街区文教馆（settlement houses）。她对担当母亲角色的女性抱着强烈的同情，在这种情感的驱使下，她出版了一份谈婴儿喂养的宣传册，在牛津的贫民区散发。她的小说中，女权主义启蒙的时刻总是和分娩或疾病等身体的疼痛联系在一起，这样的时刻激发出来的反叛能量又迅速再次投入女性的利他主义事业。沃德和她那些特权阶层的女主人公在社会工作中找到了疏导内心深处对女性身份的矛盾情感的渠道，社会工作也将这种内心挣扎升华了。

在她最著名的小说《罗伯特·埃尔斯弥尔》(*Robert Elsmere*, 1888）中，沃德谨慎地但敏锐地叙述了一例产后忧郁症。凯瑟琳·埃尔斯弥尔向丈夫倾诉说，生孩子的伤害如此残酷而难忘，如此猝不及防地让她面对着人必死的命运，以至于她已经开始怀疑她生活中一些根本性的习俗。分娩的疼痛

> 仿佛……甚至夺走了我们相爱的欢乐——还有孩子。我几乎感到羞耻，仅仅身体的痛苦就会如此死死地抓住我——可我就是摆脱不了。不是为我自己……比较起来，我需要忍受的东西实在很少！可现在我第一次懂得了身体的痛楚意味着什么——而我过去从来就不知道！我躺着的时候在想，罗伯特，想所有处在痛苦中的人——被机器压伤的工人，士兵——医院里的可怜人儿——尤其是女人！啊，我好了以 231
> 后，一定要好好照顾这里的女人！甚至这里，偏远的小村舍里，女人在遭受着什么样的罪啊——没有医生，没有仁爱的护理，有的只是无告的痛苦和挣扎！[35]

工人和士兵的痛苦或许能怪罪老板和将官；女人的“痛苦和挣扎”也可以归因于压迫性的制度、缺医少药、宗教对麻醉的抵制、没有避孕措施、丈夫的性要求等，最后还可追溯到上帝对夏娃的诅咒。但是沃德的女主人公很快就调整了她诉说痛苦的调子；她否认这是个人的问题，并重新献身于善举。然而，在一部涉及深奥的神学争论的思想小说中，她的感情决堤仍不失为片刻的真情流露。

沃德的女主人公无论对选举权斗士的方法和理论多么反感，她们还是不由自主地为其他女性遭受的贫穷和痛苦而动容。在《戴安娜·马洛里的考验》(*The Testing of Diana Mallory*，1908）中，气质高贵的戴安娜可以对信仰社会主义的朋友玛丽昂（Marion）

争选举权的辩词不为所动，但她绝对看不得玛丽昂得了致命病症后的样子，看不得贫民窟的贫困肮脏，听不得“孩子哀号”的声音：

> 一日，在玛丽昂沙发边开了一场妇女选举权问题讨论会，结束后，讲话的人都走了，戴安娜对朋友不依不饶了。
>
> “亲爱的，你不可能真希望如此！你不会相信的。让我们变得残酷无情——让我们失去女人的特征！”
>
> 玛丽昂用胳膊肘撑起身子，看着她寓所窗下狭窄的横街。那是一个让人透不过气来的傍晚。街上堆满了垃圾，房间里充满垃圾散发的臭气。破衣烂衫、脸上脏兮兮的孩子无精打采地在贫民窟里坐着或玩耍。街角的酒吧充满了活力，
> 232 女人在那里进进出出。透过远处大街上的车马呼号声，近处传来的声音不绝于耳：一种哀号的调子——孩子的哀号。
>
> “丧失了女人特性的人确实存在！”玛丽昂上气不接下气地说。“她们变得野蛮是我们变得优雅的代价吗？”她倒下来的时候又说，“试试做点什么——做一切事情——去改变那种状况。”[36]

就在“安蒂丝”从右翼反对激进行为时，另一个妇女团体从左翼与之对抗。这是一些奉行无政府主义的社会主义者、费边社的朋友、为伦敦的《新时代》(*New Age*）杂志和纽约的《自由》(*Liberty*）供稿的人。这个团体的主要喉舌是一份经过了三个阶段

的刊物：《自由女性》《新自由女性》和《自我主义者》。所有这些期刊均由哈丽叶特·肖·韦弗（Harriet Shaw Weaver）出资，多拉·马斯登（Dora Marsden）编辑，后者毕业于曼彻斯特大学，1910年曾和妇女社会政治联盟的成员一起入狱。如斯托姆·詹姆森（Storm Jameson）所描述的，多拉·马斯登是“小个子、骨架纤细的女人”……有“敏锐强大的思考力，酷爱哲学，我相信那是她的唯一爱好”。[37] 她在写一部女权主义的形而上学著作（罗伯特·麦克阿尔蒙说书“显然未完成”），她写伯格森、黑格尔和尼采的论文对打破英国文学哲学的褊狭作出了贡献。按麦克阿尔蒙的说法，哈丽叶特·韦弗开始办刊的目的是传播马斯登小姐的著述。[38]

最初的刊物《自由女性》（1911—1913）抨击运动人士对选举权的痴迷，把它当作了解放妇女的手段，刊物发展了一套自己的哲学，讲无需婚约的自由性爱和个人主义。多拉·马斯登写作冗长而且越来越理论化的社论，阐明一种人本主义的哲学和一种对 233
男女都适用的美学信条；从一开始男性作家就参与刊物。

第二份刊物《新自由女性》诞生于1913年6月15日，几乎不再服膺女权主义，而对其他新思想有了更普遍的关怀。在第一篇社论中，马斯登切断了刊物与选举权运动的关系：“为防止犯下支持另一种‘空洞概念’力量的罪过，我们在此还要赶紧补充一句：‘妇女运动’这个用语理应像自由、独立等用语一样走向灭亡。”[39] 后来发行的几期清楚地表明，《新自由女性》“并不为妇女的进步，而是为授权于个人——男人和女人”。[40] 随着时间的流逝,《新自由女性》的作者们越来越讨厌选举权女斗士的狂热。

造成愤怒和疏远的一个直接原因是克丽丝特贝尔·潘克赫斯特发表了无人不知的《大灾祸及其终结的方式》(*The Great Scourge and How to End It*, 1913)。大灾祸指性病。潘克赫斯特估计75%—80%的男人都感染了淋病;但是她论争说,更基本的问题是,男性的强烈性欲是造成女性受压迫的根源:

> 本书的目标之一是让女性懂得反对给她们选举权的根本理由。那个理由就是性恶习。
>
> 反对给妇女选举权的人明白,一旦妇女在政治上获得自由,经济上强大起来,她们就不再能随意买到,供卑劣恶习使唤。[41]

234 潘克赫斯特的《大灾祸》不过就是简单地重述了19世纪90年代由萨拉·格兰德和乔治·埃杰顿所普及的女权主义主张。她荒唐地夸大了男性恶习的程度,但是世纪之交的通俗健康指南和医学文本也同样唬人。[42]然而,这份宣传册的时机不对头。它于1913年发表,对于看到过后印象派绘画和读过《众生之路》(*The Way of All Flesh*)①的一代人来说,文章显得少不更事又歇斯底里。

---

①《众生之路》是塞缪尔·巴特勒的小说,于1903年他死后出版。该书在颠覆维多利亚正统价值观方面起了不小的作用。

刚入行的报刊撰稿人、年轻大胆的丽贝卡·韦斯特（Rebecca West）起来回应，她对潘克赫斯特的一板正经感到愤怒，感到那是一种倒退：“经历了长期的拼死斗争，女人才可能直率地书写这样一些题目。这种能力现在竟然被……一个小礼拜堂的精神引导人……用来表达旧式的观念……真不禁让人流下滚烫的眼泪。”[43]然而，大多数选举权斗士却无法想象性革命可以采取女性放纵而非男性节欲的形式。在这点上，《新自由女性》是个例外。就在它印行的短短一年中，它发表了日后几十年内最最直言不讳的谈论性问题的材料。多拉·马斯登具体针对激进选举权人士的假正经写了一系列文章，建议成立妓女行会，就和劳工的工会一样；她还写了一篇特别的文章谈女性的性冷淡，认为那是在压抑和经济依赖的状况下形成的一种获得性的特征：

> 如果女人并非性欲低下，那么她们对性不感兴趣就是漂亮地装出来的。可以想象，她们也许会假装到向男人屈服的
> 那一刻，但是在性行为过程中还能装吗？无可避免地，证据 235
> 必须在很大程度上来自个人经验的记录，而这记录（得体的话）是不会出示的。然而，很多性阅历广泛且有奇怪癖好的男人几乎众口一致地说，与他们有关系的女人（非妓女）中只有一小部分达到正常的性高潮，而且阴道括约肌很少起作用；听到这样的陈述，还能推断出别的结论吗？[44]

显然多拉·马斯登并非性欲低下的人，而且，尽管她在刊

物上提供空间讨论自由爱、新马尔萨斯论、素食主义和招魂论等新潮话题，但她仍然主要从女权主义观点出发考虑这些问题，哪怕是很激进的女权观点。例如，典型的进步论偶像级人物爱德华·卡朋特（Edward Carpenter）撰文《希腊早期的妇女地位》（“The Status of Women in Early Greek Times”, August 1），辩称和异性恋的男人相比，同性恋者，即他所说的乌拉尼亚人[①]，更能平等对待妇女。第二个月，马斯登冷静地驳斥了他：“在许多同性恋者中无可否认有把妇女看作低等人的倾向。……很难推定……对女人抱着本能厌恶的男人在女人召唤他们支持自己的独立要求时会完全不受这种厌恶情绪的影响。”[45]

然而，在这一年中，对选举权斗士的不耐烦，来自男性撰稿人如埃兹拉·庞德（Ezra Pound）和约翰·古尔德·弗莱彻（John Gould Fletcher）要求刊印意象派诗歌和法国、日本作家翻译作品的压力等因素，都使《新自由女性》同女权主义问题渐行渐远。在 12 月 15 日这一期中，马斯登宣布自此刊物将更名为《自我主义者》（*Egoist*）。有五位男性联名写信指出，老的名称会混同于
236 “那些专门鼓吹在陈旧过时的政治体制中进行一项微不足道改革的报刊”，加上马斯登本人觉得豪言壮语的时代已经过去，于是就有了更名的决定。她写道：“思想诚实的女人感到不需要跳板的时候已经到了，她们不需要在遥远未来可以兑现权力的慷慨允

① “乌拉尼亚人”（Uranians）语出柏拉图的《会饮篇》，维多利亚同性恋者常用该词或“希腊式的爱”等暗语讨论他们的性取向，参见〈http: //en. wikipedia. org/wiki/Edward_Carpenter〉。

诺了……她们知道，她们的作品已经为它们所能达到的质量作出了证明。”

不过，自我主义和女权主义却是一对同床异梦的盟友。在《自我主义者》发行的五年中（1914—1919），包括庞德、T.S. 艾略特和福特·麦多克斯·福特（Ford Madox Ford）在内的男作家主宰了刊物的页面。1914 年 6 月，多拉·马斯登辞职，把编辑位置交给了哈丽叶特·韦弗，后者刊登了《青年艺术家肖像》（*Portrait of the Artist as a Young Man*）和《尤利西斯》（*Ulysses*）的选粹，使刊物声名大噪。数年下来，《自我主义者》的文学价值提高了，但其女权主义的潜能却下降了。伦纳德·伍尔夫和弗吉尼亚·伍尔夫结识韦弗小姐后双双记下来他们的震惊：“一个非常温和、蓝眼睛的年长老小姐”，完全不是“‘自我主义者’女编辑应有的样子……她整洁的淡紫色套装合身又提神；她那副灰色的手套笔挺地放在盘子边上，象征家事一丝不苟；她的席间举止属于教养良好的女子”。[46]

总的说来，选举权运动对女作家并非愉快的激励。即便她们参与了运动最激烈的阶段，也确实有了点“团结就是力量”的意识，但不是作为作家的感受。不论伊丽莎白·罗宾斯说过什么，实际上并没有产生女性文学的宣言；女作家争取选举权同盟仍然是政治性的，而且在许多方面也是社会性的组织。艾丽斯·梅内尔尽管反对过激行为，却还是很喜欢女作家餐会和游行时乱哄哄的热闹劲儿。好几位最投入的激进活动家对潘克赫斯特母女苛求的狂热感到惊恐，对于她们被要求为这项事业作出牺牲的尺度 237

也极为害怕。伊夫琳·夏普在一个短篇小说中让一位男性人物把激进人士形容为士兵时，本意是要赞扬选举权女斗士的："'这样的事情你会在更大规模的战争中见到，'他用半开玩笑的语气说，好像生怕显得严肃。'同样的烂泥四溅、同样的勇气、同样的怯懦、四周充满同样的愚蠢和兽性……这里的女人在为大事情而战，这是唯一的区别。'"[47]夏普并未明说谁愚蠢野蛮，但是妇女社会政治联盟尚武的特性在道德上是含混的。潘克赫斯特们不但同政府开战，还在联盟内部维持军事纪律；她们嘉奖英勇，并要求无条件服从。

女作家敬重斗士的勇气，但同时也对潘克赫斯特母女表示出负疚和敌意交织的情绪，检讨自己缺乏献身精神，却也抨击潘克赫斯特，说她们横行霸道，有神经病。比阿特丽丝·哈拉登向伊丽莎白·罗宾斯倾诉说，潘克赫斯特夫人仁慈地看待她时她很高兴："我总觉得自己辜负了她，我没有为事业彻底放弃一切。"[48]斯特拉·本森（Stella Benson）本人就是选举权斗士，她漫画式地把运动中的专制写成

> 好战的选举权运动首脑，相信自己把女权主义的道理攥在了手心里……她谙熟从别人身上榨出牺牲来的诀窍。一个小个子女士，声音沉郁，脸色苍白，神情悲怆，短发如沙丝。穿着近似男人，爱用单片眼镜。她可能觉得这样做已经为妇女的事业牺牲够多。她在剪头发前已安全地找到了丈
> 238 夫。我相信她送进监狱的女人比伦敦任何一任执法官更多，

但她自己从来没蹲过牢房。[49]

弗吉尼亚·伍尔夫曾给成年人选举权同盟（Adult Suffrage League）写过几封信；她总是把争选举权的人描绘成不完整的边缘人，在运动的过程和暴力中寻找自己生活中所缺乏的激情。她几乎不抱同情心刻画的这类人见《戴洛维夫人》(*Mrs. Dalloway*）中那个备受压抑的家庭教师基尔曼小姐（Miss Kilman）；她抱着最深的同情心写的见玛丽·戴奇特（Mary Datchet),《夜与日》（*Night and Day*）中的那个女权主义者，她充分理解自己所从事工作的补偿性质：

> 她已入伍，不再是个志愿者了。她已经放弃了一些东西，现在——怎么说呢——已完全不可能在生活中“胜出”了。她一向知道克莱克顿先生和西尔太太没有希望获胜。在把他们分开的鸿沟那边，她看到他们装成阴影人的样子，在活人堆里闪进又闪出——怪人，没发育好的人，他们的质地中有些基本的东西给切掉了。[50]

女作家对争取选举权运动的反应中也存在阶级的因素，伍尔夫的作品就凸显了这一点。基尔曼小姐除了别的令人遗憾的品质外，还流汗，还穿很不得体的衣服，还生怕别人不知道她穷。女作家参加运动，就不得不放弃阶级区别，放弃做有身份的淑女的特权。在汉弗莱·沃德夫人描绘的一个以“反叛的女儿”为名的选举会社中，就有一个女装裁缝和一个农夫的女儿；与庸俗粗笨的人为伍的前景就可以吓退女人，让她们回到自己的客厅去。

239 简而言之，通过争取选举权运动，女作家发现自己面临着许多挑战和威胁：挥之不去的对暴力的恐惧、女性独裁主义的无情、阶级界线的消除、靠行动而不是靠影响力的政治、集体主义、安全的独处空间的丧失（她们在那里培养起自己“特殊的道德品格”）。这个转换太突然了，她们没有获得解放的感觉；在抵制这种变化时，这一代的许多女作家似乎从社会参与中撤退出来，从容不迫地去审视自己的感悟力，去培养美丽的可望而不可即的女性气质。

在《天堂树》中，梅·辛克莱把她的女主人公从争取选举权的示威游行的现场带进了霍洛韦监狱，最后又带到为欢迎出狱者举办的宴会上；会上唱响了女人的马赛曲：“唱歌开始时，歌声就威胁着她，于是她再次感受到先前对集体精神的恐惧。那种聚合起来的感情威胁着她。她渴望她那刷过石灰水的单人牢房，渴望它的坚硬，它的赤裸，它的安静，它那幻觉中的和平。”[51] 在小牢房中，女人可以维持错觉：自己很特别，与众不同。出了牢房，她们却遭遇了复杂：自己仅仅是人而已。她们有时想回到牢房就不奇怪了。

第九章　女性美学 240

最后一代维多利亚女作家在选举权运动和第一次世界大战期间开始发表作品。身为争取选举权斗士的作家接受了约翰·斯图尔特·穆勒的挑战，把维多利亚女权主义对道德的争论转变为一种审美哲学。战后，女作家受到有望从事纯粹女性艺术的激励，但看到女权主义战斗精神竟然同男人的好战如此相像也使她们感到惊恐，在这种情形下，她们开始发展出一种歌颂新意识的小说。这种女性美学不仅在文学中，还在语言层面上应用女权主义思想，不仅在感知理解和价值体系的意义上，还在遣词造句方面贯彻了女权主义意识。或许在过激的选举权运动达到高峰时到来的战争使参与其中的女性蒙受了集体的负罪意识；的确，妇女社会政治联盟的成员把精力从选举权转向战争，其转身轻快得令人生疑。女作家对战争的反应则是转向内心，但她们丢弃了个体的叙述自我的种种要求。世界似乎在自我的暴力控制下，女作家不希望与这样的自我沾边。于是这一代作家的小说看上去奇特地非个性化和克己隐忍，但同时又是毫不遮掩并持之以恒的女性化作品。对女作家说来，女性美学注定成为另一种形式的自我毁灭，而非一种自我实现的途径。人们在这一代人身上觉察到清晰的令人不安的撤退迹象：撤离自我，撤离女性的身体经验，撤离物质世界，退却到各自的房间和城市中去。在女性美学的横幅下，行进着分离主义的军队。

241 然而，与此同时，女性美学又像是朝前跨进了一步。有些女小说家和批评家感到，正如穆勒所预言的，女性文学终于从文化上受制于男性传统的境遇中解放了，属于它的历史时刻已经到来。的确，詹姆斯·乔伊斯（James Joyce）和多萝西·理查森在进行某些相同的实验，弗吉尼亚·伍尔夫和D.H.劳伦斯有类似的性别两极化的视景。但是没有读者会混淆两者，这主要因为他们的文辞版图鲜有重叠，不过正如女作家很喜欢一再重申的，也因为女人紧紧抓住了自己的经验、价值和悲愤。弗吉尼亚·伍尔夫对她所看到的1929年度的女性小说感到十分满意："它有胆识，诚恳，贴近女人的感受。不怨怒。不刻意突出女性气质。但同时，女人的书不是如男人的书那样写出来的。"[1]

1920年，R.布里姆利·约翰逊（R. Brimley Johnson）写的题为《当代小说家（女）》的批评研究试图界说女性小说共同的本质，并对写实主义之女性变体作出解释："新型的女性、20世纪的女性小说家，已经抛弃了老的写实主义。她不接受观察到的真相展现。她在热情果敢地追寻掩藏在物相背后的真实、真正重要的事情、精神上的事情、终极的真理。此处她发现男人是局外者，蓄意视而不见，有意装聋作哑。"[2]约翰逊把这种追索同战争联系起来，加以浪漫化，认为战争给醒悟了的一代注入了"新的精神性"。但他也认为这种求索来源于女权主义意识。

在主题和方法方面，约翰逊讨论的小说有很多显著的共同特点，也都来自其女权主义。她们把真实界定为主观性的，从而颠覆了所谓女人经验有限的正统观点。在《创造者》中，梅·辛克莱写道，经验“毁了你，捆住你的手脚，让你反常，让你扭曲，让你除了自己什么都看不见。我知道有的女人——搞艺术的——从来没法超越自己的经验，并因此什么也不会去做”。辛克莱读到多萝西·理查森的小说时，被其中完全抹去条理化经验的表述迷住了：“什么都没发生，不过就是生活在无止境地延续。”[3]有好几部小说抨击了维多利亚的核心家庭，其中埃莉诺·莫当特（Eleanor Mordaunt）的《家庭》（*The Family*, 1915）和罗丝·麦考利的《波特主义》（*Potterism*, 1920）①尤其尖锐；艾薇·康普顿–伯内特严峻的惊悚作品则揭示了父母与子女之间凶险的心理搏杀。 242

20世纪早期的小说还是反男性的，这里有两层意思：它们抨击了“男性的”技术、法律和政治；它们贬低男性道德。在1909年克莱夫·贝尔（Clive Bell）和弗吉尼亚·伍尔夫就《远航》（*The Voyage Out*）最初草稿的通信中，我们于无声处听到了剑的撞击声。贝尔开始时说得比较婉转，但很快就变得不那么谨慎了：“我们对男人女人的看法无疑相当不同，差异其实没多大关系；然而在男女之间做出如此醒目的显著的对比——女人精细、敏感、乖觉、得体、洞察细微、颖悟力强，男人迟钝、庸俗、盲

① “波特主义”应是作者麦考利自造的词，故事围绕报业巨子波特先生、通俗小说家波特太太和他们的子女展开，背景是第一次世界大战前后。书中反对波特夫妇的人把他们的商业文化产品说成“波特主义”并成立“反波特主义同盟”：后者把波特主义看成“盎格鲁–撒克逊民族特有的疾病”，最糟糕的病情在美国（第1部，第2章）。钱钟书先生有英文文章把Potterism说成英国版的美国实用主义，应是很精到的理解。

目、满脸通红、粗鲁、缺乏机敏、强势、无礼、自负、专横、愚蠢——我想这不仅十分荒唐，而且还是相当糟糕的艺术。”伍尔夫的回答绵里藏针，礼貌而更具杀伤力，对两人的分歧做了非个性化的处理，并煞了贝尔的气焰：“有这样的可能，鉴于在我看来非常有趣的心理原因，一个男人在当今世界的情状下并非能对
243 同性作出十分可靠判断的法官；而且一种‘创造’对他可能显得像‘说教’。”[4]

安伯·里夫斯（Amber Reeves）写道，男人是靠着“他们那让人疲倦的不停折腾，好奇心，不顾安全，不顾适宜与否，甚至不顾生命本身……才控制了世界，并用文明的财富充满了世界……才用科学武装了人类，用艺术给人类增辉”。[5]文明和进步的幻觉是男性生存方式的副产品，女作家这时已视之为无结果、自我中心、自我欺骗的生存。同男性文化的矛盾性达成理解和妥协所需要的是一种颇具讽刺意味的倒置，即把一些维多利亚时代最受珍重的有关男女生存法则的观念反转过来。女性声称，男性忠于外部“客观的”知识标准和行为标准，这就切断了他们同主观理解的“真正的真实”之间的联系。正如维多利亚时代的人曾断言女人太会感情用事，太杂乱无章，故无法正确判断人，更别说历史了；于是女人现在也在和颜悦色地暗示，男人太深地纠缠在保存系统的事务中，乃至无法理解系统的意义。

但是，尽管有新的意识，这类小说中的女主人公却仍然是牺牲品；说实在的，她们是为自己的意识所累。维多利亚小说的女主人公往往看不到自己有选择机会，事实上能供取舍的也都是糟

糕的选项，而现在这些女主人公则是面对选择，却没有胆量抓住时机。F.M. 梅厄（Flora Mayor）的《教区长的女儿》（*The Rector's Daughter*, 1924）描写玛丽·乔斯林的困境，她出于对父亲的忠诚，在深思熟虑后放弃了所有完成心愿或进行自我表达的希望。拉德克利夫·霍尔的情况相似，她把《未点亮的灯》（*The Unlit Lamp*, 1924）的女主人公琼写成自我毁灭的殉职者。[①] 最后琼的情人大声叫喊："还有多久是头啊……这传统所崇奉的难以置信的坏东西？你那么光彩照人。你多优秀啊！你身上有一切所需要 244
的东西可以让你抓住生活，你有权利生活，过你自己的生活，人人都有这个权利。你本来可以做个光芒四射的女人、很重要的女人，可你现在是什么啊？"[6] 男人反抗家庭暴政，挣脱出去，沉默无语，背井离乡，变得狡诈；[②] 女人唯有屈服。这个阶段的女性艺术家成长小说（Künstlerroman）就是一部失败的传奇。女小说家惩罚、责备她们的女主人公，因为她们软弱，懒惰，缺乏意志，任手稿在书桌上放到纸页发黄，避开了风险。当时对女性的创作心理确实有新的兴趣，但这兴趣中充满自我反责。

问题有一部分来自小说家作为女人和献身文学的人生之间的紧张关系。作为反叛传统女性家庭职分的一代女性，她们尝试了

① 作者霍尔是女同性恋者，这部小说中的琼也是，她的情人指伊丽莎白；琼想离开家去学医，并与伴侣同居，但始终挣扎在理想与母亲对她的操纵和依赖之间。

② 肖瓦尔特对译者解释说，她借用了乔伊斯在《青年艺术家肖像》中的说法（在该小说最后一章近尾处），沉默指拒绝谈论文化和教会奉为神圣的东西，狡诈则指在应付社会要求方面采取欺骗、诡诈的手段规避之。

自由爱，到头来却发现自己被利用了；如果这时选择婚姻，她们常常又感到跌入陷阱。斯托姆·詹姆森（她承认自己有关分娩的知识主要来自《安娜·卡列尼娜》）发现婚姻中单调繁琐的家务几乎让她发疯："我无法解释自己对家庭生活的病态厌恶和对自由的狂热需要。"[7]D.H. 劳伦斯可以说，艺术恒心的秘密在于爱妻子；[8]但女性却发现她们被爱情和艺术相互冲突的要求撕裂了。过得最好的是像凯瑟琳·曼斯菲尔德和维塔·萨克维尔-韦斯特这样的情感高手：她们按自己的条件同男人达成协议，另一方面也保留了权利，接受不那么苛求的女性朋友的崇拜和服务。别的女人，如斯特拉·本森就激烈地强调，自己"首先是作家，其次才
245 是妻子；男人会坚持，我也坚持。一百年后再看现在的女人竟然不得不说这话，会显得很荒唐，正如现在我们如果听说威廉·布莱克（William Blake）的妻子叫他帮把手，把养猪的事情干了，可他却固执地选择写诗，也会觉得整个事情很荒唐一样"。[9]可这样的坚持最终成了泡影。一旦危机来临，女人怨艾地跟随着丈夫，就像她们一向所做的那样。

自我牺牲会产生怨怒情绪，并且如叶芝所说，让人变得铁石心肠。然而，这个时期的小说除了公开表示对男性自私的蔑视外，还有一种强烈得多的自我憎恨。女人屈服了，并为屈服而鄙视自己。就小说中所记录的情况看，骇人听闻的是，后达尔文的决定论以及如神学般僵硬的报复性体系已对女性独立自主的概念釜底抽薪。例如，在丽贝卡·韦斯特的力作《审判者》（*The Judge*，1922）中，理查德·亚弗兰德（Richard Yaverland）就是

男性利己主义的画像，这个20世纪的罗切斯特在浪漫的时候显出空虚和逃避现实的倾向。两位女性——亚弗兰德的母亲玛丽昂（Marion）和恋人埃伦·梅尔维尔（Ellen Melville）——不得不为他的冲动、易动感情和不成熟付出代价。玛丽昂为保护儿子已经牺牲了她自己人生可能的发展——为了让非婚生的理查德有合法身份，她同意和一个她所蔑视的男人建立无性的婚姻，可现在她懂得了一次牺牲必然招致更多的牺牲。她丈夫强奸了她，于是她必须怀着一个她蔑视的合法婚姻的儿子。理查德杀了他的弟弟，和埃伦逃走，这时未婚的埃伦已经怀上了理查德的孩子。最后，只有玛丽昂的自杀似乎才可了结这个局。信奉社会主义、身为选举权斗士的埃伦·梅尔维尔的人生故事同样没有希望；她的女性平等的理想看来只是诱惑和错觉。韦斯特在小说卷首的引语是对政治等级体系的反省，慈爱和希望在这样的体系中越来越得不到回报："每个母亲都是因父亲的罪孽而判决孩子的审判官。"

男人是罪人，但女人既是判官也是被定罪的人。在这部小说 246
中，人们无可抗拒地感到女人受到了惩罚，因无知，因自我暴露，因心甘情愿当受害者而受到惩罚。差不多就在这段时间，韦斯特和H.G.韦尔斯之间一段长长的情史告终，这或许解释了书中的部分怨气和苦涩。当"他们的关系迅速恶化，丽贝卡越来越渴望挣脱出去，而韦尔斯越来越坚定地不让她走"[10]时，作为文艺家的韦斯特和韦尔斯之间的紧张关系也变得越来越明显。小说中埃伦·梅尔维尔这个争取选举权的积极分子似乎命中注定要重新体验老一辈女性的受苦和自我牺牲的活法；这个形象显然同韦斯特对于自己和韦尔斯曾达成的妥协不再抱有幻想有关。他极不喜欢《审判官》并对韦斯特直言不讳；他称之为“构思蹩脚，乱糟糟的书，有个……伪高潮，纯粹是无目的地浪费你的才能”。[11] 这本书有缺点，但并非无目的。后来韦斯特的许多书，无论小说还是报道作品，都同样写了关于背叛和审判的问题。

凯瑟琳·曼斯菲尔德的短篇小说中，自我意识觉醒的时刻也是自我曝光的时刻。通常的情形是，她小说中的女人跨过了起始点，对女性本质获得了新认识，接着就受到羞辱，或被毁灭。曼斯菲尔德的小说有警戒和惩罚的意味；女人被引诱着爬上了意识的枝干，然后枝干被作者斩断。例如，在《极乐》(“Bliss”）中，伯莎刚认识到她称之为“极乐”的感觉、她“胸中的一团火”其实是情欲，紧接着就发现丈夫与人私通。

弗吉尼亚·伍尔夫 1918 年在《英文评论》(*English Review*）上读到《极乐》，很是反感。伍尔夫在日记中一吐为快：“她满足于
247 表面的聪明；构思很糟糕，廉价，不是有趣的头脑所想象的情景，无论那多不完美。结果，我要说，给我留下她为人刻薄无情的观感。我会再读一遍，不过我想我不会改变看法。”[12] 然而伍尔夫在曼斯菲尔德的残忍中认出了自己，她本人的无情和脆弱。曼斯菲尔德却坚执地认为伍尔夫认出了她俩的联系。“我们在做同样的事情，弗吉尼亚，”她在两人第一次见面后写道，“这真是很奇怪、很让人激动，我们两个竟然……一直在做差不多同样的事情。我们就是这样，你知道；否认没有用。”[13]1924 年伍尔夫的短篇小说《新衣》(“The New Dress”）在主题上，甚至在语言上都

是《极乐》的回响。《戴洛维夫人》是最接近曼斯菲尔德的风格和主旨的作品，伍尔夫不过是用出神凝思代替了顿悟。伍尔夫和曼斯菲尔德都把女性看作艺术家，其创造能量主要用于维系关于她们自己和所爱的人的神话。意识到神话是创造出来的，也就是失去了对神话的信仰。曼斯菲尔德的人物再三地被置于洞识和崩溃的时刻，但是戴洛维夫人却设法逃遁，把自己的焦虑投射到别人那里。这种虚构的生存策略对人有所启示，也让人寒心。玛格丽特·德拉布尔在写到曼斯菲尔德最著名的故事《布里尔小姐》（一个孤独的女人在公园里无意中听到一对情人在取笑她，意识边缘支撑她的一丝自我幻想即刻灰飞烟灭）时，回想起她曾对故事的残酷深感震惊："我无法把它赶出我的脑子：我想它永久地改变了我的什么……一个人是不会愿意自己写出这样的东西的，不管那是多出色的成就。"[14]就像塞普蒂默斯·史密斯（Septimus
Smith）成了戴洛维夫人失败人生的替罪羊一样，凯瑟琳·曼斯菲 248
尔德故事中的女主人公成了她的替罪羊。

始终如一地表现女性美学的是多萝西·理查森；假如她更起劲一点推销自己，更富有一点，她未尝不会成为英国小说领域的格特鲁德·斯泰因（Gertrude Stein）。1915年，为达克沃思公司（Duckworth）接下《朝圣之旅》① 第一卷的爱德华·加尼特（Edward Garnett）称理查森的作品是"女性印象主义"，他看到

---

① 多萝西·理查森的《朝圣之旅》（*Pilgrimage*）是带有浓重自传色彩的小说系列，共13部作品，在理查森死后结成四卷出版，后来批评界认为她对意识流写作有举足轻重的贡献。

了这部作品与其他女性作品的关联［加尼特曾向费希尔·昂温（Fisher Unwin）推荐出版奥利芙·施赖纳的《妇女与劳动》，他还接受了伍尔夫的《远航》］。理查森后来的崇拜者把她同普鲁斯特和乔伊斯联系起来；但她真正继承的是女性传统，她的主题是女性意识。在思考她的写作生涯和她的艺术时，我们可以看到她的叙事技巧和审美见解如何在非个性化处理及控制女性身份的斗争中发展而来，她所要对付的女性特征强有力地预示着自我毁灭。

多萝西·理查森的职业生涯同玛丽·沃斯通克拉夫特或乔治·艾略特的相仿：她开始时当教师，后来做翻译并为报章杂志撰稿。她同自私放肆的男人有染，同伦敦知识界的坚实中心以及可疑的边缘人物都有来往。她开始写《尖尖的屋顶》（*Pointed Roofs*）时已近 40 岁，这是她那将有 12 卷的长作——对“米丽娅姆·亨德森”（Miriam Henderson）长达 30 年的研究——的第一卷，这位女主人公的生平和作者开始写作前的经历很相像。《朝圣之旅》刻画了行进在成为艺术家道路上的一位年轻女子；正是在道路的盘旋曲折这一点上理查森最像普鲁斯特和乔伊斯——小说结尾时，女主人公已准备好把这一切写出来。

同奥利芙·施赖纳、萨拉·格兰德及其他许多女作家的情形相仿，多萝西·理查森有个强有力但靠不住的父亲和被动、抑郁的母亲。在全是女儿的家庭中，她成了假小子，后来她的妯娌把
249 这个角色归结于她的“任性和有时难以管束的天性”。[15] 在手头拮据的时候——不幸这在理查森家很频繁——多萝西被免去了姐妹们必须做的日常家务。另一方面，大家也指望她陪同父亲参加英

国促进科学协会的会议，那是他衷心支持的组织。父亲的科学理性和协会的“死气”压迫着她，日后她认定，“我成长的时候头上笼罩的黑幔”[16]就是男性科学哲学的阴影。她本人在家里装男人的做法也让她感觉不自在起来，当她发现自己更与母亲认同时尤其会感到不安。她父亲有很强的适应力，在社会地位方面有野心，可多萝西不同，家里的财务状况很不稳定，她感到了威胁，在艰辛的日子里她倍感屈辱。1893 年，查尔斯·理查森最终被宣布破产，他妻子本来多病，重度抑郁症也使病情变得更麻烦。多萝西虽本人感到“深陷困境，十分无助”[17]，这时也必须听母亲的，照顾母亲。1895 年 11 月，她们不顾一切地一起去黑斯廷斯度假。但此时理查森太太已过度沮丧，与人疏离，谁也帮不了她了。一天下午，多萝西散步回来发现母亲已经死在房间里，她用切肉的餐刀自刎了。

从许多方面来说，这个创伤性事件都是多萝西人生的转折点；她从家庭对她的情感需求中解脱出来，并能移居伦敦过独立的生活。然而，她为自由付出了昂贵的代价，女作家总是如此。母亲的自杀首先是一个警告，一种遗传上的暗示，作为热忱信奉达尔文学说者的女儿，她是不可能无视这种警示的。更为根本的 250
是，它树立了可怕的先例，即男性和女性之间的可怕对比：一方面是男性攻不破的物质主义和理性主义，他们因有内置的防御工事而安全无虑；另一方面是像她母亲那样的女性的直觉的、无意识的、致命的敏感，她们在冷漠文化的致命氛围中完全无法保护自己。这种对比在《地道》(*The Tunnel*, 1919) 中最明确地说了出来，那是《朝圣之旅》的一卷，描写米丽娅姆·亨德森在伦敦的第一年。米丽娅姆在一部百科全书中读到侮辱性的“女人”词条时有了顿悟，她受不了科学控制的时代里女性人生的无望。[18]

在小说中这个绝望的时刻，相信“生活对女人从根上起就下了毒”的米丽娅姆只能发泄不满地建议，“所有女人都应该同意去自杀”。[19] 自杀成了怪诞幻想中的女性武器，一种骗走男人优势地位的方法。殉难和自戕被视为进攻性行为，一种让没死的有罪人遭受惩罚的方式。这个段落暗示，理查森把母亲的自杀视为对父亲的抗议，故极为重要；它直接提倡自我毁灭的艺术，而这正是女性唯美主义的标志。有时理查森认识到自杀不过是另一种形式的权力政治：“如果女人在变得有党派性的时候自杀，那她们进入党派政治有什么用?”她在日记中如此写道。[20] 她不会选择为忠于党派政治而殉道，因为那是男性的做法。她选择的是活在无自我的危险边界上，活在具有多重感受能力的女性区域中。她
251 冒着心理负荷过度造成自我毁灭的危险，即由纯粹的灵敏感受而引起的自我消亡①，这种敏感乔治·艾略特曾描述为听到从寂静无声的另一头传来的怒吼。[21]

理查森认为，这种容易接受心理刺激的状态——我们也可称

① 《米德尔马契》第 2 部第 20 章中的这一段有助于我们理解肖瓦尔特所说的女性开放式的敏感性与自我毁灭的关系：“要是我们的视觉和知觉，对人生的一切寻常现象都那么敏感，那就好比我们能听到青草生长的声息和松鼠心脏的跳动，在我们本来认为沉寂无声的地方，突然出现了震耳欲聋的音响，这岂不会把我们吓死。”项星耀译，《米德尔马契：外省生活研究》上卷，北京：人民文学出版社，1987 年，第 234 页。

之为消极能力[①]的一种形式——是女性所处的社会地位的自然结果，是“人类的要求，无论她在何处这种要求都会从四面八方包抄过来，要意识把一切容纳其中，而男人则被免除了这样的意识，无论那是好事还是坏事”。[22] 从这段话中我们得到了线索，明白了伴随她一生的四面楚歌感觉的来源。女性对人的需求反应灵敏，这一向阻碍她们成为大艺术家，但理查森觉得她能看到把不利条件变成宝贵资源的机会。人们总是指责女性像变色龙一样容易受所爱之人的思想影响。从她的视角看出去，这种开放性只不过证明女人有更宽阔的胸襟，有超越意识形态变迁而归于万象一统的包容性。“观点和主张都是男性的东西，”她在《旋转灯》（*Revolving Lights*）中如是说，“女人其实一点不在意这些……女人可以同时持有所有的主张，或持有任何主张，或什么主张都没有。那是因为与其说她们看到始终变化着的事物，不如说她们看到的是不变的事物相互之间的关联。”[23]

理查森的这个观点帮助她理解了自己于世纪之交在伦敦的片段状生活。白天她工作，当牙医的助手；夜里她一头扎进书本或激进社团中去。她出席费边社的会议，接触无政府主义者，同选举权斗士、贵格会教徒和犹太复国主义者会面。1906 年，出版

---

① “消极能力”（negative capability）语出英国浪漫诗人济慈（John Keats），此处采用丁宏为的译法，他对这个概念的解释如下：这“是又一例济慈式的矛盾修饰法：‘消极’与‘能力’的组合实质是与‘积极’的组合，即诗人应像莎翁那样有能力排除内外世界各种干扰，主动做到不急于介入作品的冲突中，保持戏剧的视角”。见《欧洲文学史》第 2 卷，李赋宁总主编，彭克巽主编，商务印书馆，2001 年，第 77 页。

商查尔斯·丹尼尔（Charles Daniel）邀约她为自己的新期刊《奇想》（*Crank*）写书评。在丹尼尔的奇想班子中，玛丽·埃弗里斯特·布尔给了理查森至深的印象。她是数学家乔治·布尔的妻
252 子，小说家埃塞尔·伏尼契的母亲。她用犹太神秘哲学的力度写认识论和唯灵论，在人的智能尺度上把女性的直觉放在很高的位置。从投身于某个团体或某种意识体系的意义上说，理查森始终游离在外。不表态本身成了她的一种理想，她把不作承诺看成是女性天赋的特有属性。党派政治、有组织的宗教，甚至个人关系都把虚假的模式强加给纯粹的真实；女人宣布自己的效忠对象时也就革除了自己的女人特征。她写道，女人的思想能够“同时出现在所有的地方，出现在所有的阵营中”。[24] 作为小说家，她拒绝对意识进行条理化的做法和她拒绝在存在中套用任何模式或系统如出一辙。

然而，正如任何小说无论怎样主张纯粹，实际上都必须把意识组织起来，所以理查森的自主性是一种姿态。她非常容易受到影响，比她愿意承认的要容易得多；这个时期，伦敦激进主义的集合影响的确对她发生了作用。20 世纪初，她尤其受到费边社思想的影响。多年后，她取笑“费边保育园”的教义，尤其是自由爱和消灭核心家庭的信条：“我记得在一次年轻女性的会议上，大家严肃讨论值得想望的事：选择合适的伴侣、生一个孩子并靠领取公费救济金生活。”[25] 但是 1906 年，当她发现自己怀了 H.G. 韦尔斯的孩子时，她决心遵从费边信条，完全靠自己一人把孩子养大。1907 年，复活节前后，她去霍洛韦监狱探视被捕的选

举权斗士后不久就流产了，这对她很不幸，因为她当母亲的愿望很强烈。整个事情让她走到了崩溃的边缘。

韦尔斯自然是四处撒种；近期诺曼和珍妮·麦肯齐（Norman 253
and Jeanne Mackenzie）写的韦尔斯传记中几乎没怎么提到多萝西·理查森。她只不过是合唱团的一员，又一个热情追随费边社的年轻女子。然而在理查森的传记中，同韦尔斯的恋爱是件大事，无论在个人意义上还是从艺术追求上说均很重要。这段经历过去之后（韦尔斯已经投向了安伯·里夫斯），她开始挣扎着写小说的第一卷。我想我们可以认定，当她说这小说源于她致力“创作与当下男性写实主义对等的女性作品”时，她心里想的主要是韦尔斯的写实作品。[26] 理查森最初在文学上阐明女性的艺术特性时采取了两相对立的形式；最终她写出了反韦尔斯式的小说。

理查森为什么用和韦尔斯对立的方式界说她自己，这里有个人的原因，也有历史的原因。两人虽说年龄相当，可文学辈分不同。在理查森开始认真地写作《朝圣之旅》的那年，韦尔斯已经出版了他的第 27 部书《新马基雅弗利》(*The New Machiavell*)。他和本涅特及高尔斯华绥都是爱德华时代的人；她却同福斯特（E.M. Forster）和伍尔夫一样，是乔治时代的人。于是，理查森否定韦尔斯也是否定关注外部真实和细节堆砌的爱德华时代的小说。还有一点很清楚，那就是对理查森和伍尔夫来说，爱德华时代的作家代表男性的文学文化。再者，虽说男艺术家也抗拒著名前辈的影响，但除了极少数例外，那些名人并非他们的情人。

事实上，韦尔斯是第一个鼓励理查森进行创作的人。她怎样回忆起他那令人愉快、讲究实际的自我精神和她自己固执的认识方式,《黎明的左手》[①]中的对话可以给我们些许感觉：

254 “或许小说不是你的形式。女人应该是好小说家，但她们写得最好的是自己的经历。恋爱啊，等等，她们缺乏想象。”

“啊，想象。谎言。”

“试试思想小说。哲理性的。喏，乔治·艾略特。”

“像男人在写。”

“对极了。刘易斯。那就做个女的乔治·艾略特。试试手吧。”[27]

尽管理查森仰慕韦尔斯，受到了他的指教，但她后来把他看成对手，最典型的男性艺术家。她在《朝圣之旅》中给他起名为“希波·威尔逊”：“希波”(影射河马［hippocs］和伪善［hypocrisy］) 实际的意思是“少于，或从属于”；“威尔逊”则是对“威尔金斯”(Wilkins) 的摹仿，那是韦尔斯在自己的小说中指称他自己这个公众人物时所用的名字。她笔下的希波是个知名的

---

① 书名 Dawn’s Left Hand 语出英国诗人爱德华·菲茨杰拉德（Edward FitzGerald）的译文，他在 19 世纪 60 年代译了古代伊朗诗人莪默·伽亚谟（Omar Khayyam）的《鲁拜集》，其中有一行为：Dreaming when Dawn’s Left Hand was in the Sky。

人，是有名无实的傀儡，大于生活，略显荒诞。

霍勒斯·格雷戈里（Horace Gregory）评论说，理查森对韦尔斯这个老师多有借鉴；她从他那里学到了会话风格、逼真的观察、模仿，以及用小说作为媒介传播新进思想。格雷戈里在理查森的女权主义中还发现了“韦尔斯式预言的意蕴”。恩情债是有的，是任何反传统小说都在向对手致敬这个意义上的债。但是对抗、对立重要得多。韦尔斯关注的是预示性的幻象和乌托邦式的景象；理查森则要平淡无奇的不间断的现在。他选择写思想小说；她则选择写意识小说。他卷入政治事务（而且他的政见是一连串的一夫一妻婚姻）；她却鄙弃从意识形态或时间上区隔包容一切的女性心灵的做法。韦尔斯不断地变化，转换，发展，把旧思想换成新思想；理查森的《朝圣之旅》一写 30 年，在风格、 255
方法、技巧或思想方面均无重大修正。在缺乏发展却十分恬静的状态中，她很像那个笑话中的大提琴手：他拉琴时手指从来不动，因为他找到了所有其他大提琴演奏家都在探求的诀窍。

从个人层面上说，理查森也需要摆脱韦尔斯的影响，他的旺盛精力和发明创造的才能几乎控制了她的人格。对于韦尔斯，占有是一种挑战；他对一位友人坦言：“个性越突出，就越难发现完全的交互关系。”[28] 博得理查森的欢心不会太难；从她父亲开始算起，韦尔斯只不过是一连串男性师长中最占优势的人物。人到中年，她方收获了心理解放的成果，这可以解释为何她书中表现出很晚才皈依隐秘宗教的人特有的狂热。尽管对朋友不说，但在小说中她会相当敏锐地进行分析，她究竟通过什么样的过程发现韦尔斯已经将她转变为他本人的延伸。米丽娅姆开始意识到，为了让希波感兴趣，她在用希波的眼光审视自己的经验，接下来就是扼杀这种经验的完整性和复杂性。为逆转这个过程——她理解这是女权主义提出的问题，女人无意识地表现出女性顺从的教养——她必须有意地坚持不懈地同他对抗。与此同时，她认识到他的个性多么圆润、坚定、充实，而在一旁的她的个性看上去多么纤细、迟疑、刚在萌芽期。对她说来，详述一个真实的自我一定要采取“大范围对立”和否定的形式；而在这个意义上，她仍然处于从属位置：“把并不是从听到读到的东西中抽取出来，而是从经验的无意识积淀中直接探来的说法写出来，其中的欢乐因他越来越明显的关注所带来的惊奇，以及能让他偶尔接受一种想法或修改一个观点所带来的自豪而有了发酵效应。欢乐笑容可掬
256 地补偿着她因舍弃而遭受的损失：每当有什么说法如骨鲠在喉时，她就会舍弃他那无与伦比的独白，而拾起自己那不成形状的倾吐（shapeless outpourings）。但她吃力地，间或也成功地让这种情感服从她渴望加以表达之事的催逼。”[29]甚至诚实也可以变成仅仅为了取悦于男性的策略；只要理查森还在担忧能否占据韦尔斯的注意力，那么思想本身就成为次要问题了。和费边社的关系也一样，要理查森承认她被收编了，那会与她的个性格格不入，于是她不得不对自己的易感性做出合理解释，争辩说尽管女人会随着自己的男人改换忠诚的对象，可女人终究根本上还是她们自己。

她也从理性角度去解释“不成形状的倾吐”这个问题：她发

展出一套说法，把不成形视为女性移情的自然表达方式，而型式（pattern）则是男性片面性的征兆。如果小说有象征形式，那是因为男人只看到掐头去尾的不完整景象的缘故。男人小说可以十分整洁、因为他们看到的东西那么少。理查森同韦尔斯的战争现已超出了书之战，或两性摩擦。她在声称英国小说的整个传统歪曲了女性的真实。理查森在给诗人、随笔作家亨利·萨维奇（Henry Savage）的信中（尤其是20世纪50年代的通信中，那时她已能十分确定地说出意见）总是过分迫切地回到她对女性小说的看法上：“真是怪异，我开始写的时候，只是感到迄今所有男人的小说尽管有各种各样的魅力，却不知怎的都没有意义，而女性的小说又实在太多地受到神秘传统的影响，太执着于沿用此前男人所看到的、刻画的性别母题。”[30]

理查森孜孜以求特别属于女性的意识，而不是致力于探索女性的经验；她这样做的时候就是在运用女权主义的思想，尤其是社会进化论者和唯灵论者的思想。唯心主义的语言学说和神秘主 257
义者自称高于艺术家的断言都让她着迷。唯灵论最高级和最低级的形式对于她都是不可抵挡的诱惑；事隔60年，她还会津津乐道地告诉朋友，一次花园招待会上有个看手相的女人读了她的掌纹后低声说：“开始写作吧。”她在信中很庄重地告诉萨维奇说，预言能力好像是属于女性的特征，“只除了男人专门从事奥义研究的地方，特别是西藏”。[31]女人独占存在的实体，男人独占存在的喻体。

对意识和经验的区分是决定现代主义女性创作方向的重要因

素。维多利亚社会有性别两极化的经验，男人和女人的通常生活圈子鲜有重叠。然而，到了1910年，像多萝西·理查森这样的新锐女性已经可以在从前不对她们开放的社会环境中自由活动；她们可以享受和男性同样幅度的性经验和职业经验。但是在数量意义上有了更多经验并没有产生流浪汉小说或自然主义小说。女小说家反而发现，在心理意义上这个世界仍然是性别两重天。她们曾为分享男性知识而斗争；现在得到了男性知识，她们又断定还有别的认识方式。所谓“别的”在她们是指“更好的”；女性美学的语调通常在挑衅和优越感之间游移。

理查森认为，女性在古老的母性的苦难中变得富有智慧。因此，如果女人要保持优势，她们就必须继续独霸苦难，拒绝受益于能让她们分享男性意识的社会变化。反过来说，男人在情感上必须停留在孩子阶段，否则女人就会失去权力。社会主义者曾沮丧地注意到，在政治领域，潘克赫斯特夫人最初的包括个人抱负
258 在内的动机已经逐渐消失在对“事业”(Cause)的神秘的、自我毁灭性的认同之中。同样，对女性意识的追寻——本应是自我解放和自我实现之旅——也会变味，在排斥一切男性文化时自损利益，把追寻女性意识本身当作了目标，成了一场乌有乡之旅。就多萝西·理查森来说，我想女性意识变成了一个封闭的、贫瘠的世界，于是她也就成了并不吸引弟子的革新者。

当我们试着认真考虑如何严格界定理查森所理解的女性写实主义时，我们面临着困难的任务。首先，她本人对定义和流派十分反感，这就阻碍和规避了任何想对她的思想进行分类整理的个

人努力。此外，最热情的理查森批评家和阐释者一直在围着她的种种理论阐述转。最棘手的问题一直是怎样分离出那些使她的作品在绝对意义上成为女性专有的品质（如果真有的话）。表明1910年前的小说不同于1910年以后的小说，并对差异贴上“男性”和“女性”（或者说“男子气的”和“双性同体的”或“双性的”）的隐喻性标签是一回事，可嘴上谈论女性风格，实际意思却指女性内容，那就完全是另一回事了。最为艰难的事情恰在于证明，在内容之外，散文体自身存在着固有的性别质素，这正是理查森希望证明的关键论点。

和乔伊斯一样，理查森从哲学意义上对语言的欠缺表示不满；不同于乔伊斯的是她把语言看作男性的建构。理查森坚持说男人和女人使用两种不同的语言，或更确切地说，使用相同的语言但意涵不同。就像英国人和美国人之间可能发生的情况一样，“男人和女人用的每一个字都指不同的东西”。不出所料，她从未给出一例说明这些差异，有时她好像在暗指女人自有她们相互说话时使用的另一种方言。[32] 一般而言，她的意思是女人在更高的层面上交流；在使用男人的语言——她说的是“字词”——的时候，她们会限制自己，就像星系际有传心术本领的族类 259
（intergalactic race of telepathics）在使用言语时非常节制。因此说，在所有依赖“字词”进行的社会交往中，女人处于劣势——不是像受剥夺的下属文化群被迫使用优势语言时那样，而是高等族类被迫在低级层面上活动时所处的不利地位。“在和男人谈话的时候，”她在《地道》中写道，“女人占下风——因为两人说的是不同的语言。她可以懂得他的话。她的话他却根本不会说，也不懂。因此，无论出于怜悯还是什么别的动机，她必须结结巴巴地说他的话。他听着，觉得很受用，心想他已经衡量出她的心智能力，可这时他连她意识的边还没摸到。”[33]同样，在法律、艺术、思想体系、宗教乃至文学作品中，女人都只不过在参加男人的游戏。所有这些愚蠢的成果都来源于贫瘠的心智和自大；女人成为“女文人”时，冒着精神贫瘠化的危险。

这样的哲学似乎排除了在艺术领域的竞争中胜过男性的可能性，但理查森的论点是女性艺术的性质不同，并且更高级。那是创造氛围的无形艺术。和降神会上的灵媒一样，女人自己搞得精疲力竭，却将生气、活力赋予无生命的事物，在人与人的冲突中创造出和谐。她们在这项艺术上的卓越造诣是真正的解放之源。“这和所有重要艺术一样了不起……”在《旋转灯》中，米丽娅姆向希波保证，“最好的女人全部时间都在做这件事。意识到这种艺术的男人不足百万分之一。它就像气体弥漫在空气里。它可能是致命的。让你抽搐，很可怕，或简直就是毁灭性的，所以没有生命可以在其中存活。男人的坏艺术还不是一样。在发挥最佳的状态下，它绝对是赋予生命的。而且不温柔。它的美很坚硬，很苛刻，很严酷。像山里的空气……一个女人的‘存在’方式可以从她倒茶的样子中窥见……我一走上门阶就会感觉到房子里的女主人创造的气氛。”[34]

260 这整个对待女性意识的态度同招魂术有着亲缘关系。男人可以发明宗教，但女人则同来世有接触，然而，这理论十足的荒谬矛盾之处却是如理查森伤心地承认的那样，“把这一切向男人说清楚比向女人说清楚容易。用来说明它的字词都是男人造的”。[35]

意识流技巧（顺便说，理查森强烈反对这个术语，戏谑为“意识的裹尸布”）是力图超越上述两难处境的努力，方法是呈示女性的知觉模式中同时容纳着大量的、各式各样联想的状况。亨利·伯格森（Henri Bergson）的假说——一种情感的强度取决于被一个事件所唤醒的记忆和联想的数量——和意识流技巧的运用有关系，但是在理查森的意识流变体中，所有的事件都唤起同等数量的联想，因此也有同等的强度。[36]

多萝西·理查森并不想要强度。正如许多批评家指出的，她的文字标点很少，使用省略，句子破碎，这都是在阻断句子的结构潜能，不让句子达到智慧和高潮，体现主要意思和从属意思。弗吉尼亚·伍尔夫则对这种技巧印象至深，称之为“阴性的心理句子。它质地上比老的句子更有弹性，能伸展到极端，挂住最脆弱的虚词，将最模糊的形状裹于其内。别的异性作家也使用过这一类句子，并把它们抻到极端。但是这里有差别。理查森小姐是用意识在塑造她的句子，为的是可以沉潜到米丽娅姆·亨德森意识的深处，探查那里的缝隙。这是女人的句子，但它只在下面这 261
层意义上是女性的：它被作家用于描述一个女人的头脑，而作家对于有可能在她同性的心理中所发现的任何东西既不感到自豪也不会有所畏惧”。[37]

理查森可能确实塑造了女人的句子，或至少是女性美学的精选句子。但伍尔夫称之为无畏，则是大错特错了。这句子畏惧独特的、亲密的、身体的表达。把现实的中心放在主观意识上，然后把意识当作棱镜，将感觉分解为具有等量意义的单色，就这样，理查森回避了对感觉本身的讨论，特别是避开了作为统一、强大的力量的感觉。正如她不愿意效忠意识形态，她也不愿意在自己的诸多经验之间做出区分。

理查森的艺术尤其怕的是结局。从一种视角看，她无法结束本身就是一种声明，是对韦尔斯和劳伦斯的末世恐怖景象的回答。如果说男性太纠缠于终结意识，以致无法清醒地理解现在时刻，那女性则置身时间和纪元之外，处于永恒之中。然而，随着理查森渐渐变老，她对《朝圣之旅》也越来越明显地表现出控制欲和焦虑情绪。书是她本人的延伸体；写完就意味着死亡。1938 年登特（Dent）出版《朝圣之旅》时，理查森读到了评论家以为这就是全集的说法，顿觉心烦意乱。从 1939 年到 1951 年，她一直在写《朝圣之旅》的最后一部分；她去世后人们在她的文件堆里发现了手稿（发表时题目为“三月的月光”）[①]；可以推测书仍未写完。她把书看作一个持续不断的过程，这个构想是支撑她终于能发表的神话；没有这种幻想支撑的奥利芙·施赖纳——气质上和理查森非常相似的小说家——就发现自己没完没了地在写作和
262 改写同一本未完成的书。意味深长的是，在《三月的月光》中，理查森终于认为迷恋自己的人生过程是一种罪过：“如果人能完

① 《三月的月光》由登特公司在 1967 年出版的《朝圣之旅》全集（共 4 卷）中首次发表，列为总第 13 部。

全原谅自己，那么用于遮蔽往昔记忆的能量就能得到释放。”[38]

《朝圣之旅》可以读作一件起遮蔽屏作用的艺术品，是对狂暴过去的原始能量进行藏匿、遏制并消除其对抗性的方式。理查森设计了一种美学的策略，足以保护她不必直面自己的狂热、愤怒、忧伤和情欲，这样她便能工作下去。女性美学意在生存；人们无法否认在女性美学的庇护之下，理查森终能写出卷帙浩繁的小说，伍尔夫写了好几部小说。然而，说到底，要是她们能原谅自己，要是她们能够面对而不是否认愤怒，要是她们能意识到自己内心的黑暗转而与之迎头对抗，而不是勉力超越之，那么情况本来会好得多。因为，当书写完后，黑暗犹与她们共存，一如既往地危险和诱人，而她们已无力驱赶黑暗。

263 # 第十章　弗吉尼亚·伍尔夫：遁入双性同体论

不需要多少心理学的知识便可确信，一个天赋很高的女孩子想运用她写诗的天赋，定然会遭受他人的百般打击阻挠，并备受她相左本能的折磨撕扯，乃至她一定无疑会失去健康和清醒的神志。

——《一间自己的屋子》

如果我是女人我会把个什么人打得脑浆四溅。

——《远航》

近些年来，有件事对女性主义批评家变得很重要，就是强调弗吉尼亚·伍尔夫的坚强和快乐，把她当成一种新的文学感性的顶峰——不是女性的，而是双性同体的感性。卡洛琳·海尔布伦把布卢姆斯伯里文化圈的成员描述为首先践行双性同体式的生活方式的人；她要求我们认识到，“他们都令人称奇地具有爱的能力，在他们的圈子里色欲是令人欢乐的情感，嫉妒和支配欲在他们的生活经历中则惊人地少见”。[1]我们应该了解，在这个环境中，弗吉尼亚·伍尔夫不受约束地发展了她天性的两个方面，即男性的和女性的方面，并创作出合适的小说，表现她的双性同体视野。

真正的双性同体概念——包括男性和女性元素在内的整个情感幅度达到完全平衡，得到充分控制——很有吸引力，只是我猜想，和所有的乌托邦理想一样，双性同体状态会缺乏热情和能量。但是不论双性同体有什么样的抽象优点，弗吉尼亚·伍尔夫的生活圈是女人能够充分表现男性和女性特质，以及养育倾向 264
和侵害倾向的最后一块地方。无论她有多么巨大的天赋，弗吉尼亚·伍尔夫还是像她在《一间自己的屋子》中描写的女人一样，受到挫败，被扯成碎片。双性同体论是个神话，帮助她逃避使自己感到痛苦的女性本质，不与之正面碰撞，并且使她能堵住自己的愤怒和雄心，把它们压抑下去。伍尔夫继承了一个世纪之久的女性传统，没有女作家比她同这个传统的接触更频繁，甚至对之魂牵梦绕；可是在她生命行将终止之际，在绕了一个大圈子后，她又回到了那些她研究过同情过的忧郁、罪孽感深重、自杀性的女人身边——温切尔西伯爵夫人（Lady Winchelsea）和纽卡斯尔公爵夫人（Duchess of Newcastle）[①]。在个人生活的悲剧之外，她还辜负了自己的文学天资：她采用了女性美学，那最终证明无法满足她的意图，并扼杀了她的成长。

在弗吉尼亚·伍尔夫的女性美学和双性同体论版本中，性别身份是两极化的，女性身上所有令人恐慌的、黑暗的和强大的方面都被投射到男性身上。伍尔夫通过写作其他女作家的传记短文来处理自己内心最深处的经验，她写过的作家包括简·卡莱尔、杰拉尔丁·朱斯伯里、夏洛特·勃朗特和乔治·艾略特。伍尔夫在小说中，但最重要的是在《一间自己的屋子》中成了女性空

① 温切尔西伯爵夫人和纽卡斯尔公爵夫人出现在《一间自己的屋子》第四章。

间——一个既是避难所也是牢房的空间——的建筑师。她笔下的女人透过房间的窗户注视着一个更为暴烈的男性世界，在那里，她们心中的怒火、反抗和性的事情都可以在安全的距离之外表述出来。但这些叙事策略就像在她的前辈施赖纳和理查森的小说中一样，最终并不成功。本章开头从《远航》中引的那一行当然是一个男人说的话。伍尔夫小说中的暴力的含混性有启示意义：那个模糊的靶子，那个敏感的女人很可能会毁掉的“什么人”，必然就是女人本人。当我们想到被归结为布卢姆斯伯里圈子特色的欢乐、雅量、没有嫉妒和支配欲等品质时，我们也应该记住这个
265 情感乌托邦的牺牲品：马克·格特勒（Mark Gertler）、多拉·卡林顿（Dora Carrington）和弗吉尼亚·伍尔夫。她们无法做到双性同体，而自杀是布卢姆斯伯里圈子有代表性的艺术形式之一。

在过去50年中，弗吉尼亚·伍尔夫独占了英国女小说家的想象领域，就像19世纪的乔治·艾略特一样。用乔伊斯·卡萝尔·欧茨（Joyce Carol Oates）的话说，“女作家受到规劝，要尽一切可能地具有‘伍尔夫特征’”[2]——也就是说，要注重主观，但又要走出自己的女性特征，细腻精致地刻画内心空间，把一团乱麻似的喧闹的大部头小说留给男人去写。对伍尔夫生活方式类似的理想化和神秘化正在把她的历史影响范围延伸到人际关系中。我认为，对弗吉尼亚·伍尔夫传奇进行去神秘化非常重要。借她本人所用的凶险意象来说，女作家必须杀死家中的天使，那个横梗在自由之路上的完美女性的魅影。对于夏洛特·勃朗特来说，天使就是简·奥斯丁。对女权主义小说家来说，天使就是乔治·艾略特。对

20世纪中期的小说家来说，天使就是弗吉尼亚·伍尔夫。

弗吉尼亚·伍尔夫从生命之初就发现，找到一种有条理的、感觉自在的性别身份是一个迫切的问题。她用性别两极化的方式看待自己的生活，她的传记家和批评家也都一成不变地采用了同样的语汇。昆廷·贝尔（Quentin Bell）重复了耳熟能详的区分：母系遗传和父系遗传，诗意的、昂扬的帕特尔家族（the Pattles）和理性的、脆弱的斯蒂芬家族（the Stephens）。依贝尔所说，弗吉尼亚本人“相信她继承了两种非常不同的，而且事实上是相反的传统……这两股相匹敌的血脉冲撞到一起，混淆起来却不融洽地流淌在她的血液中”。[3]男性特性和女性特性仿佛像两种不同的准则，弗吉尼亚渐渐把它们同自己个性中的两个极端联系起来。南希·贝津（Nancy Bazin）令人信服地表明，伍尔夫后来把她精 266
神病的躁狂阶段同母亲以及女性对生活的看法联系在一起，而把病程的抑郁阶段同父亲以及男性的生活观联系起来。[4]把个性割裂成不同性别的刻板形象的这些武断区分因她的个人经历而得到强化。她母亲代表的女性范型走向自我毁灭，走向维多利亚时代的人所说的无私忘我。男性范式提供较多的自我实现的机会，但选择这条路意味着放弃做女人，就等于表明自己缺乏性活力和做母亲的能力。因此，伍尔夫的“双性同体”是在努力让两种对立的力量保持均衡，而不倒向任何一边。完全的“女性”和完全的“男性”同样危险。

让莱斯利·斯蒂芬（Leslie Stephen）成为弗吉尼亚·伍尔夫个人戏剧中的反派角色已是惯例。批评家常常提到伍尔夫在1928

年写的一则日记，这天本应是她父亲的96岁生日：“他活下去会完全毁了我的生活。有什么事会发生？不会有写作，不会有书；——无法想象。”迈克尔·霍尔罗伊德（Michael Holroyd）在他写的利顿·斯特雷奇（Lytton Strachey）传记中把弗吉尼亚和父亲的关系描述为一种占有：

> 无论在客观上她会多么尊崇他的各种才华和成就，但从生物体的意义上说，她仍然感到他高高在上的存在已经把她血管中维系生命的血液榨干了。不知怎么的，他已经夺走了她的能力，使她无力滋养自己对生命贪得无厌、永不满足的渴求。在帮着照料他度过漫长的、临终前很可怕的病程时，她一定已经知道，自己所盼望的解脱、精神上的释放，都集中在他的死亡上。意识到这一点使她内心充满了可怕的罪恶
> 267 感，到了1903年，就在她父亲去世前的几个月，她精神崩溃了……她从父亲那里继承了很强的自我主义，以及神经质的苛刻的良心；从母亲那里继承了细腻的、艺术的敏锐和感性。这些不同的成分无法溶化到一起，而是在她心中开展了一场纠结的、耗尽心力的斗争。她越来越纠缠在死亡的念头中，这说明，父亲的一部分仍存活在她身上的意识在增长。只要她在呼吸，他那异类空间的幽灵就持续地包裹住她，根本无法甩掉。于是死亡成了她最终的解脱，以通过自杀而杀父的方式达到复活。[5]

霍尔罗伊德对伍尔夫同父亲的阴影做生死搏斗的浪漫想象引人入胜，而且把斯蒂芬视为父权制的恶棍也容许对她的自杀做出成功地摆脱了男性特征这种女权主义的阐释。我在研究有关伍尔夫几次精神崩溃的众多叙述和解释时，有个很深的印象：批评家都倾向于对她的经历进行抽象化和神话化。他们几乎无一例外地把她的病同她与父亲的冲突联系起来，或者同更具浪漫色彩的艺术着魔联系起来，认为她被缪斯神圣地俘获了。然而，换一个角度考虑，她几次重大的发病都和女性一生中的关键转折时刻有关：第一次发生在 1895 年，是在母亲去世和她月经初潮以后：第二次从 1913 年到 1915 年，是在伦纳德决定他们不应要孩子之后。1940 年的自杀企图跟随着绝经；虽然有关这点公布的信息较少，但它似乎重复了前几次事件的要素。虽说我不希望用一种神秘的解释代替另一种去说明她的悲痛，但有一点很清楚，我们得到的关于她的信息大多来自最想摘清或压制自己与她数度犯病有牵连的那些人。莱斯利·斯蒂芬 1904 年就死了，不可能再生事，因此他很方便地，甚至很合理地成了替罪羊。我想，要问弗吉尼 268
亚对同她关系较近的人有什么感觉这个问题比较冒险，但是更有价值。

昆廷·贝尔告诉我们，关于母亲去世后弗吉尼亚的那次犯病，她本人除了生理症状外所有的事情都“忘记了”。她回忆这些症状时，想起脉搏加快、神经紧张、抑郁、易激动，还有过分害羞：“她见到人会受到惊吓，有人同她说话她脸涨得通红，在街上不能对着陌生人看。”[6]尽管没有一个伍尔夫的传记作家提到过，但这次精神崩溃肯定和月经初潮的时间一致，而且其症候也完全就是女孩子青春期时感觉羞耻和焦虑的表现。“对第一次来月经的不正常反应是非常多样的，”海伦妮·多伊奇（Helene Deutsch）写道，“易激动倾向加剧、不自在的感觉、更容易感到疲劳，还有抑郁等，这些是青春期总体上的经常性表现；此类反应在经期通常会出现得更频繁。”多伊奇记录了许多青春期女孩的案例，她们觉得自己不干净，避免上街，脸涨得绯红，甚至企图“在行经的时候自杀，因为她们被自己得了很讨厌的病这个可怕念头折磨得受不了”。对伍尔夫说来，母亲的死，1897 年她的异父姐姐斯特拉（Stella）在怀孕早期死去，进一步突出了身为女性和死亡之间的联系。“随着月经初潮，”多伊奇写道，“在联想中死亡与出生相关联的念头会变得格外强烈……女性心灵深处天生就会把血、受孕、出生和死亡互相紧紧联系在一起。”[7]

还有一种症状，现在已理解为女性青春期创伤的一个方面，那就是神经性厌食症（anorexia nervosa），或存心饿自己。海伦
269 妮·多伊奇把厌食症解释成“抗击”月经和青春期的“邪恶”的一种努力。近来，有医生把患厌食症的女孩界定为“拼命想办法不要长大”的人；“她的身体正在违背她的意愿长成女人的身体。这必须阻止。”[8]厌食后来成为弗吉尼亚·伍尔夫发病时最可预言的伴随症状。伦纳德·伍尔夫对之做了揣测：“或许可以说她（完全不必要地）害怕发胖；但还有比这更深的东西，在她脑子的背面或在她的胃腔里有一种对进食的禁忌。”[9]在他们的婚姻中，伦纳德经常性的责任之一是在她好的时候照管她的日常饮

食，在她病的时候用调羹喂她进食。

按照弗吉尼亚的说法，也是在1896—1897年期间，她受到了当时二十五六岁的异父长兄乔治·达克沃思（George Duckworth）的性骚扰。恐惧、无知、羞愧和羞怯都阻止她说出这些事情（贝尔认为这行为一直持续到1904年或1905年）；她只告诉了瓦妮莎（Vanessa）① 一人。戈登·海特暗示，是弗吉尼亚过热的青春期想象让她编造了这些故事："关于他在教室里和夜间在儿童房里'爱抚和乱摸'的不可靠证据大部分源于弗吉尼亚对一些女人说的知心话，而她同她们绝对有同性恋关系。"[10] 当然，要确切知道乔治干了什么是不可能的，但是也完全有理由相信，对弗吉尼亚来说，他的关心是一种吓人的征兆，说明人们知道她的事，她变化了的状态对男人是一种信号。

弗吉尼亚对传记俱乐部（the Memoir Club）讲述的一个著名故事说明了她青春期的羞耻感和从中解放出来后所感到的欣慰。
1908年的夏天，她和瓦妮莎正坐在客厅里，这时 270

> 门开了，利顿·斯特雷奇先生那长长的、不祥的身形站在了门槛上。他拿手指着瓦妮莎白裙子上的一个污点。
>
> "精子？"他说。
>
> 难道有人真会说出这个字眼？我想，然后我们大笑起

---

① 比弗吉尼亚大三岁的姐姐瓦妮莎后来嫁给了克莱夫·贝尔，昆廷·贝尔是他们的儿子、弗吉尼亚的外甥。乔治·达克沃思和斯特拉·达克沃思是弗吉尼亚母亲的前一次婚姻带过来的子女。

> 来。就一个词，所有缄默慎言筑起的障碍一下子坍塌了。汹涌而至的神圣液汁仿佛将我们淹没。性弥漫在我们的谈话中。鸡奸者这个词总是挂在嘴边。我们讨论交媾就像以前讨论善的本质一样，激动而坦率。想想真是奇怪，我们从前居然那么沉默，那么有所保留，而且持续了那么长的时间。[11]

事实上伍尔夫远非性冷淡，她对世界的观察很讲究感官享受，甚至是情欲化的，直到她被迫把感情转变为性事的那一刻。布卢姆斯伯里圈子对性生活定了很高的标准。交媾和鸡奸——且使用布卢姆斯伯里的迷人说法——一下子变得时髦起来。弗吉尼亚尽管对口无遮拦的新局面感到欣喜，但是拿自己的生活同姐姐瓦妮莎的一对比，她不禁新愁又上心头。瓦妮莎是自由爱、婚姻和为人母的人生戏剧中令人愉快的女主人公——一个自然的女人。菲莉丝·罗斯（Phyllis Rose）出色地分析了弗吉尼亚所畏惧的事；她怕写作行为会革除她的性征，使她成为背离自然的女人，并把她从母亲和瓦妮莎所代表的女性圆满的世界中孤立出来：

> 对因果链或许可以做如下的粗略概述：人人都爱她母亲，赞美她母亲（母亲去世后是姐姐……）。要得到爱，她就必须像母亲。她却专心照料头脑的子女而非身体的子女，
> 271 委身于艺术而非人，这行为不像她母亲。因此，每当生产出一部艺术作品，她就感到极其不讨人喜欢；再次确认她与母

> 亲不同后，她害怕人们会不理睬她或抛弃她，因此她需要很过分地再三确认她得到了爱，受到了保护。[12]

1912年她和伦纳德·伍尔夫结婚，这似乎像是爱情、安全和常态生活的保证，虽说就像她在信中很残忍地告诉他的，她感到他“没有肉体上的诱惑力”。[13] 或许他们指望蜜月会解决他们的性问题，可以预料，问题没有解决。毫无疑问，弗吉尼亚很局促不安，很害羞，对男性激情十分害怕；而另一方面，伦纳德·伍尔夫也不像个有激情的男人。在剑桥时他的朋友们发现他是个“有点乏味，神经紧张，不易动感情的年轻人”；他因恪守清教徒的拘谨而著称。[14]

蜜月期间，他们漫游普罗旺斯和西班牙，最后搭乘一条匈牙利船在地中海上颠簸地航行。蜜月并未增进对性的信心和松弛的心态。他们回来时显然为弗吉尼亚的“性冷淡”所困扰；他们天真地寻求瓦妮莎的建议，她也充分利用了这个机会。“他们看上去很幸福，”她在给克莱夫的信中说，“但是两个人都明显对山羊①的冷淡有点伤脑筋。我想我惹恼她了，不过可能给了他安慰，我说我觉得她对男人的性激情从来不理解，不体谅。显然她仍然没有从性事中得到任何快乐，我想这挺怪的。他们都很着急地想 272
知道我什么时候有的第一次高潮。我记不清了。你记得吗？不过

① “山羊”（Goat）是弗吉尼亚小时候的昵称之一，参见Bell，*Virginia Woolf*，i，p. 24。

毫无疑问，即使我不曾在两岁时就有过，我也是感同身受的。”[15]

简言之，只试了六个星期后，弗吉尼亚就被证实的确“冷淡”，并被怂恿相信自己不可救药。同时还有一层意思：真正的女人——也就是瓦妮莎——本能地经历着这些极度的喜悦，而且伦纳德真是太可怜。现在我们对所谓性冷淡了解比较多了。或许瓦妮莎真的给不了更好的忠告，然而在面对弗吉尼亚的焦虑时她一副兴高采烈的样子，个中意思是不会误解的，就像她对伦纳德的“安慰”，其消极作用也是显而易见的。或许瓦妮莎很喜欢自己性感女性的角色，并无意与妹妹分享。无论怎么说，当代观点把伦纳德看作受难者和圣人就是从他们的蜜月开始的；伊丽莎白·哈德威克（Elizabeth Hardwick）认为伦纳德“对弗吉尼亚著名性冷淡的承受……为他大大加了分”。[16]

弗吉尼亚把自己的性生活和姐姐的作了对比后本来深感自身有缺陷，而伦纳德做出不要孩子的决定对她更是雪上加霜。决定的由来很不明确。按昆廷·贝尔的叙述，弗吉尼亚一直兴奋地期待着生孩子，只是结婚一段时间以后才知道伦纳德的疑虑。1912 年秋她的健康状况很差，这是引起他的顾虑的直接原因；但是他后来才意识到她的病史的严重性。1913 年 1 月，他咨询了好几个医生，看情形是为他已经作出的决定找到医学权威意见的肯定。昆廷·贝尔这样描述他的调查：“伦纳德同（现在已经是乔治爵士的）萨维奇医生谈话，乔治爵士以他那活泼的方式惊叫，那对她太好了；但是伦纳德不相信乔治爵士；他咨询了其他人：瓦妮莎的专科医师莫
273 里斯·克雷格、T.B. 希斯洛普，还有琼·托马斯，她开了一家疗养

院①，很了解弗吉尼亚；他们的意见各不相同，但是最终伦纳德决定并已劝说弗吉尼亚同意，虽说他们俩都想要孩子，但对她来说要孩子太危险了。在这点上我想伦纳德是对的。很难想象弗吉尼亚当母亲会怎样。但是这对她将会成为永久的痛，在后来的岁月中，她只要想到瓦妮莎有儿有女便不由得伤心忌妒。”[17]

男批评家一般都认为伦纳德的决定是正确的。例如迈克尔·霍尔罗伊德就坚持认为“儿童的屎尿和哭闹一定会扼杀她心里的小说，而她最在意的事情就是写小说”。[18]这类自信的诊断背后仍是生育和艺术不能兼容的老一套说辞，加上英国上层阶级特有的对婴儿脏物的厌恶。当然，弗吉尼亚是可以给孩子们请保姆的；辛西娅·奥齐克提醒我们瓦妮莎就请了两个保姆（奥齐克是女批评家中最近质疑伦纳德所做决定的权威性和动机的少数人之一）。[19]此外，讨厌不整洁的是伦纳德，弗吉尼亚则在混乱中写作。伦纳德的观点是生孩子会危及弗吉尼亚的健康以及很脆弱的精神稳定，他有可能是对的。但另一方面，我们又不能不怀疑他潜意识里有复杂得多的动机，如辛西娅·奥齐克所暗示的对未来孩子的忌妒，或他本人欠缺热情。

弗吉尼亚却越来越觉得她不仅放弃了一项女性的主要功能，无法完成女性进入成人期的通过礼仪（rite of passage）中的规定行动，而且和伦纳德结婚也毁了他做父亲的机会。在这个决定后

---

① 琼·托马斯的特威肯纳姆疗养院是弗吉尼亚精神病发作时被送去进行“静养治疗”的地方，下面第 296 页起会介绍。昆廷·贝尔认为托马斯本人在无意识中对弗吉尼亚有狂热的同性恋感情，参见 Bell，*Virginia Woolf*，ii，p. 16n。

274 不久，1913 年春天，按伦纳德的说法，弗吉尼亚经历了一次病的大发作。

在这次以及她所有的疯病发作期，弗吉尼亚·伍尔夫都被施以各式各样的“静养疗法”（rest cure）；这是由美国医生赛拉斯·韦尔·米切尔（Silas Weir Mitchell）开发的针对神经衰弱者（尤其是女性）的一种疗法。米切尔医生专攻神经质女性的治疗，通过极端的处理使她们进入“对医生产生婴儿般依赖的状态”。[20] 静养治疗的构成是隔离，静止不动，禁止一切智性活动、食入过量，有些病例中还伴以每日按摩。在有些情况下，治疗几乎是致命的，如美国女病人简·亚当斯（Jane Addams）和夏洛特·珀金斯·吉尔曼；吉尔曼夫人强有力的短篇小说《黄墙纸》（1891），就是写一个女人被强制禁闭和消极忍受逼得发疯的过程。静养法强迫女人抑制能动性和情感（本来这些方面的挫折就是她致病的原因），并剥夺了她用心脑进行表达的出路；除此以外，静养法还不祥地戏谑了理想化的维多利亚女性的特质：惰性、隐遁、自恋、依赖。特别是，体重的增加被当作一种实质性的治疗，造成了假孕现象。安·伍德把米切尔的理论放在 19 世纪对女性健康和性的态度这个语境中加以研究，认为米切尔是个直言不讳的厌女者，他强迫女人进入据称有治疗作用的女性角色，以此来惩罚“偏离正道的”、心存不满的女人。[21]

弗吉尼亚的治疗在特威肯纳姆（Twickenham）的一家“为女疯病人”开设的疗养院中进行，她在那里必须在一间遮黑的屋子
275 里卧床，吃得好，白天喝牛奶，夜里喝加糖等制成的葡萄酒，并服用“罗宾的连二磷酸盐”。这不是她第一次去特威肯纳姆；1910

年她就被送往那里，无聊、孤独和压抑的经历几乎把她推向自杀的地步。尽管如此，1913 年她又被人违反意愿地送过来了。“有几张给伦纳德的惨兮兮颤巍巍的铅笔字条从那时留了下来，”贝尔写道，“字条让人想到被父母送到一个很残忍的学校去的孩子。她像孩子一样冲着把她丢弃在这个可怕地方的丈夫大发雷霆。然而，看到他疲惫不堪愁容满面的样子，她又特别痛心地感到内疚和悲苦。”[22]

治疗本身使她变得虚弱和绝望。她出来时仍显得病恹恹的；1913 年夏天伦纳德坚持要她回到疗养院去。弗吉尼亚坚执地认为她完全好了。伦纳德私下里咨询了一个新的医生，向弗吉尼亚提议他们应去找个医生分别陈述自己的情况。弗吉尼亚提出的医生恰好就是他咨询过的一位，他暗自高兴；可想而知，医生的裁定是她有病，应该进疗养院。当夜她企图自杀。

在《精神病院》(*Asylums*）中，欧文·戈夫曼（Erving Goffman）对于精神病人为什么会在从家到医院的过程中生出受到背叛的意识这一点做了如下解释：

> 他最近的亲属逼着他来同开业医生“详尽地谈谈情况”……通常这位最近的亲属已经定下了这次晤谈，也就是说他挑选了医生，安排好时间，并对医生讲了一些病人的情况，等等。这个步骤会有效地确定最近的亲属作为责任人的地位，所发现的有关情况可以向他透露；同时有效地确定另一方为病人……到了办公室后，事先已确定为病人的人突然发现他和他 276

> 最近的亲属被指派的角色不对等，而且显然医生和最近的亲属之间先前已达成的理解正在起作用，都是针对他的。[23]

这正是伦纳德（在瓦妮莎的劝说下）所安排的同盟。弗吉尼亚无力在这样集合起来的权威面前坚持自己的权利。企图自杀后，她当然就受到护士的监护了。同年晚些时候，她被送回特威肯纳姆接受进一步的静养治疗。于是，伍尔夫就成了真实生活中“疯妻”这个女性原型的缩影。

用约翰·贝利（John Bayley）的话说，是1913—1915年的病“认可了”伦纳德关于生孩子的疑虑。事实上，这个时期她的疯病的突出症状是对伦纳德的狂怒。1915年，弗吉尼亚对愤怒的表达被瓦妮莎等人阐释为她病情严重的征兆：“她根本不要见伦纳德，并反对所有的男人。”[24] 这种具体攻击的动能表明弗吉尼亚认识到伦纳德的决定的专横，而同时她也自觉有罪地被迫接受了决定。疯狂是一种角色，她可以在其中表现怨恨和怒气；对一个爱她想照顾她的人感到怨怒又使她倍感内疚。

伍尔夫把这个事件作为中心主题写进了《戴洛维夫人》（1925），通过男性人物塞普蒂默斯·史密斯表现她本人的经历。1915年她从疗养院出来时体重达168磅；《戴洛维夫人》中，塞普蒂默斯抗拒令人发疯的静养治疗，“在床上静养；在孤独中静养；沉默与静止；没有朋友，没有书，没有消息的静养；6个月静养；直到一个进来时重7英石6磅（相当于104磅）的男人出
277 去时重达12英石（相当于168磅）”。[25]

在很大程度上，她的愤怒在对威廉·布拉德肖爵士（William Bradshaw）的刻画中发泄出来，后者是哈莱街的神经科医生。个人遭遇说明了小说中这个特别激烈动荡的部分缺乏分寸感的原因，多数评论家把这种非艺术的失衡看成这部分的“缺陷”。当威廉爵士竭力说服塞普蒂默斯采取静养治疗时，他显然试图惩罚并监禁后者：“威廉爵士在萨里有个朋友，他们在那里教的是——威廉爵士很坦率地承认那是一门很难的艺术——分寸感[①]。此外还有家庭亲情、荣誉、勇气，还有耀眼的前程。威廉爵士是所有这一切的坚决捍卫者。如果这些辜负了他，那他只好支持警察和社会的善。而它们，他非常平静地说，是会当心的，在南面的萨里，这些反社会的冲动（缺乏好的血统是滋生此类冲动最重要的原因）会得到控制……无保护的、无助的、累垮的、无朋友的人都得到了威廉爵士的意志力的刻痕。他猛扑下来；他吞噬一切。他把人们关起来。正是这种决断力和仁慈的结合使威廉爵士对他受害者的亲属显得如此亲切。”[26]

她几乎不可能更直白地表达自己受到迫害和愤怒的情感了。这段话就其阴谋和罪孽的味道来说简直就像卡夫卡；威廉爵士是一只

---

① “分寸感”（a sense of proportion）是威廉爵士的这部分思维活动中的关键词，例如，“他从来不说‘疯狂’（madness）这个词，他称之为‘没有了分寸感’”（第146页）；静养就是教会疯人分寸感；分寸的好姐妹是“转化”或“改造”（Conversion），第151页有对这位改造“女神”的讽刺描述，她其实就是对殖民地和各种异端进行镇压的国家机器，也就是正文中的这段引文所说，即使静养改造不了，还有“警察和社会的善”在等着不安分的人。此外，下文中提到的弗吉尼亚·伍尔夫的精神科医生乔治·萨维奇爵士，他的姓氏Savage作为普通英语词有野蛮、凶猛、残暴等意思。

得到国家权势支持的秃鹫。威廉爵士不让塞普蒂默斯生孩子这个情境也是由伍尔夫的个人遭遇所规定的；他“禁止生育，处罚绝望，使不健康的人没法传播观点，直到他们也能共享他的分寸感”。[27] 那么“受害者的亲属”呢？没有任何记录说明伦纳德和瓦妮莎认识到自己是合作者，他们也没有从威廉爵士身上觉察到弗吉尼亚的医
278 生乔治·萨维奇爵士（Sir George Savage）的影子。是萨维奇这个姓氏从弗吉尼亚的角度看如此恰当，于是产生了围绕着威廉爵士的很多意象。甚至无法断定伍尔夫认出了她自己的动机或因祛除了部分愤怒而感到有所轻松。最辜负她的人也是她最感激的人。她婚姻中的一些方面如此令人羡慕，如此令人满足，这也使她处于长期感到内疚和依存的境地：所以，尽管有威廉爵士的形象这样的暗中抗议，她似乎放弃了在婚姻中作出根本性决定的权利。

1940 年，居住在“隐修屋”（Monk's House）这座有神秘名字的房子里多年后，静养的问题又冒出来了。弗吉尼亚让她的女医生答应不再下静养治疗的“医嘱”，但显然这样的允诺是不可能遵守的。她第二天就自杀了。① 自杀前留下的三封短信表达了她

---

① 弗吉尼亚·伍尔夫最终投河自杀发生在 1941 年 3 月 28 日上午。3 月 27 日，她的医生兼朋友奥克塔维雅·威尔伯福斯（Octavia Wilberforce）要为她做身体检查时，弗吉尼亚作为“交换条件”确实要求她不要写医嘱让她去静养院，奥克塔维雅答应“我不会叫你做任何你觉得不合理的事”；咨询后，晚上伦纳德和奥克塔维雅商量怎么办，觉得连请一个专门护士看护她都可能是灾难性的，但他俩都觉得弗吉尼亚平静了点；当晚没有人提出静养的事。1940 年德军轰炸、占领伦敦的可能似乎很大时，伦纳德·伍尔夫明白他作为犹太人的命运将会是什么，五六月间他们夫妇确实做好了各种自杀准备，也频频谈到过自杀。参见 Bell，*Virginia Woolf*，ii，pp. 225—226，216—217。

对毁了伦纳德人生的愧疚之心；确实，这些信如此彻底地开释了伦纳德，以至于伊恩·帕森斯夫人（Mrs. lan Parsons）在1973年时认为有必要把它们赠与大英博物馆作为证据，说明信不是伦纳德自己编造出来的。[28]南希·贝津认为自杀“既是绝望的行为也是有信念的行为——绝望的是在世上无法确立双性同体的整体，信念是（在永恒的死亡王国）存在着双性同体的神秘对等体：同一性（oneness）”。[29]就这样，伍尔夫的自杀已成为代表自我牺牲和“女性”（feminine）高贵品质的最终姿态。

然而，把伍尔夫的自杀视为出于信念的美丽行为，或是迎向双性同体的哲学姿态，都是无视她作为人所感受到的痛苦和愤怒；把她的自杀看作女性精神错乱的证据则是在她死后再次把她
打入生前一直禁锢她的刻板模式。她一直同身为女人有内疚和亏 279
欠的情感在作斗争，并往往被压倒；到20世纪30年代中期，在她经受绝经的过程时，这些情绪变得非常强烈。1936年5月，她试着在日记中描述她的症状：“但愿我能写出我此刻的种种感觉。如此怪异，如此不舒服。部分因年龄关系，我想？身体上的感觉，好像我在血管里轻轻地打鼓似的：很冷、没劲儿、担惊受怕。如同强光下暴露在一个高台上。非常孤单。L.外出用午餐。妮莎有昆廷，都不要我了。真没用。四周没有空气。没有字词。非常忧虑……我知道我必须在热砖头上继续跳舞跳到死。”[30]对一个女人，尤其对一个无子女的女人来说，绝经本身可以是一种死亡。对于弗吉尼亚·伍尔夫，它意味着面对育龄已过的事实，而在一定意义上，伦纳德剥夺了她的生育生活。瓦妮莎做母亲功德

圆满，即使她的大儿子朱利安·贝尔（Julian Bell）在西班牙内战中阵亡，瓦妮莎做了母亲仍然是让弗吉尼亚嫉妒、受折磨的一个根源。

我不是要批评伦纳德的动机或怀疑他的诚意，也不是否认他对弗吉尼亚的爱。我们无法看穿他们共同生活中私下的神秘。但是，很清楚的是他对她的看法已在相当程度上压倒了她本人的看法，以至于有批评家令人难以容忍地断定他的才分也更胜一筹。戈登·海特评论伦纳德说："她对英国文学的全部贡献都归因于他，这样说并不过分。"[31] 即使我们对伦纳德的角色做最善意的阐释，这样的说法也实在太过分。它忽略了一个事实：在很多情形中，爱的名义可以篡夺一个女人对自己人生的责任，削弱她，并毁灭她。

280 伍尔夫的病根始终和女性经验有某种关联；她的病表现为性冷淡、抑郁、自杀倾向等经典的女性形式，并在女性精神病院中进行治疗，疗法的用意在于引发女性的被动性。但女性抑郁症的特别辛辣的反讽意味恰在于它降低了表达敌意的能力。她的罪恶负疚意识曾让伦纳德感到如此迷惑，也就是我描述为做女人方面有缺陷的情感，以及内化了的对丈夫和瓦妮莎的巨大愤怒；所有这些情感在最后一次病情来袭时变得完全无法抗拒，乃至只有自我毁灭才显得与她的灭顶绝望相匹配。前几次发病时，自杀企图受到的惩罚是更多的静养治疗，更厉害的罪恶感。这次她不要再冒险康复了，她不要面对西尔维娅·普拉斯所说的"嘎吱嘎吱咀嚼花生的大众"，不要看非难她的，把她永久定格在软弱、娇柔、依赖成性的画面上的那些面孔。身为女人的功能被剥夺了，男人的力量又不给她，她只得寻求平静的、双性同体的“整体”，而抓住永恒必然就是抓住了死亡。追寻双性同体就是伍尔夫对生存难题的解答，在认识到这一点时，我们不应混淆逃遁和解放。

在女性文学的问题上，伍尔夫的思想和她追寻自我界定的个人奋斗密切相关。1918 年，在一篇关于 R. 布里姆利 · 约翰逊所著的《女小说家》的匿名评论文中，伍尔夫表达了对女性小说家和女权小说家的不满，前者在“对她们性别期待的专制”下写作，而后者是“想被当作女人对待的女人”。“这种变化，”她论证说，“很难说是变好了，因为有意识地突出作者的性别，不论强调高傲还是羞耻，都不仅令人恼怒，而且说了也是白说。”在这篇早期文章中，伍尔夫提出了一些她后来在《一间自己的屋子》中将要应对的问题；她在摸索着寻找出一种谈论女性写作的方式，做到既接受文学传统的连续性，但也超越她负面描述的“性别专制”。伍尔夫完全同意约翰逊有关女性小说很特殊的说 281
法：“一个女人写的东西总是女性的；它没法不是女性的；最好的状态就是最女性化的状态；唯一的困难是界定我们所说的女性化的含义。”她相信一部小说的性别特征是一种难以捉摸却又确凿无误的气息，既像单手发出击掌声的禅宗奇迹，也是价值标准的问题，从中生发出来的“不仅是情节和枝节方面的显著差异，也是选择、方法和风格方面的无穷区别”。[32] 她希望获得的是一种非个人化的、不显眼的技巧，用它写作时既不炫耀也不否认女性特质；是一种不同的文学和性别的和睦平静。

在这个阶段，伍尔夫的作品中有大量内容涉及女作家遇到的外部困难和障碍，这个重点同她本人寻找语声的努力有关。1919年，她的第二部遵循传统结构的小说《夜与日》(题献给瓦妮莎）并不成功。她正处于在两种写作方法之间过渡的焦虑状态中，因此，她对女艺术家面临着缩小的可能性持有自卫性的悲观看法。在《新政治家》(*New Statesman*）上同“和蔼可亲的霍克”(“Affable Hawk”，即戴斯蒙德·麦卡锡①）和善地交换意见时，她就表达了这一观点：

> 在我看来，使一个莎士比亚式的人物得以存在的环境似乎是这样的：他一定有曾经从事他的艺术的前辈，他周围一定有一群人可以自由地讨论和从事艺术，而且他本人在思想和体验方面有极大的自由度。或许在莱斯博斯岛，这样的环境曾经成为女人的命运，但此后再也没有过。[33]

无论算不算莱斯博斯，1920年的伦敦都提供了这样的环境，它们实实在在的就是弗吉尼亚·伍尔夫的命运。她深深地意识到
282 女性文学传统，并认识到自己在这个传统中的位置。她写过许多饱蘸感情的文章谈论女性小说家、诗人、日记作者和信件作者；这些文章显示出她需要在同前辈的某种真实关系中界定自己的

① 戴斯蒙德·麦卡锡（Desmond McCarthy）当时担任《新政治家》的文学部主编，他是布卢姆斯伯里圈中人。莱斯博斯岛（Lesbos）是古希腊女抒情诗人萨福（Sappho）的故乡。

文学身份。不论人们会怎么认识布卢姆斯伯里，它确实是一群人在那里自由地讨论和从事艺术。但是最后一个条件——思想和体验的自由——她却未能满足。伍尔夫即便在表现女权主义冲突的时刻也在想着超越冲突。她对体验的向往事实上是想忘却经历。20 世纪 20 年代，当她的小说偏离写实主义时，她的批评和理论性散文也离开了纷乱的女权主义，开始构想一种平静的双性同体观。

伍尔夫有关双性同体的论述中最著名的是《一间自己的屋子》。当 A.D. 穆迪（A.D. Moody）提出反对意见，说“标题盛名在外，在相当程度上超出了作品的内在价值”时，他是一个少数派（伍尔夫最明显的反对者利维斯夫妇发现《一间自己的屋子》太浅薄，根本不值得他们去细察）。[34] 从质地和结构上看，该书最引人注目的是其着力维持的魅力 \ 愉快的嬉戏，及其侃侃而谈的外表。这里没有任何地方使人想起《给妇女选举权》或《自我主义者》那类缺乏幽默感的辩论。《一间自己的屋子》在技巧上和伍尔夫的小说相仿，尤其是她同时期创作的《奥兰多》（*Orlando*）：重复、夸张、戏谑、离奇、有多重视角。另一方面，《一间自己的屋子》尽管有自然而然和亲密的错觉，却是极其非个人化的、处处设防的书。

一本书中每三句话就会出现一次叙述的“我”，要说它具有非人格性似乎像是用错了字。但仔细一看，这个“我”原来只是作者叫她“玛丽 · 贝登”（Mary Beton）的人物，而她的观点被小心地置于一定距离之外，同个人切断了联系，正如标题中的代词

“一个人”或“任何人”（one）使所指对象失去了个性，甚至失去了性别。整本书从一开始就用狡黠的讽喻语言铸就：“我用不
283 着说明，一切我所要叙述的并非真事；牛桥[①]是虚构的；分能姆也是；‘我’只是一个不存在的人的很方便的代表。”事实上，人物和地方都是伍尔夫亲身经历的假托，或略微加以滑稽嘲弄的变体。“分能姆”（Fernham）就是剑桥的纽纳姆（Newnham）学院，她在那里做的讲座，成为此书的缘起。伍尔夫的堂姐凯瑟琳·斯蒂芬（Katherine Stephen）是纽纳姆的副院长；她就是向玛丽·贝登解释女子学院为什么会那么穷的玛丽·塞登（Mary Seton）。她的母亲“塞登夫人”有13个子女（斯蒂芬夫人实际有7个子女）。叙述人玛丽·贝登住在伦敦河边的一所房子里。1918年前她靠做些零敲碎打的工作维持生计，当时没有受过专门训练的中产阶级妇女可以做的也就是写些业余的社会报道、干文书类的杂活、教读写，等等。然后她从名字也叫玛丽·贝登的姑母那里继承了每年500英镑的遗产，姑母在孟买从马背上摔下死了。伍尔夫从姑母卡罗琳·埃米莉亚·斯蒂芬（Caroline Emelia Stephen）那里继承了2500英镑，可后者的人生却远没有那么传奇。[35]最后一位玛丽，玛丽·卡迈克（Mary Carmichael），《人生的经历》（*Life's Adventure*）一书的作者，很可能也是一个谐仿或是合成的

---

① “牛桥”（Oxbridge）当然是Oxford和Cambridge各自掐尾去头后的混成词，布卢姆斯伯里圈子多为剑桥毕业的人；第一次臆造这个戏称的是小说家萨克雷，据《韦氏大学生词典》，该词1960年正式进入英语词汇，纽纳姆学院是剑桥的一所女子学院，也是至今仅留下的剑桥三所只收女生的学院之一。

人物。全书都是这样揶揄、诡秘、难以捉摸；伍尔夫戏弄着读者，不肯全然严肃认真，否认任何庄严的或颠覆性的意图。如M.C. 布拉德布鲁克（M.C. Bradbrook）所说，“《一间自己的屋子》的伪装……让伍尔夫夫人免于不得体地作假定，或避免被指控为了什么目标在摇旗呐喊。论点论据显然是严肃的，也是她个人的，却又戏剧化了，加上了各种矫饰，使论证显得不像论证”。[36] 在开头的两章中，防范意识引向一种相当不客气的斯特雷奇似的影射， 284
仿佛剑桥的背景使人忆起了使徒社[①]的风格。在牛桥午餐聚会上出现了一只曼岛猫就是一例。玛丽·贝登突然忍不住大笑，因为她看到了“那只突兀的砍去了尾巴的动物……［我］还得指着那个曼岛种的猫作为我大笑的理由。那可怜的小东西站在草地当中没有尾巴，也的确有点滑稽。它是一出世就这个样子的呢，还是因为发生什么意外而把尾巴弄掉了……真没有想到一条尾巴的关系那么大——你知道，这一类的话不过是大家吃完午饭散局起来各寻帽子找大衣的时候说的话”。[37] 听上去的确像猫一样狡黠地对剑桥的性无能狠狠扫了一记。

然而，到了第三章时，叙述终于离开了这类小动作小花招，聚焦于妇女和小说的问题。伍尔夫坚持认为，女人如打算写小

---

① “使徒社”（the Apostles）是剑桥大学以圣约翰学院、国王学院和三一学院的大学生为主的秘密社团，活动以讨论会为主，入会经过考察，有秘密盟誓，是一种思想菁英组织；因 1820 年有 12 名发起人而得名。布卢姆斯伯里的好几位成员（如 J. M. 凯恩斯，L. 斯特雷奇，E. M. 福斯特，D. 麦卡锡，还有弗吉尼亚的丈夫伦纳德·伍尔夫等）都是使徒社成员。

说，就必须有独立的收入和自己的屋子，而且坚持认为艺术家的脑子是双性合一的。除了收入的具体问题外（马克思主义者对此持异议），这些思想几乎像她的风格一样，文雅有礼，毫无生硬刺耳的感觉，于是我们很容易被卷入那迷人的滔滔语流。谁能反对得了双性同一的想法呢？甚至临床心理学都证实，“真正有创造力的人把‘男性的’和‘女性的’人格特征结合在一起”。[38] 话说回来，既然男性和女性的人格特征本来就是僵化的形象，那么，说有创造力的人不限于一类形象实际上便成了同义反复。伍尔夫选择莎士比亚作为双性同体艺术家的表率，这并没有引起什么异议，尤其因为我们对莎士比亚的了解极为有限；虽然她列出的其他榜样人物——济慈、斯特恩（Laurence Sterne）、柯珀（William Cowper）、兰姆（Charles Lamb）和柯尔律治——互相之间没有明显的关联，但或许从他们对待奇想和疯狂的态度中倒是可以发现某些相似之处。

285 不过伍尔夫并没有提供这样的关联，她也不鼓励读者费力地追寻这样的联系。假如我们能把《一间自己的屋子》看作女性唯美主义文学史上的一个文献，并与它的叙事策略保持距离，那么双性同体的构思也好，私用的房间也好，就不像一开始看来那么具有解放思想的作用，或那么容易理解了。它们隐藏着一个黑暗面，那是流亡者和阉人的地带。

弗吉尼亚·伍尔夫对于女性经验怎样使女人变得软弱是极端敏感的，但她对于女性经验如何使女人变得强大却相当迟钝。她按 1918 年的评论中所列的问题写，笔触细腻地写出好些前辈作家生活中遇到的种种问题：她们的家庭责任、经验范围的狭窄、她们的挫折感和愤怒。她就夏洛特·勃朗特刻画的罗切斯特形象这样写道：“我们觉得那里面有胆怯的影响，就像我们始终感到一种受压迫而造成的尖刻，一种强压在她热烈之下的隐埋着的痛苦，一种把这些虽然很杰出的作品用痛苦的痉挛缩紧的怨仇。”[39]她对所有这些热烈的抒发表示痛惜，因为她觉得它们扭曲了艺术家的忠直。她怀着同情并用嘲弄的例证描述了女作家如何处于不利地位，怎样不胜烦扰——这是重要的充分切实的发现。但是，当她希望女人能摆脱日常事务和怨恨情绪，做到“稍微退出公共起居室一点而去观察人类，不是总看人与人之间的关系，而也要看他们与现实的关系”[40]时，她是在倡导一种战略性的撤退，而不是胜利；是否定情感，而不是把握控制情感。

可以最清楚地认识到这种撤退的是此书最后一章所阐述的双性同体理论：它对私用房间意指的物质条件改善作了心理和理论
层面的延展。伍尔夫用她特有的低调方式提起了对双性同体的讨 286
论，好像那只是事后的一点想法：但它不仅是这本书而且也是她小说中的核心思想。双性同体的视像，用伍尔夫的话说，是对女作家困境的一种回答：女作家常对感情感到困窘和惶恐，它们太炽热了，要想处理好而不招致其家庭、读者和阶级对她的唾弃变得十分困难。有一间自己的屋子是解决问题的第一步；同一间有打字机的办公室相比，自己的屋子更是心理退缩的象征，是在逃避其他人的要求。玛丽·贝登或玛丽·卡迈克即使走进了那样的屋子，也不会从人言可畏的束缚中解脱出来，不会就此坚强地表达自己的愤怒或悲痛；她反而会被怂恿着忘却委屈不平，也忘却同类，去寻求一种或潜藏在底下或是高高在上的超然的意义。伍尔夫的信念是，双性同体的图像会用特别属于女性的语汇表达出来，但那是纯粹的无意识的表达，成了提炼为新型的灵巧句子和开放的结构的女性本质，以及到处弥漫却并不冒犯的知觉特质，即“那只有在性忘却自己的时候才会有的奇怪的性的性质”。[41] 剪除了愤怒的女性特质会在小说外面铺展开来，形成平滑而有吸力的表面。

在描述双性同体观时，伍尔夫又向前迈了一步，她想象高度发展的、有创造力的头脑其实无须实在的私密空间这一支撑来跨越性意识的障碍。在下面的一段话中，她很得体地引向了这个思想，但其中明白无误地暗示，女权主义意识是一种令人痛苦的心境：

> 若是女人，又会常常因自己的意识忽然分裂而大为惊讶。譬如说在怀德贺街走的时候，一个女子本是那种文明的承继人，现在忽而变成那种文明以外的人，化外的、好非议的。显然，人的心境、脑子，永远在改变它的中心，于是对
> 287 世界的看法就不同。但是这些心境中有几种，即使是很自然地采取的，比起别种来仍然好像不舒适。为了要保持那种心境，一个人总是不知不觉地隐藏着一点事情，渐渐地这种抑制就变成费力的了。不过也许有一种心境可以继续保持而不用费力的，因为没有事情需要隐瞒。[42]

尽管这段话中飘动着不定代词，我想伍尔夫所说的不大舒适的心境是指愤怒的疏离的心境，是女权主义的心境，而她希望拥有的是较为平静，因此也是较为舒适的意识。

就弗吉尼亚·伍尔夫的情况而言，精神崩溃的最初症状就是激动不安；因此她个人需要没有压抑、平静镇定的情绪这一点已快浮上这些仔细抽象过的句子表面了。“镇定，”她的医生在1925年时说，“练习平静下来。”但是，若是一个女人，面对着不公正，又怎能叫她平静下来呢？这里有一种恐怖的暗示：伍尔夫提供的双性同体解决方案等于暗中在心理上做了脑白质切断术（lobotomy）。不过，在她实际描述双性同体状态时，伍尔夫在字面上使用了脑子的男性力量和女性力量之间性交媾的形象：

> 若是男人，他脑子里女性那部分一定也有影响，而一个女人也一定和她里面的男性有来往。柯勒律治说一个伟大的脑子是半雌半雄的，他的意思大概就是如此。只有在这种融洽的时候，脑子才变得非常肥沃而能充分运用所有的官能。也许一个纯男性的脑子和一个纯女性的脑子都一样地不能创作。[43]

此处，尤其是最后一句与生物性性征的极为精细的弗洛伊德式类比，数页后重又出现，这次是一段近乎性爱的凝思：

> 288 男女之间必须先完成一段婚姻。整个的心一定都要打开，如果要想明了作家是把他的经验异常完整地传达出来。心一定要有自由，要有和平。……窗帘一定要严严地拉拢。我以为作家，经过了经验的阶段，一定要躺下来让他的脑子在黑暗里庆祝它的婚礼。他一定不要去看或是去怀疑有什么事在发生。[44]

显然，弗吉尼亚·伍尔夫没有去看或是去怀疑她在这个段落中做了什么：让作家成了男性。在精细地控制其代词的一本书中，这可不是小事。我觉得，这表明她怎样在无意识中感到家中天使那只柔软的、无生命的手落在了她的肩上，甚至对这个无害的隐喻性奇想也要来一番诘问，并把它转到男性窥淫癖者的脑中。受到如此抑制，女作家还怎么能自命双性同体——不偏不倚、毫无阻隔？在某种层面上，伍尔夫意识到双性同体是另一种形式的抑制，或最好也就算是自律。与其说她在推荐双性同体，不如说她是发出警告，叫人不要卷进女权主义中去："任何人若想写作而想到自己的性别就无救了。若只是单单纯纯的男人或是女人就无救了。一个人一定得女人男性或是男人女性。一个女人若稍微着重什么不满意的事，或是要求公平待遇，总之只要觉得自己是一个女人在那里说话，那她就无救了。无救不是比喻的说法，因为任何写作在那种意识的偏颇中都非死不可。它再不生长。"[45] 从很多方面看，伍尔夫都是在表述有阶级倾向和布卢姆斯伯里导向的理想——政治和艺术分离，时髦的双性恋。应公正地指出，她发现男作家因一味夸大或激化雄性气质而毁灭。但她的警告也不止暗示了恐惧。她确实把前辈女作家的生平中所发现的警世故事放在了心上。她看到社会对那些因举止不文明而遭 289
人讨厌的女人会施加什么样的惩罚。伍尔夫竟发展出一种文学理论，使愤怒和抗议成为艺术中的缺陷，这就像是把自己的担忧合理化了。

双性同体的脑子最终说来是理想艺术家的乌托邦投影：平静、稳健、不受性别意识的阻滞。伍尔夫希望双性同体成为有启示意义的、能满足需求的思想；但是，和其他的乌托邦投影一样，她的愿景并不适合人类。无论我们就双性同体还有什么要说，它代表的是不去正视女性特征或男性特征的逃避态度。她那理想的艺术家神秘地超出了性别，或者根本没有性别。然而，可以设想另外一种抵达双性同体的进路，那就是完全彻底地沉浸在个人经验之中，连同经验受到的一切制约在内：性、愤怒、骇怕和混乱。从所有方面透彻地理解做女人的含义能引导一个艺术家去理解做男人的真正含义。这种新发现不会以任何神秘的方式实现，而会来自勇于面对和表达人自身经验中的独特之处，哪怕是不愉快、禁忌或破坏性的经验；正因如此，这样的发现会直抵所有人的心灵深处。

我认为，换一个语境我们可以对这个问题看得更清楚些。伍尔夫很不喜欢小说中出现党派见解，她对这一点的阐释几乎无所保留。在一篇对美国小说的评论中，她对美国到处可见的国民同一性意识不以为意，并露骨地把这种意识比作女性的性别身份：

> 女作家不得不应对的许多问题和困扰美国人的问题一样。她们也意识到自己作为一个性别的特异性；动辄怀疑受到了轻慢，迅疾地为所受冤屈进行报复，迫不及待地塑造自己的艺术。在这两种情形中，所有的意识——自我的、种族的、性别的、文明的意识——这些同艺术不相干的意识，便横梗在他们和稿纸之间，其结果至少从表面上看是令人遗憾
> 290 的。例如，不难看出，安德森先生若能忘记自己是个美国人，会成为完美得多的艺术家；如果他能不带偏见地使用所有的词，不论新词还是老词，英国词还是美国词，正规词还是俚俗词，他会写出更好的文章。
>
> 然而，当我们从他的自传转向他的小说时，我们不得不承认（就像一些女作家也使我们承认），以新鲜的姿态来到世上，改变一点角度对着光，是如此大的成就，以至于我们可以为此缘故原谅必然伴之而来的怨艾、过敏和棱角。[46]

我猜想没有几个读者会同意，美国文学的大缺陷在于其国民意识，在于它坚持探索美国文化中乡土的、特殊的品质，或是它使用了这个文化所产生的语言。那种能够忘记自己从哪里来的完美艺术家更是一个可悲的而不是英勇的人物。同样，认为女人想写有关女人生存状况的愿望很危险、不正统、应该超越的观念来自怯懦，而非坚强。

弗吉尼亚·伍尔夫本人从未接近过她称为双性同体的那种平

静的不偏不倚；从上面的引文中可以看出，她甚至能欣赏党派性艺术的长处。然而，她的确努力地挣脱个性，逃离自我表现欲的强求。从女性美学的眼光看，如我已经指出的，无自我状态与女性知觉的最高形式相关联。詹姆斯·内尔莫尔（James Naremore）写伍尔夫的双重视野时这样说道：

> 一方面是自我的世界，是男性自我那活在时间中的、被
> 陆地包围的平常世界，是理智和常规事务的世界，那里的人
> 们生活在对死亡的恐惧中，那里时间和空间强加给人的分
> 离造成了痛苦。另一方面则是没有自我的世界——弥漫着 291
> 水、情绪、情欲，通常与女性感受力相关联的世界——那里
> 所有的生命在某种“光晕”中混合在一起，那里个人的人格
> 不断地被来自永恒的默示所消解，那里死亡使人想到两性的
> 融合。[47]

内尔莫尔论证说，这两个世界在弗吉尼亚·伍尔夫的作品中是势均力敌的，只是后者略微均衡一点。然而两个世界之间的隔阂却从未消弭。确实，在没有自我的世界上居留很长的时间是能给逗留来世所做的最糟糕的准备了：才能萎缩了，勇气消失了，自欺成了习惯。伍尔夫的书渐进地显示出一种技巧上的乏力，它们越来越无法容纳日常经验中的事实和危机，甚至想做也做不到。

有那么几年中，伍尔夫的思想的确发生过变化。1928 年，双

性同体［她在《奥兰多》那乏味的隆重坎普（camp）中也对之大加赞美］代表她对心理冲突——希望描述女性经验，但同时生活又把阻止这种自我表达的障碍摆在她面前——不无矛盾的解决方案。她坚定地写道，小说不应该成为“个人情感的垃圾场”。伍尔夫好像是在重复令人敬畏的比阿特丽丝·韦布的话，后者在1918年时曾告诉伍尔夫，“婚姻是情感的字纸篓”。[48] 但是女性的情感和经验又会在哪里得到宣泄呢？

20世纪30年代，伍尔夫试着把写作分成“男性”的报章文和“女性”的小说来应对上述问题。戴维·戴希斯（David Daiches）注意到，她的小说的风格上的癖好在她的批评和传记写作中往往无影无踪：“在她许多应约而写的散文中，其力量和透
292 辟有时会让我们惊讶，想到她或可成为出色的政论文写家。这是因为，她小说的文笔虽往往微妙深奥，有抒情色彩，但在别的作品中她可以写出最直截了当的雄浑的语言。”[49] 在1931年的随笔《女人的职业》① 中，伍尔夫对自己身为作家所遇到的写作阻力做了最复杂和坦率的分析，她在其中描述了家中天使的幽灵，以及她本人的自我诘问和审查：

> 我希望你们想象一下，我在一种出神的状态中写小说。我希望你们想象一个年轻女子握笔坐着，一连好几分钟，甚

① 《女人的职业》原是1931年伍尔夫在伦敦职业妇女团体“妇女职业协会”（Women's Service League）的讲话。

> 至好几个钟头笔都没有蘸过墨水缸。当我想到这位年轻女子时，我头脑中出现了一个钓鱼人的形象，他躺在深水湖边沉入了梦乡，他的钓鱼竿伸出去垂在水面上。她正任想象力毫无阻拦地扫荡着淹没在我们潜意识存在深处的那个世界中的每一块礁石，每一条裂隙。接着就有了这样的经验：我相信女作家遇到这样的事比男作家普遍得多，钓鱼线飞速从年轻女子的指间划过。在这之前她的想象力闯了出去，它在搜寻最大的鱼歇息的深潭、深渊和黑暗的去处。然后是一记猛撞，爆炸声，飞沫，乱作一团。想象力刚刚撞上了什么坚硬的东西。年轻女子从梦中惊醒……用平实的话说，她刚刚是在想什么事情，想身体的情欲的事情，她作为女人说这个是很失当的。她的理智告诉她，男人会感到震惊。当女人说了关于她激情的真话之后男人会怎么说她的那种意识把她从艺术家的无意识状态唤醒。她写不下去了。[50]

这段话中有不少地方值得长篇探讨——从第一人称叙述转移 293
到第三人称叙述，讽喻女人未能达到性高潮的钓鱼比喻，把她从梦中惊醒的那爆炸性的坚硬物的意味，以及最后把责任投射向男人的行为。这里我想强调一下最后的部分，我觉得那是伍尔夫的思路最典型的走向：是男人用严厉的评判神秘地控制了女人的幻想。这评判在一定程度上道理够明了，也够真实，但是伍尔夫既不想指责男人也不想仔细检查她的屈服和自我压抑。另一方面，她又太诚实，太敏锐，不可能看不到自己写作中的逃避行为；即使她看不到，还有作曲家埃塞尔·史密斯（Ethel Smyth）向她指出这一点。史密斯那天也在妇女职业协会做了演讲，伍尔夫念讲稿时她在场，她怂恿伍尔夫试试把她的“身体经验”写出来。伍尔夫也反过来建议史密斯试着写一部有关女人性生活的小说。无论如何，伍尔夫开始考虑写一部非虚构性散文作品，“《一间自己的屋子》的续集——写女人的性生活”。[51] 要写的书最终成了《三个几尼》（*Three Guineas*），这个事实本身表明她没有能力实现自己的计划。

此外，20 世纪 30 年代，伍尔夫不断接触死亡和悲剧：利顿·斯特雷奇、罗杰·弗莱（Roger Fry）以及她的外甥朱利安·贝尔的离去是沉重的打击。朱利安在西班牙内战中的阵亡因为同男性世界的进攻性、制服和荣耀相关联而尤其显得荒谬和悲惨。同时她对此也感到某种愧疚；她无法理解他的热情和献身，她被迫拷问自己的态度。在外甥死后不久写的一篇未发表的纪念文中，她自问道：“是什么让他这样做的？我想是年轻一代的沸腾热血，我们不可能理解的。我根本不知道我这辈人中有谁对战争会有这样的感情。我们在大战中都是拒绝参与战争行动的人。
294 虽说我懂得这是‘事业’，可以称作为了自由的事业，但我自然的反应还是要用理性抗争：假如我有什么用的话，我应该写反战的文章：我要做个计划，反对英式暴政。”[52] 这就是写作《三个几尼》的动机：就这一次，从女权主义的观点出发，写一篇严肃的、愤怒的反战宣言，一方面是向朱利安致意，另一方面也是作为自己反对暴政的方式。

最后，30 年代中期以后的整整几年，伍尔夫经历着绝经过程。她仍然既不能无视——更遑论超越——女性经验要求得到的东西，也无法在小说中表现这些要求，于是她又一次寻求逃避，从男人世界脱离，遁入无性的境地。《三个几尼》[原名《受人鄙视》(*On Being De spised*)] 是一本谁都不喜欢的书，连伦纳德也不喜欢。它不仅酷似《吕西斯特拉忒》(*Lysistrata*) [①]，鼓吹从男性身边完全撤离，而且坚定地拒绝讨人喜欢。对于我们如何制止战争这个问题，《三个几尼》的回答是，女人应组织“局外人协会”，磊落，不具名，公正，自足，完全脱离血腥的父权政治。

《一间自己的屋子》的口吻及其反复提到躲在幕后的男人的做法都表明，伍尔夫有控制地想着她的男性读者；而《三个几尼》则基本上只考虑女性听众——“有教养男士的女儿们”。这里，伍尔夫因孤立于女性主流生活之外而把自己晾在那儿了。很多人被书中的阶级傲慢及政治幼稚激怒。但更深刻的问题是，伍尔夫对于她想启发的女人每天所过的日子太隔膜了，完全不理解她们的日常生活；她还是一如既往，抗拒她个人无从知晓的那部分女性经验，也回避描述自己的经验。于是，尽管书中充满激愤，把战争与父权家长制联系在一起（这也是恩格斯在《家庭、私有制和国家的起源》中所论述的观点），做了翔实的研究（有 295
123 条很长的脚注），也不乏勇气，但《三个几尼》听上去很虚

① 《吕西斯特拉忒》是古希腊喜剧家阿里斯托芬的作品，吕西斯特拉忒号召希腊各城邦的女性用拒绝性爱的方式逼迫男性终止伯罗奔尼撒战争。

假。行文实在有太多地方显得空洞，充斥着标语口号和陈词滥调，曾经在《一间自己的屋子》中显得如此风趣的重复、夸张和修辞性问句等文体上的招式，现在变得刺耳和歇斯底里。

《三个几尼》中的大部分缺陷瑕疵在《细察》上Q.D.利维斯那篇残忍却又准确的评论中一一被揭示出来。利维斯论述的正是女性经验问题；她的意思很清楚，从她的角度看，伍尔夫懂得实在少得可怜：

> "有教养男士的女儿们"［她引述］"总是在劳作糊口的时候进行思考……她们在搅动锅的时候，在摇摇篮的时候思索着。她们就是这样为我们赢得了权利"，如此等等。有人抱怨说，从书里所表现的对实际生活情形的熟悉程度看，没有理由相信伍尔夫夫人会知道应从哪一头晃动摇篮；此言甚是。事实上伍尔夫夫人很难声称她就这样帮助我们赢得了权利。可我自己呢，通常是不得不一只手为这份评论杂志写稿子，另一只手真的在搅动着锅或者做诸如此类的事情。假如说我没有在摇摇篮的时候进行思索，那是因为甚至没有教养的男人的女儿们至少从两代人以前开始就不再摇动婴儿了。好了，我感到我必须对伍尔夫夫人的一个假定提出异议，她认为在没有帮手的情况下要管好一大家子事情和照顾孩子必然会阻碍或削弱思考。一个人自己的厨房和儿童室，而不是客厅和餐桌——让疲劳的职业男性在淑女们的环绕中（伍尔夫夫人亦如此）松弛下来的地方——才是真正过日子的地

> 方，而且我看不出让我们的仆人替我们过日子有什么好处。伍尔夫夫人希望把有教养的女人从纯粹浪费精力的家务活中
> 解放出来，但这些活动不仅让我们得到很有用的历练，它们 296
> 像过筛子一样能确定哪些是重要的真正的价值，哪些是陈腐的应鄙弃的价值。[53]

这个观点虽有偏颇，却还是很有说服力的。《三个几尼》尽管愤慨、清晰、扎实，甚至强健有力，但局外人团体的比喻真是太准确地描述了伍尔夫的圈子。

用乔治·卢卡奇（George Lukacs）的简洁陈述来说，小说家的伦理道德观在写作时变成了美学问题。由此，从弗吉尼亚·伍尔夫对生活所作的难忘的定义中认出又一个退缩回子宫和抑制的隐喻并不奇怪：生活是“发光的晕轮，是半透明的气体包层，从意识之初到意识终结始终包裹着我们”。对这一状态的感知，伍尔夫在小说中记录为意识被动的接受：“头脑接受了无数的印象……如数不清的原子永不停歇地降落。”[54] 在某种意义上，伍尔夫的女性美学是其女性社会角色观的延伸：一味接受竟至自我毁灭，创造性的整合竟至疲惫不堪和枯萎贫瘠。例如，《到灯塔去》中的拉姆齐夫人因反复在同情中达到极度亢奋状态而耗尽了她自己的力气：“她几乎一片一甲不剩，都认不出自己了；一切都那么慷慨地给出去了，消磨殆尽。”[55] 同样，伍尔夫本人每写完一部小说都精疲力竭。

然而，伍尔夫的小说有一种力量，它来自不时发生的无法被

抒情散文消化的强烈情感。在她作品的被动性中也有一种女性的性能力：永不知足。在拉姆齐夫人疲惫至极的状态中甚至有一种性的痴醉：她“仿佛把自己缩作一团，一片花瓣紧紧被另一片裹
297 住……而这时成功创造的狂喜悸动着穿越全身，仿佛跳起的脉搏让血脉极度偾张，现在又轻轻停止了律动”。[56]女性自由流淌的移情寻求自身在狂喜中的泯灭。对拉姆齐夫人来说，死亡是一种自我表现的方式。伍尔夫心目中的女性本质提炼得纯而又纯，其肉体性和愤怒抽走了，也不准予任何行动：这种女性本质就像它不依附于肉体一样变得毫无生气。一间自己的屋子最终成了一座坟墓。

第十一章　女性美学之后：当代女小说家 298

> 你怎么独特了？你是说从前没有艺术女性？没有自立的女人？没有坚持性自由的女人？我告诉你，你身后有长长的女性队列，一直延伸到过去，你必须把她们找出来，在你自己身上找到她们，并把她们存入你的意识。
>
> ——多丽丝·莱辛，《金色笔记》

弗吉尼亚·伍尔夫和她那代人企图创造一种基于内心世界的力量，要发现她们为什么这样做并不难：那是一种美学，它捍卫女性意识，并声称它优于公共的、理性的男性世界。然而，女性美学在应许女性另一种来源的经验和自尊的同时，却也神秘地使所有古旧的刻板形象合法化了：伍尔夫的追随者们把被动性提升成为信条。不过女性唯美主义只是女性传统的一个阶段，而不是女性传统中揭示真理的时刻。如今女小说家仍在继续着女性自我发现和自我审查的阶段，但迥异于伍尔夫所采用的形式和语汇。

20 世纪 30 年代，利维斯夫妇和《细察》的其他撰稿人猛烈抨击了伍尔夫小说的精致、脱离形体和无作为的倾向。30 年代的女小说家也抵制了现代主义中很多实验性的成分，不过她们仍受到伍尔夫的影响，在描述艺术想象的时候把艺术家界定为被动意识。例如，在罗莎蒙德·莱曼（Rosamond Lehmann）对创造行为的描述中这种影响显而易见：“创作者是作用力的对象……
299 必须做的事情就是保持一种可以说是积极的被动状态，头脑和感官必须全神贯注，进行吸纳，筛选，丢弃：事实上要敞开自己——不是像伪善者的那种放荡——而是不放过任何一种虽未在期待中然而是可接受的、必然的受胎可能。”[1]20世纪30年代女性小说中的女主人公仍然被动，仍在自我毁灭，但是在莱曼的《街上的风雨》（*The Weather in the Streets*, 1936），琼·里斯的《黑暗中的航行》（*Voyage in the Dark*, 1939）、《离开麦肯齐先生之后》（*After Leaving Mr. Mackenzie*, 1937）以及《早上好，午夜》（*Good Morning, Midnight*, 1939）[①]中，却在对待肉体，以及在通奸、堕胎、同性恋和卖淫等话题方面出现了新的坦诚态度；在女性的性压迫问题上也有了嘲讽的勇气，使人想起凯瑟琳·曼斯菲尔德那些紧绷的、充满痛苦的故事。“大家都知道英国不是女人的国家，”《早上好，午夜》中有个年轻的舞男这样对女主人公萨莎说，“你知道那谚语吧——‘像土耳其的狗或英国女人那样不幸。’”[2]这些小说弥漫着苦乐参半的听天由命的思想，而愁苦、无保障就是女人的命。小说里的男人全都好像充满活力，结了婚，很富有，但所有的女人都在变老，单身，而且贫穷。20世纪30年代的女权主义者似已有点热情得有悖情理了；缪丽尔·斯帕克的小说中

---

① 小说标题取自美国诗人埃米莉·狄金森一首诗的首行，“Good Morning—Midlnight—”；该诗在托马斯·约翰逊（Thomas H. Johnson）编的狄金森诗歌全集中排序为第425首，在1998年哈佛大学出版社出版的、由富兰克林（R. W. Franklin）编的狄金森诗集中排序为第382首。

的琼·布罗迪小姐[①]只是“浩荡大军”中的一个，她们“用发现新思想的航程以及积极从事艺术、社会福利、教育或宗教事业去塞满战争夺去亲人后的独身日子”：她们教学生月经初潮是怎么回事，对学生讲夏洛特·勃朗特的恋爱史；她们很有魅力，但也很孤单，并变得越来越古怪。[3]女权主义的抗议仿佛是时代倒错；争取选举权的斗士仍有未退者，如潘克赫斯特们，她们往往成了令人难堪的狂热分子，从事着新的、不如先前那么使人高尚的事业。一直到20世纪60年代，女权主义每隔10年仿佛就离女性更远了一层，越发不相干了，因为女人相信自己过上了“解放了 300
的”属于个人的生活，已经克服了从前女性角色的局限。

“你知道什么是‘女性角色’吗？”1954年时罗丝·麦考利这样问她的妹妹[②]，“一个和我通信的人（心理学家）指责我，说我抵制女性角色，她不同意我的看法，认为男人总的说来比女人聪明。她从我的小说里看到了我抵制的证据。人怎么抵制女性角色，我倒要问？它到底是什么东西？”[4]在麦考利最好的小说《特拉布宗之塔》(*The Towers of Trebizond*，1956）中，女叙述者劳里（Laurie）和情人维尔（Vere）直到小说快结束时才有人称代词将他们分出了性别。从一些方面说，这部小说有高超的技艺，表现了人类情感的普遍性，但从另一些方面看，它是在逃避事实。劳

---

① 布罗迪小姐是20世纪30年代爱丁堡的一所高档私立女子学校的教员。

② 收信人琼·史密斯是麦考利的first cousin，因不同姓，可以认为是表妹，史密斯比麦考利小10岁左右，在法国当过战地医院护士，麦考利与一个有妇之夫长达20多年的秘密交往只告诉过史密斯一人。

里和维尔（他已婚，但设法离开了妻子和情人一起旅行）并不像麦考利希望读者（或希望她自己）相信的那样具有同等的自由。

后女权时代的人深信，获得选举权已经把男性和女性角色的差异勾销了，重大战役已经打赢了。这种信念有一定的现实依据，伍尔夫那一代女性和 20 世纪出生的女性在所能享受的机会方面确实存在差距。1900—1920 年间出生的女小说家中，有差不多一半人上过大学。1920 年以后出生的女小说家中，要查询许久才会找到一个没有学位的人；以一个有代表性的 10 人组来说，其中 7 人在牛津大学和剑桥大学接受教育，两人在伦敦大学，只有一个在家读书。[5] 还有，战后时期，女性亚文化的边界虽然对劳工阶级妇女而言仍然很牢固，但是对知名文化人来说似
301 乎就没有那么泾渭分明了。和自己的兄弟一样在牛津和剑桥受教育的女作家就不会再像多萝西娅·卡苏朋那样崇尚男性知识，或像莉莉·布里斯科（Lily Briscoe）那样排斥男性知识了。可以表达自己的性欲（尽管尺度有限）的女人也不再那么坚执于男人的贞洁了。相对于英国小说家总体上同他们更雄心勃勃、更烈性的美国同仁之间的区别而言，英国女小说家的作品和同时代男作家如安格斯·威尔逊（Angus Wilson）、安东尼·鲍威尔（Anthony Powell）、C.P. 斯诺（C.P. Snow）和格雷厄姆·格林（Graham Greene）等人的作品在主题和语气方面的反差则没那么引人注目。

20 世纪 60 年代的小说，尤其是多丽丝·莱辛的力作《金色笔记》，已开始以各种幻灭和背叛的警示指出，所谓“自由女性”其实说到底并不怎么自由。莱辛的自由女性是马克思主义者，她

们认为自己懂得女性受到的压迫怎样与阶级斗争联系起来；她们有职业，有孩子，过着独立自主的生活；但她们仍然是分裂的无助的人，仍被锁入依附男人的格局中。A.S. 拜厄特的《游戏》（1967）是一部本应更知名的杰出小说，其中富有魅力的女小说家朱莉娅·科比特（Julia Corbett）虽看来应有尽有，却不得不在爱情和艺术之间作出选择，那是从奥萝拉·利以来的女艺术家始终要面对的古老抉择：她选择了艺术，受到了惩罚。1974 年，在题为《而从此她们全都一直过着不幸福的生活》的评论文中，丽贝卡·韦斯特概述了女权主义改革的失败，它未能从根本上改变女性的自我观照：

> 我们确实有了足够多的女小说家，她们足以能使我们判定女权主义先驱们的希望有没有落空：假如女人能被大学、职业、商业和工业所接纳，能行使投票权，有资格选入议会上院和下院，她们将不仅能自食其力，发展自己的心智，并
> 坦荡地生活，而且还有可能在爱情方面比她们的母亲和祖母 302
> 幸运些，即使不幸也尚能忍受。但这样的证据没有出现。上完一门当代女小说家课程后，大家仿佛听到了聚集起来的女生合唱……“哦，别欺骗我，哦，千万别离开我，你怎能如此对待一个可怜的少女？”[6]

争取个人自主和艺术自主的斗争一直在进行着，当代女作家已经认识到这一点；她们通过小说，也通过随笔和批评文字表

明这一认识，重申了自己与过去女性之间的连续性。她们使用现代小说的所有资源，包括不按时间顺序排列事件、梦幻、神话和意识流；但她们也受到19世纪女性文学的深刻影响，有时甚至就是对过去文学的改写。《游戏》建立在勃朗特姐妹的少年叙事习作“安格利亚”和“岗德尔”之上；琼·里斯的《藻海无边》(1966)重新讲述了伯莎·梅森的故事；一位不知名的女士甚至续完了简·奥斯丁的《桑迪幸镇》(*Sandition*)。很多当代女作家出版了19世纪女小说家的传记或编辑了她们的书信集。吉莉恩·弗里曼(Gillian Freeman)使用笔名“艾略特·乔治”发表了很不像维多利亚的作品《穿皮衣的小子》(*The Leather Boys*, 1961)；玛格丽特·德拉布尔和多丽丝·莱辛总是被批评家比作乔治·艾略特和乔治·桑。[7]

就本人的社会关系和艺术诚实之间的矛盾而言，当代女小说家的纠结心情也很像女性小说家。维多利亚时代的女小说家有时通过使用笔名的方法来绕过这些问题，为的是让作品中离经叛道的见解不至于伤害家人或冒犯朋友。但在使用来自生活的素材时，她们受到爱和忠诚等女性行为规范的束缚。1853年，夏洛
303 特·勃朗特向盖斯凯尔夫人询问如何处理利害冲突的问题：“你觉得容易吗？你有那么多朋友——那么大圈子的相识，当你坐下来写作，把自己同所有的联系隔开，不去念想那些愉快的交往，以便能做自己的主，不因想着自己的作品可能怎样伤及别人的心绪而受影响或动摇——你觉得这样做容易吗？这样做会招来什么样的责备或同情呢？”[8]西尔维娅·普拉斯的母亲因《钟形罩》

（*The Bell Jar*）的“忘恩负义”而痛苦不堪，这表明对女人来说要越过社会和家庭的压力——只准写愉快的、夸赞的、宜人的文字的压力——有多么困难。艾丽斯·默多克的第一部小说《在网下》(*Under the Net*, 1954）中，杰克·多纳休（Jake Donahue）因发表的作品取材自他与最要好朋友之间的交谈而难受不已（扫兴的是，作品彻底失败了）。玛格丽特·德拉布尔的《磨盘》(*The Millstone*, 1965）中，女主人公罗莎蒙德·斯泰西（Rosamund Stacey）发现她的房客兼密友莉迪娅在偷偷写一本关于她的小说，但宽容地接受了这情况（后来小说被罗莎蒙德的私生子毁了——实际上那婴儿把小说嚼碎了）。和这些喜剧性的描写形成对比的是，拜厄特《游戏》中的朱莉娅·科比特发表了一部写姐姐卡桑德拉的小说，卡桑德拉的自我形象就此打得粉碎，她自杀了。这个时代声称想象力有绝对权利，原材料则被踢到一边，似与最终的、被塑造出来的超验艺术毫无干系；在这样的年代里，对主体权利的关怀甚至就在保持着反讽的距离，或滑稽地削弱其效果时，也已经显得过时。确实，对于男作家来说，违背私人感情，公开披露别人的痛苦，几乎已成为一种通过仪式，一种男子气的展示，批评家以此为真正艺术奉献的标志。女性注重小说家的伦理这一点无论多旧式，多“女人见识”，却并非不相干的或庸俗的关怀；默多克、拜厄特、德拉布尔和莱辛继续提出这些关怀，是对她们的道德观的肯定。

1970 年左右，这些小说中女性愧疚地面对期望破灭所用的那 304
种聪明的、干巴巴的语调开始变得急切，愤怒，不可预测。在佩内洛普·莫蒂默的《家》(*The Home*, 1971), 缪丽尔·斯帕克那卡夫卡式的《司机座》(*The Driver's Seat*, 1970)和多丽丝·莱辛的《黑暗前的夏天》(*The Summer Before the Dark*, 1973)中, 我们看到女主人公处在忍受的极限, 充满了无法表达的怒火。我们很难准确猜测英国小说中的女性传统将会怎样继续发展; 莫蒂默、莱辛、德拉布尔、拜厄特和斯帕克都好像走到了新的创作阶段。女性的(feminine)写实主义、女权主义的(feminist)抗议和女人的(female)自我分析在20世纪社会政治关怀的语境中结合了起来。

在所有当代英国女小说家中, 玛格丽特·德拉布尔是最热忱的传统主义者。她与女性传统相连的意识, 对"女性性别的厄运, 其伤心的遗产"[9]的意识首先来自她本人的过去。德拉布尔在1974年勃朗特学会的年会上这样描述她的童年:"我在设菲尔德长大, 在乡村的边缘, 那里很像哈沃思四周的原野: 我家里的人口和结构同勃朗特家差不多: 我的姐妹们和我都对写作有兴趣, 我们小时候在一起编杂志和故事。"[10]德拉布尔和她的姐姐A.S.拜厄特都用勃朗特小说中的材料以及传说作为她们自己作品的全局性神话。德拉布尔还广泛书写19世纪女小说家, 写弗吉尼亚·伍尔夫和凯瑟琳·曼斯菲尔德。她为伍尔夫那位爱德华时代的文学对头阿诺德·本涅特写的长篇传记凸显了她个人对19世纪社会写实主义的执着。"我不想写供50年后的人读的实验小说, 他们会说, 啊, 哪, 是的, 她预见了后来的东西,"她
305 在1967年说,"我没有兴趣。我宁可待在我所仰慕的、正在消亡

的传统之末，也不想站在我所不齿的传统之端。”[11]德拉布尔的小说中的女性很自然地取了著名的维多利亚女主人公的名字，仿佛女人的名字终究只那么几个：罗莎蒙德、克拉拉、埃玛、露西和简。德拉布尔小说中的人物闲聊19世纪的小说女主人公就像聊自己的童年那么自然，或事实上更自然。那些对自己的性事守口如瓶的女主人公会断定“埃玛同奈特利先生结婚也算她该着了。同奈特利先生上了床会是怎样的呢?”。[12]

对于德拉布尔的女主人公而言，至少对《针眼》(*The Needle's Eye*, 1972）中的罗丝·瓦西里奥（Rose Vassiliou）来说，承认并屈从女人的局限性会带来平静的心情。《磨盘》中，攻读哲学博士学位的罗莎蒙德·斯泰西住在父母借给她的时髦公寓里，同她钦佩却无权得到的男人有了一夜情后怀孕了。罗莎蒙德貌美、自律、不乏勇气；但是在怀孩子的过程中，她不得已承认自己对命运失去了控制。她变得谦卑，首先因身体的缘故，身体不由她不承认自己就是个女人；后来是因为她竟然会这么强烈地爱孩子。在产科门诊，罗莎蒙德感觉到她和那些穿着破旧、疲惫不堪的和她一起等着看医生的女人完全一样：“我是她们中的一个，我也像那样，我平生头一遭陷入困境，体会到人的局限，我不得不去学习怎样在限制中活下去。”[13]

孩子是对女性投降的补偿。德拉布尔是写母性的小说家，正如夏洛特·勃朗特是写教室的小说家。母亲和孩子之间的互动，
那像主的恩惠一样不请自来的爱，对于德拉布尔来说是最有教育 306
意义也最令人惊讶的人际关系。对德拉布尔的女主人公来说，一

间自己的屋子往往指生养孩子的地方，但它同时也是复原力、仁慈和智慧的试验场。就这样，对于生物性创造和艺术创造这对女性（feminine）矛盾，德拉布尔找到了女人（female）的解决方式。怀孕是一种认识方式，是一个教育过程，不仅帮助罗莎蒙德“全神贯注、思想清晰”地写论文，而且使人类状况的抽象概念对她变得实在而具体：“我一直在理论上同情他人，可怜他们在命运和环境的打击下所感受的痛苦，但现在我不再自由，自己也在受苦，我可以说我从心里感受到了这些。”[14] 男性，尤其是成功男性，如受到磁石吸引般地愿意同这些有见识的女性交往；在《瀑布》中，简分娩后，在一座空房子顶层的一间很闷热的屋子里生活，詹姆斯观察着她整个康复过程，几乎实实在在受到了勾引。

然而，分娩并不是胜利；而是接受对让步和认输的补偿，是接受“不时的强烈失败意识所带来的必要的愉快”。[15] 德拉布尔的女主人公们清楚地意识到她们世界的疆界，并且苦涩地、远远地对自己逃避的徒劳感到好笑。在《加里克年》(*The Garrick Year*) 结尾处，埃玛同家人在赫特福德郡野餐时看到一条蛇攫住一只羊的腹部，但没有告诉任何人：“为孩子们的缘故，要做的只是该干吗还干吗并装作没注意到的样子。不然的话还不如待在家里别出来。”[16]

女主人公们装作没看见蛇；作为小说家，德拉布尔当然始终注意到蛇确实存在，并且明确地说了出来。然而，在《针眼》（1972）的结尾处，小说家和女主人公之间的裂痕差不多弥合了；
307 曾经是很有风度地向女性命运低头，听任夏娃的被咒，但现在看上去那样做太有受虐狂和绝望的意味。罗丝决定，再一次“为了孩子们的缘故”和她看不起的丈夫一起生活；但这次她感到她只是因为责任心的驱动，才做出了无异于自杀的决定，而“她必须付出的代价是虽生犹死，神志清醒地消逝，偏离……风度”。[17]

德拉布尔本人对于罗丝的受难与她的个人需要之间的关联程度作了些推测，她自问是否把婚姻的意识形态强加给了一部挣扎着欲超越这种意识形态的小说。“自从和克莱夫分手以来我一部小说也没写，”她1972年时告诉南希·哈丁（Nancy Hardin）说，“我很有兴趣看看下面会有什么东西出来。整个《针眼》都是我们还在一起的时候写的。假如我们先分手了我就不会让小说那样结束了。我可能会允许她得到自由。”[18]德拉布尔的力量和成长的能力在很大程度上从这一质朴的坦陈中散发出来。和她姐姐安东尼娅·拜厄特（现正在写一部四卷本小说）一样，德拉布尔已经变得越来越有追求，严肃，思想开放；她的作品记录了在扩张、在变得成熟的女性意识。从某些方面看，她仍一直坚守着她已经不再适应的传统。《针眼》显然是德拉布尔的创作中一个长长的时期的结束；或许她从此将会给予自己更大的自由，发出更多反抗之声。

德拉布尔称多丽丝·莱辛为“被围困的世界中的卡桑德拉”[19]，而且，莱辛在当代环境中也像卡桑德拉，是孤立的四面楚歌的人物。她对社会气候有着气压计一般非凡的灵敏度，但她是占潮流之先的人，而不是用一部小说给潮流作结的人。因 308
此《金色笔记》（1962）对知识、政治女性所做的百科全书似的研究领先于，并在某种意义上引发了妇女解放运动。莱辛的早期小说［即早于《四门城》（1969）的小说］和维多利亚女性作品及女权主义作品有许多相似之处。她写过一篇热情的文章谈另一位南非小说家奥利芙·施赖纳；显然施赖纳影响了莱辛最初的几部玛莎·奎斯特（Martha Quest）小说。玛莎几乎像梦游人似的被动性也和麦琪·塔利弗相仿；如沃尔特·艾伦（Walter Allen）所说，她“夹在了中间，一边是顺从的压力（不仅要和当地的习俗保持一致，而且也要在生物学意义上做女人），另一边是时有时无，但变得越来越紧迫的强烈愿望，希望能自由地创造自己的生活”。[20]《金色笔记》中莱辛的见解——男性缺乏爱的能力、男性和女性在使用语言方面的差异——强有力地扩充了理查森和伍尔夫的女性美学理论。尽管女主人公安娜（Anna）坚持认为她和朋友莫莉（Molly）是完全新型的女性，但是她们的经验、情感和价值观同以往独立艺术女性的“伟大谱系”之间仍然存在着或隐或显的连续性。

《金色笔记》是如此具有里程碑意义的成就，所以很容易把它看作莱辛对20世纪女性及女性传统的终极陈述。但是，从那时起她的创作经历了巨大的转变，远离了女性关注，也极其果断地远离了她在20世纪50年代末很崇尚的社会写实主义。这时的莱辛相信我们正经由细菌战争、核战争或只是通过文明的瓦解在走向世界末日；在这种人类的灾难面前，性（sex）和社会性别身份（gender）显得风马牛不相及。在超现实主义的《一个幸存者的回忆录》（*Memoirs of a Survivor*, 1975）中，我们听到来自启示那一头的女人的声音，一个从正在崩塌的社会中逃生的女人——那里儿童变成了食人者，动物有了意识；一个与男人没有关系的女

人，她表现出残存的几丝母性情感，但已经没有了性别特征。莱 309
辛把这部寓言小说称作“自传的尝试”；它和《金色笔记》那种文献记录式的自传差着十万八千里。

莱辛的小说中的个体意识变成了集体意识，个人意识变成了社会意识，女性意识变成了世界意识，这转变一开始显得非常突兀。然而，这是一种系统的、由意志控制的逃离过程，从与自我、与女性分裂之苦闷的痛苦遭遇战中逃离。几乎从她写作生涯一开始，莱辛就在反抗她自己身上的“女性”成分，尤其是在叙事技巧中表现出来的“女性”成分。在《非洲故事》(*African Stories*, 1964）的序言中，莱辛解释了她如何刻意摈弃了一篇名为《小饰品盒》(“The Trinket Box”）的故事的风格——它含有弗洛伊德式的暗示，显示出自恋的、过分精细的女性特征——而选择了另一个故事比较笨拙但很强悍的风格，这故事有个简洁的标题，《猪》(“The Pig”)：

> 《猪》和《小饰品盒》是我最早的两个故事。我把它们看作一条路的两个分叉。第二个——紧张、谨慎、忸怩、造作——本可能引向一种通常被描述为“女性化”的写作。《猪》的风格则率直、无遮拦、直截了当；在逗趣方面大大削弱了，却成为一条通途，导向一种可以按其自身意愿展开的创作。[21]

正如琳恩·苏克尼克（Lynn Sukenick）在一篇著名的论文中

所指出的，莱辛对女性感受力的反感已经从早期小说的讽刺性旁白演变为坚决抵制一切情绪和无理性表现的立场。就连处理梦境和精神错乱的时候，莱辛都显得“实际、理性，甚至机械”，把
310 自己对梦境的操纵比作“一个数学家……在为他的头脑提供信息并像一台计算机那样处理信息”。[22] 对莱辛说来，下意识是不那么好控制，但潜在很有用的智能，可以对之编为程序进行查问。女人注意到这些非传统的信号非常迅捷，这给了她们交流方面的优势，在《四门城》中琳达·科德里奇（Lynda Coldridge）和玛莎·奎斯特之间实际上就有超感官的感知。不过，莱辛并不希望我们把女人处理潜意识的能力理解为老套的“女性直觉”。她笔下的女性在阐释内心空间方面比男性更训练有素，但是在《堕入地狱的简报》（*Briefing for a Descent into Hell*）中，她选择了一个男性作为主人公，强调了这种天赋并非女性独有。

“女性的”这个词在莱辛看来不仅表示软弱、做作和感情脆弱，而且还有阶级内涵。《金色笔记》用戏仿的形式刻画了女性感性造成的苦恼：一位“女士作者”在日记中写，“每天在床上有干净的亚麻床单”是多么重要。[23] 与小说出版同时发表的一篇采访记中，莱辛使用了类似的语言描述弗吉尼亚·伍尔夫：

> 我对弗吉尼亚·伍尔夫的感觉中一直有这个——我发现她身上的淑女味道太浓。她的书里总有那么个时刻我会想，天哪，她生活的世界和我所有见过的地方都那么不一样。我不懂她的世界。我想它有点儿魅力，但又感到她的经验一定

> 特别有限，因为在她的小说里总有个地方我会想：“很好，不过看看你落下了什么。”[24]

事实上，莱辛和伍尔夫之间颇有些有趣的相似点，她们的世 311
界并不像莱辛在此说的相隔那么遥远。两位小说家都爱好幻想，特别是在写动物的时候，但她们的相似性还有更深的层面。和莱辛一样，伍尔夫开始时也蔑视感受力，其中部分原因是她害怕自己的愤怒和激情。她认为小说不应只是“个人情感的垃圾场”①。莱辛则使感受性呈现为政治的而非审美的问题；琳恩·苏克尼克解释道：“个人的，从定义来说，就是私人拥有，对于前共产党员来说可能代表自私自利，在情感领域中资本主义性质的块垒。”[25]《金色笔记》中，安娜最终说服自己，个人的就是政治的，相信“假如马克思主义有什么意义的话，它意味着一本有关情感的渺小小说应该反映‘真实状况’，因为情感是一种功能，是社会的产物”。[26]但是在莱辛最近的小说中，我们看到的政治的、集体化的景象恰恰对应着伍尔夫那个“没有自我的世界”②。对伍尔夫而言，女性的自我消融在被动的、易受影响的接受性中；对莱辛而言，女性自我消融在集体意识的转换器中。

莱辛也想尽量贬低女权主义作为历史力量和当代存在对她创作所产生的影响。如玛格丽特·德拉布尔所说，《金色笔记》是

---

① 参见本书第 316 页。

② 参见本书第 315 页。

“一部解放史的文献”，是我们所见过的对女性智力最复杂的描写。但莱辛坚持说这书主要不是写女性解放的。我总的来说同意埃伦·摩根（Ellen Morgan）的意见：莱辛尚未能正视她自己作品中的基本的女权主义含义，她还游离于“真正的女性视点”之外。[27]《金色笔记》中就有这么一些难以捉摸的段落，安娜或埃
312 拉截然否认自己身体的证据，而赞成使用适宜社会的、时兴的或神秘的方法解释发生在她们身上的事。其中就有那著名的赞美“真正的”或阴道（区别于“低级的”阴蒂）性高潮的段落：“只存在一种真正的女性性高潮，那就是当一个男人以其全部的需要和欲望在同一个女人交媾并希望得到她完全响应的时候。所有别的都是替代和假装，就连最没有经验的女人也本能地感觉到这一点。”[28] 如此非同寻常地坚持书本知识、本能和女性顺从的做法使凯瑟琳·诺特（Kathleen Nott）和马克·斯皮尔卡（Mark Spilka）相信，莱辛是在有意识地针对 D.H. 劳伦斯写了半戏仿的“女性对反责的反责①”。[29]

---

① 凯瑟琳·诺特的引文及出处出现在斯皮尔卡文章的第 232 页，斯皮尔卡接着提到众所周知的劳伦斯“对女性的反责”（recriminations against women），而莱辛也久已储存大量“女权主义对男性的反责”（feminist recriminations against men）；但二者有殊途同归之处，如劳伦斯也在“反责男人”，而莱辛通过安娜等也对女性进行严厉批评。斯皮尔卡有个重要观点，认为莱辛作品深有感触的是现代男性缺乏情欲力量，而不是其情欲的威胁性存在，而且莱辛对男性情欲抱着某种赞赏、理解、同情的态度；如作品中的安娜所说，那是女人内心想逃避却又无可抗拒地向往的东西；斯皮尔卡觉得在这一点上莱辛很接近劳伦斯，虽不否认诸如性爱高潮中的权力问题，但两人都把性欲看作共同人性或人的完整性的一部分。

然而，莱辛的女主人公系统地使用了一种半神秘、半政治性的思想移情理论，以避免对她们自身的感官感觉和情感负责。《金色笔记》的第11个故事片段变换措辞地重述了R.D.莱恩（R.D. Laing）在《健全心智、疯狂与家庭》（*Sanity*, *Madness and the Family*）中提出的假说，即“一个家庭或团体中往往是最‘正常’的成员真正有病，但只是因为他们有强大的个性，他们存活下来了，因为其他的相对软弱的个性代替他们表现出他们的病情”。[30] 安娜在恐惧和自我厌恶中精神崩溃时，就用这样的思想安慰自己，觉得她是在“表达”他人的焦虑状态，“我所体验的根本不是我的思想”。[31] 在《四门城》中，玛莎和琳达“疯了”，只是因为她们能接收别人的思想。在最近的一次访谈中，莱辛本人否认有任何独特或属于她个人的见解和看法：“我不再相信我有什么思想。思想就在我们的周围。”[32]

离开了上下文，这些话听上去比实际上显得更加偏激。莱辛 313
的悲观主义无疑清晰地说出了我们模糊的、集体感受到的世纪末绝望；《一个幸存者的回忆录》是H.G.韦尔斯的《莫罗博士岛》（*Island of Dr. Moreau*）的莱辛版。但她完全抹杀性经验维度，并声言已经超越女性传统，听上去却非常虚假。如果20世纪70年代后文明留存下来了（她预言不可能），那么莱辛本人很快就会面对她小说的极限。她将不得不修正自己有关世界末日大灾变的预言（像其他信奉千禧年说的人一样），或者将再次面对挣扎着的个人。凯特·布朗和回忆录中无名的“幸存者”抛弃了女性身份，那是因为在面对迫近的末日时女性属性已变得无关紧要。但这不是解决问题的办法，而是由枪口了断的平等。

女性解放运动迄今对英国女作家没有产生它在美国和法国那样的影响。运动在英国有很强的社会主义性质，拒不接受等级思想，因此也没有像当年争取妇女选举权斗士中间那样产生能吸引人们效忠的女权领袖。英国的媒体在宣传运动方面动作比较迟缓；自然冒尖的一两个代表人物，如杰曼·格里尔，也给搞得耸人听闻，失去了信誉；偏激的女权人士往往对报纸和电视冷嘲热讽，而在美国，报纸和电视尽管有歪曲利用之嫌，却以惊人的速度把新女权主义的音讯传播到了小城小镇。

英国的运动现在正开始迎头赶上。议会通过了平等权利立法；主要大学已经开始教授妇女学研究课程。女权主义能量的新浪潮已经产生了为宣传和发行女性文学而设计的杂志、通讯和出版网络。这些女性出版机构大部分都在美国：纽约的女性主义出版社（the Feminist Press）、佛蒙特州的女儿出版公司（Daughters, Inc.）、马萨诸塞州的艾丽斯·詹姆斯出版社（Alice James Books）、加利福尼亚州的无耻荡妇出版社（Shameless Hussy Press），等等。1975 年，伦敦的一家“女权主义出版商”维拉戈出版公司发行了
314 第一批共九本书的目录，从安吉拉·卡特（Angela Carter）的研究著作《萨德式女人》（*The Sadeian Woman*）到《英国女性指南》（*The British Woman's Directory*），后者对诸如“怎样找律师、寻求法律援助、取得离婚、打胎”等问题指点迷津。就像在争取妇女选举权运动中一样，强大的女性出版事业激励了自主的文学。

英国女性解放运动的领袖之一希拉·罗博特姆写道：“新女

权主义的命运将取决于我们同劳工阶级建立联系的能力，以及劳工妇女按自己的需要改造妇女解放运动的行动。”[33] 有一种女性声音在英国小说中极少代表自己说话，那就是女店员、女清洁工、家庭主妇和酒吧招待的声音。妇女运动的一个可能的成果或许是拓宽了产生女作家的阶级基础。弗吉尼亚·伍尔夫在 1930 年时写道，“这些书页只是零星片段”；她是在介绍妇女合作行会（Women's Co-operative Guild）的工人写的自传短文集。“这些声音只是刚刚开始于无声处冒出，成为口齿尚不够清晰的讲话。这些人的生平仍然半湮没在深邃的无闻之中。”[34] 当妇女运动转向这些沉默的妇女时，她们可能会最终找到自己的声音；或许下一个文学世代将属于她们。

妇女解放的另一个结果是重新开始了有关女作家的长期文学论辩。“解放”对她意味着什么？正如穆勒和刘易斯在 19 世纪所问的，女性文学究竟是什么意思？激进的马克思主义女权主义者相信，女性文学应致力于发展女性在斗争、在革命的文化神话，
由此铸造对压迫问题的新意识。激进女性文学的任务应该是用真 315
正的、原本的女性特性去替代那些女人从男性至上的社会中所接受的间接、虚假的形象。这样的文学会走向其他女性，并选择描写革命的生活方式。它会挑战语言和文化的性别歧视根基。按阿德里安娜·里奇（Adrienne Rich）的看法，伴随这种文学的会是“以女性主义为动力的激进的文学批评”，这种批评“会把作品首先当作一种线索，去查看我们现在怎样生活，我们一向以来怎样生活，我们在自我想象方面受到过什么样的引导，我们的语言

怎样使我们陷入困境却又解放了我们；还有我们怎样才能看出新意——并活出新意”。[35]1974年，里奇和两位黑人女诗人合写了一篇美国国家图书奖获奖演说词，否定女性之间存在文学竞争，并把她们的作品和女权主义革命斗争联系起来。她们的声明是第一篇女性文学的宣言：

> 我们，奥德·洛德（Audre Lord）、阿德里安娜·里奇和艾丽斯·沃克（Alice Walker），共同接受这份奖项，我们以在父权制社会中她们的声音未曾有人听到，并仍然听不到的所有女人的名义，以那些像我们一样在这个文化中被宽容地当作象征性女性、通常付出很大代价并承受很大痛苦的女人的名义，共同接受这份奖项……我们之中没有一个会单独领受这份奖金，也没有一个会不对当今世界上诗人凭什么被给予或拒绝给予荣誉和生计这一点发出疑问，特别当诗人是女性的时候。我们把这个领奖机会奉献给正在为自主权而斗争的全体女性，不论其肤色，身份，或出自什么阶级：诗人、家庭妇女、同性恋者、数学家、母亲、洗盘子的人、十几岁的怀孕少女、教师、祖母、妓女、哲学家、女侍者，那些
> 316 懂得或尚不懂得我们在这里所做事情的女人；那些缄默的女人，她们的声音我们无法听到；那些能清晰言说的女人，她们给了我们工作下去的力量。

到目前为止，英国女作家还没有参与到妇女解放运动中

来，或至少不像美国作家里奇、蒂莉·奥尔森（Tilie Olson）、埃丽卡·扬（Erica Jong）、苏珊·桑塔格（Susan Sontag）、阿利克斯·舒尔曼（Alix Shulman）和玛吉·皮尔西（Marge Piercy）等人那样，公开、热情、思想活跃地投入运动。尽管女性同性恋艺术曾盛行，当代英国女性却对拉德克利夫·霍尔和弗农·李的后继者鲜有热情。在美国，吉尔·约翰斯顿（Jill Johnston）的《同性恋女性的国家》(*Lesbian Nation*）和玛吉·皮尔西的《小转变》（*Small Changes*）这样的书把女性亚文化中的姐妹情谊带到了性爱的极端。但是，对于“新亚马孙族女性文化”，对于其文学表现形式，如莫妮克·威蒂格（Monique Wittig）的《女同性恋者的身体》(*The Lesbian Body*）那样的作品（后者力图发明一种摆脱社会性别差异的新语言），英国女小说家反应冷淡。安东尼娅·拜厄特在评论威蒂格这部实验性的小说时，解释了她本人对比较温和而有节制的传统的认同：“我喜欢变化，而不是革命。我喜欢一个有连续性的语言内部的微妙差别，而不是教条主义的恣意违规。”[36]可能很少有英国女作家会愿意采取激进女权主义的美学策略，这些人本来就专注于谨慎和反实验性的英国战后小说；不过，女性主义团结的新气象，艺术和文学批评中对女性象征和女性幻视的探讨，也几乎不可避免地使这些作家变得敏感，受到激发。

随着对公开讨论女性性经验的禁忌的放宽，随着女性对行经、自慰、堕胎和分娩等主题的兴趣日益增强，在批评中出现了一种反冲力，坚持认为对女作家来说，自由意味着男性经验范围

317 和男性话题。维多利亚思想复苏了，认为女性经验狭隘，无关紧要，一个小说家刻意选择描写女性经验就缩小了她自己的潜能，把自己限制在文化中的少数族裔地区。

20世纪50年代，伊丽莎白·哈德威克确信，女作家永远不可能在平等基础上与男人竞争，因为男女性之间的经验差别是绝对的，不可能变的：

> 如果女性创作显得多少有些局限，我认为这不仅仅因为有心理方面的弱点。女人所经历的生活比男人少得多，这是人所皆知的。不过，说到底，男人所经历的那类事件对她们合适吗？《尤利西斯》不只是天才的作品，它还是都柏林的酒馆，公然的堕落、猥亵、喧闹。司汤达在拿破仑军队里当兵，托尔斯泰在哥萨克战场服役，陀思妥耶夫斯基面对着死刑队的枪口，普鲁斯特对罪恶显见的直接了解，康拉德和麦尔维尔当水手，米开朗琪罗在西斯廷教堂的脚手架上所受的折磨，本·琼森的狂饮、决斗、因剧中政治不慎言论而被当局罚烧耳朵——凡此种种恐怖的事和承受它们的能力就是经验。经验不只是上法学院或有胆量在满是男人的客厅里诚实地说出你自己的想法；经验还是一种特权，忍受残暴、肉体折磨、难以想象的污秽的特权，甚至是像博斯韦尔一样想要在威斯敏斯特桥下拉住一个可怜的妓女的特权……最终，女人惨败在经验的问题上。想知道这样的情况怎样才可能有显著的改变却何其难矣。[37]

然而，这情况当然已经显著地改变了。平等权利立法、性的革命，以及 20 世纪 60 年代的反正统文化群落等都为变化做出了 318
贡献。甚至用哈德威克的话来说，女性现在已可能拥有她珍视为文学素材的某些暴力性的男性经验，如果她们愿意的话，也可以书写战争和酷刑。人们还可能会合情合理地询问，难道博斯韦尔对污秽的经验就一定多于他随便拉过来的那个“可怜的妓女”吗？迄至不久前，女人一直是这类男性经验的受害方，而不是享有特权的消费者。更重要的是，我们现在发现，女性经验中竟有如此多未得到表达的方面；如弗吉尼亚·伍尔夫所说，能说出关于身体，或关于思想之真相的女人实在少而又少。

把女作家绑缚在女权主义革命的战车上，不准她们自由探索新题目的极端要求显然不会为女性传统提供健康的发展方向。但是，蔑视女性经验，坚持认为女性应写“世界的实在事务”，却同样具有破坏性。在女批评家抨击那些没有把旨趣引向这个方向的小说家时，我们听出了对从前女性的自我憎恶进行合理化的意味。她们那些超越性别身份的论说，就像伍尔夫的双性同体论一样，本质上是在回避现实。

女小说家面对的自主权问题，说得极端些，就是是否应为集体的文化任务而牺牲艺术家的个人发展和自由，或者是否应牺牲真实性和自我探索，而接受主导性文化对于应理解和描写的重要事务的定义。乔治·艾略特相信女性能写出属于最伟大小说之列的作品：“我们只需要倾注适切的要素——真实的观察、幽默和

强烈的感情。”[38] 弗吉尼亚·伍尔夫则相信，只要经济独立，有一
间自己的屋子，只要“有自由的习惯，有写出我们真正所想的东
319 西的勇气……那么那个机会就来了，那个死了的诗人，莎士比亚
的妹妹，就会又活在她如此经常放下的肉体里”。[39] 假如一间自己
的屋子成为目的，女性就此退出政治世界，与“男性的”权力、
逻辑和暴力脱钩，那么这屋子就是一座坟墓，就像克拉丽莎·戴
洛维的顶层卧室。然而，如果与女性传统和女性文化的联系成为
一个中心点；如果女性从她们的独立性中汲取力量，在世界上发
挥作用，那么伍尔夫要求我们耐心地谦卑地等待其到来的莎士比
亚的妹妹，或许最终会出现。在弃绝了幻想、双性同体和被男性
同化之后，女性传统就会把握住艺术的未来，有可能实现艾略特
和伍尔夫的希望。

第十二章　大笑的美杜莎 320

25年前我曾写过，“在英国小说的地图集中，女性的领土通常被描绘为沙漠”[1]。现在，在20世纪末，英国女性主义出版社的成功和英美女性主义批评家、文学史家、报人和传记家作品的激增填补了女性创作地图上的许多空白。乔安妮·沙托克（Joanne Shattock）主编的《牛津英国女作家指南》（*Oxford Guide to British Women Writers*, 1994）和玛格丽特·德拉布尔里程碑式的《牛津英国文学词典》（*Oxford Guide to English Literature*, 1992）等工具书提供了综合的作家生平信息，因此我为《她们自己的文学》第一版所编写的女作家生平简介附录已显得过时，也没有必要了。[2]电视改

---

① 这句话出现在作者“致谢”的第一段，在1999年普林斯顿大学出版的《她们自己的文学》增补版（平装本）中位于第ix页。因为这段话经常被引用，故翻译如下：

“在英国小说的地图上，女性的领土通常被描绘为四周环山的沙漠：奥斯丁高峰、勃朗特峭壁、艾略特山脉和伍尔夫丘陵。本书是描绘出这些文学地标之间地带的地势，并绘制出更可靠的地图去探索英国女小说家成就的一次尝试。”

② 本段提到的德拉布尔接任保罗·哈维爵士（Sir Paul Harvey）主编的参考书应为 *Oxford Companion to English Literature*，第5版于1985年出版（1995年和1998年两度出修订版），第6版于2000年出版：2005年外语教育与研究出版社与牛津大学出版社联合在我国出了第6版，并有中文导读。《她们自己的文学》第1版（1977年）的 Biographical Appendix 中有213位1800年后出生的英国女作家和活动家的生平简介；这一版去掉，但在2009年的Virago版中又恢复了。下一段提到的1977年的一段话，参见本书第十一章，第343页。

编、平装版本和批评研究著述使得数十名被遗忘的女作家重新回到我们身边并产生影响。如果说英国小说中的女性文学传统曾经是消失的亚特兰蒂斯（Atlantis），那么它现在重又浮现，傲立于浪头之上。

看似矛盾的是，在千禧年来临之际，英国女性写作作为独立的、“她们自己的文学”可能也将到达其历史的终点。1977 年，我曾预言，“女性主义团结的新气象，艺术和文学批评中对女性象征和女性幻视的探讨”，不可避免地会使英国女作家“变得敏感，受到激发”。然而，我没有预料到，在这 20 年中对女性写作的批评和理论方面的关注会如此深刻地改变女性小说的演进历
321 程。女作家对自己属于一种文学传统的后现代意识已经使她们的小说表现出新式的自我指涉性。20 世纪 70 年代早期，有不少英国女小说家卷入妇女运动所提出的争议并参与了女性主义批评的发展；从那时到今天，女性小说中的主题、隐喻、象征性形象、佯谬悖论和种种问题已是读者和作家都十分熟悉的话题了。阁楼上的疯女人、女性身体意象、母女关系、父女乱伦、抒情的“女性写作”（écriture feminine）、母语、女同性恋的亲密关系和罗曼史、同心圆形态、刺绣和拼缀、珠宝和服装、烹饪和饮食、神经性厌食以及女性伪装等已成为每个首次写作者的部分保留节目。正如 19 世纪 90 年代新女性小说中的女主人公很可能是位艺术家或作家一样，20 世纪 90 年代新英国女性小说的女主人公很可能是一个女性主义文学批评家。[1]

322 其次，岛国环境和风格的一致性曾经使 25 年前作为一种文

学亚文化的英国女性小说显出如此明确的同质性[①]；可现在情况有了实质性改观。1977年时我所考量的英国女性小说中几乎没有对美国文学的意识，也鲜见欧洲文学的影响。现在却发生了显著的变化。A.S.拜厄特为维拉戈现代经典丛书（Virago Modern Classics）出版的薇拉·凯瑟（Willa Cather）版本写了序言；赫米奥娜·李（Hermione Lee）在写伊迪丝·华顿的传记；经典作家和当代美国女作家的作品现在在英国到处都有平装本，而且大学也教她们的作品。新一代的小说家既可能受到曼斯菲尔德和伍尔夫的影响，同样也可能受到安妮·泰勒（Anne Tyler）和托妮·莫里森的影响；她们既可能参观过斯特拉特福镇（Stratford），也可能去过旧金山。

此外，当代英国女性小说的背景遍布世界各地，而且随着全球文化和新欧洲的到来，她们的小说也反映出国际风格的影响。复杂性和多样性已经超出一国范围，而且成了好事。随着当代流动性的增长、游记写作的盛行，英国女作家已经抛弃了奥斯丁那小小的两寸宽的象牙，而展示了从中东延伸到南极的国际画面。从琼·里斯、露丝·普劳厄·贾布瓦拉（Ruth Prawer Jhabvala）和安妮塔·德赛（Anita Desai）到阿兰达蒂·罗伊（Arundhati Roy）、格雷丝·尼科尔斯（Grace Nichols）和布基·埃梅切塔（Buchi Emecheta），英国女作家来自多族裔融合和多种族的背景——非洲、加勒比地区、印度和亚洲。[2]

---

① 关于同质性的提法见第二章开头，第37页。

最后[①]，女性小说不再局限于社交和家庭。1977 年，我曾预言：“就在妇女运动呈现出凝聚力、女性主义批评家审视女性文学传统之际，当代女小说家将不得不正视黑人作家、少数族裔
323 作家和马克思主义作家过去一直在面对的问题：究竟应献身于铸造女性的神话和史诗，还是应超越女性传统，不带性别痕迹地参与文学主流中去，而后者既可以被视为平等，也可以被视为同化。”[②]

事实上，英国女作家既铸造了女性神话，也超越了神话。而且，女性写的商业性通俗小说和严肃文化之间的界限也没有那么严格了。推理悬疑小说作家 P.D. 詹姆斯（P.D. James）和露丝・伦德尔（Ruth Rendell）已在最受尊敬的当代作家之列，而乔安娜・特罗洛普和海伦・菲尔丁（Helen Fielding）的书是对 20 世纪后期英国女性生活的意味深长的洞察。20 世纪 90 年代的女艺术家已经找到了真正的自由，去探索愤怒和冒险经历。那些正处于事业中途的作家对于能延长青春和健康的医学和技术进步感到欢欣，就像玛格丽特・德拉布尔评论的那样，她们给“每一种构思”增加了“十年寿命”。[3] 女小说家已作为后现代革新者、有政治立场的观察者和不受任何约束的小说作者加入主流之中。

---

① 文中说到第二点（Second，即同质性走向异质性、国际化、多族裔多元背景）和第三点（Finally，女性文学作为单独的文学传统正在消逝，女作家融合到主流中）；虽然没有明确提到第一点，但译者认为应该指当代作品的后现代自我指涉性质。

② 参见本书第一章，第 35 页。

卡特之乡

安吉拉·卡特对正在开放和转化中的英国女性创作产生了至关重要的影响。卡特极为熟悉并热衷于日本大众文化、美国电影、拉美魔幻现实主义、法国超现实主义、变态性欲及嘉年华会般的假面舞会；这标志着英国女性文学传统中的一个全新的转折。1992年，卡特因罹患肺癌过早去世，自此成为英国文化偶像，受到狂热崇拜；她的风行已被当作传奇。有一位批评者评述 324
说："传说在1992—1993学年，英国人文社会科学院收到的博士研究经费申请中，有40份计划是要研究卡特作品的——妙就妙在这里了——比受理委员会收到的整个18世纪研究计划还要多。"[4]如今英国女性小说的背景既可能设在中规中矩的英国郡县，也完全可能就在卡特式的颓废之乡。卡特出生在约克郡南部的工业地区，在20世纪50年代的新写实主义（neorealist）氛围中长大，那是一个严峻的尊奉习俗和"抱怨家事的沉闷诗歌"[5]的年代。与时代形成对比的是，卡特开始阅读法国象征主义诗人、布莱克（William Blake）、达达主义（Dada）、颓废派、波德莱尔（Baudelaire）、詹姆斯·乔伊斯和纳博科夫。阅读使她觉得她年轻时代的英国文学风尚黯然失色："无论是谁，在18岁时狠狠灌了一壶兰波（Rimbaud）的话，恐怕都会跟菲利普·拉金（Philip Larkin）不对付的。生活一定不只是这个人说的那样。这让我日复一日的生活变得太糟心。"[6]卡特为报刊撰稿，21岁就结婚了，婚后上布里斯托尔大学，专攻中世纪文学，并广泛阅读人类学、社会性、心理学、神话和民俗方面的书籍。20 世纪 60 年代，她读麦尔维尔（Herman Melville）和陀思妥耶夫斯基（Dostoevsky），还读了罗纳德·弗班克（Ronald Firbank）的坎普小说、伊萨克·丹森（Isak Dinesen）的讽喻作品以及科克托（Jean Cocteau）的超现实小说。她从不认同英国民族主义。“我觉得自己不怎么像英国人。”1987 年时她这样对莉萨·阿皮纳奈西（Lisa Appignanesi）说。[7]

325 作为思想者和作家，卡特在很大程度上是 20 世纪 60 年代的产物。她三年中写了三部小说：《影舞》（*Shadow Dance*，1966），《魔幻玩具店》（*Magic Toyshop*，1967）和《几种知觉》（*Several Perceptions*，1968）；1968 年她获萨默塞特·毛姆奖（Somerset Maugham Award），得到 500 镑奖金，这是对年轻英国作家出国旅行的资助。后来她曾盛赞革命性的 1968 年，认为这一年是她政治和女性主义“成年”的分水岭：

> 感觉就像纪元初年，一切神圣的都在遭到亵渎，而我们拼命地在抓住人与人的真正关系。所以马尔库塞（Marcuse）和阿多诺（Adorno）这样的作家就像我的性和情感生活实验以及各种无政府-超现实主义的智性冒险实验一样，成了我个人走向女性主义的成熟过程的一部分……我可以确定，自己就是在那段时间，在那时的一些争论中，在我对身边社会的意识大大增强的 1968 年夏天，开始质疑我作为女人这一现实的本质的。[8]

当弗吉尼亚·伍尔夫论说女作家需要一年500镑收入时，她根本想象不到卡特会怎样使用她的500镑奖金。她把婚姻抛在脑后，在美国到处旅行，然后去了日本，住在那里，这一经历加剧了她的局外人意识。也是在日本，她“懂得了做女人是怎么回事，变得激进起来”。[9]

卡特是最早公开从事女性主义批评和妇女运动的英国女作家之一。“妇女运动对我个人来说极其重要，我把自己看作一个女 326
性主义作家，”她在《前线杂记》中写道，“因为我在其他所有事情上都是一个女性主义者，而一个人是没法把这些事情分割开来的。”[10]她清楚地意识到自己属于一个女性文学传统，但她也拒绝感伤地看待女性写作，不肯接受任何关于牺牲的女性主义神话。对于像伊丽莎白·斯马特（Elizabeth Smart）一类对自己的爱情生活哼哼唧唧的女作家，卡特只剩下嘲弄：“我开始构思对琼·里斯/伊·斯马特/埃·奥布赖恩（Edna O'Brien）笔下女人的研究，题目就叫‘自己伤自己’（‘Self-inflicted wounds’）。”[11]卡特读到玛丽莲·弗伦奇（Marilyn French）的《女人的房间》(*The Women's Room*，1977）时，恶作剧似的对男性人物充满同情：“周围都是那么可怕的女人，看来他们的生活很糟糕啊。”[12]她对弗吉尼亚·伍尔夫的态度典型地表示出毁誉参半的态度；她给根据《奥兰多》改编的歌剧写歌词，显然追随伍尔夫写性别穿越，但1991年时她也兴致盎然地参与了糟蹋伍尔夫的电视节目《我控诉》。

19世纪70年代，掌控出版对女小说家成了至关重要的事情，同样，在20世纪70年代，卡特得到了20世纪两位最有眼光的女性主义出版家的鼎力支持：莉兹·考尔德（Liz Calder）和卡门·卡利尔（Carmen Callil）。现在已是自己的布卢姆斯伯里出版公司负责人的莉兹·考尔德在维克托·戈兰茨（Victor Gollancz）出版社当编辑时经手组了一部书稿，这就是后来的《血腥的房
327 间》(*The Bloody Chamber*)①。卡利尔是来到伦敦从事出版业的年轻的澳大利亚女性主义者；1977年，她邀卡特加入新的维拉戈出版公司的咨询委员会，而该出版机构将成为“女性主义的经典成功故事”。[13]

卡特的第一部女性主义小说是《新夏娃的激情》(*The Passion of New Eve*, 1977)，她把这个有关社会性别再生的反面乌托邦寓言构思为“女性主义的宣传册，讲女性特质的社会创造过程”。[14]小说呼应了法国颓废派作家拉奇尔德（Rachilde）的《维纳斯先生》(*Monsieur Venus*)、维里耶·德·李尔-亚当（Villiers de L'Isle-Adam）的《未来的夏娃》(*L' Eve Future*)，以及美国作家托马斯·品钦（Thomas Pynchon）的《拍卖第49号》(*Crying of Lot 49*)。在《新评论》(*New Review*)上介绍卡特的洛娜·塞奇（Loma Sage）机敏地评述说，卡特是为了一个元小说计划在调侃和颠覆一些流

---

① 卡特在戈兰茨出版的书全名为《〈血腥的房间〉及其他故事》，是依据童话故事改编的故事集，突出了女性主义的关注。标题依据著名的蓝胡子城堡的故事改编，城堡中唯一禁止年轻新娘进入的房间其实是蓝胡子杀掉多位前妻并堆放尸体的房间；见本书第400—402页。

行的小说类型："她接过小说的亚品种（罗曼史、间谍、色情、犯罪、哥特、科幻等），并把它们本身不起眼的刻板模式协调起来，变成了精深微妙的神话。"[15] 小说也受到罗兰·巴特（Roland Barthes）及其《神话》（*Mythologies*, 1972）中论格蕾塔·嘉宝（Greta Garbo）一文的影响，嘉宝伪装成有易装癖的爱欲女神特里斯苔莎·圣安格（Tristessa St. Ange）出现在小说中。

然而1979年是真正的历史转折点，这一年卡特发表了《萨德式女人》和《血腥的房间》，玛格丽特·撒切尔当上了英国首相。《萨德式女人：文化史练习曲》是那个时刻真正令人震惊的先锋派作品。它把对大众文化的学者式诠释、后现代的理论阐述和分析结合起来，捍卫了作为审美类型的色情文学，并为萨德辩护，说他是女性性解放的预言者。此书早于法国女性主义的兴起，广泛吸取了巴特、福柯（Michel Foucault）、巴塔耶（Georges Bataille）、布勒东（Andre Breton）和拉康（Jacques Lacan）的阐述，最值得注意的是吸取了西蒙·德·波伏瓦（Simone de Beauvoir）的《我们必须焚毁萨德吗？》中的意见。卡特还讨论了从嘉宝到梦露的金发、碧眼、白皙的爱欲女神象征。她论证说，328
萨德是第一个把性爱同繁殖加以区分，从而能想象女性有平等性欲的哲人之一。在对该书的"辩难性的序言"中，卡特对她称为"道德色情作家"的人作了界定。这样的作家是一位"艺术家，使用色情材料来表明其接受一种世界——所有社会性别都有绝对性放纵自由的世界——的逻辑，并设计了这样的世界可以运转的方式。一个道德色情作家可以运用色情作为对当下性别关系的一种批评”。[16]

这部书刚出版时引起了那些视色情文学为理论、视强奸为其实践的女性主义读者的震惊和愤怒。妮科尔·沃德·茹伏（Nicole Ward Jouve）回忆第一次读到萨德的尤金妮娅部分时她怒不可遏：“卡特谈论着德·萨德的创造性，他能让一个女儿放肆地狠狠攻击对她进行管束的母亲。解放……又是那该死的幻想和现实的问题，我想。那个贱货想纵容自己，好得很。”[17]只是在经过十年法国女性主义理论的熏陶后，茹伏才能够接受卡特的立场，视她为真正杀死弗吉尼亚·伍尔夫说的“家中天使”的女作家，她杀死那无时无刻不在监督的贞洁幽灵的办法就是让女性性欲得以充分发挥，这种性欲与其说是双性同体的，不如说是多形态的。她回忆说，《血腥的房间》是“第一部我真正喜欢的卡特的书……我认出了一位精明的柯莱特①读者”。[18]

329 对卡特的小说而言，柯莱特只是众多不寻常的文学影响之一。如玛格丽特·阿特伍德（Margaret Atwood）所评述的，《血腥的房间》“可以读作对德·萨德的‘逆写’和回嘴，最重要的是读作对一种整合的诸多可能性的探索，德·萨德本人永远不可能找到这样的整合，因为他根本没有在寻找”。[19]书中的故事改写了传统的童话，既暗示了女性欲望的强烈的、情欲的潜文本，也凸显了女性想象的颠覆性潜能。在对《简·爱》中红房间的后现代

① 西多妮–加布里埃尔·柯莱特（Sidonie-Gabrielle Colette），20世纪上半叶著名法国作家，曾惊世骇俗，作品以细腻的感官肉欲描写著称。

再想象中，那个满是血污的哥特式的房间——蓝胡子在那里让妻子们感到满足又屠杀了她们的房间——同样喻示着子宫，即女性情欲和繁殖的血淋淋的中心。女性掌握了这房间的神话能变得强大，而女人的创造力不仅产生于慈爱，也产生于残忍和肉欲。

确实，卡特不仅在进行先锋派文学风格的实验，而且也在彰显可以回溯到《简·爱》的经典女性哥特传统。她在为 1990 年维拉戈版的《简·爱》所作的序言中，强调简·爱的讲求实际和独立性；为了让简成为与卡特本人相称的先驱，她重写了勃朗特。首先，卡特强调勃朗特对心灵感应的运用：“这一元素如此显著，致使小说与……某些影响巨大的通俗文学文本有了诸多相同之处，19 世纪英国就在这样的通俗文学文本中使用形象来讨论那些尚找不到词语加以表达的、史无前例的经验之样貌。”再者，她还指出，《简·爱》“融合了两则古老神话的因素，‘蓝胡子’……和‘美女与野兽’”。但她着重指出简·爱的现代性：“如果说简·爱像蓝胡子的妻子或美人一样来到一座古老、阴暗的大宅，宅子的主人丑陋古怪，心中藏着要命的秘密，那么她并不是因为结了婚或被施了魔法才来到这里，而是因为她本人在报 330
纸上登了一则广告。她来此是为了谋生，而童话中的女主人公旅行到这个秘密的处所和成人经验开始的地方，却主要是历史使然。‘该怎样就怎样吧，’简考虑道，‘大不了我可以再登一次广告。’”在卡特看来，简·爱“只是在假扮着浪漫或童话故事的女主人公……她根本就不是浪漫恋史中的人物，而是无根的城市知识分子的先驱”。

在卡特的重新阐释中，《简·爱》主要写的是夏洛特·勃朗特“未满足的欲望”，即不得不为服从维多利亚社会实际情况而压制下去的性渴望。罗切斯特的名字“无可抗拒地使人想起复辟时期那位放荡不羁的大诗人罗切斯特伯爵”，他就是“力比多的人格化”。但是他在焚毁桑菲尔德的那场大火中被制服了；“此后，他不再是无德之人，而变成了……什么别的。丈夫。父亲。他失去了未得到满足的欲望所赋予他的那种粗野的高贵”。[20]

所有这些因素都在“血腥的房间”中显现出来。故事中17岁的女主人公嫁给了放荡的萨德式侯爵，去了他那偏远的城堡。她热情高涨地配合着他变态的纵欲，却没有听从其命令，打开了城堡所有的门，发现了他放置死去妻子们的秘密酷刑室。虽然电话线割断了，但女主人公通过心灵感应对母亲发出了警报，母亲赶来救下了她。怪物丈夫被杀死了，女主人公和一个温文尔雅的钢琴调音师结了婚，和母亲一起过着隐居生活，变得像简·爱一样驯服：“我们过着幽静的生活，就我们三个人……城堡现在是一所盲人学校，我一直祈祷住在那里的孩子不要被幽怨的鬼魂缠住，它们寻找着、吵闹着要那个再也回不到血腥屋的丈夫，屋子
331 里的一切都被埋葬或焚毁，门也封了起来。”[21]卡特暗示，甚至简·爱的玄孙女也不可能每天都生活在欲望满足之中。

20世纪90年代

卡特去世几个月后，约翰·贝利把弗吉尼亚·伍尔夫优雅

的现代主义退隐和他所看到的卡特政治正确的后现代主义战斗做了对比。她们之间的差别可以用空间象征加以表达：“一间自己的屋子，还是血腥的房间?”[22]这个问题使女性主义批评家非常不悦，但它确实言简意赅地说出了女性写作中两种极端的套路①——贞洁地遁入心灵世界，还是陷入好战的、充满情欲的女性主义论辩。1977 年，我在书结束的时候写道，英国女小说家必须抵制两方面的诱惑：一是只限于写女性经验，从而“牺牲艺术家的个人发展和自由”；另一种是接受主导文化对重大文学主题的定义，从而“牺牲真实性和自我探索”。我当时相信，一间自己的屋子既可能是避难所也可能是牢房②。如果它成了一种借口，“女性就此退出政治世界……那么这屋子就是一座坟墓”③。但如果它是女性积聚力量和确立信念，以期在世界上发挥作用的地方，那么一间自己的屋子就成了新生之地。

子宫是血淋淋的房间，但它是必要的开端。卡特大胆的多样化写作被年轻些的作家引以为榜样。1997 年，米歇尔 · 罗伯茨（Michele Roberts）赞扬作为女作家的卡特，说她“拒绝去适应给定的类型……给我们这些后来者树立了解禁的榜样”。[23]遵循卡 332
特写萨德的那部有影响的著作的思路，20 世纪 90 年代的女性小说探索着挥刀人和受害人、施虐狂和受虐狂、男性和女性等原型角色，这些日益成为当代文化纠缠不休的核心问题。对于比较年

① 参见本书第 345 页。

② 参见本书第 218—219 页。

③ 参见本书第 4，25，346 页。

轻的作家如珍妮·迪斯基（Jenni Diski）、海伦·邓莫尔（Helen Dunmore）、萨拉·杜南特（Sarah Dunant）、海伦·扎哈维（Helen Zahavi）和莫琳·弗里利（Maureen Freely）等人来说，所有语言、风格和题材的路径全是畅通无阻的，包括色情文学、性幻想、愉悦和危险的疆界等。这些作家以小说技巧为防护，进入了现代城市的秘密、怪异和危险的空间。

童话和寓言为来自不同阶级和族裔背景的女作家提供了探索她们文学身份的形式。苏尼提·纳姆约西（Suniti Namjoshi）的《女性主义寓言》（*Feminist Fables*，1981）显然受到了卡特的影响，珍妮特·温特森（Jeanette Winterson）的《给樱桃以性别》（*Sexing the Cherry*，1989）亦然。米歇尔·罗伯茨在其第八部小说《难以置信的圣徒》（*Impossible Saints*，1997）中并置了两条叙事线：约瑟芬（Josephine）的成长故事（Bildungsroman）——她离开修道院，成为作家，并建立了乌托邦的妇女文学社区；以及11位女圣徒的生平。罗伯茨的作品有反映卡特写作风格的故事间的环环相扣，有女性主义文学批评中探讨的女性自我的形象，如宝物箱、秘密的房间或梦中的房子等，除了这些，作品中还有充满暴力的哥特式潜文本，出现切割、肢解、剁碎、创伤、撕咬等形象。她的"圣徒们"都是饥饿艺术家，如动物似的对着蔬菜直接破入：约瑟芬烹调起来犹如开膛手杰克，连连刺入"厚厚的紫色的茄子皮"，对着茄子"柔软有弹性的奶油色的果肉"一阵猛砍，把调味料塞入伤口，用平底锅炖上"小小的尸体"。在罗伯茨的小说中，女作家个个狼吞虎咽，无所不食，她们在创作上有巴尔

扎克式的胃口，却拼命把自己压在早就不适于她们的家庭叙事空 333
间里，她们涨破了女性的茧子，变成巨大的蝴蝶，抖动着张开了“粘在一起的巨大、潮湿、下垂的翅膀”。

卡特遗产的另一个反映是，女作家已更直接地使用女性主义文学批评作为小说主题的构成部分。琼·史密斯（Joan Smith）侦探小说中的女主人公洛蕾塔·劳森（Loretta Lawson）是一个正在写伊迪丝·华顿研究的女性主义学者。A.S. 拜厄特获得布克奖的小说《占有》（*Possession*，1990）题献给她的朋友、伦敦大学伯克贝克学院英文教授、研究维多利亚时代女性诗歌的著名学者和批评家伊索贝尔·阿姆斯特朗（Isobel Armstrong）。拜厄特本人就是学者，她对于女性主义批评史所研究的维多利亚妇女创作吸纳得如此全面彻底，甚至到了才华横溢、匠心独运地发明一整套经典的地步。她不仅创造了维多利亚女诗人和作家的伟人殿，并构想了她们所有的诗歌、书信、故事和日记；而且她还想象、仿造并讽刺了英国、美国和法国的女学者写这些诗人作家的女性主义文学批评著作。

《占有》在明面上写了英美学者之间、传统批评家和女性主义批评家之间对英国文学的所有权之争；然而它也含蓄地声明，拜厄特对她文学遗产的想象性占有已经使批评变得多余，累赘，甚至荒谬。当小说既预见又胜过了特定的批评样式时，我们就已经到达一个时代的终点。

费伊·韦尔登的《大女人》（*Big Women*，1998）就直言不讳地写了那样一个时代的终结。从《落到女人中》（*Down Among the*

Women, 1971）开始，韦尔登经常用女性朋友群像作为集体女主人公，她们身上反映了所处历史时刻的问题和关怀。“大女人”指几个女性主义者，她们聚在一起要创办一家叫美杜莎的出版社：“一个小小的活泼的团体，几个生活放纵，思想自由，贪图
334 生活、性和经验的人，在本世纪最后几十年中把世界搅得里外不宁，乾坤扭转。”[24] 在既写实又是漫画笔法的叙事中，韦尔登追溯了美杜莎从兴起到鼎盛期以及被同化，并入另一家公司的过程。“到头来美杜莎的头发会给洗得干干净净，并剪短；这是没法子的事。她的头发现在像云丝一般披散下来，不再是盘在头上的扭曲的蛇群。美杜莎多美，她的脸显不出一丝曾变丑的痕迹……美杜莎再也不会把人变成石头；她的魔法已经剪除：她现在完全做到了让人赞成，不使任何人心烦，并且可以成为任何社会性别。”[25]

韦尔登声称她“几乎对维拉戈的事一无所知”。她想写一部女性主义的小说，而维拉戈的历史“作为一个具体案例多少与女性主义的兴衰历程重合”。然而，读者、评论人和维拉戈的创始人全都注意到作品与原维拉戈公司解体之前发展的相似之处，1996 年维拉戈以 130 万镑的价格卖给了利特尔-布朗（Little Brown）出版公司。但是，和韦尔登小说的不圆满结局相比，维拉戈出版的标记（imprint）却仍然在新家继续繁荣扩大。从前维拉戈的负责人哈丽叶特·斯派塞（Harriet Spicer）说：“我知道听上去很怪，但维拉戈好像始终有自己的生命一样。好像是她做出的决定，现在时机已到，然后就做出了选择。”[26]

我在书写女小说家演化的过程中懂得了，女性主义文学批评家其实也在书写我们自己，以及我们同批评机制之间的关系。女批评家和女小说家一样，也要求在一切文类和领域得到承认并已经得到认可。我们现在懂得了，女性写作的历史永远不会终结。它的故事将在不断扩大的语境中继续被重新想象，重新书写，并得到修正，赫米奥娜·李在她那部极其出色的弗吉尼亚·伍尔夫传的结语中说，没有什么批评家会对伍尔夫做出最终的结论： 335
“每一代人都在重新表述弗吉尼亚·伍尔夫的故事。她呈现出各色各样的面貌：不好对付的专注于形式问题的现代主义者、讽刺社会风尚的喜剧家、神经质的有高雅文化修养的唯美主义者、善于创造的女权主义者、有害的势利者、马克思主义女权主义者、女性生平历史家、性侵害的受害人、女同性恋英雄、文化分析家，等等：一切皆依谁在读，何时读，以及在什么语境中读她的文字。在贝尔写的传记出版后的四分之一个世纪以来，即使像伍尔夫那样对自己的成就有强烈意识的人，她的地位的提高也大大超过她本人所能想象。她引起的有关精神错乱、现代主义、婚姻等方面的争辩不可能结束，而且在本书发表后的很长时期内将继续争论下去。”[27]

因此我认为成功并没有冲昏女性主义批评的头脑，走向世界也不会使女性文学想象趋于平淡乏力。在《大笑的美杜莎》（“The Laugh of the Medusa”）这篇著名宣言中，埃莱娜·西克苏（Helene Cixous）说，让美杜莎——女性知识分子、作家或批评家——成为神话中把男人变石头的妖怪的，只是迷信思想。“如果你直视她，”西克苏写道，“你会看到她很美，而且她在大笑。”女性主义学者和批评家在文学史的大宅中给了女性小说一间批评的屋子。现在我们可以不是怀着悲痛，而是开怀大笑着，随意自由地出入其中。

注 释

序言

1 Elaine Showalter and Jean L'Esperance, "Notes from London", *Women's Studies* 1, no. 2 (1973): 225.

2 本书第 027 页。

3 本书第 035 页。

4 本书第 346 页。

5 本书第 001 页。

6 Toril Mol, *Sexual / Textual Politics*, London and New York: Methuen, 1985. p. 1.

7 Janet Todd, *Feminist Literary History*, London and New York: Routledge, 1988, p. 36.

8 K. K. Ruthven, *Feminist Literary Studies: An Introduction*, Cambridge: Cambridge University Press, 1984, p. 124.

9 Elizabeth Wurtzel, "Girl Trouble", *The New Yorker*, June 29, 1992, pp. 63—70.

10 Elaine Showalter, "Feminist Criticism in the Wilderness", *Critical Inquiry* 8, no. 2 (Winter 1981): 179—205.

11 Sandra Gilbert and Susan Gubar, *The War of the Words*, vol. 1 of *No Man's Land: The Place of the Woman Writer in the Twentieth Century*, New Haven: Yale University Press, 1988. p. 199.

12 Patricia Waugh, *Feminine Fictions: Revisiting the Postmodern*, London and New York: Routledge, 1989, p. 40.

13 Gayle Greene and Coppelia Kahn, *Making a Difference: Feminist Literary Criticism*, London and New York: Methuen, 1985. p. 25.

14 *Sexual / Textual Politics*, pp. 4, 6, 8 and 17.

15 Ibid., pp. 56 and 12.

16 Ibid., pp. 76—77.

17 参见 George Levine, *The Realistic Imagination: English Fiction from Frankenstein to Lady Chatterley*, Chicago: University of Chicago Press, 1981, pp. 131—228。

18 Susan Wolfson, *British Literature: Discipline Analysis*, Baltimore: National Center for Curriculum Transformation Resources on Women, 1997, pp. 12—13 and 18.

19 本书第 36 页。

20 Marilyn Butler, *Jane Austen and the War of Ideas*, Oxford: Clarendon, 1988. pp. xxviii.

21 Margaret J. Ezell, "Re-Visioning the Restoration; Or, How to Stop Obscuring Early Women Writers", in *New Historical Study: Essays on Reproducing Texts, Representing History*, ed. Jeffrey N. Cox and Larry J. Reynolds, Princeton: Princeton University Press, 1993, p. 145.

22 *Feminist Literary History*, p. 27.

23 Ruth Perry, *The Celebrated Mary Astell: An Early English Feminist*, Chicago: University of Chicago Press, 1986. p. 5.

24 Elaine Showalter , "Literary Criticism", *Signs* 1, no. 2 (Winter 1975): 445; and Barbara Smith, "Toward a Black Feminist Criticism", *Conditions: Two* (October 1977): 29.

25 Sara Mills, with Jane Goldman, Vassilike Kolcotroni, Pauline Polkey, Angie Sandhu, and Dianna Wallace, "Feminist Theory", in *The Year's Work in Critical and Cultural Theory*, vol. 4, ed. Kate McGowan, London: Blackwell, 1994, p. 115.

26 *Feminist Literary Studies*, p. 126.

27 *Sexual / Textual Politics*, p. 78.

28 Ibid, p. 148.

29 参见 Richard Brodhead, *The School of Hawthorne*, New York: Oxford University Press, 1896, p. 7; and John Guillory, "The Ideology of Canon-Formation: T. S. Eliot and Cleanth Brooks", *Critical Inquiry* 10 (September 1983): 173—198。

30 Ann Ardis, *New Women, New Novels: Feminism and Early Modernism*, New Brunswick, N. J. : Rutgers University Press, 1990, p. 174.

31 Shirley Peterson, "The Politics of a Moral Crusade: Gertrude Colmore's *Suffragette*

Sally", in *Discovering Forgotten Radicals: British Women Writers 1889—1939*, ed. Angela Ingram and Daphne Patai, Chapel Hill and London: University of North Carolina Press, 1993, p. 102.

32 Emmeline Pethick-Lawrence, *My Part in a Changing World*, London: Victor Gollancz Ltd., 1938, p. 88.

33 Holbrook Jackson, *The Eighteen-Nineties*, New York: Alfred A. Knopf, 1922, p. 218.

34 Margaret Stetz and Mark Samuels Lasner, "Introduction", *The Yellow Book: A Centenary Exhibition*, Cambridge, Mass: The Houghton Library, Harvard University, 1994, p. 12.

35 Jane Eldridge Miller, *Rebel Women: Feminism, Modernism, and the Edwardian Novel*, London: Virago Press, 1994, p. 32.

36 本书第 231 页。

37 John Kucich, *The Power of Lies: Transgression in Victorian Fiction*, Ithaca: Cornell University Press, 1994, p. 279.

38 Sarah Grand, "The Undefinable: A Fantasia", in *Daughters of Decadence: Women Writers of the Fin-de-Siecle*, ed. Elaine Showalter, New Brunswick, N. J. : Rutgers University Press, 1993, pp. 265 and 267.

39 本书第 346 页。

第一章

1 "The Subjection of Women", in John Stuart Mill and Harriet Taylor Mill, *Essays on Sex Equality*, ed. Alice S. Rossi, Chicago, 1970, ch. 3, p. 207.

2 "Some Women Novelists", *History of the English Novel*, x, London, 1939, p. 194.

3 G. H. Lewes, "The Lady Novelists", *Westminster Review*, n. s. ii (1852): 137; W. L. Courtney, *The Feminine Note in Fiction*, London, 1904, p. xiii; Bernard Bergonzi, *New York Review of Books*, June 3, 1965. 在对贝丽尔·贝恩布里奇的《瓶厂小游》(Beryl Bainbridge, *Bottle Factory Outing*)的一篇评论中，阿纳托尔·布罗亚德(Anatole Broyard)说："有相当多极为迷人的女人写了表现绝望的书。"(*New York Times*, May 26, 1975, p. 13)

4 "Silly Novels by Lady Novelists", *Westminster Review* lxvi (1856); reprinted in *Essays of George Eliot*, ed. Thomas Pinney, New York, 1963. p. 324.

5 "Ruth", *North British Review* xix (1853): 90—91; and "Ko-Ko's Song" in *The Mikado*. 19世纪初出现的女小说家的刻板形象混合了广为流传的老处女和女学究的形象。参见 Vineta Colby, *Yesterday's Woman: Domestic Realism in the English Novel*, Princeton, 1974, pp. 115—116, and Katharine M. Rogers, *The Troublesome Helpmate: A History of Misogyny in Literature*, Seattle, 1966, pp. 201—207。

6 Introduction to May Sarton, *Mrs. Stevens Hears the Mermaids Singing*, New York, 1974, p. xvi.

7 "This Woman's Movement" in *Adrienne Rich's Poetry*, ed. Barbara Charlesworth Gelpi and Albert Gelpi, New York, 1975, p. 189.

8 *The Rise and Fall of the Man of Letters*, London, 1969, p. 304.

9 Cynthia Ozick, "Women and Creativity", in *Woman in Sexist Society*, ed. Vivian Gornick and Barbara K. Moran, New York, 1971, p. 436.

10 Letter of November 1849, in Clement Shorter, *The Brontës: Life and Letters*, ii, London, 1908, p. 80.

11 Mary Ellmann, *Thinking About Women*, New York, 1968, pp. 28—54; and Ozick, "Women and Creativity", p. 436.

12 Patricia Meyer Spacks, *The Female Imagination*, New York, 1975, p. 3.

13 "Women and Fiction", *Collected Essays*, London, 1967, p. 142.

14 参见 Sheila Rowbotham, *Hidden from History*, London, 1973; Martha Vicinus, ed., *Suffer and Be Still: Women in the Victorian Age*, Bloomington, Indiana, 1972; Mary S. Hartman and Lois N. Banner, eds., *Clio's Consciousness Raised: New Perspectives on the History of Women*, New York, 1974, and Françoise Basch, *Relative Creatures: Victorian Women in Society and the Novel*, New York, 1974。

15 Linda Nochlin, "Why Are There No Great Women Artists?" in *Woman in Sexist Society*; Lise Vogel, "Fine Arts and Feminism: The Awakening Consciousness", *Feminist Studies* ii (1974): 3—37; Helene Roberts, "The Inside, the Surface, the Mass: Some Recurring Images of Women", *Women's Studies* ii (1974): 289—308.

16 *The Making of the English Working Class*, New York, 1973, p. 12.

17 Vineta Colby, *The Singular Anomaly*: *Women Novelists of the Nineteenth Century*, New York, 1970, p. 11.

18 "Women's Lit: Profession and Tradition", *Columbia Forum* i (Fall 1972): 27.

19 Spacks, *The Female Imagination*, p. 7.

20 Moers, "Women's Lit", 28.

21 "Flying Pigs and Double Standards", *Times Literary Supplement*, (July 26, 1974): 784.

22 文学亚文化研究方面的有用著述参见 Robert A. Bone, *The Negro Novel in America*, New York, 1958; and Northrop Frye, "Conclusion to A Literary History of Canada", in *The Stubborn Structure*: *Essays on Criticism and Society*, Ithaca, 1970, pp. 278—312。

23 "Women and Creativity", p. 442.

24 Nancy F. Cott, introduction to *Root of Bitterness*, New York, 1972. pp. 3—4.

25 有关维多利亚女性理想的最佳阐述，参见 Françoise Basch, "Contemporary Ideologies", in *Relative Creatures*, pp. 3—15; Walter E. Houghton, *The Victorian Frame of Mind*, New Haven, 1957, pp. 341—343: and Alexander Welsh's theory of the Angel in the House in *The City of Dickens*, London, 1971, pp. 164—195。

26 Christine Stansell and Johnny Faragher, "Women and Their Families on the Overland Trail, 1842—1867", *Feminist Studies* ii (1975): 152—153. 有关最近历史研究中"两种文化"研究话题的概览，参见 Barbara Sicherman, "Review: American History", *Signs*: *Journal of Women in Culture and Society* i (Winter 1975): 470—484。

27 有关维多利亚社会妇女行为方式的社会学报告，参见 Leonore Davidoff, *The Best Circles*: *Society*, *Etiquette and the Season*, London, 1973, esp. pp. 48—58, 85—100。

28 Sarah Ellis, *The Daughters of England*, New York, 1844, ch. ix, p. 90.

29 Dinah M. Craik, "Literary Ghouls", *Studies from Life*, New York, n. d., p. 13.

30 Letter of October 6, 1851, in *Letters of E. Jewsbury to Jane Welsh Carlyle*, ed. Mrs. Alex Ireland, London, 1892, p. 426. 关于范妮·弗恩的情况，参见 Ann Douglas Wood, "The 'Scribbling Women' and Fanny Fern: Why Women Wrote", *American Quarterly*

xxiii (Spring 1971): 1—24。

31 J. M. S. Tompkins, *The Popular Novel in England 1770—1800*, London, 1932, pp. 119—121; Dorothy Blakey, *The Minerva Press 1790—1820*, London, 1939; and Ian Watt, *The Rise of the Novel*, London, 1963, pp. 298—299.

32 Myra Reynolds, *The Learned Lady in England 1650—1760*, New York, 1920, pp. 89—91.

33 William McKee, *Elizabeth Inchbald, Novelist*, Washington, D. C., 1935, p. 20.

34 "Memoirs of the Life of Mrs. Mary Brunton by Her Husband", preface to *Emmeline*, Edinburgh, 1819, p. xxxvi.

35 Kathleen Tillotson, *Novels of the Eighteen-Forties*, London, 1956, pp. 142—145.

36 关于对利维斯（F. R. Leavis）论奥斯丁和艾略特的反驳意见，参见 Gross, *Rise and Fall of the Man of Letters*, pp. 302—303。

37 转引自 S. C. Hall, *A Book of Memories of Great Men and Women of the Age*, London, 1877, p. 266。

38 Inga-Stina Ewbank, *Their Proper Sphere: A Study of the Brontë Sisters as Early Victorian Female Novelists*, London, 1966, p. 41.

39 *Saturday Review* iv (July n, 1857): 40—41. 亦参见 David Masson, *British Novelists and Their Styles*, Cambridge, 1859, p. 134。

40 *Autobiography and Letters of Mrs. M. O. W. Oliphant*, ed., Mrs. Harry Cogshill, New York, 1899, p. 160.

41 "An Enquiry into the State of Girls' Fashionable Schools", *Fraser's* xxxi (1845): 703.

42 Sarah Ellis, *The Women of England*, New York, 1844, p. 9.

43 "Victorian Feminism and the Nineteenth-Century Novel", *Wowen's Studies* i (1972): 69.

44 *Romola*, New York, 1898, ii, ch. xxiii, p. 157.

45 *Middlemarch*, ed., Gordon S. Haight, Boston, 1956, "Finale", p. 612.

46 Jane Vaughan Pinckney, *Tacita Tacit*, 11, p. 276; 转引自 Myron Brightfield, *Victorian England in Its Novels*, iv, Los Angeles, 1968, p. 27。

47 *The Diary of Alice James*, ed., Leon Edel, New York, 1934, p. 66.

48 *British Quarterly Review* xlv (1867): 164. 关于 "粗俗"(coarseness) 一语，参见 Ewbank, *Their Proper Sphere*, pp. 46—47。

49 Margaret Mare and Alicia C. Percival, *Victorian Best-Seller: The World of Charlotte Yonge*, London, 1947, p. 133.

50 James Lorimer, "Noteworthy Novels", *North British Review* xi (1849): 257.

51 "The False Morality of Lady Novelists", *National Review* vii (1859): 149.

52 "Puseyite Novels", *Prospective Review* vi (1850): 498.

53 "The Lady Novelists", 132.

54 "Cassandra", in *The Cause*, ed. Ray Strachey, Port Washington, N. Y., 1969, p. 398.

55 关于伊迪丝·萨默维尔和维奥莉特·马丁写作生涯的叙述，参见 Maurice Collis, *Somerville and Ross*, London, 1968。马丁于 1915 年去世后，两人的 "合作" 通过心灵神交继续下去，凯瑟琳·布拉德利 (Katherine Bradley) 和伊迪丝·库珀 (Edith Cooper) 共用 "迈克尔·菲尔德"(Michael Field) 的名义写作，埃米莉和多萝西娅·杰勒德姐妹 (Emily and Dorothea Gerard) 使用 "E. D. 杰勒德"(E. D. Gerard) 的名字合作写了《我独大》(*Beggar My Neighbor*, 1882) 等作品。

56 "Victorian Feminism and the Nineteenth-Century Novel", 79.

57 Mona Caird, *The Morality of Marriage*, London, 1897; Elizabeth Robins, *Way Stations*, London, 1913; Olive Schreiner, *Women and Labour*, London, 1911.

58 参见 Andrew Rosen, *Rise Up, Women!* London, 1974. p. 266。

59 转引自 Bernard Bergonzi, *The Situation of the Novel*, London, 1972, p. 79。

60 *The World Split Open: Four Centuries of Women Poets in England and America, 1552—1950*, New York, 1974, p. 3.

第二章

1 "False Morality of Lady Novelists", *National Review* viii (1859): 148.

2 例如，1878 年 4 月的《英格兰妇女评论》上列了 29 位女作家的新小说，其中有埃米莉·希尔、H. L. Ca 夫人、路易丝·C. 牟尔顿、麦克杜厄尔夫人、埃莉诺·艾奇等。

3 "George Paston" [Emily Symonds], *At John Murray's 1843—1892*, London, 1932,

pp. 222—223.《英国主妇》(*The English Matron*, London, 1846）告诫有文学志向的人说："初次争取发表作品时，一定不要因一连串的挫折而气馁。"

4 "The Lady Novelists of Great Britain", n. s. xl（1853）: 18.

5 "The Sociology of Authorship", *Bulletin of New York Public Library* lxvi（1962）: 392. 迈伦・布赖特菲尔德在《小说中的维多利亚英国》(Myron Brightfield, *Victorian England in Its Novels*, 4 vols., Los Angeles, 1968）中共引用了 197 位女小说家和 247 位男小说家。这些数字当然只代表一种选择而非男女作家的绝对数字，但可以确定的是，它们反映不出人们广泛认定的所谓 19 世纪小说由"女性主导"的情况。

6 "The Condition of Authors in England, Germany and France", *Fraser's* xxxv（1847）: 285. 其他对女性竞争感到不安的玩笑话，参见"A Gentle Hint to Writing-Women", *Leader* i（1850）; J. M. Ludlow, "Ruth", *North British Review* xix（1853）: 90; "Hearts in Mortmain, and Cornelia", *Prospective Review* vi（1850）: 495。

7 "A Shy Scheme", *Household Words*, March 20, 1858, p. 315; 引自 Nuel Pharr Davis, *The Life of Wilkie Collins*, Urbana, Illinois, 1956, p. 70。

8 参见 Raymond Williams, *The Long Revolution*, London, 1961。该研究与奥尔蒂克的相似，但采用了穿越三个世纪的较小样本。弗吉尼亚・伍尔夫在《斜塔》("The Leaning Tower", *Collected Essays*, ii, London, 1966, p. 168）中提出了同样的看法。

9 *The Adventures of Lily Dawson*, London, 1852, p. 181.

10 Eliot, *Middlemarch*, bk. i, ch. vii, p. 47.

11 Mare and Percival, *Victorian Best-Seller*, London, 1947, p. 133.

12 *English Criticism of the Novel 1865—1900*, London, 1965, p. 26.

13 Gordon S. Haight, *George Eliot: A Biography*, New York, 1968, p. 195.

14 G. S. Layard, *Mrs. Lynn Linton: Her Life, Letters and Opinions*, London, 1901, p. 5. 伊丽莎・林恩于 1858 年同威廉・詹姆斯・林顿结婚。

15 C. J. Hamilton, *Womanhood* iii（1899）: 3.

16 "Silly Novels by Lady Novelists", *Westminster Review* lxvi（1856）, in *Essays of George Eliot*, p. 323.

17 *A Woman's Thoughts About Women*, London, 1858, pp. 52—53.

18 Clement K. Shorter, ed., *The Brontës: Life and Letters*, London, 1908, ii, p. 304; and Haight, *George Eliot*, p. 361.

19 Shorter, *The Brontës*, ii, p. 249.

20 *A Woman's Thoughts About Women*, p. 56.

21 *Three Guineas*, London, 1968, p. 166.

22 Gillian Avery, *Mrs. Ewing*, New York, 1964, pp. 13—14.

23 J. M. Kayc, "The Employment of Women", *North British Review* xxvi (1857): 177. 林顿夫人如此写道："如果女人的作品失败或所得过低，那是因为作品质次，而不是因为女性受到了压迫。"(*The Rebel of the Family*, London, 1880, ii, p. 56)

24 *The Letters of Mrs. Gaskell*, ed. J. A. V. Chapple and Arthur Pollard, Manchester, 1966, p. 172; and F. M. G., "Journalism", *Womanhood* vi (1901): 23.

25 Winifred Stephens, *The Life of Adeline Sergeant*, London, 1905, pp. 279—280.

26 Royal A. Gettman, *A Victorian Publisher: A Study of the Bentley Papers*, Cambridge, England, 1960, p. 83.

27 February 26 AM 19529, in the Morris L. Parrish Collection of Victorian Novelists, Firestone Library, Princeton University.

28 June 26, 1856, in the Berg Collection, New York Public Library.

29 October 14, 1858, AM 16888, Morris L. Parrish Collection, Firestone Library, Princeton University.

30 *Autobiography and Letters of Mrs. M. O. W. Oliphant*, ed. Mrs. Harry Coghill, New York, 1899, p. 85. 有关克雷克事业的详细研究，参见 Elaine Showalter, "Dinah Mulock Craik and the Tactics of Sentiment: A Case Study in Victorian Female Authorship", *Feminist Studies* ii (1975): 5—23。

31 *Letters of G. E. Jewsbury to Jane Welsh Carlyle*, ed. Mrs. Alex Ireland, London, 1892, pp. 367—368. 美国也出现过类似的情况，在那里，"当写作正在成为一种可能的行业时，妇女就受到其吸引，她们是率先意识到并开发出写作之商业潜力的人"。Ann Douglas Wood, "The Literature of Impoverishment: The Women Local Colorists in America, 1865—1914", *Women's Studies* i (1972): 7.

32 Anthony Trollope, *Autobiography*, Berkeley, 1947, pp. 172—173.

33 Gaskell, *Letters*, p. 107.

34 Edmund Gosse, *Father and Son*, London, 1930, ch. ii, p.22.

35 引自 Gaskell, *Life of Charlotte Brontë*, London, 1919, p. 127。

36 Helen C. Black, *Notable Women Authors of the Day*, Glasgow, 1893, pp. 149, 151, 156. 亦参见 Black's interviews with Mrs. Riddell and Mrs. Lovett Cameron, pp. 19—20, 103。

37 Ethel Romanes, *Charlotte Mary Yonge: An Appreciation*, London, 1908, p. 16.

38 参见 D. B. Green, "Letters to Macmillan", *Notes and Queries*, n. s. x (1963): 450—454。

39 Jewsbury, *Letters*, pp. 158—159; and Black, *Notable Women Authors*, pp. 49—50.

40 Haight, *George Eliot*, p. 268.

41 *Essays of George Eliot*, ed., Thomas Pinney, New York, 1963, p. 158.

42 Christopher Kent, "Higher Journalism and the Mid-Victorian Clerisy", *Victorian Studies* xiii (1969): 190.

43 Anthony Trollope, "On Anonymous Literature", *Fortnightly Review*, i (1865): 491.

44 Bessie Parkes, *Essays on Women's Work*, London, 1865, p. 121.

45 Charles W. Wood, *Mrs. Henry Wood: A Memoir*, London, 1895, p. 228.

46 Romanes, *Charlotte Mary Yonge*, p. 19.

47 Theresa Whistler, introduction to *Collected Poems of Mary Coleridge*, London. 1954, p. 29.

48 Bardwick, *Psychology of Women*, New York, 1971, p. 138.

49 Haight, *George Eliot*, p. 67.

50 *Life of Charlotte Brontë*, p. 279. 珍妮弗·斯特恩（Jennifer Stern）指出，"女人……在自己的家里写小说就不必面对离开家庭的人几乎总会遇到的那种敌视和失去身份的情形"。"Women and the Novel: A Nineteenth-Century Explosion", *Women's Liberation Review* 1 (1973): 55.

51 *Jewsbury*, *Letters*, p. 383. 到 1836 年时，《不列颠与外国评论》注意到，女作者不必就此不做好妻子，好母亲和好姐妹。参见 Françoise Basch, *Relative Creatures: Victorian Women in Society and the Novel*, New York, 1974, p. 107。

52 *Some Recollections of Jean Ingelow*, London, 1901, p. 126.

53 *Woman's Thoughts*, p. 56. 哈丽叶特·马蒂诺也赞扬了家务劳动，参见 *Deerbrook*, 1, London, 1839, p. 296。甚至像朱斯伯里那样有反叛精神的人也为自己的持家能力感到自豪。在她家做客的简·卡莱尔写道："我倒想见识一下像埃利斯夫人那样能圆满做到既理性又得体的女人，看看她能不能像这位写出可疑的《佐伊》的可怜女作者那样对我招待得那么好。" *Letters of Jane Carlyle*, ed. Leonard Huxley, New York, 1924, p. 280.

54 参见 Benita Parry, *Delusions and Discoveries: Studies of India in the British Imagination 1880—1930*, London, 1973。

55 *The Duties of Woman*, Boston, 1881, p. 190. 奥利芬特夫人听到玛丽·豪伊特（Mary Howitt）的话吓坏了，后者声称她用脑工作过度致使不止一个孩子流产了。参见 Oliphant, *Autobiography and Letters*, p. 36。

56 *Contemporary Review* lxvii (1893): 370.

57 "Currer Bell's Shirley", *Edinburgh Review* xci (1850): 155.

58 *The Letters of Mrs. Gaskell*, p. 106.

59 Ibid., pp. 694—695.

60 "Ruth", *North British Review* xix (1853): 90—91.

61 *The Letters of Mrs. Gaskell*, p. 222. 这封信被编辑们加上了错误的日期，因为勒德洛的评论（盖斯凯尔的信清楚无误地指该评论）是 1853 年 5 月刊出的。

62 Percy Lubbock, *Mary Cholmondeley: A Sketch from Memory*, London, 1928, pp. 91—92. 久病体弱（invalidism）是女性选择文学写作的又一个可接受的理由，病痛看上去很像是对性别认同危机的反应，它会实实在在使人瘫痪。玛格丽特·巴伯、多拉·格林韦尔（Dora Greenwell）、L. B. 沃尔福德夫人和亨利·伍德夫人就是其中的几例。

第三章

1 Clement K. Shorter, *The Brontës: Life and Letters*, London, 1908, ii, p. 300.

2 *A Century of George Eliot Criticism*, Boston, 1965, p. 37. 达拉斯对《费利克斯·霍尔特》的评论载 1866 年 6 月 26 日《泰晤士报》第 6 页，文中他讨论了"在我们的女士小说家中"艾略特相对于简·奥斯丁的位置，最后说，"我们不知道，作为散文体作家，有什么英国女人能放在靠近她的位置上。”

3 “A Dozen of Novels”, *Fraser's* ix (1834): 483.

4 “The Social Position of Women”, *North British Review* xiv (1851): 281.

5 “Ruth”, *North British Review* xix (1853): 90.

6 “Modern Novelists—Great and Small”, *Blackwood's* lxxvii (1855): 555.

7 “Last Poems and Other Works of Mrs. Browning”, *North British Review* xxxvi (1862): 271.

8 Introduction to *The Half-Sisters*, London, 3 vols., 1848.

9 John S. Haller and Robin M. Haller, *The Physician and Sexuality in Victorian America*, Urbana, 1974, pp. 65—66.

10 勃朗宁夫人的十四行诗《致乔治·桑：一种愿望》(“To George Sand: A Desire”, 1844) 经常被女小说家的评论人引用。杰拉尔德·马西写道，艾略特“用一只大手抓住生活，用一只大眼睛看着生活，用一颗硕大的心感受生活”(“Last Poems and Other Works of Mrs. Browning”, 271)。

11 “On the Real Differences in the Minds of Men and Women”, *Journal of the Anthropological Society of London* vii (1869): lxix. 有关对艾伦思想的讨论，参见 Katharine M. Rogers, *The Troublesome Helpmate: A History of Misogyny in Literature*, Seattle, 1966, pp. 219—221。

12 “Woman in France”, in *Essays of George Eliot*, ed. Thomas Pinney, New York, 1963, p. 56.

13 “The Subjection of Women”, in John Stuart Mill and Harriet Taylor Mill, *Essays on Sex Equality*, ed. Alice S. Rossi, Chicago, 1970, ch. 3, p. 199.

14 “Three Novels”, in *Essays of George Eliot*, p. 334.

15 “Harriet Martineau”, *Blackwood's* cxxi (1877): 487.

16 *A Room of One's Own*, New York, 1957, p. 134.

17 “Novels of the Day”, *Fraser's* lxii (1860): 205.

18 “Currer Bell”, *Blackwood's* lxxxii (1857): 79. 亦参见 “The Lady Novelists of Great Britain”, *Gentleman's Magazine*, n. s. XL (1853): 18—25。

19 “The Progress of Fiction as an Art”, *Westminster Review*, lx (1853): 372.

20 “Doctor Dulcamara, M. P.”, in *Charles Dickens' Uncollected Writings from “Household Words”, 1850—1859*, ii, ed. Harry Stone, Bloomington, 1968, p. 624.

21 “False Morality of Lady Novelists”, *National Review* viii（1859）: 148.

22 Mary S. Hartman, introduction to *Victorian Murderesses: A True History of Thirteen Respectable French and English Women Accused of Unspeakable Crimes*, New York, 1976. 我十分感谢玛丽·哈特曼允许我阅读她的著作的手稿。

23 例如，见 M. A. 斯托达特（M. A. Stodart）小姐的话，转引自 Inga-Stina Ewbank, *Their Proper Sphere: A Study of the Brontë Sisters as Early Victorian Female Novelists*, London, 1966, p. 39: “对女人说来，引起注意绝非出自本性；她为公众所知可能有情非得已的情况，然而，真正的女人心都会暗中渴求私生活的幽静隐蔽。幽谷铃兰遮蔽在高大的叶子下，紫罗兰寻找投下阴影的树篱；它们都可能被迫走出隐身处，被迫站到明朗的无遮拦的阳光底下，但是，它们那枯萎凋零的花瓣难道不是在诉说，它们多么怀念那最适宜的幽暗处吗？”

24 “Currer Bell”, *Blackwood's* lxxxii（1857）: 77.

25 “Ruth”, *North British Review*, xix（1853）: 90.

26 Robert Colby and Vineta Colby, *The Equivocal Virtue: Mrs. Oliphant and the Victorian Literary Marketplace*, Hamden, Connecticut, 1966, p. 5.

27 “The Case of the Active Victim”, *Times Literary Supplement*（July 26, 1974）: 803—804.

28 “The Lady Novelists”, *Westminster Review*, n. s. ii（1852）: 133—134.

29 “Last Poems of Mrs. Browning”, 271.

30 *Autobiography and Letters*, pp. 23—24. 海伦·布莱克（Helen C. Black）在采访维多利亚女小说家时经常留意到，在作家的家中完全看不到她在从事写作的痕迹：“手稿在哪儿呢，‘样本’，‘校样’……呢？在那张有容膝空档的老橡木写字桌上不见她工作的迹象。”（Rhoda Broughton, *Notable Women Authors of the Day*, Glasgow, 1893, p. 40）

31 *A Woman's Thoughts About Women*, London, 1858, p. 58.

32 “Mrs. Gaskell and Her Novels”, *Cornhill Magazine* xxix（1874）: 192.

33 “The Lady Novelists”, 133.

34 Ibid., 135, 136.

35 Ibid., 139.

36 "Novels by the Authoress of John Halifax", *North British Review* xxix (1858): 254, 255.

37 Ibid., 254.

38 Ibid., 257.

39 Ibid., 258.

40 Ibid., 260.

41 转引自 Waldo Dunn in *R. D. Blackmore*, New York, 1956, p. 112。亦参见 Kenneth Budd, *The Last Victorian: R. D. Blackmore and His Novels*, London, 1960, p. 33。

42 Elizabeth Gaskell, *The Life of Charlotte Brontë*, London, 1919, p. 271.

43 Harriet Martineau, *Autobiography*, ii, London, 1877, p. 324.

44 "Jane Eyre", *Christian Remembrancer* xv (1848); "Currer Bell's Shirley", *Edinburgh Review* xci (1850): 158.

45 "Novels of the Season", *North American Review* lxvii (1848): 357.

46 *The Brontës and Their Background: Romance and Reality*, London, 1973, p. 125. 盖斯凯尔夫人也注意到，不赞成《露丝》的"女人不知比男人多多少"(*The Letters of Mrs. Gaskell*, p. 226)。

47 "The Professor", in *Saturday Review* (1857): 550.

48 James Craigie Robertson, "Eliot's Novels", *Quarterly Review* cviii (1860): 470.

49 Gordon S. Haight, *George Eliot: A Biography*, New York, 1968, p. 268.

50 "The Mill on the Floss", *Saturday Review* ix (1860): 470.

51 Letter of April 26, 1859, in *The George Eliot Letters*, iii, ed. Gordon S. Haight, New Haven, 1954, p. 56.

52 "Adam Bede and Recent Novels", *Bentley's Quarterly Review* i (1859): 436—437.

53 "The Mill on the Floss", *Westminster Review* lxxiv (1860): 24—33.

54 Haight, *George Eliot*, pp. 290—291. 关于迪克逊的情况，参见 Leslie Marchand, *The Athenaeum: A Mirror of Victorian Culture*, Chapel Hill, 1941, p. 80。

55 "The Mill on the Floss", 471.

56 James Craigie Robertson, "George Eliot's Novels", *Quarterly Review* cviii (1860): 471.

57 Shorter, *The Brontës*, ii, p. 64.

58 转引自 Ewbank, *Their Proper Sphere*, p. 12。

59 “Woman in France”, *Essays of George Eliot*, p. 53.

60 “Three Novels”, *Essays of George Eliot*, p. 334.

61 “Silly Novels by Lady Novelists”, *Essays of George Eliot*, p. 324.

62 “Woman in France”, p. 53.

63 *The Half-Sisters*, ii, p. 23.

64 “George Eliot’s Novels”, *Home and Foreign Review*, iii (1863), in David Carroll, ed., *George Eliot: The Critical Heritage*, New York, 1971, p. 241. 亦参见 Coventry Patmore, “The Social Position of Women”, *North British Review* xiv (1851): 279: “书是文学男女写的，这群人的特殊性情往往使他们不适合在家庭生活中践行职责，并享受其安宁的愉悦：这种不适宜性尤经常会在对家庭生活通常状况的错误认识中流露出来。”

第四章

1 转引自 Virginia Woolf, “Geraldine and Jane”, *The Second Common Reader*, New York, 1960, p. 129。

2 Ellen Moers, “Women’s Lit: Profession and Tradition”, *Columbia Forum*, i (Fall 1972): 27—28.

3 *Elizabeth Barrett to Miss Mitford*, ed. Betty Miller, London, 1954, pp. vii, 29—30.

4 转引自 Gaskell, *Life of Charlotte Brontë*, London, 1919, ch. xvi, p. 282。

5 转引自 Kathleen Tillotson, *Novels of the Eighteen-Forties*, London, 1956, p. 144。

6 Letter of 1850, 转引自 Q. D. Leavis, introduction to *Jane Eyre*, Penguin edition, Harmondsworth, 1966, p. 10。

7 “The Mill on the Floss”, *Westminster Review* lxxiv (1860), in *George Eliot: The Critical Heritage*, ed. David Carroll, New York, 1971. p. 139.

8 “Silly Novels by Lady Novelists”, in *Essays of George Eliot*, ed. Thomas Pinney, New York, 1963, p. 317.

9 Saturday Review ix (April 14, 1860) : 470.

10 参见 Vineta Colby, *The Singular Anomaly: Women Novelists of the Nineteenth Century*, New York, 1970, p. 29。

11 参见 *Autobiography and Letters of Mrs. M. O. W. Oliphant*, ed. Mrs. Harry Cogshill, New York, 1899, pp. 185—186, 187—188, 190。

12 "Modern Novelists-Great and Small", *Blackwood's* lxxvii (1855): 568.

13 Oliphant, *Autobiography*, p. 67.

14 *The Autobiography of Elizabeth M. Sewell*, ed. Eleanor L. Sewell, London, 1907, p. 160.

15 参见 Barbara Bodichon, *An American Diary 1857—1858*, ed. Joseph W. Reed, Jr., Middletown, Connecticut, 1972。

16 *The George Eliot Letters*, v, ed. Gordon S. Haight, New Haven, 1955, pp. 280—281.

17 Oliphant, *Autobiography*, p. 4.

18 *My Literary Life*, London, 1899, pp. 86—87.

19 Percy Lubbock, *Mary Cholmondeley: A Sketch from Memory*, London, 1928, p. 49.

20 Oliphant, *Autobiography*, p. 5; Dinah Craik, "The Mill on the Floss", *MacMillan's* iii (1861), in *George Eliot: The Critical Heritage*, p. 157.

21 *The Diary of Alice James*, ed., Leon Edel, New York, 1934, p. 66.

22 "C. E. Raimond", *George Mandeville's Husband*, London, 1894, pp. 42, 61, 57—58, 62—63.

23 Letter of February 13, 1899, in G. B. Shaw, *Collected Letters 1898—1910*, ed. Dan H. Laurence, New York, 1965, p. 77.

24 *Dawn's Left Hand*, in *Pilgrimage*, iv. New York, 1967, p. 240.

25 转引自 Colby, *Singular Anomaly*, p. 222。

26 "George Eliot", *The Common Reader*, 2nd edition, London, 1925, p. 217.

27 Introduction to *Jane Eyre*, p. 28.

28 Ch. 3, p. 56. 引文页码均指企鹅版《简·爱》，哈蒙兹沃斯，1966 年；页码前还标出了章号。

29 Ch. 1, p. 42.

30 Ch. 2, pp. 45—46.

31 Ch. 2, p. 44; ch. 1, p. 41.

32 Ch. 3, p. 53.

33 Ch. 4, p. 64.

34 Ch. 2, p. 44. 对维多利亚文学中鞭打习俗的讨论，参见 Steven Marcus, “A Child is Being Beaten”, in *The Other Victorians*, New York, 1966, 252—265。当然，马库斯谈的是男性的性幻想。在简・杰克和玛格丽特・史密斯合编的《简・爱》中，编者注意到，“脖子”一词在“过去使用时，有时意思比现在宽泛，可指女人的胸脯或者（如此处）指双肩。这里面有维多利亚委婉说法的成分”。参见 *Jane Eyre*, London, 1969, p. 586, n. 61。晚近有关维多利亚时代对女孩子进行体罚的讨论，参见 Mary S. Hartman, “Child-Abuse and Self-Abuse: Two Victorian Cases”, *History of Childhood Quarterly*(Fall 1974): 240—241。

35 Ch. 5, p. 82.

36 Ch. 5, p. 79; ch. 7, p. 96.

37 *The City of Dickens*, London, 1971, pp. 155—160, 222—225. 韦尔什暗示简本人确实有天使品格；但是小说强调了她不愿意接受天使角色的那一面。当布罗克赫斯特告诉她有个孩子以背诵赞美诗来仿效天使的时候，简回答说，“《诗篇》没意思”(第 4 章，第 65 页)。作为年轻女子，她一字一顿地告诉罗切斯特，“我不是一个天使……而且在我死去以前也不愿意做天使：我就要做我自己”(第 24 章，第 288 页)。

38 Ch. 7, p. 99.

39 Introduction to *Jane Eyre*, p. 9. H. F. 乔利（H. F. Chorley）于 1847 年发表在《雅典文学评论》上的《简・爱》书评也了解一则可能的来源。参见 Miriam Allott, *The Brontës: The Critical Heritage*, London, 1974, p. 72。

40 *The Dangerous Sex: The Myth of Feminine Evil*, New York, 1965, p. 42.

41 Letter to W. S. Smith, January 4, 1848, in Shorter, *The Brontës: Life and Letters*, i, London, 1908, p. 383.

42 Eric T. Carlson and Norman Dain, “The Meaning of Moral Insanity”, *Bulletin of the History of Medicine* xxxvi (1962): 131. 亦参见 “Moral Insanity”, in Vieda Skultans, *Madness and Morals: Ideas on Insanity in the Nineteenth Century*, London, 1975, pp. 180—200。

43 转引自 Marcus, *The Other Victorians*, p. 31。

44 Ch. 27, p. 336; Ch. 25, p. 304.

45 George Robert Rowe, *On Some of the Most Important Disorders of Women*, London, 1844, pp. 27—28, 转引自 Carroll Smith-Rosenberg, "Puberty to Menopause: The Cycle of Femininity in Nineteenth Century America", *Feminist Studies* i (1973): 25。

46 Edward Tilt, *The Change of Life*, New York, 1882, p. 13, 转引自 Smith-Rosenberg "Puberty to Menopause", 25。亦参见 Skultans, *Madness and Morals*, pp. 223—240。

47 Ch. 26, p. 321.

48 Ch. 11, p. 138; ch. 24, p. 297.

49 Ch. 27, pp. 328—329.

50 Ch. 37, p. 459.

51 "Novels by Sir Edward Bulwer-Lytton", *Bentley's Quarterly Review* i (1859): 91—92. 亦参见 Margaret Oliphant, "Charles Dickens", *Blackwood's* lxxvii (1855): 465; "Mr. Thackeray and His Novels", *Blackwood's* lxxvii (1855), 95; 还有黛娜·克雷克在 1860 年为麦克米伦公司审阅一部小说时写下的评论:"当 C 先生写的是男孩和男人的时候,他做得棒极了,但他的女人实在不算女人,只是飘忽的概念,不是有血有肉的生命。" Berg Collection, New York Public Library.

52 "The Mill on the Floss", *The Spectator*, April 7, 1860: 331; "Women's Heroines", *Saturday Review* xxiii (1867): 261.

53 *Westminster Review*, n. s. xiii (1858): 297—298.

54 "The Waverley Novels", *Literary Studies*, ii, London, 1879, p. 167.

55 Gordon S. Haight, *George Eliot: A Biography*, New York, 1968, p. 65.

56 *Jane Eyre*, ch. 27, p. 344.

57 "Women's Lit", 34.

58 *The Mill on the Floss*, ed. Gordon S. Haight, Boston, 1961, i, ch. 3, pp. 16—17.

59 "George Eliot's Novels", *Home and Foreign Review* iii (1863), in *George Eliot: The Critical Heritage*, p. 239.

60 *The Mill on the Floss*, p. 126. 布莱克伍德给艾略特写信说:"汤姆在斯特林家的生活写得太精湛了。你能那么真实地体会到这男孩的心情实在是令人称奇。男人读这个部分的时候会回想起他们自己曾经的感受——他们所吃的苦。”(*George Eliot Letters*, iii, p. 263)

61 一则极为有趣的运用卡伦·霍尼的方法对麦琪自卫策略进行分析的例子，参见 Bernard J. Paris, “The Inner Conflicts of Maggie Tulliver”, *A Psychological Approach to Fiction*, Bloomington, 1974。

62 *Mill on the Floss*, ii, ch. 4, p. 148.

63 Ibid., v, ch. 6, p. 305.

64 Ibid., vii, ch. 2, p. 430.

65 Ibid., v, ch. 3, p. 286.

66 *Jane Eyre*, ch. 26, p. 324.

67 Letter of December 26, 1860, *George Eliot Letters*, iii, p. 366.

68 *Mill on the Floss*, iv, ch. 3, p. 252.

69 Dr. Robert Dick, *The Connexion of Health and Beauty*, London, 1857, 转引自 Patricia Branca, *The Silent Sisterhood*, Pittsburgh, 1975, p. 149。亦参见 Barbara Hardy, “The Image of the Opiate in George Eliot’s Novels”, *Notes and Queries* (November 1957): 487—490。

70 Dr. F. E. Oliver, “The Use and Abuse of Opium”, 转引自 John S. Haller and Robin M. Haller, *The Physician and Sexuality in Victorian America*, Urbana, 1974, p. 279。

71 “Cassandra”, in Ray Strachey, *The Cause*, Port Washington, N. Y., 1969. p. 407.

72 Dinah Craik, “The Mill on the Floss”, *Macmillan’s* iii (1861), in *George Eliot: The Critical Heritage*, p. 157.

73 *The Awakening*, in *Complete Works of Kate Chopin*, ii, ed. Per Seyersted, Baton Rouge, 1969, p. 996.

74 *The House of Mirth*, New York, 1962, ch. 13, p. 375.

75 *The Waterfall*, New York, 1969, p. 184.

第五章

1 Letter to James Taylor, March 1, 1849, in Clement Shorter, *The Brontës: Life and Letters*, ii, London, 1908, p. 30.

2 “An Evening’s Gossip on New Novels”, *Dublin University Magazine* xxxi (1848): 614.

3 “Belles Lettres”, *Westminster Review* lxviii (1857): 305.

4 “Women’s Men”, *The Girl of the Period*, ii, London, 1883, pp. 246—247.

5 对这类人物的描述，参见 Alexander Welsh, *The Hero of the Waverley Novels*, New Haven, 1963。

6 *Autobiography and Letters of Mrs. M. O. W. Oliphant*, ed. Mrs. Harry Cogshill, New York, 1899, p. 178.

7 “Authorship”, in *A Chaplet for Charlotte Yonge*, ed. Georgianna Battiscombe and Marghanita Laski, London, 1965, p. 192.

8 参见 Henry R. Harrington, “Childhood and the Victorian Ideal of Manliness in Tom Brown’s Schooldays”, *Victorian Newsletter* (Fall 1973): 13—17。除了小说，休斯还写了《和男童谈谈道德、思想和举止》(*Notes for Boys on Morals, Mind and Manners*, 1855) 以及《论基督的刚毅》(*The Manliness of Christ*, 1879)。

9 *Victorian England: Portrait of an Age*, London, 1960, pp. 3—4.

10 I. Gregory Smith, “Recent Works of Fiction”, *North British Review* xv (1851): 226; “Belles Lettres”, *Westminster Review* lxi (1854): 622; “Contemporary Literature”, *Westminster Review* lxvi (1856): 335; “Our Library Table”, *Athenaeum* vi (1857): 881; and E. P. Whipple, “Novels of the Season”, *North American Review* lxvii (1848): 355—356.

11 *Christian Remembrancer* xv (1848); 转引自 Miriam Allott, *The Brontës: The Critical Heritage*, London, 1974, p. 90。

12 “The Miss Brontës”, *Poems and Essays*, ii, London, 1860, p. 350.

13 G. S. Venables, “Felix Holt the Radical”, *Edinburgh Review* lxxiv (1866): 226.

14 [H. H. Lancaster], “George Eliot’s Novels”, *North British Review* xlv (1866): 117. 对《费利克斯·霍尔特》中杰明 (Jermyn) 和特兰索姆太太 (Mrs. Transome) 恋情的评论，亦参见 “George Eliot”, *British Quarterly Review* xlv (1867): 176。

15 “Modern Novelists—Great and Small”, *Blackwood’s* lxxvii (1855): 557.

16 “Parsons and Novels”, *Saturday Review* vii (1859): 708—709.

17 “The Mill on the Floss”, *Westminster Review* lxxiv (1860): 24.

18 有关一位美国女小说家反叛父权宗教的细致分析，参见 Christine Stansell, “Elizabeth Stuart Phelps: A Study in Female Rebellion”, *Massachusetts Review* xiii (1972): 239—256。

19 转引自 Robert A. Colby, *Novels with a Purpose*, Bloomington, 1967, p. 10。

20 *The Autobiography of Elizabeth M. Sewell*, ed. Eleanor L. Sewell, London, 1907, pp. 15—16. 亦参见 Vineta Colby, *Yesterday's Woman: Domestic Realism in the English Novel*, Princeton, 1974, pp. 178—184 中对休厄尔的讨论。

21 *Autobiography*, p. 21. 凯瑟琳·蒂洛森指出，威廉·休厄尔的反天主教小说《霍克斯通镇》(*Hawkstone*, 1845) 刻画了一个福音主义信徒“在经历许多痛苦后得到允许进行忏悔，但无神论者却掉进了熔化的铅液，而耶稣会士则被老鼠分而食之”(*Novels of the Eighteen-Forties*, p. 118, n. 2)。

22 *Autobiography*, p. 130.

23 Ibid., pp. 131—132.

24 “George Eliot”, *British Quarterly Review* xlv (1867): 176.

25 “Hearts in Mortmain, and Cornelian”, *Prospective Review* vi (1850): 496—497.

26 “George Eliot's Novels”, in *George Eliot: The Critical Heritage*, ed. David Carroll, New York, 1971, p. 245.

27 Ellis Ethelmer, “Woman the Messiah”, 转引自 *Shafts*, April 1895, p. 41。

28 November 28, 1961, London; privately printed by the Fawcett Society.

29 *Nigel Bartram's Ideal*, London, 1869, pp. 14, 36. 对这部小说的富有刺激性的讨论，参见 Patricia Thomson, *The Victorian Heroine: A Changing Ideal*, London, 1956, pp. 107—108。

第六章

1 “Works by Mrs. Oliphant”, *British Quarterly Review* xlix (1869): 301—302.

2 Robert Lee Wolff, “Devoted Disciple: The Letters of Mary Elizabeth Braddon to Sir Edward Bulwer-Lytton, 1862—1873”, *Harvard Library Bulletin* xxii (April 1974): 150.

3 关于妇女杂志的情况，参见 Alison Adburgham, *Women in Print*, London, 1972;

and Cynthia L. White, *Women's Magazines 1893—1968*, London, 1972。

4 *Essays on Women's Work*, pp. 120—121. 出版业当然总的仍由男性控制。晚至19世纪90年代，甚至像《女王》《淑女》《女士画报》《女士》《妇女公报》这一类的时尚杂志都是男人编的，这是伊夫琳·马奇–菲利普斯（Evelyn March-Phillipps）称之为"可悲"的事实："人们以为应该是女人最懂得什么可以取悦于女人，但是我们却被告知，作为编辑女人缺乏把握商业局势的能力……很多人担任了助理编辑，负责专栏，我想我可以说，每一份报刊主要的工作都是女人做的。""Women's Newspapers", *Fortnightly Review* lxii（1894）: 665.

5 *Notes and Reviews*, Cambridge, Mass., 1921, pp. 171—172.

6 *A Victorian Publisher*, Cambridge, England, 1960, p. 248.

7 转引自 Alan Walbank, *Queens of the Circulating Library*, London, 1950, p. 154。

8 Wolff, "Devoted Disciple", *Harvard Library Bulletin*, xii（April 1974）: 132.

9 "Sensation Novels", *Quarterly Review* cxiii（1863）: 490—491.

10 C. J. Hamilton, "Interview with Florence Marryat", *Womanhood* iii（1899—1900）: 3. 和其他惊悚小说家一样，马里亚特写起来不费劲，很少修改，参见 Helen C. Black, *Notable Women Authors of the Day*, p. 88。

11 Charles W. Wood, *Mrs. Henry Wood: A Memoir*, London, 1895, pp. 217—218.

12 Kathleen Tillotson, "The Lighter Reading of the Eighteen-Sixties", introduction to *The Woman in White*, Boston, 1969, p. xv.

13 "The Death and Rebirth of the Novel", in John Halperin, ed., *The Theory of the Novel*, New York, 1974, p. 191.

14 Jeanne Rosenmayer Fahnestock, "Geraldine Jewsbury: The Powerof the Publisher's Reader", *Nineteenth-Century Fiction* xxviii（1973）: 263.

15 Add. MS 46661, Bentley Papers, British Museum.

16 "Novels", *Blackwood's* iii（1867）: 259.

17 *Young Wife's Advice Book*, London, 1888, p. 5. 对惊悚小说的抨击，参见 Tillotson, "The Lighter Reading"; and Richard Stang, *The Theory of the Novel in England 1850—1870*, New York, 1959, pp. 58—59。

18 *Lucretia; or, The Heroine of the Nineteenth Century*, London, 1868, p. 297.

19 Rose Piddington, *The Gain of a Loss*(1866), 转引自 Myron Brightfield, *Victorian England in its Novels*, Los Angeles, 1968, iv, p. 275。

20 Wolff, "Devoted Disciple", *Harvard Library Bulletin*, xii(April 1974): 143.

21 参见 Amy Cruse, *The Victorians and Their Books*, London, 1935, p. 326。

22 Mary E. Braddon, *The Doctor's Wife*(1864), 转引自 Brightfield, *Victorian England*, iv, p. 287。

23 Michael Sadleir, *Things Past*, London, 1944, p. 79.

24 Wolff, "Devoted Disciple", *Harvard Library Bulletin*, xii(April 1974): 144.

25 参见 Wolff, "Devoted Disciple", Harvard Library Bulletin, xii(January 1974): 5—9; and Norman Donaldson, Introduction to *Lady Audley's Secret*, New York, 1974。

26 Wolff, "Devoted Disciple", *Harvard Library Bulletin*, xii(April 1974): 150.

27 Wolff, "Devoted Disciple", *Harvard Library Bulletin*, xii(January 1974): 15—16.

28 奥利芬特夫人认为是布雷登建立了新的流行样式:"她是现代小说中金发恶魔的发明人。很久以前坏人曾是黑发深肤的女人,现在她们是金发碧眼尤物中最最优美、轻柔、俊俏的人;这一变化由奥德利夫人及其对当代小说的影响所铸成。"参见"Novels", *Blackwood's* iii(1867): 263。

29 *Lady Audley's Secret*, New York, 1974, p. 4.

30 根据诺曼·唐纳森(Norman Donaldson)的说法,布雷登"这本书的想法来自"《白衣女子》的启发,"在两本书之间可以提取很多有益的比较,尤其是讲故事所用方法的对比"。Introduction to the Dover Edition, New York, 1974, p. vii.

31 维多利亚时代的人相信女人更容易得精神错乱症,而且遗传给自己的子女,尤其是传给女儿的可能性是父亲方面的两倍。参见 Andrew Wynter, "Inheritance of Insanity in the Female Line", in Vieda Skultans, ed., *Madness and Morals: Ideas on Insanity in the Nineteenth Century*, London, 1975, p. 235。

32 *Lady Audley's Secret*, p. 248.

33 参见 Phyllis Chesler, *Women and Madness*, New York, 1972; and Skultans, *Madness and Morals*, pp. 223—236。

34 *Lady Audley's Secret*, pp. 136—137.

35 Paget, *Lucrelia*, 转引自 Richard Altick, *Victorian Studies in Scarlet*, New York, 1970,

p. 81.

36 *As I Remember*, London, 1936, pp. 232—233.

37 Altick, *Victorian Studies*, p. 42.

38 *Six to Sixteen*, Boston, n. d., p. 126.

39 转引自 Mary S. Hartman, "Child-Abuse and Self-Abuse: Two Victorian Cases", *History of Childhood Quarterly* ii (Fall 1974): 244。

40 Mary S. Hartman, introduction to *Victorian Murderesses: A True History of Thirteen Respectable French and English Women Accused of Unspeakable Crimes*, New York, 1976. 亦参见 Hartman, "Murder for Respectability: The Case of Madeleine Smith", *Victorian Studies* xvi (June 1973): 399。追随此案的人群中有乔治・艾略特和乔治・刘易斯，参见 *The George Eliot Letters*, ii, ed. Gordon S. Haight, New Haven, 1954, pp. 360, 362, 363, and 366。

41 *Mrs. Henry Wood: A Memoir*, p. 218.

42 *East Lynne*, London, 1895, p. 148 ("Going From Home").

43 *East Lynne*, p. 212 ("Charming Results").

44 *Mudie's Circulating Library and the Victorian Novel*, Bloomington, 1970, p. 130.

45 *Cometh Up as a Flower: An Autobiography*, London, 1899, p. 411.

46 转引自 Amy Cruse, *Victorians and Their Books*, p. 332。

47 布雷登不喜欢追随她的很多人，却认为布劳顿是一个可称道的竞争对手；她们最终成了好朋友，甚至在她们相遇之前，布雷登在给布尔沃-利顿的信中就提到在她对手的书中有"一定级位的天赋"(转引自 Wolff, "Devoted Disciple", *Harvard Library Bulletin*, xii (April 1974): 152)，迈克尔・萨德利尔认为布劳顿对付三卷本小说的苛刻要求力不从心，《出来如花》她不得不加写十章来满足规定。她最好的书是"女性小说创作可圈可点的范例——将犀利、对女性苦难的深厚同情、精细的观察、巧妙的幽默集于一身"(Sadleir, *Things Past*, p. 85)。

48 *Cometh Up as a Flower*, p. 22.

49 Ibid., p. 110.

50 Ibid., p. 326.

51 Ibid., p. 358.

52 "Novels", *Blackwood's* iii (1867): 275.

53 *Comin 'Thro' the Rye*, i, London, 1875, p. 150.

54 Ibid., p. 14.

55 Ibid., p. 40.

56 Ibid., p. 79.

57 Ibid., p. 45. 马瑟斯对一个采访者这样说到自己的写作:"通常是,我刚消停下来,想早上好好写点东西……儿子菲尔奔过来了,把他的气枪或班卓琴放在桌上,要不就是我的丈夫拿来了什么小活计或是一堆短笺便条要替他作答。" Black, *Notable Women Authors*, p. 72.

58 Fahnestock, "Geraldine Jewsbury", p. 262.

59 Sadleir, *Things Past*, p. 104.

60 *The Rebel of the Family*, i, London, 1880, p. 67

61 Ibid., p. 301.

62 *The Ladies Lindore*, ii, Leipzig, 1884, p. 232.

63 参见 Thackeray, *The Newcomes*, bk. i, ch. xxiii。

64 Sarah Grand, *The Heavenly Twins*, London, 1894, p. 80.

第七章

1 *Words to Women: Addresses and Essays*, ed. Reverend H. R. Haweis, London, 1900, p. 70. 1895 年,女权主义刊物《光束》请求得到姐妹们的支持:"帮助一份女性的刊物难道就不如购买小装饰品,多余的衣服和珠宝有价值吗?"

2 "Note on the Genesis of the Book", *From Man to Man*, London, 1926, p. 29.

3 *Words to Women*, p. 71.

4 *Works and Days*, ed. T. and D. C. Sturge Moore, London, 1933, p. 8.

5 格兰特·艾伦在《关于妇女问题的大实话》("Plain Words on the Woman Question", *Fortnightly Review* lii [1889]: 448—458)一文中透彻地谈了他对女性的看法,赞成母性先于自我实现。女性则对艾伦在《女人之所为》中把不受婚姻约束的自由恋爱处理为女权主义观念大为愤恨不平。大家都知道艾伦私下里其实持反女权主义观点,1891 年,在伊迪丝·内斯比特(Edith Nesbit)和休伯特·布兰德（Hubert Bland）在乡间别墅举办的招待会上，艾伦“对着以女听众为主的人群滔滔不绝地讲女人如何低劣”（Doris Langley Moore，*E. Nesbit: A Biography*，Philadelphia，1966，p. 130）。米莉森特·加勒特·福西特在《当代评论》上撰文写道，“格兰特·艾伦先生从未以口头或书面形式帮助过任何致力改善妇女的法律或社会地位的切实努力，记住这一点就好。他不是朋友，而是敌人，他正是以敌人的身份在尽力把妇女对公民权、社会、产业独立的要求同对婚姻和家庭的攻击联系起来”（Millicent Garrett Fawcett，“The Woman Who Did”，*Contemporary Review* lxvii［1895］：630）。至于吉辛，就连保守的《星期六评论》也对他的女性刻板形象不满：“我们的女人们并非都是安琪儿，但……她们也非总是傻瓜，荡妇，小偷小摸、喋喋不休的懒婆娘。吉辛先生不间断地、不分青红皂白对着所有女人咆哮，说不上让人恼火，也真有点让人生厌了。”（*Saturday Review* lxxxiii［April 10，1897］：363；转引自 Lloyd Fernando，“Gissing's Studies in Vulgarism：Aspects of His Anti-Feminism”，*Southern Review* iv［1970］：49）哈代和吉辛一样，也支持妇女参政，因为他希望由此可推动性俗方面的改革。他在 1906 年给福西特夫人的信中解释说，他认为“妇女投票的趋向会打破目前很多有害的习俗，关系到风俗、习惯、宗教、私生子、一成不变的家庭户（必须以此作为社会单位）、女人孩子的父亲（除了疾病和精神失常的情况，这成了人人都来管的事情，倒不是女人自己的事）等”（Fawcett Library，London）。在经济独立还很困难的情况下，女性则不可能奢想如此激进的行为。

6 *Letters of Olive Schreiner*，ed. S. C. Cronwright-Schreiner，London，1924，p. 112. 利奥·亨金在《1860—1910 年间英国小说中的达尔文学说》（*Darwinism in the English Novel 1860—1910*，New York，1940）一书中并不区分男性和女性版本的社会达尔文主义，但小说中有许多提法表明当时的人是意识到这些问题的。例如，爱德华·詹金斯的《班塔姆勋爵》（*Lord Bantam*，1872）中有个“女性心智和道德毅力开发社”；罗达·布劳顿的《生手》（1894）中有个“世界妇女改造男性联盟”。除了奥利芙·施赖纳外，还有很多作家试图用达尔文理论解释两性问题，一批实例中包括 Jane Hume Clapperton，*Scientific Meliorism*（1885）；J. B. Haycroft，*Darwinism and Race Progress*（1895）；Eliza Burt Gamble，*The Evolution of Woman：An Inquiry into the Dogma of Her Inferiority to Man*（1894）；and

Frances Swiney, *The Cosmic Procession, or the Feminine Principle in Evolution* (1906)。斯威尼小姐论证说:"在低一点阶段的男人,是没有发育好的女人。"(第221页)

7 "The Political Evolution of Women", *Westminster Review* lxxxiv (1890): 8.

8 在克里米亚战争期间制定的一系列《传染病法》试图控制梅毒的蔓延,对军队驻防的城镇中的妓女采取强制性体检、拘留和治疗的措施。女性反对传染病法的理由是性交易中的男方当事人既不受检查也不受惩罚。Glen Petrie, *A Singular Iniquity: The Campaigns of Josephine Butler*, New York, 1971 是一部很好的研究近作。亦参见 T. J. Wyke, "A Study of Victorian Prostitution and Venereal Disease", in *Suffer and Be Still*, Bloomington, Indiana, 1972, pp. 77—99。

9 对于性病恐惧如何影响了男性的一些评论,参见 Brian Harrison, "Underneath the Victorians", *Victorian Studies* x (1967): 256。大众医学指南书如亨利·阿瑟·奥尔伯特的《性病和婚姻》(*Henry Arthur Allbutt, Disease and Marriage*, 1891) 激起了女性的焦虑。奥尔伯特写道:"很多女人说过:'医生,我得了什么病?我结婚前是个精力充沛的健康的女孩子,可现在瞧瞧,我只是个废人了。'有多少在家人的焦急和爱心中盼着降生的婴儿,生下来非但没有带来欢乐,反而成了一个讨厌的东西?"1880年到1900年之间,大约每年有1500名婴儿死于遗传的性病感染。

10 Peter Gunn, *Vernon Lee: Violet Paget 1856—1935*, London, 1964, p. 134.

11 *My Apprenticeship*, London, 1971, p. 223. 关于南丁格尔,参见 George Pickering, *Creative Malady*, New York, 1974, p. 131。

12 "Virgin Soil", *Discords*, London, 1895, p. 155.

13《婚姻之爱》(*Married Love*, 1918) 是斯托普斯医生的第一部书,提倡男女双方按照女性的性欲周期进行调整:"我们的规则……所盲目牺牲的不只是女人,大多数男人的幸福也跟着女人一起牺牲了;在对所做事情的意义和后果完全不了解的情况下,男人在成长过程中一直认为女人应甘愿接受经常的或甚至是夜夜进行的性交。他们为几个片刻的肉体快活而失去了本可以不断扩大延展的喜悦温情的王国。"(第56页)

14 参见 Samuel Hynes, *The Edwardian Turn of Mind*, Princeton, 1968, p. 204。斯威尼

小姐也“相信精液是一种致命毒素”。

15 Bea Howe, *Arbiter of Elegance*, London, 1967, p. 116.

16 Linda Gordon, “Voluntary Motherhood: The Beginnings of Feminist Birth Control Ideas in the United States”, *Feminist Studies* i (Winter-Spring 1973): 12.

17 *Gloriana; or the Revolution of 1900*, London, 1890, p. 7.

18 *Woman Free*, London, 1893, p. 17.

19 “Women’s Liberation and the New Politics”, in *The Body Politic: Writings from the Women’s Liberation Movement in Britain 1969—1972*, ed. Micheline Wandor, London, 1972, p. 9.

20 Theresa Whistler, introduction to *The Collected Poems of Mary Coleridge*, London, 1954, p. 50.

21 E. Moberley Bell, *Josephine Butler*, London, 1962, pp. 140—141. 巴特勒夫人坚持谈论娼妓问题激怒了许多人；有一个医生认为，这代表“极端的不得体”。参见 Sigsworth and Wyke, in *Suffer and Be Still*, pp. 97—98。

22 在给哈夫洛克·埃利斯的信中，施赖纳将自己的症状和女友们的症状作了比较：“我从前不得不在别人面前吃东西时常会犯的胃痛其实是胃部的哮喘，引发的原因是神经过敏和苦恼造成了心脏受到可怕的刺激。我有一封 A. P. 小姐的有趣来信——我同你说起过，她的病痛比我的还厉害。她描写出了我所经受的一切痛苦。A. —，你知道的，也遭受同样的罪，还有，我知道埃莉诺·马克思也是……但现在又有了一件有意思的事实。A—P—的姐姐是我所知道的欧洲最严重的哮喘病人，还有埃莉诺的妹妹珍妮从很小的时候一直到死都受到哮喘的折磨。我想我常常同你谈起我发现的胃里的痉挛感觉和哮喘之间的奇特关系。我会把我收到的女人谈这事的全部信件寄给你。”(*Letters of Olive Schreiner*, pp. 198—199)

引用了上面那段话的劳埃德·费尔南多（Lloyd Fernando）评论说：“‘新女性’……面对着更险恶的精神上的失败，其表现形式是她并不充分理解的各种各样持续的病痛。” “The Radical Ideology of the ‘New Woman’”, *Southern Review* ii (1967): 215.

23 *Women, Resistance and Revolution*, London. 1973, p. 94. 亦参见 Vineta Colby’s chapter

on Schreiner in *Singular Anomaly*, New York, 1970。

24 Olive Schreiner, *Letters*, p. 142.

25 *Woman and Labour*, London, 1928, pp. 129—130.

26 *Story of an African Farm*, London, 1971, p. 155.

27 Ibid., p. 201.

28 转引自 Colby, *Singular Anomaly*, p. 88。

29 转引自 Donald Stone, *Novelists in a Changing World*, Cambridge, Mass., 1972, p. 52。

30 *Confessions of a Young Man*, ch. x，转引自 Colby, *Singular Anomaly*, p. 106。

31 *Story of an African Farm*, p. 189.

32 *Letters of Olive Schreiner*, p. 125.

33 弗吉尼亚·伍尔夫为《新共和国》写了对《奥利芙·施赖纳的书信》的书评，Virginia Woolf, *New Republic*, March 18, 1925, 103。

34 *From Man to Man*, p. 171.

35 Ibid., p. 175.

36 Ibid., p. 174.

37 Ibid., p. 226.

38 Introduction to *Story of an African Farm*, London, 1971, p. 15

39 Ibid., p. 18.

40 Ibid., p. 18.

41 "Afterword to The Story of an African Farm", *A Small Personal Voice*, ed. Paul Schleuter, New York, 1974, pp. 99—100.

42 提到格兰德的有 Amy Cruse, *After the Victorians*, London, 1938; and G. B. Needham and R. P. Utter, *Pamela's Daughters*, Berkeley, 1936。Kunitz, *Twentieth Century Authors*, p. 563 有一幅格兰德像，并附生平简介（Kunitz 撰文），马克·吐温只是同时代欣赏她的名人之一；他在一本《双子星座》的页面上写了许多评注（*The Heavenly Twins*, Berg Collection of the New York Public Library）。萧伯纳把她作为遭世人曲解的天才同惠斯勒、易卜生和瓦格纳联系在一起，参见 Letter to R. Golding Bright, May 18, 1894, in *Collected Letters 1874—1897*, ed. Dan H. Laurence, New York, 1965, p. 461。

43 A. V. Cunningham, "The 'New Woman Fiction' of the 1890s", *Victorian Studies* (December 1973): 179. 一个女小说家声称《双子星座》创造了"文学中的一桩最大的轰动事件。不管我们走到哪里，都有人在评论、谈论、讨论它"("Rita", *Reflections of a Literary Life*, London, 1936, p. 174)。和往常一样，荣誉也来自其他女小说家和老一代女小说家的抨击。林恩·林顿夫人告诫一位年轻朋友要保持"使女人获得部分神性并成为社会杀菌剂的美好妇德。这些好品德你在《双子星座》,《黄紫菀》, 还有所有铁了心去亵渎天性和上帝和良善的新女性那里是找不到的"(*Mrs. Lynn Linton: Her Life, Letters, and Opinions*, ed. G. S. Layard, London, 1901, p. 292)。

44 关于文学中异性双胞胎的有趣讨论，参见 Carolyn G. Heilbrun, *Towards a Recognition of Androgyny*, New York, 1973, pp. 34—45。

45 *The Heavenly Twins*, London, 1894, p. 7.

46 Ibid., p. 178.

47 Ibid., p. 156.

48 Ibid., p. 280.

49 Ibid., p. 79.

50 *The Beth Book*, London, 1898, p. 370.

51 Ibid., p. 370.

52 辛格斯-比格小姐 25 岁左右时遇到萨拉·格兰德，在日记里对自己的偶像作了详尽记录，称她为"我的小妈妈""我的精神之母"。她未发表的日记和对萨拉·格兰德生平的记录存放在英国巴斯市公共参考资料图书馆(Public Reference Library, Bath)。材料中有一部《萨拉·格兰德杂录》(*Sarah Grand Miscellany*),"汇集了她作品中最受喜爱的段落，由作者认识和不认识的世界各地读者自愿提供"。尽管辛格斯-比格和一位巴斯的牧师查尔斯·惠特比(Charles Whitby)多方争取，这部集子并未发表。我很感谢已故的 W. K. 威姆萨特(W. K. Wimsatt)教授允许我查看他收藏的萨拉·格兰德回忆录手稿。

53 Ms 2352, "Lilies of the Field", Public Reference Library, Bath.

54 "A Keynote to Keynotes", in *Ten Contemporaries*, ed. John Gawsworth, London, 1932, p. 60.

55 Ibid., p. 58.

56 Terence de Vere White, *A Leaf from the Yellow Book*, London, 1958, pp. 23—24.

57 "The Spell of The White Elf", *Keynotes*, London, 1894, p. 80.

58 "Virgin Soil", *Discords*, London, 1894, p. 153; and Wendell V. Harris, "Egerton: Forgotten Realist", *Victorian Newsletter*(Spring 1968): 34.

59 "Virgin Soil", p. 160.

60 "Virgin Soil", p. 155.

61 "A Keynote to Keynotes", p. 59.

62 White, *A Leaf from the Yellow Book*, p. 30.

63 "A Keynote to Keynotes", p. 59.

第八章

1 *Westminster Review* lv: 310.

2 Alethea Hayter, *Mrs. Browning*, New York, 1963, p. 183.

3 *Autobiography and Letters of Mrs. M. O. W. Oliphant*, ed. Mrs. Harry Cogshill, New York, 1899, p. 211.

4 Gordon S. Haight, *George Eliot: A Biography*, New York, 1968, p. 396.

5 Cecil Woodham-Smith, *Florence Nightingale*, New York, 1951, p. 311.

6 *My Apprenticeship*, London, 1971, p. 354.

7 关于她老年时期魅力的叙述，参见“Profile of Leon Edel”, *New Yorker*(March 13, 1971): 54。

8 关于妇女社会政治联盟附属团体的叙述，参见 Antonia Raeburn, *The Militant Suffragettes*, London, 1973；关于妇女社会政治联盟的历史，参见 Andrew Rosen, *Rise Up, Women!* London, 1974。

9 Elizabeth Robins, *Way Stations*, London, 1913, p. 107.

10 *I Have This To Say: The Story of My Flurried Years*, New York, 1926, p. 7. 1909 年，她要求詹姆斯在请愿书上签名时，他回答说：“不。我承认，我并不乐见大量势不可挡的女选民降临——也不明白头脑清醒的男人怎么可能热衷此事！”

11 *The Edwardian Turn of Mind*, Princeton, 1968, p. 202.

12 Hannah Mitchell, *The Hard Way Up*, ed. Geoffrey Mitchell, London, 1968, p. 163.

13 Letter of November 1, 1906, in the Fawcett Library, London.

14 *Morning Post*, April 8, 1907. 其他有关评论参见 Scrapbook 10A of Newspaper Clippings 1907 at the Fawcett Library。

15 Letter to Millicent Garrett Fawcett, November 1, 1906.

16 Statement of Mary Leigh, September 22, 1909, 转引自 *Shoulder to Shoulder*, ed. Midge Mackenzie, New York, 1975, pp. 128—129。亦参见 statements by Sylvia Pankhurst（Acc. 57. 70 / 13）and Janie Terrero（"Prison Experiences", 1912, Acc. 58. 87. 62）in the Museum of London。

17 Sir Harry Johnston, *Mrs. Warren's Daughter*: *A Story of the Woman's Movement*, New York, 1920, p. 246. 苏格兰选举权斗士珍妮特·阿瑟（Janet Arthur）"受到了从直肠灌食的极端侮辱"（George Dangerfield, *The Strange Death of Liberal England*, New York, 1961, p. 387）。在大规模示威中，选举权斗士受到便衣警察的猥亵性袭击（Raeburn, *Militant Suffragettes*, pp. 154—155）。

18 Elizabeth Robins, *The Convert*, London, 1907, p. 158.

19 Ibid., p. 163.

20 Ibid., p. 238.

21 Elizabeth Robins, *Woman's Secret*, W. S. P. U. pamphlet in the collection of the Museum of London, p. 6.

22 Ibid., pp. 8—9.

23 *Marriage as a Trade*, New York, 1909, pp. 183, 196.

24 Janet Courtney, *The Women of My Time*, London, 1934, p. 174.

25 John Morgan Richards, *The Life of John Oliver Hobbes*, London, 1911, p. 326.

26 Marie Corelli, "The Advance of Women", *Free Opinions*, London, 1905, p. 184.

27 Richards, *Life of John Oliver Hobbes*, p. 325.

28 Janet Penrose Trevelyan, *The Life of Mrs. Humphry Ward*, London, 1923, p. 225.

29 *Delia Blanchflower*, 转引自 Vineta Colby, *The Singular Anomaly*: *Women Novelists of the Nineteenth Century*, New York, 1970, p. 158。

30 Courtney, *Women of My Time*, p. 20.

31 Add. Mss. 54970, Macmillan Papers, British Museum.

32 Colby, *Singular Anomaly*, p. 122.

33 参见 Roger Fulford, *Votes for Women*, London, 1968, pp. 229—230。

34 Anne Fremantle, *Three-Cornered Hat*, London, 1971, p. 67.

35 *Robert Elsmere*, ed. Claude deL. Ryals, Lincoln, Nebraska, 1967, p. 265.

36 *The Testing of Diana Mallory*, New York, 1908, p. 381.

37 *Journey From the North*, i, London, 1969, p. 77.

38 参见 Robert McAlmon and Kay Boyle, *Being Geniuses Together*, New York, 1968, p. 82。麦克阿尔蒙这样写哈丽叶特·韦弗:"她 19 岁时被发现在读乔治·艾略特的《弗洛斯河上的磨坊》,村里的牧师在经坛上当众训斥她的行为。"

39 *New Freewoman*(June 15, 1913): 5.

40 *New Freewoman*(July 1, 1913): 25. 关于这份刊物历史的叙述(对其女权主义阶段无甚好感),参见 Louis K. MacKendrick,"The New Freewoman: A Short Story of Literary Journalism", *English Literature in Transition*(1972): 180—188。

41 *The Great Scourge*, London, 1913, ix.

42 潘克赫斯特母女在曼彻斯特工作期间看到性病对妇女的影响。1921 年,潘克赫斯特夫人说:"选举权运动背后的主要动机是她对污秽性病和肮脏道德之盛行的恐惧。"(转引自 David Mitchell, *The Fighting Pankhursts*, New York, p. 141)

43 Roger Fulford, *Votes for Women*, p. 256. 克丽丝特贝尔·潘克赫斯特出生于 1880 年,比丽贝卡·韦斯特年长 12 岁。

44 *New Freewoman*, September 15, 1913: 174.

45 *New Freewoman*, September 1, 1913: 115.

46 转引自 diaries of April 14, 1918, in Leonard Woolf, *Beginning Again*, London, 1964, p. 246。"老小姐"一句话是伦纳德的,"女编辑"部分是弗吉尼亚的。

47 "The Women at the Gate", in *Rebel Women*, London, c. 1912, p. 13.

48 Letter of September 14, 1912, in the Fales Collection, New York University Library.

49 R. Ellis Roberts, *A Portrait of Stella Benson*, London, 1939, p. 40.

50 *Night and Day*, London, 1971, ch. 20, p. 246.

51 *The Tree of Heaven*, New York, 1917, p. 225.

第九章

1 "Women and Fiction", *Collected Essays*, ii, London, 1966, p. 147.

2 *Some Contemporary Novelists*(*Women*), London, 1920, pp. xiv—xv.

3 May Sinclair, *The Creators*, 转引自 Johnson, *Some Contemporary Novelists*, p. 37; and "The Novels of Dorothy Richardson", *Little Review*, iv (April 1918), 转引自 Johnson, *Some Contemporary Novelists*, p. 135。

4 Quentin Bell, *Virginia Woolf: A Biography*, i, London, 1972, pp. 209, 211.

5 转引自 Johnson, *Some Contemporary Novelists*, p. xiv。

6 Radclyffe Hall, *The Unlit Lamp*, New York, 1929, pp. 358—359. 关于女性角色冲突和断念的详细叙述，亦参见 May Sinclair, *Mary Olivier: A Life*, London, 1919。

7 *Journey from the North*, i, London, 1969, p. 88.

8 D. H. Lawrence to Thomas Dacrc Dunlap, 7 July 1914, *Selected Letters of D. H. Lawrence*, ed. Diana Trilling, New York, 1961, p. 83.

9 R. Ellis Roberts, *Portrait of Stella Benson*, London, 1939, p. 215.

10 Gordon N. Ray, *H. G. Wells and Rebecca West*, New Haven, 1974, p. xv.

11 Ibid. p. 123. 亦参见 Norman and Jeanne Mackenzie, *The Time Traveller*, London, 1973, p. 339。

12 *A Writer's Diary*, ed. Leonard Woolf, New York, 1968, p. 14.

13 *The Letters of Katherine Mansfield*, i, ed. J. Middleton Murry, New York, 1929, p. 71.

14 "Katherine Mansfield: Fifty Years On", *Harpers & Queen*(July 1973): 107.

15 Rose Odle, "Some Memories of Dorothy M. Richardson and Alan Odle", November 18, 1957; unpublished ms., Dorothy Richardson Collection, Beinecke Library, Yale University.

16 John Rosenberg, *Dorothy Richardson: The Genius They Forgot*, London, 1973, p. 8.

17 Ibid., p. 17.

18 *The Tunnel*, *Pilgrimage*, ii, New York, 1967, p. 220. 在《一间自己的屋子》中有一个非常相像的段落：正在大英博物馆阅览室查阅女性资料的叙述人想象着一篇男性权威论文在谈女性的低下。弗吉尼亚·伍尔夫写过《地道》的评论，*Times Literary Supplement*(February 13, 1919): 81。

19 *The Tunnel*, p. 221.

20 Dorothy Richardson Collection, Beinecke Library, Yale University.

21 *Middlemarch*, ed. Gordon S. Haight, Cambridge, Mass., 1956, bk. ii, ch. 20, p. 144.

22 "Women in the Arts", *Vanity Fair*, May 1925.

23 *Revolving Lights*, *Pilgrimage*, iii, New York, 1967, p. 259.

24 转引自 Sydney Kaplan, "Featureless Freedom or Ironic Submission", *College English* (May 1971): 917。

25 Letter to Curtis Brown, January 16, 1950, Dorothy Richardson Collection. Beinecke Library, Yale University.

26 Foreword to *Pilgrimage*, New York, 1938. 亦参见 Caesar Blake, *Dorothy Richardson*, Ann Arbor, 1960, pp. 181—182。

27 *Dawn's Left Hand*, *Pilgrimage*, iv, New York, 1967, pp. 239—240.

28 Horace Gregory, *Dorothy Richardson: An Adventure in Self-Discovery*, New York, 1967, p. 113.

29 Vincent Brome, *H. G. Wells*, New York, 1951, p. 127.

30 *Revolving Lights*, p. 255.

31 转引自 Gregory, *Dorothy Richardson*, p. 12。

32 *Oberland*, *Pilgrimage*, iv. New York, 1967, p. 93.

33 *The Tunnel*, p. 210.

34 *Revolving Lights*, p. 257.

35 Ibid., p. 79.

36 参见 Henri Bergson, *Time and Free Will*, New York, 1960。凯瑟琳·曼斯菲尔德对这种拒绝进行取舍把握的做法没有好感。她如此评价《间歇期》(*Interim*):"既然所有的事情都同样重要,那么不是所有的事情都应同样的不重要就是不可能的了。"(*Novels and Novelists*, New York, 1930, p. 137)

37 Virginia Woolf, "Romance and the Heart", *Nation and Athenaeum* (May 19, 1923): 229.

38 *March Moonlight*, p. 607.

第十章

1 *Towards a Recognition of Androgyny*, New York, 1973, p. 123.

2 Review of Carolyn Heilbrun and Nancy Topping Bazin, "Virginia Woolf and the Androgynous Vision", *New York Times Book Review* (April 15. 1973): 10.

3 Quentin Bell, *Virginia Woolf: A Biography*, i, London, 1972, p. 18.

4 Nancy Bazin, *Virginia Woolf and the Androgynous Vision*, New Brunswick, 1973, pp. 6ff.

5 Michael Holroyd, *Lytton Strachey: A Critical Biography*, i, New York, 1967, p. 401.

6 Bell, *Virginia Woolf*, i, p. 45.

7 Helene Deutsch, "Menstruation", *The Psychology of Women*, i, New York, 1973, pp. 169, 159, 183.

8 Sam Blum, "Children Who Starve Themselves", *New York Times Magazine* (November 10, 1974): 68.

9 *Beginning Again*, New York, 1964, p. 163. 埃莉诺·马克思是维多利亚后期的又一个厌食症患者，直到不久以前、神经性厌食症通常作为身体问题处理。

10 Review of Quentin Bell's *Virginia Woolf: a Biography*, *Yale Review* (Spring 1973): 427.

11 Bell, *Virginia Woolf*, i, p. 124.

12 Phyllis Rose, "Mrs. Ramsay and Mrs. Woolf", *Women's Studies* i (Summer 1973): 212.

13 Bell, *Virginia Woolf*, i, p. 185.

14 Michael Holroyd, *Lytton Strachey*, i, p. 108. 关于他本人，伦纳德·伍尔夫写道，他 12 岁时懂得了性，"我做了最英勇的努力才没让自己陷入性苦闷" (*Sowing*, New York, 1960, pp. 72—73)。他 25 岁在锡兰失去童贞。

15 Bell, *Virginia Woolf*, ii, p. 6.

16 "Bloomsbury and Virginia Woolf", *New York Review of Rooks* (February 8, 1973): 16.

17 Bell, *Virginia Woolf*, ii, p. 8.

18 Review in the *London Times*, October 19, 1973.

19 "Mrs. Virginia Woolf", *Commentary* (August 1973): 40.

20 Gail Parker, *The Oven Birds: American Women on Womanhood 1820—1920*, New York, 1972, p. 49.

21 Ann Douglas Wood, "'The Fashionable Diseases': Women's Complaints and Their Treatment in Nineteenth-Century America", in *Clio's Consciousness Raised*, ed. Mary S. Hartman and Lois Banner, New York, 1974, pp. 1—24.

22 Bell, *Virginia Woolf*, ii, p. 13.

23 Erving Goffman, *Asylums*, New York, 1961, pp. 137—138.

24 Bell, *Virginia Woolf*, ii, p. 26. 约翰·贝利为《卫报》写了贝尔的传记的书评（*The Guardian*, October 19, 1973）。

25 *Mrs. Dalloway*, New York, 1925, p. 150.

26 Ibid., p. 154.

27 Ibid., p. 150.

28 "我特别急切地希望公众知道这些信现在在大英博物馆，因为最近我被搅得心神不安，有传言称弗吉尼亚并没有写过伦纳德在自传最后一卷中引用的信件，还有——看上去或许难以置信——说这些信是他自己捏造出来的。"（*Times Literary Supplement*, July 13, 1973）

29 *Virginia Woolf and the Androgynous Vision*, p. 222.

30 Bell, *Virginia Woolf*, ii, pp. 190—199. 约翰·赫尔库普称绝经为伍尔夫作品中"全神贯注或甚至着魔的事"。John F. Hulcoop, "McNichol's Mrs. Dalloway: Second Thoughts", *Virginia Woolf Miscellany*（Spring 1975）: 4.

31 Review of Quentin Bell's *Virginia Woolf: a Biography*, *Yale Review*（Spring 1973）: 429.

32 *Times Literary Supplement*（October 17, 1918）: 1183（reprinted October 17, 1968）.

33 Letter, *New Statesman*（October 16, 1920）: 45—46.

34 Moody, *Virginia Woolf*, London, 1963, p. 41. 亦参见 Q. D. Leavis, "Caterpillars of the World, Unite", *Scrutiny* vii（1938）: 205。

35 弗吉尼亚和瓦妮莎给卡罗琳·埃米莉亚姑妈起了"嬷嬷"的绰号，姑妈曾遭一个年轻人的遗弃，他去了印度。弗吉尼亚曾写过姑妈的"滑稽生活"，但稿子已遗失。参见 Bell, *Virginia Woolf*, i, pp. 6—7, 93。

36 "Notes on the Style of Mrs. Woolf", in *Critics on Virginia Woolf*, ed. Jacqueline E. M. Latham, London, 1970, pp. 24—25.

37 *A Room of One's Own*, New York, 1957, p. 21.

38 Judith Bardwick, *The Psychology of Women*, New York, 1971, p. 203.

39 *A Room of One's Own*, pp. 127—128.

40 Ibid., p. 198.

41 Ibid., pp. 161—162.

42 Ibid., p. 169.

43 Ibid., p. 170.

44 Ibid., pp. 181—182.

45 Ibid., p. 181.

46 "American Fiction", *Collected Essays*, ii, London, 1966, p. 113.

47 *The World Without a Self*, New Haven, 1972, p. 245.

48 "Women and Fiction", *Collected Essays*, ii, p. 149. 伦纳德·伍尔夫在《重新开始》中引用了比阿特丽丝·韦布的话, *Beginning Again*, London, 1964, p. 117。

49 *Virginia Woolf*, New York, 1963, pp. 150—151.

50 "Professions for Women", *Collected Essays*, ii, pp. 287—288.

51 *A Writer's Diary*, pp. 158—159.

52 Bell, *Virginia Woolf*, ii, pp. 258—259.

53 "Caterpillars of the World, Unite", *Scrutiny*(September 1938): 210—211.

54 "Modern Fiction", *Collected Essays*, ii, p. 100.

55 *To the Lighthouse*, New York, 1955, p. 60.

56 Ibid., pp. 60—61.

第十一章

1 "Rosamond Lehmann Reading", 转引自 Sydney Janet Kaplan, *Feminine Consciousness in the Modern British Novel*, Urbana, 1974, p. 112。

2 *Good Morning, Midnight*, London, 1969, pp. 131—132.

3 *The Prime of Miss Jean Brodie*, New York, 1966, p. 52.

4 *Letters to a Sister*, ed. Constance Babington-Smith, London, 1964, p. 159.

5 妮娜·鲍登(Nina Bawden)、A. S. 拜厄特(A. S. Byatt)、玛格丽特·德拉布尔(Margaret Drabble), 剑桥大学; 克里斯蒂娜·布鲁克–罗斯(Christine Brooke-

Rose）、布丽吉德·布罗菲（Brigid Brophy）、吉莉恩·廷德尔（Gillian Tindall）、珍妮弗·道森（Jennifer Dawson），牛津大学；莫琳·达菲（Maureen Duffy）和佩内洛普·吉列特（Penelope Gillatt），伦敦大学；伊丽莎白·简·霍华德（Elizabeth Jane Howard）在家中接受教育，但她是这个组中的年长成员（1923年出生）。

6 *Times Literary Supplement*（July 26，1974）：779.

7 例如，参见 Bernard Bergonzi's essay on Drabble in *Contemporary Novelists*，ed. James Vinson，London and New York，1972，p. 359；and West，"And They All Lived Unhappily Ever After"，p. 779。

8 *Life of Charlotte Brontë*，p. 448.

9 *The Waterfall*，New York，1972，p. 184.

10 "The Writer as Recluse：The Theme of Solitude in the Works of the Brontës"，*Brontë Society Transactions* xvi（1974）：259.

11 转引自 Bernard Bergonzi，*The Situation of the Novel*，London，p. 78。

12 *Waterfall*，p. 66.

13 *Thank You All Very Much*（title of American edition of *The Millstone*），New York，1969，p. 50.

14 Ibid.，pp. 58—59.

15 *The Garrick Year*，London. 1966，p. 171.

16 Ibid.，p. 172.

17 *The Needle's Eye*，New York，1972，p. 378.

18 Nancy S. Hardin，"Interview with Margaret Drabble"，*Contemporary Literature* xiv（1973）：277.

19 Margaret Drabble，"Doris Lessing：Cassandra in a World Under Siege"，*Ramparts* x（February 1972）：50—54.

20 转引自 Kaplan，*Feminine Consciousness*，p. 153。

21 转引自 Lynn Sukenick，"Feeling and Reason in Doris Lessing's Fiction"，in *Doris Lessing：Critical Studies*，ed. Annis Pratt and L. S. Dembo，Madison，Wisconsin，1974，p. 99。

22 Ibid.，p. 113；Jonah Raskin，"Doris Lessing at Stony Brook：An Interview"，*New*

American Review viii (January 1970): 172.

23 *The Golden Notebook*, New York, 1973, p. 438. 此处及以下页码均为矮脚鸡（Bantam）出版社平装版的页码。

24 Robert Rubens, "Footnote to The Golden Notebook", *The Queen* (August 21, 1962): 转引自 Nancy Joyner, "The Underside of the Butterfly: Lessing's Debt to Woolf", *Journal of Narrative Technique* v (1974): 204—205。

25 Sukenick, "Feeling and Reason", p. 115.

26 *Golden Notebook*, p. 43.

27 "Alienation of the Woman Writer in The Golden Notebook", in *Doris Lessing: Critical Studies*, p. 63.

28 *Golden Notebook*, p. 216.

29 Mark Spilka, "Lessing and Lawrence", *Contemporary Literature* xvi (1975): 232. Kathleen Nott, *Time and Tide*, April 26, 1962.

30 *Golden Notebook*, pp. 536—537.

31 Ibid., pp. 575, 612.

32 Raskin, "Lessing at Stony Brook", 173.

33 *Hidden from History*, London, 1973, p. 169.

34 ["An Introductory Letter",] *Life As We Have Known It*, ed. Margaret Llewelyn Davies, New York, 1975, p. xxxix.

35 "When We Dead Awaken: Writing as Re-Vision", in *Adrienne Rich's Poetry*, ed. Barbara Charlesworth Gelpi and Albert Gelpi, New York, 1975, p. 90.

36 "Give Me the Moonlight, Give Me the Girl", *The New Review* ii (1975): 67.

37 "The Subjection of Women", in *A View of My Own*, New York, 1962, pp. 180—181.

38 "Silly Novels by Lady Novelists", in *Essays of George Eliot*, ed. Thomas Pinney, New York, 1963, p. 324.

39 *A Room of One's Own*, New York, 1957, pp. 198—199.

第十二章

1 这种转变当然不只属于英国的女性创作。在美国，盖尔·戈德温（Gail Godwin）

的《单身女人》(*The Odd Woman*, 1974)沉郁地改写了吉辛的同名小说(1893),表现了在简·克利福德(Jane Clifford)的生活中持续存在的心理矛盾。克利福德是研究乔治·艾略特的女性主义批评家，她转向维多利亚文学，寻求自己生活中缺失的心理清晰度、道德确定性和对性的控制。卡洛琳·海尔布伦的《死在终身职任上》(*Death in a Tenured Position*, 1981)中，珍妮特·曼德尔鲍姆(Janet Mandelbaum)教授本人其实并非女性主义批评家，而是17世纪英国文学学者，她对于说她竟然“支持某种妇女事业”的看法感到愤慨。确实，曼德尔鲍姆教授是作为“在女性主义和妇女研究问题方面极为安全可靠的女教师”被谨慎地选定为哈佛英文系终身教授的。最终，她了解了她被任用的详情，觉得受到羞辱，周围人的敌意和冷嘲热讽让她觉得备受打击；曼德尔鲍姆用氰化物自杀了。她死亡的谜团由海尔布伦的女性主义侦探凯特·范斯勒(Kate Fansler)解开；她破解了这样一条线索：曼德尔鲍姆死前在读的书是卡尔·马克思的女儿埃莉诺的传记，后者是女权主义的理想主义者、积极分子、19世纪80年代的作家，于一个世纪前自杀身亡。法国小说，如朱莉娅·克里斯特娃的《武士们》(*Les Samourals*)也有类似的自我指涉性质。

2 参见 Susheila Nasta, *Motherlands: Black Women's Writing from Africa, the Caribbean and South Asia*, London: The Women's Press; Lauretta Ngcobo, ed., *Let It Be Told: Black Women's Writing in Britain*, London: Virago, 1988。

3 Margaret Drabble, in an interview June 1966 with Elaine Showalter, for a BBC radio series on “Women of the 1990s” .

4 Sarah Gamble, *Angela Carter: Writing from the Front Line*, Edinburh: Edinburgh University Press, 1997, p. 1.

5 Lorna Sage, *Angela Carter*, Plymouth: Northcote House, 1994, p. 2.

6 Lorna Sage, “The Savage Sideshow”, *New Review* 4 nos. 39—40 (July 1977): 54.

7 Writers in Conversation: Angela Carter, London: Institute of Contemporary Arts, 1987, video. 莉萨·阿皮纳奈西本人是欧洲文学和精神分析学学者，20世纪80年代担任当代艺术学院(副)院长，并为米尔斯和布恩(Mills & Boon)秘密写作言情小说。90年代她开始写商业性通俗小说。

8 Angela Carter, “Notes from the Front Line”, in *Shaking a Leg: Collected Journalism and*

Writings, ed. Jenny Uglow, London: Vintage, 1997, p. 37.

9 Angela Carter, *Nothing Sacred: Selected Writings*, London: Virago, 1992, p. 28.

10 "Notes from the Front Line", p. 37.

11 *Angela Carter*, p. 32. 对于伊丽莎白·斯马特和1960年代索霍区（Soho）落拓文人中的其他惨兮兮的女作家，多丽丝·莱辛也有类似的反应："伊丽莎白·斯马特来和我一起午餐。她喝了哭，哭了喝，从中午起一直到晚上7点，说她自己的生活，女人的生活，说得残忍又机智。我不会把她说成索霍的活着好快活（joie de vivre）生活方式的活广告。" Doris Lessing, *Under My Skin*, London: Flamingo, 1995, p. 410.

12 John Hafenden, "Angela Carter", in *Novelists in Interview*, London: Methuen, 1985, pp. 93—94.

13 Maureen Freely, "Sugar and Spite", *The Observer*, 13 June 1998, p. 4.

14 "Notes from the Front Line", p. 38.

15 "The Savage Sideshow".

16 Angela Carter, *The Sadeian Woman: An Exercise in Cultural History*, London: Virago, 1979, p. 19.

17 Nicole Ward Jouve, "Mother is a Figure of Speech", in *Flesh and the Mirror*, ed. Lorna Sage, London: Virago, 1994. p. 140. 亦参见 Sally Keenan, "Angela Carter's Sadeian Woman; Feminism as Treason", in *The Infernal Desires of Angela Carter*, ed. Joseph Bristow and Trev Lynn Broughton, New York and London: Routledge, 1997, pp. 132—148。

18 "Mother is a Figure of Speech", pp. 161 and 144.

19 Margaret Atwood, "Running with the Tigers", in *Flesh and the Mirror*, p. 120.

20 Angela Carter, "Charlotte Brontë: Jane Eyre", *Expletives Deleted*, London: Vintage, 1992, pp. 162, 163, 168 and 171.

21 Angela Carter, *The Bloody Chamber*, London: Victor Gollancz, 1979.

22 John Bayley, "Fighting for the Crown", *New York Review of Books*, 23 April 1992, pp. 9—11. 亦参见伊莱恩·乔丹（Elaine Jordan）和赫米奥娜·李（Hermione Lee）在《肉体与镜子》(*Flesh and the Mirror*）中的评论。

23 Michele Roberts, in a publicity booklet for the relaunch of Virago Modern Classics, summer 1997.

24 Fay Weldon, *Big Women*, London: Harper Collins, 1998, p. 1.

25 Ibid., p. 345.

26 "Sugar and Spite".

27 Hermione Lee, *Virginia Woolf*, London: Vintage, 1997, p. 769.

索 引[①]

abortion（堕胎）, 221, 299, 314, 316

Acton, Dr. William（威廉·阿克顿医生）, 120

Allan, James Macgrigor（艾伦，詹姆斯·麦格里戈）, 77

Allen, Grant（艾伦，格兰特）, 184—185

Allen, Walter（艾伦，沃尔特）, 308

Altick, Richard（奥尔蒂克，理查德）, 39, 40, 41, 46, 168n

Amazon utopias（亚马孙乌托邦）, 4—5, 29, 191—192

androgyny（双性同体）, 34, 193, 206, 211, 263—264, 284, 286—287, 288, 289

Angel in the House（家中天使）, 14, 28, 109, 113, 117—118, 165, 205—306, 265, 288, 292, 328, frigidity of（家中天使的性冷淡）, 190, 207. See also feminine ideal（亦见完美女性理念）

anger（愤怒）, 35, 180, 213, 262, 263—264, 277—278, 280, 285, 311

anorexia nervosa（神经性厌食症）, 268—269

anti-suffragists（反女性选举权者）, 217, 225—226, 227, 231

Ardis, Ann（阿迪斯，安）, xxvi, xxvii

Armstrong, Nancy（阿姆斯特朗，南希）, xxiii

Athenaeum(《雅典文学评论》), 95, 177

Atwood, Margaret（阿特伍德，玛格丽特）, 329

Austen, Jane（奥斯丁，简）, xiii, 3, 7, 18, 29, 74, 87, 101, 102; 302, 305

autonomy（自主）, 318

① 条目后的数字为原书页码，即本书边码，页码后面的 n（如 5n，173n）表示原书某页的脚注。

Bagehot, Walter（白哲特，沃尔特）, 123
Bainbridge, Beryl（贝恩布里奇，贝丽尔）, 5n, 35
Baker, Ernest（贝克，欧内斯特）, 5
Banks, Isabella（班克斯，伊莎贝拉）, 47, 139
Barber, Margaret（巴伯，玛格丽特）, 58, 72n
Bardwick, Judith（巴德威克，朱迪丝）, 64, 284
Barish, Carol（巴里什，卡萝尔）, xxiii
Barrett, Elizabeth, see Elizabeth Barrett Browning（巴雷特，伊丽莎白，见伊丽莎白·巴雷特·勃朗宁）
Bayley, John（贝利，约翰）, 276n, 331
Bazin, Nancy（贝津，南希）, 266, 278
Becker, Lydia（贝克尔，莉迪亚）, 155
Beckett, Samuel（贝克特，塞缪尔）, 198
Beerbohm, Max（比尔博姆，马克斯）, 110
Bell, Clive（贝尔，克莱夫）242
Bell, Currer, see Charlotte Brontë（贝尔，柯勒，见夏洛特·勃朗特）
Bell, Julian（贝尔，朱利安）, 279, 293
Bell, Quentin（贝尔，昆廷）, 265, 268, 273—274, 335
Bell, Vanessa（贝尔，瓦妮莎）, 269, 270—273, 276—277, 280
Bennett, Arnold（本涅特，阿诺德）, 33, 253, 304
Benson, Stella（本森，斯特拉）, 237, 244—245
Bentley's（本特利出版公司）, 38, 49, 156, 159, 177
Bentley's Quarterly Review（《本特利季度评论》）, 94, 123
Bergonz, Bernard（伯尔贡齐，伯纳德）, 5, 34n, 302n, 305n
Bergson, Henri（伯格森，亨利）, 260 312
Bernikow, Louise（伯尼考，路易丝）, 36
Besant, Annie（贝赞特，安妮）, 67, 191
birth control（节育）, 191
Black, George（布莱克，乔治）, 160

Blackett, Henry（布莱克特，亨利）, 31, 51

Blackmore, R. D.（布莱克莫尔，R. D.）, 91

Blackwood, John（布莱克伍德，约翰）, 21, 31, 93, 105

Blind, Mathilde（布林德，玛蒂尔德）, 58, 62, 186

Bloom, Harold（布卢姆，哈罗德）, xvii

Bloomsbury Group（布卢姆斯伯里文化圈）34, 53, 263, 270, 282

Bodichon, Barbara（博迪尚，芭芭拉）, 94, 95, 155, 217

Boole, Mary Everett（布尔，玛丽·埃弗里特）, 63,［Mary Everest Boole，玛丽·埃弗里斯特·布尔］251—252

Bradbrook, M. C.（布拉德布鲁克，M. C.）, 283

Braddon, Mary（布雷登，玛丽）, 28, 104, 157, 163—164; on Brontë（布雷登谈勃朗特）, 154; and Broughton（布雷登与布劳顿）, 173n; and Bulwer-Lytton（布雷登与布尔沃-利顿）, 157, 164; and Collins（布雷登与柯林斯）, 164, 166; and Eliot（布雷登与艾略特）, 154, 162, 164, 171; and Gissing（布雷登与吉辛）, 158; and H. James（布雷登与 H. 詹姆斯）, 156; and Paget（布雷登与佩吉特）, 160—161; and Reade（布雷登与里德）, 157, 164; *Lady Audley's Secret*（《奥德利夫人的秘密》, 157, 163—168, 171, 172, 180; *Taken at the Flood*（《把握时机》）, 171

Bradley, Katherine（布拉德利，凯瑟琳）, 30n, 183

British Quarterly Review（《不列颠季度评论》）, 25n, 142n, 148

Brodhead, Richard（布罗德黑德，理查德）xxv—xxvi

Brontë, Anne（勃朗特，安妮）, 96, 135

Brontë, Branwell（勃朗特，布兰韦尔）, 93

Brontë, Charlotte（勃朗特，夏洛特）, 3, 7, 23, 46, 55, 58, 59, 96, 329; legend of（传说中的勃朗特）, 106—107, 150—152, 304; on woman's man（勃朗特谈女性笔下的男性）, 133; on women's suffrage（勃朗特谈妇女选举权）, 216

and women writers（勃朗特与女作家）: Austen（奥斯丁）, 102, 103—105; Braddon（布雷登）, 154; Brontë sisters（勃朗特姐妹）, 135; Byatt（拜厄特）, 302; Craik（克雷克）, 139; Drabble（德拉布尔）, 304, Eliot（艾略特）, 93—

94, 105, 117, 122, 124—125; Gaskell（盖斯凯尔）, 106, 132, 303; Jewsbury（朱斯伯里）, 141; Lessing（莱辛）, 124; Linton（林顿）, 105; Martineau（马蒂诺）, 92; Norton（诺顿）, 140; Oliphant（奥利芬特）, 106, 122; Rhys（里斯）, 123—124, 302; Schreiner（施赖纳）, 197; Sewell（休厄尔）, 106; Spark（斯帕克）, 299; Stowe（斯托）, 106; Walford（沃尔福德）, 106—107; Wilford（威尔福德）, 150—152; Woolf（伍尔夫）, 285; Yonge（扬）, 93

works of（夏洛特·勃朗特的作品）: *Jane Eyre*（《简·爱》）, 25, 28, 91, 92, 128—129, 207, 329, 330—331; analysis of（对《简·爱》的分析）, 112—125: Helen Burns（海伦·伯恩斯）, 113, 115, 116, 118; Bertha Mason（伯莎·梅森）, 113, 115, 118—122, 124, 197, 302; Rochester（罗切斯特）, 121—122, 139—141, 143, 152, 165, 330; *The Prolessor*（《男教师》）, 137; *Shirley*（《雪莉》）, 135, 150; *Villette*（《维莱特》）, 73, 90

Brontë, Emily（勃朗特，埃米莉）: *Wuthering Heights*（《呼啸山庄》）, 25, 90, 127, 135, 141, 199

Brontës（勃朗特姐妹）, 7, 18, 19, 58, 61, 96, 106, 135, 203, 304

Brooke, Emma Frances（布鲁克，埃玛·弗朗西丝）, xxix

brothers（兄弟）, 41, 42, 44, 45, 56, 93, 126—127, 145—146, 162, 205—106

Broughton, Rhoda（布劳顿，罗达）, xxix, 25, 28, 62, 154, 186n, 213; and Braddon（布劳顿与布雷登）, 173n; and Jewsbury（布劳顿与朱斯伯里）, 177; and Mill（布劳顿与穆勒）, 174; and Oliphant（布劳顿与奥利芬特）, 175; and Wood（布劳顿与伍德）, 173; *Comes Up as a Flower*（《出来如花》）, 173—175

Browning, Elizabeth Barrett（勃朗宁，伊丽莎白·巴雷特）, 19, 22, 43, miscarriages（流产）, 65; reviewed by Massey（马西对勃朗宁夫人的评论）, 76; on George Sand（勃朗宁夫人写乔治·桑）, 77, 102—103; on women's suffrage（勃朗宁夫人对妇女选举权的看法）, 216; on women writers（勃朗宁夫人谈女作家）, 101—102; *Aurora Leigh*（《奥萝拉·利》）, 22, 23, 25, 42, 46, 64, 150, 301

Broyard, Anatole（布罗亚德，阿纳托尔）, 5n

Brunton, Mary（布伦顿，玛丽）, 17

Bulley, Amy（布利，埃米）, 186

Bulwer-Lytton, Edward（布尔沃-利顿，爱德华）, 122, 157, 164
Burdett, Angela（伯德特，安吉拉）, 19
Burke, Edmund（伯克，埃德蒙）, 134
Burnett, Frances Hodgson（伯内特，弗朗西丝·霍奇森）, 33, 67, 127, 154
Burney, Fanny（伯尼，范妮）, xi, 18, 164
Butler, Josephine（巴特勒，约瑟芬）, 155, 193
Butler, Marilyn（巴特勒，玛丽莲）, xxii
Byatt, Antonia（拜厄特）, 303, 304, 307, 316, 322; *The Game*（《游戏》）, 35, 301, 302, 303; *Possession*（《占有》）, 333

Caffyn, Kathleen（卡芬，凯瑟琳）, 190
Caird, Mona（凯尔德，莫娜）, xxix, 32, 188
Calder, Liz（考尔德，莉兹）, 326
Callil, Carmen（卡利尔，卡门）, 326—327
Cambridge, Ada（坎布里奇，埃达）, 67
canon（经典系统，典籍）, xxv—xxvii
Carey, Rosa（凯里，罗莎）, 56
Carlyle, Jane（卡莱尔，简）, 52, 66, 264
Carpenter, Edward（卡彭特，爱德华）, 235
Carpenter, Mary（卡彭特，玛丽）, 19
Carrington, Dora（卡林顿，多拉）, 264
Carter, Angela（卡特，安吉拉）, xxxii, 314, 323—332
Cather, Willa（凯瑟，薇拉）, 322
Chapman & Hall（查普曼和霍尔出版公司）, 50
Chapman, John（查普曼，约翰）, 31, 95
"Charlotte Elizabeth"（"夏洛特·伊丽莎白"）, 22
chastity（贞操）, 29, 30, 117
Chesler, Phyllis（切斯勒，菲莉丝）, 167
childbirth（分娩）, 15, 81, 190—191, 229—231, 244, 272, 306, 316; child-birth

vs. creativity（生育与创作的对立），76—77，306
childcare（儿童保育），17，68
children（孩子），61，179
chloral（水合氯醛），131
Cholmondeley, Mary（乔姆利，玛丽），xxx，72，108，110，340
Chopin, Kate（肖班，凯特），xxx，131
Christian Remembrancer（《基督教纪事》），92，102，141，160
circulating library（租书图书馆），157，173n
Cixous, Helene（西克苏，埃莱娜）xix，335
claustrophobia（幽闭恐惧），195
clergy（牧师），54，72，119；clergyman as hero（作为主人公的牧师），143—147
Clifford, Lucy（克利福德，露西），47
Cobbe, Frances Power（科布，弗朗西丝·鲍尔），67
Colby, Vineta（科尔比，维乃塔），6n，10，20，83n，111n，145n，195n，229
Coleridge, Mary（柯尔律治，玛丽），62，192，194
Coleridge, Sara（柯尔律治，萨拉），62
Colette, Sidonie-Gabrielle（柯莱特，西多妮-加布里埃尔），328
Collins, Mortimer（柯林斯，莫蒂默），173
Collins, Wilkie（柯林斯，威尔基），40，80，164；*Woman in White*（《白衣女子》），162—163
Combe, George（库姆，乔治），77
Compton-Burnett, Ivy（康普顿-伯内特，艾薇），34，53，59，242
Contagious Diseases Acts（传染病法），187，193
Contemporary Review（《当代评论》），141，160，185n
Corelli, Marie（科雷里，玛丽），226
Cott, Nancy（科特，南希），14
Courtney, Janet（考特尼，珍妮特），225，228n
Courtney, William（考特尼，威廉），5
Craigie, Pearl（克雷吉，珀尔），58，194，227；on Eliot（克雷吉谈艾略特），110—

111; on women's suffrage（克雷吉谈妇女选举权）, 226

Craik, Dinah Mulock（克雷克，黛娜·马洛克）, 16, 20, 45, 46, 61, 66, 183, 216; on vocation（克雷克谈内心召唤）, 144; on housekeeping（克雷克谈持家）, 86; rev. by Hutton（赫顿对克雷克的评论）, 88; rev, by James（詹姆斯对克雷克的评论）, 156; *Head of the Family*（《一家之长》）, 50; *John Halifax, Gentleman*（《绅士约翰·哈利法克斯》）, 51, 127, 136; *Little Lame Prince*（《跛足小王子》）, 33; *Noble Life*（《高尚人生》）, 38, 137; *Ogilvies*（《奥吉尔维斯》）, 50, 139, *Olive*（《奥利芙》）, 28, 50, 139

Craik, George Little（克雷克，乔治·利特尔）, 52

Crawford, Emily（克劳福德，埃米莉）, 68

cripples（跛子，残疾人）, 127, 150, 200

Croker, Mrs. B. M.（B. M. 克罗克夫人）, 67

Crommelin, May（克罗姆林，梅）, xxix

Crowe, Catherine（克罗，凯瑟琳）, 41

Daiches, David（戴希斯，戴维）, 291—292

Dallas, E. S.（达拉斯, E. S.）, 73, 79, 82

Darwin, Charles Robert（达尔文，查尔斯·罗伯特）, 185, 186, 186n, 195

daughters（女儿）, 15

de Graffigny, Madame（德·格拉菲尼夫人）, xxiii

delicacy（矜持）, 95

Desai, Anita（德赛，安妮塔）, 322

Deutsch, Helene（多伊奇，海伦妮）, 268

Dickens, Charles（狄更斯，查尔斯）, 39, 66, 80, 123, 153, 156, 163; as "feminine" novelist（狄更斯作为"女性化"的小说家）, 88

Diver, Maud（戴弗，莫德）, 67

divorce（离婚）, 67, 122, 160, 172—173, 314

Dixie, Florence（迪克西，弗洛伦丝）, 191

Dixon, Ella Hepworth（迪克逊，埃拉·赫普沃思）, xxix

Dixon, Willam Hepworth（迪克逊，威廉·赫普沃思）, 95
domestic realism（家庭写实主义）, xxii, 20, 165, 181
Doody, Margaret（杜迪，玛格丽特）, xxiii
double（影子，个性中不为社会接受的侧面）, 28, 125—126
double colonialism（双重殖民主义）, 204
Dowie, Menie Muriel（道伊，梅尼·缪里尔）, 194
Drabble, Margaret（德拉布尔，玛格丽特）, 35, 320, 323; and Brontës（德拉布尔与勃朗特姐妹）, 304; comp. to Eliot（德拉布尔被比作艾略特）, 302; on Lessing（德拉布尔谈莱辛）, 307; on Mansfield（德拉布尔谈曼斯菲尔德）, 247; and marriage（德拉布尔与婚姻）, 307; *The Garrick Year*（《加里克年》）, 306; *The Millstone*（《磨 盘 》）, 303, 305; *The Needle's Eye*（《针 眼 》）, 306—307, *The Waterfall*（《瀑布》）, 131—132, 306
dreams（梦幻，梦境）, 31, 55, 113, 119, 145, 159, 182, 194, 197, 198, 208, 292, 302, 309
Dublin University Magazine（《都柏林大学杂志》）, 133
"The Duchess"（"公爵夫人"）, see Margaret Hungerford（见玛格丽特·亨格福德）
Duckworth, George（达克沃思，乔治）, 269
Duncan, Sara Jeannette（邓肯，萨拉·珍妮特）, xxix
Dunne, Mary Chavelita（邓恩，玛丽·查维莉塔）, see George Egerton（见乔治·埃杰顿）

Edgeworth, Maria（埃奇沃思，玛丽亚）, 18, 56, 74, 101
Edinburgh Review（《爱丁堡评论》）, 59, 69n, 92n, 142n
education（教育）, 40, 41, 42, 90, 95
Edwards, Amelia（爱德华兹，阿米莉亚）, 154
Egerton, George（埃杰顿，乔治）, xxviii, xxix, 3I, 58, 189, 194, 210—215
Egoist（《自我主义者》）, 235—236, 282
Eliot, George（艾略特，乔治）, 3, 5, 6, 7, 9, 13, 18, 19, 29, 43, 46, 58, 60, 73, 76, 77, 80, 95, 153, 162, 180, 318; attacks on（对艾略特的抨击）, 95; cares

for father（艾略特照顾父亲）, 43, 64; on cultured woman（艾略特谈有修养的女人）, 104; on female brain（艾略特谈女人的头脑）, 78; housekeeping（艾略特谈理家）, 66; legend of（艾略特的传奇）, 107, 111; in novels by Collins（柯林斯小说中的艾略特）, 162—163; by Robins（罗宾斯小说中的艾略特）, 108—110; by Wilford（威尔福德小说中的艾略特）, 150—152; self-censorship（自我审查）, 96; on women's suffrage（艾略特对妇女选举权态度）, 216, 217

and women writers（艾略特与女作家）: Austen（奥斯丁）, 104, 105; Blind（布林德）, 186; Braddon（布雷登）, 104, 154, 164; Brontë（勃朗特）, 105, 117, 124, 125; Cholmondeley（乔姆利）, 108, Chopin（肖班）, 131; Craigie（克雷吉）, 110—111; Craik（克雷克）, 104, 108n, 130n; Drabble（德拉布尔）, 131—132, 302n; Linton（林顿）, 105, 107—108; Oliphant（奥利芬特）, 104, 105, 107, 135; Dorothy Richardson（多萝西·理查森）, 254; Schreiner（施赖纳）, 200—201; Ward（沃德）, 110; Wharton（华顿）, 131; Woolf（伍尔夫）, 111—112

works of（乔治·艾略特的作品）: *Adam Bede*（《亚当·比德》）, 25, 91; reception of（对《亚当·比德》的接受）, 94—95; *Daniel Deronda*（《丹尼尔·德龙达》）, 171, 207; *Felix Holt*（《费利克斯·霍尔特》）, 142; *Middlemarch*（《米德尔马契》）, 25, 42, 67, 117, 171, 194, 251 *Mill on the Floss*（《弗洛斯河上的磨坊》）, 41, 112, 149—150, 161, 200—201, 232n; analysis（对《弗洛斯河上的磨坊》的分析）, 125—132; *Romola*（《罗慕拉》）, 24, 44, 214; "Silly Novels by Lady Novelists"（《女小说家的愚蠢小说》）, 6n, 42, 45, 96—97, 318

Eliot, T. S（艾略特, T. S）, 236

Ellis, Havelock（埃利斯，哈夫洛克）, 186, 195

Ellis, Sarah（埃利斯，萨拉）, 16, 22, 65

Ellmann, Mary（埃尔曼，玛丽）, 7—8

Emerson, Ralph Waldo（爱默生，拉尔夫·沃尔多）, 199

Englishwoman's Review（《英格兰妇女评论》）, 38, 155

Erikson, Erik（埃里克森，埃里克）, xviiii, 9

Ethelmer, Ellis（埃塞尔默，埃利斯）, 149, 191

euphemisms（委婉语）, 56, 116, 181

evangelicalism（福音教教义，福音精神）, 15, 21, 54, 139

Evans, Marian（埃文斯，玛丽安）, see George Eliot（见乔治·艾略特）

Ewbank, Inga-Stina（尤班克，英格-斯蒂娜）, 20, 25n, 81n

Ewing, Juliana（尤因，朱莉安娜）, 57, 154, 169

experience（经验，经历）, 90, 161, 243, 257, 317. See also education, housekeeping, illness, invalidism, marriage, maternity, sex roles, and subculture（亦见教育，持家，疾病，久病体弱，婚姻，母性，性别角色，及亚文化）

Ezell, Margaret J.（埃泽尔，玛格丽特·J.）, xxii

Fabian Society（费边社）, 220, 251—252, 256

Faithfull, Emily（费思富尔，埃米莉）, 155

family（家庭）, 242. See also brothers, children, daughters, fathers, mothers, sisters（亦见兄弟，孩子，女儿，父亲，母亲，姐妹）

Faragher, Johnny（法拉格，约翰尼）, 15n

Farr, Florence（法尔，弗洛伦丝）, xxix

fathers（父亲）, 32, 55, 56, 57, 62, 63, 176, 249, 266

Fawcett, Millicent（福西特，米莉森特）, xii, 185n, 221

Featherstonehaugh, Minna（费瑟斯通豪，明娜）, 157

Felski, Rita（费尔斯基，丽塔）, xxvii

female aesthetic（女性美学，及女性唯美主义［female aestheticism］）, 33—34, 110, 218, 240—242, 256, 264, 285, 298, 308

female consciousness（女性意识）, 112—113, 211, 224—225

female culture（女性文化）, see subculture（见亚文化）

female fantasies（女性幻想）, 159, 160, 172—173

female imagination（女性想象）, 12

Female novelists（女小说家［女人阶段的小说家］）, 33, 240—241; anti-male（反男性的女小说家）, 242—431; conflicts of（女小说家的心理挣扎）, 244—246; ethics of（女小说家的伦理道德）, 302—303; future of（女小说家的前景）,

318—319; in 1930s（20 世纪 30 年代的女小说家）, 298—299; in 1960s（20 世纪 60 年代的女小说家）, 34—336, 301—302; in 1970s（20 世纪 70 年代的女小说家）, 304, 313—314; politics of（女小说家的政治活动）, 314—316; post-war（二战后的女小说家）, 300—301. See also fernale aesthetic（亦见女性美学）

female psychology（女性心理）, 9—10, 119—120, 166. See also Bardwick, Erikson, Homey, madness, mad wife, rest cure, and suicide（亦见巴德威克，埃里克森，霍尼，疯狂，疯妻，静养法，及自杀）

female sexuality（女 性 的 性）, 115. See also abortion, chastity, childbirth, frigidity, lesbianism, marriage, masturbation, menarche, menopause, menstruation, nymphomania, orgasm, prostitution, sexual initiation, sexuality（亦见堕胎，贞操，分娩，性冷淡，女性同性恋，婚姻，自慰，月经初潮，绝经，行经，花痴，性高潮，卖淫，初次性经验，性欲）

female symbolism（女性象征符号）, 28, 112; blood（血）, 114, 120; box（盒子）, 114—115, 309; floods（洪 水）, 129, 131—132; gypsies（吉 普 赛 人）, 125; maiming of hero（男主人公致残）, 150; opium（鸦片）, 129; ring（指环）, 195—196; rooms（房间）, 33, 114, 179, 202, 208—209, 239, 306; sexual space（性的空间）, 125, 264

female tradition（女性传统）, xiii, xxxii, 11, 31, 34, 35—36, 106, 124, 131, 198, 215, 264, 308, 313, 318, 319

feminine ideal（完美女性理念）, 14, 22, 58, 140, 184. See also Angel in the House（亦见家里的天使）

feminine impressionism（女性印象主义）, 248

Feminine novel（女性［阶段的］小说）, 18, 20, 28—29

Feminine novelists（女性小说家）, 19—20, 82, 100; anxiety（女性小说家的焦虑）, 21; career decision（女性小说家的入行决定）, 52—53; criticized by Eliot（艾略特对女性小说家的批评）, 96—97; domestic roles（女性小说家在家庭中的职责）, 61, 65, 66—67, 85—86; fantasies（女性小说家的幻想）, 28, 58; and fathers（女性小说家与父亲）, 62—65; guilt（女性小说家的负罪意识）, 22, 54—55; high standards（女性小说家的高标准）, 46, hostile responses to（对女

性小说家的敌对反应), 72; income(女性小说家的收入), 48—52; means of support(女性小说家的生计), 46—52; and motherhood(女性小说家与当母亲), 65, 67—72; and mothers(女性小说家与母亲), 61—62; problems of(女性小说家的问题), 89, 90; professional roles(女性小说家的职业角色), 18, 45—46; repression(女性小说家的压抑), 27—28, 56, 81—82; rivalries(女性小说家的竞争关系), 105; role conflict(女性小说家的角色冲突), 21—22, 23—25; role models(女性小说家的榜样), 100—101; self-hatred(女性小说家的自我憎恶), 21, 23; stereotypes of(女性小说家的刻板形象), 20—21; strategies(女性小说家的策略), 57; strengths(女性小说家的长处), 84, 90; unlike ordinary women(女性小说家与普通妇女的不同), 97—99, verbal inhibitions(女性小说家的语言禁忌), 25—27; work ethic(女性小说家的工作伦理), 22

feminist criticism(女性主义批评), xvi, xix—xxxi, xxiv, 35, 225

Feminist novelists(女权[阶段的]小说家), 20; activism of(女权小说家的激进行动), 184, 193; contributions to female tradition(女权小说家对女性传统的贡献), 31—32; female-bonding(女权主义者对女性间亲密关系的需要), 29—30; literary forms(女权小说家的文学形式), 30—31; maternal politics(女权小说家的母性政治), 188—189; messianic fervor(女权小说家的救世激情), 183, 185, 205; problems of(女权小说家的问题), 215; pseudonyms(女权小说家的笔名), 29; sexual attitudes(女权小说家对性的态度), 30, 190; wish to be men(女权小说家表达愿做男人的愿望), 192—193, 203

feminist publishing houses(女权主义出版社), 313—314, 326—327, 333—334

Ferguson, Moira(弗格森，莫伊拉), xxiii

Fern, Fanny(弗恩，范妮), 16, 59

Fiedler, Leslie(菲德勒，莱斯利), 159

Fielding, Helen(非尔丁，海伦), 323

flagellation(鞭打), 115, 116

Fletcher, John Gould(弗莱彻，约翰·古尔德), 235

forcible feeding(强制进食), 222—23

Ford, Ford Madox（福特，福特·麦多克斯）, 236
Forster, E. M.（福斯特，E. M.）, 253 *Fortnightly Review*（《双周评论》）, 60
Fothergill, Jessie（福瑟吉尔，杰西）, 49 *Fraser's*（《弗雷泽杂志》）, 22n, 39n, 74, 79
Freeman, Gillian（弗里曼，吉莉恩）, 302
Freewoman（《自由女性》）, 232—233
frigidity（性冷淡）, 190, 207, 234—235, 271, 272
Fry, Roger（弗莱，罗杰）, 293
Frye, Northrop（弗莱，诺思罗普）, xi, xii, xiv, 13n

Galsworthy, John（高尔斯华绥，约翰）, 253
Garnett, Edward（加尼特，爱德华）, 248
Gaskell, Elizabeth（盖斯凯尔，伊丽莎白）, xi, 18, 19, 49, 54, 65, 122; on domestic role（盖斯凯尔谈家庭职责）, 65—66, 69—70, on women's suffrage（盖斯凯尔谈妇女选举权）, 216; working conditions（盖斯凯尔的工作条件）, 85; "Diary"（盖斯凯尔的"日记"）, 81; *Life of Charlotte Brontë*（《夏洛特·勃朗特传》）, 55n, 92, 106, 119, 303; *North and South*（《北方与南方》）, 24, 84, 122; *Ruth*（《露丝》）, 71, 73, 161
Gatty, Margaret（加迪，玛格丽特）, 47, 48
Gentleman's Magazine（《绅士杂志》）, 38
Gerard, E. D.（杰勒德，E. D.）, 30n
Gertler, Mark（格特勒，马克）, 265
Gettmann, Royal（格特曼，罗亚尔）, 49—50, 156
Gilbert, Sandra M.（吉尔伯特，桑德拉·M.）, xvi, xvii, xviii
Gilbert, W. S.（吉尔伯特，W. S.）, 6
T. P. Gill（吉尔，T. P.）, 212, 214
Gilman, Charlotte Perkins（吉尔曼，夏洛特·珀金斯）, 191, 203, 274
Gissing, George（吉辛，乔治）, xxviiii, 157, 321n; *New Grub Street*（《新寒士街》）, 158; on New Woman（吉辛谈新女性）, 184—185
Godwin, Gail（戈德温，盖尔）, 321n

Goffman, Erving（戈夫曼，欧文）, 275—276

Goldsmith, Oliver（哥尔德斯密斯，奥利弗）, 17

Gordon, Linda（戈登，琳达）, 190—191

Gosse, Edmund（戈斯，埃德蒙）, 54

Graham, Kenneth（格雷厄姆，肯尼斯）, 43

Grand, Sarah（格兰德，萨拉，真名 Frances Elizabeth Bellenden Clarke）, xx—vii, xxviii, xxix, xxx, xxxi, 29, 31, 41, 58, 181, 193, 204—210, 215, 248

Greene, Gayle（格林，盖尔）, xviii

Greene, Graham（格林，格雷厄姆）, 301

Greenwell, Dora（格林韦尔，多拉）, 72n

Greer, Germaine（格里尔，杰曼）, 11, 192, 313

Greg, W. R.（格雷格，W. R.）, 26, 37, 80—81

Gregory, Horace（格雷戈里，霍勒斯）, 254

Griest, Guinevere（格里斯特，圭尼维娅）, 173

Grogan, Millicent（格罗根，米莉森特）, xxi, 36, 133

Gross, John（格罗斯，约翰）, 7, 18n

Gubar, Susan（格巴，苏珊）, xvi, xvii, xviii

Guillory, John（吉洛里，约翰）, xxv—xxvi

Haggard, H. Rider（哈格德，H. 赖德）, 199

Haight, Gordon S.（海特，戈登 · S.）, 25n, 43n, 59n, 73, 171n, 217n; on V. Woolf（海特谈弗 · 伍尔夫）, 269, 279; *A Century of George Eliot Criticism*（《乔治 · 艾略特批评百年》）, 73, *George Eliot: A Biography*（《乔治 · 艾略特传》）, 43n, 46n, 64n, 94n, 95n, 125n, 217; *The George Eliot Letters*（《乔治 · 艾略特书信集》）, 94n, 106n, 126—127n, 129n, 170n, 171n

Hall, Radclyffe（霍尔，拉德克利夫）, 59, 243—244

Hamilton, Catherine J.（汉密尔顿，凯瑟琳 · J.）, 44n, 85, 158n

Hamilton, Cicely（汉密尔顿，西塞莉［有时亦拼写为 Cecily，塞西莉］）, 218, 220, 225

Hardin, Nancy（哈丁，南希）, 307

Hardwick, Elizabeth（哈德威克，伊丽莎白）, 272, 317

Hardy, Thomas（哈代，托马斯）, xxviii, 184—185

Harraden, Beatrice（哈拉登，比阿特丽斯）, 63, 124, 194, 219, 220, 237

Harris, Wendell（哈里斯，温德尔）, 213

Hartley, May（哈特利，梅）, 228

Hartman, Geoffrey（哈特曼，杰弗里）, xxiii

Hartman, Mary S.（哈特曼，玛丽・S.）, 9n, 81, 116n, 170

Harwood, Isabella（哈伍德，伊莎贝拉）, 58

Hatton, Bessie（哈顿，贝茜）, 218, 220

Haweis, Mary（哈维斯，玛丽）, 182, 183, 190

Hawker, Mary E.（霍克，玛丽・E.）, 58

Hays, H. R.（海斯，H. R.）, 119

Heilbrun, Carolyn（海尔布伦，卡洛琳）, 6, 206n, 263, 321n

Hennell, Sara（亨内尔，萨拉）, 44

heroes（男主人公）, brute heroes（粗野的男主人公）, 139—143; clergymen as heroes（牧师男主人公）, 143—47; model heroes（典范男主人公）, 136—39; split personality（[女作家笔下]男主人公的分裂人格）, 192—193. See also woman's man（亦见女性笔下的男性）

heroines（女主人公）, 84; influence of Jane Eyre（《简・爱》的影响）, 122—124; as victims（作为受害人的女主人公）, 243—244. See also Angel in the House（亦见家里的天使）

Hobbes, John Oliver（霍布斯，约翰・奥利弗）, See Pearl Craigie（见珀尔・克雷吉）

Hofland, Mrs.（霍夫兰夫人）, 18

Holdsworth, Annie（霍尔兹沃思，安妮）, xxix

Holroyd, Michael（霍尔罗伊德，迈克尔）, 266—267, 273

homosexuality（同性恋）, 235

Horney, Karen（霍尼，卡伦）, 9, 127n

Household Words（《家常话》）, 80, 156

housekeeping（持家）, 17, 66
Hughes, Thomas（休斯，托马斯）, 137
Hungerford, Margaret（亨格福德，玛格丽特）, 69
Hunt, Violet（亨特，维奥莉特）, 219
Hurst & Blackett（赫斯特和布莱克特出版公司）, 38, 50, 51, 74
Hutton, R. H.（赫顿，R. H.）, 76, 84, 87—90
Hynes, Samuel（海因斯，塞缪尔）, 190n, 221

Ibsen（易卜生）, 108, 180, 188
illness（疾病）, 30. See also anorexia nervosa, cripples, invalidism, and syphilis（亦见神经性厌食症，跛足 / 残疾，久病体弱及梅毒）
Inchbald, Elizabeth（英奇博尔德，伊丽莎白）, 17, 18
Ingelow, Jean（英奇洛，琼）, 57, 66
inner space（内心空间）, 33, 114, 298. See also Erikson（亦见埃里克·埃里克森）
invalidism（久病体弱）, 55, 72n, 194, 219, 249
"lota"（约塔，本名 Kathleen Caffyn［凯瑟琳·卡芬］）, xxix, 190
Ireland, Mrs. Alexander［Alex］（亚历山大［亚历克斯］·爱尔兰夫人）, 16n, 52n
Irigaray, Luce（伊里加雷，露丝）, xix

Jackson, Charlotte（杰克逊，夏洛特）, 159
Jackson, Holbrook（杰克逊，霍尔布鲁克）, xxviii
Jacobson, Dan（雅各布森，丹）, 204
James, Alice（詹姆斯，艾丽斯）, 25, 27; on Eliot（艾·詹姆斯谈艾略特）, 108
James, Henry（黛姆斯，亨利）, 156, on women's suffrage（亨利·詹姆斯谈妇女选举权）, 219
James, P. D.（詹姆斯，P. D.）, 323
Jameson, Storm（詹姆森，斯托姆）, 59, 232, 244
Jewsbury, Geraldine（朱斯伯里，杰拉尔丁）, 16n, 52, 59, 66, 97—98, 157, 264; on female body（朱斯伯里谈女性身体）, 76—77; on New Woman（朱斯伯里谈

新女性), 100; on sensation fiction (朱斯伯里谈惊悚小说), 177; *Zoë*(《佐伊》), 59, 141, 177

Jhabvala, Ruth Prawer (贾布瓦拉, 露丝·普劳厄), 322

John Murray (约翰·默里 [出版公司]), 38

Johnson, Claudia (约翰逊, 克劳迪娅), xxiii

Johnson, R. B.(约翰逊, R. B.), 241—242, 280

Johnstone, Edith (约翰斯通, 伊迪丝), xxix

Journals (期刊, 杂志), *see Athenaeum*, *Bentley's Quarterly Review*, *British Quarterly Review*, *Christian Remembrancer*, *Contemporary Review*, *Dublin University Magazine*, *Edinburgh Review*, *Egoist*, *Englishwoman's Review*, *Fortnightly Review*, *Fraser's*, *Freewoman*, *Gentleman's Magazine*, *Household Words*, *Monthly Review*, *New Freewoman*, *North British Review*, *Prospective Review*, *Quarterly Review*, *Saturday Review*, *Scrutiny*, *Spectator*, *Westminster Review* (见《雅典文学评论》《本特利季度评论》《不列颠季度评论》《基督教纪事》《当代评论》《都柏林大学杂志》《爱丁堡评论》《自我主义者》《英格兰妇女评论》《双周评论》《弗雷泽杂志》《自由女性》《绅士杂志》《家常话》《评论月刊》《新自由女性》《不列颠北方评论》《展望评论》《季度评论》《星期六评论》《细察》《旁观者》《威斯敏斯特评论》)

Jouve, Nicole Ward (茹伏, 妮科尔·沃德), 328

Joyce, James (乔伊斯, 詹姆斯), 241, 248, 258, 324; *Portrait of the Artist as a Young Man* and *Ulysses* (《青年艺术家肖像》和《尤利西斯》), 236

Kahn, Coppelia (卡恩, 科佩利亚), xviii

Kavanagh, Julia (卡瓦纳, 朱莉娅), 80

Kaye, J. M.(凯, J. M.), 48

Keble, John (基布尔, 约翰), 26, 42, 57

Kellet, E. E.(凯利特, E. E.), 168

Kersley, Gillian (克斯利, 吉莉恩), xxviii

King, Alice (金, 艾丽斯), 57

Kingsley, Charles（金斯利，查尔斯）, 62
Kingsley, Mary（金斯利，玛丽）, 58, 62, 63
Kristeva, Julia（克里斯特娃，朱莉娅）, xix, 32ln
Kucich, John（库西奇，约翰）, xxx—xxxi

Laing, R. D.（莱恩，R. D.）, 10, 312
Landon, Laetitia（兰登，利蒂希娅）, 18—19
Lane, John（莱恩，约翰）, 211
Lang, Andrew（兰，安德鲁）, 199
Larkin, Philip（拉金，菲利普）, 324
Lawrence, D. H.（劳伦斯，D. H.）, 33, 241, 244, 261, 312
Leavis, F. R.（利维斯，F. R.）, xi, 18n, 282, 298
Leavis, Q. D.（利维斯，Q. D.）, 103n, 112, 119, 282, 295—296, 298
Lee, Hermione（李，赫米奥娜）, 322, 331n, 334—335
Lee, Vernon（李，弗农）, 58, 189
Lehmann, Rosamond（莱曼，罗莎蒙德）, 298—299
Leigh, Mary（利，玛丽）, 222—223
Leighton, Dorothy（莱顿，多萝西）, xxix
lesbianism（女性同性恋）, 178, 229, 299, 316
Lessing, Doris（莱辛，多丽丝）, xiii, 35, 198, 303; and Brontë（莱辛与勃朗特）, 113; and George Sand（莱辛与乔治·桑）, 302; and R. D. Laing（莱辛与 R. D. 莱恩）, 312; language（语言问题）, 308; on Olive Schreiner（莱辛谈奥利芙·施赖纳）, 204; on V. Woolf（莱辛谈弗·伍尔夫）, 310; similarities to Woolf（莱辛与伍尔夫的相像之处）, 308, 311; *African Stories*（《非洲故事》）, 309; *Briefing for a Descent into Hell*（《堕入地狱的简报》）, 310; *Four-Gated City*（《四门城》）, 124, 308, 310; *Golden Notebook*（《金色笔记》）, 35, 298, 301, 308—309; *Memoirs of a Survivor*（《一个幸存者的回忆录》）, 308; *Summer Before the Dark*（《黑暗前的夏天》）, 304
Levine, George（莱文，乔治）, xx

Levy, Amy（利维，埃米）, xxvii, 194

Lewes, George Henry（刘易斯，乔治·亨利）, 3, 4, 5, 7, 27, 39, 76, 315; on women's writing as compensation（刘易斯谈作为补偿的女性写作）, 84—85; edits *Fortnightly Review*（刘易斯主编《双周评论》）, 60; recommends Austen（刘易斯推荐奥斯丁）, 102; on writing and motherhood（刘易斯谈写作与当母亲）, 68—69; "The Lady Novelists"（《淑女小说家》）, 3, 5, 84—85, 86—87

Linton, Elizabeth Lynn（林顿，伊丽莎白·林恩）, 20, 44, 46, 48, 61, 63, 67, 105, 216; on Eliot（林顿谈艾略特）, 107—108; housekeeping（持家）, 85; on sensation fiction（林顿谈惊悚小说）, 177—178; on woman's man（林顿谈女性笔下的男性）, 134; *Amymone*（《阿米摩涅》）, 44; *Azeth the Egyptian*（《埃及人阿齐思》）, 44; *Rebel of the Family*（《家中忤逆》）, 48n, 177—178; *Under Which Lord?*（《谁为吾主?》）, 147

literary market（文学市场）, 154

Lock Hospital（性病医院）, 187

Lowndes, Marie Belloc（朗兹，玛丽·贝洛克）, 63

Lukacs, George（卢卡奇，乔治）, 296

Ludlow, J. M.（勒德洛，J. M.）, 6, 71, 75, 82—83

Lynn, Eliza（林恩，伊丽莎）, see Elizabeth Lynn Linton（见伊丽莎白·林恩·林顿）

Macaulay, Rose（麦考利，罗丝）, 34, 242, 300

McCarthy, Desmond（麦卡锡，戴斯蒙德）, 281

McFall, Frances（麦克福尔，弗朗西丝）, see Sarah Grand（见萨拉·格兰德）

Mackay, Mary（麦凯，玛丽）, see Marie Corelli（见玛丽·科雷里）

Macmillan（麦克米伦［出版公司］）, 38, 51, 57, 228

madness（疯狂）, 160, 166—167

mad wife（疯妻）, 203, 276; English legends of（英国有关疯妻的传说）, 119; in C. Brontë（夏洛特·勃朗特作品中的疯妻）, 28, 118—122, in Collins（柯林斯作品中的疯妻）, 162; in Lessing（莱辛作品中的疯妻）, 124

Maison, Margaret（梅森，玛格丽特）, 144
male novelists（男小说家）, career patterns（事业模式）, 53, and female pseudonyms（男性小说家与使用女性假名）, 17, 91; supposed literary advantages of（男小说家的假定文学优势）, 79, 90
Malet, Lucas（马利特，卢卡斯）, see Mary Kingsley（见玛丽 · 金斯利）
man-hating（厌恶男性）, 212—213, 226—227
manifesto（[女性文学] 宣言）, 315—316
manliness（男子气）, Victorian codes of（维多利亚的男子气准则）, 137
Mansel, Henry（曼塞尔，亨利）, 157
Mansfield, Katherine（曼斯菲尔德，凯瑟琳）, 33, 65, 244, 246—248, 260n
marriage（婚姻）, 6, 29, 47, 65, 66, 67, 174, 208, 307; conflicts in（婚姻中的矛盾冲突）, 244; and prostitution（婚姻与卖淫）, 189, 214
Marryat, Florence（马里亚特，弗洛伦丝）, 28, 44, 62, 67, 154, 156, 158
Marsden, Dora（马斯登，多拉）, 232—236
Marsh, Anne（马什，安妮）, 26, 162
Marshall, Emma（马歇尔，埃玛）, 47
Martin, Violet（马丁，维奥莉特）, 30, 58
Martineau, Harriet（马蒂诺，哈丽叶特）, 18, 19, 59, 66, 80, 187, 217; on *Jane Eyre*（马蒂诺谈《简 · 爱》）, 92; lampooned by Thomas Moore（托马斯 · 穆尔对马蒂诺的嘲弄）, 70—71; reviewed by Oliphant（奥利芬特评论马蒂诺）, 78
Marx, Eleanor（马克思，埃莉诺）, 194, 269n, 321n
Massey, Gerald（马西，杰拉尔德）, 76, 77n, 85
masturbation（自慰）, 212, 316
maternity（母性，母爱）, 22, 30, 191, 305—06; duties of mothers（母亲的职责）, 67—68; medical theories（医学理论）, 77; politics of（母性政治）, 187—189; "precious speciality"（"宝贵特征"）, 97
Mathers, Helen [Helen Reeves]（马瑟斯，海伦 [海伦 · 里夫斯]）, 154, 175—177
Matthiessen, F. O.（马西森，F. O. ）xii
Maurice, Frederick（莫里斯，弗雷德里克）, 60

Mayer, Gertrude（迈耶，格特鲁德）, 157
Mayor, Flora（梅厄，弗洛拉）, 243
menarche（月经初潮）, 113, 115, 267, 268, 299
menopause（绝经，更年期）, 15, 229, 267, 279, 294
menstruation（行经）, 15, 81, 115, 191, 192, 267, 316, and Victorian physicians（维多利亚时代的医生）, 120—121; and sensation fiction（月经来潮与惊悚小说）, 160
Meredith, George（梅瑞狄斯，乔治）, 198
Mew, Charlotte（缪，夏洛特）, 194
Meynell, Alice（梅内尔，艾丽斯）, 32—33, 220, 236
Milford, Nancy（米尔福德，南希）, 6
Mill, John Stuart（穆勒，约翰·斯图尔特）, xiv, 3, 4, 5, 10, 35, 78, 89, 174, 187, 195, 206, 217, 240, 241, 314
Miller, Jane Eldridge（米勒，简·埃尔德里奇）, xxvii
Miller, Perry（米勒，佩瑞）, xii
Millett, Kate（米利特，凯特）, xxiv
Minerva Press（密涅瓦出版社）, 17
miscarriage（流产）, 65, 68n, 252
Mitchell, Adrian（米切尔，阿德里安）, 34
Mitchell, Hannah（米切尔，汉娜）, 221
Moers, Ellen（莫尔，埃伦）, 10, 11, 101, 125
Moi, Toril（莫伊，托丽尔）, xiv, xviii
Molesworth, Mary（莫尔斯沃思，玛丽）, 33, 58, 67, 154
money（钱）, 48, 49
Monthly Review（《评论月刊》）, 16—17
Moody, A. J.（穆迪，A. J.）, 282
Moore, George（穆尔，乔治）, 199
Moore, Thomas（穆尔，托马斯）, 71
moral insanity（道德错乱）, 120

More, Hannah（莫尔，汉娜），22，101

Morgan, Ellen（摩根，埃伦），311

Morrison, Toni（莫里森，托妮），xxxiii，322

Mortimer, Penelope（莫蒂默，佩内洛普），23，304

mothers（母亲），15，61，71

Mozley, Anne（莫兹利，安妮），46，94

Mudie's（缪迪［租书图书馆］），16，173

Mulock, Dinah（马洛克，黛娜），see Dinah Mulock Craik（见黛娜·马洛克·克雷克）

murder（谋杀），160，168—171；of children（杀害儿童），213

Murdock, Iris（默多克，艾丽斯），35，303

Nabokov, Vladimir（纳博科夫，弗拉基米尔），215，324

Naremore, James（内尔莫尔，詹姆斯），290—291

Nesbit, Edith（内斯比特，伊迪丝），184—85n

New Freewoman（《新自由女性》），233

New Woman（新女性），xxvii—xxxii，182，184，206

Nicholson, Adela（尼科尔森，阿德拉），58，194

Nightingale, Florence（南丁格尔，弗洛伦丝），19，80，130，187，189，207；"Cassandra"（《卡桑德拉》），27，207；on women's suffrage（南丁格尔谈妇女选举权），217

Nochlin, Linda（诺克林，琳达），10

Norman, Mrs. Henry（亨利·诺曼夫人），see Menie Dowie（见梅尼·道伊）

North British Review（《不列颠北方评论》），6n，40n，26，71，87，142n

Norton, Caroline（诺顿，卡罗琳），62，140

Nott, Kathleen（诺特，凯瑟琳），312

nymphomania（花痴），120

Oates, Joyce Carol（欧茨，乔伊斯·卡萝尔），265

Oliphant, Margaret（奥利芬特，玛格丽特）, 20, 21, 46, 47, 48, 51, 80; on Broughton（奥利芬特谈布劳顿）, 175; on Craik（奥利芬特谈克雷克）, 51; and Eliot（奥利芬特与艾略特）, 105, 107; on female novelists（奥利芬特谈女小说家）, 75; on *Jane Eyre*（奥利芬特谈《简·爱》）, 106; on Martineau（奥利芬特谈马蒂诺）, 78; on sensation fiction（奥利芬特谈惊悚小说）, 160, 165n; on woman's man（奥利芬特谈女性笔下的男性）, 135, 143; on women's suffrage（奥利芬特谈妇女选举权）, 216, 217; working conditions（奥利芬特的工作条件）, 85; on writing（奥利芬特谈写作）, 83; *Ladies Lindores*（《林道尔斯伯爵家的女人们》）, 178—180; *Miss Marjoribanks*（《马乔里班克斯小姐》）, 122; *Salem Chapel*（《塞勒姆小教堂》）, 147

opiates（鸦片剂）, 129—130

Orczy, Baroness（奥切，女男爵）, 192

orgasm（性高潮）, 235, 272, 293, 313

Ouida（维达）, xxix, 58, 154

Oxford Movement（牛津运动）, 144

Ozick, Cynthia（奥齐克，辛西娅）, 7n, 8, 14, 273

Paget, Francis（佩吉特，弗朗西斯）, 153, 160—161, 168n

Paget, Violet（佩吉特，维奥莉特）, see Vemon Lee（见弗农·李）

Pankhurst, Christabel（潘克赫斯特，克丽丝特贝尔）, 221, 233

Pankhurst, Emmeline（潘克赫斯特，埃米琳）, 229, 257—258

Pankhursts（潘克赫斯特母女）, 218, 236—238

Parkes, Bessie（帕克斯，贝茜）, 60, 63, 155

Parr, Harriet（帕尔，哈丽叶特）, 58

Parsons, Mrs. Ian（帕森斯夫人，伊恩）, 278

Patmore, Coventry（帕特莫尔，考文垂）, 75, 98n

Penny, Fanny（彭尼，范妮）, 67

Perrin, Alice（佩林，艾丽斯）, 67

Perry, Ruth（佩里，露丝）, xxiii

"phallic criticism"("阳具批评"), 8
Peterson, Shirley (彼得森，雪莉), xxvii
Pethick-Lawrence, Emmeline (佩西克–劳伦斯，埃米琳), xxviii
Pinney, Thomas (品尼，托马斯), *Essays of George Eliot* (《乔治·艾略特文集》), 6n, 45n, 60n, 104n, 318n
Plath, Sylvia (普拉斯，西尔维娅), xxxiii, 280, 303
pornography (色情读物), 115
Pound, Ezra (庞德，埃兹拉), 235
Powell, Anthony (鲍威尔，安东尼), 301
pregnancy (怀孕), 15, 65, 81, 191, 306
Pritchard, James Cowles (普里查德，詹姆斯·考尔斯), 120
Proctor, Adelaide (普罗克特，阿德莱德), 62
professional role (职业角色), 17, 18, 19, 20
professions (职业), 39, 46
Prospective Review (《展望评论》), 27, 40n, 148
prostitution (卖淫), 31, 187, 188, 193, 203, 234
pseudonym (笔名), 19, 29, 57, 60, 91, 199, 212, 302
puberty (青春期), 15
publishing (出版，出版公司), see Bentley's, Blackett, Blackwood, Chapman & Hall, Faithfull, feminist publishing houses, Gettmann, Hurst & Blackett, John Murray, Lane, Macmillan, Victoria Printing Press, Virago (见本特利出版公司，布莱克特出版公司，布莱克伍德出版公司，查普曼和霍尔出版公司，费思富尔，女权主义出版社，格特曼，赫斯特和布莱克特出版公司，约翰·默里出版公司，莱恩出版公司，麦克米伦出版公司，维多利亚印刷社，维拉戈出版公司)
Puddicombe, Anne (帕迪库姆，安妮), 58
Punch (《笨拙》), 160, 211
Pynchon, Thomas (品钦，托马斯), 327

Quarterly Review (《季度评论》), 59, 93

Radcliffe, Ann（拉德克利夫，安）, 18, 119 radical women's literature（激进妇女文学）, 314—316

Ralmond, C. E.（雷蒙德，C. E.）, see Elizabeth Robins（见伊丽莎白·罗宾斯）

Reade, Charles（里德，查尔斯）, 53, 157, 164

readers（读者）, 159

Reeves, Amber（里夫斯，安伯）, 243, 253

Reeves, Helen（里夫斯，海伦）, see Helen Mathers（见海伦·马瑟斯）

Rendell, Ruth（伦德尔，露丝）, 323

rest cure（静养法）, 274—278

Rhys, Emest（里斯，欧内斯特）, 197

Rhys, Jean（里斯，琼）, 123—124, 299, 302, 322

Rich, Adrienne（里奇，阿德里安娜）, 315

Richardson, Dorothy（理查森，多萝西）, 33, 65, 241; family life（理查森的家庭生活）, 248—250; and female aesthetic（理查森与女性美学）, 110, 242, 256—257; and female realism（理查森与女性写实主义）, 258—260; in London（理查森在伦敦）, 251—252; and Schreiner（理查森与施赖纳）, 198, 248, 261; and H. G. Wells（理查森与 H. G. 韦尔斯）, 252; writes anti-Wellesian novel（理查森写作反韦尔斯式的小说）, 253—256, 261; and "woman's sentence"（"女性语句"）, 260—261; and Woolf（理查森与伍尔夫）, 250n, 260—261

Riddell, Charlotte（里德尔，夏洛特）, 58, 154, 156

Rigby, Elizabeth（里格比，伊丽莎白）, 59

"Rita"（"丽塔"，真名 Eliza M. J. Humphreys）, xxix, 205n

Ritchie, Annie（里奇，安妮）, 62

Roberts, Helene（罗伯茨，海伦妮）, 10

Roberts, Michele（罗伯茨，米歇尔）, xxxii, 331—333

Robins, Elizabeth（罗宾斯，伊丽莎白）, 32, 218; *George Mandeville's Husband*（《乔治·曼德维尔的丈夫》）, xxix, 108—110; *Votes for Women*（《给妇女选举权》）, 218, 220—222, 282; *Woman's Secret*（《女人的秘密》）, 224—225

role-reversal（角色颠倒），150—152

Roscoe，William（罗斯科，威廉），141—142

Rose，Phyllis（罗斯，菲莉丝），270—271

Ross，Martin（罗斯，马丁），see Violet Martin（见维奥莉特·马丁）

Rossetti，Christina（罗塞蒂，克里斯蒂娜），62，216，217

Rowbotham，Sheila（罗博特姆，希拉），9n，192，195，314

Roy，Arundhati（罗伊，阿兰达蒂），322

Ruskin，John（罗斯金，约翰），184，188

Ruthven，K. K.（鲁思文，K. K.），xv

Sackville-West，Vita（萨克维尔–韦斯特，维塔），59，244

Sadleir，Michael（萨德利尔，迈克尔），163，173n，180

Sage，Loma（塞奇，洛娜），84，324n，327，328n

Sand，George（桑，乔治），xxiii，77，87，102，140

Saturday Review（《星期六评论》），91，93，94，95，105，123，143

Savage，Sir George（萨维奇，乔治爵士），272，277

Savage，Henry（萨维奇，亨利），256

Schor，Esther（肖尔，埃丝特），xxiii

Schreiner，Olive（施赖纳，奥利芙），31，32；claustrophobic femaleness（施赖纳的女性幽闭恐惧），195—196；daughter（施赖纳的女儿），65，201；double colonialism（双重殖民主义），204；evolutionary theories（施赖纳用进化论），186，202—203；female symbolism（施赖纳使用的女性象征），195—196，198，202；as ferminist novelist（施赖纳作为女权小说家），193；Lessing on（莱辛谈施赖纳），204，308；and Richardson（施赖纳与理查森），198，248，261；and Woolf（施赖纳与伍尔夫），198，202；will to fail（施赖纳的失败意愿），198，203—204；wish to be a man（施赖纳表达做男人的欲望），192，203；working habits（施赖纳的工作习惯），197；*From Man to Man*（《人与人之间》），183，196—197，201—203；*Story of an African Farm*（《非洲农场的故事》），150，195—196，197，199—201，204

Scott, Walter (司各特，沃尔特), 88, 134

Scrutiny (《细察》), 34, 295, 298

sensation fiction (惊悚小说), 158—159; as business (作为经营的惊悚小说), 157; problems of (惊悚小说的问题), 180—181

Sergeant, Adeline (萨金特，阿德琳), 49, 157

Sewell, Elizabeth (休厄尔，伊丽莎白), 22, 61, 106, 144—147

sex-antagonism (两性对抗), 223, 242—243

sex roles (性别角色), 126—127, 205—206

sexual incompatibility (性不和谐), 213

sexual initiation (初次性经验), 15

sexuality (性，性行为，性欲), 35, 113, 115, 128, 160, 189—190, 316

Shafts (《光束》), 149n, 183n, 193

Sharp, Evelyn (夏普，伊夫琳), 219, 220, 237

Shattock, Joanne (沙托克，乔安妮), 320

Shaw, George Bernard (萧，乔治·伯纳德 [萧伯纳]), 110, 205n

Shorter, Clement (肖特，克莱蒙特), *The Brontës: Life and Letters* (《勃朗特姐妹的生平与书信》), 7n, 46n, 120n

Showalter, English (肖瓦尔特，英格利希), xxiii

Simpson, Richard (辛普森，理查德), 98, 126, 149

Sinclair, May (辛克莱，梅), 33, 219, 239, 242

Singers-Bigger, Gladys (辛格斯-比格，格拉迪丝), 210

sisters (姐妹), 101, 174, 201, 270—271, 303, 304

Skene, Felicia (斯基恩，费利西娅), 144, 147

Smart, Elizabeth (斯马特，伊丽莎白), 326

Smith, Barbara (史密斯，芭芭拉), xxiv

Smith, George (史密斯，乔治), 31, 86

Smith-Rosenberg, Carroll (史密斯-罗森堡，卡罗尔), 121

Smyth, Ethel (史密斯，埃塞尔), 293

Snow, C. P. (斯诺，C. P.), 301

Social Darwinism（社会达尔文主义）, 185—186
Somerville, Edith（萨然维尔，伊迪丝）, 30
Southey, Robert（骚塞，罗伯特）, 55
Spacks, Patricia Meyer（斯帕克斯，帕特里夏·迈耶）, 8n, 10
Spark, Muriel（斯帕克，缪丽尔）, 35, 113, 299, 304
Spectator（《旁观者》）, 123
Spencer, Herbert（斯宾塞，赫伯特）, 95, 195
Spencer, Jane（斯潘塞，简）, xxiii
Spilka, Mark（斯皮尔卡，马克）, 312
spiritualism（唯灵论）, 235, 252, 257
Stannard, Henrietta（斯坦纳德，亨丽埃塔）, xxix, 58, 59
Stansell, Christine（斯坦塞尔，克里斯蒂娜）, 14—15n
Steel, Flora Annie（斯蒂尔，弗洛拉·安妮）, 67, 190, 220
Stein, Gertrude（斯泰因，格特鲁德）, 248
Stephen, Fitzjames（斯蒂芬，菲茨詹姆斯）, 20
Stephen, Leslie（斯蒂芬，莱斯利）, 62, 266—267
Stephenson, Eliza（斯蒂芬森，伊丽莎）, 169
Stern, G. B.（斯特恩，G. B.）, 59
Stetz, Margaret D.（斯特茨，玛格丽特·D）, xxvii
Stevenson, Robert Louis（斯蒂文森，罗伯特·路易斯）, 192
Stone, Donald（斯通，唐纳德）, 23—24, 30, 199n
Stopes, Marie（斯托普斯，玛丽）, 189
Stowe, Harriet Beecher（斯托，哈丽叶特·比彻）, 106
Strachey, Lytton（斯特雷奇，利顿）, 266, 270, 293
stream of consciousness（意识流）, 260
subculture（亚文化）, 11, 13, 14, 15, 21, 29, 37, 94, 229
suicide（自杀）, 131, 187, 194, 213, 245, 249—250, 265, 267, 278
Sukenick, Lynn（苏克尼克，琳恩）, 309, 311
Swiney, Franoes（斯威尼，弗朗西丝）, 186n, 190

Symonds, Emily（George Paston)(西蒙兹，埃米莉，笔名乔治·帕斯顿), xxix, 38n
syphilis（梅毒), 188, 201, 206—07, 220, 233—234

Taylor, Harriet（泰勒，哈丽叶特), 216
Taylor, James（泰勒，詹姆斯), 133
Thackeray, William（萨克雷，威廉), 23, 39, 62, 88, 122, 156
Thomas, Jean（托马斯，琼), 273
Thompson, E. P.(汤普森，E. P.), 10
Thomson, Patricia（汤姆森，帕特里夏), 151n
the three-decker（三卷本小说), xxviii, 16, 29, 30, 48, 54, 79, 156, 157, 173n, 177, 180, 181, 182, 194
Tillotson, Kathleen（蒂洛森，凯瑟琳), xxiii, 18, 145n, 158
Todd, Janet（托德，珍妮特), xv, xxii, xxiii
Tompkins, J. M. S.(汤普金斯，J. M. S.), 17, 47, 150
Trafford, F. G.(特拉福德，F. G.), see Charlotte Riddell（见夏洛特·里德尔）
Trollope, Anthony（特罗洛普，安东尼), 52, 53, 60
Trollope, Joanna（特罗洛普，乔安娜), xxxii, 323
Tyler, Anne（泰勒，安妮), 322

Unwin, Fisher（昂温，费希尔), 248

vampire（吸血鬼), 119
Vicinus, Martha（维奇努斯，玛莎), xxiv, 9n
Victoria Printing Press（维多利亚印刷社), 155
Virago（维拉戈出版公司), 313, 322, 327, 329
Vogel, Lise（沃格尔，莉丝), 10
Voynich, Ethel（伏尼契，埃塞尔), 63, 192, 194, 252

Walford, Lucy（沃尔福德，露西), 72n, 86, 107

Ward, Mrs. Humphry（汉弗莱・沃德夫人）, 62, 197, 217; Anti-Suffrage League（反女性选举权同盟）, 227—228; on childbirth（沃德夫人写分娩）, 229—231; and Eliot role（沃德夫人与艾略特角色）, 110; elitism（沃德夫人的阶级优越感）, 238; response to Almroth Wright（沃德夫人对阿尔姆罗思・赖特的回应）, 229; sympathy for women（沃德夫人对妇女的同情）, 228—229, 231—232

Warren, Eliza（沃伦，伊丽莎）, 159

Watt, Ian（瓦特，伊恩）, 17

Waugh, Patricia（沃，帕特里夏）, xviii

Weaver, Harriet Shaw（韦弗，哈丽叶特・肖）, 232, 236

Webb, Beatrice（韦布，比阿特丽斯）, 152, 291; on motherhood（韦布谈母性）, 189; on women's suffrage（韦布谈妇女选举权）, 217

Webb, Sidney（韦布，悉尼）, 152

Weldon, Fay（韦尔登，费伊）, xxxii, 333—334

Wells, H. G.（韦尔斯，H. G.）, 33, 222; and Lessing（韦尔斯与莱辛）, 313; and Richardson（韦尔斯与理查森）, 252—256; and West（韦尔斯与韦斯特）, 246

Welsh, Alexander（韦尔什，亚历山大）, 14n, 117, 134n

West, Rebeca（韦斯特，丽贝卡）, 301—302; on *The Great Scourge*（韦斯特谈《大灾祸》）, 234; *The Judge*（韦斯特的《审判者》）, 245—246

Westminster Review（《威斯敏斯特评论》）, 5n, 60, 80, 93, 123, 133, 143—144

Wharton, Edith（华顿，伊迪丝）, 131, 322, 333

Whipple, E. P.（惠普尔，E. P.）, 92, 141, 147—48

Wilde, Oscar（王尔德，奥斯卡）, 192, 197

Wilford, Florence（威尔福德，弗洛伦丝）, 150—152

Williams, Raymond（威廉斯，雷蒙德）, 40

Wilson, Angus（威尔逊，安格斯）, 301

Winnifrith, Tom（温尼弗里思，汤姆）, 92

Winter, John Strange（温特，约翰・斯特兰奇）, see Henrietta Stannard（见亨丽埃塔・斯坦纳德）

Winterson, Jeanette（温特森，珍妮特）, xxxii, 332

witches（女巫）, 125

wives（妻子）, 15, 66—67, 71

Wolfson, Susan（沃尔夫森，苏珊）, xxi, xxiii

Wollstonecraft, Mary（沃斯通克拉夫特，玛丽）, 18, 197, 216, 248

woman's man（女性笔下的男性）, 28, 133—136, 152

women novelists（女小说家）, age at first publication（女小说家初次发表作品的年龄）, 53—54; autonomy for（女小说家的自主权）, 35—36; biased criticism of（对女小说家持偏见的评论）, 20, 59, 73, 74; criticism of intellectual capacities（对女小说家智性才能的评论）, 88; of emotionality（对女小说家过分专注于情感的评论）, 79—81; of limited experience（对女小说家有限经历的评论）, 79, 317; of physical weakness（对女性体格虚弱的评论）, 76—78, 79; entrance into literary market（女小说家进入文学市场）, 16—17, 38—39; and Great Tradition（女小说家与伟大传统）, 18; history of（女性小说史）, 7; and language（女小说家与语言）, 25, 33, 193, 258—259, 270, 316; marital status（女作家的婚姻状况）, 47; number of（女小说家的数量）, 17, 37—40, 60; resistance to（对女小说家的抵制）, 39—40, 75; stereotypes of（女小说家的刻板形象）, 6, 17—18, 66, 78, 101; theories of（关于女性写作的理论）, 84—85; unidentifiable（无法确认的女小说家）, 38; and Women's Liberation Movement（女小说家与妇女解放运动）, 316; and women's suffrage（女小说家与妇女选举权）, 216; working methods（女小说家的工作方式）, 85

Women's Liberation Movement（妇女解放运动）, 8, 35, 308, 313—314, 316

women's literature（妇女文学）, theories of（妇女文学理论）, 4, 5, 10—11, 32, 96, 241, 320—321

women's magazines（妇女杂志）, 154—155. See also *Englishwoman's Review*, *Freewoman*, *New Freewoman*（亦见《英格兰妇女评论》《自由女性》《新自由女性》）

W. S. P. U.（Women's Social and Political Union）（妇女社会政治联盟）, xii, 108, 219. See also Pankhursts（亦见潘克赫斯特母女）

women's suffrage（妇女选举权，妇女参政权）, 30, 32; and C. Brontë（妇选举权与夏洛特·勃朗特）, 216; and Browning（妇女选举权与勃朗宁）, 216; and Craigie

（妇女选举权与克雷吉），226；and Eliot（妇女选举权与艾略特），217；and Gaskell（妇女选举权与盖斯凯尔），216；and H. James（妇女选举权与亨·詹姆斯），219；and Nightingale（妇女选举权与南丁格尔），217；and Oliphant（妇女选举权与奥利芬特），217；propaganda fiction（宣传小说），220；publishing（女权作品的出版），31；and Schreiner（妇女选举权与施赖纳），198；and Webb（妇女选举权与韦布），217；and Woolf（妇女选举权与伍尔夫），238. See also anti-suffragists，W. S. P. U.，Women Writers Suffrage League（亦见反女性选举权者，妇女社会政治联盟，女作家争取选举权同盟）

Women Writers Suffrage League（女作家争取选举权同盟），32，209，218—220，236. See also Elizabeth Robins（亦见伊丽莎白·罗宾斯）

Wood，Ann Douglas（伍德，安·道格拉斯），16n，52n，274

Wood，Mrs. Henry（亨利·伍德夫人），60，72n，156，158；writing habits（伍德夫人的写作习惯），171；*East Lynne*（《东林恩庄园》），171—173

Woolf，Leonard（伍尔夫，伦纳德），236，267，269，271，272—273，275—278，279，280

Woolf，Virginia（伍尔夫，弗吉尼亚），xi，xiv，7，9，27，33，34，36，318—319，325，326，328，331，334，335；on American literature（伍尔夫谈美国文学），289—290； and androgyny（伍尔夫与双性同体论），285—288，289，291；and anger（伍尔夫与愤怒），262，263—264，277—278，280，285；anorexia nervosa（神经性厌食症），269；breakdowns（精神崩溃），267；and children（伍尔夫与孩子），65，272—274，276；frigidity（性冷淡），271—272；Hogarth Press（霍加斯出版社），31；on male characters（伍尔夫谈男性人物），242—243；marriage（婚姻），271；menopause（绝经），279；rest cure（静养法），274—275，276—277，278；on women's fiction（伍尔夫谈妇女小说），79，241；on women's suffrage（伍尔夫谈妇女选举权），238；on working women（伍尔夫谈劳动妇女），314

critics of（伍尔夫批评家）：Bazin（贝津），266，278；Bradbrook（布拉德布鲁克），283；Daiches（戴希斯），291—292；Haight（海特），279；Holroyd（霍尔罗伊德），266—267；Leavis（利维斯），295—296，298；Moody（穆迪），282；

Naremore（内尔莫尔），290—291；Oates（欧茨），265；Rose（罗斯），270—271

and women writers（伍尔夫与女作家）：Brontë（勃朗特），113，264，285；Eliot（艾略特），111，264；Lessing（莱辛），310，311；Mansfield（曼斯菲尔德），246—247；Oliphant（奥利芬特），47—48；Richardson（理查森），250n，260—261，264；Schreiner（施赖纳），198，202，248，261，264

works of（伍尔夫的作品）：Mrs. Dalloway（《戴洛维夫人》），xiii，238，247，276—278，319；*Night and Day*（《夜与日》），238，281；*Orlando*（《奥兰多》），282，291，326；"Professions for Women"（《女人的职业》），292—293；*A Room of One's Own*（《自己的一间屋》），xi—ii，xiv，xxxii，45，202，263，280，282—289；*Three Guineas*（《三个几尼》），34，63，293—296；*To the Lighthouse*（《到灯塔去》），296—297；*The Voyage Out*（《远航》），238，248，263；*The Years*（《岁月》），34

Yeats，William Butler（叶芝，威廉·巴特勒），193，245

Yellow Book（《黄面志》），xxviii—xxix

Yonge，Charlotte（扬，夏洛特），19，20，42，56—57，61，216；on Brontës（扬谈勃朗特姐妹），93，and the military（扬与军事），137；and religious novel（扬与宗教小说），144；on woman's man（扬谈女性笔下的男性），135—136；*Clever Woman of the Family*（《家里的聪明女人》），42；*The Daisy Chain*（《雏菊花环》），24，42，122；*Heartsease*（《宁静的心》），26；*Heir of Redclyffe*（《雷德克利夫的继承人》），80，127，137，138

Young，G. M.（扬，G. M.），139

译后记

早期女性主义文学批评的一部奠基之作、女作家批评（gynocriticism）的开山之作《她们自己的文学》自1977年由普林斯顿大学出版社出版以来，引起热烈关注，其中不乏强烈的批评之声。20年后，作者伊莱恩·肖瓦尔特借《她们自己的文学》增补修订版出版之际，对英国女小说家及作品的发展态势作了重新评估，并对批评意见作了公开回应。1978年，伦敦的一家只有几年历史的女性主义出版社维拉戈便出版了《她们自己的文学》；2009年，维拉戈（已经隶属利特尔-布朗出版集团公司，但仍保持“维拉戈”标识与品牌）出版了该书的增补版。译者手头就有三个《她们自己的文学》的版本：1977年首版，1999年普林斯顿大学出版社增补版（增加了序言和第十二章），作者赠予译者的2009年维拉戈出版的增补版；最后一种在排版上有很大更动，将原著的脚注一律改为正文后集中的注释（Notes），因而不再与前两种页码保持一致，并且恢复了1999年普林斯顿大学出版社增补版中删去的两个附录——213位1800年后出生的女作家简介（每一位4—5行），供研究19—20世纪英国女小说家用的精选书目，共计46页（维拉戈版42页）。肖瓦尔特在增补的第十二章开头对为什么去掉简介做了解释；或许正如她所说，现在有大量有用的工具书（她尚未预见 2011 年的发达网络），这些作者小传显得过时了，但是让一个读者在阅读此书的同时备好几部工具书查阅，似乎也不切合实际。

《她们自己的文学》在我国有很高的认知度。大约 20 世纪 80 年代中期，我国开始关注西方女性主义批评，那时就有学者介绍了这部著作，尤其是妇女小说的女性、女权、女人三阶段论。2004 年，外语教学与研究出版社出版了 1999 年普林斯顿大学的增补版，并由金莉教授写中文导读。包括女性文学在内的妇女研究在大学的英语文学教学研究系科已成气候，凡是涉及英国小说研究的，《她们自己的文学》一定列为必读书。

翻译过程中，我对索引做了大量增补并纠正了原索引的一些错字错排，对原著的简注并不是照样翻译而是做了增补，并作了不少"译者注"。这样处理的根本原因无非两条：一、出版社购买的是删除女作家小传和供研究用书目的 1999 年增补版的翻译版权（现在出版研究著作的惯例是会列出引用书目）；二、使用译本的读者中恐怕仍有相当部分有研究性需要。我做增补的目的就是要在没有研究书目、原著索引又比较任意、注释大量用简注的情况下，使有研究需要的读者能够比较方便地锁定小说和研究用书目、作家以及页码，聊补没有研究书目的缺憾。

下面就关键词与概念的翻译、索引、注释、译者注和一些译文处理分别作出具体说明。

关键概念与关键词

1. 妇女、女性、女人及女性小说三阶段论

肖瓦尔特在增补版的序言中针对深受欧陆抽象理论影响的批评者说，“我的理论问题是有关历史和文化的问题”（第 xix 页）。[①] 历史与文化同经验有密切关系，虽然肖瓦尔特运用了人类学等学科的“亚文化”概念，可总的来说这部著作没有特别深奥的理论概念。不过，在英文中简单的、完全不成问题的字词在中文里也可能成为问题。

书中用来表示妇女或女性的相关名词和形容词有 woman / women，womanliness，womanhood，female，femaleness，female gender，feminine，feminity，feminist，lady / ladies，girl(s)，spinster（s）等；表示女小说家的有 woman / women novelists，feminine novelists，lady novelists，lady fictionists，authoress(es)，female novelists，feminist novelists 等。中文里很难找到一一对应的词汇（“女性”往往可对应好几个英文词），尤其是难于传达英文语境中用某个词时微妙的联想。对此，我用了比较简单的处理，即在没有术语意义的情况下一般用“女性”“女人”，如后面跟着中心名词，就简化为“女”，如“女作家”“女小说家”；在指政治运动或在最概括的层面上，或者为了不与作为术语使用的一些词混淆，就使用“妇

---

① 本译后记的所有页码都指边码，即英文原著文字所在页码。

女”：在第一章中使用“妇女（小说）”的频率高一些，以区别于作为术语的 feminine novelists（女性小说家）。说来有点荒唐，在国内，但凡读了点书的女性似乎都不大愿意被人称作“妇女”，这里很可能有阶级的或其他方面的偏见，不过大陆人的头脑中没有台湾的用语中从 6 岁到 90 岁皆可指涉的“女生”一词。

肖瓦尔特在术语意义上使用了 feminine-feminist-female（女性的、女权的、女人的），表示 19—20 世纪女性小说发展中的模仿、抗议和自我发现三个阶段，具体见第一章第 13 页的论述。她一开始用大写表明有分期意义的词，但是后来一直用小写。其中第二个词 feminist（女权主义的、女权的）几乎不会产生混淆，但是 feminine 和 female 则不然，这两个词和作为中心名词界定词的 woman / women 一样，在中文中最通常的译法都是“女性（的）”。在读者尚不熟悉这些概念时，译文用加引号（对应英文中的大写）并在括号内注英文的方式强调其分期意义，如果整个语境不会产生误会，就不刻意突出这层术语意思。

由于该著作采用按时间顺序的写法，读者也可比较简单地用章号来判断术语使用范围。大体上说，第二章—第六章论“女性的”小说家，有时作者会用 feminine women writers（如第 66 页），这时她就在刻意强调“女性阶段的”女作家；第七章—第八章主要论述“女权阶段”的小说家；第九章—第十一章属于“女人的”或说自我发现的阶段，大体指 1920 年以后的文学。当然，正如作者在第 13 页中所说，分期标识只是一个实用的而非绝对的标准。第六章虽归为“女性的”阶段，但是对标准的女性小说有重大突破，指向了女权阶段。译者觉得不太好把握的是所谓“女人的”阶段，事实上从第九章起我们仍可看到大量的feminist的提法，术语可能体现在female aesthetic（女性美学）上，此外作者似乎不大使用分期意义上的female，在中文中更难体现作为术语的female，总不能把female aesthetic译为“女人（的）美学”吧。很明确再次提到三个阶段的说法出现在第十一章第304页。新增加的第十二章似乎是自我发现阶段的延伸，女性文学的实验性和经验层面、世界性的眼光、族裔和文化的多样性、参与主流文化的程度已经今非昔比，但作者仍对“平等”诉求和“同化”的危险保持了足够的警惕。全文更多的情况是，使用woman's novel，women novelists等词指所有阶段的女性创作和创作者，即女性小说（作为性别标识而非分期标识）、女小说家。

另外，lady一词在英文中有许多不同的指涉，以及英国特有的微妙内涵，在作为性别标识时（基本用于中产阶级以上和有一定文化教养的妇女），译文一般视同woman，female等词，如乔治·艾略特对同性作家有点严厉的《女小说家的愚蠢小说》；这和本书所论20世纪六七十年代以前英国女作家的阶级“同质性”并无二致（见第37，321—322页）。但是，当肖瓦尔特有意强调该文雅用词的阶级意味，或在男性屈尊态度中带有贬低的价值评判时（如第三章第74页，以及第86—87页分析刘易斯写的“Lady Novelists”一文），便译为“淑女”（小说家），有时酌情译为“女士”。至于authoress，甚至19世纪的人使用时都有比较明显的贬义，已经在历史进程中被淘汰。

2. 争取妇女选举权运动

第七章—第八章大量出现 suffrage，suffragette，suffragist 等词。除了少数情况，我基本上不用含义比较广泛的“妇女参政权”，而采用焦点明确的“（争取）妇女选举权”的说法。本来 suffrage，suffragist 是不带性别标识的中性词，19 世纪英国男性争取选举权也经历了漫长的过程，但是在 19 世纪末到 20 世纪初这个特定的历史时期，说到 suffrage 基本上毫无疑问就是指妇女的选举权和女性争取选举权的运动（运动不乏男性支持者，但是女性并非全都支持）；于是，阴性名词 suffragettes 不只是简单的主张妇女应有选举权的女性，而在英国的历史语境中取得了略微不同于 suffragists 的含义，多指态度十分激烈的运动人士，尤其是潘克赫斯特领导的妇女社会政治联盟。她们的激进行为不仅有大规模示威游行，还包括冲击议会、冲击画廊、焚烧车站、烧毁当时的财长劳合·乔治的房子等。译文往往在争取选举权人士前加一些修饰语如“激进的”“好战的”“好斗的”，或干脆用“选举权斗士”来指 suffragettes。中国女性的普选权是被“赐予”的，我们缺乏漫长岁月中苦苦争取选举权甚至为之舍命的记忆，这几乎注定我们不得不用很啰唆的汉语翻译英文中的一个词。

3. 女权主义和女性主义

自从我们知道有feminism以来，我国学者先是译为女权主义，但后来越来越多地译为女性主义。英文中，feminism的词义也经历了不少变化。从沃斯通克拉夫特以来的很长历史时期中，女性争取与男性平等的权利、争取自己的权益的意识和行为占主导地位；20世纪60年代末又一浪潮的feminism虽然开始时是政治思想运动，但越来越变成一种思想意识，看问题的观点、方法和分析问题的体系，并与更宽泛的gender studies即性别研究结合起来。我在译文中两个用语并用：把比较强调政治、权益以及作为运动的feminism译为女权主义，而把强调性别意识和研究的feminism译为女性主义，这个区分得到了作者肖瓦尔特的首肯。如是，第七章—第八章，对于代表“抗议”的女性小说第二阶段，无疑用“女权”一词更合适。尽管如此，即使在第十一章—第十二章中，feminism究竟强调哪个层面仍然无法截然区分，如提到莱辛、德拉布尔的作品时仍有浓厚的“女权”意识；因此实际上，我大体只在指20世纪70年代以来的feminist criticism这层意思上使用“女性主义”，也就是说，“女性主义”比较集中出现在序言和第十二章中。

4. 写实主义和现实主义

这两个用语在英文中都是realism。英美的realism作为一种文学形态及其表述出现在19世纪特定历史时期；我国的外国文学批评受苏联影响比较深，过去一直用“现实主义”或“批判现实主义”表述西方在19世纪中期的主流文学形式，但是在我国语境中，“现实主义”一词渐渐变成无所不包的万能用语，因而也失去了其作为术语的有效性。《她们自己的文学》是谈英国女性小说传统的著作，这里的realism指注重普通人日常经验的写作规约，我基本上译为“写实主义”——只除了序言第xviii，xix页中托丽尔·莫伊所使用的realism，因为莫伊的理论有马克思主义的背景。序言第xx页，肖瓦尔特本人表示，如果她不是在20世纪70年代中期而是在20年后的20世纪末来写这部书的话，她会“为作为一种文学程式的‘写实主义’作更强烈的理论辩护”。

5. 有双关意义的词

每一种语言都存在一词多义，这使语言充满了内在的层次、张力和丰富的联想，但是翻译在大多数情况下只能确定一种对应意思。《她们自己的文学》第四章、第五章标题中的heroine，hero就属于这样的词。英文中，hero / heroine除了英雄的意思外，在传统文学评论中往往指作品、戏剧的主要人物，他 / 她在传统作品中基本上是正面的、值得肯定的人物，因此与“英雄”的意思并不矛盾。在当代叙事学中，主要人物已经普遍使用比较中性的protagonist一词。第四章开头时，作者多次强调女作家在寻找

“榜样”“理想人物”，因此把 the heroine 理解为女中英豪也无妨（同理，the hero 也是女作家心目中的男性榜样）。但纵观两章，作者主要在谈分期意义上的“女性”小说中的男女主人公，尽管英文中读者仍可体会 hero / heroine 的另一层意思，但中文只能取主要侧面了，肖瓦尔特本人也确认她指主要人物（顺便说，中文中的“女主人公”本身就属于矛盾修饰法，不过我们已经习惯得见怪不怪了）。第二章标题中的 will（the will to write）也是，可以指意愿，也指意志，后者语气更强些。两者均为文中之意，作为标题，我更突出了女作家不顾一切就是要写作的“意志力”，而意愿的意思也在文中设法补足。

索引、注释及正文和注释中的英文标注

译者按出版社的要求，先将索引译出，这样做确实对全文译名的统一不无小补。也因为先译了索引，所以翻译过程中才容易发现原索引的问题，使补充成为可能。原索引中条目似有一定的随意性，听作者说当时出版社只能给较少的版面做索引，无法列全；我问她，为中国读者方便，我能否补充并纠正一些印刷错误和排序错误，她慨然应允。当时没有想到补充的页码和条目竟然如此之多。有些补充是绝对必要的，例如第十章中的重要人物，如弗吉尼亚·伍尔夫的姐姐瓦妮莎·贝尔，布卢姆斯伯里圈内的重要人物利顿·斯特雷奇，书中提到的 19 世纪、20 世纪的重要男作家等原先都无条目；还有一些补充有助于我国读者对维

多利亚小说的理解，如租书图书馆，尤其是缪迪的租书图书馆，以及在大半个世纪中占主导发表形式的三卷本小说。人名（尤其最后两章中）还有不少未列入索引，但正文内提到的人都用括号标注了英文全名。一般来说，只在注释中出现的作者不列入索引，但也有少数例外，如 Christine Stansell 和 Johnny Faragher，作者在第 14—15 页引了他们的一大段文字，只是正文没有出现名字。

索引虽有中外人名对照的作用，但不是通常的中文后给英文原名的做法，而是利用了按字母顺序排列的英文索引，将原英文翻译成中文放入括号。于是，如果没有正文中对所提到人名的英文标注，索引对于中文读者就起不到应有作用。一般说来，某位作家或评论家第一次出现时在正文中用括号标注英文全名。一些知名大作家、我国读者熟知的作家如奥斯丁、盖斯凯尔、勃朗特、乔治·艾略特和弗吉尼亚·伍尔夫在提到一两次后就不再注英文；但是《她们自己的文学》提到数百名 19 世纪、20 世纪的作家和评论家、学者，大多数我们并不熟悉，甚至学英国文学的也不熟悉，因此，对于间隔较长再次提到的人，我也会在正文或注释中用英文标注姓氏，以便读者能从索引的页码找到有关此人的其他信息。

对于有研究性需要的读者，英文人名标注和索引还必须和注释配合起来使用，才能弥补没有书目的遗憾。《她们自己的文学》主体写于 20 世纪 70 年代，绝大部分注释的作用是指明引文或所用资料的出处，即 documentation（引文或资料作者 / 编者，篇名，书名/期刊名，卷号，出版地，出版年份，引文所在页码），只在序言和第十二章中才补充了出版社和期刊卷号后面的期号。当然，也有相当一部分注释意犹未尽，对所用资料作了进一步引用和说明，或从引用书又引申、扩充出去，介绍了有同类关注的文章和书籍，对于研究是非常有用的。最长的注释出现在第七章和第十二章（注1）。

上面说过，一般只在注释中出现的作者不给索引条（原索引似乎也有这个原则），但也有个别例外。除了已经说明的特例外，我还补充了对乔治·艾略特研究非常重要的两位学者。一个是 Gordon S. Haight（海特），他在原索引中有三个页码，但是对本书频频提到的他写的艾略特传记、所编的九卷艾略特书信集以及百年纪念集没有做索引；我觉得与其频繁地做译者注或每次做详注，不如列为索引条，即使没有列全，读者至少可以从最早的页码中找到这些编著的详细信息（海特编的《米德尔马契》和《弗洛斯河上的磨坊》的页码可从艾略特索引条下的细目找到）。另一个是 Thomas Pinney（品尼），他在1963年编的艾略特散文选集前几年又重印；本书提到过艾略特的多篇评论文，都是出自品尼编的这部文集，最早的信息在第一章注4中出现。

当然，索引中的所有页码、注释号所在的页码均指英文原著的页码，即译文的边码。尽管译者已经尽量注意在页尾顺序翻译，由于中英文语序的差别，边码所在的行与英文原文有可能存在1—2行的差别。

译者注

从本书序言中我们得知，肖瓦尔特教授从 20 世纪 60 年代初就开始做女性写作方面的研究，她叙述自己怎样跑一座座阴冷的英国图书馆，打开一盒盒尘封已久的原始资料，对于这位从没有路的地方为我们蹚出了路的先驱者，我们充满了敬意。我猜想，恐怕她只能在那些图书馆里用冻僵的手抄录下大量有用的资料。即使到了 1975 年，恐怕写作主要靠打字机或手写，复印仍很昂贵，个人计算机尚未萌芽，遑论可供最后核实用的互联网和庞大的作品数据库了。如是，在索引中和注释中发现一些页码和拼写的错误也不难理解。2010 年我和肖瓦尔特教授见面时，她给了我 2009 年维拉戈出版的增补版，说这个版作了比较详细的修订。很可惜，维拉戈版不仅变了版式，而且更动了不少注释所用版本，并且译者发现仍然有期刊卷号、页码方面的错误，所以最终参考价值不大。如果说，译者能更正些许注释中页码和其他方面的错漏，那完全是得益于信息技术的发达，以及自 20 世纪 70 年代初以来女性研究的长足发展。即便如此，译者不可能核实所有的页码，对于和 2009 年维拉戈版来源相同、页码不同的注释，又无从核实的，我最终决定仍留下 1999 年版的页码，相信即使有差别，大体应是一两页的误差。

下面对译者注部分作一些说明：

一部分译者注起索引或互指作用，如上述第十二章第一条译者注还对第 320 页第二段提到许多 1977 年版正文的地方注明作者指涉的具体页码。

有极少量对出版信息的补充，是译者在查阅资料过程中发现的，不单作注，而在原注释中用方括号（[……]）进行补充，如第十一章注 34 等处。

有一小部分译者注是对书中引文采用他人译文的出处说明。有时译者根据对原作的理解和肖瓦尔特引用时上下文逻辑的需要作适当的调节，出于对原译者的尊重，这点也会在译者注中作出说明。本书中大量的小说、评论文、书信、诗歌等引文，凡是没有注明出处的，均为译者本人所译，但《圣经》的经文用中文《新旧约全书》。

一般说来，我不对肖瓦尔特的原文作阐释性的译者注，但是偶尔也会在补充信息后加上一点自己的理解。第七章第 198 页却有大段阐释性的译者注，第十二章第 323 页译者注就原文中缺失的“首先”或“第一”谈了自己的看法，也应算一种阐释。在阅读第 182—183 页哈维斯夫人的一些话时，尤其第 183 页引用的“Let us go on with our tongues of fire, consecrated to an entirely holy work, cleansing, repairing, beautifying as we go, the page...”这段文字有密集的圣经隐喻，并与女权主义的任务形成类比关系。因为这种思维方式在英美作品和批评中常见，我便不揣冒昧写了一条长注。

大多数译者注都是对原著引文上下文的补充或说明。我往往因对原文有些疑惑而去查阅引文作品原文、批评原文或相关资料，推想读者也有可能“卡壳”，于是利用译者注与读者共享自己的查阅所得（典型的如第四章第 123 页对《威斯敏斯特评论》

文章的引用，第七章第 207 页中那位结了婚又不与“丈夫”同居的女主人公等处）。肖瓦尔特提到的许多小说名称，也是查阅资料过程中发现有《圣经》出处，于是附注加以说明。

在这些补充信息中不乏译者对原著一些失误错漏的纠正或表示的部分不同意见，例如上面提到的第十二章第一条译者注中说明了德拉布尔主编的《牛津英国文学词典》英文原书名用 Companion（而不是 Guide）一词，第七章注 49 后、第三章注 8 后等处的译者注更正了引文的谈话对象或归属对象，对品尼编的《乔治·艾略特文集》中文章引用时的侧重点的某些异议（散见于各章），对第十章两次提到伍尔夫 1940 年“自杀”的说明，对《简·爱》引文的补充说明，等等。至于出版年，鉴于硬面本和纸面本出版的时间差、引用初版还是重印、文章收入集子等复杂原因，恐怕难免会有不一致处，肖瓦尔特对她自己编的《颓废艺术之女》一书就给了两个不同年份（第 xxx 页，第一章注 38）。

一般说来，译者只是比较委婉地表示异议或作出更正，不少更正（如《一间自己的屋子》中的多个页码和其他注释中的页码，又如第 238 页伍尔夫小说引文中“西尔小姐”更正为“西尔太太”）不再作任何说明，但是译者对这类注非常谨慎，往往反复找资料确认，或者找到肖瓦尔特引文的原著、较大段落，细读上下文后才落笔。暂时查不到的，就按原文翻译。即便如此，如仍有更正或理解不当，自然是译者的责任。

译者注所用材料凡有书籍或期刊出处的会注明，但是最大量的资源来自网络，尤其是谷歌搜索引擎通过 Google Books 和

Project Gutenberg 所提供的 19 世纪和 20 世纪初的小说诗歌作品（其中不少都有明确的版本和原书页码）；维基百科也办得越来越好，信息面极广；北京大学图书馆和其他高校联合购买的大型数据库也使我能随时找到文中所提的部分期刊，核实卷期号，查阅文章以期更好理解作者的意思。除了网络，也会用到各类文学词典，百科等工具书。凡是有引用的，我会注明出处，如果是把看到的各种资料进行了综合，一般就不再注明网页地址。

人名、书名及其他

本书正文和注释中提到数百个人名，基本按出版社体例要求，使用商务印书馆《英语姓名译名手册》第四版中的译名；但是该手册由新华社编，比较注意政治、外交方面的人名，对外国文学则不然。译文在知名作家译名方面保留了部分国内外国文学界的通译，如奥斯丁（不用奥斯汀）、盖斯凯尔（不用加斯克尔）、伏尼契（不用沃伊尼克）等。手册上没有的，参照靠近的译名；更多的是使用《英语发音词典》(Daniel Jones，*English Pronouncing Dictionary*，15th edition，上海外语教育出版社［使用剑桥大学出版社版本］，1999 年）所给的英国发音译出。英国著名宗教作家、但在我国时下知名度不高的 Charlotte Yonge，在商务的手册中倒是专有一条，译为“永格”，但不是指该小说家时 Yonge 则为“扬”，琼斯发音词典所给的音也是“扬”；据此，我最终定为“夏洛特·扬”。

译本对姓氏则一律用中性字。非英语国家的作家译名请教了有关行家。在法国写作的著名学者 Julia Kristeva，使用的是保加利亚原名的英译，查保加利亚女性姓氏有给阴性词尾的习惯，故仍使用克里斯特娃。英文姓名的中间名比较复杂，如不是特别明确的阴性词（如 Yonge 的全名为 Charlotte Mary Yonge），也按中性译。

出版社名称如是人名，译为人名（Doubleday 应是人名，不过本书并未出现），如有别的意义，如 Penguin，Pelican，Bantam，Vintage，译为企鹅，塘鹅［本书未出现］，矮脚鸡，佳酿。但是有明确词义的 Virago（泼妇，悍妇）出版社名称却按音译为“维拉戈”，考虑如下：第十一章—第十二章中，尤其第十二章借小说《大女人》谈到 Virago 从创立到被兼并的过程，其成立之初无疑如加州的“无耻荡妇”出版社（第 313 页）一样，有强烈的对着干或翻历史案的女权倾向，但 30 多年来，该出版机构最初的倾向已经逐渐发生变化，或许可以理解为是肖瓦尔特所说的加入了主流文化，成了一个知名品牌；译者认为使用中性的音译可以淡化当今语境中作为出版业品牌的 Virago 的强悍女权侧面。

在谈“关键概念”部分时，我就说到，在英文中不成问题的词在中文中会招来很大麻烦，这集中体现在表现伦理关系的词上，如 sister，brother，cousin，half sister / brother，sister-in-law，the Brontës，the Pankhursts，以及贵族称呼的翻译（如 Lady 一词）——究竟是姐姐还是妹妹，哥哥还是弟弟，堂兄弟姐妹还是表兄弟姐妹，近的还是远的，同父异母还是同母异父？姻亲的情况更复杂了，至于姓氏加复数结尾，词典可以笼统告诉你表示叫某个名字的一家人，但具体指哪些家族成员还是要在具体语境中确认。已经记不得遇到多少这样的词了，译者不得不一个个地查找资料，向有专门知识的人请教，甚至经常为确认关系找原著去读（如奥萝拉·利最终嫁给了同样姓 Leigh 的 cousin，查原诗后方知其中涉及英国复杂的限嗣继承法律）。现在这方面的译文大约准确率能达 90% 以上。对于作为贵族称号使用的 Lady，也尽量查实爵位等问题，以便同一般译作“夫人”、却并非贵族称号的 Mrs. 加以区分。

还有一些词，如 cripple，beggar，aristocratic 等可能给人的第一印象是瘸子、乞丐、贵族（的）；但本书中这三个词往往不是这些字面意思，如 cripple 在书中有重要象征意义，具体却可以指各个身体部位的残疾。遇到这些词，只能设法找到肖瓦尔特所引文字的原作品，看到能确认什么样的伤残为止。同样，136 页提到的哈利法克斯并非在乞讨，他是士绅出身但成了孤儿，靠流浪打工挣干净的钱；231 页提到的戴安娜·马洛里（the aristocratic Diana）也和有封号的贵族家庭毫无关系。

对于译者来说，最花时间的似乎就是翻译正文和注释中提到的大量书名和篇名了，其中有相当一部分不能望文生义；要解决还是用笨办法，能找到原著就找原著看，即使找不到也找几种资料或评论文字看，尽可能做到不太离谱。有些杂志名，如 *Shafts*，直到查到其创刊号封面的绘画，以及阅读了创刊宗旨和部分论辩文字，才最后定夺译名，阅读后我对肖瓦尔特所论 19 世纪末女权主义远非主张性解放而是有强烈的节欲诉求有了更深的认识。

很多译者注（包括部分更正）就是这样来的，虽说查阅非常费时，可译者受益匪浅，渐渐对英国19世纪以来女性小说四座高峰之间的地带的起伏地形有了一些切实的体会。

鸣　谢

首先我要诚挚感谢伊莱恩·肖瓦尔特教授，她不仅慷慨应允我对索引做补充和修正，而且花数个小时耐心听取并解答了我的第一批问题，并应允写中文译本序言。不巧的是，在译文结稿、我发去几份长长的问题单时，正值她准备接受系列手术之际，她手头却还积压了大量的工作需要处理。即便如此，肖瓦尔特教授仍然耐心阅读了我的问题单，回答了我选出的两个最紧迫的问题，并对译者表示了信任和鼓励。对于一个七旬老人，我们所能做的，只是减轻她的压力，并遥祝她早日康复。

我对在普林斯顿大学工作和学习的金婕女士和Kate母女，对朱虹教授和柳尽染女士表示衷心的感谢，她们想方设法为我找到了早已退休的肖瓦尔特教授的联系方式；至于在同肖瓦尔特教授整个联系、见面及至日后的联系过程中起关键作用的韩叶龙，我只想借此机会对你说，你是这个世界上对我最好的人。

很多年轻学者都给了我无私的帮助。我特别要感谢在爱丁堡大学留学的徐红霞和在剑桥大学访学的高晓玲，不夸张地说，我被原书第二章注6提到的诸多评论中某一篇文章的标题以及第259页理查森小说的引文中的without一词分别卡住一两天的时间，遍查不得，她们在繁忙的学习中为我查找所需资料并分别发来第 21 页和第 9 页原文照片，才使问题迎刃而解。金冰、袁欣和姜红都对 19—20 世纪英国女性文学传统颇有专攻，我不时电话打去，讨论标题，细节，甚至不断利用她们手头的书核查页码，等等。在美国和英国留学的纳海、黄淳也都给了我不小的帮助。

我经常从同事和朋友们处得到指点，受益匪浅。在多伦多大学英文系工作的李颢和谢明都是维多利亚文学专家，他们在《韦尔斯利维多利亚期刊索引》、书中所列维多利亚期刊的卷号期号的认定、《威斯敏斯特评论》新老系列号并用等方面的指点省却了我跑图书馆一部部杂志核实的劳累。李颢不仅当面解答我关于《简·爱》"红房间"引文中的 blinds，falls，festoons，drapery（原书第 114 页）的问题，还一连写了几封长信，详细解释 blinds 及其与窗帘的关系。往往"顺便"求证的事情让同事大费周折，第 317 页的长段引文中提到的本·琼森被罚烧了耳朵一事，没想到程朝翔老师查了两本本·琼森传记和有关资料，告知琼森所受过的各种惩处，丁宏为老师也查了各类资料并从 *Alchemist* 剧本的序言中查到了琼森差点被处罚豁鼻的过程，虽然烧耳朵仍未有解，我却为周围有如此精良的学术环境深感幸运。苏薇星老师对引文中诗歌的讨论，罗芃、罗湉老师对书中法文字及中译等的指点，同事和友人的著作及不吝赐教，如周小仪（现代主义、唯美主义）、丁宏为、刘锋、谷裕、何珊、黄梅、陆建德等，都为我完成翻译提供了不可或缺的帮助。我对朱凯佳、周颖、吕大年和马晓燕心存感激，虽然他们的帮助与译事似无直接关联，却是我完成翻译的保证。刘锋和何为两位老师不时为我解决计算机的技术问题，花费了大量时间和精力。我对刘锋叨扰最多，最近几年翻译中凡遇到实在绕不出来的地方我总是习惯性地想听他的意见，他的读解也确实常使我豁然开朗，在此深表感谢。

我有幸大段使用了王还先生所译的《一间自己的屋子》，她是我的师母，我尊敬的师长。她简洁练达而不失伍尔夫文气、婉转和含蓄的译文使我获益多多。这不同于一般的使用他人译文，而寄托着我对几十年前恩师教诲最深厚的思念和回忆。

感谢魏国瑛和董学文两位老师对我的信任和推荐，感谢丁幸娜，为她不厌其烦地解答我的琐细问题，几乎无尽的宽容，以及为译著的出版所付出的心血。翻译过程中能查到大量资料，主要得益于北京大学图书馆近年来日益丰富的大型数据库（尤其是 Jstor 和 Academic Research Library [Pro-Quest]），北京大学计算中心的强大技术支持，以及强大的谷歌搜索引擎提供的有用资料。

最后要说说盛宁，我仗着是家里人，随时不容分说地冲进他的书房，打断他的写作思路，指着书叫他“帮我看看这里”，有时还矫情，还争吵，他烦我的吹毛求疵，死脑筋，我不就讹上了他的活脑筋吗？反正都是为了对得起原著。要谢他是谢不过来的，他也从来不让我谢，不过我仍要破例说声谢，为了许多（包括好厨艺）……

韩敏中

2023 年 4 月，北京蓝旗营

图书在版编目（CIP）数据

她们自己的文学 /（美）伊莱恩·肖瓦尔特（Elaine Showalter）著；韩敏中译. -- 长沙：湖南文艺出版社，2023.10

书名原文：A Literature of Their Own

ISBN 978-7-5726-1346-3

Ⅰ. ①她… Ⅱ. ①伊… ②韩… Ⅲ. ①妇女文学-小说研究-英国-现代 Ⅳ. ①I561.074

中国国家版本馆CIP数据核字（2023）第139955号

著作权合同登记号：18-2023-033

她们自己的文学

TAMEN ZIJI DE WENXUE

［美］伊莱恩·肖瓦尔特 著　韩敏中 译

出 版 人　陈新文
出 品 人　陈　垦
出 品 方　中南出版传媒集团股份有限公司
　　　　　上海浦睿文化传播有限公司
　　　　　上海市静安区万航渡路888号开开大厦15楼A座（200042）
责任编辑　吕苗莉
封面设计　裴雷思
责任印制　王　磊
出版发行　湖南文艺出版社
　　　　　（长沙市雨花区东二环一段508号　邮编：410014）
印　　刷　深圳市福圣印刷有限公司

开本：880 mm × 1230 mm　1/32　　印张：15.5　　字数：319千字
版次：2023年10月第1版　　印次：2023年10月第1次印刷
书号：978-7-5726-1346-3　　定价：79.00元

出 品 人：陈　垦
出版统筹：胡　萍
监　　制：余　西　廖玉笛
策划编辑：何啸锋
装帧设计：裴雷思

欢迎出版合作，请邮件联系:insight@prshanghai.com
新浪微博@浦睿文化